ELLA THOMPSON

WIEDERSEHEN AM
Harbour Beach

ROMAN

Lighthouse
SAGA

Teil 3

WILHELM HEYNE VERLAG
MÜNCHEN

2. Auflage
Penguin Random House Verlagsgruppe FSC® N001967

Originalausgabe 08/2019
Copyright © 2019 by Ella Thompson
Copyright © 2019 der deutschsprachigen Ausgabe by Wilhelm Heyne Verlag,
München, in der Penguin Random House Verlagsgruppe GmbH,
Neumarkter Str. 28, 81673 München
Printed in Germany
Redaktion: Dr. Diana Mantel
Umschlaggestaltung: Eisele Grafik Design, München unter Verwendung von
Shutterstock (Nataly Lukhanina, Chaiwalk58, StevanZZ, Darryl Vest),
Bigstock (belander, SvetlanaR, Anna OM)
Satz: Buch-Werkstatt GmbH, Bad Aibling
Druck und Bindung: GGP Media GmbH, Pößneck

ISBN 978-3-453-42296-4
www.heyne.de

*Wenn dein Leben von einem Geheimnis bestimmt wird,
wächst die Angst vor der Wahrheit mit jedem Tag.*

Prolog

Die frische Brise, die vom Atlantik herüberwehte, trug den Geruch nach Sonnencreme und Barbecue vor sich her, das Lachen eines Kindes und die Schreie sich zankender Möwen. Sie kühlte die brennende Hitze des Sommertages ein wenig ab. Jake Foster blickte auf die sanft schaukelnden Fischerboote im Hafen, die bereits mit ihrem Fang für diesen Tag vom Meer zurückgekehrt waren. Dahinter glitzerte der Ozean so gleißend, dass er sich wünschte, eine Sonnenbrille zu tragen. Das blendende Licht trug nicht wie sonst zu seinem Wohlbefinden bei, also schob er die Hände in die Taschen seiner Anzughose und drehte sich zu George Owerton um – und zu seinem Traum, der sich in einer Kombination aus rotbraunem Ziegelstein und dunkelgrünem Efeu vor ihm erhob.

Jake hatte sich in Cape Cod verliebt, als er zum ersten Mal auf der Halbinsel gewesen war. Damals, er war vielleicht gerade mal dreizehn oder vierzehn, hatte er seine beiden besten Freunde Andrew und Niclas Hunter in ihr Sommerhaus Sunset Cove begleitet. Die Erinnerungen an diesen unbeschwerten, wilden Sommer hatten sich in ihm festgebrannt und ihn nie wieder losgelassen. Das Cape liebte er, aber das, was hier vor ihm lag, war sein Traum. Das große Ziel seines

Lebens. Die Harbour Beach Brewerie. Im Moment sah es allerdings so aus, als würde seine Vision schmelzen wie Eis in der Sonne.

George warf ihm einen Seitenblick zu, und Jake fuhr mit dem Finger unter den Halsausschnitt seines Hemdes, als könne er so das beklemmende Gefühl vertreiben, das ihm die Kehle zuschnürte. Er trug lieber Shirts und Jeans, aber für diesen Termin hatte er bewusst einen Anzug gewählt. Jetzt sorgte nicht nur die Hitze sondern auch seine Nervosität dafür, dass sich der Schweiß unter dem viel zu warmen Jackett auf seinem Rücken sammelte.

George gab einen unwilligen Laut von sich und stützte die Hände in die Hüften. »Scheint nicht besonders pünktlich zu sein, deine Investorin«, brummte er.

»Vielleicht wurde sie aufgehalten.« Jake schob das ungute Gefühl zur Seite. Wenn die potenzielle Geldgeberin nicht auftauchte, wäre das nicht das erste Mal, dass so etwas geschah. Sie hatte ihn schon einmal versetzt. Er zog sein Handy aus der Tasche und rief sie an. Es klingelte neun Mal, ehe der Anrufbeantworter ansprang und ihre kühle, kultivierte Stimme darum bat, eine Nachricht zu hinterlassen. »Mrs. Woodward, hier spricht Jake Foster. Wir waren um vierzehn Uhr in Harbour Beach verabredet. Inzwischen ist es vierzehn Uhr siebenundvierzig. Rufen Sie mich bitte zurück, damit ich weiß, ob Sie aufgehalten wurden und wir noch länger auf Sie warten sollen. Falls Sie«, *es sich anders überlegt haben*, dachte er, sprach seine Befürchtungen aber nicht aus. Wenn sie es sich wirklich anders überlegt haben sollte, würden sich seine Wünsche in Luft auflösen. Er versuchte, weiter positiv zu denken. Vielleicht steckte sie ja wirklich im

Stau fest, den die Touristen um diese Zeit des Jahres auf der Interstate 6 verursachten. »Rufen Sie mich einfach zurück, okay?« Er schob das Handy in die Tasche und schloss für einen Moment die Augen. Vor einer Dreiviertelstunde hatte er noch geglaubt, dass sein Traum endlich Wirklichkeit werden könnte. Jetzt hatte er das Gefühl, dieser Traum versank irgendwo hinter dem Horizont im Atlantik. Unerreichbar und – wäre er erst einmal versunken – für immer verloren.

1

»Mailbox?«, fragte George. Er trug im Gegensatz zu Jake ein Poloshirt mit dem Logo der Brauerei, das leicht über seinem Bauch spannte, und eine Cargo Hose. Die Sonnenbrille hatte er in seine grauen Haare geschoben.

»Ja.« Jake zog sein Jackett aus und nahm die Krawatte ab, bevor er den obersten Knopf seines Hemdes öffnete.

»Ich weiß nicht, Junge. Wenn diese Frau Termine platzen lässt, ohne sich zu melden, ist sie wahrscheinlich nicht zuverlässig genug, um ihr in Geldangelegenheiten zu trauen.«

Das wusste Jake auch. Aber sie war seine letzte Hoffnung gewesen. Eliza Woodward-Ellerton war die einzige Geldgeberin gewesen, die bereit war, in sein Brauerei-Projekt zu investieren. Abgesehen von Andrew und Niclas. Aber die beiden waren seine Freunde, von ihnen würde er keinen Cent nehmen. Er hatte keine Ahnung, warum die Frau, die ein riesiges Firmenimperium leitete, so mit ihm umsprang. Obwohl, tief im Inneren wusste er es sehr wohl. Sie war reich und arrogant. Also konnte sie tun und lassen, was sie wollte. Vielleicht machte sie sich einen Spaß daraus, ihn am ausgestreckten Arm verhungern zu lassen. Vielleicht saß sie gerade mit ihren Freundinnen in irgendeinem Bostoner Privatklub bei Mimosas und lachte sich über seine Ziele und Träume kaputt. Er kannte dieses Verhalten zur Genüge. Auch wenn er selbst alles andere als wohlhabend war, er war in diesen Kreisen aufgewachsen. Die Eltern seiner Freunde, Theodor und Georgina Hunter, behandelten ihn von oben herab, solange er sich erinnern konnte.

»Na komm, lass uns reingehen.« George setzte sich in Bewegung und ging auf die großen hölzernen Stalltore zu, die den Eingang zum Gästebereich der Brauerei markierten. Jake folgte ihm, vorbei an den schmiedeeisernen Tischen und Stühlen, die neben üppig blühenden Pflanzenkübeln auf dem gepflasterten Hof verteilt waren. Touristen in T-Shirts, kurzen Hosen und Flip-Flops genossen ein kühles Indian Pale Ale oder ein Belgian oder aßen einen der kleinen Snacks, die das Bistro anbot. Sonnenhüte in allen Farben und Formen und die schneeweißen Schirme, die zwischen den Sitzgarnituren aufgestellt worden waren, spendeten den Gästen der Brauerei Schatten, aber Jake war froh, als er das kühle Backsteingebäude betreten und der Hitze entfliehen konnte. Er warf sein Jackett auf einen der Hocker mit der abgeschabten Lederpolsterung, die am Tresen standen, und schob seine Krawatte in die Hosentasche. Außer George und ihm befanden sich nur drei Personen im Raum. Zwei ältere Herren saßen an einem der Tische und nippten an ihrem Bier. Es waren schwedische Touristen, wenn Jake die Sprache richtig deutete. Shelby, die Studentin, die den Sommer über hier jobbte, lächelte ihnen zu und widmete sich dann wieder dem Polieren der Gläser, die sie gerade aus der Spülmaschine gezogen hatte.

George nahm zwei Flaschen Wasser aus dem Kühlschrank und reichte Jake eine, bevor er sich auf den Barstuhl neben ihm fallen ließ. »Ob wir wollen oder nicht, wir müssen eine Entscheidung treffen. Ich kann die Madam nicht mehr lange hinhalten.« Nachdenklich drehte er an seinem Ehering, der im warmen Licht der Kupferlampen über ihnen matt aufleuchtete. »Es tut mir wirklich leid, Junge.«

Jake nickte. George war in den vergangenen Monaten zu einem väterlichen Freund geworden, der das Bierbrauen genauso liebte wie Jake selbst. Und Georges Frau Nancy, die er gern ›die Madam‹ nannte, mochte Jake von ganzem Herzen. Er konnte verstehen, dass die beiden nicht bis in alle Ewigkeit warten konnten. Oder so lange, bis er endlich das Geld für den Kauf der Brauerei zusammenhatte. Was in etwa genauso lange dauern dürfte. Sie wollten in ihr neues Leben starten. »Ich weiß nicht, was ich dir sagen soll, George. Ohne Eliza Woodward …« Er musste es nicht aussprechen und schüttelte nur leicht den Kopf.

»Jake.« George legte ihm seine riesige Hand auf die Schulter. »Ich will an dich verkaufen, das weißt du. Du bist meine erste Wahl, weil ich mir sicher bin, dass du mein Baby so behandelst, wie es sein sollte. Aber irgendwann muss einfach Geld fließen. Die Madam will auf Haussuche in Florida gehen, eine Kreuzfahrt machen. Du weißt schon, all das Zeug, das ich ihr irgendwann mal versprochen habe.«

Jakes Herz schlug unbehaglich laut gegen seinen Brustkorb. Scheiße, das war alles, was er denken konnte. »Angenommen, ich leiste eine Anzahlung …«, sagte er, ohne vorher darüber nachzudenken. Die Worte sprudelten einfach aus ihm heraus. Sie machten ihm unfassbare Angst, und doch fühlten sie sich so richtig an. Er hatte schon immer eine eigene Brauerei haben wollen – die Harbour Beach Brewerie war seine. Jake hatte sich im ersten Moment in das alte, ehrwürdige Gebäude verliebt. Er spürte die Seele dieses Unternehmens, das fest mit Cape Cod und den Traditionen der Halbinsel verbunden war. Er könnte George alles geben, was er besaß. Seit er begonnen hatte, für einen großen Bostoner Getränkekonzern zu arbeiten, hatte er so viel Geld wie möglich zur Seite gelegt. Er bewohnte ein winziges Apartment, und außer seinem Pick-up hatte er sich nie irgendwelchen Luxus geleistet. Weil er genau wusste, was er vom Leben wollte. Gemeinsam mit dem Erbe seiner Großmutter, das er gut angelegt und deshalb um einiges vermehrt hatte, konnte er den Grundstein für die Übernahme der Brauerei legen. Mehr aber auch nicht.

George seufzte und verzog das Gesicht voller Mitgefühl. »Ich kann dich verstehen, Junge. Wirklich. Aber seien wir ehrlich. Es wird nicht funktionieren.« Er schraubte die Wasserflasche auf, die er bis jetzt in den Händen gedreht hatte, und trank einen großen Schluck.

»Angenommen, du nimmst die Anzahlung«, versuchte Jake es noch einmal. »Wie viel Zeit hätte ich, den Rest des Geldes zu beschaffen?«

George schüttelte den Kopf. »Jake …«

»Nein.« Jake hob die Hand, um ihn zu unterbrechen. »Wie lange?«

Der Brauereibesitzer schürzte die Lippen und sah ihn nachdenklich von der Seite an. Einen Moment schwieg er. »Ein Vierteljahr. Höchstens«, erwiderte er dann vorsichtig.

»Lass es uns machen.« Jakes Herzschlag beschleunigte sich, und er hatte Mühe durchzuatmen. Was tat er hier? »Ich gebe dir die Anzahlung, und spätestens in drei Monaten habe ich einen Investor gefunden.«

»Das würde bedeuten, dass du dein Leben in Boston aufgeben musst. Du musst deinen Job kündigen, die Brauerei übernehmen. Und das alles, ohne eine Sicherheit zu haben, ob du sie in einem Vierteljahr noch halten kannst. Überleg dir das gut.«

»Hop oder Top, wie es so schön heißt.« Jake zwang sich zu einem Lächeln, obwohl ihm schlecht wurde bei dem Gedanken daran, auf was er sich da einließ. »Ich finde jemanden. Ich bekomme das hin.«

Sein Geschäftspartner schien nicht so überzeugt von der Idee. »Schlaf wenigstens noch eine Nacht darüber«, schlug er vor.

»Nein.« Das würde er nicht. Gerade hatte er all seinen Mut zusammengenommen und war ins Ungewisse gesprungen. Er würde jetzt keinen Rettungsring akzeptieren, der ihn zurück an Bord des Lebens zog, das er unbedingt hinter sich lassen wollte. Wenn er zu viel Zeit bekam, darüber nachzudenken, würde er einen Rückzieher machen. Deshalb musste es jetzt sein. Eliza Woodward hin oder her. Er würde es auch ohne sie schaffen. Jake wischte die plötzlich feuchte Handfläche am Stoff seiner Anzughose ab und hielt sie George entgegen. »Schlag ein«, forderte er ihn auf. »Ich packe das.«

Sein Gegenüber zögerte einen Moment, dann schüttelte er die dargebotene Hand. »Dein Freund Niclas soll die Verträge aufsetzen. Und ich muss los, die Madam will sicher wissen, ob sie endlich ihre Kreuzfahrt buchen kann.«

Jake wartete, bis George durch die Tür ins gleißende Sonnenlicht getreten war, dann rieb er sich mit den Händen über das Gesicht. Seine Finger zitterten. *Was habe ich getan*, schoss es ihm durch den Kopf. Er musste den Verstand verloren haben. »Kann ich ein Bier haben?«, fragte er Shelby und presste die Faust auf sein immer noch viel zu schnell klopfendes Herz.

Die junge Frau lächelte an ihren Piercings vorbei zu ihm herüber. »Harbour Beach Ale?«, fragte sie und hielt bereits ein Glas unter den Zapfhahn, weil sie wusste, dass das sein Lieblingsbier war.

Jake nickte. Er setzte das Glas an und trank es in einem Zug leer. Kälte und Geschmack schossen durch seine Speiseröhre. Er schmeckte die leicht bittere Note im Abgang und spürte, wie sich das Adrenalin langsam aus seinem Körper verflüchtigte. Was Andrew und Niclas zu dieser überstürzten Entscheidung sagen würden? Er würde es herausfinden. Jetzt sofort. Entschlossen stand er auf, um nach Sunset Cove zu fahren. Er kramte ein paar Dollarnoten aus seiner Hosentasche und legte sie neben das Glas. »Danke, Shelby«, sagte er und wandte sich zum Gehen.

Sie erwischte Jake an der Hand und hielt sie fest. Als er sich zu ihr umdrehte, legte sie die Geldscheine in seine Handfläche und schloss seine Finger darum. »Sieht so aus, als wärst du jetzt hier der Boss«, sagte sie und zwinkerte ihm zu. »Und der Boss zahlt sein Bier nicht.«

»Ja, stimmt.« Jake schluckte. »Sieht so aus.« Er war der Boss. Zumindest für die nächsten drei Monate. Er schob das Geld zurück in seine Hosentasche und hob die Hand zum Gruß. »Bis später, Shelby.«

»Tschüss, Chef«, rief sie ihm hinterher.

Jake kehrte in den lichtdurchfluteten Nachmittag zurück

und blinzelte gegen die Helligkeit an. Auf dem Weg zu seinem Wagen wählte er noch einmal Eliza Woodwards Nummer und wartete, bis die Mailbox sich meldete. Diesmal machte er sich allerdings nicht die Mühe, eine Nachricht zu hinterlassen. Er warf das Mobiltelefon auf die Sitzbank seines Pick-ups und schob sich hinter das Lenkrad. Mit einem letzten Blick auf die Harbour Beach Brewerie lenkte er den Wagen auf die Straße und reihte sich in den Touristenstrom ein, bis er auf die unbefestigte Straße in Richtung Sunset Cove abbiegen konnte.

*

Eliza Woodward hörte das Klingeln ihres Handys und das Klicken, als die Person am anderen Ende zum Anrufbeantworter in ihrem Arbeitszimmer weitergeleitet wurde. Sie sah die Haarsträhne vor ihrem Gesicht, die sich aus ihrem Knoten gelöst hatte. Unscharf nahm sie wahr, wie sie sich bewegte, wenn sie ein- und ausatmete.

»Mrs. Woodward, hier spricht Jake Foster«, klang die Stimme des Anrufers aus dem Lautsprecher.

Eliza schloss die Augen und öffnete sie wieder, in der Hoffnung, ihre Umgebung schärfer wahrnehmen zu können. Sie hob den Arm, um sich die Haarsträhne aus dem Gesicht zu streichen – und ließ ihn mit einem schmerzerfüllten Wimmern wieder sinken. Tränen traten ihr in die Augen. Keine Tränen der Wut, Scham oder Enttäuschung. Keine Tränen wegen des Verrates und der Demütigung. Die salzigen Tropfen, die sich aus ihren Augenwinkeln lösten, abermals alles vor ihrem Gesicht verschwimmen ließen und sich dann in der Haarsträhne verfingen, waren dem Schmerz geschuldet, der durch ihre linke Seite schoss.

»Wir waren um vierzehn Uhr in Harbour Beach verabredet. Inzwischen ist es vierzehn Uhr siebenundvierzig«, fuhr Jake Foster fort. Er hatte eine schöne Stimme. Tief und warm. Sie war beruhigend. Jedenfalls hatte sie diese Wirkung bei den wenigen Malen gehabt, die sie bereits aufeinandergetroffen waren oder miteinander telefoniert hatten.

Vierzehn Uhr siebenundvierzig, dachte Eliza. Das bedeutete, sie lag bereits seit über drei Stunden hier. Wahrscheinlich war sie bewusstlos gewesen. Nur so konnte sie sich erklären, dass so viel Zeit vergangen war, seit … Ihr Kopf ruhte auf dem rechten Arm, der ausgestreckt auf dem Orientteppich lag. Ihre Fingerspitzen glitten leicht über das handgeknüpfte weiche Material. Er lag schon seit drei Generationen an dieser Stelle. Im Arbeitszimmer, das erst ihrem Großvater, dann ihrem Vater gehört hatte und das jetzt ihres war. Sie wollte aufstehen, zum Telefon gehen und den Hörer abnehmen. Sie wollte mit Jake Foster sprechen und sich dafür entschuldigen, dass sie den Termin hatte platzen lassen. Die Harbour Beach Brewerie war sein großer Traum, und sie hatte die Mittel, ihn wahr werden zu lassen. Eliza war sogar überzeugt davon, dass sich die Investition lohnte. Aber sie konnte es ihm nicht sagen. Weil sie nicht aufstehen und zum Telefon gehen konnte. Und weil sie wahrscheinlich nur verwaschen sprechen würde, so angeschwollen und taub wie sich ihre linke Wange anfühlte. Vorsichtig fuhr sie mit der Zunge über ihre Zähne. Keiner abgebrochen, aber ein Eckzahn wackelte bedenklich.

»Rufen Sie mich bitte zurück, damit ich weiß, ob Sie auf-

gehalten wurden und wir noch länger auf Sie warten sollen.«
Nein, sie brauchten nicht länger auf sie warten. Sie würde
den Termin nicht wahrnehmen. Weder heute noch in den
nächsten Tagen. Immerhin schaffte der Anruf es, sie in die
Realität zurückzuholen. Sie musste eine Bestandsaufnahme
durchführen, ihre Verletzungen analysieren. Vorsichtig bewegte sie sich und stöhnte vor Schmerz. Vor ihren Augen
tanzten Sterne. Mit der Geschwindigkeit eines hundert Jahre
alten Greises richtete sie sich in eine sitzende Position auf und
strich sich mit der rechten Hand endlich die Haarsträhne aus
dem Gesicht. Schweiß mischte sich mit den Tränen, die ihr
noch immer vor Schmerz über das Gesicht liefen. Ihr Magen rebellierte, aber sie zwang die aufsteigende Magensäure
zurück. Sie würde sich nicht übergeben. Nicht hier, auf dem
teuren Teppich.

»Falls Sie …«, fuhr Foster fort. Dann stockte er kurz, und
Eliza war sich sicher, er wollte etwas sagen, überlegte es sich
dann aber anders. Mit einem »Rufen Sie mich einfach zurück, okay?«, legte er schließlich auf.

Sie würde ihn zurückrufen. Sie würde sich bei ihm entschuldigen und einen neuen Termin ansetzen. Sobald sie in
der Lage dazu war. Und von diesem Termin würde sie Greg
nichts erzählen. Zitternd sog sie Luft in ihre Lungen und
stieß sie wieder aus, versuchte ganz langsam und methodisch,
den Schmerz wegzuatmen. Wahrscheinlich waren eine oder
mehrere Rippen geprellt oder sogar gebrochen. Eine Gehirnerschütterung hatte sie auf jeden Fall. Sie musste ihren Hausarzt anrufen, damit er herkam. Und sie musste Maggie anrufen und ihr außer der Reihe freigeben. Ihre Haushälterin
durfte auf gar keinen Fall hier auftauchen und sie so sehen.

Erschöpft schloss sie die Augen. Sie musste unbedingt auf-stehen. Als sie es endlich schaffte, auf die Knie zu kommen und sich an einem Sessel hochzuziehen, waren weitere fünf Minuten vergangen. Jake Foster wartete sicher längst nicht mehr auf sie.

2

Es war ein gewagter Schritt, und doch fiel es Jake nicht schwer, seine Zelte in Boston abzubrechen. Er hatte darauf hingearbeitet, eine eigene Brauerei zu führen. Über die Frage, wo diese Brauerei stehen würde, hatte er sich nie Gedanken gemacht. Er war sich immer sicher gewesen, er würde schon wissen, welches Projekt seines war, wenn er das Angebot in den Händen hielt. Dass sich die Harbour Beach Brewerie ausgerechnet auf Cape Cod befand, wohin es seine Freunde verschlagen hatte, war das Sahnehäubchen auf dem Stück Kuchen, nach dem er gegriffen hatte.

Jake ließ den Blick ein letztes Mal durch sein Apartment schweifen. Es war nicht gerade schäbig gewesen, besonders komfortabel allerdings auch nicht. Ein Platz zum Schlafen, Duschen und Essen. Mehr hatte er nie gebraucht, nie gewollt. Er atmete den Hauch Sojasoße, Kokosöl und Erdnüsse ein, der immer im Apartment hing, weil es drei Stockwerke über einem Thairestaurant lag. Dann hängte er sich seine Gitarrentasche quer über den Rücken, warf seine abgewetzte Lederjacke auf den letzten Karton Schallplatten, hob ihn an und schob die Tür mit dem Fuß hinter sich zu. Seine Plattensammlung war sein Heiligtum. Aber im Moment wäre sie ihm auf Cape Cod nur im Weg. Er würde sie gemeinsam mit seinen Büchern und seiner Musikanlange bei seiner Mutter unterstellen, bis er auf der Halbinsel ein eigenes Zuhause gefunden hatte. Nur seine Gitarre würde er mitnehmen.

*

Eliza saß in ihrem Büro im Woodward Tower und starrte auf den Inner Harbour hinaus. Unzählige weiße Segel leuchteten auf dem tiefblauen Wasser. Die Amphibienbusse der Stadtrundfahrt tuckerten zwischen ihnen hindurch und priesen Bostons Sehenswürdigkeiten an. Sie konnte sich vorstellen, wie die Touristen mit großen Augen vom Wasser aus die Skyline aus Beton, Glas und den stets präsenten roten Klinkern betrachteten, die sich am Ufer majestätisch in den Himmel erhob und das Sonnenlicht reflektierte. Zwischen den Bürotürmen würden sie historische Kleinode entdecken, wie den Nachbau des Tea Party-Schiffs *Eleanor* oder das *Old State House*. Das war es, was Boston für Eliza zu etwas Besonderem machte. Die Verflechtung von Geschichte und Moderne.

Ihre Bürotür wurde geöffnet, und sie zuckte kaum merklich zusammen. Im Spiegel der bodentiefen Fenster erkannte sie die Gestalt ihres Mannes. Wer sonst betrat ihr Büro, ohne anzuklopfen und auf ihr Herein zu warten? Eliza konnte seinen Gesichtsausdruck nicht deuten. Aber ihr war klar, dass es ein Fehler wäre, Greg zu ignorieren. Ein letztes Mal ließ sie den Blick über den unbeschwerten Sommer vor ihrem Fenster gleiten, schob dann ihren Bürostuhl mit der Fußspitze an und drehte sich, bis sie ihm ins Gesicht blicken konnte. In ihrem Brustkorb breitete sich ganz automatisch ein pochender Schmerz aus. Was durchaus Einbildung sein konnte. Wie lang lag ihre letzte Verletzung zurück? Waren es bereits zwei Wochen? Mehr? Weniger? Sie konnte es nicht mehr mit Sicherheit sagen. Die Hämatome waren inzwischen verblasst. Ihre geprellten Rippen heilten.

Greg Ellerton war ein gut aussehender Mann. Einer, dem Anzüge ganz hervorragend standen. Er war nur ein paar Zentimeter größer als Eliza, aber unter der Kleidung lag ein durchtrainierter Körper, der mit mehrmaligen Fitnessstudiobesuchen pro Woche und gesundem Essen gepflegt wurde. Sein blondes Haar war von einem angesagten Friseur modisch kurz geschnitten, besaß aber noch immer das richtige Maß an Konservativität, um bei ihren Kunden und Geschäftspartnern Vertrauen zu wecken. Seine Schuhe waren so blank gewienert, dass er sich in ihrem Leder wahrscheinlich spiegeln konnte, und seine blaugrünen Augen blickten scharf und intelligent. Nur der Hauch an Geringschätzung, der in seinem leicht nach oben gezogenen rechten Mundwinkel lag, und den mit Sicherheit außer ihr niemand sehen konnte, zeigte, was für ein Mensch er wirklich war.

Er durchquerte den Raum, und Eliza bemühte sich, ihre unverbindliche Miene aufrechtzuerhalten. Mit einer ausholenden Bewegung – die sie noch einmal dazu brachte zusammenzuzucken – ließ er eine Mappe mit Unterlagen auf ihren Schreibtisch fallen. »Unterschreib die«, verlangte er und warf einen Blick auf die Rolex an seinem Handgelenk. Sie hatte ihm die Uhr zu ihrem ersten Jahrestag geschenkt. »Wir haben ein Meeting um zwei. Ich hoffe, du bekommst es bis dahin gebacken, die Sache durchzusehen. Wäre zwar nicht verwunderlich ...«, er machte eine künstliche Pause, die genau so lange anhielt, wie er brauchte, sich über sie zu beugen und die Fäuste vor ihr auf der Tischplatte abzustützen. Sie hasste sich selbst dafür, dass diese bedrohliche Geste sie die Schultern einziehen ließ. »… dass du dich mal wieder blöd anstellst und alles ruinierst.« Er wollte fortfahren, und Eliza wusste genau, wie es weitergehen würde. Wie er eine ihrer Unzulänglichkeiten nach der anderen aufzählen würde – und da gab es viele. Doch ein Klopfen an der Tür schien ihre Rettung zu sein.

»Herein«, rief sie, ehe Greg noch etwas sagen konnte. Erleichterung durchflutete sie, als der Firmenanwalt der Woodward Holding, Jeffrey Penn, den Raum betrat. »Jeff, schön dich zu sehen.«

»Störe ich?«, fragte er von der Tür aus und blickte mit wachsamen Augen zwischen Eliza und Gregs Rücken hin und her.

Ihr Mann öffnete bereits den Mund, um ihn abzuwimmeln, doch Eliza war schneller. »Aber nein«, sagte sie. »Komm doch rein.«

Greg bedachte sie mit einem wütenden Blick. Bis er sich aufgerichtet und zu Jeffrey umgedreht hatte, war der böse Gesichtsausdruck verschwunden und hatte dem offenen Lächeln Platz gemacht, mit dem er die Menschen täuschte – mit dem er auch sie vor Jahren getäuscht hatte. »Jeff.« Er nickte dem Anwalt zu. »Schön, Sie zu sehen.«

»Ich muss mit Ihrer Frau sprechen«, sagte Jeffrey zu ihm.

Gregs Lächeln blieb in seinem Gesicht, aber Eliza konnte klar erkennen, wie er die Zähne zusammenbiss. Wenn er auf Jeffrey losgehen würde, weil er endgültig die Kontrolle über seine Aggressionen verlor, wäre alles vorbei. Jeffrey würde sich niemals einen von Gregs Ausrastern gefallen lassen. Aber natürlich hatte er sich im Griff. Er ließ den Anwalt spüren, dass er ihn nicht mochte – mehr aber auch nicht. Der Funken Hoffnung, der für einen Augenblick in ihrem Herzen aufgeflammt war, erlosch. Begleitet von einem unfassbar schlechten Gewissen. Denn Jeffrey und seine Frau Bella waren neben ihrer Haushälterin Maggie die einzigen Freunde, die sie noch hatte. Ihre engsten Vertrauten. Auch wenn Eliza ihnen von der dunklen Seite ihres Lebens nichts erzählte, denn sie wollte nicht, dass ihr Freund und Mentor verletzt wurde. Schon gar nicht von Greg.

»Wir haben keine Geheimnisse voreinander«, ließ Greg ihn auf seine herablassende Art wissen, die er Fremden gegenüber nur selten zeigte.

»Das glaube ich Ihnen, Gregory.« Jeffrey war der Einzige, der ihren Mann immer mit seinem richtigen Vornamen ansprach, was Greg auf den Tod nicht ausstehen konnte. Es war die Art ihres alten Freundes, ihm zu zeigen, dass er ihn nicht respektierte. »Ich halte mich trotz allem an meine anwaltliche Schweigepflicht.«

»Wie Sie meinen.« Greg wandte sich zu Eliza um. »Wir sehen uns zum Lunch, Schatz.«

Eliza musste sich zusammenreißen, um nicht zusammenzuzucken oder den Kopf zur Seite zu drehen, als er sich vorbeugte und seine Lippen über ihre Wange strichen. Die Gänsehaut, die die Berührung über ihren ganzen Körper laufen ließ, war unvermeidlich. Greg richtete sich auf. »Jeff.« Er nickte dem älteren Mann zu, und im nächsten Moment fiel die Tür hinter ihm ins Schloss.

Jeffrey nahm auf dem Besucherstuhl vor ihrem Schreibtisch Platz und legte im Gegensatz zu ihrem Mann die

Mappe, die er mitgebracht hatte, mit einer sanften Bewegung auf die Tischplatte und schob sie in ihre Richtung. »Ich habe alles zusammengetragen, was du über Jake Foster wissen wolltest. Falls du noch immer interessiert bist, in die Brauerei zu investieren, kann ich dir nur dazu raten. Er hat gute Studienabschlüsse, hat immer hart gearbeitet. Seine Konten sind nie überzogen. Ganz im Gegensatz, er hat sich ein ordentliches Polster angespart. Keine Verhaftungen. Ein paar Strafzettel wegen überhöhter Geschwindigkeit und Falschparkens. Im vergangenen Jahr taucht er in Zusammenhang mit einem Polizeieinsatz auf Cape Cod auf. Er hat dabei geholfen, Murray Bralvers dingfest zu machen. Du erinnerst dich an diesen Mörder, der Niclas Hunters' Freundin bedroht hatte?«

Eliza nickte. Dieser Fall war genau wie der Freispruch von Niclas' Lebensgefährtin durch alle Medien gegangen.

Jake Foster. Eliza lehnte sich in ihrem Sessel zurück und knetete nachdenklich ihren kleinen Finger. Sie hatte nicht mehr an ihn gedacht, seit seiner Nachricht auf ihrem Anrufbeantworter. Unbehaglich strich sie über ihre Rippen. Sie konnte den Schmerz, der an jenem Nachmittag in ihrem Körper gewütet hatte, noch immer spüren. Damals hatte sie ihre Assistentin gebeten, Jake zurückzurufen und ihm im Nachhinein mitzuteilen, dass sie unpässlich gewesen war.

»Ich soll es deiner Meinung nach also machen?«, fragte sie Jeffrey. Ihm konnte sie in diesen Dingen vertrauen wie keinem anderen. Denn auch wenn Greg ihr immer wieder sagte, dass sie unfähig war, tief in ihrem Inneren wusste sie, dass sie ein Gespür fürs Geschäftliche hatte. Trotzdem traf sie ohne den Rat ihres Freundes keine Entscheidungen mehr.

»Da du sowieso aus deinem persönlichen Fonds investieren willst, musst du das mit niemandem absprechen. Außer mit mir.« Du musst Greg nicht um Erlaubnis bitten, schwang der unausgesprochene Satz zwischen den Zeilen mit. »Und selbst ich kann nur als Berater fungieren. Aber wenn du mich fragst, das Investment lohnt sich. Microbreweries schießen wie Pilze aus dem Boden. Sie haben inzwischen einen Marktanteil von über zwölf Prozent erobert. Einmal eröffnet schließt kaum eine Brauerei wieder. Du weißt, was das heißt.«

»Hmm.« Eliza nickte. »Wenn man bedenkt, dass in der Regel achtzig Prozent neu gegründete Unternehmen im Bereich der Gastronomie wieder dichtmachen, ist die Quote hier wirklich verschwindend gering.«

»Und«, ergänzte Jeffrey, »die Harbour Beach Brewerie ist keine dieser neu gegründeten Firmen, obwohl wir sie als Microbrewerie betrachten können. Es gibt sie seit über hundert Jahren, und sie hat immer guten Profit abgeworfen. Jake Foster macht auf mich nicht den Eindruck, dieses Erbe in Grund und Boden zu wirtschaften. Seine Ideen sind innovativ und zeitgemäß. Kombiniert mit den Traditionen des Unternehmens ist das eine Goldgrube.«

»Du weißt, was mir deine Einschätzung bedeutet.« Eliza schenkte ihm ein Lächeln. »Wahrscheinlich werde ich irgendwann tatsächlich nach Cape Cod fahren und mir das Projekt ansehen.« Greg würde ihr das nicht erlauben, aber es war schön, sich für einen Moment dieser Fantasie hinzugeben.

»Tu das«, stimmte Jeffrey ihr zu. »Häng ein paar Tage dran, und spann ein bisschen aus. Du hast dir etwas freie Zeit wirklich verdient.« Er erhob sich, zögerte aber einen Moment, ehe er sich zur Tür umwandte. »Kann ich sonst noch etwas für dich tun?«, fragte er und sah sie eindringlich an.

Er weiß es, dachte sie zum tausendsten Mal. Eliza senkte den Kopf ein wenig, um ihm nicht mehr in die Augen sehen zu müssen, und kämpfte gegen die Scham, die sie erfasste. Sie schüttelte leicht den Kopf. »Danke für die Informationen«, sagte sie leise.

»Okay. Dann geh ich jetzt. Du weißt, du kannst mich jederzeit anrufen.« Er strich sich durch seine grauen Haare. »Egal, um was es geht«, betonte er.

»Ich weiß. Danke, Jeff.«

Er nickte. »Ruf Bella an. Sie würde sich freuen, mal wieder mit dir zu plaudern. Und schau bald wieder zum Essen bei uns vorbei.« Einzahl. Eliza verstand den Wink. Komm vorbei, bring Greg nicht mit. Das Lächeln, das sie Jeffrey zum Abschied schenkte, schmeckte bitter. Wie hatte ihr Leben in einer so aussichtslosen Sackgasse enden können? Sie drehte den Bürostuhl wieder zum Fenster und starrte auf den Hafen hinaus. Dabei hatte alles so romantisch und vielversprechend angefangen.

Sommer 2014

Eine Hochzeitsfeier innerhalb der Familie war das, was Eliza als ihre persönliche Hölle betrachtete. Ihre Cousinen brachten sie an ihre Grenzen. Eliza wusste, dass die albernen, gackernden Mädchen, die sich um die Braut scharten, sie nicht ausstehen konnten und gleichzeitig beneideten. Mirabelle war eine wunderschöne Braut. Ein Wirbel aus Tüll, Glitzer und Tattoo-Spitze, der vor Liebe und Glück strahlte. Mit leuchtenden Augen hatte sie ihrem

Aaron das Jawort gegeben. Mirabelles Schwestern schienen ihr den Tag allerdings nicht zu gönnen, zumindest sagten das ihre Blicke. Ihre Cousinen waren einfach nie zufrieden, solange sie nicht mehr hatten als alle anderen. So war das schon immer gewesen. Elizas Vater war von jeher der erfolgreichste Woodward gewesen und hatte Eliza damit zum Ziel der Spitzen und Gemeinheiten ihrer Verwandten gemacht. Eine Hochzeit bildete da keine Ausnahme. Peaches und Apple – die ihrer ungesunden Körperhaltung entsprechend eigentlich Banana heißen müsste – lächelten nur für die Fotos. Sobald sie sich unbeobachtet fühlten, taxierten die beiden die Umstehenden mit Blicken, tuschelten und lästerten hinter den Rücken der Gäste. Wenn es um Eliza ging, machten sie sich nicht mal die Mühe zu flüstern. Sie waren gezwungen, den Abend miteinander zu verbringen. Eliza gehörte zur Familie und war damit automatisch Brautjungfer. Zu gern hätte sie darauf verzichtet, aber ihre Mutter hatte darauf bestanden. Also hatte sie klein beigegeben. Wenigstens waren die Kleider, die Mirabelle für ihre Begleiterinnen ausgewählt hatte, ziemlich geschmackvoll. Die hellblauen, bodenlangen Roben im Empirestil waren aus zarter Seide geschneidert und umspielten den Körper wie eine sanfte Brise.

Die Trauzeremonie fand in einem wundervollen alten Herrenhaus, eine Stunde außerhalb Bostons, statt. Das Anwesen lag direkt am Meer, und vom Ballsaal führten große Fenstertüren auf eine Terrasse, die auf der Klippe über dem Ozean thronte. Eliza stand, umringt von den anderen Brautjungfern, denen sie heute einfach nicht zu entkommen schien, an einer dieser Türen und blickte sehnsüchtig hinaus. Selten in ihrem Leben hatte sie sich so sehr gewünscht, allein zu sein.

»Wie war das noch mal bei dir, Eliza?«, begann Peaches, die

offenbar schon ein paar Gläser Champagner zu viel intus hatte. »Wann hast du vor zu heiraten? Ups!« Sie schlug sich die Hand vor den Mund. Und hielt ihre Hand dabei so, dass jede der umstehenden Frauen von ihrem riesigen Verlobungsring geblendet werden musste. »Du hast ja gar niemanden, den du heiraten kannst. Und dabei bist du schon so richtig alt.«

Ja, sie wurde in diesem Sommer dreißig, dachte Eliza. Aber wenigstens war sie nicht nach einer Obstsorte benannt worden. Sie zwang sich zu einem Lächeln, biss sich auf die Zunge und verkniff sich einen Kommentar.

»Das muss schrecklich sein, so ein einsames Leben zu führen.« Gespielt mitfühlend strich Apple ihr über den Arm. »Aber da sieht man es mal wieder: Geld ist nicht alles. Die Liebe kann man sich eben nicht kaufen.« Sie drehte ihren Verlobungsring, der dem ihrer Schwester in nichts nachstand.

»Umso mehr freue ich mich für euch, liebe Cousinen«, versuchte Eliza, freundlich zu bleiben. Wie lange würde sie noch durchhalten müssen, bis sie sich davonstehlen konnte, ohne sich eine Predigt ihrer Mutter anhören zu müssen?

»Miss Woodward?«

Eliza drehte sich um, als jemand ihren Namen sagte. Vor ihr stand ein Mann im Smoking, den sie nicht kannte. Die Cousinen verstummten mit weit aufgerissenen Augen und Ohren, um ja kein Wort der bevorstehenden Unterhaltung zu verpassen.

Der Mann hielt ihr ein Glas Champagner entgegen. »Ich habe mich gefragt, ob ich Sie vielleicht auf einen Drink oder einen Tanz entführen dürfte.«

Sie griff nach dem Glas wie nach einem Rettungsanker. Er war attraktiv. Nicht viel größer als sie, aber seine blau-grünen Augen lächelten. Und um seinen Mund lag ein ironischer Zug.

Eliza mochte ihn auf der Stelle. Doch selbst wenn er ausgesehen hätte wie Quasimodo, hätte sie seine Einladung angenommen. Allein, um von ihren grausamen Verwandten wegzukommen. »Das ist sehr nett von Ihnen. Vielen Dank.«

Er bot Eliza seinen Arm, und sie hakte sich unter. Als er in Richtung Tanzfläche steuern wollte, hielt sie ihn auf. »Hier entlang«, flüsterte sie und zog ihn durch eine offenstehende Fenstertür auf die Terrasse. Der Mann folgte ihr bereitwillig. Hier draußen waren sie völlig allein, obwohl das Haus mit über dreihundert Gästen fast aus allen Nähten platzte. Eliza begriff, warum das so war, als der raue Wind, der über den Atlantik fegte, begann an ihrem Kleid und ihrer Frisur zu zerren, kaum dass sie draußen war. Wahrscheinlich gab es nicht viele Frauen, die sich auf einer Hochzeitsfeier freiwillig so durcheinanderwirbeln ließen.

Ihr Begleiter schien den gleichen Gedanken zu haben. Er blickte sie von der Seite an. »Möchten Sie lieber wieder reingehen?«

»Nein.« Eliza schüttelte den Kopf. Ihre Mutter würde nicht begeistert sein, wenn sie mit einer völlig zerzausten Hochsteckfrisur ins Haus zurückkehrte. Aber im Moment genoss sie die Stille und das Alleinsein – na ja, sie war ja nicht ganz allein. Sie ging bis zur Terrassenbrüstung und blickte auf das Meer hinaus, das in wilden Wellen gegen die Klippen schlug.

Der Mann trat neben sie. Einen Moment schwieg er. Dann spürte sie abermals seinen Blick auf ihr ruhen. »Ich kam nicht umhin, das Gespräch zwischen Ihnen und Ihren Cousinen mitzuhören«, sagte er leise. »Was automatisch dazu geführt hat, dass ich das Bedürfnis verspürt habe, den Ritter zu spielen und Sie aus den Fängen dieser Hexen zu retten.«

Eliza drehte sich zu ihm um und schenkte ihm ein scheues Lächeln. Sie wäre gern offener, ungezwungener gewesen. Aber sie hatte bisher nicht viele Erfahrungen mit Männern gemacht. Und die, die sie hatte machen müssen, hatten allesamt nicht gut geendet. »Sie kamen genau im richtigen Moment. Noch einmal vielen Dank.« Sie hob ihr Glas, stieß mit ihm an und nippte an ihrem Champagner.

Der ironische Blick, mit dem der Mann ihre Cousinen bedacht hatte, war verschwunden. Zurückgeblieben waren nur Freundlichkeit und Offenheit. »Mein Name ist Gregory Ellerton. Meine Freunde nennen mich Greg.« Er reichte ihr die Hand, und Eliza ergriff sie. Warm und fest, stellte sie fest und war überrascht, dass auf einmal ein Schmetterling in ihrem Bauch vorsichtig mit den Flügeln schlug. »Ich muss gestehen, dass ich mich nicht ohne Grund an Sie herangeschlichen habe. Sie sind die schönste Frau auf dieser Hochzeit, abgesehen von der Braut selbstverständlich«, ergänzte er mit einem schiefen Lächeln. »Ich wollte Sie unbedingt um einen Tanz bitten.«

Eliza trank einen großen Schluck Champagner, während er ihre Hand noch immer festhielt. Die Kohlensäurebläschen prickelten an ihrem Gaumen. »Das wäre schön. Ich würde wirklich gern mit Ihnen tanzen, Greg.« Sie wandte sich zum Haus um, doch Greg, der noch immer ihre Hand hielt, blieb stehen. Mit einem fragenden Blick drehte sie sich zu ihm um.

»Da wäre noch eine Sache«, sagte er.

Die Schmetterlinge in ihrem Bauch stellten das Flattern ein. Hatte sie sich gerade lächerlich gemacht, weil sie dachte, er wäre tatsächlich an ihr interessiert? Dabei hatte ihn wahrscheinlich ihre Mutter gebeten, sie zum Tanzen aufzufordern.

»Ich möchte ehrlich sein, Miss Woodward«, begann er.

»*Eliza*«, *verbesserte sie ihn ganz automatisch.*

»*Eliza*.« *Er lächelte sie unter halb gesenkten Lidern an. Sein Daumen glitt in einer zarten Geste über ihren Handrücken, und die Schmetterlinge kehrten zurück.* »*Ich arbeite für die Woodward Holding.*«

»*Oh.*« *Sie wusste nicht, was sie von diesem Geständnis halten sollte. Ihre beiden Exfreunde hatten nicht für ihren Vater gearbeitet. Aber sie hatten sich insgeheim trotzdem erhofft, an ihr Vermögen heranzukommen. Das Lächeln, zu dem sie sich zwang, fühlte sich wacklig an.* »*So ein Zufall. Ich arbeite auch für diese Firma. Wie finden Sie den Chef?*«

Greg lachte und ließ ihre Hand los, was sich wie ein kleiner Verlust anfühlte. »*Er soll ein strenger Hund sein. Fordernd. Aber ein Mann, von dem man viel lernen kann.*« *Er fuhr sich durch die Haare und zerzauste sie damit noch mehr, als es der Wind getan hatte.* »*Ich bin im Moment Trainee und darf für ein paar Wochen in den Vorstand hineinschnuppern. Er hat mich zu dieser Hochzeit eingeladen, und ich habe zugesagt, weil ich …*« *Seine Wangen färbten sich eine Schattierung dunkler.* »*Ich habe Sie gesehen, Eliza. In der Firma. Sie sind ein paarmal an meinem Büro vorbeigelaufen. Zusammen mit Mr. Penn. Ich wusste sofort, dass ich Sie gerne kennenlernen und auf einen Kaffee einladen möchte.*« *Er trat von einem Fuß auf den anderen. Sein Geständnis schien ihm ein wenig unangenehm zu sein.* »*Als ich erfahren habe, wer Sie sind, sah ich die gemeinsame Tasse Kaffee schon am Horizont verschwinden. Aber als Ihr Vater mich und ein paar seiner Mitarbeiter zur Hochzeit seiner Nichte eingeladen hat, habe ich die Chance bei den Hörnern gepackt. Ich musste Sie einfach ansprechen.*«

Seine Offenheit war überwältigend. Und einschüchternd.

Eliza schluckte. So hatte noch nie ein Mann mit ihr gespro-
chen. Das Lächeln, das sich langsam, aber unaufhaltsam auf
ihrem Gesicht ausbreitete, fühlte sich schon wesentlich echter an.
»Wie wäre es mit dem Tanz, um den Sie mich gebeten haben?«
Sie war überrascht von sich selbst. Flirtete sie gerade mit einem
Fremden? Einem Mann, der für ihren Vater arbeitete? Anstatt
sich diese Fragen zu beantworten, hakte sie sich bei Greg unter
und begann, in Richtung Haus zurückzugehen. »Und wie ist das
mit dem Kaffee?«, fragte sie ihn, nachdem sie ein paar Schritte
gegangen waren. »Wäre ein Stück Kuchen in der Einladung in-
begriffen?«

Greg überlegte keine Sekunde, ehe er antwortete. »Was ist Ihr
Lieblingskuchen, Eliza?«, fragte er.

»Pecan Pie.«

»Stellen Sie sich vor: Ich hatte gerade vor, Sie auf eine Tasse
Kaffee und ein Stück Pecan Pie einzuladen.« Er zwinkerte ihr
zu.

Eliza konnte nicht anders. Sie legte den Kopf in den Nacken
und lachte. Wer hätte gedacht, dass sich die Hochzeit ihrer Cou-
sine zu einem so angenehmen Abend entwickeln würde?

Sie zog sich kurz auf die Toilette zurück, um wenigstens etwas
Ordnung in ihre vom Wind zerzausten Haare zu bringen. Die
aufgeregte Röte, die sich über ihre Wangen zog und das Glän-
zen in ihren Augen hatten mit Sicherheit nichts mit der Witte-
rung auf der Terrasse zu tun. Greg wartete im Flur auf sie, als
sie aus dem Waschraum kam. Er nahm wie selbstverständlich
ihre Hand und führte sie zur Tanzfläche. Sie wiegten sich zur
Musik. Sie redeten. Sie lachten. Und Eliza trank viel zu viel
Champagner. Greg sah gut aus. Er war charmant und bemühte
sich um sie. Sie wusste nicht, wann ihr zum letzten Mal so viel

Aufmerksamkeit geschenkt worden war. Diese Gefühle machten sie fast noch betrunkener als der Alkohol – und ließen sie auf Wolken schweben.

Als der Abend endete und Eliza in den Wagen stieg, der sie nach Hause brachte, versuchte er nicht, sie an sich zu ziehen oder zu küssen. Er sah sie nicht als alkoholbedingtes leichtes Ziel – Greg war ein perfekter Gentleman. Er griff nach ihrer Hand und ließ seine Lippen ganz leicht über ihre Fingerknöchel gleiten. »Kommen Sie gut nach Hause, Eliza«, sagte er, als er sich aufrichtete und ihr wieder in die Augen sah. »Ich würde mich wirklich freuen, wenn ich Sie auf einen Kaffee einladen dürfte.«

Elizas Herz machte einen Satz. Sie reichte ihm ihre Karte. »Auf der Rückseite steht meine private Nummer. Rufen Sie mich an.«

Greg Ellerton spielte keine Spielchen. Er wartete keine taktischen drei Tage, wie das üblich zu sein schien. Nein, er zeigte aufrichtiges Interesse an ihr. Dessen war sich Eliza sicher, als er sich am nächsten Morgen meldete.

3

Sommer 2014

Greg Ellerton war ein Kavalier der alten Schule. Elizas erste Ver-
abredung mit ihm begann mit einer einzelnen roten Rose und
endete mit einem Kuss auf die Wange. Natürlich gab sie sich alle
Mühe, sich nicht von ihm blenden zu lassen. Sie holte Informa-
tionen über ihn ein. Sie wollte nicht noch einmal auf den Typ
Mann hereinfallen, den ihre beiden Exfreunde verkörpert hat-
ten. Einen, der dachte, er könne über sie an das Vermögen ihrer
Familie herankommen. Der erste, Daniel, hatte nie ernsthaft in
Betracht gezogen, sich von seiner eigentlichen Freundin zu tren-
nen, mit der er nicht nur vor ihrer Beziehung, sondern auch
währenddessen zusammengeblieben war. Nigel dagegen war tat-
sächlich Single gewesen. Allerdings hatte er einmal vergessen, sein
Tablet wegzuräumen, und sie hatte ihren Namen gelesen, als sie
es vom Tisch genommen hatte und sich das Display dabei ein-
schaltete. Fassungslos hatte sie den Plan gelesen, den er entwor-
fen hatte. Vom Kennenlernen über den geplanten Heiratsantrag
bis hin zur Hochzeit. Für die Zeit danach hatte er bereits be-
gonnen, ihr Vermögen für seine Bedürfnisse zu verplanen. Greg
würde sich also in Geduld üben müssen. Sie würde sich erst auf

ihn einlassen, wenn sie sicher war, dass er der Richtige war. Er war anders als seine Vorgänger. Vier Jahre jünger als Eliza, aber fleißig und ehrgeizig. Er hatte einen sehr guten Studienabschluss in der Tasche und war ihrem Vater bereits aufgefallen. Also würde er Karriere machen bei der Woodward Holding. Und das würde nichts mit ihr zu tun haben. Er würde seinen Weg ganz allein gehen. Als ihr Vater herausfand, dass sie sich mit Greg verabredete, war er nicht, wie Eliza befürchtet hatte, gegen die Verbindung. Ganz im Gegenteil. Er war der Meinung, dass sie sich nach ihren bisherigen Fehlgriffen endlich auf den Richtigen eingelassen hatte. Greg war gut für sie. Und wenn er sich noch ein paar Jahre bewährte, wäre er die richtige Person, an die er das Unternehmen übergeben konnte, wenn er sich aus dem Geschäftsleben zurückziehen würde.

Elizas Gedanken kehrten in die Gegenwart zurück. Wer hätte gedacht, dass alles so anders kommen würde, als ihr Vater es sich damals ausgemalt hatte? Ihr Blick war noch immer auf die Bucht gerichtet. Genug Erinnerungen gewälzt. Entschlossen drehte sie ihren Stuhl zum Schreibtisch zurück und griff nach dem Exposé, das Jeff ihr dagelassen hatte. Eliza war bereits vor der Recherche des Anwalts von Jake Fosters Projekt begeistert gewesen. Sie wusste, dass die Brauerei ein Erfolg werden würde. Jake gehörte zu der Sorte Mensch, die ihre Vorhaben akribisch planten und sie trotzdem mit Herzblut umsetzten. Seine Leidenschaft für die Brauerei las sich in jeder Zeile seiner Auflistung. Trotzdem hatte er ehrlich und professionell kalkuliert, hatte sich nicht von seinen Träumen davontragen lassen. Es war ein absolut realistischer Plan, den er ihr vorgelegt hatte. Und Jeff bestätigte genau das.

Sie hatte Jake Foster auf dem Thanksgiving-Empfang der Hunters im vergangenen Jahr kennengelernt. Andrew hatte ihn ihr vorgestellt. Eliza hatte ihm sofort angesehen, dass er sich inmitten ihrer Gesellschaftsschicht nicht wohlfühlte. Er sah gut aus in seinem Smoking, aber sie hätte wetten können, dass er normalerweise lieber Jeans und vielleicht sogar eine Lederjacke trug. Aus irgendeinem Grund, den sie nicht verstand, hatte er sie vom ersten Moment an in seinen Bann gezogen. Er war so überzeugt von seinem Projekt, so bereit, die Ärmel hochzukrempeln und loszulegen. Sie hatte sofort beschlossen zu investieren, wenn sein Geschäftsplan in Ordnung wäre. Greg hingegen hatte geringschätzig den Mund verzogen, sobald Jake ihnen den Rücken zugedreht hatte, und entschieden, kein Geld der Woodward Holding in eine so kleine Klitsche zu stecken, wie er es nannte. Eliza hatte ihm nicht widersprochen. Als sie an jenem Abend nach Hause gekommen waren, hatten sie eine Auseinandersetzung gehabt, weil Greg der Meinung war, dass sie zu eng mit einem von Hunters Geschäftspartnern getanzt hatte. Als sie im Bett lag und versuchte, sich von den Schmerzen abzulenken, die von ihrem Sturz auf den Fliesenboden im Badezimmer herrührten, hatte sie endgültig beschlossen, Jake Fosters Geschäftspartnerin zu werden und die Brauerei aus ihrem Privatvermögen zu finanzieren. Das war mit Sicherheit eine Trotzreaktion auf Gregs Entscheidung – es wäre aber trotzdem kein Fehler.

Eliza legte die Mappe mit den Unterlagen auf den Tisch und griff nach dem Telefon. Jake hatte einfach Pech gehabt. Gleich zweimal hatte sie ihn in den vergangenen Monaten versetzt. Entschlossen tippte sie seine Nummer ein und wartete.

Nach dem sechsten Klingeln nahm er ab. »Foster.« Sie hörte im Hintergrund irgendeinen Rock-Song aus den Achtzigern. Die Fahrgeräusche und der blecherne Lautsprecherklang seiner Stimme ließen sie annehmen, dass er gerade mit dem Auto unterwegs war.

»Eliza Woodward«, sagte sie.

»Mrs. Woodward«, grüßte er mit seiner tiefen Stimme.

»Ich möchte noch einmal wegen des Finanzierungsangebotes mit Ihnen sprechen. Aber zunächst möchte ich mich entschuldigen, weil ich den letzten Termin nicht wahrnehmen konnte.«

Jake sagte nichts darauf, und Eliza wurde klar, warum. Sie war nicht die Einzige, die sich über ihren künftigen Geschäftspartner informiert hatte. Er hatte ebenfalls Erkundigungen eingezogen. Eliza Woodward ließ gern mal einen Termin platzen, hatte man ihm sicher erzählt. Zumindest tuschelte man das hinter ihrem Rücken. Früher hatte sie sich mit wortreichen Lügen entschuldigt, wenn sie eine Verabredung nicht hatte wahrnehmen können, weil sie ein blaues Auge oder eine Platzwunde im Gesicht daran gehindert hatten. Doch irgendwann hatte sie begriffen, dass es einfacher war, gar nichts zu sagen. Inzwischen wurde sie von vielen die Eisprinzessin genannt. Ihr Schweigen und ihre Zurückgezogenheit ließen sie überheblich und arrogant erscheinen. Aber zumindest verhinderte sie damit unbequeme Fragen, die sie weder beantworten konnte – noch wollte. Sie ließ die Menschen um sich herum längst nicht mehr nahe genug an sich heran, dass sie merkten, wie verzweifelt sie sich oft an den dünnen Faden klammerte, der ihre Maske hielt. Wie hart sie oft kämpfen musste, um ihre Emotionen, die Angst und die Scham, zu verstecken. »Wenn Sie es einrichten können, würde ich gern noch mal ein Treffen ansetzen«, fuhr sie fort. Ihr Herz klopfte, als sie auf seine Antwort wartete. Sie wollte nicht, dass er sie für eine arrogante Zicke hielt, der man nicht trauen konnte. Sie wollte von ihm nicht als die Eisprinzessin gesehen werden. »Ich habe mir Ihre Unterlagen noch einmal angesehen. Und ich möchte wirklich investieren, Mr. Foster«, überbrückte sie die Stille zwischen ihnen, als Jake noch immer schwieg. Jetzt erkannte sie auch den Song im Hintergrund. *I won't back down* von Tom Petty. *Ich weiche nicht zurück.* Wie passend. Jake Foster schien tatsächlich nicht der Typ zu sein, der vor irgendetwas oder irgendjemandem zurückwich.

»Aller guten Dinge sind drei, vermute ich«, hörte sie ihn schließlich sagen und atmete erleichtert auf. »Ich bin im Moment auf dem Weg nach Cape Cod, aber in zwei Wochen habe ich noch ein paar Termine in Boston. Bei dieser Gelegenheit können wir uns treffen«, schlug er vor.

»Wunderbar.« Eliza würde ihn weder in der Firma noch in ihrem Haus empfangen können, wenn sie vermeiden wollte, dass Greg Wind von der Sache bekam. Aber freitags aß sie hin und wieder in dem Jachtklub, dem ihre Familie seit seiner Gründung angehörte. »Lassen Sie uns zum Lunch treffen. Ich schicke Ihnen eine Terminbestätigung und den Treffpunkt.«

»Tun Sie das.« Er zögerte einen Moment. »Aber versetzen Sie mich nicht noch einmal, Mrs. Woodward.«

Ehe sie ihm versichern konnte, dass das nicht geschehen würde, hatte er aufgelegt. Ohne einen Gruß, was durchaus verständlich war. Sie notierte sich den Termin in einer verschlüsselten Notiz auf ihrem privaten Handy und wandte sich den Unterlagen zu, die Greg ihr hingelegt hatte. Es war ihr gelungen, Jake Foster zu besänftigen. Nichts würde sie davon abhalten können, ihre nächste Verabredung tatsächlich wahrzunehmen.

*

Jake wäre gern an den Straßenrand gefahren und hätte für einen Moment über das Telefonat – und das damit verbundene Angebot – von Eliza Woodward nachgedacht. Doch als er das Gespräch beendete, war er bereits in die Straße eingebogen, in der seine Mutter lebte. Und wie üblich stand Carolyn bereits an ihrem schneeweißen Gartenzaun und erwartete ihn. Sie zog ihn in eine feste Umarmung, sobald er den Wagen gehalten hatte und ausgestiegen war. »Schön, dass du noch mal vorbeischaust, bevor du dich aus dem Staub machst«, sagte sie mit einem Lächeln in der Stimme und lehnte sich ein wenig zurück, um ihm ins Gesicht schauen zu können. Zärtlich strich sie mit ihrer Hand über seine Wange, wie sie es schon getan hatte, als er noch ein kleiner Junge gewesen war. »Na komm, bringen wir deine Sachen ins Haus.«

Jake nickte, ging um den Pick-up herum und öffnete die Ladeklappe. Er zog den ersten Karton Schallplatten heraus. Carolyn trat neben ihn und blickte auf das Truckbett. »Die lässt du aber nicht hier«, sagte sie und strich mit den Fingerspitzen über den zerkratzten Gitarrenkoffer, der übersät war mit unzähligen Aufklebern, die an all die Orte erinnerten, die er in seinem Leben besucht hatte. Seine Mutter hatte ihm seine ersten Akkorde beigebracht. Und sie hatte ihm diese Gitarre geschenkt.

»Ich ziehe doch nicht ohne meine Gitarre um.« Er nickte mit dem Kinn in Richtung eines leichteren Kartons. »Nimm den, der ist nicht so schwer.« Dann ging er Carolyn voraus ins Haus. Sein früheres Zimmer lag im hinteren Teil des Bungalows. Er schob die Tür auf und stellte den Karton an die Wand – direkt unter das Poster von Hot-Beer-Girl, wie er sie immer genannt hatte. Im Laufe der Zeit hatte er die Poster seiner Teenagerfantasien und Monstertrucks abgehängt, die sich über die Jahre angesammelt hatten. Hot-Beer-Girl zu entfernen hatte er allerdings nicht fertiggebracht. Das Poster zeigte eine vollbusige Blondine in einem winzigen weißen Bikinihöschen, die gerade aus einem überdimensionalen Bierglas stieg. Tropfen hingen in ihren langen Wimpern, perlten an ihrem Oberkörper und Schenkeln hinunter. In beiden Händen hielt sie je ein Pint Bier, das sie vor ihre nackten Brüste presste. Dieses Bild war sein persönlicher Kultgegenstand.

»Die wirst du auch nie abhängen, oder?« Seine Mutter stellte ihren Karton neben seinen und richtete sich grinsend auf.

»Das ist Kunst«, gab er zurück und grinste ebenfalls. »Vielleicht bekommt sie in meinem neuen Zuhause einen Ehrenplatz.« Wenn er erst einmal ein Zuhause gefunden hatte.

»Na komm.« Carolyn legte ihm die Hand auf den Rücken. »Lass uns den Rest unterstellen und dann einen Kaffee trinken.«

Nachdem sie alles, was in Boston bleiben würde, ausgeladen hatten, setzten sie sich mit ihren Tassen auf die schmale Veranda des Puppenhäuschens, wie Jake das Zuhause seiner Mutter insgeheim nannte. Der winzige Vorgarten quoll über an Farben und Formen. Jake erkannte so gut wie keine dieser Blumen, aber Niclas' Verlobte Marie, die ja Gärtnerin war, hätte hier mit Sicherheit ihre Freude. Er genoss die Sonnenstrahlen, die sein Gesicht erwärmten, und lauschte auf das Summen der Bienen und Hummeln.

»Du weißt, wie riskant es ist, einfach alles hinter sich zu lassen«, sagte seine Mutter neben ihm leise.

Jake hob die Lider und wandte ihr den Blick zu. Ihre braunen Augen waren ein Spiegel seiner eigenen. Über die Jahre hatten sich kleine Fächer aus Fältchen in die Augenwinkel gegraben, die sie hauptsächlich ihrer fröhlichen Natur zu verdanken hatte. Ihre wilden, dunklen Locken, die sie im Nacken zu einem lockeren Knoten geschlungen hatte, wurden von ersten grauen Strähnen durchzogen. Carolyn gehörte nicht zu den Menschen, die sich für ihr Alter schämten oder gar dagegen kämpften. Manchmal dachte Jake, sie wurde mit jedem Jahr, das sie älter wurde, noch ein Stückchen schöner. Heute wirkte sie auf ihn allerdings etwas nervös.

Um sie zu beruhigen, griff Jake nach ihrer Hand. »Ich bin nicht aus der Welt, Mom. Ich werde mit Sicherheit oft genug in Boston sein. Und du kannst mich jederzeit besuchen kommen.«

Carolyn drückte seine Finger kurz, dann zog sie ihre Hand aus seiner und strich ihm eine widerspenstige Haarsträhne aus der Stirn, ehe sie seinen Vorschlag mit einer eleganten Bewegung ihrer Finger zur Seite wischte. »Vielleicht, wenn du irgendwann ein eigenes Apartment hast«, sagte sie. »Aber in das Strandhaus der Hunters? Nein, danke.« Obwohl ihre Mutter, Jakes Großmutter Moira, viele Jahre als persönliche Assistentin für Theodor Hunter und davor für dessen Vater gearbeitet hatte, konnte Carolyn die Familie nicht ausstehen. Genauso wie Jake den Eltern von Niclas und Andrew ein Dorn im Auge war.

»Die Brauerei musst du dir aber schon ansehen«, sagte Jake.

»Das mache ich, versprochen. Sobald es meine Termine zulassen und all diese verrückten Sommergäste von der Halbinsel verschwunden sind, nehme ich mir ein Hotelzimmer auf Cape Cod und lasse mir alles von dir zeigen«, versprach sie.

Sie blickten wieder in den Garten und tranken ihren Kaffee, ohne viel zu sprechen. Das war eine der Eigenschaften, die Jake an seiner Mutter liebte. Sie musste nicht ohne Punkt und Komma reden. Und sie wollte nicht jedes Detail aus seinem Leben haarklein wissen. Sie wusste, er würde ihr alles erzählen, was wichtig war.

Als Jake sich auf den Weg machte, umarmte sie ihn fest. »Viel Glück, mein Junge«, flüsterte sie ihm ins Ohr und küsste ihn.

Er stieg in seinen Wagen und setzte seine Sonnenbrille auf. Dann schaltete er die Klimaanlage aus und suchte im Radio einen Sender, der Rockklassiker spielte. Kein Roadtrip ohne Bruce Springsteen war eine Devise, an die er sich hielt, seit er zum ersten Mal seinen Führerschein in den Händen gehalten hatte. Dann ließ er die Fenster herunter und reihte sich voller Vorfreude in die Blechkolonne der Feriengäste ein, die in Richtung Atlantikküste, Cape Cod und der Fähranleger nach Marthas Vinyard und Nantucket kroch. Er würde deutlich länger als sonst brauchen, um nach Sunset Cove zu kommen. Aber das machte ihm nichts aus. Wenn er ankam, würden ein kaltes Bier und ein wunderschönes Zimmer mit Blick über den Ozean auf ihn warten. Andrew hatte darauf bestanden, dass er ins Sommerhaus zog. Den Vorschlag hatte er Jake bereits unterbreitet, als er noch nicht gewusst hatte, dass er selbst auf der Halbinsel leben und seine Freundin Holly samt ihres Bruders Jackson bei ihm einziehen würde. Nachdem im Frühjahr ein ziemlich kranker Stalker in Hollys Wohnung eingebrochen war und versucht hatte, ihr etwas anzutun, hatte sie es nicht mehr geschafft, an den Tatort zurückzukehren. Sie war auf Andrews Bitte hin schließlich ebenfalls in das Strandhaus gezogen und hatte das Apartment über ihrem Restaurant, dem Fairway, an einen der Beiköche vermietet.

Hollys Bruder Jackson und seine Freundin Rachel hatten gerade ihren High-School-Abschluss gemacht und genossen den letzten Sommer in Freiheit. Das bedeutete, dass ständig irgendwelche Kumpels von ihm die Terrasse bevölkerten, bis in die Nacht um ein Lagerfeuer am Strand saßen oder einfach nur im Wohnzimmer herumlümmelten, um Xbox zu zocken. Sie feierten Partys auf dem alten Leuchtturm, der die Bucht begrenzte. Sie rasten wild lachend mit ihren Jetskis über das Wasser, und immer wieder wehte eine Mischung aus Hip Hop, Indie und den momentan so angesagten DJs ins Haus.

Während Jake in seinem Pick-up über die Sagamore Bridge kroch, wuchs seine Sehnsucht nach Sunset Cove immer mehr. So viele Jahre hatte das Strandhaus leer gestanden. Die Einzigen, die damals das Gebäude betreten hatten, waren der Putzservice, der Poolboy, der den Jacuzzi reinigte, und das Gartenpflegeteam gewesen. Seit Andrews und Niclas' Mutter Georgina versucht hatte, sich in dem wunderschönen Turmzimmer das Leben zu nehmen, war Sunset Cove verwaist gewesen. Aus dem Bewusstsein seiner Besitzer verschwunden. Bis zum vergangenen Herbst, als Niclas ein Versteck gesucht hatte, in dem er sich von der Welt zurückziehen konnte. Er hatte Marie kennengelernt und nicht nur einen neuen Weg eingeschlagen, sondern auch die Liebe gefunden. Dann war Andrew ihm gefolgt, hatte sich an Hollys Seite ebenfalls für ein Leben auf der Halbinsel entschieden. Sunset Cove war auf einmal wieder das, was es früher einmal gewesen war. Ein großes, offenes Haus, in dem sich die Vorhänge im Wind bauschten, der durch die offenen Fenster wehte. Jake genoss die wunderbaren, stillen Momente im Morgengrauen, in denen er seinen Kaffee auf der Strandtreppe oder gegen das Terrassengeländer gelehnt trinken konnte. Aber abgesehen davon barst das Haus geradezu vor Liebe und Fröhlichkeit. Vor wildem Lachen und unbändiger Lebenslust. Genau dafür war dieses Strandhaus geschaffen. Sunset Cove war aus seinem Dornröschenschlaf erwacht.

*

Theodor Hunter legte den Hörer auf und ließ den Blick über die Galerie seiner Ahnen schweifen, die in großen, schweren Ölbildern an der gegenüberliegenden Wand aufgereiht waren. Manchmal bildete er sich ein, sie beobachteten ganz genau, was er in seinem Arbeitszimmer in Hunter House tat. Wenn er einen besonders gerissenen Deal abgeschlossen hatte, hatte er hin und wieder das Gefühl, dass sie begeistert grinsten. In Momenten wie jetzt konnte er dagegen ihre missbilligenden Blicke geradezu körperlich spüren. Er war dabei zu versagen. Nicht geschäftlich. Da machte ihm niemand etwas vor. Es war sein Körper, der ihn im Stich gelassen und inzwischen in eine ausweglose Situation katapultiert hatte. Ein Nierenversagen hatte sein Leben von heute auf morgen auf den Kopf gestellt. Er war von einer Dialyse abhängig, die täglich die Gifte aus seinem Blut wusch. Aber ihm war bewusst, dass es so auf Dauer nicht weitergehen konnte. Er brauchte eine Spenderniere. Dringend. Erst dann würde er wieder problemlos arbeiten, reisen – ja, einfach nur leben – können.

Er zog die PC-Tastatur zu sich heran, um sich ein paar Notizen zu dem Gespräch zu machen, das er gerade geführt hatte, als es an seiner Arbeitszimmertür klopfte. Wahrscheinlich das Hausmädchen, Marisol, das auf Weisung seiner Frau einen Tee oder einen gesunden Snack brachte. »Herein«, rief er, und es war tatsächlich Marisol, die die Tür öffnete. Allerdings wurde sie zur Seite geschoben, und sein Nephrologe schob sich an ihr vorbei. »Was …?«, begann Theodor, bereits halb aus seinem Sitz erhoben.

»Entschuldigen Sie, Sir«, hörte er die empörte Stimme seiner Angestellten, ehe Dr. Leeberman sich zu ihr umdrehte und ihr mit einem »Wir brauchen Sie im Moment nicht« die Tür vor der Nase zuschlug.

Theodor ließ sich in seinen Schreibtischsessel zurückfallen. »Interessant«, sagte er mit der schneidend kalten Stimme, die er für Menschen reservierte, die glaubten, sich ihm gegenüber so benehmen zu dürfen. »Ich kann mich gar nicht daran erinnern, Ihnen die Erlaubnis gegeben zu haben, mein Personal herumzukommandieren. Geschweige denn, einfach unangemeldet hier hereinzuplatzen.«

»Sie …« Leeberman vibrierte vor Wut. Er stützte sich

mit der linken Hand auf dem glänzenden Mahagoni von Theodors Schreibtischoberfläche ab und beugte sich zu ihm herüber, während er wild mit der rechten Hand vor ihm herumfuchtelte. Sein immer etwas zu groß wirkender Anzug von der Stange hing schief an ihm, und seine Brille war auf die Nasenspitze gerutscht, ohne dass er es gemerkt hatte. Für einen Moment schienen ihm die Worte zu fehlen, doch dann brüllte er: »Sind Sie noch bei Trost?«

Theodor erhob sich. Gefährlich langsam. Was glaubte dieser Hanswurst eigentlich, was er hier tat? Glaubte er ernsthaft, hier reinmarschieren und rumschreien zu können? »Raus«, sagte er, im Gegensatz zu dem Arzt mit sehr leiser, aber nicht weniger vor Zorn bebender Stimme.

»Ich gehe, wenn ich fertig bin mit dem, was ich zu sagen habe.« Immerhin trat Leeberman einen Schritt zurück und atmete einmal tief durch. Er schien die Fassung zurückzuerlangen und sah nicht mehr so aus, als würde ihn jeden Augenblick der Schlag treffen. »Was haben Sie sich nur dabei gedacht?«, fragte er.

»Ich habe keine Ahnung, wovon Sie reden.« Theodor fixierte ihn scharf. Allerdings begann er zu ahnen, worauf dieses Gespräch hinauslief. »Nehmen Sie doch Platz«, bot er dem Arzt an.

Ehe Leeberman eine Entscheidung zwischen sitzen und stehen treffen konnte, wurde die Tür seines Arbeitszimmers aufgerissen, und Theodors Frau stürmte herein.

Georgina blickte zwischen ihm und dem Doc hin und her. »Was ist hier los?«, verlangte sie zu wissen. »Marisol hat mich informiert, dass Sie sie einfach überrannt haben. So kenne ich Sie gar nicht.«

»Normalerweise versucht ja auch niemand zu zerstören, was ich aufgebaut habe«, fuhr er sie an und drehte sich wieder zu Theodor um. »Sie bringen mich in Teufels Küche, Theodor.«

Theodor sagte nichts. Georgina warf ihm aus zusammengekniffenen Augen einen Blick zu. »Was soll das heißen, Dr. Leeberman?«

»Ihr Mann hat versucht, sich in Indien eine Niere zu kaufen.« Erbost schlug der Arzt mit der Faust auf den Schreibtisch und schob dann die Brille hoch, ehe sie von seiner Nasenspitze rutschen konnte.

»Was hast du getan?« Georgina ließ sich auf einen der gepolsterten Sessel vor Theodors Arbeitsplatz fallen.

Er antwortete nicht. Dafür hatte Leeberman jede Menge zu sagen. »Ein Dritte-Welt-Land! Sie haben versucht, sich in einem der ärmsten Länder der Welt eine Niere zu kaufen. Sind Sie von allen guten Geistern verlassen?«, machte er sich zum wiederholten Mal Luft. »Glauben Sie etwa, so was spricht sich nicht herum? *Habt ihr es gehört, da hat jemand einen dieser windigen Vermittler engagiert und versucht, mit den indischen Organhändlern ins Geschäft zu kommen* – das wäre bald *das* Gesprächsthema!« Theodor hatte tatsächlich erwartet, dass diese Geschäfte wesentlich diskreter gehandhabt wurden. Aber sein Arzt ließ ihm keine Zeit, darüber nachzudenken. Er wetterte weiter: »Wenn meine Klinik und ich mit Organhandel in Verbindung gebracht werden, verliere ich alles.« Leeberman stützte seine Hände abermals auf den Schreibtisch und beugte sich nach vorne. Mit eindringlichem Blick fixierte er Theodor. »Ich weiß, dass es mit Ihren Voraussetzungen schwierig ist, ein Spenderorgan zu finden. Aber das

Nephrologische Zentrum Boston ist eine der renommiertesten Kliniken auf dem Gebiet der Nierenersatztherapie. Ich werde nicht zulassen, dass Sie mit Ihren hirnrissigen Ideen unseren guten Ruf zerstören. Wenn Sie glauben, so agieren zu müssen, dann tun Sie das ohne meine Unterstützung. Sie können nicht mit dem Leben anderer Menschen spielen, nur weil Sie in Geld schwimmen. Warten Sie gefälligst, bis ein Spenderorgan für Sie bereitsteht. Wenn Sie weiter versuchen, sich illegal eine Niere zu besorgen, werde ich nicht nur sofort Ihre Behandlung beenden. Ich werde Sie auch wegen Organhandel anzeigen. Das verspreche ich Ihnen.« Vor Aufgebrachtheit noch immer schwer atmend ließ sich Leeberman auf den Sessel neben Georgina fallen.

»Sie müssen meinen Mann verstehen«, sagte Georgina leise. Theodor war wieder einmal erstaunt, dass sie Partei für ihn ergriff. In der letzten Zeit schienen sie hin und wieder fast so etwas wie eine ganz normale Ehe zu führen. »Seine Chancen auf einen passenden Spender stehen so schlecht. Die Verzweiflung kann einen Menschen weit treiben. Das erleben Sie doch sicher täglich, Dr. Leeberman.«

»Sicher, Mrs. Hunter. Aber ein solches Verhalten ist einfach indiskutabel.« Er wandte sich Theodor zu. »Ihnen wird nichts anderes übrig bleiben, als zu warten. Sicher, im Moment stehen Sie ziemlich weit hinten auf der Warteliste, und mit Ihren Merkern werden Sie möglicherweise noch Jahre warten müssen. Aber mehr als die Chance, die wir Ihnen geboten haben, werden Sie nicht bekommen. Theodor, Sie müssen sich damit abfinden.«

Er konnte sich aber nicht damit abfinden. Und er wollte es auch nicht. Sein Sohn Niclas war seine einzige Chance gewesen. Weder Georgina noch sein zweiter Sohn, Andrew, wiesen die richtigen genetischen Merkmale auf, um ihm ein Organ zu spenden, das sein Körper nicht abstoßen würde. Ausgerechnet Niclas hatte sich aber im letzten Herbst mit einem psychopathischen Mörder angelegt, der ihn mit einem Messer so schwer verletzt hatte, dass er eine Niere verloren hatte. Es war müßig, sich darüber Gedanken zu machen, dass all das nicht geschehen wäre, hätte er Karriere im familieneigenen Unternehmen gemacht, anstatt Staatsanwalt zu werden. Es ließ sich nun nicht mehr ändern. Seine einzige offizielle Chance auf eine neue Niere war damit vom Tisch. Und was eine Organspende aus Indien betraf – der Anwalt, den er mit diesem heiklen Auftrag betraut hatte, hatte ihm garantiert, dass es gang und gäbe war, sich auf diesem Weg ein Organ zu beschaffen. Leeberman hatte allerdings einen wunden Punkt getroffen. Wenn sogar dem Leiter des Nierenzentrums aufgefallen war, wie er versuchte, sich ein Organ zu kaufen, dann würden die Behörden mit Sicherheit kein Problem haben, hinter die Geschichte zu kommen. Der Vermittler, der ihn beraten hatte, war jedenfalls mit sofortiger Wirkung gefeuert. Soviel war sicher. Theodor lehnte sich in seinem Bürosessel zurück und fuhr sich durch die Haare. »Sie haben natürlich recht, Dr. Leeberman. Es tut mir leid. Ich muss gestehen, es ist genau, wie Georgina es gesagt hat. Ich sehe im Moment wirklich keine Chance für mich.« Er schwieg einen Moment, überlegte noch einmal, ob es tatsächlich an der Zeit war, sein ältestes Geheimnis aufzudecken. Noch wusste er nicht, ob die Idee, die er hatte, ihn weiterbringen würde. Aber welche andere Wahl blieb ihm denn? »Eine Möglichkeit gibt es da vielleicht noch, die ich mit Ihnen besprechen möchte, Dr. Leeberman. Georgina.« Er sah seine Frau an. »Würdest du uns einen Moment allein lassen?«

»Das werde ich ganz sicher nicht. Was du dem Doktor zu sagen hast, geht mich genauso viel an. Also spuck es schon aus.«

Unbehaglich rieb sich Theodor über das Kinn. »Es gibt noch eine Person, die als Spender infrage kommen könnte.« Er hielt inne, als Georgina hörbar einatmete. Vorsichtig sah er zu ihr hinüber, aber ihr Lächeln saß wie festgetackert in ihren Mundwinkeln. »Ich will allerdings nicht mit der Tür ins Haus fallen. Deshalb möchte ich wissen, ob diese Person als Spender geeignet ist, bevor ich sie darauf anspreche. Es handelt sich um einen Mann, der möglicherweise kompatibel ist. Wenn ich Ihnen die Daten gebe, schaffen Sie es dann, die Blutwerte beim Hausarzt anzufordern und herauszufinden, ob sie zu meinen passen? Ohne dass jemand Wind davon bekommt, natürlich.«

»Ich kann niemanden heimlich testen. Sprechen Sie mit der betreffenden Person, schicken Sie sie zu mir. Dann leite ich alles Notwendige in die Wege«, gab der Doc abermals eine Antwort, die Theodor nicht gefiel, ehe er Georgina einen Blick zuwarf.

Sie war blass, wirkte aber gefasster, als Theodor es bei der Bombe, die er gerade hatte platzen lassen, erwartet hätte. Sie sah ihm direkt in die Augen. »Du hast noch einen Sohn?«, fragte sie leise, aber geradeheraus.

»Ja«, sagte er schlicht. Er würde seine Frau ins Bild setzen müssen. Aber jetzt, mit dem Arzt, der zwischen ihnen saß, war das nicht angebracht.

4

Jake hatte Sunset Cove schon immer geliebt. Das erhabene Haus mit dem zweiflügeligen Eingangsportal aus dunklem Eichenholz. Die zu einem warmen Grau verblichenen Zedernschindeln. Der großzügige Turm auf der linken Seite, in dem sich neben einem Atelier und einer Bibliothek nur Georgina Hunters wunderschönes Schlafzimmer befand. Dass sie vor vielen Jahren genau dort versucht hatte, sich das Leben zu nehmen, verlieh dem Ganzen eine düstere Tragik, tat aber der Schönheit des Hauses keinen Abbruch. Auch wenn die Hunters den Turm deshalb mieden. Das offene Wohnzimmer mit dem Kronleuchter und dem großen Kamin, das nur durch eine Wand aus Glas von der Terrasse und dem dahinterliegenden Ozean getrennt war, stand dem in nichts nach. Jake stellte den letzten Karton seiner Habseligkeiten, die er aus Boston mitgebracht hatte, in seinem neuen Zuhause ab. Das Zimmer, in das er zog, war das gleiche, in dem er schon als Teenager geschlafen hatte, wenn er im Sommer bei Andrew und Niclas zu Besuch auf Cape Cod gewesen war. Seine Freunde verbrachten bereits seit ihrer frühesten Kindheit jeden Sommer in Sunset Cove. Er hingegen war in den Ferien mit seiner Mutter meist gereist und hatte viel von der Welt gesehen. Als er jedoch zum ersten Mal zu einem verlängerten

Wochenende auf Cape Cod gewesen war, hatte er sich Hals über Kopf in die Halbinsel verliebt.

Er hätte für sein Leben gern die ganzen Sommer gemeinsam mit Andrew und Niclas in Sunset Cove verbracht, am Strand, im Wasser und auf dem schönen Segelboot der Hunters. Doch seine Mutter hatte das genauso abgelehnt wie Theodor und Georgina. Egal wie sehr er, Niclas und Andrew bettelten, Carolyn war der Meinung, die Sommer gehörten ihnen als Familie. Sie waren dazu da, ihre gemeinsamen kleinen Abenteuer zu erleben. Cape Cod schloss diese Abenteuer aus irgendeinem Grund, den er nicht verstehen konnte, nicht mit ein. Erst viel später hatte er begriffen, dass seine Mutter die Eltern seiner beiden Freunde genauso wenig ausstehen konnte, wie diese seine Mutter und ihn. Was zwischen den Erwachsenen vorgefallen war, hatte er nie herausgefunden, doch mit der Zeit hatten Niclas, Andrew und er es geschafft, sich gegen ihre Eltern durchzusetzen und hier und da ein gemeinsames Wochenende in Sunset Cove herauszuschlagen.

Und jetzt war es sein neues Zuhause. Er sah sich in dem geräumigen Zimmer um. Die Farbe an den Wänden, die er früher irgendwie als Sand bezeichnet hätte, war einem hellen Aqua-Ton gewichen. Die zeitlosen weißen Möbel waren noch die gleichen. Geschmackvolle Schwarz-Weiß-Fotografien mit Motiven des Meeres ergänzten die Einrichtung zusammen mit durchdacht arrangiertem Treibgut. Er trat an die Tür, die aus dem Raum auf den umlaufenden Balkon im ersten Stock führte. Dann schob er den bodenlangen, blendend weißen Vorhang zur Seite und öffnete sie. Gemeinsam mit dem salzigen Wind, der vom Ozean herüberwehte, schallte das Lachen von Hollys Bruder Jackson und seinen

Kumpels zu ihm herauf. Sie rasten wie die Verrückten auf Jet Skis durch die kleine Bucht und drehten ihre Runden um ein paar Mädchen, die auf grellbunten Luftmatratzen und einem riesigen Einhorn-Schwimmring vor sich hindümpelten und kreischten, als die Jungen sie in Wasserfontänen einhüllten. Ein Lächeln stahl sich in Jakes Mundwinkel. Er musste die Jungs später unbedingt überreden, ihn mal eine Runde drehen zu lassen.

Jake trat auf den Balkon. Der Holzboden unter seinen nackten Füßen war warm. Genau wie der Handlauf des Geländers, auf dem er seine Hände abstützte. Er hielt sein Gesicht in Richtung des strahlend blauen Himmels und tankte die Energie der Sonne mit geschlossenen Augen.

»Da ist er ja.« Als er Andrews Stimme hinter sich vernahm, drehte sich Jake um. Niclas und Andrew lehnten wie Spiegelbilder links und rechts im Türrahmen. Sie waren genau wie er mit T-Shirts und Shorts bekleidet, die Füße nackt. Die Sonne hatte die Haare der beiden, die sonst eher an den nassen Sand am Strand erinnerten, mit hellen Strähnen durchzogen. Sie waren braun gebrannt und grinsten – glücklich. Das war das Wort, das sie am besten beschrieb. Sie hatten ihr Glück auf Cape Cod gefunden, und genau das wollte Jake auch. Wenn er morgens in den Spiegel blickte, wollte er genau den gleichen Gesichtsausdruck in seinen Augen entdecken.

Niclas reichte ihm eine Flasche Harbour Beach Ale und stieß, nachdem er sie entgegengenommen hatte, mit ihm und Andrew an. »Auf dein neues Zuhause«, brachte er einen Toast aus. »Genieß deine Zeit in Sunset Cove.«

»Danke.« Jake trank einen Schluck. »Ich kann euch für die Einladung, hier zu wohnen, gar nicht genug danken.«

Andrew grinste. »Das wird so ziemlich die coolste WG, die es auf der Halbinsel gibt.«

Die Brüder traten zu ihm an das Balkongeländer und blickten hinunter. Auf der großen Terrasse, die man vom Wohnzimmer aus betrat, hatten es sich Marie und Holly mit einem Glas Wein auf zwei Deck Chairs gemütlich gemacht. Maries Labrador Sam ruhte zu ihren Füßen, während Hollys total verrückter Retriever Potter im Wasser herumpaddelte und versuchte, den Einhorn-Schwimmring der Mädchen zu entern. »Ich habe wirklich das Gefühl, das große Los gezogen zu haben«, sagte Jake und sah seine Freunde von der Seite an.

»Und wir sind froh, dich hierzuhaben.« Andrew schlug ihm auf die Schulter und drückte sie kameradschaftlich.

Keiner von ihnen wusste, wie lange er tatsächlich hier sein würde. Denn auch wenn Eliza Woodward ihn noch einmal angerufen und um einen weiteren Termin gebeten hatte, stand der Abschluss eines Geschäfts in den Sternen. Vielleicht würde er bereits im Herbst seine Zelte auf Cape Cod abbrechen müssen. Aber das war kein Thema für den heutigen Tag. Denn heute war er angekommen, was sie mit einem Barbecue feiern wollten. Er trank noch einen Schluck Bier und wies mit der Flasche in der Hand nach unten. »Wir sollten langsam den Grill anwerfen, oder was meint ihr?«

Jacksons Freunde hatten offenbar beschlossen, sich bei ihnen durchzufressen. Jake war sich sicher, dass das so blieb, solange Holly und ihr Bruder in Sunset Cove leben würden. Mit Sicherheit würde der Kühlschrank regelmäßig leer sein, wenn diese Horde Teenager hier einfiel. Während Jake mit Andrew und Niclas den Grill vorbereitete und Holly und Marie Salat putzten und Ofenkartoffeln schrubbten, sammelten die Kids Treibholz zusammen und schichteten es am Strand zu einem Haufen auf. Nach einem lauten, fröhlichen Barbecue stiegen sie die Treppe zum Strand hinunter. Das Wasser begann bereits, sich zurückzuziehen, als sie das Lagerfeuer entzündeten und sich auf Decken und Baumstämmen darum herum niederließen. Jacksons Freundin Rachel hatte Stöcke gesammelt und reichte sie gemeinsam mit einer Tüte Marshmallows herum. Die Sonne war längst in einem Farbspektakel, das dem rotgoldenen Züngeln der Flammen glich, im Ozean versunken und hatte dem Königsblau des Nachthimmels Platz gemacht. Millionen und Abermillionen von Sternen funkelten über ihnen.

Jake schob seinen Marshmallow auf den Stock und röstete ihn mit langsamen drehenden Bewegungen über dem Feuer. Er lachte über die flachen Witze und Niclas angeberische Geschichten aus ihrer Jugendzeit, die Hollys Bruder und seine Freunde tatsächlich beeindruckten. Sie kämpften darum, wer das nächste Lied für die Playlist aussuchen durfte, damit nicht nur angesagter Hip Hop und Top DJs durch die Nacht dröhnten, sondern auch ein paar anständige Rocksongs aus den Achtzigern, die Jake bevorzugte. Er zog den heißen Marshmallow vom Stock und ließ den geschmolzenen Eischnee auf der Zunge zergehen. Während DJ Guetta von Metallica abgelöst wurde, glitten seine Gedanken abermals zu seiner Kindheit zurück.

Er war sich bewusst, dass er viel privilegierter aufgewachsen war, als es für das Kind einer alleinerziehenden Mutter üblich war. Carolyn hatte ihm nie erzählt, wer sein Vater war, und irgendwann war er zu der Erkenntnis gelangt, dass sie es selbst nicht wusste. Das hatte ihm nie etwas ausgemacht. Er hatte sich nie danach gesehnt, seinen Vater kennenzulernen – er hatte einfach keinen gebraucht. Seine Mutter und seine Großmutter Moira hatten es immer geschafft, sein Leben auszufüllen. Seine Großmutter, die für Andrews und Niclas Vater Theodor gearbeitet hatte, war bereits die Assistentin von dessen Vater gewesen. Sie war sich des Respekts und der Achtung ihrer Vorgesetzten immer sicher gewesen, die Hunters hatten sie geradezu verehrt. Wahrscheinlich war ihr Gehalt deshalb so fürstlich, dass die Foster-Frauen es sich leisten konnten, ihn auf erstklassige Schulen zu schicken und ihm die Möglichkeit zu geben, an einem der besten Colleges des Landes zu studieren. Das Auskommen seiner Mutter, die als Inneneinrichterin arbeitete, hätte für diese Ausbildung nie gereicht. Abgesehen davon waren sie ein eingeschworenes Team gewesen. Moira, Carolyn und er. Als seine Großmutter vor ein paar Jahren gestorben war, hatte ihnen das den Boden unter den Füßen weggerissen, und der Schock hatte seine Welt für einige Zeit stillstehen lassen. Noch größer war allerdings die Überraschung gewesen, als ihr Testament verlesen wurde. Sie hatte ihm einen ordentlichen Batzen Geld hinterlassen, den er zur Seite gelegt und über die Jahre mit Bedacht vermehrt hatte. Er hatte bereits damals gewusst, dass dieses Geld den Grundstock seiner Selbstständigkeit bilden würde.

*

Elizas Gedanken drifteten langsam an die Oberfläche. Der Schlaf zog an ihr, und fast hätte sie ihn gewinnen lassen, sich noch einmal tiefer in die Laken gekuschelt und eine weitere Stunde im Bett verbracht. Doch dann wurde ihr bewusst, dass sie allein war. Ihre Hand glitt über Gregs Bettseite, die kalt war. Wie lang hatte sie geschlafen? Normalerweise war sie lange vor ihm wach. Sie richtete sich auf und spürte das leichte Ziehen hinter ihren Schläfen. Vielleicht hätte sie das letzte Glas Champagner auf der Weihnachtsfeier am vergangenen Abend nicht trinken sollen. Sie strich sich die Haare hinter das Ohr und wollte gerade aufstehen, als sie Greg entdeckte. Er saß in den dämmrigen Schatten in dem alten Ohrensessel, den sie von ihrer Großmutter geerbt hatte, und starrte sie finster an. Er trug noch das T-Shirt und die Shorts, die er in dieser Nacht getragen hatte. »Guten Morgen, Schatz«, sagte sie, etwas unsicher, was sein Gesichtsausdruck zu bedeuten hatte. »Ist alles okay?«

Greg ging nicht auf ihre Frage ein. »Wer ist Rick Chamberlain?«, wollte er stattdessen wissen. Seine Stimme war so klirrend kalt wie der eisige Wind, der um diese Jahreszeit über die Bucht wehte.

»Rick? Ähh ...« Eliza verstand nicht, wie er auf diese Frage kam. Dann bemerkte sie ihr Handy, das er mit abgehackten Bewegungen zwischen seinen Fingern drehte. »Was machst du mit meinem Handy?«

»Ich wusste es.« Greg erhob sich. Langsam, so als müsse er all seinen Willen zusammennehmen, nicht auszuflippen. Automatisch wich sie ein Stück zurück, obwohl sie beinahe das gesamte Schlafzimmer trennte. »Du triffst dich also mit diesem Bastard.

Treibt ihr es? Lacht ihr euch hinter meinem Rücken kaputt über mich?« Er sprach noch immer mit dieser flachen, monotonen Stimme, die Eliza eine Gänsehaut über den Rücken jagte.

»Greg.« Sie hob beschwichtigend die Hände. »Wie kommst du denn auf so was? Rick und ich sind seit Ewigkeiten befreundet ...«

»Willst du mich verarschen?«, fiel er Eliza ins Wort. »Für wie dämlich hältst du mich? Ich kenne alle deine sogenannten Freunde, die im Übrigen alle nichts taugen. Reiche Wichtigtuer, die nichts auf dem Kasten haben. Und eine Freundschaft zwischen Männern und Frauen ohne Hintergedanken gibt es nicht.« Mit jedem Wort, das er sprach, überwand er die Distanz zwischen ihnen. Kam näher und näher, bis er so dicht vor Eliza stand, dass sie den Kopf in den Nacken legen und zu ihm aufsehen musste, um mit ihm zu sprechen.

»Greg, beruhige dich bitte.« Sie versuchte, mit ihrem leisen Ton der Situation die Schärfe zu nehmen. »Rick und ich sind zusammen aufs College gegangen. Er lebt inzwischen in Kalifornien.«

»Du lügst!«

»Nein, ich ...«

»Du hast dich mit ihm getroffen«, schrie er sie von oben herab an. Er hatte sich so weit über sie gebeugt, dass sie seinen Atem auf ihrer Kopfhaut spüren konnte. Wie von selbst reagierte ihr Körper, machte sich klein. Eliza zog die Knie an und den Kopf ein. Ihr Herz schlug in einem so wilden Rhythmus, dass ihr schwindlig wurde, während ihr Gehirn versuchte zu verstehen, was hier gerade geschah. Der Zorn, den Greg offenbar in sich trug, brach sich Bahn. Sie sah aus dem Augenwinkel, wie die Hand zitterte, die ihr Handy hielt. Offenbar vor blanker Wut.

»Du warst mit ihm im Hotel, hier, in Boston. Glaubst du, ich finde so etwas nicht heraus? Es war schön dich wiederzusehen«, las er den Text von ihrem Display ab, den Rick ihr nach ihrem Treffen neulich geschickt hatte.

»Nein! Greg, bitte … «, versuchte Eliza noch einmal, an seine Vernunft zu appellieren. »Ich war doch vor zwei Tagen auf diesem Empfang im Shelton. Dort sind wir uns zufällig über den Weg gelaufen. Herrgott!« Es war lächerlich, sich so einschüchtern zu lassen. Sie waren Erwachsene. Sie konnten das doch ausdiskutieren. Obwohl sie sich am liebsten zusammengerollt und die Decke über den Kopf gezogen hätte, löste sie sich aus ihrer Schutzhaltung und stand auf, um Greg auf Augenhöhe gegenüberzutreten. »Er hatte seine Frau dabei. Und seine drei Jahre alten Zwillinge.« Sie spürte, wie sich eine gesunde Wut in ihr regte. »Wer gibt dir überhaupt das Recht, in meinem Handy herumzuschnüffeln?«

»Wer mir das Recht gibt? Deine Verlogenheit, du verdammte … Hure!« Sie sah Gregs hässliche, vom Zorn verzerrte Gesichtszüge, sah die Bewegungen seiner Lippen, die ihr diese ungeheuerliche Beleidigung entgegenschleuderten – und zuckte vor diesem widerlichen, verbalen Angriff zurück, dann ließ ihre Fassungslosigkeit sie erstarren. Alles schien sich zu einer Zeitlupe zu verlangsamen. Sie sah, wie Greg ausholte und … wollte er sie schlagen? Ehe ihr Gehirn realisierte, was gerade geschah, schleuderte er ihr Handy neben ihr an die Wand des Schlafzimmers.

»Hure«, zischte Greg noch einmal, drehte sich auf dem Absatz um und ließ sie allein.

Elizas Atem kam in keuchenden Stößen. Er hatte ihr nichts getan, aber er hatte ihr – verdammt noch mal – eine unglaubliche Angst eingejagt. Sie hatte wirklich gedacht, er würde zuschlagen. Mit zitternden Beinen ließ sie sich auf die Bettkante sinken. Ihr Handy lag mit zersplittertem Display auf dem Teppich vor ihr. Für einen Moment war ihr Kopf völlig leer. Sie wusste nicht, was sie denken oder gar unternehmen sollte. Als ihr Gehirn wieder zu arbeiten begann, gingen ihr als Erstes ihre Eltern durch den Sinn. Greg und sie waren zum Weihnachtsbrunch bei ihnen eingeladen. Würde sie allein hinfahren müssen? Ihr war bewusst, dass die Gedanken daran, ihre Eltern zu enttäuschen, im Moment ihr kleinstes Problem sein sollten, und doch schaffte sie es nicht, sie einfach zur Seite zu schieben. Gregs Ausbruch sah sehr nach einer Trennung aus. Und selbst wenn seine Eifersucht für ihn kein Trennungsgrund wäre, wusste sie nicht, ob sie eine solche Beziehung führen könnte. Früher hätte sie diese Frage mit einem ganz klaren Nein beantwortet. Sie hatte nicht verstanden, warum sich Frauen so etwas gefallen ließen. Aber selbst in einer solchen Situation zu leben, war etwas völlig anderes. Greg bestand schließlich nicht nur aus dieser dunklen Seite. Er hatte jede Menge ganz wundervoller Eigenschaften. Sie liebte ihn über alles. Und an dieser Beziehung hing so viel. Endlich waren ihre Eltern einmal mit ihr zufrieden. Das wollte sie nicht einfach aufgeben. Außerdem war es ein Stück weit auch ihre Schuld gewesen. Sie hätte Greg einfach von Rick erzählen müssen. Oder ihn sogar bitten müssen dazuzukommen, damit er ihren Freund kennenlernen konnte.

Diese Gedanken nahmen ihr nicht die Angst vor dem, was gerade passiert war. Sie waren lediglich ein Versuch, das Geschehene zu verstehen. Das Zittern in ihren Beinen ließ nach, also stand sie auf und ging ins Bad. Einen Moment zögerte sie, doch dann hörte sie Greg ins Schlafzimmer zurückkehren. Ehe sie es sich anders überlegen konnte, verschloss sie die Tür von *innen. Sie hörte ihn Schränke öffnen und zuknallen. Schubladen wurden auf- und zugezogen. Dass er noch immer wütend war, ließ sich nicht überhören. Für einen Moment war es still, dann hörte sie die Wohnungstür ins Schloss fallen. Eliza zog ihren Pyjama aus, schaltete die Dusche ein und stellte sich unter den Wasserstrahl, den sie so heiß einstellte, dass sie es gerade noch ertrug.*

Greg und sie waren seit fast einem halben Jahr zusammen. Nach den ersten zwei Wochen ihrer Beziehung hatte Eliza das Gefühl gehabt, ihn bereits ewig zu kennen. Noch nie war ein Mann ihr gegenüber so verständnisvoll gewesen. Noch nie hatte jemand so viel Interesse an ihr und ihrem Leben gezeigt. Er besuchte sie in seiner Mittagspause in ihrem Büro und überredete sie dazu, mit ihm zu essen. Er rief sie jeden Tag an. Wenn er sie nicht in ihrer Wohnung erreichte, versuchte er es auf dem Handy und erklärte ihr, dass er sich Sorgen um sie gemacht habe, wenn sie seinen Anruf nicht annahm. Diese vielleicht ein kleines bisschen übertriebene Fürsorge zauberte trotz allem ein Lächeln in Elizas Gesicht. Sie hatte sich verliebt wie noch nie in ihrem Leben. Noch nie hatte jemand sie auf so zärtliche Weise umsorgt, ihr jeden Wunsch von den Augen abgelesen. Sie war glücklich. Natürlich war Greg nicht perfekt. Genauso wenig wie sie selbst. Er konnte allerdings unglaublich launisch werden. Wenn sie in einem Meeting war oder abends ein Geschäftsessen hatte und seinen Anruf nicht annahm, oder nicht auf seine Nachrichten reagierte, konnte er tagelang schmollen. Ihr wurde bewusst, dass sie zum ersten Mal in ihrem Leben am längeren Hebel saß. Immer war ihr gesagt worden, wie sie zu sein hatte. Solange sie sich zurückerinnern konnte, hatten andere darüber bestimmt, was sie tun und lassen sollte. Und plötzlich hatte sie einen Menschen in der Hand. Einen Mann, der sie genug liebte, um unter ihrer Nichtbeachtung zu leiden. Sie hätte ihn manipulieren können, indem sie ihn zappeln ließ. Eliza war erstaunt über diese Macht. Ihr wurde sofort bewusst, dass sie sie nicht mochte. So durfte man den Menschen, den man liebte, nicht behandeln. Also hatte sie sich darum bemüht, rücksichtsvoller zu sein. Sie ließ Greg immer wissen, wohin sie ging und mit wem sie verabredet war. Wenn sich die Möglichkeit bot, bat sie ihn, sie zu begleiten.

Eliza stützte sich mit den Händen an den kühlen Fliesen der Duschwand ab, legte den Kopf in den Nacken und ließ das heiße Wasser über ihr Gesicht laufen. Eine Weile versuchte sie, einfach an gar nichts zu denken. Als das heiße Wasser auf ihrer Haut zu schmerzen begann, drehte sie die Dusche ab und wrang ihre Haare aus, ehe sie nach einem Handtuch griff.

Wahrscheinlich gab es diese Beziehung nicht mehr, die so einzigartig begonnen hatte. Eliza wischte mit dem Arm den beschlagenen Badezimmerspiegel frei. In ein paar Stunden wurde sie bei ihren Eltern erwartet, und sie musste sich eine Strategie zurechtlegen, mit der sie Gregs Fehlen entschuldigen konnte. Sie verbarg ihre nassen Haare unter einem Handtuchturban und schlüpfte in ihren Bademantel, schob die Schultern zurück, atmete tief durch und warf sich selbst im Spiegel einen aufmunternden Blick zu. Dann öffnete sie die Tür – und blieb überrascht stehen. Greg saß auf der Bettkante, so wie sie zuvor.

Er hielt einen Styroporbecher des Cafés, in dem sie bei ihren ersten Verabredungen ein paarmal Händchen haltend gesessen hatten, in der Hand. Neben ihm lag ein reichlich zerdrückter, in Cellophan verpackter Blumenstrauß. »Eliza. Honey.« Er stand auf, als er sie erblickte, und hielt ihr den Kaffee-

becher entgegen. »Können wir reden?« *Greg sprach leise und sah sie fast schüchtern an. Unsicherheit lag in seinem Gesicht, wie es vor noch nicht einmal einer Stunde Wut und Zorn gewesen waren.*

Eliza schluckte. Das hatte sie nicht erwartet. Sie nickte langsam, nahm den Kaffee entgegen und ging in den Wohnbereich voraus. Sie hörte das Rascheln der Blumenfolie hinter sich und Gregs Schritte. Neben dem Esstisch blieb sie unschlüssig stehen.

»Ich stell die nur schnell ins Wasser«, *bot Greg an und strich ihr sanft über den Arm.*

Eliza wollte nicht so reagieren, aber ihr Körper war schneller als ihr Gehirn. Sie trat einen Schritt zur Seite, ehe sie sich daran hindern konnte. Greg ließ sofort von ihr ab und ging mit gesenktem Kopf zur Küchenzeile hinüber. Während er die Blumen auswickelte und in eine Vase stellte, nahm sie am Esstisch Platz und sah ihn abwartend an. Er brachte den Bund aus Gerbera, Rosen und Schleierkraut, der nur von einem Tankstellenshop oder Supermarkt stammen konnte, zum Tisch. Dann setzte er sich Eliza gegenüber und legte ihr beschädigtes Handy zwischen sie. »Es tut mir so unglaublich leid«, *flüsterte er. Einen langen Augenblick starrte er auf das gesplitterte Display. Schließlich hob er langsam den Kopf und sah sie ernst an.* »Eliza, Honey«, *benutzte er erneut den Kosenamen, den sie immer so zauberhaft gefunden hatte.* »Es gibt da etwas, das ich dir erzählen muss. Ich bin eifersüchtig. Ziemlich eifersüchtig. Das liegt aber nur daran, dass ich solche Angst habe, dich zu verlieren.«

Eliza schluckte. »Ich habe dir nie einen Grund gegeben, mir zu misstrauen. Deine Unterstellungen sind verletzend, Greg.«

»Das weiß ich.« *Er fuhr sich nervös durch die Haare. Seine Augen schimmerten feucht.* »Du bist die Liebe meines Lebens, *der wichtigste Mensch für mich. Aber es gibt ein paar Dinge, die du nicht von mir weißt. In meinem Leben hat es schon mal eine Frau gegeben. Melody. Ich habe sie auf dem College kennengelernt. Damals dachte ich, sie ist die Richtige. Ich habe sie geliebt und ihr zu unserem Einjährigen einen Heiratsantrag gemacht. Sie hat ihn angenommen. Allerdings hat sie das nicht davon abgehalten, mich zu betrügen.« Er rieb sich mit beiden Händen über das Gesicht und schluckte hart, als er Eliza wieder ansah. »Mit meinem besten Freund«, ergänzte er leise.*

»Oh mein Gott«, entfuhr es Eliza. »Das ist furchtbar.« Ihre Reaktion war ein Reflex. Und doch überlegte sie für einen Moment, ob Greg versuchte, sie zu manipulieren.

In seinem Gesicht stand nichts als zerknirschte Ehrlichkeit, als er weitererzählte. »Ich hatte aus Versehen nach ihrem Handy gegriffen statt nach meinem. Und da blinkten mir diese Nachrichten entgegen. Zunächst konnte ich es einfach nicht glauben. Ich war am Boden zerstört. An diesem Tag habe ich zwei der wichtigsten Menschen in meinem Leben verloren.« Er strich mit den Fingerspitzen über Elizas Handrücken, und sie ließ es zu. »Es hat lange gedauert, bis ich darüber hinweg war. Ich war mir sicher, mich nie wieder zu verlieben. Ich wollte niemals wieder an einem so grauenvoll gebrochenen Herzen leiden. Und dann kamst du. Völlig aus dem Nichts hat es mich erwischt. Mich in dich zu verlieben stand vom ersten Moment an unter keinem guten Stern. Du bist ja genau genommen meine Vorgesetzte. Euch gehört die ganze verdammte Firma. Trotzdem konnte ich mich nicht von dir fernhalten. Du bist meine große Liebe, Honey. Verglichen damit ist das, was ich für Melody empfunden habe, nichts. So ist es mir noch nie ergangen.« Er nahm ihre Hand und presste sie auf seinen Brustkorb. Sie spürte, wie schnell sein

Herz dahinraste. »Ich möchte dich nicht verlieren. Ich will nicht, dass diese verdammte Eifersucht alles zwischen uns zerstört hat. Bitte, Honey. Ich liebe dich so sehr.«

Eliza ließ sich Zeit. Sie wollte sich nicht überrumpeln lassen. Weder von Gregs Gefühlen noch von seiner einnehmenden Art. Wenn sie eine Entscheidung traf, dann nicht nur mit dem Herzen, sondern auch mit dem Kopf. Greg hatte eine schlechte Erfahrung gemacht. Er war betrogen worden. Genau wie sie. Und auch sie hatte bei ihrem zweiten Freund den Beweis für seinen Betrug auf seinem Tablet gefunden, das ihr aus Versehen in die Hände gefallen war. Sie verstand, was ihn antrieb. »Ich liebe dich auch«, sagte sie schließlich. »Aber Greg, du musst lernen, mir zu vertrauen. Bei mir brauchst du keine Angst haben, hintergangen zu werden. So bin ich nicht. Und ich bin mir sicher, tief drinnen weißt du das.« Erleichterung flutete sein Gesicht, und Eliza wartete, bis er ihre Finger an seine Lippen gehoben und geküsst hatte, ehe sie fortfuhr. »Und mein Handy ist tabu.« Er wollte etwas erwidern, doch Eliza schüttelte entschieden den Kopf. In dieser Beziehung musste sie hart bleiben. »Mein Handy ist voller Kundendaten. Du kennst die Philosophie der Woodward Holding. Die Privatsphäre unserer Kunden hat oberste Priorität.«

»Du hast recht, Honey. Ich gelobe Besserung.« Er sah sie einen Moment forschend an. »Ist wieder alles in Ordnung zwischen uns?«

»Ja.« Eliza lächelte. Erleichterung machte sich in ihr breit, und ihr Herzschlag beruhigte sich. Greg würde sie nicht verlassen, und sie musste ihren Eltern nicht ausgerechnet am Weihnachtsmorgen erklären, dass sie sich getrennt hatten. In ihrem Hinterkopf leuchtete noch immer die kleine Alarmlampe. Aber *ihr Licht glomm nur noch leicht. Sie spürte die Unsicherheit. Der Gedanke, dass das, was hier lief, trotz allem falsch war, lauerte ganz tief in ihr. Doch sie schob ihn zur Seite. Greg war so offen zu ihr gewesen wie noch nie in ihrer Beziehung, und sie hatte seine Ängste verstanden.*

»Gut.« Greg erhob sich und holte etwas aus seiner Hosentasche. »Dann würde ich jetzt gern dazu kommen, was ich für den heutigen Morgen eigentlich geplant hatte.« Er ging vor ihr in die Knie und hielt ihr die kleine, samtüberzogene Schachtel entgegen, die das Logo eines der exklusivsten Juweliere Bostons zierte. »Ich liebe dich über alles, Eliza Woodward. Du bist das Licht, das ich immer um mich haben möchte. Du machst mein Leben lebenswert. Ich weiß, ich bin alles andere als perfekt. Aber ich schwöre dir feierlich, ich werde dich auf Händen tragen. An jedem einzelnen Tag unserer Ehe, wenn du mir eine Chance gibst. Möchtest du meine Frau werden?«

Eliza war überwältigt. Vor zwei Stunden wäre es ihr unmöglich gewesen, sich vorzustellen, in welche Richtung sich dieser Tag entwickeln würde. Ehe sie alles verdarb, indem sie zu viel darüber nachdachte oder mit ihrer vorsichtigen, zweiflerischen Art nach den falschen Argumenten suchte, strahlte sie Greg an und sagte: »Ja.«

Mit einem Ruck schreckte Eliza hoch. Ihr Atem ging heftig, und sie presste ihre Hand auf den Mund, um nicht so laut zu keuchen. Ihr Mann lag neben ihr und schlief tief und fest. Gut. Er hasste es, von ihren Albträumen geweckt zu werden. Insbesondere in letzter Zeit, wo sie nahezu jede Nacht von den schrecklichsten Traumversionen ihres Lebens eingeholt wurde. Vorsichtig glitt sie aus dem

Bett und schlich aus dem Schlafzimmer, um Greg nicht zu wecken. Sie benutzte nicht das Bad, das an das Schlafzimmer angrenzte, sondern zog sich in ein Gästebad am Ende des Flurs zurück. Erst als sie die Tür hinter sich zugezogen und das Licht eingeschaltet hatte, atmete sie auf. Ihr Leben bestand daraus, auf Zehenspitzen um ihren Mann herumzuschleichen und zu hoffen, nicht in eine seiner Launen zu geraten. Oder überhaupt seine Aufmerksamkeit auf sich zu ziehen. Ihr Körper wurde von kaltem Schweiß bedeckt, also zog sie ihren feuchten Pyjama aus und duschte sich ab. In ein flauschiges Handtuch gehüllt beugte sie sich über das Waschbecken und betrachtete ihr Gesicht im Spiegel. Sie hatte von Gregs Antrag geträumt. Dreieinhalb Jahre waren Greg und sie inzwischen verheiratet. Wenn sie auch nur ein bisschen gesunden Menschenverstand besessen hätte, hätte sie seinen Antrag niemals angenommen. Wenn sie auch nur ein winziges bisschen auf ihr Gefühl gehört hätte. Aber nein, sie war so dumm und nichtsnutzig, wie Greg es ihr in den vergangenen Jahren wieder und wieder gesagt hatte. Sie war gefangen. In einer Welt voller Missbrauch und Gewalt, in die sie mit offenen Augen geschlittert war. Selbst schuld, würden ihre gehässigen Cousinen dazu sagen.

Meistens kamen Greg und sie miteinander aus. Solange Eliza seinen Zorn nicht erregte oder er sich über irgendetwas ärgerte, was bei der Arbeit geschehen war. In letzter Zeit hatte er sich allerdings in den Kopf gesetzt, ein Kind zu bekommen. Ihm lag nichts an dem Sex mit ihr. Oft genug hatte er sie wissen lassen, wie schlecht sie im Bett war. Sie wusste, dass er sie mit einer Fitnesstrainerin aus seinem Sportstudio betrog. Soweit sie es mitbekommen hatte, war das seine dritte

Affäre seit ihrer Hochzeit. Jede andere Frau hätte sich wahrscheinlich längst dagegen zur Wehr gesetzt. Doch für Eliza bedeutete das eine riesige Erleichterung. Seit er jedoch unbedingt Vater werden wollte, forderte er ihre *ehelichen Pflichten*, wie er es nannte, wieder regelmäßig ein. In den drei Monaten, die er nun schon versuchte, sie zu schwängern, war nichts passiert. Er hatte sie zu ihrer Gynäkologin und schließlich in eine Kinderwunschklinik geschickt, damit sie sich untersuchen und das Problem beseitigen ließ, das sie angeblich daran hinderte, sein Kind zu empfangen. Bis jetzt hatte sie gelogen und ihm erzählt, dass es noch dauern würde, bis die Testergebnisse ausgewertet waren. Dabei hatte sie umgehend grünes Licht von den Ärzten bekommen. An ihr lag es also nicht. Sie wusste allerdings, was passieren würde, wenn sie Greg mitteilte, dass er seine Spermien untersuchen lassen musste. Diesen Moment würde sie so lange hinauszögern wie irgend möglich. Denn diese Nachricht würde er sicher nicht gut aufnehmen. Lange würde er sich nicht mehr hinhalten lassen.

Sie zuckte zusammen, als die Badezimmertür geöffnet wurde und die verschlafene Gestalt ihres Mannes gegen das Licht anblinzelte. Eliza musterte ihn und versuchte etwas von dem Menschen zu entdecken, in den sie sich so heftig verliebt hatte. Sie fand nichts davon. Nur seinen Blick, der von schlaftrunken zu misstrauisch wechselte.

»Was treibst du hier?«, wollte er wissen.

»Ich hatte einen schlechten Traum und habe kurz geduscht.« Sie richtete sich auf und trat einen Schritt vom Waschbecken zurück. »Ich wollte dich nicht wecken.«

»Hast du ja offenbar trotzdem«, brummte er. Sein Blick

glitt über ihren nur in das Handtuch gehüllten Körper. Er kratzte sich nachdenklich am Kinn. »Gerade sind doch deine fruchtbaren Tage, oder?«

Oh nein, bitte nicht. Sie musste sich auf die Zunge beißen, um es nicht laut auszusprechen. »Sie beginnen morgen«, korrigierte sie ihn.

»Was für ein Glück für uns beide: Es ist morgen.« Er trat auf sie zu und hakte seinen Zeigefinger zwischen ihren Brüsten in das Handtuch und zog daran.

»Greg … es ist mitten in der Nacht«, unternahm sie einen letzten Versuch, ihn davon abzubringen, mit ihr schlafen zu wollen.

»Du bist diejenige, die mich geweckt hat, nicht wahr?« Er zog die Augenbrauen nach oben, und Eliza gab nach. Das Handtuch öffnete sich und fiel zu Boden. »Nach dir.« Mit der Parodie einer galanten Geste ließ er ihr den Vortritt und zwang sie so dazu, nackt vor ihm her ins Schlafzimmer zurückzukehren. Widerspruch hatte keinen Wert. Sich gegen Greg zu wehren noch weniger. Die beste Lösung war, das Ganze so schnell wie möglich hinter sich zu bringen. Sie ging vor ihm her und hoffte, dass er nicht wieder darauf herumreiten würde, dass ihr Hintern der Schwerkraft nicht mehr so standhielt wie mit zwanzig. Früher hatte sie nie ein Problem mit ihrem Körper gehabt. Sie hatte ihre sportliche, schmale Figur gemocht. Und dummerweise gedacht, dass Greg das genauso sah. Inzwischen hatte sie gelernt, dass eine echte Frau Kurven hatte. Busen. Einen prallen Hintern. Alles, was sie nicht aufweisen konnte. Sie schämte sich, wenn sie sich so vor ihm präsentieren musste, war aber erleichtert, als er darauf verzichtete, sie zu verspotten.

Ohne sich nach ihm umzudrehen, kroch sie ins Bett, legte sich bäuchlings auf die Matratze und schob sich ein Kissen unter das Becken. Greg wollte sie von hinten. Es gefiel ihm, zwischen ihren Schenkeln zu knien und ihr zu sagen, was für eine Versagerin sie im Bett war. Es war erniedrigend, ihm so ausgeliefert zu sein. Aber es war besser, als ihm währenddessen auch noch in die Augen sehen zu müssen. Sie konnte ihr Gesicht in den Kissen vergraben und ihre stillen Tränen in die Daunen tropfen lassen, während er ihr sagte, wie hässlich und prüde sie war, wie winzig ihre Titten, die sie aussehen ließen wie einen Kerl. Sie schaffte es, die Demütigung in dem Wissen, dass es schnell vorbei wäre, über sich ergehen zu lassen.

Sie schluckte hart und kniff die Augen zusammen, als er in sie eindrang. Er benutzte ein Gleitmittel, was nicht immer passierte. Aber heute tat er ihnen beiden den Gefallen. Wahrscheinlich einfach, weil ihm der Sinn im Moment mehr danach stand, sie zu schwängern, als sie zu quälen. Er hatte ein Ziel und benutzte den Sex nicht als Bestrafung, wie es sonst oft der Fall war. Sein Atem beschleunigte sich. Er schlug ihr auf den Po, fest genug, um sie zusammenzucken zu lassen. »Weißt du, dass ich dich nur ficken kann, wenn ich dabei an andere Frauen denke?« So mit ihr zu reden machte ihn an, und er stieß schneller und härter zu, drückte sie noch tiefer in die Kissen. Eliza versuchte, gleichmäßig ein- und auszuatmen. »Wie kann eine Frau in deinem Alter nur schon so vertrocknet sein? Das Gute ist, ich kann mir wenigstens sicher sein, dass du nicht fremdgehst. Einen verklemmten Eisklotz wie dich will niemand freiwillig vögeln.« Er erschauerte mit einem rauen Stöhnen und stützte sich mit den Armen links und rechts von ihrem Oberkörper ab, während er ihr seinen heißen Atem in den Nacken blies.

Eliza wartete, bis er sich von ihr heruntergerollt hatte und mit einem zufriedenen Seufzen auf seine Bettseite gerutscht war. Sobald er das Licht gelöscht hatte, ließ sie den Schauder des Ekels zu, der ihren Körper erschütterte. Voller Abscheu, vor Greg und vor sich selbst, rollte sie sich zusammen und zog die Decke über ihren nackten Körper. Früher hatte sie den Schmerz gespürt, den körperlichen, aber vor allem den ihres gebrochenen Herzens. Inzwischen war da nichts mehr. Nur noch eine schwarze Leere, die sie all das viel besser ertragen ließ. Auch dieses Mal betete sie, dass sie von Greg kein Kind empfangen würde. Was würde sie tun, wenn er sie während ihrer Schwangerschaft schlagen oder treten würde?

5

Georgina zog die Geschwindigkeit auf der letzten Bahn Kraul noch einmal an. Als ihre Hand anschlug, stieß sie sich einen Meter ab und trat für einen Moment Wasser über dem kunstvollen Muster aus Türkis- und Aquatönen. Schwimmen war schon immer ihre erste Wahl gewesen, um den Kopf freizubekommen. Oder zumindest, um abzuschalten. Normalerweise zog sie morgens für eine halbe Stunde ihre Bahnen, aber nach einem Tag wie diesem zog der Pool sie an wie eine Line Meth einen Süchtigen. Die Schwerelosigkeit verlieh ihr ein Gefühl von Freiheit. Eine trügerische Illusion, das war ihr klar. Denn Unabhängigkeit hatte es in ihrem Leben nie gegeben. Auch wenn ihr Käfig aus purem Gold bestand und mit Diamanten besetzt war. Sie hob die Arme über den Kopf und ließ sich nach unten sinken, bis ihre Fußsohlen die winzigen Mosaikfliesen berührten. In dieser Position blieb sie, solange sie es aushielt. Als ihre Lungen zu brennen begannen, stieß sie sich mit einer sanften Bewegung ab und glitt wieder hinauf, bis sie die Wasseroberfläche durchbrach. Sie legte den Kopf in den Nacken und sog keuchend Luft ein. Schwimmen hatte einen weiteren Vorteil. Niemand konnte die stillen Tränen, die sie manchmal weinte, vom Poolwasser unterscheiden. Jeder glaubte ihr, wenn sie ihre geröteten Augen auf das Chlor zurückführte.

Der Abend brach gerade erst an, und der Himmel färbte sich hinter den großen Ahornbäumen und Eichen in einem zarten Fliederton. Der Mond stand bereits am Firmament, auch wenn er noch ein ganzes Stück nach oben klettern musste. Um Georgina herum war es still. Doch der Frieden täuschte. Sie war nicht, wie sonst, allein hier draußen. Die Anwesenheit ihres Mannes war viel zu deutlich zu spüren, um sie ignorieren zu können. Wie es ihr zur Gewohnheit geworden war, hielt sie den Blick von Hunter House abgewandt. Die vier Türme, die sich lächerlich majestätisch über den alten Sandsteinmauern erhoben, symbolisierten das Gefängnis, in das sie sich freiwillig begeben hatte, ehe sie den Schlüssel weggeworfen hatte und für die Ewigkeit hier gestrandet war. Wie immer tauchte sie ein letztes Mal unter, stieß sich von der Poolwand ab und überwand die Distanz zur Treppe mit drei kräftigen Schwimmzügen. Sie stieg aus dem Becken und ging langsam zum Poolhaus hinüber. Marisol hatte Handtücher und einen weichen Bademantel auf die rechte der beiden Liegen auf dem Rasen gelegt. Auf der linken hatte es sich Theodor gemütlich gemacht. Er trug noch immer seinen Anzug, Krawatte und Schuhe, die so blitzblank poliert waren, dass sich wahrscheinlich der Sternenhimmel darin spiegeln würde, wenn er lange genug hier draußen blieb. Sie ignorierte ihn und trat an den Beistelltisch, auf dem eine Flasche Champagner auf Eis lag. Sie goss sich ein, strich sich die nassen Haare hinter das Ohr und leerte das Glas in einem Zug. Erst dann griff sie nach dem Handtuch und begann, sich abzutrocknen.

»Wenn man dir eine Weile nicht zugesehen hat, vergisst

man völlig, was für eine gute Schwimmerin du bist«, sagte Theodor.

Er hatte recht. Bereits in der Schule hatte man Georgina ein außergewöhnliches Talent bescheinigt. Sie hätte es weit bringen können. Damals jedenfalls hatte sie keinen Wettkampf verloren, zu dem sie angetreten war. Ihre Eltern hatten jedoch keinen Sinn in einer Sportlerkarriere gesehen und sie auf ein College geschickt, das darauf spezialisiert war, perfekte kleine Ehefrauen auszubilden. Perfekte Haushaltsvorstände und Gastgeberinnen, wie sie eine war. Sie antwortete ihrem Mann nicht, schlang sich ein Handtuch um die nassen Haare und schlüpfte in den Bademantel. Abermals trat sie an den Tisch mit der Champagnerflasche. Sie goss sich erneut ein und zögerte einen Moment, dann griff sie nach der Flasche und nahm sie mit zu der freien Liege, auf die sie sich sinken ließ. Warum sich die Mühe machen, für jedes weitere Glas aufzustehen? Sie würde den Champagner so oder so leeren. Dann hob sie ihr Glas zu einem Toast. »Herzlichen Glückwunsch zum dritten Sohn, Daddy«, stieß sie hervor und schaffte es nicht, die bittere Note in ihrer Stimme zu unterdrücken. Es brachte nichts, das Unvermeidliche noch weiter hinauszuzögern. Ihr Mann hatte sie mit seinem Geständnis eiskalt erwischt. Und sie konnte es noch immer nicht fassen, wie fest ihre Maske aus Gelassenheit und Verständnis während ihres Gesprächs mit Dr. Leeberman gesessen hatte. Nicht einen winzigen Millimeter war sie verrutscht. Jetzt war das etwas völlig anderes. Sie trug kein Make-up, keine perfekt sitzende Frisur, keinen exklusiven Hosenanzug, Diamantohrringe und wunderschöne Schuhe. Sie war sprichwörtlich nackt. Alles, womit sie ihre

Seele vor der Attacke ihres Mannes schützen konnte, waren ein Badeanzug und Bademantel. Nicht gerade eine brauchbare Rüstung. Theodor hatte sich für das Gespräch, das er offenbar führen wollte, einen verdammt miesen Zeitpunkt ausgesucht. Sie sah ihn nicht an und trank stattdessen einen weiteren großen Schluck Champagner.

Theodor seufzte. »Es war nicht mein Wunsch, mit dieser Neuigkeit vor dir herauszuplatzen«, erinnerte er sie daran, dass sie darauf bestanden hatte, alles zu hören, was er zu sagen gehabt hatte.

»Das denke ich mir.« Georginas Stimme klang rau, also trank sie noch einen Schluck, ehe sie ihre Füße unter den Saum des Bademantels zog. Obwohl der Sommerabend warm war, begann sie plötzlich zu frösteln. »Du hast es schließlich fünfunddreißig Jahre lang nicht für nötig gehalten, mich davon in Kenntnis zu setzen.«

Georgina war sich sicher, Theodor sehnte sich nach einem doppelten Scotch. Den er nicht trinken würde, weil seine Gesundheit davon abhing. Er war stark, wie in so vielen anderen Dingen. Viel stärker als sie. Er schob die Hände in die Taschen seiner Anzughose und blickte zum Haus hinüber. »Ich glaube kaum, dass du es damals hättest wissen wollen. Genauso wenig wie an jedem weiteren Tag seitdem.«

Georgina nickte langsam. Was das betraf, musste sie ihm recht geben. »Es erklärt vieles«, stellte sie fest. »Viele der Dinge, die ich nie nachvollziehen konnte, erscheinen jetzt in einem völlig neuen Licht. Und ich verstehe sie. Aber ich hasse dich, Theodor«, sagte sie leise. »Ich hasse dich dafür, dass du mir das angetan hast.«

»Georgie …«

Sie hob die Hand, um ihn zu unterbrechen. »Jeder in Boston weiß, du kannst deinen Schwanz nicht in der Hose behalten und vögelst alles, was jünger als fünfundzwanzig ist und nicht schnell genug die Flucht ergreift. Aber das …« Sie schluckte. »Das war etwas anderes, nicht wahr? Du hast ihr ein Kind gemacht, während ich mit deinem ersten Sohn schwanger war. Du hast sie geliebt.«

Theodor schwieg. Was ihr Antwort genug war. Sie lehnte ihren Kopf gegen die Lehne ihrer Liege und blickte in den Himmel hinauf. Die ersten Sterne glitzerten schwach am Firmament. Sie sah die Frau vor ihrem inneren Auge. Das komplette Gegenteil von ihr. Ein wilder Hippie. Eine bessere Beschreibung fiel ihr nicht ein. Diese Frau hatte keine Grenzen gekannt, hatte sich nicht um Konventionen geschert. Und tat das bis heute nicht. Es war noch gar nicht so lange her, dass Georgina ihr über den Weg gelaufen war. In Kleidern, die einem bunten Wirbel aus Farben glichen. Im Gesicht nicht eine einzige Botox-Injektion. »Bist du …« Sie räusperte sich. »Seid ihr noch immer …?« Sie musste es nicht aussprechen, Theodor verstand sie auch so. Es war ein Unterschied, sich permanent junge Mätressen zu halten, sie mit Wohnungen, Klamotten und Schmuck auszustatten, damit sie die Beine breit machten, wann immer ihm der Sinn danach stand, eine blaue Pille einzuwerfen, oder über Jahrzehnte eine Frau zu lieben und mit ihr ein Verhältnis neben seiner Ehe zu führen.

»Nein.« Theodor rieb sich mit der linken Hand über den Nacken. Das einzige Anzeichen dafür, wie unangenehm ihm dieses Gespräch war. »Um genau zu sein, war es eine verhältnismäßig kurze Affäre. Wir waren nicht lange zusammen.

Sie hat es beendet, als klar war, dass ich dich nicht verlassen würde.«

»Wie blöd, nicht wahr?« Sie konnte den Zynismus nicht mehr unterdrücken, was durchaus daran liegen konnte, dass bereits die halbe Flasche leer war. »Dabei hast du mich kein bisschen geliebt.«

»Du warst mit meinem ersten Sohn schwanger«, hielt Theodor dagegen.

»Und sie mit deinem zweiten.«

»Georgie, lass uns ehrlich sein.« Sie spürte, wie er den Kopf wandte und sie von der Seite ansah. Sie widerstand dem Wunsch, seinen Blick zu erwidern, weil sie nicht sicher war, was sie entdecken würde. Eine stumme Entschuldigung? Mitleid mit ihrem lächerlichen Leben? »Wir haben nicht geheiratet, weil wir so verliebt ineinander waren. Wir haben uns den Wünschen unserer Eltern gefügt. Du warst jemand, mit dem ich gern zusammen war. Eine wunderschöne Frau, die im richtigen Moment die richtigen Dinge sagte, mit einem Fingerschnippen eine Dinnerparty oder einen Cocktailempfang organisieren konnte. Und dafür bewundere ich dich auch jetzt noch. Und du? Ich weiß nicht, was du in mir gesehen hast? Aber wahrscheinlich einen Mann, der einigermaßen vorzeigbar war und Manieren hatte. Einen, der immer dafür sorgen würde, dass du weiter das Leben führen kannst, das du so mochtest. Mehr schienst du nie von mir erwartet zu haben.«

Seine Worte trafen einen wunden Punkt. Sie war ihm dankbar, dass er es nicht aussprach, auch wenn sie es beide wussten. Sie hatte einen möglichst vermögenden Mann heiraten müssen, weil ihr Vater das riesige Erbe ihrer Familie durchgebracht hatte. Damals hatte sie furchtbare Albträume gehabt, in denen sie hungrig und in zerrissenen Kleidern in der Gosse saß. Obdachlos. Ihr war bereits damals klar gewesen, dass ihr niemand aus ihrer Gesellschaftsschicht unter die Arme greifen würde. Die Leute scheuten sich davor, jemandem auf dem absteigenden Ast zu helfen, als sei das eine ansteckende Krankheit, mit der sie sich selbst infizieren könnten. Theodors Vater wusste um das finanzielle Dilemma der Sullivans, fand aber den ehrbaren Familiennamen und ihren Stammbaum, der sich bis zur Mayflower zurückverfolgen ließ, perfekt für seinen Sohn. »Ich dachte, du würdest lernen – wir würden lernen«, verbesserte sie sich, »einander zu lieben. Ich habe etwas für dich empfunden, damals. Vielleicht war es noch keine Liebe, aber spätestens nachdem unsere Kinder geboren waren, habe ich Liebe empfunden. Auch für dich.«

Sie nahm aus dem Augenwinkel wahr, wie Theodor den Kopf schüttelte. »Ich wusste, dass das nie passieren würde. Aber ich habe immer gehofft, wir würden einigermaßen miteinander auskommen.« Er stieß ein leises Lachen aus. »Offenbar haben wir das nicht hinbekommen. Wären wir in die heutige Zeit hineingeboren, würden wir uns wahrscheinlich gar nicht mehr in eine solche Ehe drängen lassen, wie wir sie führen. Sieh dir Andrew und Niclas an. Sie gehen ihren Weg und haben sich weder von mir unter Druck setzen lassen, wenn es um die Wahl ihrer Jobs ging, noch von dir in der Entscheidung für die richtige Frau.«

Nun sah Georgina doch zu ihm hinüber. »Was willst du mir damit sagen? Sprechen wir hier gerade von Scheidung?« Gegen ihren Willen beschleunigte sich ihr Herzschlag. Wollte er das? Hatte er nach über fünfunddreißig mehr oder weniger gemeinsamen Jahren entschieden, sie zu entsorgen? Auszutauschen?

»Nein, Georgie. Wir haben unsere Leben von Anfang an nebeneinander her gelebt. Du sagst, am Anfang war bei dir zumindest Sympathie im Spiel? Ich weiß nicht mehr, ob ich so empfunden habe. Zumindest waren wir so was ähnliches wie Freunde, oder? In letzter Zeit habe ich viel über die Vergangenheit nachgedacht.« Was mit Sicherheit an der Tatsache lag, dass er dem Tod im vergangenen halben Jahr ein paarmal nähergestanden hatte als dem Leben. »Ich frage mich, wieso du nie diesen Schritt gegangen bist. Über Jahrzehnte habe ich mich wie das größte Arschloch aufgeführt.« Sein Blick glitt zu Georginas Handgelenken, und sie zog ganz automatisch die Ärmel ihres Bademantels nach unten, um die Narben der schwärzesten Stunde ihres Lebens zu verdecken. Die Narben, die bewiesen, dass sie etwas für ihn empfunden hatte. Zumindest damals, als eine seiner kleinen Schlampen die Illusion von Familienglück zerstört hatte, der sie sich jeden Sommer hingaben. Sie hatte ihn – auf ihre Art – geliebt, sonst hätte sie sich in dem Moment damals nicht so ausweglos gefühlt. »Warum hast du dich nie von mir scheiden lassen?«, fragte er geradeheraus.

Sie richtete sich langsam auf, stellte ihr Glas neben die Liege und fixierte Theodor. »War das gerade so eine Art Entschuldigung? Hast du gerade tatsächlich zugegeben, dich über so viele Jahre so egoistisch und kaltherzig benommen zu haben?« Das Wort Arschloch würde sie selbstverständlich nicht benutzen, auch wenn es seinen Charakter exakt auf den Punkt brachte. »Um deine Frage zu beantworten: Ich habe nie die Scheidung eingereicht, weil ich so erzogen wurde. Es ist meine Aufgabe, deine Ehefrau zu sein. Und …« Wenn Theodor so schonungslos ehrlich sein konnte, war sie dazu ebenfalls in der Lage. »… ich wollte meinen Lebensstandard nicht herunterschrauben. Hätte ich mich scheiden lassen, hättest du einen Weg gefunden, mir die Jungen wegzunehmen und mich ohne einen Cent im Regen stehen zu lassen.«

Theodor zuckte mit den Schultern. »Ja, da hast du wahrscheinlich recht. Aber bei mir ist es nicht anders als bei dir. Es ist meine Erziehung. Ich habe gelernt, mich durchzusetzen. Ich bin rücksichtslos, weil ich genau so von meinem Vater ausgebildet wurde. Um der gute Geschäftsmann zu werden, der ich bin, war das unumgänglich. Dessen bin ich mir sicher. Und ich bin gern dieser Mensch. Aber ich weiß, das macht mich nicht gerade zu einem guten Ehemann oder Vater. Erst jetzt, mit der Krankheit, wird mir klar, dass ich einiges falsch gemacht und vieles verpasst habe.«

Georgina sah ihn ernst an. »Bereust du es, diese Frau …« Sie brachte es einfach nicht fertig, sie beim Namen zu nennen. »… geschwängert zu haben?«

Er zögerte einen Moment, so als denke er darüber nach, ob seine Antwort sie in eine erneute Krise stürzen könnte. Doch dann sah er ihr direkt in die Augen, und Georgina verstand, dass sie vermutlich den ersten ehrlichen Moment ihrer dreieinhalb Jahrzehnte andauernden Beziehung hatten und er jetzt nicht lügen würde, um sie zu schonen. »Ich bereue nicht, mit ihr zusammen gewesen zu sein.« Seine Worte schmerzten. Aber auf eine gesunde, reinigende Weise, weil sie die Wahrheit waren. »Viele Jahre war ich mir nicht sicher, was ich von seiner Existenz halten sollte, aber jetzt scheint er meine letzte Chance auf eine neue Niere zu sein. Also nein, ich bereue nicht, dass es ihn gibt.«

Georgina nickte. Erstaunlicherweise war das Bedürfnis, sich zu betrinken, bis die Ereignisse dieses Tages verschwammen, dann eine Tablette zu nehmen und bis zum nächsten Morgen in einem traumlosen Schlaf zu versinken, verschwunden. Sie streckte die Hand aus und wartete, bis Theodor sie mit hochgezogenen Augen ergriff. »Wir werden das durchstehen« sagte sie. »Ich werde an deiner Seite sein, wenn du in den OP geschoben wirst, und ich werde da sein, wenn du aus der Narkose aufwachst. Das verspreche ich dir.«

»Danke.« Theodor drückte ihre Hand. Dieser Moment fühlte sich ein wenig an wie ein neuer Anfang.

*

Die Übernahme der Brauerei hatte reibungslos funktioniert. Wenn Jake morgens vor dem alten, Efeu bewachsenen Ziegelbau stand, konnte er noch immer nicht fassen, dass er jetzt für all das verantwortlich war. Zumindest für die nächsten drei Monate. Von seinem Bürofenster aus blickte er hinunter auf den gepflasterten Hof. Er konnte die meisten der schmiedeeisernen Bistrotische unter den großen weißen Sonnenschirmen nicht sehen, aber er wusste, dass sie voll besetzt waren. Von Touristen, die die Harbour Beach Brewerie besichtigt hatten, und Wasserratten, die sich mal ein paar Stunden ohne Sonne und Strand gönnen wollten. Das Bistro lag zwar auf dem Gelände der Brauerei, aber es wurde von Sally Stiles betrieben, nicht von Jake. Worüber er froh war, denn von Gastronomie hatte er nicht besonders viel Ahnung, sobald es über die Belieferung eines Restaurants mit Bier hinausging. Sally und ihre Kellnerin Lesley Davies – eine Freundin von Rachel, wie er herausgefunden hatte – huschten mit schnellen Schritten über den Hof, verschwanden immer wieder mit vollen Pitchern, Gläsern und überladenen Speisetabletts unter den Schirmen und tauchten kurz darauf an anderer Stelle und mit leerem Geschirr beladen wieder ins Sonnenlicht.

Auf der anderen Straßenseite lag die Marina von Harbour Beach. Sacht schaukelten Jollen und Jachten in der sanften Brise unter einem Himmel, der so blau war, dass es unwirklich schien. Die Wetterfrösche sagten einen absoluten Traumsommer voraus, und ausnahmsweise schienen sie recht zu behalten.

Es klopfte, und Jake drehte sich um. Wer konnte schon einen Arbeitsplatz mit einer solchen Aussicht sein Eigen nennen? Als Niclas und Andrew ihn vor ein paar Tagen hier besucht hatten, hatte Niclas behauptet, man müsse sich wirklich zusammenreißen, um sich bei einer solchen Aussicht auf seine Arbeit konzentrieren zu können. Aber das stimmte nicht, hatte Jake festgestellt. Wenn man so auf ein Projekt fokussiert war wie er, fiel es nicht schwer, alles um sich herum auszublenden. »Herein«, rief er und wartete, bis seine beiden Mitarbeiter Pete Matthews und Scott Brody den Raum betraten und die Tür hinter sich ins Schloss zogen.

»Du wolltest uns sprechen?« Pete hielt genau wie George Owerton nicht viel von Förmlichkeiten. Also hatte sich das Du bereits fünf Minuten nach ihrem Kennenlernen durchgesetzt. Der Blick des älteren Mannes glitt durch den Raum und schien zufrieden mit dem, was er sah. Jake hatte alles so gelassen wie George. Der alte, zerkratzte Schreibtisch stand noch am selben Platz, genau wie die Regale mit Büchern über das Brauwesen und Fotos der Harbour Beach Brewerie in den verschiedenen Epochen ihres Bestehens.

»Nehmt Platz.« Jake wies auf die kleine Sitzecke aus vier durchgesessenen Klubsesseln und einem kleinen Kaffeetisch in der Ecke. Er war sich bewusst, dass es nie leicht war, sich an einen neuen Chef zu gewöhnen. Insbesondere, wenn man große Änderungen befürchtete. Er hatte nicht vor, die Brauerei auf links zu drehen, aber er wollte eigene Fußabdrücke neben Georges' setzen. In ein paar Minuten würde er wissen, was seine beiden Mitarbeiter davon hielten. Er nahm die Mappe mit seiner Idee vom Schreibtisch und setzte sich zu ihnen. »Ich möchte ein Bier brauen«, sagte er schlicht.

»Na gut, dass dir eine Brauerei gehört«, gab Scott gut gelaunt zurück und grinste ihn breit an. Sein Gesicht war tief gebräunt, sodass es einen starken Kontrast bildete zu leuchtend blauen Augen und den langen, ausgebleichten Haaren, die er zu einem dieser Männerknoten am Hinterkopf zusammengefasst hatte. Er war Anfang dreißig, und soweit Jake wusste, vor ein paar Jahren aus dem mittleren Westen zum Kitesurfen an die Küste gekommen – und hier geblieben. Er arbeitete seit drei Jahren für die Brauerei und kümmerte sich hauptsächlich um die Abfüllung, den Verkauf und die Auslieferung ihres Bieres.

Äußerlich war er das komplette Gegenteil von Pete, der schon über dreißig Jahre für George gearbeitet hatte, ehe Jake den Laden übernommen hatte. Was Scott zu viel an Haaren auf dem Kopf hatte, fehlte ihm völlig. Auf seiner Glatze saß in der Regel eine Baseballkappe mit dem Logo der Brauerei, und über den Ansatz eines Bierbauches spannte sich eine blaue Arbeits-Latzhose. Was seine beiden Angestellten verband, war die Liebe zum Bier. »Du willst also was Eigenes kreieren?« Pete nahm die Mappe mit Jakes Idee entgegen und reichte einen Ausdruck an Scott weiter.

Jake nickte. Sein erstes eigenes Bier. Gespannt wartete er auf das Urteil der beiden. Er wollte, dass sie seinen Plan gut fanden. Bei Scott wäre das wahrscheinlich nicht schwer. Er schien sich ziemlich schnell für alles begeistern zu können. Petes Urteil, der in der Firma für das Brauen, das Gären und die Lagerung zuständig war, wog da schon bedeutend mehr.

»Ein dunkles Ale?« Scott hob den Blick von dem Rezept, das Jake entwickelt hatte. »Coole Sache. Hast du schon einen Namen dafür?«

Jake schüttelte den Kopf. »Noch nicht. Ich glaube, das hebe ich mir für den Schluss auf. Was meinst du, Pete?«, konnte er sich nicht zurückhalten.

»Hmm.« Der Ältere kaute nachdenklich auf seiner Unterlippe und begann noch einmal, sorgfältig Zeile für Zeile der Rezeptur zu lesen. »Elf Prozent Stammwürze und fünf Prozent Alkoholgehalt. Mit einem dunklen Carafa-Malz und einem außergewöhnlichen Aromahopfen.« Nun sah auch er auf. »Klingt gut. Das wird ein schönes, kupferfarbenes Ale.«

Erleichtert atmete Jake aus. Wenn der alte Braumeister seine Idee gut fand, stand dem neuen Projekt nichts mehr im Weg. »Ich habe Ende der Woche einen Termin in Boston. Auf dem Weg werde ich bei *Flannagans Hops & Malt* vorbeischauen und mich vorstellen. Mal sehen, was sie uns anbieten können.«

»Hmm.« Pete rieb sich nachdenklich über das Kinn.

»Wenn du mit dem alten Flannagan sprichst, richte ihm einen Gruß von mir aus und sag ihm, du willst sein neues Wunderzeug testen.« Er tippte mit dem Zeigefinger auf das Rezept. »Er hat einen Hopfen, der für dieses Bier perfekt ist.«

»Danke, das werde ich.« Jake lehnte sich in seinem Sessel zurück und ignorierte das protestierende Knirschen des brüchigen Leders. Er war gut mit Pete und Scott ausgekommen, seit er die Brauerei das erste Mal besichtigt hatte. Aber jetzt konnte er sicher sein, wirklich von ihnen akzeptiert zu werden. Bei dem Gedanken, bald die ersten Flaschen seines eigenen Ales in den Händen zu halten, beschleunigte sich sein Herzschlag.

»Hey.« Pete stieß Scott mit dem Ellenbogen in die Seite. »Ich glaube, da unten stehen noch ein paar Fässer, die auf die Abfüllung warten.«

Der Jüngere seufzte, verlor dabei aber nicht sein gut gelauntes Grinsen. »Ich dachte, Jake hat die Brauerei gekauft. Wieso bist dann du der Sklaventreiber?« Er erhob sich und schlug Jake im Vorbeigehen auf die Schulter. »Das wird cool, Mann.«

Pete nickte Jake zu, ehe er seinem Kollegen folgte. »Da hat er recht.«

Im nächsten Moment fiel die Tür hinter ihnen ins Schloss, und Jake war allein. »Ja!«, ließ er sich zu einem halblauten Siegesschrei hinreißen und stieß die Faust in die Luft.

6

Eliza trug bereits einen eisblauen Hosenanzug und hatte ihre Haare zu einem strengen Knoten zurückgefasst, als sie begann, ihr Make-up aufzutragen. Sie beugte sich über das Waschbecken und tuschte gerade ihre Wimpern, als Greg ins Badezimmer trat und sich mit einer Tasse Kaffee in der Hand in den Türrahmen lehnte, als hätte er alle Zeit der Welt. Sie musste sich konzentrieren, nicht nervös zu wirken, weil er sie anstarrte, und sich gleichzeitig weiter zu schminken.

»Was steht heute in deinem Terminplan?«, fragte er über den Rand seiner Tasse hinweg. Seine Augen schienen sich in ihren Rücken zu bohren und jede Lüge zu erkennen, die sie ihm auftischte.

»Ich habe um zehn ein Meeting mit Jeffrey wegen des Start-ups, in das er gern investieren möchte. In meiner Lunchpause habe ich noch einmal einen Arzttermin, für weitere Tests.« Sie war glücklicherweise nicht schwanger geworden, als Greg neulich Nacht mit ihr geschlafen hatte. Doch noch immer hatte sie ihm nichts davon gesagt, dass sie im Kinderwunschzentrum herausgefunden hatten, dass das Problem nicht bei ihr lag. Ihre Mittagspause würde sie nicht beim Arzt verbringen, sondern sich mit Jake Foster treffen. Wovon Greg nichts erfahren würde. Zumindest nicht, bis sie ihr Investment in die Brauerei offenlegte.

»Wird langsam Zeit, dass die Ärzte dein Handicap beheben.« Eliza sah im Spiegel, wie Gregs Mundwinkel verärgert zuckte und er seine Hand unbewusst zur Faust ballte und wieder locker ließ.

Natürlich war es für ihn undenkbar, das medizinische Problem bei sich selbst zu vermuten. »Ja, das hoffe ich auch«, log sie, während sie Lippenstift auftrug. Sie kannte diese Stimmung. Greg war verärgert, weil die Dinge nicht nach seinen Vorstellungen und in der von ihm gewünschten Geschwindigkeit liefen. In diesen Momenten wurde er unberechenbar. Sie setzte ein Lächeln auf und drehte sich zu ihm um. »Heute Nachmittag wissen wir vielleicht schon mehr«, sagte sie, während sie langsam auf ihn zuging. Sie strich mit der Hand über sein blütenweißes Hemd und küsste ihn auf die Wange. »Dr. Marino wird eine Lösung finden. Da bin ich mir ganz sicher.« Sie beugte sich ein wenig zurück, ohne dass ihr Lächeln verrutschte. »Lässt du mich einen Moment allein?« Sie nickte in Richtung der Toilette.

Er gestand ihr dieses Maß an Privatsphäre nicht immer zu. Und wenn sie Pech hatte, reichte schon der Wunsch danach, um ihn explodieren zu lassen. Doch heute schien das Glück auf ihrer Seite. Nach einem kurzen Zögern nickte er leicht, trat rückwärts über die Schwelle und schloss die Tür. Erleichtert lehnte Eliza den Kopf gegen das kühle Holz der Tür und atmete aus. Ihre Hände zitterten. Am liebsten hätte sie abgeschlossen, bis sie ihre Emotionen wieder im Griff hatte, aber das hätte Greg nur misstrauisch gemacht. Und Misstrauen führte zu Unberechenbarkeit. Sie würde das erste

Mal, als Greg sie geschlagen hatte, nie vergessen. Auch wenn die Dinge, die in den Jahren danach geschehen waren, zu einem grauen Brei aus Gewalt, Demütigung und Schmerz verschmolzen waren, diesen Ausbruch würde sie für immer im Gedächtnis behalten.

Nach der Verlobung war sie auf Wolken geschwebt. Greg liebte sie. Ihre Eltern gaben ihr das seltene Gefühl, etwas richtig gemacht zu haben. Die Hochzeit wurde zu einem riesigen, rauschenden Fest, das den Feiern ihrer Cousinen in nichts nachstand – und ihr jede Menge neidischer Blicke ihrer weiblichen Verwandten einbrachte. Auch wenn sie selbst es lieber etwas kleiner und intimer gehabt hätte. Sie hatte nachgegeben, weil ihre Mutter völlig in der Planung aufging und sie auf diese Weise endlich einmal etwas gemeinsam machen konnten. Die ersten Wochen nach der Hochzeit genossen sie das Hoch ihrer Liebe, doch dann begann Greg zunehmend launisch zu werden. Er reagierte ungehalten, wenn sie im Bad zu lange brauchte, wurde ungenießbar, wenn sein Kaffee am Morgen nicht fertig war, wenn er angezogen in die Küche kam. Ihrem Handy, das er zu Weihnachten gegen den Wand geworfen hatte, folgten im ersten Jahr ihrer Ehe eine volle Tasse, die einen hässlichen braunen Fleck an der Küchenwand hinterließ, ihre Lieblings-CD, die er hasste, und zweimal eine Take-Away-Schachtel vom Chinesen, die sie von unterwegs mit nach Hause gebracht hatte. Irgendwann verstand Eliza das Muster. Seine finsteren Launen traten immer dann zutage, wenn er sich ungerecht behandelt fühlte. Das konnten Kleinigkeiten sein, wie etwa ein Mittagessen mit einer Freundin anstatt mit ihm. Manchmal reichte schon ein anderer Autofahrer, der ihn schnitt. Oder ein Polizist, der ihn anhielt, obwohl es Gregs Meinung nach keinen Grund dafür gab. Eliza lernte, mit den Stimmungen zu leben, sie bereits zu erkennen, wenn er durch die Tür trat. Sie hätte ihm gern geholfen, ein wenig der negativen Schwingungen von ihm genommen, aber das war unmöglich. Schließlich ging ihr immer öfter der Gedanke durch den Kopf, dass es ihr Fehler war. Andere Frauen bekamen es doch auch hin, ihren Mann glücklich zu machen. Warum schaffte sie das nicht?

Trotz seiner Wutanfälle hätte Eliza niemals geglaubt, dass er sie mit Absicht verletzen könnte. Bis zu jenem Tag im Februar, an dem sie bei einem Geschäftsessen auf eine ihrer ehemaligen Mitschülerinnen aus dem Schweizer Internat traf.

Februar 2016

Beschwingt stieg Eliza in der Tiefgarage aus ihrem Wagen und ging zum Aufzug. Als sich die Türen öffneten und sie den Knopf für das Penthouse drückte, schüttelte sie lächelnd den Kopf. Was für ein Zufall. Nach einem Geschäftsessen war ihr Kathleen Matthews über den Weg gelaufen. Sie hatten zusammen das Internat in der Schweiz besucht, sich aber nach ihrem Abschluss aus den Augen verloren. Kathleen war noch für ein paar Tage in Boston, aber Eliza hatte diesen Nachmittag freigehabt, und so beschlossen die alten Freundinnen spontan, auf einen Drink auszugehen. Sie hatte Greg eine Nachricht geschrieben, dass es später werden würde, und sich dann bei einem Glas Weißwein auf den neuesten Stand bringen lassen.

Sie stieg im obersten Stockwerk aus dem Aufzug und schob den Schlüssel ins Schloss. In dem Moment, indem sie die Tür öffnete, wusste sie, dass ›launisch‹ nicht das richtige Wort sein würde, um die Stimmung ihres Mannes zu beschreiben.

»Wo bist du gewesen?«, brüllte er sie an, noch ehe sie die Tür wieder hinter sich geschlossen hatte. Vor Wut bebend lief er vor ihr auf und ab. »Wieso kommst du erst jetzt nach Hause?«

Sie zuckte zusammen, erschrocken über seinen Ausbruch. »Ich habe dir doch geschrieben, dass ich Kathleen getroffen habe. Sie ist eine alte Schul …«

Er hielt in seinem Auf- und Ablaufen inne und fuhr zu ihr herum. »Und was ist mit den Nachrichten, die ich dir geschickt habe?«

»Welche …?« Eliza zog mit zitternden Fingern ihr Handy aus der Tasche. »Oh, mein Akku ist leer.« Sie sah von dem Display auf, in Gregs zusammengekniffene Augen. »Es tut mir leid, dass du mich nicht erreichen konntest. Ich habe nicht gemerkt, dass das Handy ausgegangen ist.« Beschwichtigend hob sie die Hände. Eine kleine Stimme in ihrem Hinterkopf erinnerte sie daran, dass sie es genossen hatte, einen Abend lang nicht an ihn zu denken und mit Tratschen und Kichern mit einer alten Freundin zu verbringen. Sie hatte es in vollen Zügen ausgekostet. Greg hatte kein Recht, sie so zu behandeln. Aber im Moment war nicht mit ihm zu reden, das wusste sie. Sie würde mit ihm sprechen, wenn er sich wieder ein wenig beruhigt hatte. Am nächsten Morgen. Oder in ein paar Tagen.

Sie wollte an Greg vorbeigehen, doch er griff nach ihr und hielt sie am Arm fest. »Ich bin noch nicht mit dir fertig!«, schrie er sie an.

»Greg, du tust mir weh!« Sie versuchte, sich aus dem schmerzhaften Griff zu befreien, doch das machte ihn nur noch wütender. Er drängte sie zurück, so weit, bis Eliza die Tür hinter sich spürte und zwischen ihrem Mann, der unaufhörlich weiter auf sie einbrüllte, und dem kühlen Holz gefangen war.

Sie legte die Hände auf seinen Brustkorb und versuchte ihn zurückzuschieben, um wenigstens so viel Abstand zwischen sich und ihn zu bringen, dass sie atmen konnte. Aus den Augenwinkeln nahm sie die Bewegung wahr, sah, wie er ausholte. Aber sie konnte nicht glauben, dass das wirklich geschehen würde. Als seine Hand auf ihre Wange traf, spürte sie für den Bruchteil einer Sekunde gar nichts. Dann fing ihr Gesicht Feuer. Er holte ein zweites Mal aus. Diesmal schleuderte die Wucht des Schlages ihren Kopf zur Seite. Sie spürte die Tränen und den Schmerz. Aber viel größer war der Schock, der wie eine Welle durch ihren Körper raste. Greg hatte sie geschlagen. In der Stille, die plötzlich zwischen ihnen hing, glitt Eliza mit den Fingerspitzen über die zunehmende Taubheit, die das brennende Pochen vertrieb.

Den Rücken noch immer gegen die Tür gepresst, Gregs Körper vor sich, war sie gefangen. Lauf weg, schrie alles in ihr. Lauf! Aber ihr Körper hörte den Befehl nicht. Sie blieb stehen wie paralysiert, sah zu Boden und wartete mit zitternden Knien darauf, was als Nächstes geschehen würde. Als ihr Mann sich bewegte, zuckte sie zusammen. Doch er bedrohte sie nicht weiter, sondern wich einen Schritt zurück – und sank auf die Knie. »Eliza, Honey, was habe ich getan?«, schluchzte er. Mit Tränen in den Augen starrte er auf seine Finger. »Ich weiß nicht, wie es so weit kommen konnte. Ich habe noch nie die Hand gegen eine Frau erhoben. Noch nie! Das schwöre ich dir. Es tut mir leid.« Unaufhaltsam liefen die Tränen über sein Gesicht, während Eliza ihre Muskeln endlich wieder unter Kontrolle bekam und schweigend einen wackligen Schritt zur Seite trat. Sie ging langsam um ihn herum und ins Bad, wo sie im Spiegel ihre geschwollene Wange betrachtete. Feuerrot zeich-

nete sich der Abdruck seiner Hand auf ihrer Haut ab. Sie wollte Gerg anschreien, sie in Ruhe zu lassen und aus ihrem Leben zu verschwinden, als er hinter ihr auftauchte und weiter beteuerte, wie sehr er all das bereute. Doch kein Laut kam über ihre Lippen. Sie ignorierte Greg, zog sich ins Gästeschlafzimmer zurück und versuchte, ihre durcheinanderrasenden Gedanken zu ordnen. Sie würde ihn verlassen. Am nächsten Tag würde sie zum Anwalt gehen und die Scheidung einreichen.

Sie hatte es nicht getan. Und sie hatte heute keine Ahnung mehr, warum. Lag es an den zwei Dutzend roten Rosen am nächsten Morgen? Dem Frühstück, das er ihr ans Bett brachte? Dem Meer aus Kerzen, das sie am Abend in der Wohnung erwartete? Seinen Schwüren, dass so etwas nie wieder vorkommen würde? Vielleicht hatte es sogar daran gelegen, dass sie ihn in gewisser Weise verstehen konnte. Sie war nicht nach Hause gekommen, hatte nicht auf seine Anrufe reagiert. Natürlich hatte er Angst gehabt, sie würde ihn betrügen. Oder gar verlassen. Genau wie seine Exverlobte. Sie hatte die Gründe, die sie damals bewogen hatten, zu bleiben, vergessen – oder verdrängt. Das Einzige, was sie sicher wusste, war, dass das ihr zweiter Fehler nach dem an der Wand zersplitterten Handy gewesen war. Sie hätte gehen müssen. Aber sie hatte ihn geliebt. Sie hatte ihm geglaubt. Sie wollte ihm eine Chance geben. Hatte nicht jeder eine zweite Chance verdient? Und, das musste sie sich eingestehen, sie wollte ihre Eltern nicht enttäuschen, die endlich einmal mit ihr zufrieden waren.

*

Die letzten Akkorde von *Nothing else matters* verklangen leise in Jakes Schlafzimmer. Er legte die Gitarre zur Seite und erhob sich von der Bettkante, auf der er gesessen hatte. Es war noch früh am Morgen, aber er war bereits seit über einer Stunde wach. Der Termin mit Eliza Woodward machte ihn nervös. Und seine Gitarre hatte ihm schon immer geholfen, wenn er so rastlos war wie im Moment. Er liebte Musik, hörte sie ebenso gern, wie er sie selbst spielte. Jake war nicht der Typ, der mit der Gitarre am Lagerfeuer saß und anderen etwas vorsang. Er spielte nur für sich. Besonders wenn er schwierige Entscheidungen zu treffen hatte, half ihm die Musik, sich zu fokussieren. Und heute würde einer der schwierigsten Tage seines Lebens werden. Jakes Blick glitt über den Anzug, den er bereits an die Schranktür gehängt hatte. Er trat auf den Balkon hinaus und blickte auf den Horizont. Die Ebbe hatte das Meer geschluckt und nur ein Paar Tidentümpel zurückgelassen.

Am Strand raste Hollys Retriever Potter einem Stock hinterher, den Andrew für ihn warf. Jake kehrte ins Schlafzimmer zurück, zog Shorts und ein T-Shirt an und ging barfuß ins Erdgeschoss. Das Haus war still, als er je eine Kaffeetasse für Andrew und sich selbst unter die Maschine stellte. Es war noch früh am Morgen, aber schon jetzt lagen die Temperaturen bei fast zwanzig Grad. Ihnen stand also auch heute ein heißer Sommertag bevor. Jake balancierte die Tassen auf die Terrasse und von dort die Treppe zum Strand hinunter.

Andrew sah zu ihm hinüber, als er ihn kommen sah, und warf noch einmal den Stock für Potter. Sobald der Hund davongerast war, wischte er sich die Hände an den Hosen ab und kam ihm entgegen. »Morgen.« Er nahm Jake eine der

Tassen ab und trank einen genüsslichen Schluck. »Du bist früh auf«, stellte er fest.

»Kann man von dir auch sagen.« Jake zog mit dem Fuß eine Furche in den feuchten Sand. Er mochte das Gefühl der groben Körner auf der Haut. Mochte den leichten Wind, der vom Ozean herüberwehte, und das fröhliche Hundebellen.

»Ich bin mit Holly aufgestanden. Sie musste früh los, zum Großmarkt«, erklärte Andrew. »Jackson wird vermutlich erst aus seiner Höhle kriechen, wenn die Sonne im Zenit steht.«

»Oder wenn seine hübsche Freundin hier auftaucht«, ergänzte Jake und grinste.

»Gut möglich. Ich mag die beiden, aber ich bin echt froh, dass sie auf diesen Segeltörn gehen und dann für ein paar Wochen Ruhe im Haus einkehrt.« Andrew blickte ihn von der Seite an. Er bückte sich und nahm Potter den Stock ab, um ihn erneut in hohem Bogen in Richtung Meer zu schleudern. »Du bist nervös.«

Jake trank einen Schluck Kaffee. »Es ist die letzte Chance, die ich Mrs. Woodward gebe. Ich hoffe wirklich, nicht noch einmal von ihr versetzt zu werden.«

»Das wirst du bestimmt nicht. Ich bin mir sicher, sie wird auftauchen. Und sie wird von deinen Ideen begeistert sein und investieren. Etwas anderes kann ich mir einfach nicht vorstellen.«

Jake wäre gern so zuversichtlich wie sein Freund. »Dein Wort in Gottes Ohr«, murmelte er und trat einen Schritt zur Seite, um nicht mit Potter zu kollidieren, der angerast kam und offenbar zu spät daran dachte zu bremsen. Auch wenn dieser Hund ausgewachsen war, sein Gehirn gehörte definitiv zu einem drei Monate alten Welpen. Aber er schaffte es,

Jake zum Lächeln zu bringen und ein wenig der Spannung von seinen Schultern zu nehmen.

»Potter und ich haben beschlossen, laufen zu gehen, wenn wir schon so früh auf sind. Bist du dabei?«

»Würde ich gern.« Bedauernd hob Jake die Schultern. »Aber ich halte auf dem Weg nach Boston bei unserem Lieferanten in Portsmouth. Und vorher will ich meine Präsentation für Mrs. Woodward noch mal durchgehen.«

»Du kannst das doch inzwischen auswendig aufsagen. Du hast jede einzelne Zahl im Kopf«, widersprach Andrew.

»Ich fühle mich jedenfalls besser, wenn ich mir alles noch mal angesehen habe.«

»Okay.« Andrew schlug ihm kameradschaftlich auf die Schulter. »Du rockst das, mein Freund. Melde dich, sobald du sie getroffen hast.«

»Mache ich«, versprach Jake und hoffte, dass er Eliza Woodward dieses Mal wirklich gegenüberstehen würde.

Flannagans Hops & Malt war seit über zwanzig Jahren der Lieferant der Harbour Beach Brewerie. Jake hoffte, dass das so bleiben würde und auch er seinen Hopfen und das Malz von der Firma aus Portsmouth beziehen konnte. Er parkte seinen Pick-up auf dem Besucherparkplatz vor einem flachen Empfangsgebäude, hinter dem sich zwei große, rote Scheunen erhoben. Hier war alles gut in Schuss, stellte er fest, als er ausstieg und sich umsah. Angefangen von der üppig blühenden Blumenrabatte, die sich um den Flachbau zog, bis hin zur Farbe an den Scheunenwänden.

Die Glastür zum Empfang glitt zur Seite, und ein kleiner, beleibter Mann mit akkuratem grau meliertem Seitenscheitel und einem gepflegten Schnauzbart trat ihm entgegen. »Mr. Foster?«, fragte er und hielt ihm, ohne eine Antwort abzuwarten, die Hand entgegen.

»Ja.« Jake schüttelte sie. »Mr. Flannagan?«

»Sean, bitte«, bat sein Gegenüber.

»Jake.«

»Nun, Jake.« Sean gab seine Hand frei. »Schön, dass Sie es geschafft haben, bei uns vorbeizuschauen. George und ich haben uns immer gut verstanden. Ich hoffe, wir kommen ebenfalls ins Geschäft. Allerdings …«, er betrachtete Jakes Aufzug, »hoffe ich, Sie sehen mir nach, dass ich nicht so förmlich gekleidet bin. Wenn wir in den Scheunen arbeiten, putzen wir uns in der Regel nicht so heraus.«

Jake blickte an sich herunter. »Oh, das.« Er griff unter seinen Hemdkragen und versuchte, die viel zu fest sitzende Krawatte ein wenig zu lockern. »Ich habe noch einen Geschäftstermin in Boston in einem Lokal, in das ich ohne Anzug wahrscheinlich gar nicht reinkomme. Glauben Sie mir, dass ich momentan nichts lieber tragen würde als ein T-Shirt und Jeans.«

Sean lachte gut gelaunt. »Beruhigend, junger Mann. Beruhigend. Kommen Sie mit.« Statt in das Empfangsgebäude führte er Jake außen herum und direkt in Richtung der Scheunen. »George hat mir viel von Ihnen erzählt. Er mag Sie. Und er glaubt an Ihr Talent. So sehr ich den alten Haudegen vermissen werde, bin ich doch gespannt, was Sie vorhaben.« Er wies mit der Hand auf die linke, größere Scheune. »Dort lagern wir unsere Ballots.«

Jakes Herzschlag beschleunigte sich bei der Vorstellung der riesigen Säcke voller Hopfen, die hinter den Scheunentoren gestapelt waren. Er liebte Hopfen. Fast genauso sehr wie das, was er aus ihm machen wollte. »Wie viele Sorten vertreiben Sie?«, fragte er Sean.

»Aktuell haben wir zwanzig auf Lager. Aber ich kann natürlich alles besorgen, wonach Ihnen der Sinn steht.« Er öffnete die Tür der kleineren Scheune und ließ Jake den Vortritt. Die Hitze des Sommertages wurde von klimatisierter Kühle abgelöst. Jake inhalierte das Duftpotpourri, das ihm entgegenschlug. Auf der linken Seite waren diverse Hopfensorten aufgereiht, rechts stand das Malz. »Erzählen Sie mir, was Sie brauen wollen, und dann schauen wir, ob wir das Richtige für Sie finden«, schlug Sean vor.

Jake erzählte ihm von dem Ale-Rezept, das er entwickelt hatte, und Seans Augen begannen vergnügt zu funkeln. »Das klingt ganz ausgezeichnet. Sie werden etwas ganz Besonderes auf den Markt werfen, und ich werde ein Teil davon sein. Beim Malz dürften wir uns schnell einig werden.« Er schlug Jake ein paar Sorten vor, und sie einigten sich auf Carafa-Malz.

»Wunderbar.« Sean rieb sich die Hände und wandte sich den Säcken auf der linken Seite zu. »Kommen wir zu meinem Lieblingsthema: Hopfen.«

Jake fiel auf, dass neben den Probesäcken Schilder angebracht waren, die allesamt umgedreht waren. »Sie wollen mich Hopfen raten lassen?«, fragte er Sean.

»Nicht raten, aber ich finde, man kann sich besser mit dem Aroma auseinandersetzen, wenn man dem Geruchssinn eine Chance gibt, ohne ihn mit Namen und Inhaltsstoffen zu beeinflussen. Ein Blindtest sozusagen.«

»Gute Idee. Ich bin gespannt, was wir finden. Als Basis brauche ich einen Bitterhopfen.«

»Den haben wir hier drüben. Unsere Sorten kommen aus dem Yakima Valley. Alles Bio«, erklärte Sean. »Wie wäre es mit etwas Robustem mit hohen Alpha-Säure-Werten? Ich empfehle Ihnen Columbus oder Summit. Die Klassiker.«

Jake mochte Sean. Was nicht schwer war, wenn man auf einer Wellenlänge lag und das Gegenüber dermaßen für das Thema brannte. Sie testeten mehrere Hopfensorten, aber es war nichts dabei, das ihn ansprach. Er fand nicht das, was er suchte. »Erdbeere?« Er nahm einen Hauch des fruchtigen Aromas wahr, als er an einer Dolde roch.

Sean zuckte mit den Schultern. »Der letzte Schrei, sag ich Ihnen.«

Jake warf den Hopfen zurück in den Sack. »Nicht das, was ich mir vorstelle. Pete hat gesagt, ich solle Sie nach Ihrem Wunderzeug fragen.«

Sean lachte. »Pete, der alte Fuchs. Kommen Sie mit.« Er führte Jake zum letzten Sack in der Reihe. »Das hier ist er. Ich finde ihn spektakulär, aber den meisten ist er zu experimentell. Ich weiß nicht, was Sie davon halten. Bitte.« Er öffnete den Sack.

Jake griff hinein, mischte die Dolden durch und zog eine Handvoll heraus. Sie rochen frisch, aromatisch. Mit geschlossenen Augen inhalierte er den Duft. Dann warf er sie zurück und behielt nur eine Dolde in der Hand. Er brach sie auf und zerrieb die kräftigen, gelben Lupulin-Kügelchen zwischen den Fingern. »Wow. Das ist ...« Er roch noch einmal. »Bourbon?«

»Das ist es.« Sean zerbrach ebenfalls eine Dolde und roch daran. »Karamell, Pflaume, eine Spur von Honig und Leder. Ich bin ein Riesenfan dieser Sorte.«

»Ich ab jetzt auch.« Jake sog das Bouquet ein weiteres Mal ein. Er stellte sich vor, wie Hopfen, Malz und Hefe eine Verbindung eingingen. Wie sich die Gerüche mischten, den Hauch Whiskey-Aroma, der das dunkle Malz perfekt ergänzte. »Genau das will ich für mein Ale.« Er warf die Dolde zurück und reichte Sean die Hand. »Sind wir im Geschäft?«

Der Hopfenhändler schlug ein. »Ich will eines der ersten Fässer, das Sie abfüllen.«

»Einverstanden.« Wenn das Treffen mit Eliza Woodward nur halb so gut lief, konnte er einen erfolgreichen Tag verbuchen.

*

Greg Ellerton wusste, wann er aufpassen musste. Er kannte seine Frau. In- und auswendig. Ein winziges Blinzeln an diesem Morgen hatte gereicht, ihn stutzig werden zu lassen. Er hatte es im Spiegel gesehen. Ihr war es wahrscheinlich nicht einmal aufgefallen, aber er ließ sich nicht hinters Licht führen. Wenn sie ihn anlog, würde er sie maßregeln müssen. Möglicherweise gab es gar keinen gravierenden Grund für ihre Lüge. Vielleicht wollte sie nur shoppen gehen, um ihn mit einem neuen Kleid für die Cocktailparty bei den Tylors nächste Woche zu überraschen. Andererseits hatte Eliza ihn in den vergangenen Jahren schon ein paarmal hintergangen, hatte sich mit Leuten verabredet, ohne, dass er etwas davon gewusst hatte, oder eine Chance bekam, bei den Treffen dabei zu sein. Wer wusste schon, was in ihrem Kopf vor sich ging – oder was andere ihr einredeten?

Er überquerte den Gang, der sein Büro von ihrem trennte,

und lehnte sich mit einem Lächeln an den Schreibtisch ihrer Assistentin. »Julie«, sagte er mit der Stimme, mit der er immer bei Frauen punktete. Sanft, bewundernd. »Sie sehen fabelhaft aus. Haben Sie eine neue Frisur? Nein! Sagen Sie nichts!« Er tippte sich nachdenklich gegen das Kinn. »Es ist das Kleid. Dieses dunkle Rot steht Ihnen hervorragend.«

Die Assistentin seiner Frau konnte nicht anders, als ein geschmeicheltes Lächeln zu unterdrücken. Ihre Wangen färbten sich eine Spur dunkler. »Danke, Mr. Ellerton. Was kann ich für Sie tun?«

»Ich war mir nicht sicher, ob ich mit meiner Frau zum Lunch verabredet bin oder nicht. Helfen Sie mir auf die Sprünge?«

»Nein, Sir.« Sie schüttelte den Kopf, rief aber, wie es ihre Art war, noch einmal Elizas Terminplan auf, um sicherzugehen. »Ihre Frau hatte ein Meeting mit Mr. Penn und anschließend einen Termin bei ihrer Ärztin.«

»Das war es!« Er schlug sich gegen die Stirn. »Glauben Sie mir, mein Gehirn verhält sich in letzter Zeit immer öfter wie ein Sieb. Ich kann mir nichts merken. Aber jetzt erinnere ich mich, dass sie den Arztbesuch erwähnt hat. Dr. ... Dr. ...« Er schnippte nachdenklich mit den Fingern.

»Marino«, half Julie ihm mit einem Lächeln auf die Sprünge.

»Natürlich. Das war es.« Er stieß sich vom Schreibtisch ab. »Danke Julie, ich versuche am besten, meine Frau auf dem Handy zu erreichen.«

»Gern geschehen, Sir«, erwiderte sie und blickte strahlend zu ihm auf.

Greg schlenderte auf seine Seite des Flurs zurück. Eliza

bemühte sich mit Sicherheit wirklich nur, endlich fruchtbar zu werden. So angespannt, wie sie in letzter Zeit war, war es kein Wunder, dass sie nicht schwanger wurde. Aber vielleicht löste ihre Ärztin das Problem endlich und verschrieb ihr irgendwas, was sie empfänglicher werden ließ. Ihr Blinzeln an diesem Morgen ließ ihm aber trotzdem keine Ruhe. Es war kein Fehler, ihren Termin zu überprüfen. »Verbinden Sie mich mit Dr. Marino«, bat er seine eigene Assistentin. »Sie ist Ärztin in diesem Kinderwunschzentrum.« Er rasselte die Adresse herunter. »Und sorgen Sie bitte dafür, dass ich direkt zu ihr durchgestellt werde.«

»Sicher, Sir«, ließ sie ihn geschäftig wissen, und tippte bereits auf der Suche nach der Nummer auf ihrer Tastatur herum.

Greg trat in sein Büro, schloss die Tür hinter sich und ließ sich auf seinen Schreibtischstuhl fallen. Eine halbe Minute später klingelte sein Apparat. Er hob ab, und seine Assistentin sagte: »Dr. Marino für Sie, Sir.«

Es klickte, und dann meldete sich die leicht rauchige Stimme einer Frau, die um die Fünfzig sein musste. »Marino.«

»Dr. Marino. Entschuldigen Sie die Störung. Hier spricht Greg Ellerton. Meine Frau, Eliza Woodward-Ellerton, hat heute einen Termin bei Ihnen. Ich wollte mich nur erkundigen, ob die Untersuchungen, von denen sie gesprochen hat, schon vorüber sind.« Er ließ seinen Charme an ihr genauso wirken wie an Julie.

»Ihre Frau?« Die Ärztin stutzte einen Moment, und Gregs Puls beschleunigte sich. Er hatte es gewusst. »Tut mir leid, Mr. Ellerton. Sie scheinen die Termine zu verwechseln. Ihre

Frau war vor vier Wochen das letzte Mal bei uns im Zentrum. Und wir haben bereits damals festgestellt, dass sie keine Empfängnisprobleme hat.«

Keine Empfängnisprobleme? Wie konnte das …?

Die Ärztin unterbrach seine Gedanken, die begannen, sich zu überschlagen. »Aber ich bin froh, von Ihnen zu hören. Sicher hat Ihre Frau Ihnen bereits erklärt, welche Untersuchungen bei Ihnen notwendig sein werden, um nachzuvollziehen, wie es um Ihre Fruchtbarkeit steht.«

»Meine … was?« Ein roter Schleier breitete sich von den Augenwinkeln über Gregs Sichtfeld. Für den Bruchteil einer Sekunde überlegte er, ob die Ärztin ihn mit einem anderen Mann verwechselte. Doch sie war sich offenbar sicher. Denn sie wiederholte das unsägliche Wort noch einmal.

»Fruchtbarkeit. Es tut mir leid, ich dachte, Ihre Frau hat bereits mit Ihnen darüber gesprochen. Ich empfehle Ihnen gern einen kompetenten Kollegen. Das klingt alles schlimmer, als es ist.«

»Danke. Das wird nicht nötig sein. Entschuldigen Sie die Störung. Ich wünsche Ihnen einen schönen Tag.«

»Das wünsche ich Ihnen auch, Mr. Ellerton. Und wie gesagt, wenn Sie Fragen haben, scheuen Sie sich nicht, mich anzurufen. Themen wie künstliche Befruchtung sind heutzutage nichts Außergewöhnliches mehr.«

Das würde ganz sicher nicht passieren. Langsam legte er den Hörer auf. Einen Moment starrte er auf die Boston Bay hinaus. Eliza hatte also allen Ernstes gedacht, sie könnte ihn verarschen. Aber manchmal reichte schon ein Blinzeln, um sich zu verraten. Ihn vor ihrer Ärztin als einen unfruchtbaren Verlierer hinzustellen war schon schlimm genug. Noch drängender war allerdings die Frage, was sie in der Zeit trieb, in der sie angeblich weitere Untersuchungen über sich ergehen ließ. Er beugte sich über den Tisch und drückte den Knopf der Gegensprechanlage. »Sagen Sie alle Termine für heute ab«, bat er seine Assistentin. »Mir ist etwas Wichtiges dazwischengekommen.«

7

Eliza warf einen Blick auf die Uhr. Ihr blieben zehn Minuten, bis sie zu ihrer Besprechung mit Jake Foster losmusste. Das reichte für eine halbe Tasse Kaffee. Sie hängte ihre Kostümjacke über die Lehne des Küchenhockers, auf dem bis gerade eben noch Jeffrey gesessen hatte. Der Gedanke, wie verbissen er darum kämpfte, dieses Start-up für die Woodward Holding zu gewinnen, brachte sie zum Lächeln. Niemand käme auf die Idee, dass in dem fast sechzigjährigen Anwalt ein solcher Technikfreak steckte. Aber Jeffrey dachte zukunftsorientiert, und diese drei jungen Männer waren voller Visionen. Und so wie es aussah, schaffte Jeffrey es, ihr Investor zu werden. Sie schenkte sich eine halbe Tasse Kaffee ein, setzte sich damit an den Küchentresen und begann die Unterlagen, die um sie herum verstreut lagen, zusammenzusuchen und zu sortieren. Sie war froh, für das Treffen mit Jake Foster den Jachtklub gewählt zu haben. Vielleicht konnten sie bei dem herrlichen Wetter draußen essen. Sie rollte ihre Schultern und genoss den warmen Sonnenstrahl, der seinen Weg durch die hohen Ahornbäume bis in die Küche fand und ihren Rücken wärmte. Für einen Moment schloss sie die Augen und nippte an ihrem Kaffee.

Als sie ihre Tasse absetzte, wurde sie sich plötzlich bewusst, dass sich die Atmosphäre um sie herum verändert hatte. Irgendetwas stimmte nicht. Und wenn es etwas gab, das sie in den letzten Jahren gelernt hatte, dann, auf ihren Instinkt zu hören. Sie war nicht mehr allein, und es war nicht Jeffrey, der noch einmal zurückgekommen war, weil er etwas vergessen hatte. Die Härchen in ihrem Nacken stellten sich auf, Gänsehaut überzog ihren Körper. Eliza hatte das Gefühl, die Geschwindigkeit der Welt verlangsamte sich zu einer Zeitlupe, als sie den Kopf wandte und Greg im Türrahmen stehen sah. Er trug kein Jackett und hatte seine Krawatte abgenommen. Der oberste Knopf seines Hemdes war geöffnet. Sie nahm all das überdeutlich war. »Greg.« Ihr Mund fühlte sich an wie nach einem Tag in der Wüste. Sie schluckte trocken. »Was für eine Überraschung«, brachte sie heraus und erhob sich langsam.

Greg sagte nichts. Er sah sie nur an, ohne zu blinzeln. Elizas Puls beschleunigte sich. Sie musste sich zwingen, nicht die Hand auf ihren Brustkorb zu pressen. Mit jedem Schlag ihres Herzens breitete sich Angst in ihrem Körper aus. Eine unglaubliche, alles verschlingende Angst. *Er weiß es!* Der Satz drehte Loopings in ihrem Kopf, prallte an den Rändern ihres Schädels ab, schoss noch einmal durch ihre Gedanken. *Er weiß es! Er weiß es!* Unaufhörlich. Trotzdem musste sie versuchen, ihre Maske aufzubehalten. Noch bestand zumindest eine Chance, dass er nicht wegen ihrer Lüge hier war. »Falls du dich mit mir zum Lunch treffen wolltest, tut es mir leid. Ich bin praktisch schon auf dem Weg zu meinem Arzttermin. Du erinnerst dich? Wir hatten heute Morgen darüber gesprochen.« Sie erkannte ihre Stimme kaum wieder. Rau und brüchig. Und sie sprach viel zu viel. Menschen, die logen, begannen zu plappern. Das wusste jeder. Auch Greg. *Reiß dich zusammen*, wies sie sich innerlich zurecht.

»Ah, der Arzttermin.« Endlich löste sich ihr Mann aus dem Türrahmen und trat in den Raum. Langsam kam er auf sie zu, während ein leichtes Lächeln seine Lippen umspielte. »Wo wir gerade davon reden ...« Greg kam vor ihr zum Stehen und verpasste ihr eine heftige Ohrfeige. Eliza hätte es kommen sehen müssen, aber seine Bewegung war so schnell, kam praktisch aus dem Nichts. Sie taumelte einen Schritt zur Seite, doch er hatte seine Hand bereits in ihre Haare gekrallt und zerrte sie in die Mitte der Küche. »Dein Termin wurde abgesagt«, ließ er sie noch immer in diesem ruhigen, kalten Ton wissen. Er griff nach dem Kaffeebecher auf dem Küchentresen und schleuderte ihn in ihre Richtung.

Eliza wich aus, konnte aber nicht verhindern, dass er ihren Arm traf. Heißer Kaffee spritzte über ihre Bluse, verbrannte die Haut darunter. »Greg, bitte.« Sie hob die Hände in einer Geste, die gleichzeitig ihre Kapitulation signalisierte, aber auch vor dem nächsten Angriff schützen sollte. »Lass uns darüber reden.«

»Worüber möchtest du denn reden?« Er kam auf sie zu, und Eliza wich zurück. Seine kalte Stimme hatte sich in glühend heißen Zorn verwandelt. »Darüber, was du heute Mittag anstelle eines Arzttermins eigentlich vorgehabt hast? Oder darüber, dass du nicht einmal Frau genug bist, schwanger zu werden und jetzt versuchst, mich dafür verantwortlich zu machen?«

Schritt für Schritt war Eliza zurückgewichen, bis sie den Rahmen der offenstehenden Terrassentür hinter sich spürte.

Ihr einziger Fluchtweg. Ihre einzige Chance, wie ihr bewusst wurde. Denn die Furcht einflößende Stille in Gregs Augen war brodelnder Wut gewichen. Hass. Mörderischem Hass, wie sie ihn sogar bei all der Gewalt in den letzten Jahren nie gesehen hatte. Sie wirbelte herum und sprintete los. Vier Schritte, ehe ihr Mann sie am Arm zu packen bekam, seine Hand wie eine Schraubzwinge um die Verbrühung vom Kaffee schloss und sie herumriss. Ohrfeigen prasselten auf ihr Gesicht ein, trafen ihren Oberkörper.

Greg keuchte vor Anstrengung. »Du denkst, du kannst mir die Schuld daran geben?«, schrie er ihr aus nächster Nähe ins Gesicht. Seine Wut schien mit jedem Schlag zu wachsen. »Du verdammtes Miststück!« Er schloss die Hände und prügelte mit den Fäusten weiter auf sie ein. »Du verklemmte, vertrocknete Möse, wie soll ein Mann mit jemandem wie dir überhaupt ein Kind machen?«

Eliza versuchte, ihr Gesicht zu schützen. Um Gnade zu flehen war zwecklos – dieses Mal würde er nicht von ihr ablassen. Sie wehrte sich, versuchte zurückzuschlagen und wenigstens nicht kampflos aufzugeben, doch Gregs Faust krachte gegen ihr Jochbein. Der Schmerz ließ sie Sternchen sehen, und sie verlor das Gleichgewicht. Taumelnd ging sie zu Boden. Ihr Kopf traf ungeschützt auf die aus Italien importierten Bodenplatten. Sie war sich sicher, das Bewusstsein zu verlieren, doch nicht einmal so viel Glück war ihr vergönnt. Schon spürte sie die warmen Steine unter ihrem Körper, kniff die Augen zusammen vor den Sonnenstrahlen, die wie kleine Blitzlichter zwischen dem dichten Laub der Ahornbäume und Eichen aufleuchteten.

Greg ging dazu über, seine Faustschläge durch Tritte zu

ersetzen. Völlig von Sinnen zerrte er an seinem Gürtel und zog ihn aus den Schlaufen der Hose. Wie im Rausch ließ er abwechselnd die Messingschnalle auf ihren Körper klatschen und trat zu. »Mit wem wolltest du dich treffen, du widerliche Schlampe? Wolltest du mit einem anderen Typen ficken und mir den Bastard unterjubeln? Ist es das?« Er verlor jede Hemmung. Der Gürtel traf ihren Rücken. Ihre Arme. Ihre Beine. »Denkst du, du kannst mich verarschen? Ich bin so viel schlauer als du. Nur weil deine Eltern reich waren, bist du noch lange nichts. Gar nichts. Ohne mich kannst du nicht existieren.«

Sie versuchte wegzukriechen, den Schlägen und Tritten zu entkommen. Aber es war sinnlos. Er lachte hämisch über jeden Zentimeter, den sie sich bewegte.

»Verstehst du das?«, schrie er sie weiter von oben herab an. »Du bist ein Nichts. Weniger als ein Nichts. Dreck. Abschaum.«

Eliza rollte sich zusammen und versuchte mit den Armen ihren Kopf zu schützen. Ein merkwürdig dünner Laut drang an ihr Ohr, und ihr wurde bewusst, dass es ein Wimmern war, das aus ihrer eigenen Kehle drang. So klein und schwach, wie sie sich fühlte. Wie Greg sie immer wieder erinnert hatte. Schwach und ein Nichts – ohne ihn. Sie war sich sicher, dass die Schläge wie Feuer brennen müssten, doch sie spürte nichts mehr, außer einer tauben Kälte, die sich von ihrem Herzen aus in ihrem ganzen Körper ausbreitete. Sie wusste, dass sie Todesangst verspüren sollte, denn Greg würde nicht aufhören. Er würde einfach nicht aufhören. Stattdessen ertappte sie sich bei dem Gedanken, dass das vielleicht gar nicht schlecht war. Vielleicht wäre dann endlich alles vorbei. Sie sah Gregs blank polierte Schuhspitze. Sah, wie er sie beim Ausholen nach hinten zog. Sah sie auf ihr Gesicht zurasen. Greg legte großen Wert auf blitzblank polierte Schuhe. Das Leder traf auf ihren Kiefer, und weißes Licht explodierte in Elizas Kopf. Sie hörte einen Schrei und war sich sicher, er kam aus ihrer Kehle. Dann wurde alles um sie herum schwarz.

*

Der Jachtklub, in dem Eliza Woodward ihn treffen wollte, war exklusiv. Jake entschied sich gegen den Parkservice und stellte seinen Pick-up am Straßenrand ab. Er war fünf Minuten zu früh, aber statt auf der aufgeheizten Straße konnte er auch im Restaurant auf die Investorin warten. Also stieg er aus, zog seine Anzugjacke über, knöpfte sie zu und griff nach seiner Präsentationsmappe.

»Guten Tag, Sir«, grüßte ihn der Mann hinter dem Empfang, als er den hellen, kühlen Eingangsbereich des Jachtklubs betrat. »Haben Sie eine Reservierung?«

»Ich bin mit Mrs. Woodward verabredet.«

Der Empfangschef warf einen Blick auf das Reservierungsbuch, das vor ihm auf einem Pult lag. »Mr. Foster.« Er bedachte ihn mit einem freundlichen Lächeln. »Herzlich Willkommen im Jachtklub. Ihr Tisch ist bereit. Mrs. Woodward ist allerdings noch nicht eingetroffen. Darf ich Sie schon zu Ihrem Platz begleiten?«

Bleib locker, befahl Jake sich selbst. Er war zu früh. Eliza Woodward würde ihn nicht automatisch versetzen, nur weil sie bis jetzt noch nicht aufgetaucht war. Sie hatte ja noch dreieinhalb Minuten. Wenn sie pünktlich war. »Nein, ich warte an der Bar.«

»Wie Sie wünschen.« Der Empfangschef kam hinter seinem Pult hervor und führte ihn an eine moderne Bar, die hauptsächlich aus Chrom und Glas zu bestehen schien. Jake nahm auf einem der stylischen Barhocker Platz und bestellte bei der hübschen Barkeeperin, auf deren Namenschild ›Fancy‹ zu lesen war, ein Wasser. Um wie vieles lieber würde er jetzt an dem dunklen, gemütlichen Holztresen des Fairways sitzen und einen doppelten Scotch im Glas schwenken.

Fancy stellte das Wasser vor ihm ab, und Jake griff danach wie nach einer Rettungsleine. Er konnte sich noch tausendmal sagen, dass seine Investorin noch genügend Zeit hatte, aufzutauchen. Zweieinhalb Minuten, um genau zu sein. Es änderte nichts an seiner Nervosität. Während er an dem kalten Wasser nippte, fiel sein Blick auf den Spiegel, der den Hintergrund für das beleuchtete Flaschenregal hinter der Bar bildete. Jake blinzelte und stellte sein Glas dann mit einem resignierten Seufzen auf den gläsernen Tresen. Er ging nie in Restaurants wie dieses, und er kannte nicht viele der Schönen und Reichen. Aber natürlich musste ihm hier ausgerechnet Niclas' und Andrews Vater Theodor über den Weg laufen. Er saß mit drei weiteren Anzugträgern an einem Tisch im Restaurant. Und er hatte herübergeblickt. Super, noch ein Zeuge mehr, falls Mrs. Woodward ihn zum dritten Mal hängen ließ. Was sie wahrscheinlich tun würde, wenn sie nicht in den nächsten neunundzwanzig Sekunden durch die Tür treten würde.

Sie kam nicht. Jake hatte sich selbst dazu überredet, ihr

eine Viertelstunde einzuräumen. Doch Mrs. Woodward hatte genau das Gleiche getan wie die beiden Male zuvor. Ein letztes Mal sah er auf sein Handy. Keine Nachricht von ihr. Kein Anruf. Seine Nervosität verschwand. Inzwischen war er einfach nur noch sauer. Mit einer Hand zog er sich die Krawatte vom Hals und schob sie in seine Jacketttasche. Mit der anderen reichte er Fancy seine Kreditkarte, um das Wasser zu bezahlen.

Während sie die Rechnung ausdruckte, öffnete er den obersten Knopf seines Hemdes und sah im Barspiegel dabei zu, wie Theodor einen Kellner heranwinkte, kurz mit ihm sprach und nach dessen Nicken einen Geldschein übergab. Was trieb der alte Fuchs da schon wieder für Geschäfte? Es ging ihn nichts an, erinnerte er sich und nahm die Ledermappe mit der Rechnung, um den Beleg zu unterschreiben. Ein weiterer Blick in den Spiegel zeigte, dass Theodor auf die Bar zukam. Jake hatte keine Lust auf Small Talk mit dem Vater seiner Freunde, der ihn mit Sicherheit nur darüber aushorchen wollte, was seine Söhne auf Cape Cod trieben. Er glitt vom Barhocker und hielt auf den Ausgang zu.

»Jake«, sagte Theodor hinter ihm.

Zu spät. Er verzog die Lippen zu etwas, was hoffentlich nach einem Lächeln aussah, und drehte sich um. »Theodor. Was für eine Überraschung«, log er. Er schüttelte die Hand, die der ältere Mann ihm entgegenstreckte.

»Schön, dich zu sehen. Wie geht es dir?« Er wartete Jakes Antwort nicht ab. »Ich hatte ein Essen mit ein paar Geschäftsfreunden. Das Restaurant ist ziemlich seelenlos, wenn du mich fragst, aber das Essen ist wirklich hervorragend. Und was treibt dich hierher?« Er blieb mit dem Blick an der Präsentationsmappe hängen, die sich Jake unter den Arm geklemmt hatte.

Er schluckte. Natürlich könnte er sich jetzt irgendeine Geschichte ausdenken, in der er nicht wie ein kompletter Vollidiot dastand. Aber was brachte das schon? Die Wahrheit war noch immer seine erste Wahl gewesen. »Ich hatte einen Termin mit einer Investorin. Aber sie hat mich versetzt«, räumte er ein.

Theodor zog die Augenbrauen nach oben. »Eliza Woodward? Das ist schon das zweite Mal, oder?«

Das dritte Mal, um genau zu sein. Aber er hatte keine Lust, mit Theodor über seine geschäftlichen Fehlschläge zu diskutieren.

»Hör mal Jake«, sagte Theodor mit einem Blick zu dem Kellner, dem er zuvor Geld zugesteckt hatte, und der jetzt an der Bar auftauchte und ihm zunickte. »Das kommt jetzt wahrscheinlich ein wenig überraschend, aber ich hatte sowieso vor, dich diese Woche anzurufen, um etwas mit dir zu besprechen. Wenn wir uns schon hier über den Weg laufen, nutzen wir die Gelegenheit doch gleich.«

Jake sah den Vater seiner Freunde skeptisch an. Theodor war bekannt als eiskalter Geschäftsmann und Halsabschneider. Zumindest war er das gewesen, bis seine Nieren ihn in die Knie gezwungen hatten. »Was wollen Sie mit mir besprechen?«

»Steve war so nett, uns einen Raum zu besorgen, in dem wir ungestört sind.« Er wies mit dem Kinn in Richtung des Kellners. »Können wir?«

Jake unterdrückte ein Seufzen. Er würde sich anhören, was Theodor zu sagen hatte, und dann würde er sehen, dass er so schnell wie möglich nach Cape Cod zurückkam. Solange Eliza Woodward ihm dieses Treffen in Aussicht gestellt hatte, hatte er gehofft und sich nicht ernsthaft um einen neuen Investor bemüht. Jetzt würde er sich eine neue Strategie zurechtlegen und erneut Klinken putzen müssen. Aber die Gedanken, die dazu nötig wären, würde er sich in Sunset Cove machen. »Also gut.« Er folgte Theodor in ein Separee und wartete, bis der Kellner die Tür hinter ihnen geschlossen hatte.

»Möchtest du etwas trinken?«, fragte Theodor.

»Nein, danke.« Jake setzte sich in einen der Klubsessel und wartete, bis sein Gegenüber ebenfalls Platz nahm.

»Okay.« Theodor lachte unbehaglich und rieb sich über den Nacken. »Ich könnte jetzt ehrlich gesagt einen Drink vertragen. Aber keine Sorge.« Er hob beschwichtigend die Hände. »Kein Alkohol für die toten Nieren.«

Jake musste sich bemühen, bei dieser Bezeichnung nicht zusammenzuzucken. »Also, worum geht es?«

»Glaub mir, dieses Gespräch fällt mir wirklich nicht leicht.« Theodor räusperte sich. »Ich möchte dir ein Geschäft anbieten.«

Jake lehnte sich in seinem Sessel zurück. Das ungute Gefühl, das sich in ihm breit gemacht hatte, als Theodor ihn um ein Gespräch gebeten hatte, verstärkte sich. Die Einrichtung des Raumes glich der im Restaurant. Nichts hier war geeignet, den Blick festzuhalten. Also sah er schließlich wieder Theodor an, der noch zu überlegen schien, was er als Nächstes sagen sollte.

»Du hast sicher mitbekommen, dass in meiner Familie niemand als Nierenspender für mich infrage kommt«, fuhr der ältere Mann fort.

Jake nickte.

»Das kommt jetzt wirklich ein bisschen plötzlich für dich, aber ich möchte dich bitten, mir eine Niere zu spenden. Im Gegenzug bin ich bereit, in deine Brauerei zu investieren.«

Drei Herzschläge lang herrschte Stille im Raum. »Sie meinen, Sie möchten mich bitten, mich testen zu lassen«, korrigierte Jake die Bitte seines Gegenübers schließlich.

»Ja. So könnte man es natürlich auch nennen.« Theodor blickte ihn fest an. »Ich habe mich ein wenig über dich informiert. Deine Blutgruppe und ein paar andere Details herausgefunden. Die Wahrscheinlichkeit, dass wir kompatibel sind, ist ziemlich hoch.«

»Ich muss Sie vermutlich nicht darauf hinweisen, dass Sie damit eine Grenze überschritten haben.« Wieder einmal, dachte Jake. Theodor Hunter tat, was er wollte. »Wie kommen Sie ausgerechnet auf mich?«

Theodor zuckte mit den Schultern. »Es gibt viele Personen, die als Spender infrage kommen.«

Er log. Dessen war sich Jake sicher. Er konnte nur den Finger noch nicht drauflegen, warum. »Wenn das stimmt, dürfte ich einer der Letzten sein, den Sie fragen würden. Für einen Gefallen sind sicher jede Menge Leute bereit, Ihnen eine Niere zu spenden. Ich bin es nicht.« Er erhob sich. »Weil Sie mir nicht die Wahrheit sagen.« Er hatte die Tür schon fast erreicht, als Theodor hinter ihm seinen Namen sagte. Jake hatte nicht vor, stehen zu bleiben. Er wollte endlich zurück nach Sunset Cove und in die Brauerei. Wollte diesen verdammten Tag endlich vergessen. Aber irgendetwas hielt ihn davon ab, den Türknauf zu drehen. Vielleicht war es Theodors Stimme, die an Härte verloren zu haben schien. »Was?«, fragte er, obwohl er es nicht wollte. Er drehte sich um und zog die Augenbrauen nach oben.

»Du hast recht. Ich habe dir nicht die Wahrheit gesagt.« Theodor senkte den Blick, bevor er die Schultern straffte und ihn wieder ansah. »Könntest du dich setzen und mir fünf Minuten Zeit geben, es dir zu erklären?«

»Ich stehe lieber, danke.« Jake kehrte nicht zu Theodor zurück. Aber er ging auch nicht, wie er es eigentlich beabsichtigt hatte.

»Okay.« Theodor stand ebenfalls auf und kam Jake unangenehm nah. »Ich weiß, dass du geeignet bist, weil wir …« Er zögerte und rieb sich über den Nacken. So unsicher hatte Jake Theodor noch nie erlebt. »Deine Mutter und ich …« Er schien nach den richtigen Worten zu suchen. »Wir waren mal zusammen. Kurz. Vor langer Zeit.«

Für einen langen Augenblick tickte Stille zwischen ihnen. Dann sickerten Theodors Worte in Jakes Gehirn.

»Was?« Jake glaubte, sich verhört zu haben. »Was zum Henker, Theodor?«, brach es aus ihm hervor, als er begriff, was sein Gegenüber meinte. Das konnte nicht sein.

»Du bist mein Sohn, Jake«, fuhr Theodor unbeirrt fort.

»Sie …« Wut begann durch Jakes Adern zu pulsieren. Was zum Teufel hatte er dem Karma getan, dass es so mit ihm umsprang? Erst versetzte ihn diese verdammte Investorin und riskierte damit seine berufliche Zukunft, und jetzt spielte auch noch der Vater seiner besten Freunde Spielchen mit ihm. »Schämen Sie sich nicht, mir auf diese Tour zu kommen? Das ist erbärmlich, Theodor.«

»Es war nie mein Anliegen, dass du es so erfährst. Und wenn die Zeichen anders stünden, wäre das für immer ein

Geheimnis zwischen deiner Mutter und mir geblieben. So hatten wir das zumindest vor deiner Geburt vereinbart. Aber unter diesen Umständen …«

Fassungslosigkeit mischte sich in die Wut. Was bildete sich der alte Mann ein? »Ich bin hier weg. Einen schönen Tag, Theodor. Versuchen Sie nie wieder, so eine Tour bei mir abzuziehen.« Ihm war danach, die Tür hinter sich zuzuschlagen. Glücklicherweise wurde ihm wieder bewusst, wo er sich befand. Eine öffentliche Szene würde diesem Tag die Krone aufsetzen. Er verließ den Jachtklub so schnell er konnte, ohne zu rennen. Gott sei Dank hatte er seinen Wagen nicht an den Parkservice gegeben. So schnell wie möglich klemmte er sich hinter das Lenkrad, schob den Zündschlüssel ins Schloss und gab Gas. Er musste rechts abbiegen, um auf die Interstate zu gelangen. Doch seine Wut traf eine andere Entscheidung. Jake ließ sich nie auf einen Geschäftspartner ein, über den er nichts wusste. Also hatte er zu Eliza Woodward recherchiert und wusste, dass sie nicht einmal zehn Minuten vom Jachtklub entfernt lebte. Wahrscheinlich war sie um diese Tageszeit in ihrem Büro im Woodward Tower in der Stadt. Wenn er sie in ihrer Villa nicht antraf, würde er dort aufschlagen. Er wollte eine Antwort. Verdammte Scheiße, noch mal! So behandelte man niemanden, mit dem man ins Geschäft kommen wollte. Das musste er loswerden, ehe er sich mit der Ungeheuerlichkeit auseinandersetzte, die Theodor ihm aufgetischt hatte. Doch erst Mrs. Woodward, denn sie hatte ihn überhaupt erst in die Lage gebracht, mit dem Vater seiner Freunde sprechen zu müssen.

Er erkannte das Anwesen der Woodward-Ellertons, das von hohen Eichen und Ahornbäumen gesäumt und von einem schmiedeeisernen Zaun geschützt wurde, die die Neugierigen abhalten sollten. Das Haus, wusste er, stand Hunter House weder in seiner Größe noch in seinem Protz nach. Er wollte an dem großen schmiedeeisernen Tor vorbeifahren und den Wagen abstellen, als er aus dem Augenwinkel ein Fahrzeug wahrnahm. Geistesgegenwärtig trat er die Bremse durch und kam schlitternd zum Stehen. Keine Sekunde zu früh. Ein Porsche schoss mit quietschenden Reifen aus der gepflasterten Einfahrt und nahm ihm die Vorfahrt. Ohne seine Geschwindigkeit auch nur einen Moment zu verlangsamen, raste der Fahrer mit röhrendem Motor die Straße hinunter. Jake glaubte, Greg Ellerton hinter dem Steuer erkannt zu haben. Was für ein dämlicher Idiot!

Er parkte den Pick-up, wie er es vorgehabt hatte, am Gehweg vor dem Grundstück und betrat das Anwesen durch das offenstehende Tor. Dann lief er die lange Einfahrt hinauf, als sein Blick auf einen hellen Farbklecks fiel, der sich unter den Bäumen auf dem Rasen leicht bewegt hatte. Seine Schritte verlangsamten sich. Das sah aus, als ob ein Mensch mit einem weißen Oberteil und einer hellblauen Hose über den Boden kroch. Eine Frau. »Scheiße«, fluchte er leise, änderte seine Richtung und sprintete über den Rasen auf sie zu. Tatsächlich, es war eine Frau. Eliza Woodward, wenn die Verletzungen ihn nicht täuschten, die ihr Gesicht entstellten. Als sein Schatten über sie fiel, rollte sie sich augenblicklich zu einer kleinen Kugel zusammen. Mit einem Wimmern hob sie die Hände über ihren Kopf, um ihn zu schützen.

»Ist gut«, versuchte Jake sie zu beruhigen. Was, zur Hölle,

war hier vorgefallen? »Können Sie mich hören, Mrs. Woodward? Eliza? Ich bin Jake Foster.«

Sie änderte ihre Stellung nicht, zitterte am ganzen Körper.

»Können Sie mir sagen, was passiert ist? Wurden Sie überfallen? Eliza!« Er berührte sie sanft an der Schulter, und sie zuckte zusammen. »Ist schon okay. Ist okay. Hören Sie, ich will Ihnen nichts tun. Ich will Ihnen helfen. Können Sie mir sagen, was passiert ist?«, versuchte er es noch einmal. Wenn sie überfallen wurde und die Einbrecher sich noch im Haus befanden, musste er als Erstes versuchen, sie von hier weg und in Sicherheit zu bringen. »Ich rufe jetzt die Polizei.«

»Nein!« Ihre Stimme klang rau und kraftlos, aber sie gab ihre Schutzhaltung auf und wandte sich vorsichtig halb zu ihm um. Was Jake sah, ließ ihn das Atmen vergessen. Dieses Gesicht … er wusste, wie Eliza Woodward aussah, aber … dieses Gesicht war zu Brei geschlagen. Seine Eingeweide zogen sich zusammen. »Bitte, keine Polizei. Greg …«, brachte sie mühsam heraus. Der Blick aus dem einen, halb geöffneten Auge war ein einziges Flehen. Zumindest kam es ihm so vor. Das andere Lid war völlig zugeschwollen.

Greg. »Verdammte Scheiße!« Sein verbaler Wutausbruch ließ sie zusammenfahren und vor Schmerz aufstöhnen. Greg Ellerton war gerade wie ein Geisteskranker vom Grundstück gerast. »War das Ihr Mann? Hat Ihnen das Ihr Mann angetan?«

»Bitte«, flehte sie.

»Okay, okay.« Sie hatte ja recht. Darüber konnte er sich später noch Gedanken machen. Er fuhr sich mit den Händen durch die Haare. In jedem Fall musste er sie von hier wegbringen. Am besten in das nächste Krankenhaus. Das

Boston General vielleicht. Oder gab es noch eines, das näher lag? »Hören Sie, erschrecken Sie nicht. Ich hebe Sie jetzt hoch und trage Sie zu meinem Wagen. Ich helfe Ihnen.« Vorsichtig schob er seine Arme unter ihren Rücken und die Kniekehlen und stand auf. Sie wog fast nichts. In Jakes Speiseröhre stieg Magensäure nach oben, sein Brustkorb zog sich zusammen. Wie konnte man eine so kleine, so zarte Frau derart misshandeln? Vorsichtig, um nicht zu starke Erschütterungen zu verursachen, trug er sie zu seinem Pick-up. »Ich setze Sie kurz ab«, erklärte er ihr, als er auf die Beifahrerseite trat. Er ließ ihre Füße zu Boden gleiten, stützte sie aber weiterhin, als er die Tür öffnete. Sie schwankte in seinen Armen, und er hob sie wieder an und platzierte sie vorsichtig auf dem Beifahrersitz. Sie lehnte sich mit geschlossenen Augen gegen die Lehne und zitterte wie Espenlaub. Der Schock, vermutete Jake. Er zog sein Anzugjackett aus und wollte es ihr umhängen, doch das würde sie wahrscheinlich nicht wirklich wärmen. »Einen Moment.« Jake zog seine Sporttasche vom Rücksitz und zog seine Kapuzenjacke heraus. Er roch daran, weil er sich nicht erinnern konnte, ob er sie schon einmal getragen hatte. Sie roch nach Weichspüler. Gut. »Hier, ziehen Sie das an.« Er zog sie ein Stück vor, legte ihr den Hoodie um die Schultern und half ihr, in die Ärmel zu schlüpfen.

»Kapuze«, flüsterte sie, und Jake setzte sie ihr auf. Er verstand, dass sie in ihrem Zustand von niemandem gesehen werden wollte.

Als er die Wagentür schloss, blickte er sich um. In der von Bäumen gesäumten Allee, in der nur Anwesen wie das der Woodwards lagen, schien sie niemand bemerkt zu haben. Aber wer wusste schon, wie lange die Nachbarn bereits wegsahen. Jake konnte sich nicht vorstellen, dass ein solcher Übergriff zum ersten Mal geschah. Er ging um die Motorhaube herum und stieg ein. »Ich fahre Sie ins nächste Krankenhaus«, informierte er sie.

Langsam drehte sie ihm den Kopf zu, so als koste es sie unendliche Anstrengung, ihren Oberkörper überhaupt aufrecht zu halten. Er konnte nur den unteren Teil ihres Gesichts ausmachen unter der tief in die Stirn gezogenen Kapuze. »Kein Krankenhaus«, bat sie ihn leise.

»Sie sind verletzt, Eliza. Sie müssen sofort zu einem Arzt«, versuchte er an ihre Vernunft zu appellieren.

»Kein Krankenhaus«, wiederholte sie.

Dann hatte er nur eine Chance. Er schob die Kapuze ein wenig zurück, um Blickkontakt herzustellen. »Ich weiß, dass das viel verlangt ist, aber können Sie mir vertrauen? Ich bringe Sie in Sicherheit, okay?«

Eliza zögerte. Sie senkte ihren Blick auf ihre Knie, doch dann nickte sie leicht. »Okay.«

Jake zog sein Handy aus der Tasche und schrieb Andrew eine kurze Nachricht, um ihn zu informieren, dass er heute noch mit einer Patientin bei ihm auftauchen würde. Dann startete er den Wagen und fuhr langsam los. Jede Bodenwelle, jedes Schlagloch war eine Tortur für den geschundenen Körper seiner Passagierin. Er tippte auf gebrochene oder zumindest geprellte Rippen. Als er das Schild eines Supermarkts entdeckte, fuhr er auf den Parkplatz. Er stellte den Wagen in der letzten Reihe ab und drehte sich zu Eliza um. »Ich bin gleich wieder da. Bleiben Sie einfach sitzen. Ich schließe den Wagen ab, Sie sind hier in Sicherheit.«

Er hastete in den Supermarkt, suchte den Tiefkühlgang

und griff nach zwei Beuteln Erbsen. Auf dem Weg zur Kasse nahm er noch zwei Wasserflaschen aus dem Regal. In weniger als fünf Minuten war er zurück an seinem Wagen und stellte erleichtert fest, dass Eliza noch immer auf dem Beifahrersitz saß. Sie schien sich nicht bewegt zu haben. »Hier.« Er reichte ihr das Gemüse. »Kühlen Sie Ihr Gesicht.«

»Danke.« Sie presste den Beutel vorsichtig auf ihre Verletzungen und nahm dann die Flasche, von der er bereits den Verschluss geschraubt hatte, und trank einen winzigen Schluck.

Jake fuhr aus der Stadt und reihte sich in den Strom aus Feriengästen ein, der auf der Interstate 6 über die Sagamore-Bridge kroch. Er brauchte eine Ewigkeit, um seinen stillen Passagier nach Cape Cod zu transportieren.

8

Die Dunkelheit brach bereits über Cape Cod herein, als Jake seinen Pick-up auf dem Parkplatz neben Dr. Hennings Praxis abstellte, in der Andrew den Sommer über gemeinsam mit seinem alten Mentor arbeitete. Kaum hatte er den Motor abgestellt, wurde die Praxistür aufgestoßen, und sein Freund kam auf ihn zu.

Eliza hob den Kopf ein wenig und versuchte, unter der Kapuze die Umgebung auszumachen. »Wo sind wir?«, fragte sie heiser.

»Auf Cape Cod. Hier gibt es einen guten Arzt, der sich um Sie kümmern wird. Wenn er Sie untersucht und behandelt hat, bringe ich Sie für die Nacht unter, und morgen früh sehen wir, wie es weitergeht. Aber jetzt geht es erst einmal um Ihre Gesundheit«, erklärte Jake.

»Ich glaube, ich brauche keinen Arzt«, widersprach sie. Sie schob die Kapuze ein wenig zurück und starrte Andrew an, der in diesem Moment die Beifahrertür öffnete. »Andrew Hunter?« Sie wich zurück, soweit der Sitz und ihr Körper das zuließen. Ihr Gesicht verzog sich zu einer Maske aus blankem Horror. »Nein«, flüsterte sie und blickte Jake flehend an. »Bitte nicht.«

Jake verstand nicht, warum sie solche Angst vor seinem

Freund hatte. Er wollte ihr erklären, dass sie sich keine Sorgen machen musste, aber Andrew schüttelte kurz den Kopf und beugte sich herunter, um auf Augenhöhe mit ihr zu sein. »Eliza.« Er wartete, bis sie ihn ansah. »Sie müssen sich wegen mir keine Gedanken machen. Sie wissen, dass ich Arzt bin. Und wir wissen beide, wie dringend Sie medizinische Hilfe brauchen. Ich würde Jake am liebsten schütteln, weil er Sie nicht ins nächstgelegene Krankenhaus gebracht hat. Aber jetzt sind Sie hier, und ich verstehe Ihre Angst. Sie sind hier sicher. Weder werde ich irgendjemandem davon erzählen, was Ihnen zugestoßen ist. Noch erfährt jemand, dass Sie hier sind, wenn Sie das nicht möchten.«

Jetzt verstand Jake, was das Problem war. Eliza befürchtete, Andrew würde in den Kreisen, in denen sie beide verkehrten, herumtratschen, wie ihr Mann sie misshandelte. Jake kannte allerdings niemanden, der vertrauenswürdiger war als sein Freund und dessen Bruder.

Eliza drehte sich zu Jake um, und er schluckte den Kloß herunter, der in seinem Hals festsaß. »Sie können ihm vertrauen«, versicherte er ihr. Sie schien ihm zu glauben, denn sie nickte langsam und bedächtig. »Niemand soll wissen, wo ich bin«, flüsterte sie.

»Dann wird es niemand erfahren. Jetzt bringen wir Sie erst einmal in die Praxis.« Andrew machte Anstalten, ihr aus dem Truck zu helfen, doch Jake war bereits aus der Fahrerkabine gesprungen und um die Kühlerhaube herumgelaufen.

»Ich mach das.«

Er schob Andrew zur Seite und hob Eliza auf seine Arme. Ihren schwachen Protest ignorierte er. So wie er sie vor ein paar Stunden zu seinem Pick-up getragen hatte, brachte er sie jetzt ins Untersuchungszimmer und setzte sie vorsichtig auf der Liege ab.

Andrew, der ihm gefolgt war, sah ihn mit schräg gelegtem Kopf an, als er sich zu ihm umdrehte. »Du musst jetzt gehen«, sagte er und zog die Augenbrauen nach oben, als Jake keine Anstalten machte, den Raum zu verlassen.

Richtig, er konnte bei der Untersuchung nicht dabei sein. Er warf Eliza einen Blick über die Schulter zu. »Ich bin direkt vor der Tür, wenn Sie mich brauchen.«

Er hörte ihr leises »Danke«, als er die Tür hinter sich schloss. Dann holte er sich einen der Plastikstühle aus dem Wartezimmer und setzte sich im Gang direkt vor Andrews Behandlungsraum. Den Kopf gegen die Wand gelehnt versuchte er sich jedes Detail von dem Moment an in Erinnerung zu rufen, als ihn der Porsche geschnitten hatte. Jede Kleinigkeit war wichtig, wenn er seine Aussage bei der Polizei machte. Und das würde er. Auch wenn Eliza noch immer glaubte, die Dinge auf ihre Weise – nämlich mit Schweigen – regeln zu können. Greg Ellerton gehörte hinter Gitter, wo er, verdammt noch mal, die Schlampe eines zwei Meter großen Typen namens Bubba werden sollte.

*

Greg war auf direktem Weg ins Fitnessstudio gefahren, um sich die Wut aus dem Leib zu trainieren. Was bildete Eliza sich eigentlich ein? Ohne ihn war sie überhaupt nicht lebensfähig. Er hatte sie auf der Hochzeit ihrer Cousine vor ihren dämlichen, weiblichen Verwandten gerettet, weil sie nicht für sich selbst einstehen konnte. Wie lange war das jetzt her?

Vier Jahre? Fünf? Seitdem hatte er immer und immer wieder dafür sorgen müssen, dass sie in ihrer Unfähigkeit keinen Mist baute. Die meiste Zeit fühlte er sich wie ein beschissener Babysitter. Und wofür? Für nichts. Er hatte Elizas Vater fast so weit gehabt, ihm die Firma zu überschreiben. Doch dann musste der Alte gemeinsam mit seiner Frau bei einem verdammten Unfall abkratzen. Ehe er die Verträge unterschrieben hatte. Ein Jahr war das jetzt her, und er verlor langsam aber sicher die Geduld. Die Woodward Holding sollte in seinen Händen liegen, weil sie da am besten aufgehoben war. Er hatte alles versucht, Eliza weichzuklopfen – im wahrsten Sinne des Wortes –, aber so nachgiebig und devot sie auch sonst war, bei diesem Thema blieb sie hart. Was nicht ihrem Mut oder Kampfgeist geschuldet war. Nein, dahinter steckte ihr mieser Anwalt. Jeffrey Penn. Er hatte viel zu viel Einfluss auf seine Frau. Aber das würde sich jetzt ändern. Es wurde Zeit, den Alten loszuwerden. Vielleicht ließ er ihn in die Außenstelle versetzen, die sie an der Westküste betrieben. Das war nach Gregs Geschmack noch nicht weit genug weg. Weit genug wäre noch nicht einmal der Mond, aber die Westküste wäre ein Anfang.

Er fuhr durch das Tor, das er bei seinem wütenden Aufbruch offen stehen gelassen hatte, und drückte dann die Fernbedienung, um es zu schließen. Seinen Sportwagen parkte er neben Elizas Jaguar. Sie hatte das Haus nach ihrer kleinen Auseinandersetzung also nicht verlassen. Gut. Wahrscheinlich befand sie sich in einem Gefühlszustand, der es ihm leicht machte, sie davon zu überzeugen, Penn loszuwerden. Und wenn sie schon dabei waren, würde er sie dazu bringen, ihm zu verraten, mit wem sie während ihres angeblichen Arzttermins tatsächlich verabredet gewesen war.

Stille empfing ihn, als er das Haus betrat. »Eliza!« Sie antwortete nicht. »Eliza!«, rief er noch einmal lauter und lauschte. Keine Reaktion. Hörte sie ihn wirklich nicht, oder versuchte sie ihn schon wieder zum Narren zu halten? Er sah in ihrem Arbeitszimmer nach, im Schlafzimmer und im Bad. Alles sah aus wie am Morgen, als er das Haus verlassen hatte. Vor ihrer Auseinandersetzung. Entnervt kehrte er ins Erdgeschoss zurück. »*Eliza!*« Er legte noch etwas mehr Schärfe in seinen Ton, während er auch hier die Räume nach ihr absuchte. Als er in die Küche trat, stockten seine Schritte. Auf dem Boden lag noch immer die Tasse, die er nach seiner Frau geworfen hatte. Sie war in tausend Teile zersplittert, kalter Kaffee war über den halben Raum verteilt. Die Terrassentür stand noch immer offen, und über dem Küchenhocker hing die hellblaue Kostümjacke, die sie heute getragen hatte.

Die Sonne begann gerade hinter den Bäumen zu verschwinden, als er nach draußen trat. Auf der Terrasse und in ihrem Garten wies nichts darauf hin, dass Eliza sich hier länger aufgehalten hatte – oder sich gar noch irgendwo versteckte. Wo war sie? Greg zog sein Handy aus der Hosentasche und tippte auf die Kurzwahl. Irgendwo im Haus begann Elizas Handy zu klingeln. Er folgte der Melodie und fand das Telefon in der Küche. In der Handtasche seiner Frau, die offenbar bei ihrem Kampf zu Boden gefallen war und samt ihrer Geldbörse, den Kreditkarten und ihrem Führerschein hinter der Kücheninsel lag. Sie hatte also das Haus verlassen. Ohne Handtasche und Handy. Und sie hatte die Terrassentür nicht verschlossen. Gemeinsam mit dem geöffneten Tor in ihrer Einfahrt die perfekte Einladung für jeden Einbrecher. Er betrat den kleinen Raum, von dem aus sich die Überwachungskameras und die Alarmanlage steuern ließen. Beides war abgeschaltet. Weil sie sie ja nicht gebraucht hatte, als sie zu Hause gewesen war. Wieder begann sich Wut in seinem Magen zusammenzubrauen. Er ging ins Wohnzimmer und schenkte sich einen Brandy ein. Mit dem Glas in der Hand setzte er sich in seinen Lieblingssessel. Er würde warten. Eliza würde nach Hause kommen. Wo sollte sie sonst auch hingehen? Und wenn die Tür hinter ihr ins Schloss fiel, würde sie lernen, was es hieß, ihn warten zu lassen.

9

Jake schreckte hoch, als die Tür vor Andrews Behandlungs-
zimmer geöffnet wurde. Sein Freund sah ihm entgegen, so
ernst, wie Jake ihn selten erlebt hatte. An seiner Seite stand,
weiß wie die Wand – abgesehen von den rot-lila leuchtenden Verletzungen – Eliza. Sie schwankte leicht, und Andrew
stützte sie. Ihre schmutzigen, zerrissenen Kleider waren von
einem türkisfarbenen Krankenhausnachthemd ersetzt worden, ihre Füße steckten in Plastiküberziehern. Jake sprang auf
und schob den Stuhl zur Seite, um Platz zu schaffen. »Wie
geht es ihr?«, fragte er Andrew.

»Mir geht es gut«, nuschelte Eliza. Ihre Stimme klang, als
hätte sie zu tief in ein Martiniglas geschaut.

»Es geht Ihnen nicht gut«, erwiderten Andrew und Jake
unisono.

Sie schien zu erschöpft, um darauf eine Antwort zu geben.
Stattdessen lehnte sie sich schwer gegen Andrew. Das Lid
ihres rechten Auges, das sie nur einen Spalt geöffnet hatte,
sank herunter.

»Wir behalten sie für heute Nacht hier«, sagte Andrew
und legte seinen Arm fester um Elizas Mitte, damit sie nicht
stürzte. Aus einem Grund, den er selbst nicht verstand,
hatte Jake das heftige Bedürfnis, dass er derjenige war, der

sie stützte. Der seinen Arm um sie schlang. Er hatte sie gefunden. Gerettet. Es war seine Aufgabe, weiterhin für ihre Sicherheit zu sorgen. »Ich bringe sie in unser Krankenzimmer«, erklärte Andrew und holte ihn damit aus seinen Gedanken, die so voller Beschützerinstinkt waren, wie er es von sich nicht kannte.

Jake hatte nicht gewusst, dass es so etwas wie ein Krankenzimmer in dieser Praxis überhaupt gab, in der Dr. Hennings und Andrew seit diesem Jahr zusammenarbeiteten. Über den Bereich des Sprechzimmers war er bis jetzt nie hinausgekommen. Andrew setzte sich in Bewegung und führte Eliza mit langsamen Schritten in den hinteren Teil der Praxis. Er öffnete die Tür zu einem kleinen Raum, in dem sich zwei Klinikbetten, Überwachungsmonitore für Herzfrequenz, Blutsauerstoffsättigung und ähnliches medizinisches Zeug befanden, mit denen sich Jake nicht auskannte. In der Ecke standen zwei Infusionsständer und warteten wie stille Soldaten auf ihren Einsatz. Die Wände waren in einem blassen Grau gestrichen und die Bettwäsche hellblau kariert. Nichts hier unterschied sich von einem Zimmer in einer Bostoner Klinik.

Andrew führte Eliza zum vorderen der beiden Betten, ließ sie auf der Bettkante Platz nehmen und schlug die Decke zurück. Er bückte sich, um die Plastiküberzieher von ihren Füßen zu ziehen und stellte das Kopfteil des Bettes ein wenig auf. Dann hob er ihre Beine an, half ihr, im Bett eine einigermaßen erträgliche Position zu finden, und deckte sie zu. »Schlafen Sie, Eliza.«

Jake fühlte sich verflucht hilflos, weil er einfach nur hier herumstand. Er konnte nichts tun, um ihr die Qualen zu erleichtern. Eliza sagte nichts. Sie lag einfach da. Ihr Brustkorb hob und senkte sich gleichmäßig.

»Lass uns rausgehen«, schlug Andrew leise vor, und Jake folgte ihm zurück in sein Sprechzimmer. Dort lehnte er sich gegen die Wand und legte den Kopf zurück. »Was ist mit ihr? Kommt sie wieder auf die Beine?« Natürlich würde sie das, fiel ihm in dem Moment ein, in dem er den Satz laut aussprach. Schließlich hätte sein Freund sie sonst schon längst in ein Krankenhaus eingewiesen oder sogar nach Boston ausfliegen lassen. »Entschuldige«, verbesserte Jake sich deshalb selbst. »Ich weiß gar nicht, warum mir das so nahegeht.« Er fuhr sich mit den Händen über das Gesicht und presste die Handballen unter seine brennenden Augen.

Andrew lehnte sich gegen seinen Schreibtisch und verschränkte die Arme vor der Brust. »Weil du sie gefunden hast«, sagte er schlicht. »Du glaubst, Verantwortung für sie zu haben.«

»Ich habe Verantwortung für Eliza«, widersprach Jake und ließ die Hände sinken. »Sie lag da, Drew. Du kannst dir das nicht vorstellen …« Er brach ab und schüttelte den Kopf, denn er konnte noch immer nicht glauben, was ihr zugestoßen war. »Ich dachte im ersten Moment, sie sei von Einbrechern überfallen worden. Aber das war ihr Mann! Wie kann man einer Frau so etwas antun? Noch dazu der eigenen Ehefrau? Ich meine, er muss sie doch lieben. Oder zumindest akzeptieren.«

»Das ist schwer zu verstehen«, stimmte Andrew ihm zu. Er zog seinen Arztkittel aus und hängte ihn über die Lehne des Schreibtischstuhls, bevor er weitersprach. »Ich habe so etwas in der Notaufnahme in Boston schon oft gesehen. Und es jagt mir jedes Mal aufs Neue eine Gänsehaut über den Rücken. Aber Eliza kommt wieder in Ordnung. Zumindest körperlich wird sie heilen. Was ihre Seele betrifft, lässt sich das heute Nacht nicht sagen. Ich wünsche ihr von ganzem Herzen die Stärke, die sie braucht, um diesen Drecksack zu verlassen.«

»Was heißt ›die Stärke, die sie braucht‹? Sie wird ja wohl kaum zu ihm zurückgehen, nachdem er ihr das angetan hat!«, brauste Jake auf. Alles in diesem Raum war so ordentlich, so stilvoll und kultiviert. Genau so hatte das Haus der Woodwards gewirkt. Elegant. Ein Sinnbild des guten Geschmacks. Und doch hatte sich hinter diesen Mauern etwas abgespielt, dass Jakes Grenzen des Verstellbaren überschritt.

Andrew schwieg einen Moment. Um seine Augen hatten sich müde Schatten gelegt. »Das lässt sich nicht pauschal sagen, Jake«, sagte er schließlich. »Häusliche Gewalt hat eine ganz eigene Dynamik. Ein Gewaltausbruch wie der, den wir bei Eliza erlebt haben, ist keine einmalige Sache. Er ist der Höhepunkt einer sehr kompliziert nachzuvollziehenden, unendlichen Gewaltspirale, in der Eliza mit Sicherheit schon seit längerer Zeit gefangen ist. Wir wissen nicht viel darüber, was in ihren vier Wänden passiert ist, aber wir wissen, dass sie es bis jetzt nicht geschafft hat, sich aus den Fängen ihres Mannes zu befreien. Hoffen wir, dass dieser Übergriff sie wach genug gerüttelt hat. Die Statistiken, die es in diesem Bereich gibt, sind schockierend. Die meisten Opfer schaffen es im Schnitt erst nach etwa sieben Jahren, aus dieser Gewaltspirale zu flüchten.« Andrew ließ seine Worte sacken, ehe er weitersprach. »Kannst du mir sagen, was passiert ist? Eliza wollte mir nichts erzählen. Also wäre ich dankbar für deine Version. Das bringt wenigstens etwas Licht ins Dunkel.«

»Viel ist es nicht. Ich war genervt, weil …« Jake schluckte. Mit voller Wucht traf ihn die Erinnerung an die Verabredung im Jachtklub und – Theodor, die er völlig verdrängt hatte, sobald er auf dem Anwesen der Woodwards gestanden und Eliza gefunden hatte. Sie hatte ihn zum dritten Mal versetzt, was zu diesem völlig verrückten Gespräch mit Theodor geführt hatte. Andrews Vater hatte ihn ziemlich überrumpelt, um nicht zu sagen, aus der Bahn geworfen. Er würde nicht so weit gehen, seinem Freund von dieser mehr als schockierenden Begegnung mit Theodor zu erzählen – der behauptete, auch Jakes Vater zu sein. Über diese Äußerung musste er sich erst einmal in Ruhe Gedanken machen, sie analysieren und herausfinden, wie viel Wahrheit dahintersteckte. Blödsinn, verbesserte er sich im Stillen. Dahinter steckte überhaupt keine Wahrheit, sondern lediglich Theodors verzweifelter Versuch, an eine Spenderniere zu kommen. Aber im Moment zählte ohnehin nur die Frau, die zwei Zimmer weiter lag. »Eliza war schon wieder nicht aufgetaucht, und das … na ja, das hat mich sauer gemacht«, schilderte er den Teil der Ereignisse, die nichts mit Andrews Vater zu tun hatten. »Jetzt weiß ich, warum sie mich versetzt hat. Aber heute Mittag war das natürlich noch nicht der Fall. Ich wusste, sie wohnt nicht weit vom Jachtklub entfernt und bin einfach hingefahren.« Jake berichtete von allen Details, an die er sich erinnern konnte. Von Greg Ellerton, der ihm mit seinem Porsche die Vorfahrt genommen hatte. Und wie er Eliza gefunden hatte. »Sie hat sich geweigert, in ein Krankenhaus zu gehen, also habe ich ihr ein paar gefrorene Erbsen zum Kühlen besorgt und sie hergebracht. Und ich werde nicht zulassen, dass so etwas noch einmal passiert.«

»Jake, du hast darauf keinen Einfluss«, erinnerte Andrew ihn noch einmal, wie machtlos er im Moment war. »Wir können Eliza nur helfen. Die Entscheidungen, die ihr Leben betreffen, muss sie selbst fällen. So läuft das nun mal.«

»Kannst du mir wenigstens sagen, wie es jetzt weitergeht?«, wollte Jake wissen. Ob er wirklich nicht verhindern konnte, dass sich Eliza noch einmal in die Gewalt ihres Ehemanns begab, würde sich ja zeigen.

»Wie gesagt, für heute Nacht behalten wir Eliza hier. Ich habe ihr Vicodin gegeben. Das macht sie ordentlich high und lässt sie schlafen. Die Schmerzen werden erst morgen wieder zurückkehren. Zusammen mit den Erinnerungen. Dann sehen wir weiter.«

»Was für Verletzungen hat sie?«, hakte Jake noch einmal nach.

Andrew zog die Augenbrauen nach oben. »Du weißt, dass ich der ärztlichen Schweigepflicht unterliege.«

»Und du weißt, dass ich sie wie einen weggeworfenen Müllsack in ihrem Garten aufgelesen habe«, hielt Jake entgegen. Er stieß sich von der Wand ab und begann, auf und ab zu laufen. »Ich will es einfach wissen, okay?«

Andrew seufzte. »Also gut. Häng es nicht an die große Glocke, verstanden? Sie hat eine Gehirnerschütterung und diverse Hämatome im Gesicht. Ihr Kiefer ist glücklicherweise nicht gebrochen, und ihre Augen haben auch keinen Schaden davongetragen«, zählte Andrew auf. »Dafür hat sie zwei Rippenfrakturen. Brustkorb, Bauch und Oberschenkel weisen ebenfalls diverse Blutergüsse auf, die ganz eindeutig von Schlägen mit einer Gürtelschnalle und Tritten herrühren. An manchen kann man sogar noch das Muster der Schuhsohle erkennen. Dazu kommt an ihrem linken Arm eine Verbrühung, allerdings nur ersten Grades. Auch das wird keinen größeren Schaden hinterlassen. Was sie in erster Linie braucht, ist Ruhe. Heute Nacht überwachen wir sie wegen der Gehirnerschütterung, und morgen früh, wenn es ihr gut genug geht, um mit mir zu reden, überlegen wir uns den nächsten Schritt.«

»Die Nachtwache übernehme ich«, bot Jake sofort an.

»Nein, das wirst du nicht.« Andrew trat hinter den Schreibtisch und klappte die Akte zu, die er offenbar für Eliza angelegt hatte. »Du bist kein medizinisch ausgebildetes Fachpersonal, und noch befinden wir uns hier in einer Arztpraxis. Also habe ich die Verantwortung für meine Patientin. Es muss alle zwei Stunden nach Eliza gesehen werden.«

»Wegen der Gehirnerschütterung, nicht wahr?« Jake blieb stehen und sah Andrew an. »Das bekomme ich ja wohl hin.«

»Trotzdem …«

»Ich bleibe hier, ob du willst oder nicht«, schnitt Jake ihm das Wort ab.

»Deine Sturheit ist nervtötend.« Andrew verdrehte die Augen. »Ich nehme an, das weißt du.«

»Weiß ich. Ich nehme das Bett neben Eliza.«

*

Eliza erwachte langsam. Sie fühlte sich, als hätte sie ein Truck überfahren, nur um dann zurückzusetzen und sie noch einmal zu überrollen. Jeder Atemzug war ein Kampf gegen den

Schmerz, der ihren Brustkorb zerriss. So traurig es auch war, sie hatte inzwischen genug Erfahrung, um selbst einen Bodyscan vornehmen zu können. Ihr Kiefer schmerzte, als sie ihn vorsichtig bewegte. Aber er war nicht gebrochen, stellte sie erleichtert fest. Ein paar ihrer Rippen hingegen schon, wenn sie den Schmerz richtig deutete. Ihr Oberschenkel brannte, wenn sie ihn anspannte, was vermutlich ebenfalls an einem Hämatom lag, und ihr linker Arm brannte wie Feuer, was der Kaffeetasse geschuldet war, die Greg nach ihr geworfen hatte. Ihr Kopf hatte einige Tritte und Schläge abbekommen, was sich in dröhnenden Kopfschmerzen äußerte. Alles Verletzungen, die sie überleben würde. Die sie in der Vergangenheit bereits mehrfach überlebt hatte. Auch wenn Gregs Brutalität dieses Mal alle Grenzen gesprengt hatte.

Elizas Fingerspitzen strichen über die Bettdecke, und ihr wurde auf einmal bewusst, dass sie nicht in ihrem Bett lag. Sie versuchte, die Augen zu öffnen, und bemerkte, dass das linke völlig zugeschwollen war und sich das rechte Lid nur einen Spalt hob. Graues Morgenlicht fiel durch schräg gestellte Jalousien – offenbar hatte sie trotz ihrer Schmerzen eine ganze Nacht durchgeschlafen. In einem Bett mit aufgestelltem Kopfteil, was sicher eine der Ursachen war, dass sie trotz der Rippenverletzung Ruhe gefunden hatte. Vorsichtig bewegte Eliza den Kopf und versuchte, ihre Umgebung in sich aufzunehmen. Neben ihrem Bett thronten medizinische Überwachungsmonitore, die ausgeschaltet waren. Am Fenster in der Ecke standen zwei Infusionsständer, und sie war umgeben von diesem unverkennbaren, septischen Geruch. Langsam sickerte die Erkenntnis zu ihr durch: Sie lag in einem Krankenzimmer. Wie war sie im Krankenhaus gelandet? Im Bett neben ihr bewegte sich jemand, und Elizas Herzschlag beschleunigte sich. In dem trüben Dämmerlicht konnte sie lediglich erkennen, dass es ein Mann war. Hatte Greg ...? Der Mann tastete nach der Lampe auf seinem Nachtschränkchen, und im nächsten Augenblick tauchte Jake Fosters Gesicht in dem gelben Lichtkegel auf. Die Helligkeit blendete Eliza so sehr, dass sie ihr halb geöffnetes Lid zusammenkniff. Langsam gewöhnte sie sich an das Licht und musterte ihren Bettnachbarn dann stumm. Jake sah übermüdet aus. Tiefe Schatten lagen unter seinen Augen, und sein Kinn war von dunklen Bartstoppeln bedeckt.

Eliza hatte keine Ahnung, was er hier wollte. Doch dann kehrten die Erinnerungen zurück. So schlagartig, dass sie erschrocken zusammenfuhr und der Schmerz sich wie eine Welle über ihren Körper ausbreitete. Gequält stöhnte sie auf.

»Sind Sie in Ordnung?« Jake war so schnell auf den Beinen und neben ihrem Bett, dass ihr fast schwindlig wurde.

Natürlich war sie nicht in Ordnung. Ein wildfremder Mann war Zeuge ihres Lebens geworden. »Was tun Sie hier?«, brachte sie statt einer Antwort heraus. Er hatte sie im Garten gefunden und nach Cape Cod gebracht. Sie glaubte sich zumindest zu erinnern, dass er die Halbinsel erwähnt hatte. Ihr Kopf schaffte es allerdings noch nicht ganz, klare Gedanken zu fassen. Ein paarmal war sein Gesicht seitdem über ihr aufgetaucht, hatte sie ernst betrachtet. Aber wahrscheinlich hatte sie das geträumt.

»Sie haben eine Gehirnerschütterung. Ich habe Sie ein paarmal geweckt, um zu sehen, ob alles okay ist«, erklärte er.

Sie hatte es also nicht geträumt. Eliza schluckte und spürte, wie ausgetrocknet ihr Hals war. »Kann ich etwas trinken?«, fragte sie.

»Sicher.« Jake stellte das Kopfteil ihres Bettes vorsichtig noch ein weiteres Stück auf und reichte ihr einen Becher Wasser.

Eliza trank und war dankbar, dass so zumindest das wunde Gefühl in ihrer Kehle nachließ. Das Gefühl, von einem Truck überrollt worden zu sein, blieb leider bestehen. Jede Bewegung jagte glühenden Schmerz durch ihren Körper. Sie wusste, dass sie das einfach aushalten musste. Irgendwann würde es von selbst besser werden.

Obwohl sie nichts sagte, schien Jake zu spüren, wie sie sich fühlte. »Andrew hat Ihnen gestern Abend Vicodin gegeben. Er ist hier, in der Praxis. Soll ich ihn holen, damit er Ihnen noch einmal etwas gegen die Schmerzen gibt?«

»Nein.« Sie musste in erster Linie einen klaren Kopf behalten und nachdenken. Einfach von zu Hause wegzulaufen – oder sich wegtragen zu lassen – war eine sehr dumme Idee gewesen. Sie war sich sicher, Greg tobte inzwischen vor Wut. Er hatte ihr nicht nur einmal angedroht, er würde sie finden, falls sie jemals versuchen sollte abzuhauen. Und dann würde sie etwas erleben, das sie sich nicht einmal in ihren dunkelsten Träumen vorstellen konnte. In diesem Punkt hatte er sich allerdings geirrt – nach dem vergangenen Tag konnte sie sich das sehr wohl vorstellen. Abgesehen davon hatte sie sich in der Firma nicht abgemeldet, und ihr Laptop lag in Boston. Sie konnte nicht arbeiten. All das stellte sie vor Herausforderungen, für die sie sofort Lösungen finden musste.

»Eliza?«, forderte Jake ihre Aufmerksamkeit wieder ein. Er rieb sich über die dunklen Stoppeln in seinem Gesicht, was ein leises Kratzen verursachte. »Drew sagt, Sie müssen sich jetzt erst einmal ausruhen, aber wir müssen über das reden, was gestern geschehen ist.«

Genau darüber würde sie mit niemandem reden. Schon gar nicht mit einem Fremden wie Jake Foster. »Bitte.« Sie hob die rechte Hand in einer abwehrenden Geste. »Sie hätten nie Zeuge unserer Auseinandersetzung werden dürfen. Das tut mir wahnsinnig leid.«

»Es tut Ihnen leid? Verdammt noch mal!« Jake funkelte sie wütend an. »Diesem Schwein muss es leidtun, nicht Ihnen!«

Elizas Herzschlag beschleunigte sich. Wie er es immer tat, wenn ein Mann wütend wurde. Jake Foster war größer als ihr Mann und wahrscheinlich auch stärker. Sie zwang sich dazu, ruhig durchzuatmen. Ihr Gegenüber schien kein gewalttätiger Typ zu sein, aber sie verließ sich schon lange nicht mehr auf ihren gesunden Menschenverstand.

»Entschuldigen Sie«, sagte er im nächsten Moment. »Ich wollte Sie nicht zusätzlich aufregen. Andrew hat völlig recht, erst einmal müssen Sie wieder auf die Beine kommen. Kann ich irgendetwas für Sie tun?« Unbehaglich rieb er mit den Handflächen über die Seiten seiner Jeans. Er schien sich hier weit außerhalb seiner üblichen Komfortzone zu befinden. Eliza konnte es ihm nicht verübeln.

»Wenn es etwas gibt, was mich im Moment absolut glücklich machen würde, wäre das eine Tasse Kaffee.« Und dass Jake Foster den Raum verließ, damit sie wenigstens für ein paar Minuten allein war.

Er schien erleichtert zu sein, eine sinnvolle Aufgabe bekommen zu haben. »Das lässt sich einrichten. Ich sage Andrew Bescheid, dass Sie wach sind. Wie trinken Sie Ihren

Kaffee?«, fragte er mit einem Blick über die Schulter, während er nach dem Türknauf griff.

»Mit einem Schluck Milch«, antwortete sie ihm.

»Alles klar.« Die Tür fiel hinter Jake ins Schloss, und Eliza war allein.

Erschöpft ließ sie sich in die Kissen sinken. Jake Foster und Andrew Hunter. Nicht nur, dass Jake sie in ihrem Zustand aufgesammelt hatte. Jetzt war auch noch ein Mann in ihre Situation involviert, der sie und ihre Familie von Kindesbeinen an kannte. Natürlich gab es die ärztliche Schweigepflicht. Aber was, wenn er sich nicht daran hielt? Wenn er herumerzählte, was ihr zugestoßen war? Und für Jake Foster galt die Schweigepflicht noch nicht einmal. Er konnte einfach das nächstbeste Bostoner Boulevardblatt anrufen und ihre Story verkaufen. Nichts konnte ihn daran hindern – und seine Wut auf sie, nachdem sie ihn dreimal versetzt hatte, war mit Sicherheit gewaltig. Eliza fuhr mit den Fingerspitzen über ihre Wangenknochen und ihr zugeschwollenes Auge, und strich dann glättend über ihre Haare. Sie wünschte sich einen Spiegel. Nicht, um die Zerstörung in ihrem Gesicht zu betrachten, sondern um das ein wenig herzurichten, was von der Normalität übrig geblieben war. Außerdem brauchte sie einen Kamm und eine Zahnbürste.

Als sich die Tür nach einem kurzen Klopfen öffnete, trat Andrew ein. Er balancierte in beiden Händen eine Tasse und schob die Tür mit dem Fuß hinter sich zu. Der Duft, den das heiße Koffein verströmte, ließ Eliza das Wasser im Mund zusammenlaufen. Doch Andrews Anblick brachte sie für einen Moment aus dem Konzept. Auch wenn sie wusste, dass er Arzt war, hatte sie ihn noch nie in einem weißen Kittel und so ernstem Gesichtsausdruck gesehen. Sie kannte ihn nur im Smoking, mit einem Drink in der Hand und einem verschmitzten Lächeln in den Augenwinkeln, auf einem der Empfänge seiner Mutter oder einem der Anlässe, zu dem sie ihre Söhne hatte überreden können.

»Guten Morgen, Eliza.« Er reichte ihr einen Becher. »Mit einem Schluck Milch, hat Jake gesagt.« Dann zog er sich einen Stuhl an ihr Bett, setzte sich und wartete, bis sie an ihrem Kaffee genippt hatte.

»Danke.« Sie nahm einen zweiten Schluck und wartete auf den Kick, der ihre heruntergefahrenen Systeme in Schwung bringen würde. »Der schmeckt sehr gut.«

»Paul, mein Partner hier in der Klinik, lässt sich immer eine ganz besondere Röstung schicken«, erklärte Andrew, ehe er die obligatorische Frage stellte: »Wie geht es Ihnen?«

Das Koffein barg zumindest etwas Normalität. »Mir ging es schon besser«, gab sie zu. Sie spürte, wie ihre Wangen heiß wurden, denn plötzlich wurde ihr bewusst, dass Andrew gestern nicht nur von ihren schmutzigen kleinen Familiengeheimnissen erfahren hatte, sondern er sie auch untersucht hatte. Hatte sie am vergangenen Abend nackt gesehen und ihren Körper auf Verletzungen abgetastet. Sie senkte den Kopf und wurde sich bewusst, dass sie nichts trug außer einem dieser lächerlichen Krankenhausnachthemdchen. O Gott.

»Das glaube ich Ihnen«, holte Andrew sie aus ihren Gedanken. »Ich werde mir Ihre Verletzungen nachher noch einmal ansehen, aber ich bin mir sicher, dass alles gut heilen wird, wenn Sie sich an das halten, was ich sage.« Er trank einen Schluck Kaffee, ganz so, als würden zwei alte Freunde morgens bei einem Plausch zusammensitzen. »Sie haben wahrscheinlich schon bemerkt, dass zwei Rippen gebrochen sind. Unser oberstes Ziel ist es, eine Lungenentzündung zu vermeiden. Atmen Sie also immer tief ein und aus, auch wenn es schmerzt.«

Eliza nickte und nippte an ihrem Kaffee. Für einen langen Moment herrschte ein unangenehmes Schweigen zwischen ihnen. Sie wusste, worauf diese Unterhaltung hinauslaufen würde, und sie war noch lange nicht bereit für diese Art von Gespräch.

»Eliza«, begann Andrew schließlich noch einmal leise. Sie sah ihn nicht an. »Es ist Ihnen sicher unangenehm, aber sehen Sie mich bitte einfach als Arzt. Ich bin hier, um Ihnen zu helfen. Und ich werde mit niemandem darüber reden, wenn Sie das nicht möchten. So gern ich dieses Problem auch für Sie lösen würde. Sie können mir vertrauen. Ich kann Ihren Mann ja nicht mal anzeigen, auch wenn ich ihn wirklich gern im Knast verrotten sehen würde. Das können allein Sie – mir sind wegen der ärztlichen Schweigepflicht die Hände gebunden.« Er hielt abermals inne und räusperte sich. »Ich habe mir die Freiheit herausgenommen, Ihre Kleider als Beweismittel zu sichern. Außerdem habe ich Ihre Verletzungen letzte Nacht akribisch dokumentiert. Ihnen stehen alle rechtlichen Möglichkeiten offen. Wenn Sie mich fragen: Ich würde Ihnen ein Gespräch mit meinem Bruder empfehlen.«

»Mit Niclas?« Noch ein Hunter, vor dem sie ihr Leben ausbreiten sollte?

»Ich wünsche mir, dass Sie sich rechtlichen Beistand suchen.«

Ich-Botschaften. Kein ›Suchen Sie sich‹ oder ›Sie müssen

unbedingt«. Andrew Hunter wusste, was er tat. Aber darauf würde sie nicht hereinfallen. »Ich brauche keinen …«, begann Eliza, doch Andrew hob die Hand, um sie zu stoppen.

»Sie müssen sich keine Hilfe suchen. Das liegt ganz bei Ihnen. Aber Sie sollten nicht versuchen, mich für dumm zu verkaufen. Behalten Sie Ihre Geschichte für sich, aber belügen Sie mich nicht.«

Eliza sah auf das zarte Karomuster der Bettdecke vor sich und nickte langsam. »Entschuldigung. Es ist nur – ich kann nicht …«

»Kein Problem. Wie gesagt, Sie müssen nicht mit mir reden. Sie sollten nur wissen, dass ich jederzeit ein offenes Ohr für Sie habe. Ich wollte nur klarstellen, dass ich lieber nichts höre, als dass Sie mir davon erzählen, gegen die Terrassentür gelaufen oder die Kellertreppe hinuntergestürzt zu sein.« Er erhob sich und schob den Stuhl auf seinen Platz an der Wand zurück. »Es schadet nicht, sich mit Niclas zu beraten. Denken Sie in Ruhe darüber nach. Und seien Sie unser Gast auf Cape Cod, solange Sie das möchten.«

»Hier?« Eliza blickte zu ihm auf.

»Na ja.« Er lachte leise und wies mit einer ausholenden Geste auf den Raum. »Hier wird es Ihnen auf Dauer wahrscheinlich nicht besonders gefallen. Aber in Sunset Cove sind Sie mehr als willkommen. Ich lebe dort im Moment mit meiner Freundin und ihrem Bruder. Außerdem wohnt Jake Foster dort. Aber keine Sorge, das Haus ist riesig. Sie können sich zurückziehen und haben genau so viel Ruhe – oder Trubel – um sich herum, wie Sie es möchten.«

Das bezweifelte Eliza. Wenn sie hörte, wie viele Menschen – fremde Menschen noch dazu – dort lebten … So großzügig das Angebot auch war, sie würde es nicht annehmen. Sie musste zurück nach Boston. Ihre Firma leitete sich schließlich nicht von allein. Ehe sie das Angebot ablehnen konnte, öffnete Andrew die Tür.

»Apropos«, sagte er, als er Sekunden später mit einem Stapel Kleidungsstücke zurückkehrte. »Das habe ich meine Freundin für Sie besorgen lassen. Es ist vielleicht nicht das hübscheste Outfit, aber darin fühlen Sie sich vielleicht ein bisschen wohler als in dem Krankenhaushemdchen.« Er legte die Kleider auf das Bett, in dem Jake Foster die Nacht verbracht hatte, und ließ sie allein. Ihr war keine Zeit geblieben, seine Einladung in das Sommerhaus der Hunters auszuschlagen. Egal, dann würde sie es ihm eben sagen, wenn er das nächste Mal nach ihr sah. Sie rappelte sich auf und glitt vorsichtig aus dem Bett, um sich die Kleider anzusehen. Obenauf lagen zwei Bücher, ein Liebesroman mit einem halb nackten Pärchen und ein Thriller, der sich um eine Zombieapokalypse drehte. Beide Ausgaben sahen aus, als wären sie bereits mehr als einmal gelesen worden. Auf dem Thriller klebte ein Post-it, auf dem mit geschwungener Handschrift stand: *Ich kenne Ihren Büchergeschmack nicht, aber Sie werden sich so allein in der Klinik sonst sicher zu Tode langweilen. Herzlichst und unbekannterweise, Holly. P.S. Die Zombies sind besser, als der Klappentext vermuten lässt.* Unter dem Text hatte die Frau, die vermutlich auch die Klamotten besorgt hatte, einen Smiley gemalt. Eliza spürte die Tränen aufsteigen. Sie ließen sich nicht aufhalten, quollen unter ihren halb geöffneten Lidern hervor. Wann hatte zum letzten Mal jemand etwas völlig Selbstloses für sie getan, ohne sie überhaupt zu kennen? Die Freundlichkeit war das Tröpfchen, das das Fass zum Überlaufen brachte. Vorsichtig, die Bücher noch immer in der Hand, ließ sie sich auf ihr Bett zurücksinken – und den Tränen freien Lauf.

*

Theodor hatte sich selten so sehr nach einem Glas Scotch gesehnt. Er drehte das Wasserglas, in dem eine einsame Limettenscheibe schwamm, in seinen Händen und starrte in den Garten von Hunter House hinaus. Er saß mit dem Boston Chronicle im Salon, ohne seinen Kopf dazu bringen zu können, sich auf die Buchstaben vor sich zu konzentrieren. Wie hatte das Treffen mit Jake nur so schieflaufen können? Sicher, er war überrascht gewesen, ihn im Jachtklub zu treffen. Aber es hatte sich angeboten, die Gelegenheit beim Schopf zu packen. Schließlich wäre er in ein paar Tagen sowieso nach Cape Cod gefahren, um mit ihm zu sprechen. Das Angebot in dem Moment zu unterbreiten, in dem Eliza Woodward ihn schon wieder hatte hängen lassen, war ihm als ein kluger Schachzug erschienen.

»Nicht gut gelaufen?«, fragte Georgina, die mit einem Roman im Sessel ihm gegenüber Platz nahm.

Theodor schwenkte das Glas und ließ die Limette kreisen, ehe er einen Schluck trank. »Er war kurz davor auszuflippen. So lässt es sich, glaube ich, ganz gut zusammenfassen. Und ich hatte nicht das Gefühl, dass er mir glaubt.« Er warf Georgina einen Blick zu. Sie wirkte nüchtern, ihre Augen blickten klar. Sie war offenbar voll bei der Sache. »Vielleicht ist es am besten, ich rufe Carolyn an«, sprach er die einzige Idee aus, die er noch hatte.

»Und was soll es bringen, seine Mutter anzurufen? Außer, sie auch noch gegen dich aufzubringen?« Georgina setzte ihre Lesebrille ab, legte sie gemeinsam mit ihrem Roman auf das Beistelltischchen und erhob sich. Sie kam zu Theodor herüber und setzte sich auf die Armlehne seines Sessels. Fast erwartete er, dass sie ihm beruhigend über die Schulter strich. Doch das wäre eine Art von Nähe gewesen, die merkwürdig gewesen wäre. Auch wenn sie nach all den Jahren zu einer Art freundschaftlichen Einverständnisses gefunden hatten, waren sie doch eher eine Art Geschäftspartner. »Du gibst dem Jungen jetzt ein paar Tage, um sich zu beruhigen«, schlug Georgina vor. »Und dann werde ich die Sache in die Hand nehmen. Hier ist ein bisschen weibliches Fingerspitzengefühl gefragt.«

Sie hatte recht. Er würde ein solches Gespräch nie auf die gleiche Weise führen können wie eine Frau. Er griff nach Georginas Hand und küsste besagte Fingerspitzen. »Danke.«

Georgina erhob sich und kehrte zu ihrem Sessel zurück. »Du bist mein Mann«, sagte sie, während sie nach ihrem Buch und der Lesebrille griff. »Ich werde dafür sorgen, dass du nicht stirbst.«

10

Eliza hatte es noch nicht geschafft, die Kleider, die Andrew ihr gebracht hatte, anzuziehen, als es abermals klopfte. Der Besucher betrat den Raum nicht, aber sie war sich sicher, er würde auch nicht wieder weggehen, bis sie ihn hereingebeten hatte. Sie wischte sich die Tränen von der Wange und rief: »Ja, bitte.«

Jake schob die Tür auf. Sie senkte den Blick, aber er hatte offenbar trotzdem gesehen, dass sie heulte. Ohne etwas zu sagen, ging er zum Waschbecken und griff nach einem Handtuch. Er hielt es unter den Wasserhahn, wrang es ein wenig aus und brachte es ihr. »Kühlen Sie Ihr Gesicht ein bisschen«, forderte er sie auf. »Ich wollte mich nur kurz verabschieden. Ich muss zur Arbeit. Andrew meinte, Sie würden mindestens noch eine Nacht in der Praxis bleiben, also werde ich heute Nachmittag noch einmal nach Ihnen sehen. Bis später.« Er drehte sich um und überwand die wenigen Schritte bis zur Tür.

»Jake?« Eliza hob den Kopf und wartete, bis er sich noch einmal zu ihr umsah. »Warum waren Sie gestern überhaupt bei mir daheim?« Sie hatte bis gerade eben nicht darüber nachgedacht, aber jetzt schoss ihr die Frage durch den Kopf. Wie hatte es dazu kommen können, dass er sie überhaupt gefunden hatte?

Er starrte einen Moment auf die Tür und fuhr sich durch die Haare, als wäre ihm diese Frage unangenehm. Dann drehte er sich zu ihr um und sah sie ernst an. »Ich war sauer. Ich war stinksauer auf Sie, weil Sie schon wieder einen Termin haben platzen lassen. Ich wollte einfach wissen, warum. Deshalb bin ich zu Ihnen gefahren.«

»Danke.« Mehr musste sie nicht sagen. Er wusste genau, was sie meinte. Seine Ehrlichkeit. Und seine Hilfe.

Er nickte ihr zu. »Passen Sie auf sich auf«, sagte er. Dann war er verschwunden.

Eliza starrte auf die Tür. Was wäre passiert, wenn Jake Foster sie nicht gefunden hätte? Dieser Gedanke sorgten für eine Gänsehaut, die sich über ihren ganzen Körper zog. Nervös knetete sie ihren kleinen Finger. Sie wäre wahrscheinlich einfach im Garten liegen geblieben, bis Greg zurückgekehrt wäre, wohin auch immer er verschwunden war. Dann hätte er sie ins Haus zurückgeschleift und sie gezwungen, sich sauber zu machen. Er hätte ihr gesagt, wie erbärmlich sie war. Wie hässlich und armselig. Geschlagen hätte er sie wahrscheinlich nicht noch einmal, aber er hätte sie angeschrien, dass sie an allem schuld war. Sie hatte ihn schließlich ausrasten lassen. Sie hatte ihn belogen. Dafür musste sie bestraft werden, weil sie einfach nicht lernte, wie sich eine ordentliche Ehefrau verhielt. Dann hätte sie die Nacht in dem Bett verbracht, das sie teilten. Ihr von Schmerzen zerfressener Körper hätte neben ihm gelegen. Greg hätte seelenruhig geschlafen, während sie vor Angst gezittert hätte. Wann wäre das nächste Mal? Wie würde es dann enden? Was wäre der Grund für den nächsten Schlag? Sie hatte nur eine Chance: ihm alles recht zu machen. Keinen weiteren Fehler zu begehen.

Doch jetzt war alles anders. Sie war auf Cape Cod. Sie hatte eine Chance bekommen, in Ruhe nachzudenken. Natürlich würde sie sich nicht für immer hier verstecken können, aber vielleicht würden ein paar Tage bereits genügen, die wirren Gedanken, die durch ihren Kopf taumelten, zu sortieren.

Ein weiteres Klopfen riss sie aus ihren Überlegungen. Ihr wurde bewusst, dass sie noch immer die beiden Bücher gegen ihre Brust drückte und das Krankenhausnachthemd trug. Der ältere Mann, der den Raum betrat, ohne auf ihr Herein zu warten, trug genau wie Andrew einen Arztkittel und lächelte sie freundlich an.

»Guten Morgen, Mrs. Woodward. Ich bin Dr. Hennings, Andrews Partner. Er ist nach Hause gefahren, um sich frisch zu machen und hat mich gebeten, nach Ihnen zu sehen.«

Die Untersuchung ihrer Verletzungen war nicht angenehm, auch wenn sie dankbar war, sich nicht noch einmal vor Andrew ausziehen zu müssen. Dr. Hennings hatte sanfte Hände, und jede seiner Berührungen war vorsichtig. Trotzdem verursachte er ihr jede Menge Schmerzen.

»Ich kann Ihnen ein Schmerzmittel geben«, bot er ihr an.

»Nein.« Eliza verzog die Mundwinkel zu einem entschuldigenden Lächeln. »Ich möchte einen klaren Kopf behalten.«

»Das kann ich gut verstehen. Andrew und ich haben beschlossen, Sie noch eine Nacht hierzubehalten, bis wir sichergehen können, dass die Gehirnerschütterung Ihnen keinen weiteren Ärger macht.« Er sah sich im Raum um. Sein Blick blieb an den Büchern auf dem Nachttisch hängen. »Es ist nicht besonders schön auf unserer Krankenstation. Wenn ich also noch etwas für Sie tun kann, lassen Sie es mich einfach wissen.« Er beugte sich vertraulich vor, so als wolle er ihr ein Geheimnis verraten. »Gleich nebenan befindet sich ein Ben & Jerrys. Wenn Sie mir Ihre Lieblingssorte verraten, besorge ich Ihnen einen Becher.« Er zwinkerte ihr verschwörerisch zu.

»Danke, aber wissen Sie, was ich viel dringender brauche? Jake oder Andrew haben es Ihnen sicher erzählt. Ich habe mein Haus … sagen wir … etwas überstürzt verlassen und mein Handy, meine Handtasche und mein Laptop zurückgelassen. Dürfte ich Ihr Telefon benutzen und ein paar Mails verschicken? Dann kann ich diejenigen beruhigen, die sich wahrscheinlich Sorgen machen, weil ich heute Morgen nicht bei der Arbeit aufgetaucht bin.«

»Selbstverständlich. Das ist überhaupt kein Problem. Ich sage Ihnen was.« Der Arzt machte es sich auf ihrer Bettkante bequem. »Andrew und ich beginnen gleich mit unserer Sprechstunde. Aber hier hinten sind Sie ganz für sich. Nutzen Sie einfach mein Büro. Aber Eliza«, sein freundlicher Blick wurde ernst. »Wenn Sie telefonieren, seien Sie sich immer bewusst, dass jedes Telefonat zurückverfolgt werden kann. Vergessen Sie das bitte nicht.« *Falls Ihr Mann bereits auf der Suche nach Ihnen ist*, war der unausgesprochene zweite Teil des Satzes.

Nachdem der Arzt sie alleingelassen hatte, schaffte sie es endlich, in die Yogapants und das weite, pinkfarbene Sweatshirt zu schlüpfen, auf dem »Cape Cod« in glitzerndem Silber aufgedruckt war. Das Outfit brachte sie zum Lächeln. Sie griff nach den Kühlpads, die der Doc ihr dagelassen hatte, und schlurfte in das Büro, das er ihr zur Verfügung stellte. Es sah so aus, wie sie sich das Refugium eines alten Landarztes vorstellte. Seine gerahmten Diploma und die Promotionsurkunde, die so alt waren, dass sie bereits ein wenig vergilbt wirkten. Ein riesiges Bücherregal an der Wand hinter dem Schreibtisch quoll über vor Fachliteratur. Links standen große Karteischränke, in denen die Ärzte ihre Patientenakten verstauten. An einer Pinnwand hingen jede Menge Dankeskarten und Fotos von Babys, denen er auf die Welt geholfen hatte. Und darüber ein großes, ebenfalls gerahmtes Foto, das ihn etwa zwanzig Jahre jünger zeigte, mit einem riesigen Fisch, den er mit einem Siegergrinsen über seinen Kopf hielt. Alles um sie herum zeigte die Idylle, in die sie geraten war, und die so gar nichts mit ihrem völlig kaputten Leben zu tun hatte. So heil die Welt auch war, in der Dr. Hennings lebte, er hatte einen scharfen Verstand und einen wachen Geist. Eliza nahm seine Warnung, sich jedes Telefonat genau zu überlegen, ernst. Noch konnte Greg nicht wissen, wo sie war. Und solange sie sich nicht überlegt hatte, wie sich ihre Ehe weiterentwickeln sollte, würde sie ihren Aufenthaltsort für sich behalten. Die Mailbox ihres Handys konnte sie allerdings auch von hier abhören. Sie setzte sich vorsichtig hinter den Schreibtisch des Arztes, zog das Telefon zu sich heran und wählte die Mailbox-Abfrage ihres Handys. »Sie haben vierzehn neue Nachrichten. Drücken Sie die Eins, und beginnen Sie mit der ältesten.« Eliza tippte die Eins ein und erhielt als Erstes einen Anruf von Jeffrey, der eine weitere Idee hatte, wie sie das Start-up-Unternehmen, um das er kämpfte, für sich gewinnen könnten. Ihre Lippen verzogen sich automatisch zu einem kleinen Lächeln, das ihren Kiefer schmerzen ließ. Auf Jeffrey war einfach immer Verlass. Ihm vertraute sie wirklich bedingungslos. Die nächsten zwei Sprachnachrichten waren belanglos. Als die vierte Nachricht aufgerufen wurde, herrschte für einen Moment drückende Stille. Die Haare in ihrem Nacken stellten sich auf. Dann erklang die leise, gepresste Stimme ihres Mannes, die nur so klang, wenn er vor Wut kurz davor war, die Wände hochzugehen. »Du glaubst also, einfach verschwinden zu können, Eliza.« Er schwieg einen weiteren bedeutungsschweren Moment. »Denkst du etwa, ich finde dich nicht? Denkst du, ich habe nicht die Möglichkeiten, dich aufzuspüren?« Er lachte heiser und gemein, und Elizas Hände fingen an zu zittern, wie sie es immer taten, wenn er dieses Lachen ausstieß. »Du wirst mich nicht verlassen, Eliza. Niemals. Ich habe dir gesagt, was passieren wird, wenn du das je versuchen solltest. Ich werde dich finden, und dann bringe ich dich um.« Für einen weiteren Moment herrschte Stille, dann klickte es in der Leitung. Eliza legte den Hörer vorsichtig zurück auf die Gabel, fast, als könne sie so verhindern, dass Greg auf sie aufmerksam wurde. Ihr Herz raste, und sie bekam keine Luft. Vor ihrem Auge begannen schwarze Punkte zu tanzen. Denn genau das war es. Er würde sie finden, und dann würde er sie umbringen. Bei ihm zu bleiben wäre die bessere Wahl gewesen. Was hatte sie nur getan? Sie würde ihn niemals dazu bringen, Gnade walten zu lassen. Sie konnte nicht zurück. Das Herzrasen nahm zu. Eliza hielt sich an der Tischkante fest und versuchte, Luft in ihre Lungen zu pressen. Was unmöglich war. Gleich würde sie bewusstlos werden.

Doch dann waren da Hände, die sie aufrecht hielten. »Tief einatmen«, sagte jemand. »Langsam und tief.«

Eliza kam der Aufforderung nach und sog Luft in ihre Lungen. Der Schmerz in ihren Rippen explodierte und holte sie in Dr. Hennings Büro zurück. Keuchend atmete sie ein und aus.

»Langsamer.«

Eliza versuchte, sich daran zu halten. Mit jedem Atemzug beruhigte sich ihr rasender Puls ein wenig.

»Schon besser.« Eliza hob den Blick an dem weißen Arztkittel vorbei in Andrews Gesicht. Er sah ernst auf sie herunter. Seine Hände lagen schwer auf ihren Schultern. »Das war eine Panikattacke. Das ist keine Seltenheit nach einem Trauma wie Ihrem.« Er griff nach ihrem Handgelenk und maß den Puls. Erst als er sich sicher war, dass sie nicht gleich wieder aus den Latschen kippen würde, trat er einen Schritt zurück. »Ich kann es Ihnen nur noch einmal anbieten. Ich bin für Sie da. Jederzeit.«

Eliza schüttelte den Kopf. Er würde ihr nicht helfen können. »Könnten Sie mich für einen Moment allein lassen?«, fragte sie. Sie erkannte ihre Stimme nicht wieder, so rau klang sie.

Andrew füllte am Waschbecken einen Becher Wasser. »Doc Hennings und ich sind immer in Ihrer Nähe, okay?« Er stellte den Becher auf den Schreibtisch und wand sich zum Karteischrank um. »Ich wollte eigentlich nur schnell eine Patientenakte holen. Dann verschwinde ich gleich wieder.«

Eliza nickte, obwohl er ihr den Rücken zuwandte und sie nichts sehen konnte. Sie wartete, bis er gefunden hatte, was er suchte und nach einem weiteren prüfenden Blick in ihre Richtung den Raum verließ. Dann lehnte sie sich vorsichtig im Bürostuhl zurück und atmete für eine Weile einfach weiter ein und aus. Einatmen. Bis drei zählen. Ausatmen.

Solange sie sich darauf konzentrierte, konnte sie alle anderen Gedanken aus ihrem Kopf verbannen.

Es schien eine Ewigkeit zu dauern, bis sie sich wieder unter Kontrolle hatte. Sie musste ihren Aufenthaltsort um jeden Preis geheim halten, also würde sie tatsächlich niemanden anrufen, sondern nur ein paar Nachrichten verschicken. Entschlossen zog sie die Computertastatur zu sich heran und meldete sich bei ihrem E-Mail-Programm an. Jemand, der viel technisches Verständnis aufwies, würde sie sicher auch digital aufspüren können, aber Greg gehörte definitiv nicht zu dieser Kategorie. Als Erstes schickte sie ihrer Haushälterin Maggie eine Nachricht. Früher war Maggie tagtäglich im Haus ihrer Eltern erschienen, um den Haushalt zu schmeißen. Seit deren Tod und Elizas und Gregs Umzug in die Villa hatte sich das geändert. Greg wollte nicht andauernd einen fremden Menschen um sich herumhaben, und Eliza wollte nicht, dass Maggie miterlebte, was zwischen ihrem Mann und ihr geschah. Die Haushälterin behielt ihr Gehalt, schaute aber nur noch ein paarmal pro Woche vorbei, wenn Eliza und Greg in der Arbeit waren. Wenn Eliza zu Hause blieb, weil Gregs Schläge Hämatome verursacht hatten, die sich nicht kaschieren ließen, bestellte sie Maggie einfach ab. So machte sie es auch jetzt. Sie schrieb, dass sie plötzlich verreisen musste und Maggie in den nächsten Tagen nicht gebraucht wurde.

Als Nächstes verfasste sie eine Mail an Jeffrey. Ihm schrieb sie, sie habe ganz spontan eine Reise unternommen und eine Halsentzündung bekommen, die es nicht möglich mache zu sprechen. Die Ausrede war ziemlich fadenscheinig, aber sie erklärte zumindest, warum sie nur über das Internet kommunizierte und ihn nicht anrief. *Schick mir ruhig Arbeit*, schrieb sie. *Je nachdem, wie es mir geht, erledige ich sie umgehend.* Falls sie, solange sie hier war, an einen PC herankam, konnte sie ja durchaus ihre Aufgaben erfüllen.

Liebe Eliza, tut mir leid zu hören, dass du krank bist, antwortete Jeffrey umgehend. *Mach dir keine Gedanken und werde gesund. So eine Halsentzündung ist eine fiese Angelegenheit. Mit der Arbeit werden wir schon fertig. P.S.: Ist es normal, dass Greg so ruhelos durch die Firma tigert?*

Ja, schrieb Eliza. *Er sorgt sich nur um meine Gesundheit*, log sie zum – sie wusste nicht wievielten Mal.

Kaum hatte sie die Korrespondenz mit Jeffrey beendet, ploppte eine E-Mail von Maggie auf, die ihr eine gute Reise wünschte, sich aber wunderte, weil sie beim Putzen Elizas Handtasche, ihr Handy und die Hausschlüssel gefunden habe. Eliza versicherte ihr, dass alles in Ordnung sei, und loggte sich aus. Die Situation, in die sie geraten war, kostete sie viel zu viel Kraft. Nicht nur körperlich, sondern vor allem seelisch. Sie schleppte sich in das Krankenzimmer zurück und kroch ins Bett. Den Rest des Tages verbrachte sie mit dem Zombieroman. Denn nach einer Liebesgeschichte, insbesondere mit Happy End, war ihr im Moment nicht zumute.

Jake besuchte sie, wie er es versprochen hatte, nach der Arbeit in der Brauerei. Er brachte ihr einen Becher Salted Caramel von Ben & Jerry's, verabschiedete sich aber schnell wieder, als er merkte, wie wenig gesprächig sie war. Es war ihm gegenüber nicht fair, aber sie fühlte sich ihm noch nicht gewachsen.

Am Abend gesellte sich Dr. Hennings zu ihr. Er bat sie, ihn Paul zu nennen, und tischte eine Kürbissuppe auf, die aus dem Fairway, einem Restaurant auf der gegenüberliegenden Straßenseite, stammte. Einem Lokal, das zudem Holly, der Freundin von Andrew und von Zombieapokalypsen, gehörte. Paul blieb auch nach dem Essen bei ihr sitzen, erzählte ihr von seinen Trips in den Süden, seinen alten Freunden und den Angelerfolgen. Eliza wusste, was er tat. Er baute Vertrauen auf, damit sie das Gefühl bekam, sich jederzeit an ihn wenden zu können, wenn sie über ihr Leben sprechen wollte. Aber wie sollte sie jemandem, der nie in ihrer Haut gesteckt hatte, von ihren falschen Entscheidungen erzählen? Wie sollte das jemand verstehen?

*

Jake hatte sich mit seinem Laptop und einem Bier auf einen der Deck Chairs auf der Terrasse zurückgezogen. Hollys Bruder Jackson war mit seiner Clique auf einer Beachparty, ehe er am nächsten Tag zu einem mehrwöchigen Segeltörn aufbrechen wollte, weshalb es in Sunset Cove nahezu unangenehm ruhig war. Jake hatte gerade angefangen, die Suchergebnisse zu häuslicher Gewalt, die er gegoogelt hatte, durchzugehen, als Holly und Andrew zu ihm nach draußen kamen. Andrew mit einem Bier, Holly mit einem Glas Weißwein.

»Was treibst du da?«, wollte Holly wissen und spähte Jake über die Schulter. Automatisch klappte er den Laptop zu. »Entschuldige.« Holly strich ihm in einer für sie typischen Geste über die Schulter. »Ich wollte nicht neugierig sein.

Okay, ja, ich bin neugierig.« Sie grinste. »Aber ich wollte nicht unhöflich sein.«

»Schon gut.« Jake prostete ihr zu. »Normalerweise haben wir ja auch keine Geheimnisse voreinander. Aber über diese Sache kann ich dir nichts erzählen. Zumindest noch nicht.«

»Ist es das, was ich denke?«, wollte Andrew wissen.

Jake antwortete mit einem einfach »Jepp«, und Holly warf gespielt verzweifelt die Hand in die Luft. »Ihr könnt in meiner Gegenwart nicht immer in solchen Andeutungen reden«, beklagte sie sich gut gelaunt. »Ich bin Barkeeperin. Ich bin die, die immer alles weiß.«

»Nicht immer.« Andrew hakte den Zeigefinger in den Ausschnitt ihres hellgrünen Tops und zog sie zu einem schnellen Kuss zu sich heran. Dann lümmelte er sich auf eine der großen Sonnenliegen und wartete, bis sie sich neben ihn gesetzt hatte.

»Geht es um deine geheimnisvolle Patientin?«, fragte sie Andrew.

»Die ab morgen unser Gast sein wird, wenn sie das möchte. Bis jetzt hat sie das Angebot noch nicht angenommen, aber ich glaube, sie wird es sich noch überlegen.« Andrew nippte an seinem Bier und blickte auf das Wasser hinaus. Jake warf seinem Freund einen Seitenblick zu. Die professionelle Gelassenheit, die Andrew ausstrahlte, faszinierte ihn. Niclas war, ähnlich wie Jake selbst, eher der Typ, der die Fäuste ballte und loszog, um Gerechtigkeit einzufordern. Nicht so Andrew. Obwohl er in der Notaufnahme einer riesigen Bostoner Klinik gearbeitet und mit Sicherheit schon in alle Abgründe geblickt hatte, begegnete er Eliza ruhig und einfühlsam. Während Jake nur einen Wunsch verspürte: Ihren verdammten

Ehemann zwischen die Finger zu bekommen und erst aufzuhören, auf ihn einzuschlagen, wenn dieser schlimmer aussah
als sie. Wie schaffte Andrew das nur?

»Wenn Sie ab morgen unser Gast ist, kannst du mir auch
etwas über sie erzählen«, bohrte Holly weiter und holte Jake
aus seinen Gedanken.

Andrew lächelte. »Wenn sie möchte, dass du etwas erfährst, wird sie es dir erzählen. Und wenn du sie so löcherst
wie mich, wird sie dir wahrscheinlich sowieso nicht stand-
halten und ihre ganze Lebensgeschichte vor dir ausbreiten.«

»Meinen Verhörmethoden hat sich noch nie jemand widersetzen können«, gab Holly gut gelaunt an und hob gespielt hochnäsig den Kopf. »Wir könnten eine kleine Feier
für sie veranstalten. Ein Begrüßungsessen«, schlug sie vor.

»Nein.« Jake legte den Laptop zur Seite. Er würde nachher weitersuchen, wenn er allein in seinem Zimmer war und
sich konzentrieren konnte. »Überfahr sie nicht, Holly, okay?
Ihre momentane Situation ist nicht ganz einfach. Sie wird
nur ihre Ruhe wollen.« Zumindest hatte sie ihn heute Nachmittag genau das spüren lassen.

»Wenn sie so weit auftaut, dass wir dich auf sie loslassen«,
Andrew beugte sich vor, um Hollys Nacken zu küssen, was
sie zum Kichern brachte. »Dann wäre es wahrscheinlich kein
Fehler, wenn du ihr von deinen Erfahrungen mit Francis
Cartwright erzählst.«

Was für ein genialer Schachzug, dachte Jake. »Und Ma-
rie sollte von ihrer Zeit im Gefängnis berichten. Und von
Bralvers«, ergänzte er den Gedanken seines Freundes. Beide
Frauen hatten im letzten halben Jahr Schreckliches erlebt.
Marie hatte unschuldig im Gefängnis gesessen und war

darüber hinaus zur Zielscheibe eines Serienmörders geworden, während Holly von einem Mann aus ihrer Vergangenheit gestalkt und angegriffen worden war. Wenn Eliza begriff, dass die Frauen ebenfalls furchtbare Dinge erlebt hatten, öffnete sie sich ihnen vielleicht.

»Oh«, machte Holly. Ihre Augen weiteten sich, und sie sah zwischen Jake und Andrew hin und her. »Ich habe verstanden. Und ich verspreche hoch und heilig, der mysteriösen Unbekannten nicht auf die Nerven zu gehen. Falls ihr jetzt das Thema wechseln wollt, um nicht mehr so geheimniskrämerisch sein zu müssen, es gibt ein paar Dinge bezüglich Maries und Niclas' Hochzeit zu besprechen.«

Andrew und Jake legten gleichzeitig die Köpfe in den Nacken und stöhnten gequält auf.

*

»Ich finde dich, Eliza. Ich finde dich überall. Und wenn ich dich habe, werde ich dir alles wegnehmen. Alles, was du hast und was du bist. Das Letzte wird dein Leben sein. Ich nehme es, weil es mir gehört.«

Eliza hörte einen angsterfüllten Schrei, als sie aus dem Schlaf fuhr und begriff, dass sie selbst ihn ausgestoßen hatte. Ihr Atem kam in hektischen Stößen. Sie war im Begriff, in die zweite Panikattacke in nicht einmal vierundzwanzig Stunden zu schlittern. Jede einzelne Zelle ihres Körpers schmerzte. Wie durch einen Schleier nahm sie wahr, dass die Tür ihres Krankenzimmers aufgerissen wurde und Paul hereinstürmte. Eliza hatte das Nachtlicht brennen lassen, doch er schaltete die Deckenbeleuchtung ein und scannte sie mit hellwachem

Blick. Und das, obwohl er offenbar gerade eben noch tief und fest geschlafen hatte, wie die abstehenden Haare und der Kissenabdruck auf seiner Wange bewiesen. Er trug Jeans und Socken. Sein Hemd war zerknittert. »Ein Albtraum?«, fragte er, als er sich versichert hatte, dass sie allein war und nicht angegriffen wurde, wie ihr markerschütternder Schrei wahrscheinlich vermuten gelassen hatte.

Eliza nickte und versuchte, tief ein- und auszuatmen, um sich wieder zu beruhigen. Paul füllte einen Becher mit Wasser und brachte ihn ihr. Dann zog er sich einen Stuhl heran, setzte sich neben das Bett und wartete, bis sie sich wieder ein wenig beruhigt hatte. Sie drehte den Becher eine Weile stumm zwischen ihren Händen. Dann trank sie einen Schluck. »Wissen Sie, wer ich bin, Paul? Ich meine, wer ich wirklich bin?«

Er lachte leise. »Nur weil ich ein alter Landarzt bin und meine Freizeit am liebsten mit Angeln verbringe, heißt das noch lange nicht, dass ich hinter dem Mond lebe. Sie haben sie noch nicht kennengelernt, aber meine Sprechstunden-hilfe, Mary Ann, hält mich auf dem Laufenden, was das Leben außerhalb meines kleinen Universums betrifft. Ich kenne die Woodward Holding natürlich. Sie hat schon viel Gutes getan.«

Eliza trank noch einen Schluck Wasser. Nach dem plötzlichen Tod ihrer Eltern bei einem tragischen Autounfall vor etwa einem Jahr hatte sie alles geerbt. Nicht nur den wertvollen Besitz, sondern auch die Verantwortung für die Firma. »Ich verfüge über ein riesiges Vermögen«, sagte sie leise. Sie wusste nicht, warum ihr die Worte entschlüpften, aber jetzt, da sie begonnen hatte, wollte sie Paul erzählen, wovon sie geträumt hatte. »Und ich habe einen sehr schlauen Anwalt. Jeffrey Penn. Mein Mann, Greg, hat in den letzten Jahren hart daran gearbeitet, die Kontrolle über die Woodward Holding zu übernehmen.« Ihre Lippen verzogen sich zu einem bitteren Lächeln, das ihren Kiefer pochen ließ. »Ich glaube, viel hat nicht mehr gefehlt, und er hätte meinen Vater herumbekommen. Dad wollte unbedingt einen Sohn, einen männlichen Erben, dem er sein Lebenswerk vermachen konnte. Und genau den hat er in Greg gesehen. Der Tod meiner Eltern hat all das zunichtegemacht. Ich bin die Alleinerbin, und Greg bekommt keinen Cent, sollten wir uns jemals scheiden lassen.« Sie seufzte, als erzählte sie die Geschichte einer bemitleidenswerten Frau, die sie nur flüchtig kannte. »Also hat er sichergestellt, dass ich nicht auf den Gedanken komme, mich von ihm zu trennen. Er hat klargestellt, dass er mich finden wird, sollte ich jemals auf die Idee kommen, ihn zu verlassen. Und jetzt …« Sie sah den alten Arzt an. »Jetzt bin ich praktisch gegen meinen Willen vor ihm weggelaufen. Ich kann nicht mehr zurück, weil Greg denkt, ich hätte ihn verlassen. Und das wird er mir nicht verzeihen. Er hat mir eine Nachricht auf der Mailbox hinterlassen, obwohl ihm klar gewesen sein muss, dass mein Handy im Haus lag. Das zeigt, wie wütend er auf mich ist. Er kann vor Zorn nicht mehr klar denken, und das macht mir Angst. Unglaubliche Angst. Wie soll ich jetzt zu ihm zurückkehren?«, stellte sie die Frage noch einmal, mehr sich selbst als dem Arzt, der geduldig neben ihrem Bett saß.

Paul sah sie einen Moment nachdenklich an. »Möchten Sie das denn? Zu ihm zurückgehen?« Er hob beschwichtigend die Hände, ehe sie ihm eine Antwort geben konnte –

die sie selbst nicht wusste. »Sie haben recht, Jake hat eine Entscheidung für Sie getroffen. Sie hatten keine Gelegenheit, das vorher zu durchdenken. Aber vielleicht war es der richtige Schritt.« Für einen Moment legte er seine Hand in einer tröstlichen Geste auf ihre. Dann zog er sie zurück, als wisse er, dass sie zu viel dieser Nähe nicht ertrug. »Ich mache mir große Sorgen um Sie. Genau wie Andrew und Jake. Wir haben nur zwei Ziele: Ihre Gesundheit und Ihre Sicherheit. Ihr Mann ist in Boston. Er wird nicht erfahren, dass Sie hier sind. Er wird Ihnen nichts tun können. Geben Sie sich selbst die Chance, ein Stück weit zu heilen.«

11

Eliza wusste, dass sie im Moment keine Alternativen hatte. Sie konnte sich weder ausweisen noch verfügte sie über eine Kreditkarte, deren Abbuchungen Greg zudem würde nachvollziehen können. Ein Hotel kam also nicht infrage. Ganz abgesehen davon, dass sie mit den Verletzungen im Gesicht alle Blicke auf sich ziehen würde. Sie musste Andrew Hunters Einladung nach Sunset Cove annehmen und hoffen, nicht zu sehr von den Bewohnern gelöchert zu werden. Ein letztes Mal überprüfte sie in Pauls Büro ihre E-Mails und stieß auf eine weitere Nachricht von Jeffrey. *Greg ist mir heute Morgen fast an die Kehle gegangen, weil er wissen wollte, wo du bist.* Eliza rieb sich über ihren kribbelnden Nacken. Jeffrey schien sich nicht zu wundern, dass ihr Mann ihren Aufenthaltsort nicht kannte. Er fragte nicht nach, präsentierte ihr einfach nur die Fakten. Wieder beschlich sie der Verdacht, dass ihr alter Freund über ihr Leben im Bilde war. So viele Brücken hatte er ihr in der Vergangenheit gebaut, und über keine einzige war sie gegangen. Seine Nachricht bestätigte sie darin, weiterhin auf Tauchstation zu bleiben. Zumindest, bis sie wusste, welchen Schritt sie als Nächstes unternehmen würde.

Da Andrew Sprechstunde hatte, holte Jake Eliza am Vormittag ab. Er brachte ihr eine Kapuzenjacke und eine

Sonnenbrille mit. »Wir müssen einmal durch das Wartezimmer gehen, das im Moment ziemlich voll ist. Ich dachte mir, Sie wollen vielleicht lieber ein bisschen Tarnung.«

»Vielen Dank.« Eliza konnte nicht leugnen, dass die Freundlichkeit dieses Mannes sie berührte. Als er ihr seine Hilfe beim Anziehen anbot, lehnte sie dennoch ab. Sich von Dr. Hennings untersuchen zu lassen war das eine. Er war ein Arzt. Aber ansonsten mied sie es, berührt zu werden. Jede männliche Hand, die sich ihrer Haut näherte, löste in ihr das Bedürfnis aus zurückzuweichen. Jake hatte dieses Verhalten nicht verdient, das war ihr klar. Sie konnte seinem neutralen Gesichtsausdruck nicht entnehmen, ob er ihre Reaktionen auf seine Hilfe persönlich nahm oder sogar als Beleidigung empfand. Mühsam zog sie die Jacke über, stülpte sich die Kapuze über den Kopf und setzte die Sonnenbrille auf. »Okay. Ich bin so weit«, sagte sie und griff nach den beiden Romanen auf dem Nachtschränkchen.

Jake war schneller. Er nahm die Bücher an sich und öffnete die Tür für sie. »Dann los.« Mit einem freundlichen Lächeln ließ er ihr den Vortritt. Langsam schlurfte Eliza durch die Praxis, den großen, ruhigen Mann immer an ihrer Seite. Sie hielt den Blick gesenkt, als sie durch das Wartezimmer gingen, um nach draußen zu gelangen. Ihr Aufzug zog die Neugier der Patienten auf sich, und sie war sich sicher, sie tuschelten über sie. Aber da sie niemand erkennen konnte und ihre Verletzungen sah, war es nicht so schlimm wie sonst. Trotzdem atmete sie auf, als Jake die Beifahrertür seines Pickups hinter ihr schloss.

Er ging um die Motorhaube herum und rutschte hinter das Lenkrad. Dann setzte er seine Sonnenbrille auf und startete den Wagen, der mit einem für ihre Rippen unangenehmen Vibrieren zum Leben erwachte. »Ich werde vorsichtig fahren, weil Sie sich nicht anschnallen können«, erklärte er ihr. »Der Weg nach Sunset Cove ist nicht weit, allerdings nur eine Schotterstraße. Ich will Ihnen wirklich nicht wehtun, aber das wird sich auf diesem Straßenstück nicht vermeiden lassen.«

»Kein Problem«, beruhigte Eliza ihn. »Es wird schon gehen. Sie können mir ja unterwegs die Sehenswürdigkeiten der Gegend zeigen. Das lenkt mich sicher ab.«

»Gute Idee«, murmelte er und rollte langsam vom Parkplatz. »Dass es hier einen Ben & Jerrys gibt, haben Sie ja bereits mitbekommen. Neben der Praxis finden Sie einen Blumenladen und einen Friseur. Und das da«, er wies auf die andere Straßenseite, bevor er eine Lücke nutzte und sich in den träge fließenden Verkehr einreihte, »ist das Fairway.«

»Das Restaurant von Andrews Freundin«, erinnerte sich Eliza. Es sah hübsch aus von außen, verschwand aber schnell aus ihrem Blickfeld, und sie konnte sich nicht umdrehen, weil das ihre Rippen genauso protestieren ließ wie jede Bodenwelle und jedes Schlagloch, das Jake zu umfahren versuchte.

»Wenn Sie wieder fit sind, sollten wir dort essen gehen. Der Codfish ist spektakulär«, fuhr er fort.

Eliza ließ das Fenster herunter und atmete den Geruch des Ozeans und die Hitze des Asphalts ein. Sie genoss den leichten Wind und die wärmenden Sonnenstrahlen. Während Jake sie weiter auf Besonderheiten der Gegend aufmerksam machte, fühlte sie fast so etwas wie – Freiheit. Sie hätte ewig so weiterfahren können. Auf dem Beifahrersitz dieses großen Wagens, leise Rockmusik aus dem Radio und dieser entspannte Mann neben ihr, der sie mit ruhigen, effizienten Bewegungen chauffierte. Seine Stimme war warm und tief. Beruhigend. Eliza mochte Jake Foster, wurde ihr bewusst. Er schien in sich selbst zu ruhen. Völlig mit sich im Reinen zu sein. Zumindest wirkte er nach außen so. Trotzdem konnte sie die Alarmglocke in ihrem Hinterkopf nicht abschalten. Er hatte in den vergangenen Tagen mehr für sie getan, als irgendjemand hätte von ihm verlangen können. Was sie automatisch dazu brachte, über die Gründe dafür nachzudenken. Niemand war völlig selbstlos und so hilfsbereit. Zwischen ihnen stand noch immer ihr Brauerei-Investment. Natürlich war er nett zu ihr. Schließlich wollte er sie davon überzeugen, in sein Projekt einzusteigen. Der Gedanke hinterließ einen bitteren Geschmack in ihrem Mund. Doch sie schluckte ihn hinunter. Was erwartete sie denn? Das Leben war ein Geben und Nehmen. Natürlich war nichts umsonst auf dieser Welt. Und sie hatte ja sowieso vorgehabt, in die Harbour Beach Brewerie zu investieren, wenn sich das lohnte. Nur im Moment war ihr Kopf nicht in der Lage, sich Gedanken über ihre Arbeit zu machen, ganz egal, wie nett Jake zu ihr war.

»Achtung, festhalten«, holte Jake sie aus ihren Gedanken, als er auf eine Schotterpiste abbog, die durch einen dichten Pinienhain führte. Der Duft nach Harz und Wald mischte sich mit der frischen, salzigen Brise vom Meer, und als sie auf dem unebenen Untergrund um eine weite Kurve gerollt waren, tauchte das Sommerhaus der Hunters vor ihnen auf. Sunset Cove.

Eliza hatte bereits von diesem Haus gehört, aber sie war noch nie hier gewesen.

»Es ist ziemlich einsam hier«, erzählte Jake als er ihr die Beifahrertür öffnete und beim Aussteigen half. »Zumindest, wenn Hollys Bruder Jackson und seine Kumpels nicht hier rumhängen«, ergänzte er und zog eine Grimasse, die sie zum Lächeln brachte. »Der Leuchtturm gehört bereits zum National Seashore. Dort treibt sich niemand herum. Und das Haus selbst liegt abseits der meisten Ferienhäuser«, erklärte er weiter.

Eliza blickte zu der Klippe mit dem Leuchtturm hinüber. Sie konnte die Brandung rauschen hören, die gegen die steinigen Felsen schlug. Abgesehen davon war nur das Zanken einiger Möwen zu hören, die sich vom Wind über die Bäume treiben ließen. »Es ist wundervoll hier«, sagte sie und ging langsam an Jakes Seite auf die zwei Stufen zu, die zum imposanten, zweiflügeligen Eingangsportal führten. Das Sommerhaus verfügte über zwei Giebel und war mit den für Cape Cod typischen, im Laufe der Jahrzehnte zu einem weichen Grau verblichenen Zedernschindeln verkleidet. Weiße Sprossenfenster und graue Fensterläden ergänzten die Fassade, die Sunset Cove mit so vielen Gebäuden in dieser Gegend gemein hatte. Eliza ließ ihren Blick über die linke Stirnseite des Gebäudes schweifen, an der sich ein Turm erhob, der von einem Witwenausguck gekrönt wurde. Die rechte Hausseite hingegen bestand aus einem Wintergarten. Bereits von außen ließ sich eine Vielzahl exotischer Pflanzen erkennen, die unter dem Glas wie ein kleiner Dschungel wirkten.

»Warten Sie, bis Sie die Terrasse sehen«, sagte Jake und tippte den Türcode ein. »Ich führe Sie erst unten herum, dann müssen Sie nicht noch einmal die Treppe runtergehen, nachdem ich Ihnen Ihr Zimmer gezeigt habe. Bestimmt wollen Sie sich erst mal ausruhen.« Er schob die Tür auf und ging ihr voraus durch den großzügigen Eingangsbereich in den offenen Wohnsalon. »Hier drüben haben wir die Küche.« Er nickte nach rechts. »Und hier das frühere Maleratelier von Georgina Hunter und eine kleine Bibliothek. Den Raum darüber«, er meinte offenbar den Turm mit dem Witwenausguck, »nutzen wir eigentlich nicht.« Was vermutlich so viel bedeutete wie: Halt dich von dort fern. Der Bereich geht dich nichts an.

»Kein Problem. Wenn ich mir ein paar Bücher aus der Bibliothek nehmen darf, bin ich voll und ganz zufrieden.« Wenn die Zombieapokalypse vorbei war, brauchte sie unbedingt Nachschub.

»Holly hat die Regale bei ihrem Einzug vollgestopft. Die altehrwürdigen, inzwischen ziemlich angestaubten Klassiker haben wahrscheinlich eine Existenzkrise erlitten bei all den schreiend bunten Covern und Buchtiteln. Wenn Ihnen apokalyptische Weltuntergangsszenarien gefallen, gibt es hier jede Menge Lesestoff für Sie.« Er ging weiter voraus, durch den Wohnsalon auf die Rückseite des Hauses, die aus einer großen Glasfront bestand und den Blick auf ein atemberaubendes Szenario freigab. Jake öffnete die Tür, die auf die Terrasse führte, und Eliza konnte sich ein »Wow!« nicht verkneifen. Sie folgte Jake nach draußen und legte ihre Hände auf das raue, hölzerne Geländer, das die Terrasse umschloss. Auf der linken Seite der Bucht erhob sich der Leuchtturm majestätisch in den sommerblauen Himmel. Auf der rechten Seite wurde sie von einer sanfteren Klippe begrenzt. Der halbmondförmige Sandstrand dazwischen lag unberührt vor ihr. Der Ozean hatte ein paar große Äste ans

Ufer gespült. Und als sie den Blick hob, musste sie die Augen zusammenkneifen, so sehr blendete sie die unendliche Wasserfläche, die im grellen Sonnenlicht funkelte wie ein Tuch aus Diamanten.

»Ich habe nicht zu viel versprochen, oder?« Jake grinste über das ganze Gesicht. »Meine Lieblingszeit ist der frühe Morgen.« Er beugte sich ein wenig zu ihr herüber und erzählte ihr davon, als vertraue er ihr ein Geheimnis an. »Wenn die Sonne sich gerade erst über den Horizont hebt und es hier draußen noch richtig kühl ist, setze ich mich gerne mit einem Kaffee auf die Treppe zum Strand und genieße die Stille.«

In Elizas Magen breitete sich ein zartes Kribbeln aus. Sie konnte sich vorstellen, wie er da saß. Vielleicht in einem alten T-Shirt und Jeans. Die Haare vom Schlaf zerzaust und die Füße nackt auf den sandigen Holzplanken. Eliza presste die Hand auf ihren Bauch. Ihre Reaktion auf diese Vorstellung fühlte sich mehr als unangemessen an. Sie wollte sich Jake Foster nicht auf diese Weise vorstellen. Sie wollte ihn sich überhaupt nicht vorstellen.

Jake sah sie von der Seite an. Er betrachtete ihre Hand, die sie auf ihren Magen presste, und interpretierte sie falsch. »Sie haben Schmerzen, nicht wahr? Ich zeige Ihnen Ihr Zimmer, und dann lasse ich Sie ein wenig ausruhen. Ich muss sowieso zurück zur Arbeit. Kommen Sie mit.« Er drehte sich um und kehrte ins Wohnzimmer zurück. Nicht ohne Bedauern warf Eliza einen letzten Blick in die Bucht hinunter und folgte ihm dann langsam. Sie stiegen die Treppe in das Obergeschoss hinauf, und Jake führte sie bis ganz ans Ende des Flurs, wo er die letzte Tür öffnete. »Dieses Zimmer ist das am ruhigsten gelegene im ganzen Haus. Wir hoffen, Sie können sich hier erholen.« Er gab ihr keine Zeit, sich umzusehen, sondern schritt zielstrebig auf die Tür zu, die zu einem umlaufenden Balkon führte, und öffnete sie. Der Blick von hier oben stand dem von der Terrasse aus in nichts nach. »Ich habe mir gedacht, Sie wollen sich in den nächsten Tagen nicht unbedingt dem Trubel aussetzen, der normalerweise bei uns herrscht. Also habe ich Ihnen einen Liegestuhl hier hochgebracht, damit Sie die Sonne trotzdem genießen können.«

»Oh, Jake«, entfuhr es ihr. Sie atmete einmal tief durch und schluckte ihre Überraschung. »Das ist wirklich sehr nett. Vielen Dank«, fuhr sie in einem neutraleren Tonfall fort.

»Danken Sie mir nicht«, gab er zurück, und seine Stimme hatte einen rauen Unterton angenommen. »Werden Sie einfach nur wieder so schnell wie möglich gesund.« Er drehte sich abrupt um und kehrte in ihr Zimmer zurück. »Holly hat Ihnen Kleidung zusammengesucht und in die Kommode gelegt. Handtücher und alles Weitere finden Sie im Bad. Und das ist Jacksons alter Laptop. Paul meinte, Sie brauchen einen PC, um arbeiten und mit Ihrer Firma Kontakt halten zu können.« Er legte die Hand auf den Laptop auf der Kommode, der mit Aufklebern diverser Computerspiele verziert war. »Er ist nicht besonders schnell, aber er funktioniert. Und jetzt muss ich zurück zur Arbeit«, schloss er seinen kleinen Vortrag. »Meine Handynummer, die Nummer der Praxis und die von Holly liegen auf Ihrem Nachttisch.« Jake Foster gehörte offenbar zu den Menschen, die an alles dachten.

»Danke«, sagte Eliza noch einmal. Etwas anderes fiel ihr nicht ein.

»Keine Ursache.« Er zog die Augenbrauen nach oben und

legte den Kopf schräg. Richtig, sie sollte sich nicht ständig bei ihm bedanken. Dann wandte er sich zum Gehen. Die Hand auf dem Türknauf drehte er sich noch einmal zu ihr um. »Fast hätte ich es vergessen: Holly will wissen, ob Sie irgendeine Lebensmittelallergie haben oder irgendein Gericht nicht mögen.«

»Nein.« Eliza schluckte den Kloß hinunter, den all die Fürsorge in ihrem Hals hinterließ. »Ich bin sehr unkompliziert und mag praktisch alles.«

»Wunderbar. Warum ruhen Sie sich nicht aus, und ich gehe arbeiten. Wir sehen uns dann später.«

Eliza lauschte auf seine Schritte. Den Flur entlang, die Treppe hinunter. Sie hörte das leise Zuschlagen der Haustür und das Anspringen des Motors seines Pick-ups. Nur ein paar Sekunden später war sie allein. Allein mit der sanften Brise, die die Vorhänge bauschte, und der Brandung, die in einem hypnotisierenden Rhythmus gegen die Felsen der Klippe schlug.

*

Als Jake an diesem Abend nach Sunset Cove zurückkehrte, fand er Holly und Andrew in der Küche. Sie fuhren auseinander, als sie ihn hereinkommen hörten. »Hey«, grüßte Holly ihn. »Wie war dein Tag?«

»Ganz okay.« Jake hatte im Moment keine Lust, die Details zu diskutieren. Weder seine Sorge, weil er noch immer keinen Investor gefunden hatte, noch Eliza, die permanent durch seine Gedanken geisterte. »Wo steckt Jackson?«, fragte er stattdessen.

»Mit Potter am Strand«, antwortete Andrew und nippte an seiner Bierflasche. »Er fand es eklig, seiner Schwester beim Rummachen zusehen zu müssen. Seine Worte, nicht meine.«

»Wo er recht hat«, zog Jake ihn auf und fing das Küchentuch, das Holly nach ihm warf. »Wann beginnt das große Segelabenteuer?«, fragte er.

»Jackson und seine Freunde laufen noch heute Nacht mit der Flut aus«, erzählte Holly.

Jake warf das Geschirrtuch, das er gefangen hatte, in Andrews Richtung und nahm sich ein Bier aus dem Kühlschrank. »Hat Eliza sich blicken lassen?«, fragte er und versuchte, so zu tun, als ob es ihn nicht übermäßig interessierte.

»Das ist also der Name unseres geheimnisvollen Gastes?« Holly hob die Augenbrauen. »Wir nähern uns dem Ziel.«

Andrew seufzte, schlang ihr das Geschirrtuch um den Hals und zog sie zu einem zärtlichen Kuss zu sich heran. »Ihr Name ist Eliza Woodward«, sagte er. »Und es bleibt bei dem, was wir gesagt haben. Lass sie in Ruhe.«

»Habe ich doch versprochen. Aber sag mal: Eliza Woodward?« Holly drehte sich zu Jake um. »Ist das nicht die Investorin, die dich ein paarmal hat hängen lassen?«

Jake verdrehte innerlich die Augen. Zeit für einen Themawechsel. »Wird das Lasagne? Jacksons Lieblingsessen zum Abschied?«, fragte er mit Blick auf die Zutaten, die bereits auf der Kücheninsel ausgebreitet lagen.

»Ha! Sie ist es.« Holly stieß mit ihrem Zeigefinger gegen Jakes Brustkorb. »Aber ich bin die Geduld in Person. Ich werde hier niemanden um Informationen anbetteln. Ich bin nicht neugierig.« Mit einem diabolischen Glitzern hielt sie Jake zwei Zwiebeln hin. »Und ja, es gibt Lasagne. Und diese beiden haben nur darauf gewartet, von dir geschält und gewürfelt zu werden.«

Andrew wischte sich hinter Hollys Rücken den imaginären Schweiß von der Stirn und grinste Jake entschuldigend an.

»Du kommst nicht davon«, sagte Holly, während sie zu ihm herumwirbelte. »Da ist noch genug Gemüse, das für den Salat geschnippelt werden muss.«

»Ja«, sagte Andrew lang gezogen und prostete seinem Freund zu. »Aber nichts, was mich heulen lässt wie ein kleines Mädchen.«

Jake stellte sein Bier auf die Küchenzeile und nahm ein Messer aus der Schublade. Damit schälte er die Zwiebel und begann dann, sie sorgfältig zu würfeln. Er alberte mit seinen Freunden herum, während ihm die Zwiebeltränen über die Wangen liefen. Genau so wollte er sein Leben. Mit Freunden kochen. Ein Bier trinken und über den Tag reden. Hollys vor Glück strahlende Augen sehen, wann immer sie Andrew anblickte. Das verliebte Grinsen seines Freundes. Er könnte es gut eine Weile in einer WG mit den beiden aushalten, trotzdem schweiften seine Gedanken immer wieder zu ihrem Hausgast, ließen ihn einfach nicht los. »Ich sehe mal nach Eliza«, sagte er, nachdem alle Schnippelarbeiten zur Zufriedenheit ihrer Chefköchin erledigt waren. Er wusch sich über der Spüle die Hände und das Gesicht und lief die Treppe hinauf. Elizas Tür war, wie nicht anders zu erwarten, geschlossen. Er klopfte, und es dauerte eine Weile, bis von drinnen ein leises »Ja« erklang. So als hätte Eliza überlegt, ob sie überhaupt antwortete. »Ich bin es, Jake«, sagte er und wartete.

Als sie ihm schließlich öffnete, scannte Jake ganz automatisch ihre Verletzungen. Natürlich hatten sie sich seit dem Morgen nicht verändert. »Wie geht es Ihnen?«, fragte er trotzdem.

»Ganz gut«, antwortete sie und sah zur Seite. Ein sicheres Zeichen, dass sie log.

Jake sah an ihr vorbei. Die Überdecke ihres Bettes lag auf dem Liegestuhl auf dem Balkon. Gut, dann hatte sie zumindest ein wenig die frische Luft genossen. Auf der Kommode stapelten sich ein paar von Hollys Büchern, die sie sich aus der Bibliothek geholt haben musste, und Jacksons alter Laptop stand aufgeklappt und eingeschaltet auf dem Bett. »Sie haben sich ein wenig eingerichtet, wie ich sehe.«

»Hmm«, gab sie einsilbig zurück. Er konnte ihre Müdigkeit und die Schmerzen in den Linien sehen, die sich tief um ihre Mundwinkel in die Haut gegraben hatten.

»Holly kocht. Wenn Sie möchten, leisten Sie uns doch Gesellschaft«, schlug er vor.

Eliza senkte den Blick und schwieg einen Moment. »Ich möchte nicht undankbar erscheinen.« Sie schluckte. »Denken Sie, Holly würde es mir übel nehmen, wenn ich nicht ...« Sie hob den Blick und sah Jake an. »Würden Sie es mir übel nehmen, wenn ich lieber hierbleibe?«, ergänzte sie.

»Aber nein.« Jake legte ihr beruhigend die Hand auf die Schulter – wie er es bei jedem anderen ohne nachzudenken getan hätte. Er wusste im selben Moment, in dem seine Hand auf den warmen Stoff ihres Sweatshirts traf, dass er einen Fehler gemacht hatte. Eliza zuckte unter seiner Berührung zusammen und machte einen Satz zurück. Die Bewegung war mit Sicherheit eine Qual für ihre gebrochenen

Rippen, denn ihr Gesicht verzog sich vor Schmerz, und ihre Augen wurden feucht.

Jake zog seine Hand zurück, als hätte sie Feuer gefangen, und verpasste sich innerlich einen Fausthieb. Was war er nur für ein Idiot. »Es tut mir leid, Eliza«, sagte er leise und hob seine Hände zu einer beschwichtigenden Geste. »Ich habe nicht nachgedacht. Das Letzte, was ich wollte, war, Sie zu erschrecken.« Er wollte, dass sie ihn mochte. Dass sie ihm vertraute.

Sie schluckte und nickte knapp.

Jake hatte keine Ahnung, ob er zu ihr durchdringen würde, aber er musste es zumindest versuchen. Er musste ihr sagen, dass er nicht ihr verdammter Ehemann war. »Eliza, ich werde manchmal wütend. Ich habe auch schon mal jemanden angebrüllt. Aber niemals, nie in meinem Leben, werde ich meine Hand gegen eine Frau erheben. Ich weiß, es fällt Ihnen schwer zu vertrauen. Mir ist auch klar, dass Sie diese Reflexe genau wie die Angst nicht einfach so abstellen können. Aber Sie müssen wissen, ich würde Ihnen niemals wehtun. Nie.« Doch sie blieb einfach stehen und mied seinen Blick, ohne ein Wort zu sagen. Jake öffnete den Mund, denn es gab so viel, was er ihr erklären, um was er sie bitten wollte. Doch dann schloss er ihn wieder, fuhr sich frustriert durch die Haare und trat den Rückzug an. Was wahrscheinlich in der momentanen Situation das Beste war. »Ich bringe Ihnen etwas zu essen, sobald die Lasagne fertig ist«, versprach er ihr, drehte sich um und schloss die Tür leise hinter sich. Kaum stand er allein auf dem Flur, stieß er die Luft aus und rieb sich mit der Hand über den Nacken. Einen Schritt vorwärts, dachte er, zwei Schritte zurück. Ob Eliza sich jemals dazu durchringen würde, ihm zu vertrauen? Und falls ja, was würde er mit diesem Vertrauen anfangen?

*

Eliza kehrte auf den Balkon zurück, ließ sich auf die Liege sinken und zog die Decke um sich herum. Sie fror. Erbärmlich. Und sie wusste, die Kälte kam aus ihrem Inneren. Würde sie jemals normal reagieren können? Auf Zuneigung? Freundlichkeit? Sie wünschte sich nichts so sehr wie ein normales Leben. Von ihrem Platz auf dem Balkon aus hatte sie eine Weile einen Teenager und seinen Hund am Strand beobachtet, in deren Leben es keine Sorge zu geben schien. Was würde sie dafür geben, jemals so unbeschwert und frei zu sein. Sie wusste, das würde nie geschehen. Dazu war der Ballast, den sie mit sich herumschleppte, einfach zu groß. Aber ausgerechnet Jake gegenüber so zu reagieren war furchtbar. Er hatte so viel für sie getan, war so nett und rücksichtsvoll. Und sie zuckte vor einer Geste, die jeder andere als normal empfinden würde, zurück, als habe er vorgehabt, sie zu schlagen. Aber genau das war es, was sie gedacht hatte, als er seine Hand gehoben hatte, um sie auf ihre Schulter zu legen. Am meisten verwirrte sie allerdings, wie sich diese Berührung angefühlt hatte. Seine Hand hatte für einen kurzen Moment schwer und tröstlich auf ihrer Schulter geruht. Eliza konnte die Wärme, die er hinterlassen hatte, noch immer spüren. Sie war von seiner Hand durch die dünne Baumwolle ihres Shirts gedrungen und hatte ihre Haut gewärmt, wie es die Sonne den Tag über getan hatte. Eliza konnte sich nicht daran erinnern, die Berührung eines anderen Menschen schon einmal als so heilsam empfunden zu haben. Trotz der Angst, die sie hatte zurückzucken lassen, ehe sie es hatte verhindern können.

Als es eine Weile später wieder an ihrer Tür klopfte, blieb sie einfach sitzen. Erst als sich Jake gemeinsam mit Andrew und der rothaarigen Frau, die sicher Holly war, und dem Teenager, vermutlich ihrem Bruder, auf der Terrasse zum Dinner zusammengesetzt hatten, erhob sie sich von ihrem Platz und spähte auf den Flur hinaus. Vor der Tür hatte jemand einen Hocker platziert, auf dem ein Tablett mit einem Teller Lasagne, die ihr das Wasser im Mund zusammenlaufen ließ, stand. Daneben befanden sich ein kleiner Teller Salat und ein Glas Rotwein. Eliza konnte nicht verhindern, dass ihre Augen sich abermals mit Tränen füllten. Jake hatte das Essen nicht einfach vor ihrer Tür auf den Boden gestellt. Er hatte daran gedacht, dass sie sich mit ihren gebrochenen Rippen nicht würde bücken können. Dieser Mann war wirklich mehr, als sie verdient hatte. Vorsichtig trug sie das Tablett auf den Balkon hinaus und stellte es auf die Sonnenliege. Sie setzte sich daneben und aß die Lasagne, während sie den glücklichen, zufriedenen Menschen auf der Terrasse dabei zusah, wie sie den Abend verbrachten. Ihre Unterhaltung brach niemals ab, und wieder und wieder wurde sie von lautem Lachen unterbrochen. Eliza konnte nicht hören, worüber sie sprachen, aber sie hatte plötzlich den Wunsch, zu so einer Gruppe zu gehören, Freunde zu haben, die mit- und übereinander lachen konnten und deren Gespräche niemals abebbten. Ein Verlangen, das sie noch nie zuvor gespürt hatte. Erst als die Sonne begann, hinter dem Horizont zu verschwinden, und die Tischgesellschaft sich auflöste, erhob Eliza sich von ihrem stillen Beobachtungsposten und kehrte in ihr Zimmer zurück. Andrew und seine Freundin waren die Treppen zum Meer hinuntergestiegen und liefen eng umschlungen am Strand entlang. Immer wieder blieben sie stehen, um sich zu küssen. Sie hatten ein wenig Privatsphäre verdient, wenn sie Eliza schon in ihrem Zuhause aufnahmen. Um die Stille um sich herum zu vertreiben, schaltete Eliza den Fernseher ein. Sie platzierte die Kissen auf ihrem Bett so, dass sie eine möglichst bequeme Position fand und griff nach einem der Thriller, die sie sich in der Bibliothek ausgesucht hatte. Als die Erschöpfung sie übermannte, schloss sie einfach die Augen und schlief bei laufendem Fernseher und eingeschaltetem Licht einfach ein.

In ihrem Traum kehrte Greg auch in dieser Nacht zu ihr zurück, und Eliza schrak mit wild klopfendem Herzen auf. Er hatte ihr abermals gedroht, ihr Leben – und sie selbst – zu zerstören. Sie hoffte, dieses Mal nicht geschrien zu haben, wie letzte Nacht in der Klinik. Da niemand an ihre Tür klopfte und fragte, ob mit ihr alles in Ordnung war, nahm sie an, leise genug gewesen zu sein. Eliza schaltete den Fernseher aus, ließ das Licht aber brennen. Sie wusste, dass in dieser Nacht nicht mehr an Schlaf zu denken sein würde. Dann starrte sie an die Decke, bis das Haus in der Morgendämmerung leise zum Leben erwachte. Sie hörte eine Dusche, leise Fußtritte und Türen, die geöffnet und geschlossen wurden. Eine Weile widerstand Eliza ihrer Neugier, doch dann gab sie ihr nach. Mühsam erhob sie sich, zog die Bettdecke wie eine wärmende Stola um sich und trat auf den Balkon hinaus. Sie blickte nach unten, und da war er. Jake. Er saß, wie er es ihr erzählt hatte, auf der obersten Stufe der Strandtreppe, und nippte an einem Kaffeebecher. Sein Blick ruhte auf den Tidentümpeln, die die Ebbe hinterlassen hatte. Und er sah genau so aus, wie Eliza ihn sich vorgestellt hatte. Jeans und T-Shirt. Die Füße barfuß, und seine Haare erweckten den Eindruck, als wäre er gerade erst mit den Händen hindurch gefahren. So, als hätte er ihren Blick in seinem Rücken gespürt, drehte er sich um und schaute zu ihr hoch. Ihre Blicke trafen sich. Seine Lippen verzogen sich zu einem kleinen Lächeln, und er hob die Hand zum Gruß. Wie von selbst hob sich Elizas Hand, und sie winkte zurück. Dann trat sie in die Schatten ihres Zimmers zurück und legte die Hand auf ihr Herz, dass laut und ein kleines bisschen zu schnell klopfte.

*

Eine Woche lang fühlte sich Eliza wie der Hausgeist von Sunset Cove. Ein Schatten, der durch die Räume strich, wenn alle anderen für den Tag verschwunden waren. Sobald die Bewohner zurückkehrten, zog sie sich in ihr Zimmer zurück und beobachtete von ihrem sicheren Platz auf dem Balkon aus das Leben unter sich. Jake, Andrew und Holly verbrachten die meisten der warmen Sommerabende ebenfalls draußen. Sie aßen auf der Terrasse, tranken zum Abschluss des Tages ein Bier oder ein Glas Wein. An einem Abend kam Niclas in Begleitung einer Frau zu Besuch. Eliza wusste ihren Namen nicht, erinnerte sich aber vage an sie. Sie hatte sie auf dem Thanksgiving Empfang der Hunters gesehen. Und sie war in den Skandal verwickelt gewesen, der im vergangenen Herbst die Bostoner Justiz erschüttert hatte. Niclas hatte ihren Freispruch bewirkt, und die beiden waren seitdem offenbar ein Paar.

Andrew überprüfte Elizas Verletzungen jeden Tag, Jake brachte ihr das Dinner, das er vor ihrer Tür abstellte. Sie hatten nicht mehr miteinander gesprochen, seit er seine Hand auf ihre Schulter gelegt hatte. Eliza gestand sich ein, dass sie Jake gern wiedergesehen hätte – und wenn es nur war, um sich für ihre Reaktion auf seine Berührung zu entschuldigen. Denn sie hatte sie nicht nur erschreckt. Sie war auch warm und tröstlich gewesen. Und das war etwas, womit Eliza nicht umgehen konnte. Jake hingegen warf immer wieder verstohlene Blicke zu ihr herauf, so als wolle er sich versichern, dass es ihr gut ging. Er lachte, umarmte seine Freunde, alberte mit ihnen herum. Sein Verhalten schien so natürlich, so selbstverständlich. Sie beneidete nicht nur ihn, sondern alle ihre Mitbewohner um ihre innige, liebevolle Art im Umgang miteinander. Ihre offensichtliche Zuneigung.

Eliza erledigte einige unaufschiebbare Arbeiten für ihre Firma von Jacksons Laptop aus. Doch die meiste Zeit verbrachte sie damit, auf den Ozean hinauszuschauen und die Romane zu verschlingen, die sie sich immer wieder in der Bibliothek aussuchte, und an den späten Abenden hörte sie oft jemanden Gitarre spielen. Die Melodien – hauptsächlich Klassiker aus den Siebzigern und Achtzigern – waren über das Rauschen der Brandung hinweg nur sehr leise zu hören. Eliza wickelte sich dann jedes Mal in ihre Bettdecke und kuschelte sich auf die Sonnenliege auf dem Balkon. Den Blick in den Sternenhimmel gerichtet lauschte sie den Klängen. Vor dem Schlaf graute ihr in jeder Nacht. Fast immer erwachte sie aus einem Albtraum, der sie für den Rest der

Nacht wachhielt. Doch ihre Wunden begannen zu heilen, ihre Hämatome verblassten langsam.

Es wurde Zeit, ihr Exil zu verlassen. Sie nahm den Zettel vom Nachttisch, auf dem Jake seine und die Nummern und Mailadressen seiner Freunde hinterlassen hatte, und zog den Laptop zu sich heran. Sie rief ihr E-Mail-Programm auf und öffnete eine neue Nachricht, die sie an Holly adressierte. *Hallo Holly, ich muss Ihnen von ganzem Herzen für Ihre Gastfreundschaft danken. Sie haben so viel für mich getan, ohne mich überhaupt zu kennen. Es ist mir so unangenehm, Sie um einen weiteren Gefallen bitten zu müssen, aber können Sie mir Make-up besorgen? Vielen Dank, Eliza Woodward.*

Eliza schickte die Mail ab und biss sich unbehaglich auf die Unterlippe. Hoffentlich war sie nicht zu unverschämt.

Nur wenige Sekunden später ploppte der kleine Briefumschlag auf ihrem Display auf, der den Eingang einer Nachricht signalisierte. *Schön, ein Lebenszeichen von Ihnen zu lesen, Eliza. Natürlich besorge ich Ihnen Make-up. Das mache ich doch gern. Irgendwelche speziellen Wünsche? Herzlichst, Holly.*

Eliza betrachtete die Spiegelung ihres Gesichts im Laptop-Display. Ihre Finger schwebten über den Tasten. Einen Moment zögerte sie, dann schluckte sie und tippte: *Ich nehme das mit der höchsten Deckkraft, das Sie finden können.* Ehe sie es sich anders überlegen konnte, drückte sie auf Senden und klappte den Laptop zu.

12

Holly schritt langsam das Make-up-Regal ab. Sie war nicht dumm. Und sie konnte eins und eins zusammenzählen. Also hatte sie nach Eliza Woodwards Mail das getan, was sie am besten konnte: Sie hatte gehandelt. Was bedeutete, dass Andrew und Jake sich für heute Abend eine Beschäftigung suchen mussten. Sie vermutete, dass sie den Grill auf Niclas' Terrasse anwerfen würden, während Marie den Abend in Sunset Cove verbrachte. Ihren Bruder hätte Holly ebenfalls ausquartiert, wenn er nicht sowieso vor ein paar Tagen zu einem Segeltörn die Ostküste hinunter aufgebrochen und für die nächsten Wochen außer Haus wäre. Heute war Mädelsabend. Auch wenn der Grund dafür kein angenehmer war. Marie und sie hatten schon so viel erlebt. So viel durchgemacht. Wenn Eliza Woodward beschloss, ihr Zimmer zu verlassen, sollten nur Menschen um sie herum sein, die verstanden, was es hieß, wenn jemand versuchte, nicht nur dein Leben, sondern auch dich selbst zu zerstören.

Sie hielt ihr Handy neben die Make-up-Tuben und verglich die Farbschattierungen mit dem Teint auf dem Foto von Eliza, das sie gegoogelt hatte. Die Frau war wunderschön. Ein wenig unterkühlt vielleicht, aber das war nur die äußere Hülle. Ihre Haut war zart und hell und ihre Augen von einem wunderschönen dunklen Blau, das je nach Foto violett schimmerte. Sie war klein, regelrecht zart, ihr blondes Haar meist zu einem akkuraten Knoten aufgesteckt. Holly zog eine Make-up-Tube aus dem Regal und trat damit an die großen Fenster an der Ladenfront, um es im Tageslicht besser mit dem Bild vergleichen zu können. Sie würde lügen, wenn sie behauptete, Andrews geheimnisvoller Gast hätte sie nicht neugierig gemacht. Eine Frau, die in ihrem Haus lebte, versteckt im ersten Stock wie ein Geist – oder eine flüchtige Verbrecherin. Wessen Fantasie würde das nicht beflügeln? Aber seine Andeutungen und Jakes gigantischer Beschützerinstinkt hatten ihr zu denken gegeben. Spätestens nachdem die Männer sie gebeten hatten, Eliza bei Gelegenheit von Maries und ihren schrecklichen Erlebnissen im vergangenen Jahr zu erzählen, wusste sie, woher der Wind wehte. Und die Mail, die ihr Hausgast ihr heute geschrieben hatte, hatte dafür gesorgt, dass sich ihr Magen zusammenzog und ihr für einen Moment die Luft wegblieb. Scheiße, das war alles, was sie denken konnte, als sie auf die Worte starrte, zwischen deren Buchstaben ganz klar herauszulesen war, was der Frau zugestoßen war.

Ich nehme das mit der höchsten Deckkraft, das Sie finden können.

Im Drug Store in Eastham hatte Holly nicht finden können, was Eliza brauchte. Die Schminke, die es hier gab, war viel zu schwach und durchscheinend. Also war sie nach Hyannis gefahren. Der Laden hier führte bessere Marken, die versprachen, Hautunreinheiten und Pickel perfekt abzudecken. Was hoffentlich auch für blaue Flecken galt. Sie hielt ein weiteres Fläschchen neben das Foto auf ihrem Handy. Sie konnte sich nicht entscheiden und kaufte einfach beide Varianten. Eliza musste ausprobieren, welche besser zu ihrem Hauttyp passte. Mit der kleinen Papiertüte in der Hand verließ sie den Drug Store und hielt kurz darauf am Supermarkt. Eliza war im Moment offenbar so schreckhaft wie ein scheues Reh. Deshalb wollte Holly den Abend so angenehm wie möglich gestalten. Denn heute würde die Frau aus ihrem Schneckenhaus kriechen, sonst hätte sie ja nicht nach dem Make-up gefragt.

Als Holly nach Sunset Cove zurückkehrte, schleppte sie ihre Einkäufe ins Haus und begrüßte Potter, der am Fenster gedöst hatte und nun voller Begeisterung aufsprang und sie mit seiner Liebe überschüttete. Holly ließ sich auf die Knie sinken, um ihn zu kraulen und seinen Bauch zu streicheln, als er sich wie ein nasser Sack auf den Rücken fallen ließ. Als der Hund genug hatte und sich wieder zu seinem Aussichtsplatz am Fenster trollte, erhob sich Holly, griff nach der Make-up-Tüte und stieg die Treppe hinauf. Die Tür zu Elizas Zimmer war geschlossen, wie sie es an jedem der vergangenen Tage gewesen war. Holly klopfte und lauschte einen Moment. Drinnen war kein Laut zu hören. »Ich bin es, Holly. Ich habe Make-up besorgt und hänge es an die Tür.« Sie schwieg einen Moment, erhielt aber keine Antwort. »Heute Abend ist das Haus übrigens männerfrei. Meine Freundin Marie und ich werden auf der Terrasse sitzen, bunte Frauengetränke trinken, typisches Frauenzeugs essen und über Frauendinge reden. Und wir würden uns sehr über Gesellschaft freuen.«

Holly glaubte, eine leises »Danke« durch die Tür zu hören. Für einen Moment legte sie ihre Hand gegen das kühle, weiß lackierte Holz und ließ den Kopf hängen. Sie hoffte, dass ihre

Einladung Eliza ihre Entscheidung, endlich aus ihrem Zimmer zu kommen, erleichterte. »Bis später«, rief sie und kehrte ins Erdgeschoss zurück.

Sie öffnete die Terrassentüren und ließ die leichte Brise und die Sonne ins Haus. Dann suchte sie auf ihrem Handy eine Playlist mit Songs, die gute Laune machten, und verband es mit dem Bluetooth-Lautsprecher in der Küche. Sie räumte die Einkäufe auf und legte die Zutaten für Erdbeermargarita zurecht. Gerade, als sie dabei war, ein paar frische Dips zusammenzurühren, trat Marie mit Sam an ihrer Seite in die Küche. Der Hund holte sich eine kurze Streicheleinheit von Holly ab, wurde aber ziemlich schnell von Potter abgelenkt, der ihm mit einem seiner Spielzeuge entgegenkam: einem Seil, mit dem er offenbar Tauziehen spielen wollte. Sam folgte ihm nach draußen, während Marie eine Flasche Weißwein auf die Kücheninsel stellte und Holly zur Begrüßung umarmte. »Hey.«

»Danke, dass du gekommen bist«, sagte Holly.

»Das ist doch gar kein Thema. Wie wird der Abend ablaufen?« Sie setzte sich auf einen der Barhocker, griff nach einem Karottenstift und biss ab.

Holly setzte sich ihr gegenüber und schob sich die Locken hinter das Ohr. »Ich weiß es nicht. Bis jetzt habe ich nichts von ihr gesehen. Wir verhalten uns einfach so wie immer, setzen uns auf die Terrasse und genießen den Abend. Irgendwann wird sie runterkommen, da bin ich mir ganz sicher. Und dann …« Sie zuckte mit den Schultern. »Dann lassen wir einfach unsere Intuition das Kommando übernehmen.«

»Klingt nach einem Plan.« Marie nickte. »Ein schönerer Anlass für diesen Abend wäre mir lieber, aber …«

»Noch können wir über deine Hochzeit reden.« Holly grinste und schob eine Gurke und ein Schneidebrett über die Kücheninsel. »Schneide die, während du mich auf den neuesten Stand bringst.«

*

Eliza stand auf dem Balkon und blickte auf die Terrasse hinunter. Es war, wie Holly gesagt hatte. Sie war mit ihrer Freundin Marie und den beiden Hunden allein. Die Frauen hatten es sich am Tisch auf der Terrasse gemütlich gemacht. Leise Klubmusik drang mit Fetzen ihrer Unterhaltung zu ihr herauf. Eliza wollte das. Eigentlich war sie bereit, über ihren Schatten zu springen, und doch konnte sie sich nicht überwinden, über die Schwelle zu treten. Sie kehrte in ihr Zimmer zurück, betrachtete ihr Gesicht im Spiegel. Holly hatte ihr zwei Make-ups besorgt, die erstaunlich gut zu ihrem Hautton passten. Die Schminke verdeckte die schlimmsten Hämatome, aber es konnte niemanden, der genauer hinsah, täuschen. Ihr linkes Auge war noch immer geschwollen, und die Stelle, an der Greg ihr Kinn mit dem Schuh erwischt hatte, ließ sich mit nichts übertünchen. Eliza dachte an ihre bösartigen Cousinen und wie sie sich die Mäuler über sie zerreißen würden. Jake und Andrew hatten gesagt, dass Holly wundervoll war. Und hatte sie das nicht längst selbst gespürt? Was konnte schon passieren? Schlimmstenfalls würden die Frauen sie anstarren und hinter ihrem Rücken über sie tuscheln. Das war im Moment alles, was sie zu verlieren hatte. So schön ihr Zimmer auch war, langsam fiel ihr die Decke auf den Kopf. Und Holly hatte sich so bemüht, hatte schon so viel für sie getan. Sie war es ihr irgendwie – schuldig –, ihren Hintern endlich hochzubekommen. Sie atmete so tief ein, wie ihre Rippen es erlaubten – und ließ die Luft langsam wieder aus ihren Lungen entweichen. »Sei kein Feigling«, flüsterte sie ihrem Spiegelbild zu. Dann drehte sie sich langsam um und durchquerte das Zimmer. Ohne noch einmal zu zögern, öffnete sie die Tür und trat in den Flur hinaus. Sie war auf dem Weg zu einem Frauenabend. Was auch immer sie erwarten würde.

Als sie auf die Terrasse trat, blickte Holly auf – und lächelte sie breit an. »Hey, da bist du ja«, sagte sie gut gelaunt, als hätte sie schon eine Ewigkeit auf Eliza gewartet, die nur zu lange gebraucht hatte, sich die Nase zu pudern.

»Hallo.« Elizas Stimme klang rau. Unbehaglich räusperte sie sich, nicht sicher, was sie als Nächstes tun sollte. Also blieb sie einfach stehen.

»Hi.« Die andere Frau erhob sich und drehte sich zu ihr um. Sie war groß, das war ihr schon auf dem Empfang der Hunters im November aufgefallen. »Ich bin Marie. Wir sind uns schon mal ganz kurz begegnet, in Boston. Aber wir hatten noch nicht die Gelegenheit, uns näher kennenzulernen. Ich lebe mit Niclas in einem Cottage, hier ganz in der Nähe. Und Holly«, sie nickte ihrer Freundin mit den wilden roten Locken zu, »ist momentan die Hausherrin in Sunset Cove.«

Holly, die gerade einen Schluck von ihrem Cocktail trinken wollte, prustete ins Glas, und musste es dann abstellen, um den Kopf zu einem herzhaften Lachen in den Nacken zu werfen. »Der war gut.« Sie wies mit dem Finger auf Marie. »Lass das bloß nicht Miss Georgina hören. Sie würde dir auf der Stelle einen vergifteten Apfel unterschmuggeln.«

Der Vergleich von Andrews und Niclas Mutter mit der bösen Stiefmutter aus Schneewittchen brachte Eliza zum Lächeln.

»Stimmt ja, du kennst sie auch«, fiel Holly ein. Sie schlug sich erschrocken die Hand vor den Mund. »Entschuldige. Manchmal rede ich, ohne vorher nachzudenken. Sie ist natürlich nicht so schlimm ...«

»Ich finde eigentlich, dass das Georgina ziemlich gut beschrieben hat«, unterbrach Eliza die Entschuldigung und brach damit das Eis. Holly und Marie lachten.

»Schön, dass du runtergekommen bist. Komm, setz dich.« Holly winkte Eliza an den Tisch und füllte einen pinkfarbenen Drink aus einem Pitcher in ein Glas und stellte es auf einen der freien Plätze am Tisch. »Erdbeermargaritas, wie es sich für einen anständigen Mädelsabend gehört«, erklärte sie. »Gemüsesticks für die Dips. Aber wenn wir ehrlich sind, essen wir die Soßen lieber mit den Nachos. Wir tun einfach nur so, als wäre all das hier gesund.«

Elizas Kopf begann zu schwirren. Holly hatte etwas von einer – Naturgewalt. Sie schien sich nicht um Förmlichkeiten zu scheren, sondern duzte Eliza einfach. Und redete ohne Punkt und Komma.

Marie lächelte ihr zu. »Holly hat manchmal etwas von einem Hurrikan – einem sehr liebenswerten Hurrikan.« Sie zwinkerte ihrer Freundin über den Tisch hinweg zu. »Die Margarita solltest du aber auf jeden Fall probieren. Meine beste Freundin ist schließlich nicht zufällig eine fantastische Barkeeperin.«

Eliza nahm vorsichtig auf dem Stuhl Platz, vor dem der Drink stand, und wartete, bis der Schmerz verebbte, den ihre Rippen ausstrahlten, und nippte an der Margarita. Kalt und fruchtig explodierte der Geschmack in ihrem Mund. »Hmm«, konnte sie sich nicht verkneifen. »Ich habe keine Ahnung, wann ich das zum letzten Mal getrunken habe. Das schmeckt fantastisch!«

Holly hob ihre Faust über den Tisch, und Marie stieß mit ihrer dagegen. »Sag ich doch«, prahlte sie mit gespielter Selbstgefälligkeit. »Kein Frauenabend ohne eine ordentliche Margarita.«

Nun, da Eliza saß, schob Marie Nachos, Dips und Gemüsestreifen in ihre Richtung. »Schön, dass du uns Gesellschaft leistest«, sagte sie schlicht.

Keine der beiden Frauen war bei ihrem Anblick zusammengezuckt. Sie starrten sie nicht an oder warfen sich verstohlene Seitenblicke zu. Sie behandelten Eliza einfach, als wäre es völlig normal, hier zu sitzen und zusammen einen Drink zu genießen. »Danke für die Einladung.«

»Auf uns.« Holly hob ihr Glas und stieß mit ihnen an. »Du wirst dir ein paar Hochzeitsplanungsgeschichten anhören müssen. Denn wir planen Maries und Niclas' großen Tag«, erklärte sie.

»Tatsächlich?« Eliza setzte ihr Glas langsam ab und sah zu Marie hinüber, die vor Glück zu glühen schien. Soviel sie wusste, hatten Niclas und Marie sich erst im vergangenen Herbst kennengelernt. »Herzlichen Glückwunsch.« Ihr Blick fiel auf Maries völlig unberingte Hände.

»Oh.« Ihr Gegenüber lächelte verträumte und zog eine Kette unter ihrem Shirt hervor, an der ihr Verlobungsring baumelte. Unbehaglich betrachtete Eliza den Diamanten, der im Licht der Kerzen auf dem Tisch glitzerte. Sie fühlte sich nicht wohl dabei, wenn eine Frau sich so kopfüber in eine Ehe stürzte und am Ende vielleicht in der gleichen Hölle landete wie sie selbst.

»Ich bin Gärtnerin. Und ich habe viel zu viel Angst, ihn beim Umgraben oder Einpflanzen oder irgendetwas in der Art zu verlieren«, erklärte Marie, warum sie den Ring nicht am Finger trug.

»Er ist wunderschön«, brachte Eliza pflichtschuldig heraus. Natürlich waren nicht alle Männer wie Greg. Genau genommen war fast niemand wie ihr Mann, und trotzdem hätte sie diese sympathische, ruhige Frau am liebsten angeschrien, nicht diesen Fehler zu machen und in die Falle der Ehe zu tappen.

Marie sah sie an, ihr Lächeln verschwand und machte einem ernsten Blick Platz. So, als wären Elizas Gedanken ihr so klar ins Gesicht geschrieben, dass sie sich unmöglich falsch interpretieren ließen. Ihre Finger schlossen sich um den Ring. »Du denkst, wir kennen uns noch nicht lange genug für so einen großen Schritt«, sprach sie Elizas Gedanken unverhohlen aus.

»Nein, ich … das wollte ich auf keinen Fall sagen«, stotterte Eliza. Sie schloss die Augen. Wie lange hatte sie gebraucht, den schönen Abend dieser beiden Frauen zu zerstören? Zwei Minuten? Drei?

»Weißt du«, statt Eliza anzusehen senkte Marie den Blick auf ihren Drink und drehte das Glas für einen Moment zwischen ihren Händen. »Manchmal hält das Leben Überraschungen für uns bereit, die uns den Boden unter den Füßen wegziehen. Manchmal verpasst es uns einen solchen Schlag, dass wir auf dem Rücken landen und keine Luft mehr bekommen.«

Eliza wusste exakt, wovon sie sprach. Aber wieso kannte Marie dieses Gefühl?

Ehe Eliza fragen konnte, blickte Marie auf, sah sie ernst an und antwortete. »Ich saß vier Jahre unschuldig im Gefängnis.« Sie schnippte mit den Fingern. »Vier Jahre meines Lebens. Einfach verschwunden. Alles was mir geblieben ist, sind furchtbare Erinnerungen. Von der Intrige gegen Niclas hast du wahrscheinlich sogar gehört. Auch sein Leben wurde zerstört. Von Gillian Mulhare. Aber das war noch nicht genug. Als wir all das hinter uns hatten und glaubten, es ginge endlich wieder aufwärts, wurde ich von einem Serienmörder überfallen, der versucht hat, sowohl Niclas als auch mich zu töten.«

Murray Bralvers, erinnerte sich Eliza. Der Name war nach seinem Freispruch lange genug durch die Medien gegeistert.

»Wir haben es überstanden. Zusammen. Wir haben unglaublich viel Zeit verloren. Und fast unser Leben.« Ihr Gesicht hellte sich auf, ein sanftes Lächeln legte sich um ihre Züge. »Deshalb: Nein, Niclas' Antrag kam nicht zu früh. Wir wissen, dass wir unser Leben miteinander verbringen wollen. Wir werden keinen Tag länger warten als nötig.«

Eliza schluckte. Greg hatte ihr immer wieder vorgeworfen, wie selbstsüchtig sie war. Und gerade hatte sich das wieder bestätigt. »Es tut mir wahnsinnig leid, was du erlebt hast. Ich hätte das nicht sagen oder denken dürfen. Dazu kenne ich euch viel zu wenig. Ich möchte mich wirklich entschuldigen.«

»Du musst dich nicht entschuldigen.« Marie angelte eine Salzbrezel aus einer Schüssel.

»Was sie damit sagen will«, schaltete sich nun auch Holly

ein, »ist, dass viele Menschen furchtbare Dinge erleben. Auf viele verschiedene Arten. Jeder geht anders damit um. Aber wir gehören zu den Menschen, die nach den Erlebnissen ihr Leben in die Hand nehmen. Wir sind stärker aus unseren Horrorszenarien herausgegangen. Es hat uns nicht gebrochen, wir hatten die Kraft, es durchzustehen.« Sie warf Eliza einen Blick zu, der besagte, dass sie alle, auch Holly, ein- und demselben Klub angehörten.

»Das bedeutet, dir ist auch etwas Schlimmes zugestoßen«, begriff Eliza.

Holly füllte die Margarita-Gläser nach. »Um ehrlich zu sein, ist das der Grund, aus dem wir heute hier sitzen. Keine Sorge«, sie hob beschwichtigend die Hände, »Andrew und Jake haben uns nicht erzählt, was dir passiert ist. Aber es ist nicht so schwer, eins und eins zusammenzuzählen. Marie und ich wollen dir auf jeden Fall erzählen, was uns zugestoßen ist. Wir möchten, dass du weißt, dass wir dich verstehen. Sicher nicht alles, was dir passiert ist. Aber wir hoffen, dir ist klar, dass du uns vertrauen kannst. Dass wir für dich da sind, wenn du Hilfe brauchst und reden möchtest. Also ja, mir ist vor ein paar Monaten ebenfalls etwas passiert, dass mein Leben für immer verändert hat.« Ihre Wortwahl war eindeutig direkter als Maries. »Ein verdammtes Arschloch, dass schon in meinem Teenagerjahren versucht hatte, mich zu vergewaltigen, ist in mein Leben zurückgekehrt. Er hat es wieder versucht, nachdem er mich wochenlang gestalkt und versucht hat, mein Leben zu vernichten.«

»Aber er hat es nicht getan?« Elizas Stimme klang rau vor Schock. Holly mit dem fröhlichen Lachen, den wilden Locken. Die kaum größer war als Eliza selbst. Nie wäre sie auf die Idee gekommen, dass diese wunderbare, offene Frau so etwas Furchtbares hatte durchleiden müssen.

Holly sah auf ihre Hand hinunter und ballte sie zur Faust. Als sie wieder aufsah, brannte heißes Temperament in ihren Augen. »Ich habe Fehler gemacht. Damals und jetzt. Aber ich habe ihm zumindest die Nase gebrochen vor all den Jahren. Und Andrew hat noch mehr getan, als er ihn zwischen die Finger bekommen hat.« Sie suchte Elizas Blick und sah sie ernst und eindringlich an. »Man sieht es niemandem auf den ersten Blick an. Manche Menschen sind einfach Arschlöcher, andere sind unglaublich nett und zuvorkommend. Aber diejenigen, die zur Gewalt neigen, haben fast immer ein großes Problem mit ihrem Selbstwertgefühl.«

»Vielleicht waren sie selbst die Opfer ihrer Eltern, die sie geschlagen oder gedemütigt haben«, ergänzte Marie. »Ich werde keinen dieser Menschen verteidigen, aber diese Erfahrungen haben sich als einzige funktionierende Verhaltensmuster eingebrannt. Sie hatten keine Chance, ein gesundes Selbstbewusstsein zu entwickeln. Wenn sie als Erwachsene in Situationen geraten, die sie verunsichern oder in denen sie sich sogar provoziert fühlen oder sich ärgern, dann wird die einzige Weise damit umzugehen immer die schlagende Hand sein.«

Eliza wusste das. Sie wusste all das. Und diese beiden Frauen hatten es selbst erlebt. Sie griff nach ihrem Margarita-Glas, zog ihre Hand aber zurück, weil sie zitterte. »Ich weiß nicht, ob er mich jemals geliebt hat. Mein Mann. Greg«, brachte sie leise hervor. Sie sah nicht auf, sprach aber weiter. Die beiden Frauen hörten ihr zu. Nicht mit Sensationsgier, sondern dem Mitgefühl, wie es nur Gleichgesinnte aufbrachten. »Ich habe mich immer manipulieren lassen. War ein einfaches Opfer.« Sie atmete tief durch und sah Holly und Marie direkt an. »Ich weiß nicht, ob er je wirklich an mir interessiert war, oder ob ich einfach nur jemand war, den man leicht herumschubsen und runtermachen konnte.« Es war das erste Mal, dass sie die Gedanken, die seit Jahren in ihr herumirrten, laut aussprach. Und obwohl sie immer gedacht hatte, dass das ihre Welt aus den Angeln heben würde, wenn sie es täte, spürte sie jetzt nur Erleichterung.

Für einen Moment herrschte Schweigen. Dann lächelte Marie leise, Holly grinste sie breit an. »An diesem Punkt waren wir alle schon mal. Du wirst vielleicht nie herausfinden, was du für ihn gewesen bist. Aber du kannst dir sicher sein, du bist nicht dumm«, sagte Holly im Brustton der Überzeugung und schob sich die Locken aus dem Gesicht, griff nach ihrem Glas und hob es zum Toast. »Auf uns.«

Sie stießen an. »Was viel wichtiger ist«, sagte Marie. »Du hast es ausgesprochen. Wie geht es dir damit?«

»Es ist …« Eliza suchte nach den richtigen Worten. Dann straffte sie ihre Schultern. »Es fühlt sich gut an. Es geht mir gut.« Und zum ersten Mal seit Jahren war das keine Lüge.

»Genau das ist es.« Holly legte ihre Hand auf Elizas und drückte sie freundschaftlich. Eliza versuchte für den Bruchteil einer Sekunde, ihrem Fluchtinstinkt nachzugeben und ihre Finger wegzuziehen, doch dann ließ sie es geschehen. Und es fühlte sich gut an. Nach Freundschaft. Fürsorglich. Fast so gut, wie sich Jakes Hand auf ihrer Schulter angefühlt hatte.

Marie zog einen Nacho durch den Dip und schob ihn sich in den Mund. »Du kannst immer mit uns reden. Über alles. Wir können die Männer jederzeit rausschmeißen und uns entweder hier oder bei mir treffen. Fühl dich hier wohl. Sunset Cove kann eine Seele wirklich heilen lassen«, sagte sie mit vollem Mund.

»Ich würde mich gern irgendwie erkenntlich zeigen. Aber im Moment verfüge ich über kein Geld. Wenn ich mir etwas anweisen lasse, erfährt Greg davon, und ich … ich bin einfach noch nicht so weit, ihm gegenüberzutreten. Um ehrlich zu sein, habe ich Angst vor ihm«, sprach Eliza auch diesen Gedanken aus und spürte, wie ein weiterer Druck von ihren Schultern verschwand, einfach nur, weil sie es aussprach.

»Du bist hier so sicher, wie du nur sein kannst. Selbst wenn dein Mann herausfinden sollte, dass du hier bist, werden Jake, Andrew und Niclas ihm in den Arsch treten. Und dich beschützen, rund um die Uhr, wenn das notwendig werden sollte.«

»Außerdem verlangt niemand eine Gegenleistung von dir. Du könntest mich höchstens beim Kochen als Schnippelhilfe unterstützen«, sagte Holly. »Ich glaube, die Jungs stellen sich mit Absicht blöd an, damit ich sie aus dem Küchendienst entlasse. Jake ist der Einzige, der sich wenigstens ein bisschen Mühe gibt.«

Vor Elizas innerem Auge blitzte das Bild auf, wie sie neben Jake in der Küche stand und Gemüse klein schnitt. Sie konnte sich vorstellen, wie ihm dabei die Haare in die Stirn fielen und sich diese kleine Falte über seiner Nasenwurzel bildete, die sie schon ein paarmal gesehen hatte, wenn er sich konzentrierte. »Gerne«, sagte sie und schob das Bild von Jake zur Seite.

»Ich weiß, was wir jetzt machen«, sagte Holly, stand auf und griff nach ihrem Glas und dem Margarita Pitcher. »Wir verlagern die Party in mein Ankleidezimmer.« Sie hielt inne, schloss die Augen und gab einen tiefen Seufzer von sich. »Darf ich das noch mal betonen? Ich habe ein – Ankleidezimmer.« Sie öffnete die Augen wieder und machte mit dem Kinn eine Bewegung in Richtung Haus. »Na los, Mädels. Eliza braucht etwas zum Anziehen. Es sei denn, du stehst auf den Schlabberlook. Dann besorg ich dir im Souvenirshop noch ein paar Jogginganzüge.«

Eliza hatte es inzwischen verstanden: Holly war eine Naturgewalt, gegen die man nicht ankam. Der beste Weg, mit ihr umzugehen, war, sich einfach von ihr überrollen zu lassen. Und das machte Spaß, wurde ihr bewusst. Sie erhob sich und folgte ihr gemeinsam mit Marie.

»Wir haben ungefähr die gleiche Größe, und ich sage es nur ungern, aber ich habe ein paar Klamotten mehr in meinem«, sie machte abermals eine kleine Kunstpause, bevor sie das Wort ehrfurchtsvoll aussprach, »*Ankleidezimmer*, als ich tragen kann. Du bist also herzlich eingeladen, dich zu bedienen. Jederzeit.« Sie hatten den ersten Stock erreicht, und Holly öffnete die erste Tür zu ihrer Linken und trat in Andrews und ihr Schlafzimmer. Sie durchquerten den Raum und betraten den von Holly so sehr geliebten Raum. »Ich habe früher mit meinem Bruder über dem Fairway gewohnt. Das Schwein, das mich überfallen hat, ist damals in meine Wohnung eingedrungen. Er hat sich in meinem Backofen eine Pizza aufgewärmt, hat geduscht und meine Handtücher benutzt – und dann ist er in meinem eigenen Schlafzimmer über mich hergefallen.« Eliza sah die Gänsehaut, die sich auf Hollys Armen gebildet hatte und über die sie nun unbehaglich strich. »Ich konnte nicht in mein Apartment zurück, nachdem all das vorbei war. Seitdem leben Jackson und ich hier. Und ich muss sagen, ich liebe es, so viel Platz für Klamotten zu haben.«

Und den brauchte sie auch. »Wow«, entfuhr es Eliza. Sie hatte das Gefühl, in ein Farbkaleidoskop geraten zu sein. Alles hier drin war – bunt. Farbenfroh. Leuchtend. Hell. Eliza hatte schon immer über einen begehbaren Kleiderschrank verfügt und konnte Hollys Begeisterung im ersten Moment nicht ganz nachvollziehen. Als sie die Kleidung sah, die sich hier wild durcheinanderstapelte, wurde ihr klar, dass Holly und sie eine völlig unterschiedliche Vorstellung von dem Begriff Ankleidezimmer hatten. In ihrem Haus in Boston hingen teure Hosenanzüge in gedeckten Farben, neben den dazu passenden Blusen, Abendroben und Cocktailkleider. Ein paar wenige bequeme Sachen hatte sie in den Kommoden deponiert. Auf der gegenüberliegenden Seite hingen Gregs dunkle Anzüge. In seinen Schubladen fand sich die Sportkleidung, in der er ins Fitnessstudio, zum Squash oder Tennis ging. Aber das hier – Eliza drehte sich einmal um die eigene Achse –, das hier hatte kein System. T-Shirts, Jeans, Blusen, Kleider. Alles hing und lag wild durcheinander. Andrew hatte offenbar versucht, für seine wenigen Hemden und Anzüge einen kleinen Teil der Kleiderstange zu ergattern, aber selbst zwischen einem Brooks Brothers-Anzug und einem weißen Hemd schaute ein smaragdgrünes Top mit einer Spitzenborte am Saum heraus.

»Hollys Klamottenberge haben mich beim ersten Mal auch ein wenig überwältigt«, gestand Marie ihr leise. »Aber sie hat den Überblick.«

»Und sie weiß genau, was wo liegt«, ergänzte Holly und

zog ein paar Jeans von einem Stapel und warf sie gemeinsam mit zwei T-Shirts, nach denen sie gleichzeitig griff, auf einen Haufen. »Das passt zu dir«, entschied sie mit einem Seitenblick auf Eliza. »Und das hier auch.« Sie hängte einen Bügel mit einem hellblauen Sommerkleid an die Stange mit Andrews Anzügen. »Oh mein Gott! Eliza!« Sie fuhr herum. »Du brauchst Unterwäsche!«

»Äh, ja.« Eliza musste schmunzeln, so empört schien Holly darüber zu sein, dass sie dieses Detail vergessen hatte.

»Am besten wird sein, ich bestelle dir was im Internet. Wenn ich es auf meinen Namen liefern lasse, wirst du auch da keine Spuren hinterlassen.« Damit war das Thema für Holly erledigt, und sie kramte weiter in den Kleiderbergen herum.

Eine halbe Stunde später trug Eliza einen ganzen Stapel Kleidung in ihr Zimmer und hängte alles ordentlich in ihren begehbaren Kleiderschrank. Verglichen mit Hollys sah es hier ziemlich erbärmlich aus. Aber sie würde wieder normale Kleidung tragen können und sich damit wahrscheinlich auch wieder ein bisschen normaler fühlen. Erschöpft von diesem Frauenabend, aber auf seltsame Weise auch glücklich, wie sie es schon seit einer Ewigkeit nicht mehr gewesen war, ließ sie sich auf ihr Bett sinken.

*

Holly lag auf dem Bauch in dem Bett, das Andrew und sie sich teilten, seit sie in Sunset Cove eingezogen war, und scrollte durch die Unterwäsche-Sets bei Victorias Secret. Es wäre gelogen zu behaupten, der Abend hätte sie nicht aufgewühlt. Es war eine emotionale Herausforderung gewesen, sich an den grauenvollen Überfall zu erinnern. Marie ging es nicht anders. Aber gemeinsam hatten sie es geschafft, Eliza einen Weg aufzuzeigen, und allein das zählte.

Als die Tür hinter ihr geöffnet wurde, warf Holly einen Blick über die Schulter und lächelte Andrew entgegen. Seine Nähe ließ die tiefe Liebe, die sie für ihn empfand, wie eine Welle über ihr zusammenschlagen.

»Hey Süße«, sagte er, schlüpfte aus seinen Flip-Flops und zog sich das T-Shirt über den Kopf. Im nächsten Moment streckte er sich hinter ihr aus und schob mit der Hand ihre Locken zur Seite, um ihren Hals zu küssen. »Ist das mein T-Shirt, das du anhast?«, fragte er und fuhr mit den Fingern unter den Stoff.

»Kann schon sein.« Holly seufzte und neigte den Kopf, damit er sich weiter an ihrem Hals entlangküssen konnte. »Willst du es wiederhaben?«

»Mit Sicherheit.« Er roch nach Bier und einem Hauch Whiskey. »Was machst du da?« Er hörte auf, sie zu küssen, und schaute ihr über die Schulter. »Dessous shoppen? Ich kann dir helfen«, bot er an und ließ seine Hände unter ihrem Shirt weiter nach oben gleiten. »Ich bin verdammt gut in diesen Dingen.«

»Andrew Hunter!« Holly drehte sich zu ihm um und konnte ein Kichern nicht unterdrücken. »Bist du betrunken?«

»Hmm.« Er hielt Daumen und Zeigefinger zwei Zentimeter auseinander, vergrößerte den Abstand um ein Stück, nur um ihn im nächsten Moment nachdenklich zu verkleinern. »So viel, ungefähr. Jake ist gefahren.«

Holly schlang ihre Arme um seinen Hals und die Schenkel um seine Hüften und küsste ihn. »Ich habe dich vermisst«, flüsterte sie an seinen Lippen.

»Ich dich auch. Wie ist es gelaufen?«, fragte er, ehe er seine Lippen abermals an ihrem Hals entlanggleiten ließ.

»Gut. Eliza hat sich uns geöffnet. Wir haben geredet, und ich habe ihr Klamotten geliehen. Und jetzt bestelle ich Unterwäsche für sie.«

»Dann such auf jeden Fall was Heißes für sie raus«, murmelte Andrew und schob den Halsausschnitt ihres Shirts zur Seite, um sich an ihrem Tattoo entlang zu küssen.

»Was?« Holly lachte. »Was geht in deinem Kopf vor?«

»In meinem Kopf geht gar nichts vor.« Er hob den Blick und sah sie mit funkelnden Augen an. »Ich möchte allerdings nicht wissen, was in Jakes Kopf vorgeht. Er weiß es vermutlich selbst noch nicht, aber er steht auf Eliza.«

»Er ist nur hilfsbereit und besorgt um sie«, widersprach Holly und fuhr mit den Händen durch seine Haare.

»Er steht total auf sie. Wahrscheinlich führt das noch zu Komplikationen, aber es ist einfach so. Also, bestell ihr irgendwas, was total sexy ist.«

»Nicht jetzt.« Holly zog Andrews Kopf zu sich herunter, um ihn zu küssen. Wenn Jake wirklich Gefühle für Eliza entwickelte, war ihm völlig egal, was für Unterwäsche sie trug. Aber sie konnte es bei der Auswahl auf jeden Fall beachten. Andrews Hände glitten an ihren Schenkeln hinauf, und sie beschloss, sich ganz auf den Mann zu konzentrieren, den sie liebte. Für alles andere war später noch genug Zeit.

13

Jeffrey Penn hatte gerade mit seiner Frau Bella telefoniert, um ihr zu sagen, dass er gleich Feierabend machen und nach Hause kommen würde, als er die Silhouette eines Mannes an der Milchglastür seines Büros vorbeigleiten sah. Die dicken Teppiche im Hauptsitz der Woodward Holding schluckten jedes Geräusch, was die Mitarbeiter und Besucher, die über die Flure gingen, manchmal wie Geister erscheinen ließ. Jeffrey warf einen Blick auf die Uhr seines Telefons. Halb neun abends. Es war nicht ungewöhnlich, um diese Zeit noch jemanden hier anzutreffen. Die Angestellten arbeiteten nicht selten bis zehn Uhr, je nachdem, was erledigt werden musste. Aber heute war es ruhig gewesen, und er hatte geglaubt, er wäre der Letzte. Deshalb erhob er sich, öffnete die Bürotür einen Spalt und spähte hinaus. Er konnte gerade noch erkennen, wie Greg Ellerton in den Aufzug stieg und sich die Türen hinter ihm schlossen. Greg, dieser Drecksack. Seit Elizas Verschwinden stampfte er durch die Führungsetage der Firma und verbreitete negative Schwingungen. Die meisten Mitarbeiter waren erstaunt und zogen den Kopf ein, wenn sie von dem sonst so charmanten, sympathischen Mann angefaucht und – oft zu Unrecht – zusammengestaucht wurden, weil er sich nicht mehr an Eliza abreagieren konnte. Jeffrey hingegen wunderte sich nicht. Er hatte diese so gut versteckte Aggressivität unter der Oberfläche schon vor Jahren wahrgenommen. Und er hegte schon lange den Verdacht, dass Greg Eliza misshandelte. Er hatte ihr so oft die Hand hingestreckt, hatte so oft gehofft, sie würde sich ihm öffnen und erzählen, was er ihr antat. Aber sie hatte geschwiegen. Beharrlich. Erst seit dem Tod ihrer Eltern war eine Veränderung mit ihr vorgegangen. Sie hatte ihre kühle, abweisende Oberfläche nicht mehr ganz so gut im Griff gehabt, und Gregs Temperament hatte immer öfter dicht unter der Oberfläche gebrodelt. So oft, wie er in letzter Zeit die Kontrolle über sein Wesen verloren hatte, setzte ihm Elizas Verschwinden zu. Jeffrey war sich sicher, der Mistkerl würde nichts unversucht lassen, seine Frau zu finden. Und solange Jeffrey eine Chance sah, das zu verhindern, würde er es tun. Vielleicht nahm Eliza endlich ihren Mut zusammen und reichte die Scheidung ein. Greg war mit Sicherheit nicht schlecht als Finanzexperte, aber es gab Tausende, die genauso gut waren wie er. Er war ein Emporkömmling, der in dem Wunsch des alten Woodward, die Firma an einen Sohn zu übergeben, seine Chance gesehen hatte, die Woodward Holding in seine Finger zu bekommen. Pech für ihn, dass Elizas Eltern ums Leben gekommen waren, bevor ihr Vater ihm die Firma überschreiben konnte. Seitdem versuchte Greg alles, um Eliza dazu zu bringen, ihm das Kommando zu überlassen und sie aus der Firma zu drängen.

Jeffrey musste herausfinden, was Greg im Schilde führte. Sein Blick fiel auf den Aufzug. Die Anzeige, die gerade noch auf E für Erdgeschoss gestanden hatte, bewegte sich wieder nach oben. Greg mochte ein Mistkerl sein, aber er war nicht dumm. Jeffrey traute ihm zu, noch einmal zurückzukommen und zu überprüfen, ob jemand in seinem Büro herumschnüffelte. Deshalb schloss er seine Tür und kehrte an seinen Schreibtisch zurück. Keine halbe Minute später glitt eine Silhouette durch den Milchglasausschnitt. Weitere zwei Minuten vergingen, und Greg war wieder auf dem Weg zurück zum Aufzug. Jeffrey drückte die Kurzwahl für den Empfang im Gebäude.

»Woodward Tower. Sie sprechen mit Pablo Hernandez. Was kann ich für Sie tun?«

»Pablo, hier spricht Jeffrey Penn.«

»Guten Abend, Sir.«

»Können Sie mir einen Gefallen tun?«

»Jederzeit, Sir.«

»Bleiben Sie bitte dran und sagen mir, wenn Mr. Ellerton das Gebäude verlässt. So, dass er nichts davon mitbekommt«, bat Jeffrey ihn.

»Selbstverständlich, Sir.« Das waren die Momente, in denen sich Weihnachtsprämien und Small Talk mit den Angestellten auszahlten. »Schönen Abend, Mr. Ellerton«, hörte Jeffrey den Sicherheitsmann gedämpft sagen. Es dauerte noch eine halbe Minute, bis Pablo wieder am Apparat war. »Er ist gegangen, Sir, und soeben in ein Taxi gestiegen.«

»Ich danke Ihnen, Pablo und hoffe, das kann unter uns bleiben.«

»Selbstverständlich, Sir«, sagte Pablo ein weiteres Mal und beendete das Gespräch.

Es war Jeffrey zwar grundsätzlich egal, ob Greg ihn beim Schnüffeln ertappte, aber er sollte nicht die Möglichkeit bekommen, seine Spuren zu verwischen – falls es welche gab. Er erhob sich von seinem Schreibtisch und ging in Gregs Büro hinüber. Alles war geradezu zwanghaft ordentlich. Keine Akte lag herum. Vom Schreibtisch strahlte ihm das Brautpaar Greg und Eliza entgegen. Das überglückliche Strahlen der Braut war etwas, was Jeffrey schon lange nicht mehr in Elizas Augen gesehen hatte. Er zog die Schubladen auf, blätterte durch die Unterlagen. Nichts. Den PC musste er nicht hochfahren. Greg schützte seine digitalen Unterlagen genau wie jeder andere in der Firma mit einem persönlichen Passwort. Als Jeffrey die Schreibtischunterlage und den daneben liegenden Notizblock geraderücken wollte, um das Büro möglichst unberührt wirken zu lassen, spürte er die Rillen im Papier, die ein Stift hinterlassen hatte. Er fuhr mit den Fingerspitzen über den Block. »Bingo«, murmelte er und riss das oberste Blatt ab. Er richtete alles ordentlich aus, schob den Bürosessel zurück an den Tisch und kehrte in sein Büro zurück. Dort legte er das Blatt auf seinen Schreibtisch und begann mit einem Bleistift die Einkerbungen im Papier zu schraffieren. Das meiste waren nur Strichmännchen und ausgemalte Quadrate, wie man sie ohne nachzudenken während seiner Telefonate hinkritzelte. Aber auf der unteren Hälfte fand er etwas. Zahlen. Das sah aus wie eine Telefonnummer. Er schraffierte sie und tippte die Zahlenfolge in die Suchmaschine. »Wer sagt es denn«, brummte er zufrieden und lehnte sich in seinem Sessel zurück. Royce Dennings, Privatdetektiv. Greg suchte offenbar nach Eliza. Jeffrey tippte sich mit dem Zeigefinger gegen die Unterlippe, während er durch die Referenzen des Ermittlers scrollte. Er war offenbar gut in dem, was er tat. Und er war jung, was Möglichkeiten bot. Also schickte Jeffrey seiner Frau eine Nachricht, dass es doch später werden würde und sie nicht auf ihn warten sollte. Dann wählte er die Nummer von seinem Handy aus. »Mr. Dennings«, sagte er, als am anderen Ende abgehoben wurde. »Ich möchte Sie treffen. Jetzt sofort.«

Dennings hatte einen heruntergekommenen Diner im Hafenviertel als Treffpunkt vorgeschlagen. Klischees wollten erfüllt sein, nahm Jeffrey an. Er stellte seinen Wagen so ab, dass er ihn auch von drinnen im Blick haben würde, und trat durch die knarzende Tür. Der Gestank nach billigem – und wahrscheinlich ein paarmal zu oft benutztem – Frittierfett schlug ihm entgegen. Der Boden unter seinen Füßen klebte. Dennings saß in einer der Sitznischen am Fenster, vor sich eine Tasse Kaffee, und sah ihm entgegen. Er war noch jung, keine vierzig Jahre alt. Mit guten Erfolgen beim Boston PD, bevor er gemerkt hatte, dass er als Privatermittler mehr erreichen konnte. Und wahrscheinlich auch viel mehr verdienen würde. Ex-Militär. Ex-Detective. Er würde sich nicht auf der Nase herumtanzen lassen. Aber er würde ein gutes Geschäft erkennen, wenn es ihm unter die Nase gehalten wurde.

»Mr. Penn.«

»Mr. Dennings.« Jeffrey reichte ihm die Hand und rutschte in die Sitzbank ihm gegenüber. Seine Fingerspitzen glitten über etwas Klebriges, als sie den Kunstpolsterbezug unter sich berührten. Angewidert legte er seine Hände auf die Oberschenkel.

»Was kann ich Ihnen bringen, Honey?«, fragte eine abgekämpft aussehende Kellnerin vom Tresen aus.

»Das Einzige, was ich empfehlen kann, ist der Kaffee. Er ist so stark, dass darin keine Bakterien überleben«, sagte Dennings leise genug, dass die Kellnerin ihn nicht hören konnte.

Penn schüttelte den Kopf. »Danke, für mich nichts«, sagte er in Richtung der Bedienung.

»Wie Sie wollen.« Noch ehe sie den Satz zu Ende gesprochen hatte, war ihre Aufmerksamkeit wieder von der Seifenoper gefesselt, die in einem Fernseher über der Theke flimmerte.

»Sie wissen, wer ich bin?«, wandte sich Jeffrey an den Ermittler.

»Ja.« Dennings trank einen Schluck Kaffee und musterte Jeffrey einen langen Moment über den Rand seiner Tasse hinweg. Dann stellte er den Becher ab und lehnte sich zurück, als erwarte er ein gemütliches Plauderstündchen. »Und das macht mich neugierig.«

»Ich baue auf Ihre Verschwiegenheit«, sagte Jeffrey. Als sein Gegenüber nur die Augenbrauen nach oben zog, fuhr er fort: »Ich weiß, dass Gregory Ellerton Sie engagiert hat. Da wir für das Unternehmen einen eigenen Ermittler unter Vertrag haben, muss ich also annehmen, es handelt sich nicht um eine Angelegenheit der Woodward Holding, sondern um etwas Privates.«

»Sie sind Anwalt, Penn. Sie wissen am besten, dass ich keine Unterschiede zwischen meinen Klienten machen sollte. Wenn ich Ihnen Vertraulichkeit zusichere, tue ich das auch bei allen anderen Klienten.«

»Davon gehe ich aus. Aber hier geht es um eine ziemlich heikle Angelegenheit. Ellerton sucht seine Frau, die plötzlich wie vom Erdboden verschwunden ist. Sie waren lange genug Cop. Sie wissen, dass Leute aus den verschiedensten Gründen verschwinden. Manche haben einfach die Nase voll von ihrem Leben und machen auf irgendeiner Südseeinsel eine

Yoga-Schule auf, ohne ihren Angehörigen etwas davon zu sagen. Andere nicht. Sie haben Gründe, sich zu verstecken. Gerade vor denen, die sie suchen.«

»Sie haben recht. Ich war lange Cop. Deshalb überprüfe ich in so einem Fall auch alles, was es über das Leben der Zielperson herauszufinden gibt. Wenn ich keine Anhaltspunkte auf eine Gefährdung finde, nehme ich den Auftrag an. Rein hypothetisch gesprochen, natürlich.«

»Natürlich. Rein hypothetisch.« Jeffrey beugte sich vor. »Es gibt Fälle, da wird man nie erfahren, was sich hinter den verschlossenen Türen einer Familie abgespielt hat.«

»Worauf wollen Sie hinaus?«, fragte Dennings ganz direkt.

»Was auch immer Ellerton Ihnen zahlt, damit Sie Eliza aufspüren, ich zahle Ihnen das Doppelte, wenn Sie sie nicht finden. Oder ihm zumindest ihren Aufenthaltsort nicht verraten.«

Jeffrey hielt dem Ermittler zugute, dass er für einen Moment still sitzen blieb und auf den Hafen hinausblickte, statt ihn auszulachen. »Was bringt Sie dazu, dass ich mich auf einen solchen Deal einlassen könnte?«

»Die Möglichkeiten, die sich Ihnen dadurch eröffnen.«

Der Detektiv schob seine Kaffeetasse zur Seite, stützte die Ellenbogen auf das abgeschabte Resopal des Tisches und beugte sich vor. »Ich bin gespannt«, sagte er schlicht.

»Ihre Referenzen sind ausgezeichnet. Wir beschäftigen bereits eine Kanzlei mit den für uns nötigen Abklärungen. Aber unser Ermittler spricht immer öfter davon, in den nächsten Jahren in den Ruhestand zu gehen. Ich könnte mir vorstellen, dass Sie im Laufe der Zeit mehr und mehr seiner Aufgaben übernehmen, und ihn vollständig ersetzen, wenn er seinen Job an den Nagel hängt.«

»Was die Frage aufwirft, ob Sie in der Position sind, mir ein solches Angebot machen zu können.« Dennings zog die Augenbrauen nach oben.

»Ich kann Ihnen sagen, wer nicht in dieser Position ist. Ellerton. Er wird bald Geschichte sein. Das garantiere ich Ihnen.«

»Er scheint das anders zu sehen«, hielt Dennings dagegen.

Nun war es an Jeffrey, die Augenbrauen zu heben. »Dann entscheiden Sie, wem Sie mehr Glauben schenken. Wenn Sie Ihre Hausaufgaben gemacht haben, dürfte das kein Problem sein.«

»Sie stehen in Kontakt zu Mrs. Woodward?«, wollte der Ermittler wissen.

»Das tue ich. Aber auch ich weiß nicht, wo sie sich im Moment aufhält. Falls Sie mein Angebot nicht annehmen, bitte ich Sie zumindest, mit ihr zu sprechen, wenn Sie sie finden. Fragen Sie sie, ob sie zu ihrem Mann zurück möchte.« Er zog eine Visitenkarte aus der Tasche, legte sie auf den Tisch und schob sie in Dennings Richtung. »Wie gesagt, ich verdoppele, was Ellerton Ihnen zahlt. Sie finden meine Privatnummer auf der Rückseite.« Er erhob sich. »Guten Abend.«

Jeffrey war schon fast an der Tür, als der Ermittler seinen Namen rief. Er drehte sich um. Dennings saß noch immer am Tisch und drehte die Visitenkarte in den Händen. »Kann sein, dass ich auf Ihr Jobangebot zurückkomme. Aber eines kann ich Ihnen jetzt schon sagen: Sollte ich herausfinden, dass Ellerton seine Frau misshandelt, werde ich sie ihm nicht auf einem Silbertablett servieren. Darauf können Sie sich verlassen. Und dafür nehme ich kein Geld. Wie Sie gesagt haben: Ich war lange genug ein Cop, um diese Fälle zu kennen.«

»Danke.« Jeffrey nickte ihm zu, zog die Tür auf und atmete erleichtert aus. Dennings würde das Richtige tun.

*

Eliza erwachte im Morgengrauen aus einem tiefen, traumlosen Schlaf. Sie hatte befürchtet, die Gespräche mit Holly und Marie würden zu Albträumen führen, weil all die negativen Gefühle und die Angst wieder in ihr hochgekommen waren. Doch nichts dergleichen war geschehen. Vielleicht lag es ja an den Margaritas, die wirklich stark gewesen waren. Eliza schlug die Decke zur Seite und glitt vorsichtig aus dem Bett. Selbst ihren Rippen schien es inzwischen etwas besser zu gehen. Sie trat durch die offene Balkontür nach draußen und warf einen Blick über das Geländer. Da saß er. Jake. Wie jeden Morgen hatte er eine Kaffeetasse in der Hand und blickte von der Strandtreppe aus auf das Meer hinaus.

Eliza kehrte in ihr Zimmer zurück, putzte sich die Zähne und deckte ihre Hämatome im Gesicht mit Make-up ab. Dann schlüpfte sie in Jeans und eines von Hollys ärmellosen Tops und band die Haare zu einem schlichten Pferdeschwanz. Barfuß ging sie ins Erdgeschoss und bereitete sich eine Tasse Kaffee zu, mit der sie auf die Terrasse trat. Einen Moment blieb sie zögernd stehen, nicht sicher, ob Jake vielleicht seine Ruhe haben wollte. Dann atmete sie tief durch und überwand die wenigen Meter, die sie trennten. »Guten Morgen. Darf ich?«, fragte sie, als sie ihn erreichte.

Jake drehte sich um, einen überraschten Ausdruck im Gesicht. »Morgen«, sagte er und rutschte ein Stück zur Seite, sodass sie sich am Geländer festhalten und langsam auf die Treppenstufe hinuntersinken lassen konnte. Es ging nicht ganz ohne Schmerzen, aber als sie saß, wandte sie sich Jake zu und lächelte ihn an. »Danke«, sagte sie schlicht.

Jake blickte auf das Meer hinaus. »Sie kommen genau richtig. Die Sonne wird jeden Moment aufgehen.«

»Ich habe gestern einen wundervollen Abend mit Holly und Marie verbracht. Die beiden sind ziemlich ungezwungen mit mir umgegangen. Deshalb: Wollen wir uns nicht auch duzen?«

Jake wandte den Blick vom Horizont und sah wieder zu ihr. Sie konnte seinen warmen, unaufdringlichen Duft wahrnehmen. Seife, Baumwolle und Weichspüler. Seine Haarspitzen kringelten sich noch feucht vom Duschen über dem Kragen seines T-Shirts. »Gern«, sagte er schlicht. »Ich freue mich, dass es dir besser geht.« Er nippte an seinem Kaffee und wies mit der Tasse in der Hand nach vorn. »Aber jetzt solltest du aufpassen, die Sonne geht ziemlich schnell auf.«

Eliza sah auf den Horizont hinaus, konnte es sich aber nicht verkneifen, ihm einen Seitenblick zuzuwerfen. Dunkle Bartstoppeln bedeckten sein Kinn, und seine Hand, die sich um die Kaffeetasse spannte, war groß. Als er den Kopf drehte und sie beim Starren erwischte, verzogen sich seine Lippen zu einem leichten Lächeln, die ein Grübchen neben seinem Mundwinkel aufblitzen ließen. In Elizas Magen begann es zu kribbeln, und ihre Wangen fühlten sich heiß an, doch er sagte nichts, sondern blickte einfach wieder auf den Horizont hinaus, hinter dem sich die Sonne erhob und goldene Reflexe auf seiner gebräunten Haut tanzen ließ. »Ich kann verstehen, dass du morgens gern hier sitzt«, sagte sie leise. »Das ist eine wirklich schöne Art, den Tag zu beginnen.«

Jake sah weiter auf den Ozean hinaus und nippte an seinem Kaffee, so als müsse er erst überlegen, was er ihr darauf antworteten sollte. »Die anderen verschlafen diesen wunderbaren Augenblick meistens. Aber wenn du eine Frühaufsteherin bist, würde ich mich freuen, dich morgens öfter hier zu sehen.«

Er sagte es, weil er froh war, dass Eliza endlich ihr Zimmer verließ, dessen war sie sich sicher. Und doch breitete sich Wärme in ihrem Inneren aus, wenn sie sich vorstellte, dass ihm vielleicht auch ein kleines bisschen an ihrer Gesellschaft lag. Sie wusste, warum sie morgens gern mit ihm hier sitzen wollte. Weil er sie gerettet hatte. Weil ihr Leben in seinen Händen gelegen hatte. Sie vertraute Jake. Sie mochte Holly und Marie. Genau wie Niclas und Andrew. Und sie lernte, ihnen zu vertrauen, keine Frage. Aber so viel Sicherheit, wie sie an Jakes Seite empfand, konnte ihr niemand sonst vermitteln. »Was steht heute an Arbeit an, in der Brauerei?«, fragte sie, um nicht schweigend neben ihm sitzen zu müssen. Sie befürchtete, dass er am Ende noch ihre Gedanken würde lesen können. Small Talk war etwas, das sie instinktiv beherrschte. Abgesehen davon interessierte es sie wirklich, womit Jake seinen Tag verbrachte.

Er erzählte ihr von der Hopfen- und Malzlieferung, die sie heute bekommen würden. Für ein neues Bier, das er nächste Woche brauen wollte. Eliza hörte ihm gebannt zu, und wieder nahm sie diese Leidenschaft wahr. Er war sich dessen vielleicht gar nicht bewusst, aber er brannte für seinen Job, und das konnte man in jedem Satz hören, den er sagte. Seine lebhaften Schilderungen weckten das Verlangen, selbst Bierbrauer zu werden, und wenn es nur für einen Tag war. Oder für einen Sommer. Sobald Eliza wieder völlig hergestellt war, würde sie Jake fragen, ob er sie zur Arbeit mitnahm und ihr die Brauerei zeigte. Irgendwann mussten sie schließlich auch über den geschäftlichen Teil sprechen. Aber im Moment wollte sie nur der Sonne dabei zusehen, wie sie sich in den Himmel hob und dabei Jakes dunkler, leiser Stimme lauschen.

*

Jake war einigermaßen schockiert gewesen, als er Elizas Stimme hinter sich gehört hatte. Er hatte sich umgedreht und kurz geblinzelt. Sie stand auf der Terrasse, und das Erste, was er wahrnahm, waren ihre nackten Füße und die enge Jeans in der ihre Beine steckten. Sein Blick wanderte weiter nach oben, nahm das ärmellose, dunkelblaue Top mit der verspielten Spitzenkante wahr. Ihr Aufzug war ganz offensichtlich Hollys Werk, und er musste sich bemühen, sie nicht anzustarren. Sie hatte versucht, die Blessuren in ihrem Gesicht so gut es ging abzudecken und ihre Haare zu einem schlichten Pferdeschwanz zusammengefasst, dessen Spitzen ganz leicht in der morgendlichen Brise tanzten. Er machte ihr Platz auf der Treppe und wartete, bis sie sich, die Kaffeetasse in der Hand, langsam gesetzt hatte. Sie sah besser aus als vor einer Woche, und sie schien sich auch besser zu fühlen. Am liebsten hätte er sie ausgefragt, wie der Abend mit Holly und Marie verlaufen war, denn offenbar hatten es die beiden geschafft, Eliza aus ihrem Schneckenhaus zu holen.

Und er fragte sich, wie sie das angestellt hatten. Aber er blieb stumm, weil er sie nicht erschrecken wollte.

Er sah auf den Ozean hinaus. Diese Stunden am Morgen mochte er am liebsten. Die Stille, den Moment, den er allein in der Natur verbringen konnte. Doch Eliza schien Stille nicht gut aushalten zu können. Erst starrte sie ihn unverhohlen an, dann versuchte sie sich in Small Talk. Und auch wenn das nicht seine Paradedisziplin war, so machte es ihm doch erstaunlich viel Spaß, ihr von der Brauerei und der Arbeit dort zu erzählen. Sie hörte ihm aufmerksam zu. Er war sich nicht sicher, ob es einfach nur ihre Art war, ein Gespräch zu führen, oder ob sie wirklich Interesse an der Harbour Beach Brewerie hatte.

Schließlich versiegte die Unterhaltung, und sie blickten still auf den Ozean hinaus. Als die Sonne begann, sich über den Horizont zu schieben, stieß Eliza einen kleinen, sehnsüchtigen Seufzer aus. Jake sah zu ihr hinüber. Ihr Blick, starr auf das Meer vor sich gerichtet, strahlte so viel Sehnsucht aus. Jake konnte das verstehen. In dem Leben, das sie in den vergangenen Jahren geführt hatte, war es mit Sicherheit nicht oft vorgekommen, dass sie friedlich im Morgengrauen mit einem Kaffee auf einer Strandtreppe gesessen und darauf gewartet hatte, dass der Tag begann. Und das schien ihr ebenfalls bewusst zu werden. Doch sobald die Sonne aufgegangen war, erhob sie sich von ihrem Platz. »Vielleicht darf ich dir morgen früh wieder Gesellschaft leisten«, fragte sie leise, und als er zu ihr aufsah, bemerkte er, dass sie auch ihn mit diesem merkwürdigen Blick ansah.

»Ich würde mich freuen«, gab er ehrlich zurück.

Eliza nickte. »Ich wünsche dir einen schönen Tag«, sagte

sie und wand sich zum Haus um. Ehe sie ging, legte sie ihre Hand auf seine Schulter und ließ sie für einen Moment dort liegen. So, wie er es neulich getan, und sie damit zu Tode erschreckt hatte.

Jake schluckte. Er spürte das zarte Gewicht ihrer schmalen Hand auch noch, als sie ihre Finger längst zurückgezogen hatte. »Ebenso«, murmelte er. Er wollte ihr nicht hinterhersehen, wollte sie nicht so neugierig anstarren, wie sie zuvor ihn. Aber er schaffte es nicht, den Blick von ihr zu lösen. Ihr Pferdeschwanz hüpfte bei jedem Schritt abwechselnd nach links oder rechts. Und ihr Hintern sah in diesen Jeans – einfach perfekt aus. Von sich selbst genervt blickte er wieder auf das Meer hinaus. Sie war gerade dabei, die Misshandlungen ihres Ehemannes zu verarbeiten, und er machte sich Gedanken darüber, wie heiß sie aussah. Mit seiner inneren Ruhe, die sonst mit dem Sonnenaufgang einherging, war es vorbei. Er stellte sich bereits jetzt vor, wie sie am nächsten Morgen wieder neben ihm sitzen würde. Mit einem frustrierten Brummen erhob er sich ebenfalls und brachte seine leere Tasse in die Küche. Anstatt über Eliza zu fantasieren konnte er genauso gut in die Brauerei gehen und seine Arbeit machen.

So überraschend der Tag begonnen hatte, so langsam kroch er dahin. Bis zum Mittag hatte Jake das Gefühl, in ein Zeitloch gefallen zu sein, in dem die Sekunden nur noch mit der halben Geschwindigkeit dahinkrochen. Er hatte gerade beschlossen, eine Lunchpause einzulegen und sich ein Sandwich zu besorgen, als Shelby an seine Bürotür klopfte und den Kopf hereinsteckte, ohne auf sein Herein zu warten.

»Hey Boss«, sagte sie breit grinsend. »Da steht jemand im Probierraum, der dich sprechen möchte.«

»Dann bitte ihn doch hoch«, schlug Jake vor.

Shelby zuckte die Schultern. »Hab ich schon versucht. Du sollst runterkommen.«

»Also gut. Ich war sowieso auf dem Weg nach draußen, um eine Pause zu machen. Gehst du ans Telefon, solange ich weg bin?«

»Klar doch.« Shelby hüpfte hinter ihm die Treppe hinunter und wäre fast auf ihn aufgelaufen, als er im Eingang zum Probierraum abrupt stehen blieb. Natürlich wollte der Mann nicht in sein Büro kommen. Er war nicht derjenige, der mit ihm reden wollte. Er war höchstens der Bote, oder, wie seine Uniform annehmen ließ, der Fahrer.

»Mr. Foster?« Der Mann nickte ihm zur Begrüßung zu. »Wenn Sie mir bitte folgen möchten?« Ohne Jakes Antwort abzuwarten, drehte er sich um und marschierte davon. Wahrscheinlich war er es nicht gewöhnt, dass es jemand ablehnte, mit seinem Auftraggeber zu sprechen. Wobei Jake sehr danach war. Über Eliza nachzudenken hatte ihm die Chance gegeben, das unangenehme Treffen mit Theodor im Jachtklub zu verdrängen. Aber offenbar würde er sich noch heute mit dem Thema auseinandersetzen müssen. Shelby warf ihm unter hoch gezogenen Augenbrauen einen Blick zu, der Jake dazu brachte, die Augen zu verdrehen. Er drehte sich um und folgte dem Mann.

Der Fahrer hatte den Probierraum bereits verlassen und hielt auf eine Limousine mit dunkel getönten Scheiben zu, die am Straßenrand geparkt war. Er wartete, bis Jake ihn erreichte und öffnete ihm dann die Tür zum Fond des Wagens. Klimatisierte Kälte verdrängte die flirrende Hitze, die vom Asphalt aufstieg, als er einstieg. »Georgina«, entfuhr es ihm verblüfft, als die Tür hinter ihm zugeschlagen wurde und er sich nicht, wie er angenommen hatte, Theodor, sondern dessen Frau gegenübersah.

»Jake, wie geht es dir?«

Er ersparte sich die Antwort. Georgina war noch nie freundlich zu ihm gewesen. Und es hatte sie schlicht noch nie interessiert, wie es ihm ging. Sie konnte ihn nicht ausstehen. Daran änderte auch das freundliche Lächeln nichts, das sie aufgesetzt hatte. »Ich bin erstaunt, Sie auf Cape Cod zu sehen. Wissen Andrew und Niclas von Ihrem Besuch?«, fragte er und verschränkte die Arme vor der Brust.

Sie bemühte sich. Aber ganz konnte sie sich nicht davon abhalten, ihre Lippen geringschätzig zu verziehen. »Ich bin nicht wegen meiner Söhne hier, Jake. Sondern wegen dir. In unser beider Interesse sollte die Unterhaltung, die wir führen, unter uns bleiben. Zumindest im Moment.«

»Ich wusste gar nicht, dass wir ein gemeinsames Interesse haben«, stellte Jake trocken fest und sah an ihrer perfekt sitzenden Frisur vorbei nach draußen. Auf dem Gehsteig mühte sich ein kleiner Junge mit einem riesigen, aufgeblasenen Einhorn ab, das er versuchte zum Strand zu schleppen. Als er nicht vorwärtskam, ließ er es einfach fallen, warf sich drauf und lachte wie ein Verrückter. Jake konnte beim Anblick dieser Szene ein Grinsen fast nicht unterdrücken. Die Mutter des Jungen, die bereits ein paar Schritte voraus war, drehte sich lachend um, zog den Kleinen von seinem Schwimmreifen und hängte sich das unhandliche Ding über die Schulter. Hand in Hand liefen sie weiter zum Strand. Genau so war es zwischen ihm und seiner Mutter auch immer gewesen.

»Unser gemeinsames Interesse ist Theodor.« Die Stimme seines Gegenübers klang angespannt.

»Sie haben keine Ahnung von meinen Interessen, Georgina. Theodor gehört ganz eindeutig nicht dazu.«

Sie seufzte. »Ich habe mir schon gedacht, dass du es uns nicht leicht machen würdest. Theodor hat dir angeboten, die Kosten für die Brauerei zu übernehmen, aber wir sind durchaus bereit, noch etwas draufzulegen. Wenn das das Problem ist ...«

»Wenn das das Problem ist?«, fuhr Jake sie an. »Ich kann Ihnen sagen, was das Problem ist. Ihr Mann lauert mir auf und behauptet, er sei mein Vater und bräuchte meine Niere.«

Georgina warf einen Blick in Richtung Fahrerkabine, um sich zu vergewissern, dass die Trennscheibe hochgefahren war. »Es stimmt, Theodor hat sich nicht gerade besonders geschickt angestellt. Aber es ändert nichts daran, dass er die Wahrheit gesagt hat.« Sie schluckte. »Du bist sein Sohn. Oder denkst du tatsächlich, deine Großmutter hat genug verdient, um sich all die teuren Privatschulen und dein Studium leisten zu können? Allein dafür schuldest du Theodor etwas. Und er kommt dir noch entgegen und will dir sogar jetzt unter die Arme greifen.«

Jake gab einen ungläubigen Ton von sich. »Wie nett von ihm. Dafür muss ich ja nur meine Niere spenden. Was für eine Kleinigkeit im Gegenzug.« Seine Worte troffen vor Sarkasmus.

Georgina rieb sich über ihre Schläfen, als wäre es kaum zu ertragen, mit einem so verständnislosen Idioten wie ihm zu verhandeln. »Hör zu, Jake. Wir wissen, dass die

Woodward Holding als möglicher Investor für die Brauerei abgesprungen ist. Allein schaffst du es nicht, und unser Angebot ist wirklich großzügig. Willst du dein Projekt gegen die Wand fahren?«

»Und selbst wenn ich es gegen die Wand fahre, ist es meine Entscheidung, oder? Mein Projekt. Mein Geld. Meine Wand. Ich lasse mich nicht von Ihnen kaufen.« *Und Theodor Hunter ist nicht mein Vater*, ergänzte er im Stillen. Zumindest breitete sich bei dem Gedanken nur Abscheu in ihm aus.

Jake öffnete die Autotür, doch Georgina legte ihm ihre kühle Hand auf den Arm. »Denk darüber nach, Jake. Es geht um Theodors Leben.« Diesmal war ihre Stimme eine eindringliche Bitte, und zum ersten Mal, seit er in diese Limousine gestiegen war, nahm ihr Jake ab, was sie sagte. »Nimm dir die Zeit, dir in Ruhe Gedanken darüber zu machen. Und um eines möchte ich dich noch bitten: Sag bitte Niclas und Andrew nichts davon.«

Jake legte den Kopf in den Nacken und schloss für einen Moment die Augen. Als er sie wieder öffnete, warf er Georgina einen Blick zu, der hoffentlich nicht verriet, wie es in seinem Inneren aussah. »Natürlich. Gute Fahrt.« Jake stieg aus und warf die Tür hinter sich zu. Er sollte eine Niere spenden. Er sollte sich dafür sogar kaufen lassen von seinem angeblichen Vater. Aber seinen besten Freunden, die demnach seine Halbbrüder sein müssten, sollte er kein Sterbenswörtchen davon verraten. Niemand überbot den Irrsinn der Familie Hunter. Er blieb vor der Brauerei stehen, bis die Limousine anrollte und um die Ecke verschwand. Dann zog er sein Handy aus der Tasche und wählte die Nummer seiner Mutter.

Sie ließ ihn bis zum elften Klingeln warten, bis sie etwas atemlos, aber unglaublich gut gelaunt, abhob. »Jake, mein Schatz. Wie geht es dir?«

»Ich muss mit dir reden, Mom. Ich steige jetzt gleich in den Wagen und fahre nach Boston.«

»Jetzt?« Carolyn schwieg einen Moment. »Aber Jake, ich bin mit Lesley in diesem Spa in New Hampshire. Ich habe dir davon erzählt. Oder nicht?«

Der Geburtstag der besten Freundin seiner Mutter, die in einem Wellnesshotel irgendwo im Nirgendwo feierte. Jake fuhr sich durch die Haare und sah in den Himmel. Sommerblau. Und nicht eine Wolke. »Doch, du hast mir davon erzählt.«

»Was ist denn los?« Sie klang besorgt. Jake ging durch den Sinn, wie wenig Carolyn die Hunters mochte. Lag das daran, dass Theodor sein Vater war? Wie hatte es jemals dazu kommen können? Seine Mutter und Theodor – das war wie … wie Feuer und Wasser.

»Nichts, Mom. Ich muss nur was mit dir besprechen«, log er. »Wann kommt ihr zurück?«

»Morgen Mittag. Ist wirklich alles okay, Schatz? Du klingst seltsam.«

»Doch, Mom. Aber ich komme morgen vorbei.«

»Wir können auch jetzt reden«, schlug sie vor. »Ich hatte gerade eine Hot Stone-Massage und liege tiefenentspannt mit einem Glas Sekt auf der Terrasse.«

»Nein.« Das Letzte, was Jake wollte, war, seine Mutter am Telefon zu fragen, ob Theodor Hunter sein Vater war. Wenn er das tat, wollte er ihr in die Augen sehen. »Es kann bis morgen warten. Ich komme bei dir vorbei.«

»Na gut. Dann bis morgen. Fahr vorsichtig.«

»Du auch.« Jake beendete das Gespräch und schob das Handy zurück in die Tasche. Seit ihm aufgefallen war, wie langsam der Tag verging, war gerade mal eine halbe Stunde verstrichen. Länger hatte Georginas Besuch nicht gedauert. Womit verdammt viele Stunden totzuschlagen blieben, bis er seine Mutter nach der Vergangenheit fragen konnte.

14

Die nervöse Unruhe ließ Jake auch nicht los, als er an diesem Abend nach Sunset Cove zurückkehrte. Er hörte die Stimmen seiner Freunde, als er ins Haus trat. Jake folgte ihnen in die Küche und blieb überrascht stehen. Nicht nur, weil es für ihn einfach ungewohnt war, Eliza überhaupt außerhalb ihres Zimmers zu sehen. Sie schien sich auch gut in die Gruppe seiner Freunde einzufügen. Offenbar hatte sie seinen Assistentenjob übernommen, denn sie schnitt Gemüse für den Salat, den es zu den Steaks geben sollte, die Andrew gerade auf der Terrasse auf den Grill geworfen hatte. Holly hatte bereits Ofenkartoffeln im Backofen.

»Du kommst genau richtig«, sagte Andrew und nahm ihn kameradschaftlich in den Schwitzkasten. Jake machte sich los. Sein Blick fiel auf Elizas Hand. Fast konnte er noch den leichten Druck spüren, mit der sie sie an diesem Morgen auf seine Schulter gelegt hatte. Es war ein Freundschaftsangebot gewesen. Sie hatte versucht, ihm zu sagen, dass sie bereit war, sich zu öffnen. Dass sie sich nicht mehr verstecken würde.

Während er Andrew als Antwort auf den Schwitzkasten gegen die Schulter boxte, warf sie ihm ein scheues Lächeln zu. »Hi«, sagte sie leise, und Jake nahm aus dem Augenwinkel wahr, wie Holly zwischen ihnen hin und her sah.

»Hallo zusammen. Kann ich noch etwas helfen?«, fragte Jake betont fröhlich. Er hatte keine Lust, gefragt zu werden, was heute Abend mit ihm los war. Weil er darauf keine ehrliche Antwort würde geben können. Und noch weniger wollte er, dass Hollys Blicke zwischen ihm und Eliza hin und her pendelten.

»Deckst du draußen den Tisch?«, bat Holly, was ihm die Chance gab, aus dem Sichtfeld der Frauen zu verschwinden. Besonders unter Hollys prüfenden Blicken. Während er sich von Eliza wünschte, ihre Blicke wären nicht so schüchtern und zurückhaltend. Ach verdammt, er wollte sich über gar nichts mehr Gedanken machen. Er wartete nur darauf, dass diese Nacht endlich verging und er nach Boston fahren konnte, um mit seiner Mutter zu reden. Seine Stimmung war sicher nicht ganz unschuldig daran, dass die Atmosphäre beim Essen merkwürdig war. Als der Tisch abgeräumt und die Küche wieder in Ordnung gebracht war, beschlossen Andrew und Holly, einen Strandspaziergang mit Potter zu machen. Jake hatte inzwischen trotz des weiten Blickes über den Ozean das Gefühl, eingesperrt zu sein. Er musste hier raus. Und vor allem wollte er Andrew nicht noch einmal treffen, wenn er und Holly vom Strand zurückkehrten. Er wusste nicht, wie er mit dem, was Georgina ihm erzählt hatte, umgehen sollte. Wie er sich seinem Freund gegenüber verhalten sollte. Niclas' Reaktion auf die Neuigkeiten – sollten sie denn wirklich wahr sein – konnte er sich bildlich vorstellen. Er würde mit der Faust gegen die nächste Wand schlagen, feststellen, was für ein Arschloch sein Vater war und sich dann hinsetzen und nach einer Lösung suchen, mit der sie alle leben konnten. Aber Andrew – Andrew würde das Ganze aus einem anderen Blickwinkel betrachten. Er hatte schon immer zu seiner Mutter gehalten. Schließlich war auch er derjenige gewesen, der ihr das Leben gerettet hatte, als sie versucht hatte, sich wegen eines der Flittchens seines Vaters umzubringen. Andrew verabscheute Theodor für seine Frauengeschichten. Und er verachtete besagte Frauen. Was würde geschehen, wenn Carolyn tatsächlich eine Affäre mit seinem Vater gehabt hatte und Jake das Ergebnis war? Theodors Suche nach einer neuen Niere konnte ihrer aller Leben aus den Angeln heben.

Jake holte ein paar Sachen aus seinem Zimmer und warf sie auf die Ladefläche seines Trucks, dann kehrte er noch mal ins Haus zurück, um sich eine Flasche Whiskey zu holen. In der Küchentür blieb er abrupt stehen. Er hatte gedacht, Eliza hätte sich bereits für die Nacht zurückgezogen. Stattdessen stand sie an der Spüle und füllte ein Glas mit Wasser, während sie verträumt auf das Meer hinausblickte. Als sie sich seiner Anwesenheit bewusst wurde, stellte sie das Wasser ab und drehte sich zu ihm um.

»Hey. Ich dachte, du bist schon auf dein Zimmer gegangen«, sagte er, um irgendetwas zu sagen. Etwas Sinnvolles schien ihm im Moment nicht einzufallen.

Ein kleines Lächeln huschte über Elizas Gesicht. »Das ist das Komische, wenn man sein Einsiedlerleben aufgibt. Erst will man sein Zimmer gar nicht verlassen. Und sobald man das einmal getan hat, hat man gar keine Lust mehr, seine Zeit dort allein zu verbringen. Was hast du vor?« Sie legte den Kopf ein wenig schräg und sah ihn neugierig an.

Mich an einem Ort verstecken, an dem ich nichts verloren habe, mich sinnlos betrinken und die Nacht unter dem endlosen

Himmel auf seinem Truckbett verbringen, dachte er. Statt es laut auszusprechen, was nur weitere Fragen aufgeworfen hätte, die zu beantworten er keine Lust hatte, rieb er sich mit der Hand über die angespannten Muskeln in seinem Nacken. »Magst du Bier?«, fragte er.

»Ich bin mir nicht sicher. Ich glaube, seit meiner Studentenzeit habe ich keins mehr getrunken. Aber wahrscheinlich muss ich das ändern, wenn ich schon mit einem Bierbrauer in einer WG lebe.« Sie stellte ihr Wasserglas zur Seite. »War das dein Plan für heute Abend? Auf der Strandtreppe sitzen und ein Bier trinken?«

»Ehrlich gesagt will ich eher ein bisschen mit dem Truck rausfahren.« *Und das Bier habe ich nur erwähnt, damit ich nicht wie ein verdammter whiskeysaufender Neandertaler wirke.* »Willst du vielleicht mitkommen?«, bot er ihr an, ehe er sich der Konsequenzen dieser Frage bewusst wurde. Zum Beispiel, dass Eliza das für eine gute Idee halten könnte.

Sie schien nur darauf gewartet zu haben, so enthusiastisch kam ihr »Ja«. Sie räusperte sich und sagte etwas zurückhaltender: »Ja, gerne.«

»Dann treffen wir uns am Wagen. Du brauchst eine Jacke. Ich hole inzwischen das Bier.« Jake wartete, bis sie die Küche verlassen hatte und lehnte seine Stirn dann für einen Moment gegen den kalten Edelstahl des Kühlschranks. Er war nicht in der Stimmung für ein gemütliches Plauderstündchen. Oder andere Menschen überhaupt. Er wollte in Ruhe über sein Treffen mit Georgina und das bevorstehende Gespräch mit seiner Mutter brüten. Stattdessen würde er einen seiner letzten Rückzugsorte, von denen niemand wusste, mit dieser fast fremden Frau teilen, die seine Gedanken mehr beherrschte als sämtliche anderen weiblichen Wesen in den letzten Jahren. Logisch, schließlich hatte er ihr erst vor ein paar Tagen das Leben gerettet. Das erklärte aber nicht, warum er Eliza eingeladen hatte mitzukommen. Egal. Nun war es sowieso zu spät. Er griff einen Sixpack Lager aus dem Kühlschrank, schrieb Andrew auf dem Handy eine Nachricht, dass er mit Eliza noch ein wenig draußen rumfuhr, und kehrte vor das Haus zurück.

Eliza stand bereits an seinem Pick-up und sah ihm erwartungsvoll entgegen. Über ihrer Schulter hing eine hellgrüne Kapuzenjacke.

»Bereit?«, fragte er und öffnete die Beifahrertür.

»Bereit.« Eliza kletterte auf den Sitz, und Jake stellte den Sixpack zu ihren Füßen ab.

Dann umrundete er die Motorhaube und stieg ein. »Wir fahren nicht weit«, erklärte er ihr. Genau genommen handelte es sich nicht einmal um zwei Meilen, die sie zurücklegen würden. Er lenkte den Truck vom Parkplatz, fuhr um die Garagen herum und folgte dann einem fast nicht erkennbaren Pfad in den Wald.

»Wohin …?« Elizas Blick blieb an dem Schild hängen, das verkündete, dass vor ihnen das Gebiet des National Seashore lag. »Betreten für Unberechtigte verboten«, las sie halblaut. »Und du darfst hier sein?«

»Nein.«

Ihre Wangen färbten sich eine Spur dunkler, soweit Jake das bei der einsetzenden Dämmerung beurteilen konnte. Er war sich nicht sicher, ob es Aufregung oder Angst war, weil sie etwas Verbotenes tat.

»Hör mal, ich bin grundsätzlich echt umweltbewusst«,

verteidigte er sich automatisch. »Keine Plastiktüten. Keine Take-Away-Becher aus Pappe. Aber das hier …«, er deutete mit der Hand auf die dunkel vor ihnen herabhängenden Pinienäste, »das ist im Sommer die einzige Möglichkeit, auf der Halbinsel einen Platz zu finden, an dem man seine Ruhe hat.«

»Du bist bis jetzt nicht erwischt worden«, stellte Eliza fest, und Jake war sich fast sicher, dass das, was in ihren Augen funkelte, Abenteuerlust war.

»Bis jetzt nicht. Und falls die Ranger mich kriegen, zahle ich meine Strafe – und suche mir einen neuen ruhigen Platz.«

Ein paar Minuten später lenkte er den Pick-up auf eine einsame Klippe und stellte den Motor ab.

»Oh mein Gott«, flüsterte Eliza. »Man hat das Gefühl, ganz allein auf der Welt zu sein. Und das, obwohl gleich da drüben irgendwo Eastham sein muss.«

Jake grinste sie an. »Willkommen in der Einsamkeit.« Er stieg aus, trat hinter den Truck und ließ die Ladeklappe herunter. Eliza war vorsichtig aus dem Wagen geklettert und trat mit dem Bier neben ihn. Er nahm ihr den Sixpack ab und stellte ihn auf die Ladefläche. »Kommst du alleine hoch?«, fragte er sie. Er hatte nicht darüber nachgedacht, wie unbequem ein Abend auf der Ladefläche für Eliza werden konnte. Geschweige denn, dass er eine zweite Decke oder Kissen für sie eingepackt hätte. So sehr hatte ihre Bitte, sie mitzunehmen, ihn überrumpelt.

Mit leichtem Zweifel betrachtete sie das Truckbett. »Ich glaube nicht«, murmelte sie.

»Kein Problem. Achtung, ich hebe dich hoch.« Jake legte

die Hände um ihre schmale Taille und half ihr auf die Ladefläche, auf der er seine Decke ausgebreitet hatte. Er folgte ihr nach oben und hielt ihr das Kissen hin. »Hier. Ich habe nur eins dabei. Vielleicht hilft es dir, bequemer zu sitzen.« Sie setzten sich nebeneinander, die Rücken gegen die Werkzeugkiste an der Rückseite der Fahrerkabine gelehnt. Jake öffnete zwei Bierflaschen und reichte ihr eine.

»Du kommst wegen der Sterne hier raus, oder?« Eliza legte den Kopf in den Nacken und blickte in den Himmel.

»Ja, richtig spektakulär wird es erst, wenn es dunkel ist.« Jake trank einen Schluck Bier und schaute ebenfalls zum Firmament hinauf. Einen Augenblick schwiegen sie, dann spürte er, wie Eliza ihn von der Seite betrachtete.

»Irgendetwas ist heute passiert«, sagte sie leise. »Heute Morgen war noch alles in Ordnung, aber dann ist etwas vorgefallen. Du bist angespannt und unruhig. Hat es mit der Brauerei zu tun?«

Menschen wie Eliza, Opfer von häuslicher Gewalt, konnten die Stimmungen anderer wahrscheinlich besser wahrnehmen als jemand wie er. Mit Sicherheit hing oft genug ihr Leben davon ab, ihr Gegenüber richtig einzuschätzen. »Um die Brauerei geht es nicht. Ich habe nur gerade das Gefühl, dass mein Leben Schlagseite bekommt.« Er zögerte, versuchte das, was er empfand, in Worte zu fassen. »Als ob ich in einen Strudel gerate und keine Chance habe, wieder sicheren Grund unter die Füße zu bekommen«, versuchte er zu erklären, wie sich Theodors Behauptung, sein Vater zu sein, und sein Versuch, Jakes Niere zu kaufen, anfühlten.

»Ich weiß, was du meinst.« Eliza hielt den Blick zum Himmel gerichtet, als sie weitersprach. »Im ersten Moment bist du so fassungslos. Und ehe du merkst, was mit dir geschieht, bist du in Treibsand geraten und kannst dich nicht mehr befreien.«

»War dein Mann das für dich? Treibsand, der dich nach unten zieht?« Jake wagte es nicht, sie anzusehen. Angestrengt starrte er in den Himmel. Plötzlich war die Frage, wer sein Vater war, nicht mehr halb so wichtig wie sein Wunsch, dass Eliza sich ihm noch weiter öffnete.

»Hmm.« Sie nippte an ihrem Bier und stellte es dann zur Seite. »Im Nachhinein ist man natürlich immer schlauer. Aber Greg war früher die meiste Zeit so aufmerksam. So liebenswürdig. Ein echter Prinz.«

»Ja«, knurrte Jake. »Weil er ganz genau wusste, was für ein Monster in ihm schlummert. Solange er den Gentleman spielte und dich eingewickelt hat, konnte er sichergehen, dass du sein wahres Ich nicht erkennst.«

*

Überrascht sah Eliza Jake an.

»Was?«, fragte er.

»Ich wundere mich, dass du so viel über dieses Thema weißt.« Was dafür sorgte, dass ihr Herzschlag sich unangenehm beschleunigte. Woher wusste er all das? Hatte er selbst solche Erfahrungen gemacht? War er so ein Typ Mann? Nein, das war unmöglich. Jake war viel zu geradeheraus, um sich so verstellen zu können. Er sorgte sich um sie, achtete darauf, dass es ihr gut ging, aber er erdrückte sie nicht, versuchte nicht, sie dazu zu bringen, sich nur auf ihn zu konzentrieren. Im Gegenteil, er hatte sogar darauf gedrängt, sich mit Holly und Marie anzufreunden. Sie musste ihm vertrauen. Sie *wollte* ihm vertrauen.

Jake zuckte unbehaglich mit den Schultern. »Man kriegt hier und da was mit«, sagte er.

»Du hast recht. Ich glaube, das Muster ist wirklich fast immer das gleiche«, griff Eliza das was er gesagt hatte, wieder auf. »Ich habe Gregs Temperament zum ersten Mal an meinem dreißigsten Geburtstag zu spüren bekommen. Das hat mich emotional komplett überfordert, aber ich war bereits völlig blind. Oder zumindest geblendet von ihm.«

Sommer 2014

Der dreißigste Geburtstag war etwas Besonderes. Eliza hatte darüber nachgedacht, eine Dinnerparty zu veranstalten, doch Greg hatte sie überredet, ein Wochenende am Meer zu verbringen, statt mit ihren Freunden zu feiern. Nur er und sie. Er hatte sie mit einem romantischen Bed & Breakfast in Camden überrascht. Sie waren zu diesem Zeitpunkt fast zwei Monate miteinander ausgegangen. Eliza wusste, ein Wochenendausflug mit Greg würde bedeuten, dass sie zum ersten Mal miteinander schliefen und ihre Beziehung damit auf eine neue Ebene hoben. Nur zu gern hatte sie alle anderen Pläne abgesagt. Auf der Fahrt nach Maine war Greg zum ersten Mal, seit sie sich kannten, ausgeflippt. Nachdem sie die Interstate verlassen hatten und sich die schmalen Straßen Richtung Küste entlangschlängelten, scherte irgendwann ein alter Pick-up vor ihnen ein, der so verrostet war, dass seine ursprüngliche Farbe, ein helles Braun, kaum noch auszumachen war. Auf der Ladefläche stapelten sich ein paar Hummerkörbe, und der Fahrer schien alle Zeit der Welt zu haben. Greg, dem dieses langsame Dahingetuckere auf die Nerven ging, versuchte ihn zu überholen, was ihm bei den schmalen Fahrbahnen und den unübersichtlichen Kurven nicht gelang. Er scherte immer wieder aus und verfluchte den sturköpfigen Fahrer vor sich. Immer wieder gab er ihm Lichthupe und versuchte schließlich, ihn mit der Hupe auf sich aufmerksam zu machen. Als er es endlich schaffte, an dem Pick-up vorbeizukommen, gab er nicht, wie Eliza vermutet hatte, Gas, sondern sorgte mit einer Vollbremsung mitten auf der Straße dafür, dass das altersschwache Gefährt fast in ihr Heck krachte. Er sprang aus dem Wagen und stürmte brüllend auf den Truck des alten Mannes zu, der geistesgegenwärtig die Knöpfe an der Tür herunterdrückte, bevor Greg diese aufreißen und ihn herauszerren konnte, denn genau das schien er vorzuhaben. Eliza drehte sich in ihrem Sitz um und verfolgte die Szene mit wild klopfendem Herzen. Sie war kurz davor, dem Fahrer zu Hilfe zu kommen, als Greg ein letztes Mal mit einem gebrüllten Fluch gegen den Reifen des Pick-ups trat und endlich zu seinem Mercedes zurückkehrte. Er ließ sich auf seinen Sitz fallen und lehnte den Kopf mit geschlossenen Augen gegen die Kopfstütze. Nach ein paar tiefen Atemzügen hob er die Lider und sah zu Eliza hinüber. Offenbar stand ihr der Schreck noch ins Gesicht geschrieben, denn er setzte ein reumütiges Lächeln auf und lehnte sich zu einem zärtlichen Kuss zu ihr herüber. »Vergib mir, Honey«, hatte er gesagt. »Ich kann es nur einfach nicht erwarten, endlich mit dir allein in unserem Zimmer zu sein. Nur du und ich«, hatte er an ihren Lippen geflüstert – und Eliza hatte den Schrecken, den sein Ausbruch verursacht hatte, zur Seite geschoben und gelächelt. Es war süß, wie sehr er sich nach ihr sehnte.

Sie hatten an diesem Wochenende ihre Beziehung wirklich

*auf eine neue Ebene gehoben. Sie war bei Gregs bisherigem Ver-
halten irgendwie davon ausgegangen, ein erotisches Feuerwerk
zu erleben, wie es in den Liebesromanen, die sie in ihrer Jugend
heimlich gelesen hatte, der Fall war. Tatsächlich war der Sex mit
Greg allerdings nicht besonders raffiniert. Und verhältnismäßig
schnell vorbei. Sie hatte das Kribbeln in ihrem Inneren gespürt,
aber es war nicht zu einem erlösenden Höhepunkt angestiegen.
Selbst mit ihren beiden Exfreunden, die ansonsten eine Enttäuschung waren, hatte sie mehr Freude und Spaß im Bett gehabt.
Greg hatte sie danach allein gelassen. Als er kurz darauf mit
Champagner und einem Strauß mit dreißig roten Rosen, die er
beim Concierge bestellt hatte, zurückkehrte und ihr seine Liebe
gestand, küsste Eliza ihn und lachte. Wie wichtig war Sex schon,
wenn der Mann mit dem sie zusammen war, sie über alle Ma-
ßen liebte und auf Händen trug? Die Beziehung außerhalb ihres
Bettes war viel wichtiger als der kleine Teil, der sich zwischen
den Kissen abspielte.*

Ihr Sexleben war selbstverständlich nichts, was sie mit Jake
diskutieren würde. Aber dieser Ausflug ans Meer war der
Anfang gewesen. Der Anfang der schrecklichsten Zeit ihres
Lebens. Dank Jake hatte sie eine Chance bekommen, aus
diesem Kreislauf auszubrechen. Hatte sie vor ein paar Tagen
noch furchtbare Angst vor Gregs Rache gehabt, war sie jetzt
so weit, über einen neuen Anfang nachzudenken. »Nach diesem Wochenende in Maine ging alles wahnsinnig schnell«,
erzählte sie Jake und nippte noch einmal an ihrem Bier. »Greg
zog zu mir ins Penthouse, und ein paar Monate später hat
er um meine Hand angehalten. Sicher hat in meinem Hinterkopf immer eine kleine Alarmlampe geleuchtet, aber ...«

»Aber er hat dich bis dahin nie geschlagen, auch wenn er Wutanfälle und Temperamentsausbrüche hatte«, vollendete Jake ihren Satz.

»Ja.« Eliza hatte noch nie über ihre Ehe gesprochen. Mit niemandem. Sie wusste nicht, ob es an Jake lag oder an dem Ort, an den er sie gebracht hatte. »Geschlagen hat er mich erst, als wir bereits verheiratet waren.« Jake hatte recht gehabt. Nach Einbruch der Nacht war der Himmel einfach atemberaubend. Wie eine Decke aus Milliarden kleiner Diamanten. Der Mond hing tief und fast voll über dem Ozean. Dieser Moment war viel zu schön, um ihn mit den hässlichen Erinnerungen an Greg zu verderben. »Und wie laufen deine einsamen Stunden hier draußen ab? Du blickst mit einem Bier in die Sterne, bis du eine Lösung für dein Problem findest?«, fragte sie Jake.

»Wenn das so einfach wäre.« Er fuhr sich mit den Händen durch die Haare. Eine Geste, die ein Kribbeln in Elizas Magen verursachte. »In der Regel ist es kein Bier, sondern eine Flasche Scotch. Und normalerweise penne ich auch hier draußen«, sagte er.

»Auf der Ladefläche?« Deshalb hatte er also ein Kissen und die Decke dabei. Das war irgendwie – abenteuerlich. »Hattest du das heute auch vor?«

Er zögerte einen Moment. »Ja«, gab er ihr dann eine ehrliche Antwort. »Aber jetzt sollten wir austrinken und nach Hause fahren, denn unsere Betten rufen.«

»Das klingt nach einem Abenteuer.« Eliza blieb sitzen. Jake hielt mitten in der Bewegung inne, und sie lächelte ihn an. »Können wir bleiben? Über Nacht?«

»Deine Rippen werden nicht begeistert sein«, brachte er schwach heraus.

»Oder sie erleben das gleiche Abenteuer wie ich. Lass uns unter dem Sternenhimmel schlafen.« Eliza rutschte nach unten und streckte sich auf der Decke aus. »Ich glaube, ich habe noch nie so etwas Verrücktes getan. Möchtest du das Kissen?«, fragte sie Jake.

Jake seufzte, ergab sich in sein Schicksal und rutschte neben sie. »Nein, behalte es. Sag mir Bescheid, wenn du nicht mehr liegen kannst. Und vergiss ja nie, dass das deine Idee war, wenn du heute Nacht anfängst, vor Kälte zu zittern.«

»Sicher«, beruhigte Eliza ihn und konnte das Kichern nicht unterdrücken, das in ihrer Kehle nach oben perlte. »Es ist Sommer. Ich werde schon nicht erfrieren.«

»Ich meine es ernst«, brummte Jake. Er war offenbar nicht halb so begeistert wie sie. Aber das war ihr egal. »Du kannst mich jederzeit wecken. Ich will nicht, dass du dich quälst«, sagte er noch einmal.

Eliza griff nach Jakes Hand und drückte sie kurz. »Versprochen.«

*

Als Jake in der Morgendämmerung erwachte, wurden ihm zwei Dinge bewusst. Erstens, Eliza Woodward war eine Deckendiebin. Sie hatte ihm die Decke geklaut und sich vollständig darin eingewickelt. Und zweitens: Er hielt sie in seinen Armen. Er spürte ihren Atem an seinem Kinn und atmete ihren Duft ein. Scheiße! Wie hatte das passieren können? Ihr Kopf ruhte an seiner Schulter, und er hatte die Arme um sie geschlungen, als gehöre sie ihm. Es war ein Wunder, dass ihre Rippen nicht gegen diese feste Umarmung protestierten.

Vorsichtig, um sie nicht zu wecken, lehnte sich Jake ein wenig zurück. Ihr zarter Körper war in die Decke gewickelt, die Kapuze ihrer Jacke beschattete ihr Gesicht. Aber auf ihren Lippen lag auch im Schlaf ein Lächeln, das sie trotz der immer noch sichtbaren Spuren ihrer Misshandlung wunderschön aussehen ließ. Er war in verdammten Schwierigkeiten. Wenn sie jetzt erwachte, würde sie sich von ihm bedroht fühlen, denken, dass er sie angreifen wollte – und völlig ausflippen. Und dabei war er noch nie ein Klammertyp gewesen. Und Eliza war noch nicht einmal eine Frau, mit der er eine Nacht – im herkömmlichen Sinne – verbracht hatte. Vorsichtig, Millimeter für Millimeter, löste er sich von ihr und ließ sich schließlich neben sie sinken. Sie wachte nicht auf, kuschelte sich nur tiefer in die Decke und seufzte leise.

Erleichtert atmete Jake aus. Wieder hatte er etwas Neues über Eliza herausgefunden: Sie hatte einen verdammt tiefen Schlaf.

*

Eliza wurde langsam wach. Im Rhythmus der Wellen, die das Meer an den Strand spülte, schwebte sie an die Oberfläche und blinzelte schließlich gegen das Zwielicht an, das bereits über den Horizont kroch. Jake hatte recht behalten. Eine ganze Nacht hier draußen war eine kühle Angelegenheit, auch wenn man in eine warme Decke eingewickelt war. Er hatte außerdem recht, was ihren Körper betraf. Sie hatte Schmerzen vom Kopf bis in die Zehenspitzen. Aber es war ein angenehmer Schmerz. Ein aufregendes Ziehen. Ein Schmerz der sagte: Sieh her, ich habe die Nacht auf der unbequemen Pritsche eines Pick-ups verbracht. Neben Jake. Sie hatten noch lange miteinander geredet, bis ihr schließlich die Augen zugefallen waren. Langsam drehte sie den Kopf. Jake lag neben ihr ausgestreckt und sah sie an. Seine Haare waren verwuschelt und sein Kinn von Bartstoppeln bedeckt. »Guten Morgen«, sagte er mit vom Schlaf rauer Stimme.

»Hey.« Sie konnte ein Lächeln nicht unterdrücken. »Ich habe unter freiem Himmel geschlafen«, sagte sie, mehr zu sich selbst, um zu testen, wie sich die Worte anfühlten, wenn man sie aussprach.

»Ja.« Jake lächelte ebenfalls. Um seine dunklen Augen legten sich feine Fältchen. »Und du stiehlst Bettdecken. Von dem her müsstest du es zumindest warm gehabt haben.«

Eliza biss sich auf die Zunge. »Tut mir wirklich leid. Möchtest du ein Stück zurückhaben?«, fragte sie und versuchte sich an einem unschuldigen Augenaufschlag.

»Jetzt brauche ich sie nicht mehr«, brummte er gutmütig.

Eliza biss sich auf die Unterlippe. Jake wusste nicht, dass sie mitten in der Nacht schon einmal aufgewacht war. Mit wild klopfendem Herzen, gefangen in der Umklammerung eines Mannes. Im ersten Moment hatte sie geglaubt, Greg hätte sie gefunden, doch dann war ihr klar geworden, dass es Jake war, der sie hielt. Sie wartete ab, was weiter passieren würde. Doch er fuhr nicht mit den Händen über ihren Körper. Er grabschte sie nicht an. Er hielt sie einfach nur in einer festen, beschützenden Umarmung und schlief tief und fest. Elizas Wange ruhte an seinem Brustkorb. Sie konnte seinen beruhigenden Herzschlag hören. Wurde sich seiner tiefen, entspannten Atemzüge bewusst. Sie atmete seinen Duft nach Baumwolle, Mann und etwas Würzigem – vielleicht Hopfen – ein. Und wurde sich bewusst, dass sie keine Angst vor ihm hatte. Offenbar hatte er sie irgendwann im Schlaf wieder freigegeben, was Eliza bedauerte. Auch wenn es für Jake wahrscheinlich ein bisschen merkwürdig gewesen wäre, so eng an sie geschmiegt aufzuwachen. »Was würde ich jetzt für einen Kaffee geben«, sagte sie und seufzte.

Jake richtete sich neben ihr auf. »Ich wollte gerade das Gleiche sagen. Lass uns nach Hause fahren. Ich habe noch Zeit für eine Tasse, ehe ich mich auf den Weg nach Boston mache.«

Eliza erhob sich neben ihm ebenfalls. Sie konnte ein Stöhnen nicht unterdrücken, als sich die steifen, ausgekühlten Muskeln in ihrem Körper mühsam in Gang setzten.

»Ich habe es dir gesagt.« Jake scannte aufmerksam jede ihrer Bewegungen. »Geht es? Soll ich dich herunterheben?«

»Nein.« Sein besorgtes Gesicht brachte sie zum Lachen. »Ich klettere allein runter. Und Jake«, sie wartete, bis er ihren Blick erwiderte. »Es gibt solche und solche Schmerzen. Wenn sie das Ergebnis einer Nacht wie dieser sind, dann sind sie wundervoll.« Sie legte ihre Hand auf seinen Unterarm. »Danke dafür.«

Jake betrachtete ihre hellen Finger auf seiner braun gebrannten Haut. Dann sah er ihr abermals in die Augen und legte seine Hand über ihre. Vorsichtig, als habe er Angst, dass sie wieder vor ihm zurückzuckte. Aber das würde sie nicht mehr. Nicht vor Jake. »Jederzeit wieder«, sagte er. Das Raue hing noch immer in seiner Stimme. »Du musst nur ein Wort sagen, und ich fahre mit dir hierher.«

»Bis uns die Ranger erwischen«, ergänzte sie und zwinkerte ihm zu.

Sie fuhren die kurze Strecke nach Sunset Cove zurück und

tranken auf der Strandtreppe ihren Morgenkaffee. Jake hatte ihr erzählt, dass er heute nach Boston fahren würde, um seine Mutter zu besuchen. »Kommst du heute noch zurück ins Strandhaus oder bleibst du in der Stadt?«, fragte sie ihn. Er hatte ihr den Grund für den Besuch bei seiner Mutter nicht erzählt, aber sie spürte, dass es um etwas Größeres ging. Um eine ernste Angelegenheit.

»Ich weiß es noch nicht.« Er blickte auf den Ozean hinaus. Nach einem Augenblick fügte er hinzu: »Aber vermutlich schon. Ich habe ja in Boston kein Apartment mehr. Und wenn ich nicht in meinem alten Kinderzimmer schlafen will, komme ich heute noch wieder.«

»Vielleicht bin ich dann noch wach.« Eliza versuchte locker zu klingen, obwohl ihr Herz klopfte. »Du weißt schon, all das Ausruhen den ganzen Tag. Da wird man wirklich erst spät müde. Wenn dir danach ist, können wir dann noch ein bisschen reden. Oder einfach nur ein Bier zusammen trinken. Oder einen Scotch«, schlug sie vor und biss sich schließlich auf die Zunge, weil sie merkte, dass sie anfing zu plappern.

»Das wäre schön.« Jake wandte endlich den Blick vom Horizont ab und sah sie von der Seite an. »Aber falls du vorhast, mit dem Truck rauszufahren, nimmst du gefälligst deine eigene Decke und dein eigenes Kissen mit.«

Eliza musste lachen. Jake hatte nur einen Satz gebraucht, um die negativen Gedanken an das, was der Tag für ihn bereithielt, zu vertreiben und sie beide aufzuheitern. »Vielleicht sollten Decken und Kissen zur Standardausrüstung deines Pick-ups gehören«, neckte sie ihn.

15

Jake war viel zu früh losgefahren. Und zu schnell unterwegs gewesen. Er saß fast eine Stunde auf den Verandastufen vor dem Haus seiner Mutter, bis ihr Wagen in die Einfahrt bog. Er las und beantwortete E-Mails auf seinem Handy, versuchte sich mit den Gedanken an Eliza und die vergangene Nacht abzulenken. Aber er schaffte es nicht.

Carolyn stieg nicht sofort aus. Ihre Blicke trafen sich durch die Windschutzscheibe, hielten einander fest. Als sie den Türgriff betätigte, erhob er sich und ging zu ihr. Ohne etwas zu sagen, umarmten sie sich. Fest. Und voller Liebe. Wie sie es immer taten. Als Jake sie losließ, fuhr seine Mutter die Linien nach, die die Anspannung in sein Gesicht gegraben hatte. »Was ist nur los, Baby?«, murmelte sie.

Jake antwortete nicht. Er trat an den Kofferraum und holte Carolyns Koffer heraus. Seite an Seite gingen sie ins Haus.

»Kaffee?«, fragte seine Mutter, und er nickte. Der Kloß in seinem Hals wurde immer größer. Er folgte ihr in die kleine, gemütliche Küche und setzte sich auf einen der Barhocker am Tresen. Erst als Carolyn ihm gegenüber Platz genommen hatte und beide eine Tasse Kaffee vor sich stehen hatten, blickte Jake seiner Mutter fest in die Augen. Sie sahen sich so ähnlich. Sie hatten den gleichen Charakter. Und doch war der Genpool seiner Mutter nicht der einzige, der ihn geprägt hatte. »Stimmt mit der Brauerei etwas nicht?«, hakte sie nach.

»Nein.« Er schluckte den Kloß in seinem Hals herunter. »Ich hatte neulich ein etwas merkwürdiges Treffen. Theodor Hunter ist mir über den Weg gelaufen.« Bei Theodors Erwähnung verzog seine Mutter wie immer geringschätzig die Lippen. Vielleicht hatte Theodor ja doch nur irgendwelchen Mist erzählt, um ihn davon zu überzeugen, sich als Organspender testen zu lassen. »Er hat behauptet, mein Vater zu sein, und fände es deswegen nett, wenn ich ihm eine Niere …« Weiter kam er nicht.

Carolyn sprang in einem wütenden Satz auf und stieß dabei ihre Tasse um. Ihre Augen sprühten Funken. »Dieses Arschloch … was glaubt er …« Sie brach ab, offenbar sprachlos. Nichts, das bei seiner Mutter besonders oft vorkam. Langsam ließ sie sich auf ihren Hocker zurücksinken.

Eine Reaktion, die mehr sagte, als es tausend Erklärungen gekonnt hätten. Er stützte die Ellenbogen auf den Tresen und presste die Handballen gegen seine Augenlider. »Dann ist es also wahr«, sagte er leise. Nur das Ticken der Küchenuhr und das Tropfen des verschütteten Kaffees seiner Mutter auf die Küchenfliesen waren zu hören. Carolyn antwortete nicht. Schließlich hob er den Kopf und sah sie an.

Eine Träne löste sich aus ihrem Augenwinkel und rollte über ihre Wange. Sie wischte sie nicht weg, sah ihn einfach nur unverwandt an. »Ich habe dich nie als seinen Sohn gesehen«, sagte sie dann leise. »Du warst immer nur mein Kind. Du und ich. Durch dick und dünn. Erinnerst du dich?« Ihre Lippen formten sich zu einem um Verständnis bittenden Lächeln.

Aber Jake hatte kein Verständnis. Vielleicht irgendwann, aber nicht jetzt. »Ich bin aber sein Sohn. Ob ich das will oder nicht.« Er hätte sie so gern angeschrien, seine ganze Wut herausgebrüllt. Auf die Hunters. Seine Mutter. Auf die ganze beschissene Welt. »Georgina ist sogar der Meinung, ich schulde ihm die Niere, weil er für meine hübsche Privatschule und das Studium aufgekommen ist.«

»Du schuldest niemandem auch nur irgendwas«, fuhr Carolyn auf. Jake konnte dabei zusehen, wie ihr Kampfgeist zurückkehrte. Ihre Augen funkelten. »Und jetzt mischt auch noch Georgina mit. Fantastisch. Wirklich, ganz wunderbar«, schimpfte sie.

»Georgina ist im Moment mein kleinstes Problem. Ich will wissen, wieso Theodor Hunter mein Vater ist.«

»Ja. Und du hast ein Recht darauf.« Seine Mutter erhob sich, riss ein paar Blätter Küchenpapier ab und wischte den Kaffee auf. Dann verschwand sie ins Wohnzimmer und kehrte kurz darauf mit einer Flasche Scotch und zwei Gläsern zurück. »Das verlangt nach etwas Stärkerem als Koffein.« Sie goss ihnen beiden ein, kippte ihren Drink hinunter und goss sich gleich noch einmal nach. »Ich war noch sehr jung, als ich Theodor kennenlernte. Hin und wieder habe ich deine Großmutter im Büro besucht, aber Theodor und ich sind uns seltsamerweise nie über den Weg gelaufen. Seinen Vater kannte ich. Aber Theodor …« Sie sah aus dem Küchenfenster, und Jake hatte das Gefühl, sie tauchte in die Vergangenheit ein. »Ich traf ihn das erste Mal, als ich deine Großmutter mal wieder zum Lunch abholte. Er trat aus dem Büro, unsere Blicke trafen sich – und das war es. Schon am nächsten Tag hat er Kontakt zu mir aufgenommen. Er war damals ein toller Typ. Gut aussehend. Mit Manieren. Und mir«, sie lächelte in sich hinein, »fiel es damals wirklich nicht schwer, den Männern die Köpfe zu verdrehen.«

Jake bemühte sich, nicht das Gesicht zu verziehen. So ernst das, was sie zu klären hatte, auch war, er wollte nichts über die Anziehungskraft seiner Mutter wissen. Oder gar über ihr Sexleben. Weder damals noch heute.

»Es funkte gewaltig zwischen uns. Keine Sorge, ein paar moralische Grundsätze hatte ich. Ich habe eine Zeit lang wirklich dagegen angekämpft. Aber schließlich bin ich seiner Anziehungskraft erlegen.«

»Du wusstest, dass er mit Georgina verheiratet war.« Es war eine Feststellung, keine Frage.

»Ja.« Carolyn senkte den Kopf und betrachtete für einen Moment den Whiskey, den sie in ihrem Glas kreisen ließ. »Und auch, dass sie mit Andrew schwanger war. Keine meiner Glanzstunden, das muss ich zugeben. Ich war wahrscheinlich seine erste Geliebte. Mir sollten noch so viele folgen.« Sie kippte auch den zweiten Scotch hinunter und goss nach. »Wir haben uns wirklich geliebt.« Das Lächeln, das ihre Lippen verzog, war ein bisschen wehmütig, was durchaus dem Alkohol geschuldet sein konnte. Zumindest wünschte sich Jake, dass es am Alkohol lag. »Er war verrückt nach mir. Und ich nach ihm. Georgina hat er nie geliebt. Ihre Ehe war ein reines Pflichtarrangement. Er hatte einen Stammhalter gezeugt, also war seiner Pflicht erst einmal genüge getan. Die Schwangerschaft mit dir war natürlich auch nicht geplant gewesen.« Sie legte ihre Hand über Jakes und drückte sie liebevoll. »Auch wenn du das Beste bist, was mir jemals im Leben passiert ist. Ich liebe dich so sehr. Und damals hatte ich zumindest für einen kurzen Moment die Hoffnung, Theodor würde es genauso ergehen. Ich hatte geglaubt, er würde sich genauso Hals über Kopf in diese tiefe Liebe zu dir stürzen, die mich auf der Stelle erwischt hatte. Aber er war noch immer ein Mann, der zwischen Glück und Liebe auf der einen Seite und Status, Ansehen und Pflichtgefühl auf der anderen Seite unterscheiden musste. Wofür er sich entschieden hat, weißt du.«

»Für dich muss es die Hölle gewesen sein«, sagte Jake.

Nachdenklich nippte Carolyn an ihrem Whiskey und stellte das Glas dann auf den Tresen zurück. »Ich glaube, für ihn war es schlimmer. Er wäre gern aus seinem Leben ausgebrochen, hat es aber nicht geschafft, sich gegen seine Familie und die Erwartungen an ihn durchzusetzen. Sicher, er hat mir das Herz gebrochen, und dir, obwohl du noch nicht einmal geboren warst. Aber ich war schon immer jemand, der seinen Weg auch allein gehen konnte. Es tat weh, aber ich habe es nicht bereut, ihm den Rücken zu kehren, nachdem er sich nicht für uns entschieden hat. Er hat das, glaube ich, bis heute nicht verwunden.« Sie lächelte Jake ein wenig traurig an. »Deshalb bin ich so froh, dass Andrew und Niclas sich nicht von den Gesellschaftsregeln unter Druck setzen lassen, auch wenn Georgina mit Sicherheit nichts unversucht gelassen hat, sie mit den richtigen Frauen zusammenzubringen.«

Jake nickte. Seine beiden Freunde hatten die Liebe einfach zugelassen, als sich zwei Frauen in ihr Herz gestohlen hatten, mit denen ihre Mutter nicht einmal im Ansatz einverstanden war. Aber sie lebten schließlich nicht mehr im neunzehnten Jahrhundert. Seine beiden Freunde – seine Halbbrüder. Verdammt, war das ein schräges Gefühl. Absolut merkwürdig. Und nichts, was er jetzt schon in irgendeiner Art durchdenken wollte. »Du hättest es mir erzählen müssen«, sagte er. »Es gab keinen Grund, fünfunddreißig Jahre ein Geheimnis daraus zu machen.« Er erhob sich und überwand die drei Schritte zum Fenster. Ihm wurde bewusst, dass er seine Hände zu Fäusten geballt hatte und schob sie in die Taschen seiner Jeans. Natürlich konnte er auf eine Art verstehen, wie seine Mutter Theodor als junge Frau verfallen war. Theodor war nicht umsonst ein Weiberheld. Er wusste genau, wie er eine Frau um den Finger wickeln konnte. Aber dass seine Mutter ihm das verheimlicht hatte, machte Jake wütend. Er war mit Niclas und Andrew aufgewachsen. Sie waren immer wie Brüder für ihn gewesen. Und nun waren sie es tatsächlich. Wie verrückt muss es gewesen sein, ihnen über dreißig Jahre lang mit diesem Wissen zuzusehen.

»Das sahen Theodor und vor allem sein Vater anders. Der alte Hunter hat mich eine Schweigeverpflichtung unterschreiben lassen.«

»Für das kleine, schmutzige Geheimnis seines Sohnes? Sieht dir gar nicht ähnlich, bei so etwas einzuwilligen.«

»Da hast du recht. Ich war kurz davor, die Papiere in kleine Fetzen zu reißen und sie Theodor dem II. und seinem Anwalt ins Gesicht zu schleudern. Aber deine Großmutter war wesentlich besonnener als ich. Jedenfalls später. Im ersten Moment …« Sie verdrehte die Augen und wedelte mit der Hand. »Mann, war sie damals sauer auf Theodor und mich! Sie hat uns beiden so richtig die Leviten gelesen. Aber schließlich hat sie einen Deal mit den Hunters ausgehandelt. Ich habe den Wisch unterschrieben, und dafür musste Theodor sich bereit erklären, sich niemals in deine Erziehung oder Ausbildung einzumischen. Er musste nur dein Schulgeld zahlen und dein Studium finanzieren. Ich wäre zu stolz gewesen, irgendetwas von den Hunters anzunehmen, aber deine Großmutter war der Meinung, dass zur Entstehung eines neuen Lebens zwei Menschen notwendig sind. Demzufolge müssen auch beide die Verantwortung übernehmen. Und wenn Theodor dich schon nicht als seinen Sohn anerkennt, müsse er zumindest so seinen Teil dazu beitragen.«

»Ich hätte mich nicht kaufen lassen«, stieß Jake aus.

»Du bist ja auch mein Sohn.« Carolyn schob ihr Whiskeyglas zur Seite. »Ich habe meine Prinzipien nur ein einziges Mal verraten, und ich bin froh, dass ich es getan habe. Weil du ein wunderbarer Mann geworden bist. Jemand, der Ideen hat. Visionen. Und Bildung ist nun mal der Schlüssel zu allem. Du hättest es sicher unter allen Voraussetzungen geschafft – aber du solltest die besten haben. Denkst du, du kannst mir das irgendwann verzeihen?«

»Du bist meine Mom, oder?«, sprach er die einfache Wahrheit aus. »Ich bin sauer, weil ihr mir die Wahrheit so viele Jahre verschwiegen habt. Ich bin wütend, weil ihr mich in dem Glauben gelassen habt, Grandma hätte meine Schulgebühren von diesem üppigen Gehalt gezahlt, das sie als Theodors Assistentin bekommen hat. Und ich muss das erst einmal alles verdauen.« Diesmal griff Jake nach der Hand seiner Mutter und drückte sie. »Aber wir bekommen das gebacken, so wie wir beide alles zusammen hinbekommen.«

Carolyn stand auf und umrundete den Küchentresen. Sie legte ihre Arme um Jakes Schultern und zog ihn an sich. »Ich weiß nur, dass ich den wundervollsten Sohn der Welt habe und manchmal gar nicht verstehen kann, wie ich mit so viel Glück gesegnet werden konnte.«

Jake erwiderte die Umarmung, und so standen sie für eine Ewigkeit da und hielten sich gegenseitig. Als sich Carolyn schließlich von ihm löste, wischte sie sich über ihre feuchten Wangen. »Wir sollten es noch einmal mit Kaffee probieren. Warum gehst du nicht schon mal auf die Veranda, ich komme gleich nach. Und dann will ich wissen, was dieser verdammte Hunter schon wieder angestellt hat. Von wegen Niere.«

Jake rutschte vom Barhocker und zog sein Handy aus der Tasche. Er hatte das Bedürfnis, Eliza eine Nachricht zu schicken. Sie wusste nicht, wann er nach Sunset Cove zurückkehren würde, aber er wollte sie wissen lassen, dass er sich auf jeden Fall heute Abend noch auf den Weg machen würde. Doch dann fiel ihm ein, dass sie im Moment ja gar kein Handy hatte. »Sag mal, hast du dieses alte Prepaidhandy noch, das ich dir vor ein paar Jahren geschenkt habe?«, fragte er seine Mutter über die Schulter.

»Sicher.« Carolyn ließ die Kaffeemaschine frische Bohnen mahlen. »Da müsste sogar noch Guthaben drauf sein.«

»Kann ich es mir für eine Weile leihen?«

»Es liegt in einer Schreibtischschublade im Arbeitszimmer. Hole es dir, solange ich den Kaffee mache.«

Jake und seine Mutter redeten den ganzen Tag. Sie merkten beide, wie notwendig das war. Wie überfällig diese Aussprache. Es war spät, als Carolyn ihn ein letztes Mal fest in die Arme schloss und festhielt. Jake atmete den Duft seiner Mutter mit geschlossenen Augen ein und hielt sie noch einen

Moment länger in seinen Armen. Sie hatte ihm angeboten, in seinem alten Zimmer zu schlafen, aber er hatte abgelehnt und sich auf den Rückweg nach Cape Cod gemacht. In ihm brodelte eine Mischung aus Wut, Ratlosigkeit und sogar Angst. Angst vor allem davor, was die Ereignisse aus der Vergangenheit für die Zukunft bedeuteten. Es war bereits nach Mitternacht, als er seinen Wagen vor Sunset Cove abstellte. Im Erdgeschoss brannten keine Lichter, und auf dieser Seite des Hauses war auch das Obergeschoss dunkel. Als er das Haus betrat, konnte er durch das Mondlicht, das durch die Fensterfront ins Wohnzimmer schien, erkennen, wie Potter in seinem Hundebett kurz den Kopf hob, zweimal mit dem Schwanz auf den Boden klopfte und in den Schlaf zurücksank. Jake stieg die Treppe hinauf und ging in sein Zimmer. Unschlüssig blieb er mitten im Raum stehen. Eliza hatte gesagt, sie wäre vielleicht noch wach, wenn er zurückkäme. Aber er war sich nicht sicher, ob sie wirklich so lange auf ihn gewartet hatte. Er könnte an ihre Zimmertür klopfen. Aber er wollte sie nicht wecken. Statt wieder auf den Flur hinauszutreten, öffnete er die Balkontür und trat in die laue Nacht hinaus. Das alte Handy seiner Mutter in der Hand lief er an der umlaufenden Brüstung entlang. Bei Andrew und Holly war alles dunkel. Er würde einen Blick in Elizas Zimmer werfen. Wenn noch Licht brannte, würde er klopfen. Ansonsten würde er sie einfach schlafen lassen.

Sie war noch wach. Er spürte die Erleichterung, die durch seinen Brustkorb schwebte, als er an ihre offenstehende Tür trat. Statt dieses Gefühl näher zu analysieren, betrachtete er sie. Sie saß im Lichtkegel der Nachttischlampe auf dem Bett, den Rücken gegen die Kissen gelehnt, die sie am Kopfende aus dunklem Kirschholz aufgestapelt hatte. Heute trug sie Jeans und die hellgrüne Kapuzenjacke über einem dunkelblauen T-Shirt. Ihr Haar war offen – und länger, als die strengen Haarknoten, die sie sonst immer trug, vermuten ließen. Sie hatte es sich über die linke Schulter gestrichen und drehte abwesend eine der hellen Strähnen um den Finger, während sie in den Roman abgetaucht war, der auf ihren Knien ruhte.

Jake klopfte leise gegen den Rahmen der Balkontür. Eliza hob den Blick, ein Lächeln stahl sich in ihr Gesicht, und Jake war erleichtert, dass sein Auftauchen sie nicht erschreckt hatte.

»Wie war deine Fahrt?«, fragte sie.

»Gut. Ich habe hier was für dich.« Er hielt das Handy hoch. Eliza drehte das Buch um, legte es zur Seite und rutschte vom Bett. »Es ist das alte Handy meiner Mutter. Nur Prepaid«, entschuldigte er den nicht ganz aktuellen Stand der Technik. Sie war bestimmt etwas anderes gewohnt. »Ich habe es während der Fahrt im Wagen geladen und die Nummern von Holly, Marie, Niclas, Andrew und mir sind schon eingespeichert. Das macht es dir leichter zu kommunizieren.«

»Vielen Dank.« Sie nahm das Handy und betrachtete es einen Moment. »Das ist sehr nett von dir.«

Jake zuckte die Schultern. »Es lag bei meiner Mutter nur herum.« Dann schob er die Hände in die Gesäßtaschen seiner Jeans. Er hatte ihr das Handy gegeben, darum hatte er hier nichts mehr verloren und konnte ins Bett gehen. Außerdem hatte er keine Ahnung, was er noch zu ihr sagen sollte. Also stand er einfach nur stumm da und sah sie an. Eliza schwieg ebenfalls. Sie drehte das Handy zwischen ihren

Fingern. Dann blickte sie auf, und einen langen Augenblick sahen sie sich einfach nur an.

»Ich wollte …«, begann Jake

»Möchtest du …«, setzte Eliza im selben Moment an.

Das brachte sie beide zum Lachen und nahm der Spannung, die plötzlich zwischen ihnen pulsierte, die Schärfe.

Jake machte eine auffordernde Geste mit der Hand. »Nach dir.«

Wieder senkte sie den Blick, was dazu führte, dass Jake ihre dichten, langen Wimpern überdeutlich wahrnahm, die wie perfekte Halbmonde auf ihren Wangenknochen ruhten. Als sie die Lider wieder hob und ihn ansah, wirkte sie fast ein wenig schüchtern. »Wie war es in Boston?«, fragte sie.

»Schwierig«, war das Wort, mit dem sich der Tag am besten zusammenfassen ließ.

»Möchtest du darüber reden?«, ließ sie nicht locker.

Im Grunde schon. Normalerweise hätte er Andrew geweckt und ihm bei einem Bier am Strand alles erzählt. Aber das ging nicht. Denn er war Jakes Halbbruder. Und Eliza? Waren sie einander wirklich nahe genug für diese Art der Offenbarung? Noch während er sich das fragte, spürte er, dass er sich wünschte, es wäre so. Er zuckte unbeholfen mit den Schultern.

»Lass uns zum Strand gehen.« Eliza schlüpfte in ein Paar Flip-Flops und wandte sich zur Tür.

Jake folgte ihr. Leise liefen sie durch den Flur und die Treppe ins Erdgeschoss hinunter. Potter hob abermals den Kopf, als Eliza die Tür zur Terrasse aufschob und hinaustrat. Er schien zu überlegen, ob es lohnte, sich zu einem nächtlichen Abenteuer zu erheben. Offenbar gewann die Trägheit, denn er ließ den Kopf mit einem weiten Gähnen wieder sinken und bettete ihn auf seinen Pfoten.

Jake überquerte an Elizas Seite die Terrasse und stieg die Holzstufen hinunter, die auf halber Höhe von grob behauenen Steinquadern ersetzt wurden. Erst als sie auf dem nassen Sand des Strandes ankamen, blieb Eliza stehen. Sie zog den Reißverschluss ihrer Kapuzenjacke hoch und holte einen Haargummi aus der Hosentasche. Ohne ihren konzentrierten Blick von ihm zu lösen fasste sie ihre Haare zusammen, die eine Böe um ihr Gesicht wehte und schlang den Gummi so darum, dass sie in einem schiefen Knoten auf ihrem Kopf saßen. Ihr Blick war weder neugierig noch sensationslüstern. Es fühlte sich eher an, als gehöre ihre ganze Aufmerksamkeit ihm. Jake wusste nicht, wie er anfangen sollte. Wie erklärte man das, was er heute erfahren hatte? Er verschränkte seine Hände im Nacken und blickte auf das Meer hinaus. Schließlich ließ er die Arme sinken und sah Eliza an, die geduldig wartete.

*

»Lass uns ein Stück gehen«, schlug Eliza vor und setzte sich in Bewegung. Jake fiel in ihren Rhythmus und lief eine Weile schweigend neben ihr her.

Schließlich blieb er stehen und zwang Eliza damit ebenfalls anzuhalten. Er blickte zu einem Baumstamm hinüber, der vor langer Zeit von der Flut an den Strand gespült worden war. Glatt geschliffen von den Elementen leuchtete er in gespenstigem Silbergrau im Mondlicht. »Sollen wir uns da hinsetzen?«, fragte er und steuerte, ohne Elizas Antwort abzuwarten, auf das ausgebleichte Holz zu.

Sie folgte ihm, nahm neben ihm Platz und sah genau wie Jake auf den Ozean hinaus. »Du hast gestern gesagt, dass du befürchtest, den Boden unter den Füßen zu verlieren. Hat sich dieser Verdacht bestätigt?«, fragte sie.

»Das kann man wohl sagen. Eigentlich sollte ich es niemandem erzählen«, sagte er mehr zu sich selbst als zu Eliza.

»Das musst du auch nicht«, antwortete Eliza. »aber wenn du darüber reden möchtest, ist bei mir alles sicher, was du mir anvertraust.« Wenn Jake mit ihr reden würde, wäre das ein Zeichen, dass er ihr genauso vertraute wie sie ihm. Er starrte auf den Horizont hinaus. Brütete vor sich hin. Eliza war sich sicher, er wägte ab, was er ihr erzählen wollte und was nicht.

»Theodor Hunter ist mein Vater«, sagte er schließlich so leise, dass Eliza nicht sicher war, ihn richtig verstanden zu haben. Sie wandte sich ihm zu. Doch Jake starrte weiter auf das Meer hinaus. Seine Kiefer arbeiteten. Nein, sie hatte ihn nicht falsch verstanden. Und sie war sich sicher, diese Neuigkeiten hatten das Potenzial, ihn aus der Bahn zu werfen. Eliza wusste nicht, was sie auf diese Offenbarung erwidern sollte, also schwieg sie.

»Meine Großmutter hat für Theodor gearbeitet. Und davor bereits für seinen Vater. Auf diese Weise hat er meine Mutter kennengelernt«, erzählte Jake weiter. »Sie war noch sehr jung, und er hat sie einfach um den Finger gewickelt und geschwängert. Zu diesem Zeitpunkt war Georgina bereits mit Andrew schwanger.«

»Wie hast du davon erfahren?« Sie wusste genau, wie es sich anfühlte, wenn sich das Leben, das man als seine Wahrheit empfunden hat, plötzlich als Lüge herausstellte und in Luft auflöste.

Jake lachte bitter auf. »Theodor hat eine Nierenerkrankung. Er ist daher auf der Suche nach einem Spenderorgan, und niemand in der Familie kommt dafür infrage. Also hat er sich nach fünfunddreißig Jahren plötzlich an seinen unehelichen Sohn erinnert. Er will, dass ich mich testen lasse, um herauszufinden, ob ich kompatibel bin und ihm aus der Klemme helfen kann.«

Theodor war so krank, dass er auf eine Organspende angewiesen war? Davon hatte sie nicht den geringsten Schimmer gehabt. Eliza konnte die Wut fühlen, die in Jake vibrierte und wurde sich überrascht bewusst, dass sie trotzdem keine Angst vor ihm hatte. Mit einer sanften Bewegung legte sie ihre Hand zwischen seine Schulterblätter und spürte, wie allmählich zumindest ein kleiner Teil der Spannung von ihm abfiel. »Das ist eine ziemlich miese Situation«, sagte sie. »Theodor setzt dich damit furchtbar unter Druck. Aber du bist nicht dazu verpflichtet, das zu machen. Eine Organspende erfordert ein großes Maß an Selbstlosigkeit. Es gibt sicher andere Möglichkeiten. Dialyse oder so was. Auf jeden Fall ist das etwas, was du dir sehr gut überlegen musst.«

Jake stützte die Ellenbogen auf die Knie und ließ die Hände zwischen seinen Beinen baumeln. »Ich komme mir so dämlich vor. Ich meine«, er ließ den Kopf für einen Moment hängen, ehe er den Blick wieder nach vorn richtete, »Andrew und Niclas sind meine besten Freunde. Das waren sie schon immer. Jetzt weiß ich auch, warum. Es liegt ganz einfach daran, dass sie meine Brüder sind.«

»Nein.« Eliza rieb mit den Zehen über den feuchten Sand, der seinen Weg auf die Oberflächen ihrer Flip-Flops gefunden hatte. »Glaub mir, ich kenne mich mit dem Thema

Familie aus. Man kann sich seine Verwandten nicht aussuchen. Seine Eltern ebenso wenig wie seine Geschwister, Cousins, Tanten und Onkel. Egal, wie nett oder grauenvoll sie sind. Du hingegen hast Niclas und Andrew als Freunde gewählt. Niemand hat dich dazu gezwungen. Du weißt einfach nur, dass du auf die beiden bauen kannst. Das hat nichts damit zu tun, dass ein Teil eurer DNA identisch ist.«

Jake sah sie von der Seite an. »Ich weiß nicht, was ich machen soll«, sagte er leise. »Was ist, wenn Nic und Drew nichts mehr mit mir zu tun haben wollen, wenn sie davon erfahren?«

»Ach komm schon.« Eliza stieß aufmunternd mit ihrer Schulter gegen seine. »Ihr seid erwachsene Männer. Ihr werdet eure Freundschaft nicht von etwas zerstören lassen, das in der Vergangenheit geschehen ist. Und wofür ihr beim besten Willen nichts könnt. Für die Fehler eurer Eltern seid ihr nicht verantwortlich.« Sie schluckte und überlegte für den Bruchteil einer Sekunde, ob sie das, was ihr durch den Kopf ging, wirklich aussprechen sollte. Aber sie wollte keine Lügen mehr leben. Wollte nicht mehr schweigen. »Ich bin Theodor Hunter sehr dankbar dafür, dass es dich gibt«, sagte sie leise. »Ich bin sehr froh, dass du mir über den Weg gelaufen bist. Froh, mit dir hier zu sitzen. Und genau so werden das Andrew und Niclas auch sehen.«

»Ich hoffe es. Georgina und Theodor wollen die Vaterschaft geheim halten. Zumindest solange ich die Niere nicht spende.« Unbehaglich rieb er sich über den Nacken. »Ich habe kein gutes Gefühl dabei, aber im Moment weiß ich nicht, wie ich Nic und Drew diese Neuigkeiten beibringen soll.«

»Nimm dir die Zeit, die du brauchst«, riet Eliza ihm. »Du musst es ihnen nicht heute Nacht oder morgen früh sagen. Der richtige Moment wird sich ergeben.«

»Ja, vielleicht hast du recht«, stimmte Jake ihr zu. »Ich muss erst einmal selbst damit klarkommen. Andererseits ist es nicht okay, Geheimnisse vor ihnen zu haben. Das hat es zwischen uns noch nie gegeben.«

»Sie sind zwei ganz besondere Freunde«, sagte Eliza und betonte das letzte Wort. Eine Weile blieben sie stumm sitzen, eingesponnen in die Dunkelheit, die wie eine weiche Decke um ihre Schultern lag. »Ich habe übrigens auch über etwas nachgedacht, was ich gern mit dir besprechen will.« Sie hatte sich den ganzen Tag über Gedanken gemacht, hatte ihre Idee hin und her gedreht. »Darf ich dich in der Brauerei besuchen?« Natürlich bestand die Gefahr, in eine Falle zu tappen. Es war möglich, dass Jake und seine Freunde nur so nett zu ihr waren, damit sie endlich über ihren Schatten sprang und in Jakes Projekt investierte. Eine vollständige Sicherheit gab es für sie nicht, und das bereitete ihr Unbehagen. Sie glaubte an Jake, den sie erst seit gut einer Woche näher kannte, wie sie außer Jeffrey und Maggie, mit denen sie seit Jahren befreundet war, niemandem vertraute. Und doch konnte sie die letzten Zweifel nicht zerstreuen. Wenn sie einen Blick auf die Harbour Beach Brewerie warf, was sie ursprünglich sowieso vorgehabt hatte, würde ihr das bei ihrer Entscheidung vielleicht helfen.

Jake setzte sich auf dem Baumstamm so, dass er sie ansehen konnte. »Wirklich?«, fragte er. »Du willst dir die Brauerei ansehen? Fühlst du dich schon fit genug dafür? Wir können damit gern warten, bis alles verheilt ist. Du sollst dich schonen. Das sagt zumindest dein Arzt, soweit ich weiß.«

»Woher willst du das wissen? Es gibt noch immer die ärztliche Schweigepflicht.« Eliza lächelte Jake an. »Mir fällt die
Decke auf den Kopf, und ich möchte deine Firma wirklich
gern sehen.«

»Na gut. Aber du musst mir versprechen, sofort Bescheid
zu sagen, wenn es dir zu viel wird.«

»Das wird es nicht«, widersprach Eliza.

»Du versprichst es mir, oder du wirst die Brauerei nicht zu
Gesicht bekommen.«

Eliza konnte ein Lächeln nicht zurückhalten. »Sturkopf«,
murmelte sie und brachte damit auch Jake zum Lächeln.

Er griff nach ihrer Hand und drückte sie. »Ich bin wirklich froh, dass du noch wach gewesen bist. Es hat gutgetan,
mit dir zu reden.«

»Ich war gerne für dich da«, rutschte es Eliza heraus.

»Okay. Aber wenn wir morgen in die Brauerei wollen, sollten wir jetzt ins Bett gehen.« Er erhob sich und zog sie an der
Hand, die er noch immer in seiner hielt, hoch. Eliza nahm
an, er würde sie gleich wieder loslassen. Doch das tat er nicht.
Seine Finger mit ihren verschlungen lief er über den Strand
und stieg die Stufen zu Sunset Cove hinauf.

16

Jake hatte das Gefühl, von einem Truck überrollt worden zu sein, als das penetrante Piepsen seines Weckers ihn aus dem bisschen Schlaf riss, dass er heute Nacht überhaupt bekommen hatte. Mit einem genervten Stöhnen schaltete er den Wecker aus und rieb sich über das Gesicht. Seine Augen brannten vor Müdigkeit, sein Gehirn arbeitete auf Sparflamme – und er hatte die Befürchtung, dass sich das den Tag über nicht ändern würde. Eliza und er waren erst spät in der Nacht vom Strand zurückgekehrt. Es hatte gutgetan, mit ihr zu reden, und doch hatten ihn die Gedanken an Theodor, seine Mom und vor allem Andrew und Niclas keine Ruhe gelassen. Mit der Geschwindigkeit einer Achterbahn hatten sie in seinem Kopf Loopings gedreht, und er hatte es nicht geschafft, sie zum Schweigen zu bringen. Jetzt hatte er das Gefühl, erst vor fünf Minuten eingeschlafen zu sein. Aber Eliza hatte beschlossen, heute die Brauerei zu besichtigen, also würde er sich wohl oder übel aus dem Bett quälen müssen.

Er stand auf, zog ein T-Shirt und eine Jogginghose über und putzte sich die Zähne. Für eine gemütliche Tasse Kaffee auf der Strandtreppe war heute keine Zeit, aber er brauchte dringend eine Dosis Koffein, ehe er sich unter die Dusche stellte. Barfuß verließ er sein Zimmer und lief die Treppe hinunter. Noch ehe er die Küche betrat, konnte er Stimmen hören. Eliza, die leise über etwas lachte, was Andrew gesagt hatte. Er blieb im Türrahmen stehen und betrachtete die beiden. Sein Freund lehnte lässig am Küchentresen, die linke Hand auf den dunklen Granit gestützt. In der Rechten hielt er einen Kaffeebecher. Eliza saß am Küchentisch und löffelte Müsli, ihre Augen leuchteten. Vor ihr stand ebenfalls eine dampfende Tasse.

»Hey.« Andrew bemerkte ihn und grinste ihn breit an. »Guten Morgen.«

»Morgen«, brummte Jake. Er konnte es nicht verhindern, dass er das Gesicht seines Freundes nach Gemeinsamkeiten mit seinem eigenen absuchte. Natürlich wusste er, wie Andrew aussah, er kannte Niclas' Gesicht. Aber er hatte die beiden noch nie unter dem Gesichtspunkt angesehen, dass sie seine Brüder waren. Er konnte nichts entdecken. Andrew und Niclas sahen sich ähnlich, waren unverkennbar verwandt. Aber Jake hatte keine Ähnlichkeit mit ihnen.

»Oh oh, da braucht jemand dringend Kaffee.« Andrew reichte ihm seinen Kaffeebecher, während er einen neuen aus dem Schrank nahm und unter die Maschine stellte. »Wie war es bei deiner Mom?«, fragte er, nachdem Jake seinen ersten Schluck getrunken hatte.

Eliza hielt inne, den Löffel auf halbem Weg zum Mund, und blickte zu ihnen herüber. Sie war nicht sicher, was Jake sagen würde.

Doch er war noch nicht bereit für die große Offenbarung. »Ganz okay«, brummte er und hielt Andrew die Tasse, die er zur Hälfte geleert hatte, wieder hin.

Sein Freund winkte ab. »Trink aus. Ich hatte heute Morgen schon genug von dem Gift.«

»Andrew ist mit Holly aufgestanden«, sagte Eliza, offenbar bemüht, das Thema von Jakes Besuch in Boston abzulenken. »Sie ist schon weg. Zum Großmarkt.«

»Also habe ich Eliza ein bisschen Gesellschaft geleistet, bis du aus den Federn kriechst. Sie hat mir erzählt, dass sie dich heute in die Brauerei begleitet.«

»Ja.« In Jakes Kopf tobte noch immer ein riesiges Chaos. Andrew und Eliza waren viel zu wach für ihn. Sie sprachen zu viel und zu schnell. Aber immerhin nahm Andrew ihm die fast leere Tasse lauwarmen Kaffees aus der Hand und ersetzte sie durch die, die er unter der Maschine hervorzog.

»Es wird dir gefallen«, versprach Andrew Eliza, während sich Jake mit seiner Tasse an die Kücheninsel setzte. »Allein das Gebäude hat so viel Charme und Ausstrahlung.«

Jake beteiligte sich nur mit ein paar gebrummten Kommentaren, bis er seinen Kaffee ausgetrunken hatte und unter die Dusche verschwinden konnte. Er wollte nicht darüber nachdenken, was Elizas Brauereibesichtigung bedeutete. Sie war endlich da, wo er sie seit Monaten haben wollte. Und doch hatte er ein ungutes Gefühl. Eliza sollte nicht denken, dass er sie gerettet und nach Sunset Cove gebracht hatte, um ihr die Finanzierung aus den Rippen zu leiern. Denn dann würde sie das Vertrauen, das sie in den letzten Tagen zu ihm gefasst hatte, sofort wieder verlieren. Und aus einem Grund, den er nicht näher beleuchten wollte, war es ihm wichtiger, diese Freundschaft, die sich langsam zwischen ihnen entspann, zu vertiefen. Er trocknete sich ab und warf einen Blick in den Spiegel. Mit der Hand fuhr er prüfend über die Bartstoppeln an seinem Kinn. Einen Tag würde es noch gehen. Spätestens morgen würde er zum Rasierer greifen müssen, wenn er nicht wie ein Höhlenmensch durch die Gegend laufen wollte.

Er zog Jeans, ein T-Shirt und ausgetretene Segelschuhe an, ehe er ins Erdgeschoss zurückkehrte. Eliza saß noch immer an der Kücheninsel, war aber inzwischen fertig mit Frühstücken. Erwartungsvoll sah sie Jake entgegen.

»Bist du so weit?«, fragte er.

»Ja.« Sie erhob sich, immer noch vorsichtig wegen ihrer Verletzungen, und Jake sah, dass sie enge Jeans trug. Sie stammten mit Sicherheit genau wie die dunkelgrüne Bluse und das passende Jäckchen aus Hollys Kleiderschrank. Ihre Füße steckten in bequemen Ballerinas, und die Haare hatte sie zu einem lockeren Knoten am Hinterkopf zusammengesteckt.

Jake warf einen prüfenden Blick in ihr Gesicht. Sie hatte ihre Haut dick mit Make-up abgedeckt, aber im Gegensatz zu den vergangenen Tagen waren ihre Verletzungen unter der Schminke zu Schatten verblasst, die man nur wahrnahm, wenn man wusste, dass es sie gab. »Na dann los.« Er drehte sich zur Tür um, und ging voraus.

*

Eliza hatte sich die halbe Nacht nervös im Bett hin und her gedreht. Immer wieder war sie in kurzen Träumen versunken, in denen Jake ihre Hand hielt und an ihrer Seite über den Strand lief. Sie war früher als an den vergangenen Tagen aufgewacht und hatte beschlossen aufzustehen, anstatt zu analysieren, was die Träume zu bedeuten hatten. Andrew hatte sie gut von den Gedanken, die ständig in ihrem Kopf kreisten, abgelenkt, und ein bisschen Zeit hatte sie damit verbracht, ein passendes Outfit für den Tag in der Brauerei herauszusuchen. In Boston wäre sie niemals in Jeans und einem Cardigan zur Arbeit gegangen. Aber hier fühlte es sich genau richtig an.

Jake fuhr durch den spärlichen morgendlichen Verkehr nach Harbour Beach. Um diese Zeit waren nur die unterwegs, die arbeiten mussten. Die Touristen würden erst in frühestens ein oder zwei Stunden aus ihren Betten kriechen. Er ließ den Pick-up auf einen kleinen Parkplatz ausrollen, auf dem bereits ein älteres Modell stand. Daneben parkte ein Jeep, aus dem ein Surfboard ragte. An der Mauer dahinter lehnte ein Damenrad, um dessen Gepäckträger eine Blumenranke aus Plastik geschlungen war.

»Willkommen in der Harbour Beach Brewerie«, holte Jake sie aus ihren Betrachtungen.

Eliza ließ den Blick an der Fassade des Ziegelbaus nach oben gleiten, der aus den letzten Jahrzehnten des neunzehnten Jahrhunderts zu stammen schien. Efeu überwucherte die Mauern und rahmte das große Firmenschild ein. Auf dem gepflasterten Hof standen schmiedeeiserne Tische und Stühle, an denen die Leute später am Tag auf dem Rückweg vom Strand ein kühles, frisch gezapftes Bier trinken würden. Zumindest stellte Eliza sich das so vor. Sie stieg aus und folgte Jake zu dem großen Eingangsportal. Das war im Stil einer Stalltür auf einer Schiene gestaltet und stand bereits offen. Sie folgte ihm ins Innere und wurde sofort von der Atmosphäre dort gefangen genommen. Auch hier erstreckten sich die Ziegelwände unverputzt in die Höhe. Bis zur Hüfthöhe waren sie mit alten, wurmstichigen Brettern getäfelt. Die Probiertische bestanden aus ausrangierten Stalltüren, die auf schlichten Holzböcken lagen. Das außergewöhnliche, einladende Ambiente wurde durch kupferne Lampenschirme und eine Bar, die aus demselben, in die Jahre gekommenen Holz bestand, abgerundet. Eliza drehte sich einmal langsam um die eigene Achse. »Das ist ein wunderschöner Raum«, sagte sie und lächelte Jake an, der sie gespannt wartend ansah. »Rustikaler Charme, Tradition, Gemütlichkeit und eine gute Portion Nostalgie«, fasste sie ihre Umgebung zusammen. Langsam ging sie an der Wand entlang und studierte die vergilbten Sepiafotografien in grob gezimmerten Holzrahmen, die die Brauerei in den frühen Jahren des zwanzigsten Jahrhunderts zeigten. Sie hingen neben Werbeschildern aus Emaille, die die Biere der Harbour Beach Brewerie anpriesen.

Hinter dem Tresen, vor dem sich gusseiserne Hocker mit abgeschabten Lederpolstern aneinanderreihten, stand eine hübsche junge Frau und grinste ihnen breit entgegen. »Hi, ich bin Shelby«, grüßte sie gut gelaunt.

»Shelby, das ist Eliza.« Jake lehnte sich gegen den Tresen. »Hier halten wir die Bierproben ab, die wir anbieten«, erklärte er Eliza.

»Wer macht die Proben?«, wollte sie wissen und lehnte sich neben ihn.

»Den Sommer über hauptsächlich Shelby. Sie macht das toll.«

»Oh, danke, Chef«, ließ sich die junge Frau vernehmen.

Jake warf ihr über die Schulter einen Blick zu und lächelte.

»Sie arbeitet nur während der Semesterferien hier, im Herbst geht es zurück an die Uni. Shelby ist unsere Saisonkraft. Zurzeit sind wir ausgebucht mit Bierproben und Brauereiführungen. Aber sobald die Feriengäste von der Halbinsel verschwinden, wird es auch bei uns ruhiger.«

»Wer macht die Führungen, wenn es, sagen wir, November ist?« Eliza strich mit den Fingerspitzen über die Maserung des Tresens.

»Ich.« Jake hatte sich wieder zu ihr umgedreht. »Wenn ich dir den Rest der Brauerei zeige, stelle ich dir meine beiden anderen Mitarbeiter vor. Zu dritt haben wir die Arbeit dann gut im Griff. Im späten Herbst, dem Winter und Frühjahr, gibt es nur eine Führung pro Tag. Jede Führung dauert jeweils eine Dreiviertelstunde, sie lässt sich also gut in den Arbeitsablauf einpassen.« Er nickte in Richtung des Ausgangs. »Der Imbiss draußen ist eine eigene Firma. Sally Stiles betreibt ihn auf eigene Rechnung. Aber auch sie macht außerhalb der Saison dicht. Dann gibt es hier nur Brezeln, Chips und Nachos.«

»Alles sehr durchdacht«, sagte Eliza. Es wunderte sie nicht, dass die Brauerei wie am Schnürchen lief. Sie hatte ja die Zahlen gesehen und das Exposé für die Finanzierung gelesen.

»Ja, wir sind ehrlich gesagt ziemlich stolz darauf, wie es läuft. Komm mit.« Jake stieß sich vom Tresen ab und wandte sich in Richtung einer Seitentür, durch die sie in das Herz der Harbour Beach Brewerie traten. Er führte sie herum, zeigte ihr die Maische- und Läuterbottiche, erklärte ihr das Sudhaus, die Lagertanks und die Abfüllanlage. Sie erfuhr, dass sie am nächsten Morgen beginnen würden, ein neues Bier zu brauen. Das erste Ale, nach einer Rezeptur von Jake und mit Rohstoffen, die er ausgesucht hatte. Sie lernte den gesetzten, erfahrenen Braumeister Pete Matthews kennen und Scott Brody, einen gut gelaunten Surfertypen, der ebenfalls hier arbeitete.

Schließlich führte Jake sie ins Obergeschoss und zeigte ihr sein Büro. Es war ein schlichter Raum, funktional. Und trotzdem hatte er Seele. »Du hast hier wirklich eine tolle Firma«, sagte Eliza, nachdem sie in der kleinen Sitzecke Platz genommen hatten. »Wie bist du darauf gekommen, Bier zu brauen?« Jake war großzügig und vertrauenswürdig. Sie hatte vergangene Nacht erfahren, dass Theodor Hunter sein Vater war. Er liebte seine Freunde, war ein Beschützer und Kämpfer. Aber mehr wusste sie nicht über ihn.

Jake lehnte sich zurück. »Du willst die ganze Geschichte hören?«, fragte er und zog die Augenbrauen hoch.

»Unbedingt.«

»Ich glaube, es begann mit vierzehn. Nach meinem ersten illegalen Bier, das Niclas besorgt hatte. Ich weiß es noch wie heute: Es war ein IPA. Ziemlich bitter. Aber ich habe mich sofort verliebt. Und von da an hat es mich nicht mehr losgelassen. Ich habe zu Hause gebraut. In meinem Zimmer. Später in meiner Studentenbude. Meine Kumpels fanden das natürlich super.« Er blickte aus dem Fenster, versunken in die Erinnerungen, von denen er ihr erzählte. »Bier ist ein Stück Heimat. Weißt du, was ich meine?« Sein Blick wanderte zu Eliza. »Egal wo du bist, wenn du eine Flasche deines Lieblingsbiers öffnest, dann ist das wie ein nach Hause kommen.«

Eliza nickte. Sie verstand ihn. »Und dann hast du beschlossen, eine eigene Brauerei zu führen.«

»Ich glaube, ich hatte diesen Traum schon immer«, korrigierte er. »Aber erst als ich in der mittleren Führungsebene in einem riesigen Getränkekonzern versauert bin, wurde mir bewusst, dass ich diesen Traum leben muss, weil mir alles andere die Luft zum Atmen nahm.«

Es klopfte an der Tür, und Scott steckte den Kopf ins Zimmer. »Boss, kann ich dich kurz sprechen?«, fragte er.

»Klar.« Jake erhob sich. »Kann ich dich für einen Augenblick allein lassen?«, fragte er Eliza.

Sie blickte zu seinem Schreibtisch hinüber. »Würde es dir etwas ausmachen, wenn ich solange deinen Computer benutze und mich bei meinem Büro melde?«

»Nein. Natürlich nicht. Fühl dich wie zu Hause.« Jake folgte Scott nach draußen, und Eliza erhob sich. Sie nahm an dem Schreibtisch Platz und zog die PC-Tastatur über die zerkratzte Oberfläche zu sich heran. Der Bildschirmschoner verschwand, und Eliza ging ins Internet und loggte sich in ihren E-Mail-Account ein. Sie fand einen Notizblock und einen Kugelschreiber und begann, sich Notizen zu machen, während sie durch ihre Nachrichten scrollte. Ein paar stammten von ihrer Assistentin. Jeffrey hatte ihr insgesamt fünf Mails zu verschiedenen Themen geschickt, von Greg war keine Nachricht dabei. Eliza stieß die Luft aus, die sie unwillkürlich angehalten hatte. Sie zog das Handy aus der Tasche, das Jake ihr am vergangenen Abend gegeben hatte, und wählte Jeffreys Durchwahl. Wenn sie in seinem Vorzimmer anrief, würde sich die Kunde von dem Telefonat in Windeseile in der gesamten Etage verbreiten. Und das galt es auf jeden Fall zu verhindern.

Jeffrey hob nach dem sechsten Klingeln ab. »Penn«, meldete er sich kurz angebunden, wie er es immer tat, wenn er den Anrufer nicht erkennen konnte.

»Jeff, ich bin's, Eliza.«

»Mädchen!« Erleichterung flutete gemeinsam mit dem Wort durch den Hörer, und sie schloss für einen Moment die Augen, einfach nur glücklich, seine Stimme zu hören. Langsam atmete sie einmal ein und aus, wartete, bis das Brennen hinter ihren Lidern nachließ. »Danke für deine Mails in den letzten Tagen, aber mit dir zu sprechen ist mir einfach lieber. Wie geht es dir?«

»Gut«, sagte Eliza ehrlich und blickte aus dem Fenster auf den Hafen hinaus. »Mir geht es sehr gut. Unter der Nummer, die dir angezeigt wird, kannst du mich die nächste Zeit erreichen. Aber bitte, behalte sie für dich.« *Gib sie auf keinen Fall Greg*, fügte sie in Gedanken hinzu, traute sich aber noch immer nicht, ihrem alten Freund die Wahrheit zu sagen.

Jeffrey schwieg einen Moment, der sich wie Kaugummi zog, und seufzte dann leise. »Da du es schon erwähnst, es gibt da etwas, was ich mit dir besprechen möchte.«

»Gibt es Probleme, weil du mich nicht erreicht hast?« Eliza bekam ganz automatisch ein schlechtes Gewissen, weil sie sich vor der Welt da draußen versteckt hatte, um ihre Wunden zu lecken. »Ist es das Lombard-Projekt? Deinen Mails entnehme ich, dass es noch einige Rückfragen gab.«

»Nein, nein«, beschwichtigte Jeffrey sie sofort. »Ich habe die Lombard-Sache an Sandy übergeben. Eine Herausforderung für sie, aber warum nicht langsam beginnen, den jungen Mitarbeitern eine Chance – und vor allem mehr Verantwortung – zu geben.« Wieder zögerte er einen Moment, und Eliza wartete ab. »Es geht um etwas anderes«, fuhr er schließlich fort. »Ich habe herausgefunden, dass Greg einen Privatdetektiv darauf angesetzt hat, dich aufzuspüren.«

»*Was?*« Eliza hatte das Gefühl, laut aufzuschreien, aber die Frage taumelte als heiseres Flüstern über ihre Lippen. Sie spürte, wie sich ihr Herzschlag beschleunigte. Ihr Blickfeld verwandelte sich in einen Tunnel, der sich immer weiter verengte. Aus weiter Ferne hörte sie Jeffrey ihren Namen rufen, und langsam, so endlos langsam kehrte sie in die Wirklichkeit zurück. In Jakes Büro. In die Brauerei. Nach Cape Cod. Sie musste sich zusammenreißen. Aber sie konnte den kalten Schweiß nicht verhindern, der sich auf ihrer Stirn sammelte. Konnte ihr Herz nicht dazu bringen, langsamer zu schlagen. »Er hat mich gefunden«, brachte sie heraus.

»Nein, das hat er nicht«, widersprach Jeffrey. »Hör mir zu, Eliza. Hörst du mich?«, fragte er noch einmal.

»Ja.« Ihre Stimme war eine Mischung aus Panik und Angst.

»Ich habe den Ermittler ausfindig gemacht und ihm ein Angebot unterbreitet, das er unmöglich ausschlagen konnte. Er wird dich nicht verraten. Aber ich kann Greg natürlich nicht Tag und Nacht überwachen und herausfinden, was er sonst noch im Schilde führt, um dich aufzuspüren.«

»Weißt du, wo ich bin?«

»Ja. Der Detektiv ist wirklich gut, er hat es in null Komma nichts rausgefunden. Du bist bei den Hunters in Sunset Cove untergekommen. Aber du musst dir wirklich keine Gedanken machen, dass es herauskommt. Ich verrate es Greg nicht.«

Die Gedanken kreisten hektisch und voller Furcht durch ihren Kopf »Aber … er kann es jederzeit herausfinden … Greg. Er wird mich finden.«

Die Tür wurde geöffnet, und Eliza zuckte erschrocken zusammen. Ihre Angst spielte ihr einen Streich. Natürlich war

Greg nicht hier – Jake stand im Türrahmen. Ihre Blicke trafen sich. Offenbar war ihrem Gesicht anzusehen, dass gerade etwas komplett schieflief, denn er war mit wenigen Schritten bei ihr. »Was ist passiert?«, fragte er.

»Eliza? Wer ist das?«, hörte sie Jeffrey im nächsten Moment an ihrem Ohr.

»Ich … ich muss Schluss machen.« Ihre Stimme klang noch immer furchtbar. Mit zitternden Fingern drückte sie das Gespräch weg und legte das Handy auf den Schreibtisch.

»Eliza! Rede mit mir!« Jake drehte den Schreibtischstuhl zu sich herum und ging vor ihr in die Hocke. »Was ist passiert?«

»Er versucht herauszufinden, wo ich bin. Er hat einen Privatdetektiv auf mich angesetzt.« Eliza versuchte zu atmen, konnte aber keinen Sauerstoff an dem Kloß in ihrem Hals vorbeipressen.

»Greg?«, fragte er.

Eliza nickte heftig und spürte die Hände, die sich schwer auf ihre Schultern legten. »Atme langsam, Eliza. Ein und aus.« Sein Blick war ruhig, aber sie konnte die Sorge dahinter fühlen. »Eigentlich müsstest du den Kopf zwischen die Knie hängen, aber das würden deine Rippen dir nie verzeihen«, murmelte er. »Wir bekommen das auch so hin. Schön atmen.« Seine ruhige, tiefe Stimme lenkte sie von ihren Gedanken ab, hielt sie im Hier und Jetzt. Sie war sich seiner Hände mehr als bewusst. Seine Daumen strichen in sanften Bewegungen über ihren Hals, glitten über ihren rasenden Puls. Und langsam, ganz langsam, beruhigte sie sich ein wenig.

»Sch«, flüsterte er, als einer ihrer Atemzüge wie ein Schluchzer klang. Die Hände verließen ihren Platz auf Elizas Schultern, und sie wollte protestieren. Doch dann wurde ihr bewusst, dass er sie auf ihren Rücken legte und sie langsam in seine Arme zog. Wie von selbst glitten Elizas Hände um seine Mitte und krallten sich in sein T-Shirt. Jake konnte ihr Halt geben. Jake fing sie auf. Wieder einmal. Ihr Kopf fand seinen Platz in ihrer Halsbeuge. Sie roch seinen schlichten, angenehmen Duft, spürte seinen ruhigen, steten Puls an ihrem Körper. Seine Lippen strichen in einer beruhigenden, sanften Geste über ihre Schläfe. Und plötzlich wurde ihr bewusst, dass sie nicht mehr kurz davorstand zu hyperventilieren. Ihr Puls raste noch immer – aber inzwischen war nicht mehr der Schock dafür verantwortlich, sondern Jake.

Seine starken Arme, die feste und trotzdem vorsichtige Umarmung waren blanke Geborgenheit. Sicherheit. Und doch kribbelte es in ihrem Magen. Eine wilde und ungewohnte Empfindung. Er strich beruhigend über ihre Haare, und sie fühlte seine Lippen, die er in einer zärtlichen Geste auf ihren Scheitel presste. »Ist es wieder besser?«, flüsterte er an ihrem Ohr.

Eliza nickte. Ihre Haut rieb über die Baumwolle seines T-Shirts. Ihre Stirn ruhte an seinem Hals. Der so warm war. Der so gut roch. Sie musste nur den Kopf ein wenig drehen, und sie könnte … ehe sie den Gedanken zu Ende gedacht hatte, glitten ihre Lippen über Jakes Puls. Es fühlte sich unglaublich an. *Er* fühlte sich unglaublich an. Sie hatte keine Ahnung gehabt, dass sie sich überhaupt nach körperlicher Nähe sehnte. Aber offenbar war sie geradezu verhungert danach. Ihre Lippen suchten sich ihren Weg an seinem Hals hinauf, glitten an seinem Unterkiefer entlang.

»Eliza?« Jakes Stimme war leise und rau. Er lehnte seinen Kopf ein paar Zentimeter zurück. Weit genug, um ihr in die

Augen sehen zu können. Sie konnte seinen Blick nicht lesen. Er war voller Emotionen – was kein Wunder war. Gerade eben hatte sie noch einen Nervenzusammenbruch gehabt, und jetzt küsste sie seinen Hals. Er musste sie für eine Verrückte halten. »Eliza?«, wiederholte er noch einmal, noch leiser. Wahrscheinlich wollte er sie zur Vernunft bringen, aber sie konnte ihren Blick nicht von seinem Mund abwenden. Von Jake gehalten zu werden, in seinen Armen zu liegen war einfach – perfekt. Sie wollte nicht, dass er damit aufhörte. Zum ersten Mal seit einer Ewigkeit fühlte sie sich lebendig. Sie wollte mehr davon. Langsam überwand sie die Zentimeter, die sie trennten, und legte ihre Lippen auf Jakes.

Er erstarrte. Sein ganzer Körper vibrierte an ihrem. Die Muskeln unter ihren Händen wurden hart wie Stein, und plötzlich wurde ihr bewusst, was sie hier tat. Jake war nett gewesen. Er war für sie da gewesen. Er war der Mann, der sie gerettet hatte und ihr aus reiner Freundlichkeit half. Und sie nutzte das aus und küsste … Ihr blieb keine Chance, den Gedanken zu Ende zu führen. Denn den Bruchteil einer Sekunde später kam Leben in seinen Körper. Seine Hände rahmten ihr Gesicht ein. Seine Lippen erwiderten den Druck, und er küsste sie zurück. Die Nervenenden in ihrem Körper explodierten und schossen Blitze aus reiner Energie durch ihren Körper. Sein Geschmack überwältigte Eliza. Seine Berührungen. Die Nähe. Ohne sich von ihr zu lösen, erhob sich Jake und zog sie sanft mit sich. Im nächsten Moment fand sie sich auf der Schreibtischkante wieder, und Jake thronte über ihr. Doch er flößte ihr keine Angst ein. Sie zögerte nicht eine Sekunde. Als seine Zunge sanft gegen ihre Unterlippe stieß, öffnete sie sich ihm und ließ ihn den Kuss vertiefen. Ihre Hände glitten über seinen Rücken, fuhren die harten Muskeln nach, ertasteten das Tal seiner Wirbelsäule.

»Jake«, hauchte sie.

Seine rechte Hand schob sich in ihren Nacken, neigte ihren Kopf ein wenig weiter, um sie noch tiefer küssen zu können, während die linke an ihrer Wange liegen blieb. Eliza könnte hier sitzen bleiben. Für alle Ewigkeit. Mit Jakes Lippen auf ihren. Verschmolzen in diesem Kuss, der all ihre Sinne zum Leben erwachen ließ. Ewig …

»Boss, kannst du … ups! 'tschuldigung!«

Jake entfuhr ein grollender Laut, der an ein tiefes Knurren erinnerte, als er sich von ihr löste. Sein Brustkorb hob und senkte sich unter seinen Atemstößen. Sein verhangener Blick klärte sich, und Elizas Brustkorb zog sich zusammen. Der Moment war vorüber.

Jake lehnte seine Stirn gegen ihre, und sie sah, dass er die Augen noch einmal schloss, als er tief durchatmete. »Ich bin der schlechteste Chef aller Zeiten«, murmelte er. »Alle klopfen an, aber niemand wartet, bis ich ihn tatsächlich hereinbitte.« Langsam richtete er sich auf. Sein Blick ruhte abermals forschend auf ihrem Gesicht. Er strich mit den Daumen über ihre Wangenknochen und schob ihr dann in einer liebevollen Geste die Haarsträhnen, die sich gelöst hatten, hinter das Ohr. »Habe ich dir wehgetan?«, fragte er leise.

»Wehgetan?« Eliza verstand nicht. Ihr Gehirn war noch lange nicht so weit, wieder in die Wirklichkeit zurückzukehren.

»Deine Rippen«, half er ihr auf die Sprünge und strich mit den Händen sanft über die Seiten ihres Brustkorbes.

»Meine Rippen.« Eliza blinzelte. »Nein. Es geht ihnen

gut.« Glaubte sie zumindest. Im Moment strömten ausschließlich Endorphine durch ihre Blutbahn. Sie spürte keinen Schmerz. Keine Angst. Sie spürte nur Jakes Körper vor sich, seine heiße Ausstrahlung. Alles was sie wollte, war noch so ein Kuss.

Doch er schien das anders zu sehen. Mit einer zarten, vorsichtigen Bewegung löste er sich aus ihrer Umklammerung und trat einen Schritt zurück. »Es tut mir leid. Das wollte ich nicht«, sagte er und drückte sanft ihre Hände.

Seine Worte glichen einer Gletscherdusche. Augenblicklich kehrte Eliza in die Wirklichkeit zurück. Natürlich tat es ihm leid. Warum genau hatte er sie geküsst? Mitleid? Neugier? Hatte er wissen wollen, wie es war, eine Frau wie sie zu küssen? Ein Opfer, das es nicht geschafft hatte, sein Leben selbst auf die Reihe zu bekommen? »Genau genommen habe ich dich geküsst«, brachte ihr letzter Rest Stolz hervor. Trotzdem wandte sie den Blick ab, um ihn nicht weiter ansehen zu müssen. »Es muss dir nicht leidtun. Lass uns das Ganze einfach vergessen.«

»Eliza.« Er stand vor ihr, wartete geduldig, bis sie ihm ihren Blick wieder zuwandte. Endlos langsam strich er mit den Fingerspitzen über ihre Wangenknochen. »Ich werde das Ganze ganz sicher nicht einfach vergessen. Denn es war wahnsinnig schön, dich zu küssen.« Er senkte den Kopf, und Elizas Herzschlag legte den nächsten Sprint hin, weil sie glaubte, er würde sie noch einmal küssen. Doch er presste seine Lippen lediglich auf ihre Stirn. Wie ein großer Bruder seine kleine Schwester küsst, dachte sie. »Du bist eine wunderschöne Frau. Die klügste, die ich kenne«, sagte er leise. »Aber ich möchte nicht wie ein Bulldozer in dein Leben walzen, verstehst du?« Er hob den Kopf wieder und blickte ihr um Verständnis bittend in die Augen.

Eliza nickte. Sie verstand und schluckte hart. Jake sah in ihr eine gebrochene Frau. Ein Opfer. Das Schlimmste daran war, er hatte recht. Genau das war sie. Eine problembeladene Frau, die zu allem Überfluss auch noch verheiratet war. Jake machte nicht den Eindruck, verheiratete Frauen anzubaggern, auch wenn ihr Mann ein Riesenarschloch war. Am meisten wunderte sie sich über sich selbst. Sie hatte Jake geküsst. Sie hatte sich in seinen Armen zu Hause gefühlt. Sie hatte das erregende Kribbeln in ihrem Bauch gespürt. Und sie hatte nicht für den Bruchteil einer Sekunde Furcht empfunden. Auch die Worte, die Jake gerade zu ihr gesagt hatte, verhinderten, dass sich ihre Pulsfrequenz wieder beruhigte. Er hatte es auf eine Art gesagt, die ihr das Gefühl gab, dass seine Worte wirklich von Herzen kamen. Sie begriff, was gerade mit ihr geschah. Sie spürte zum ersten Mal seit ewigen Zeiten Sehnsucht. Sehnsucht nach einem Mann, seinen Berührungen und Küssen. Sie wollte Zärtlichkeit und Geborgenheit fühlen, genau wie das erotische Prickeln, das seine Hände und seine Lippen auf ihrer Haut auslösten. Sie hatte nicht geglaubt, dieses Verlangen jemals wieder in ihrem Leben zu verspüren. Was sie definitiv nicht wusste, war, wie sie damit umgehen sollte. Und darüber musste sie sich klar werden. Sie schob Jake mit einer sanften Bewegung zurück – und genoss es, dass er ihrer Bitte um Abstand sofort nachkam. »Du solltest nachsehen, was Shelby von dir wollte, als sie hier hereingeplatzt ist.« *Und ich brauche einen Moment für mich allein, um nachzudenken*, ergänzte sie im Stillen.

17

Jake kehrte allein nach Hause zurück. Am Nachmittag war Holly in der Brauerei aufgetaucht, um Eliza zu irgendeinem Mädelsding zu entführen. Er war nicht sicher, ob das Hollys Idee gewesen war, oder ob Eliza einen Hilferuf abgesetzt hatte, weil er sich nicht unter Kontrolle gehabt hatte und im wahrsten Sinne des Wortes über sie hergefallen war. Eliza hatte recht. Sie war diejenige, die ihn geküsst hatte – aber er hatte den Verstand verloren. Als er sie geschmeckt, ihre wunderschön geschwungenen Lippen auf seinen gespürt hatte und sah, wie die Lider über ihre atemberaubend dunkelblauen Augen sanken, hatte sein Verstand ausgesetzt, und er hatte die Beherrschung verloren. Im Nachhinein musste er Shelby für die Unterbrechung dankbar sein. Sonst hätte er Elizas verletztem Körper Schmerzen zugefügt, oder, noch schlimmer, einen Flashback ausgelöst und ihr Angst gemacht, dass er sie misshandeln oder missbrauchen wollte.

Als es ruhiger geworden war, hatten Scott und Jake noch das Brauen für den nächsten Tag vorbereitet und die notwendige Malzmenge geschrotet. Er mochte die alte Mühle mit dem Transmissionsantrieb und die Tradition, für die sie stand. Aber schließlich waren die Schrotbehälter gefüllt, und Scott schaltete die Förderschnecke ab. Es gab nichts mehr zu tun, Jake hatte keinen Grund mehr, noch länger in der Brauerei herumzulungern. Es wurde Zeit, sich auf den Heimweg zu machen.

Als er seinen Pick-up vor der Garage in Sunset Cove abstellte, standen sowohl Hollys Lieferwagen als auch Andrews SUV auf dem Parkplatz. In der Küche traf er aber nur seinen Freund an.

»Hey.« Andrew blickte in den Kühlschrank und warf die Tür im nächsten Moment mit zwei Bierflaschen zu, die von seinen Fingern baumelten. Eine der Flaschen hielt er Jake entgegen. »Ich sage nur: Blake Shelton.« Er verdrehte die Augen. »Sieht ganz nach einem entspannten Männerabend aus.«

Es war ein offenes Geheimnis, dass Holly aus irgendeinem nicht nachvollziehbaren Grund auf den Countrysänger stand und sich deshalb keine Folge von *The Voice* entgehen ließ. Eliza leistete ihr offenbar Gesellschaft. Blieb nur zu hoffen, dass sie dem Barden nicht ebenfalls verfiel. Jake rollte seine verspannten Schultern und drehte den Deckel von der Bierflasche. Im Moment wäre ihm ein doppelter Scotch lieber. Er würde vielleicht helfen, Elizas Geschmack, der noch immer auf seiner Zungenspitze zu sitzen schien, hinunterzuspülen. Da er aber nicht in der Stimmung war, Andrew Rede und Antwort zu stehen, würde ein Bier genügen müssen.

Sein Freund prostete ihm zu, lehnte sich gegen den Kühlschrank und trank einen Schluck. Über die Flasche hinweg fixierte er ihn. Jake seufzte. Offenbar würde er heute doch noch ein paar Fragen beantworten.

»Was ist los mit dir?«, wollte Andrew prompt wissen, sobald er die Flasche abgesetzt hatte. »Du bist zurzeit echt komisch.«

Jake ging an ihm vorbei auf die Terrasse und ließ sich auf einen der Deck Chairs fallen. Den Blick auf den Leuchtturm gerichtet wartete er, bis Andrew sich neben ihn setzte. Natürlich war er komisch. Nachdem Theodor ihm offenbart hatte, dass er sein Vater war, hatte er ein Problem. Sein bester Freund musste davon erfahren, aber er hatte keine Ahnung, wie er es ihm beibringen sollte. Er trank einen großen Schluck Bier und rieb sich mit der freien Hand über das Gesicht. »Ich habe Eliza geküsst«, sagte er dann, anstatt sein beschissenes Geheimnis loszuwerden. Eliza vorzuschieben war mit Sicherheit mies, aber es erklärte sein merkwürdiges Verhalten und rettete ihn vor der Hunter'schen Inquisition.

Andrew sah ihn von der Seite an. »Wow«, sagte er. »Das kommt ein wenig überraschend.«

»Frag mich mal. Ich habe keine Ahnung, wie ich damit umgehen soll. Abgesehen davon, dass ich sie wieder küssen will«, sprach Jake die Wahrheit aus, die seit dem denkwürdigen Moment in seinem Büro durch seinen Kopf geisterte.

»Dann tu es«, erwiderte Andrew schlicht und lehnte sich bequem in seinem Stuhl zurück.

Jake schüttelte den Kopf. »So einfach ist das nicht. Es gibt jede Menge Komplikationen. Und irgendwie hatte ich das überhaupt nicht auf dem Plan.«

»Hat sie …« Andrew schwenkte sein Bier in einer ausholenden Geste. »Du weißt schon … traumatisiert reagiert oder so was?«

Jake lachte leise bei den Erinnerungen, wie ihre Lippen über seinen Hals und Unterkiefer geglitten waren, ehe sie sie auf seinen Mund gelegt hatte. »Die Initiative ging sogar von ihr aus«, gab er zu.

Andrew zuckte mit den Schultern. »Magst du sie?«

»Natürlich mag ich sie. Sonst hätte ich diesen Kuss nicht irgendwie … außer Kontrolle geraten lassen. Aber ich hatte das eben nicht … geplant«, wiederholte er sein Problem.

»Ich habe verstanden.« Ein Hauch Ironie schwang in Andrews Stimme mit. »Weißt du, manchmal kann man das Leben nicht planen. Marie ist Nic vor die Füße gefallen, als er am wenigsten damit gerechnet hat. Und Holly und ich?« Er konnte sich ein Grinsen nicht verkneifen. »Du weißt, wie die Chancen standen, dass aus uns jemals ein Paar werden würde. Und doch leben wir jetzt zusammen hier, und all das ist Geschichte.«

»Das ist eine völlig andere Situation«, widersprach Jake. »Eliza schleppt so viel Ballast mit sich herum. So kurz nach den letzten Übergriffen ihres Mannes ist sie traumatisiert, ganz egal, ob sie das im Moment genauso sieht. Abgesehen davon ist sie trotz allem noch immer verheiratet«, zählte er weiter auf. »Ich bete dafür, dass sie niemals zu diesem Arschloch zurückkehrt, aber können wir uns da sicher sein? Ich habe noch nie mit einer verheirateten Frau geschlafen. Und ehrlich gesagt habe ich kein Bedürfnis, ausgerechnet jetzt damit anzufangen. Genauso wenig wie ich den Lückenbüßer in ihrem Leben spielen will. Eliza ist auf keinen Fall für eine ernsthafte neue Beziehung bereit.«

»Woher willst du das wissen?« Andrew hatte sich aufgesetzt und sah Jake jetzt wieder von der Seite an.

»Weil …«, setzte Jake an.

»Nein, verdammt!«, unterbrach Andrew ihn und stellte sein Bier mit einer heftigen Bewegung auf den Boden, so als wäre er sauer auf Jake. »Es steht dir nicht zu, darüber zu urteilen, was Eliza will und was nicht. Hör auf, zu planen und lass die Dinge wenigstens einmal auf dich zukommen. Vielleicht wird etwas daraus. Vielleicht auch nicht. Genieße es einfach, sie in die Arme zu nehmen.« Mit sich selbst und seiner Rede offenbar zufrieden griff er wieder nach seinem Bier und ließ sich auf den Deck Chair zurückfallen. »Und dann ist da ja noch die Geschichte, mit der alles angefangen hat.«

*

Eliza war froh gewesen, als Holly in Jakes Büro geschneit kam. Holly hatte sie aus einer Situation gerettet, mit der sie schlecht umgehen konnte. Sie hatte mit einem Gutschein gewedelt, den sie dringend in einem kleinen Day-Spa einlösen musste, ehe er verfiel. Marie hatte keine Zeit, und so landete Eliza auf einem der Maniküreplätze und erhielt neben einer Handmassage eine Schicht Nagellack ihrer Wahl. Sie hatte immer nur farblosen Lack getragen, maximal French Nails, wie es für ihren Job, ihre Position in der Firma und Gregs Vorstellungen angemessen war. Er fand farbigen Nagellack nuttig. Aber jetzt war sie auf Cape Cod. Im Moment fühlte sie sich sehr rebellisch – sie hatte einen wahnsinnig attraktiven Mann geküsst und jede Sekunde davon genossen.

Und Holly würde sie sowieso nicht ohne Farbe davonkommen lassen. Sie selbst hatte sich für ein glitzerndes Smaragdgrün entschieden und schob drei Fläschchen Lack in ihr Blickfeld. »Meerestraum, Cape Cod-Himmel oder Glitzernde Zuckerwatte«, hatte sie vorgeschlagen.

Eliza hatte sich gegen das glänzende Rosa und das satte Blau entschieden und das leuchtende Türkis gewählt. Nach ihrem Ausflug ins Spa hatte Holly sie dazu überredet, bei einer Flasche Wein und Chips *The Voice* zu schauen und Blake Shelton anzuschmachten. Eliza hatte keine Ahnung, was Holly an dem Sänger so toll fand, aber es machte Spaß, ihre theatralischen Ausbrüche zu beobachten. Sie hatte das Gefühl, Holly wurde langsam – genau wie Marie – zu einer Freundin. Blake Shelton lenkte Holly genug ab, dass Eliza ihre Gedanken schweifen lassen konnte.

In einer Werbepause huschte Eliza in die Küche hinunter, um noch eine Tüte Chips aus der Vorratskammer zu holen. Jake und Andrew hatten es sich auf der Terrasse gemütlich gemacht. Sie schlüpfte leise in die Speisekammer, um sie nicht zu stören – und vor allem, um Jake nicht schon wieder über den Weg zu laufen. Zumindest nicht, bis sie wusste, wie sie sich verhalten sollte, wenn sie das nächste Mal aufeinandertrafen. Die Chipstüte in der Hand zog sie die Tür leise hinter sich zu und wollte gerade nach oben zurückkehren, als sie Andrew fluchen und dann ihren Namen aussprechen hörte.

»Nein, verdammt!«, hörte sie ihn heftig sagen. »Es steht dir nicht zu, darüber zu urteilen, was Eliza will und was nicht. Hör auf, zu planen und lass die Dinge wenigstens einmal auf dich zukommen. Vielleicht wird etwas daraus. Vielleicht auch nicht. Genieße es einfach, sie in die Arme zu nehmen.« Er nahm einen Schluck aus seiner Bierflasche und blickte genau wie Jake auf den Ozean hinaus. Eliza wollte nicht lauschen, aber irgendetwas hinderte sie daran, die Küche zu verlassen.

»Und dann ist da ja noch die Geschichte, mit der alles angefangen hat«, fuhr Andrew fort.

»Was meinst du?«, fragte Jake, ohne seinen Freund anzusehen.

»Die Investition«, erwiderte Andrew, als sei das völlig logisch.

»Was?« Nun fuhr Jakes Kopf doch zu ihm herum, und Eliza machte einen Schritt zurück, um nicht entdeckt zu werden. »Wie kommst du denn jetzt darauf?«

Andrew zuckte mit den Schultern und trank einen Schluck Bier. »Na ja, du hast so lange vergeblich daran gearbeitet, Eliza an diesen Punkt zu bekommen und ihr dein Herzprojekt zu zeigen. Die Zeit läuft dir davon. Wenn du nicht bald einen Geldgeber findest, verlierst du alles. Nicht nur die Brauerei, sondern dein gesamtes privates Kapital, das du bis jetzt in die Sache gebuttert hast. Eliza ist hier und hat sich sogar die Brauerei angesehen. Was ich jetzt sage, klingt auf den ersten Blick ein wenig herzlos, vielleicht sogar berechnend, aber der Zeitpunkt ist perfekt. Sprich mit Eliza über dein Projekt. Frag sie wenigstens, ob sie in Erwägung zieht einzusteigen.«

»Auf keinen Fall«, widersprach Jake, und Eliza wusste nicht, was ihr das Herzklopfen verursachte. Andrews Vorschlag, sie ausgerechnet jetzt zu fragen oder Jakes sofortige Ablehnung. »Eliza soll auf keinen Fall denken, dass ich sie benutze oder ausnutze. Ich bin nächste Woche mit zwei Typen verabredet, die eventuell einsteigen wollen«, ergänzte er, nicht besonders überzeugt.

»Ich würde trotzdem mit Eliza reden«, beharrte Andrew. »Ich bin mir sicher, sie ist bereit, in die Brauerei zu investieren. Jetzt, wo sie gesehen hat, was für ein Typ du bist und wie sehr du den Laden liebst. Sie hat sich das heute doch alles hautnah ansehen können.«

»Das wird nicht passieren.« Jakes Stimme klang gepresst, und Eliza musste sich bemühen, um seine Worte verstehen zu können. »Hast du mir nicht zugehört? Ich habe sie geküsst. Und ich kann nichts anderes denken, als daran, meine Hände unter ihren Hintern zu schieben, sie hochzuheben und ...« Statt weiterzusprechen ruderte er mit der Hand in der Luft herum. »Du weißt schon.«

»Sie gegen die nächste Wand zu vögeln?«, konnte Andrew sich offenbar nicht verkneifen, es auszusprechen.

Elizas Herz setzte einen Schlag aus, nur um im nächsten Moment mit doppelter Geschwindigkeit weiterzurasen, als Jake zu sprechen ansetzte. »Verdammte Scheiße, ja«, knurrte er. »Genau das meine ich. Aber genau das werde ich nicht tun. Und genau deshalb werde ich sie auf keinen Fall fragen, ob sie in die Firma investiert.«

Andrews »Du bist ein Idiot, aber das weißt du selbst«, hörte sie nur noch leise, als sie rückwärts die Küche verließ, die Hand auf ihren Brustkorb gepresst. Sie stieg die Treppe hinauf und atmete tief durch, ehe sie in Hollys Zimmer zurückkehrte.

Die Freundin blickte nur kurz von Blake Sheltons Konterfei auf dem Bildschirm auf. Kaum hatte sie sich wieder der Show zugewandt, fuhr ihr Kopf abermals zu Eliza herum, so als begreife sie erst jetzt, was sie gerade gesehen hatte. »Was ist mit dir passiert? Dein Gesicht leuchtet wie ...«, ihr fiel offenbar kein Wort ein, aber sie ließ die Fernbedienung fallen und richtete sich auf.

Eliza erhaschte einen Blick auf ihr Spiegelbild in der Scheibe der Terrassentür. Ihre Augen funkelten, und ihre Wangen hatten sich tiefrot gefärbt. Vorsichtig ließ sie sich auf die Bettkante sinken. »Jake hat Andrew gerade erzählt, dass wir uns geküsst haben.« Ihre Stimme klang atemlos. »Und dann hat er gesagt, dass er die Hände unter meinen Hintern schieben will, um mich gegen eine Wand zu ... vögeln.« Das letzte Wort war zu einem Flüstern verloschen.

Holly starrte sie einen Augenblick aus aufgerissenen Augen an. Sie öffnete den Mund, schloss ihn aber wieder, ohne etwas zu sagen. Mit einem Seufzen ließ sie sich in die Kissen fallen und fächelte sich Luft zu. »Oh. Mein. Gott. Ist das sexy. Das ist so ziemlich das Heißeste ... Scheiße!« Holly setzte sich ruckartig auf, und Eliza fuhr erschrocken zurück. Die Augen der Freundin waren weit vor Schock. »Mist! Mist! Mist!«, schimpfte sie. »Es tut mir leid! Es tut mir so leid! Ich habe nicht nachgedacht. Der Satz hat dich wahrscheinlich zu Tode erschreckt. Ich garantiere dir, Jake meint das nicht so. Er ist der netteste, liebenswerteste ...«

»Holly.« Eliza wartete, bis die Freundin sie ansah. »Ich finde auch, es ist so ziemlich das Heißeste ...«, wiederholte sie deren Worte.

»Wirklich?« Holly griff nach ihrer Hand. »Ich wusste, dass zwischen euch die Funken sprühen. Ich wusste es einfach!«

»Ich bin mir nicht sicher, ob jemals mehr passieren wird«, schränkte Eliza ein. Der Gedanke, wirklich wieder mit einem Mann zu schlafen, schnürte ihr die Luft ab. »Aber die beiden haben noch über etwas anderes gesprochen. Ich wollte nicht lauschen, aber es ließ sich nicht vermeiden, dass ich sie höre. Andrew möchte, dass Jake mich bittet, in die Brauerei zu investieren.«

Holly schwieg einen Moment nachdenklich. »Und das möchtest du nicht?«, fragte sie. »Ich dachte, du hättest der Sache schon ganz positiv gegenübergestanden, ehe dein Mann dich so misshandelt hat und du in Sunset Cove gelandet bist.«

»Ja. Das stimmt. Im Moment fühle ich mich, als ob ich nicht in der Lage bin, diese Entscheidung zu treffen.«

»Du willst meine Meinung hören?« Holly schaltete den Fernseher aus und riss die Chipstüte auf, die Eliza auf das Bett hatte fallen lassen. »Ich bin fantastisch darin, anderen meine Meinung zu sagen.« Sie wies mit dem Zeigefinger auf Eliza. »Aber glaube nicht, dass du mich ablenken kannst, oder dass ich es nicht gemerkt habe, weil du es nur so nebenbei erwähnt hast. Du hast Jake geküsst! Und ich will alle Details hören.«

Eliza erzählte Holly nicht alle Details, aber genug, um einen Ratschlag von der Freundin einzuholen. Als sie später an diesem Abend in ihr Zimmer zurückkehrte, trat sie auf den Balkon hinaus. Sie war ruhelos, und ihre Gedanken drehten sich um das, was Holly zu Andrews Idee, sie um die Finanzierung zu bitten, gesagt hatte. Eliza sah es genau wie ihre neue Freundin und war froh über deren ehrliche Meinung. Sobald sie auf dem glatten Holzboden des Balkons stand, glitt ihr Blick nach links, zu Jakes Zimmer hinüber, und ihr Herz machte einen kleinen Satz, als sie ihn entdeckte. Er hatte die Arme auf die Brüstung gestützt und ließ den Kopf hängen. Unbewegt wie eine Statue stand er in der Nacht. Eliza hatte eigentlich vorgehabt, sich auf ihren Liegestuhl zu setzen und noch einmal in Ruhe über alles nachzudenken, was an diesem Tag passiert war. Aber vielleicht war der Zeitpunkt der richtige, um mit Jake zu reden. Sie legte ihre Hand auf das breite Geländer, das noch immer die Wärme des Tages speicherte, und ließ sie über das Holz gleiten, während sie langsam auf ihn zuging.

Jake blickte ihr entgegen, ohne den Kopf zu heben. »Wie

war dein Abend mit Holly«, fragte er, als sie vor ihm stehen blieb.

»Interessant«, fasste sie die Erkenntnisse der letzten Stunden treffend zusammen, wie sie fand. »Und deiner?«

Jake richtete sich auf und blickte auf das Meer hinaus. »Ich dachte, du bist längst im Bett«, erwiderte er statt einer Antwort.

»Nein. Bin ich nicht.« Eliza lehnte sich neben ihn an die Brüstung. »Ich wollte erst morgen mit dir darüber reden, aber eigentlich ist der Zeitpunkt völlig egal. Und warum es noch weiter hinausschieben? Ich habe beschlossen, in die Brauerei einzusteigen. Genau nach dem Investitionsplan, den du mir vorgelegt hast.«

»Was?« Er fuhr herum. »Hast du Andrew und mich belauscht?«

Eliza zog die Augenbrauen nach oben. »Was hätte ich denn dann zu hören bekommen?«

»Nichts.« Jake fuhr sich mit einer fahrigen Handbewegung über den Nacken. »Vergiss es.« Er drehte sich ganz zu ihr um und fixierte sie mit seinem dunklen Blick. Es war ihr unmöglich zu erraten, was er gerade dachte. »Ich habe es dir schon heute Mittag gesagt«, begann er leise. »Es war wundervoll, dich zu küssen. Aber ich möchte nicht, dass du dich deshalb verpflichtet fühlst, in die Firma einzusteigen.«

Eliza schluckte. Jakes Verhalten machte sie sauer. Er tat das nicht mit Absicht, das war ihr klar. Und doch behandelte er sie genauso, wie andere Männer es oft taten. Wie Greg regelmäßig mit ihr umgegangen war. Sie atmete tief durch, um das Bedürfnis, ihn wütend anzufauchen, in eine ruhige, kühle Antwort umzuwandeln. »Ich bin die Vorstandsvorsitzende der Woodward Holding. Glaubst du, ich lasse mir von einem … einem Kuss das Gehirn vernebeln und treffe unverantwortliche, emotionale Entscheidungen?« Die Frage war natürlich nur rhetorisch, also wartete sie keine Antwort ab. »Ich bin ein verdammter Profi. Ich lasse mir von dir genauso wenig meinen Job diktieren, wie ich mir künftig von Greg mein Leben diktieren lassen werde.« Eliza drehte sich um und ließ ihn stehen, obwohl ihr danach war, wütend mit dem Fuß aufzustampfen. Sie hatte bereits die halbe Strecke zu ihrem Zimmer zurückgelegt, als Jake nach ihrer Hand griff und sie zu sich herumwirbelte. Ihre Rippen protestierten gegen den Ruck, der durch ihren Körper ging. Doch im nächsten Moment lagen seine Hände an ihren Wangen, und sein Mund eroberte ihren. Eliza hatte diesem sinnlichen Angriff nichts entgegenzusetzen. Sie glitt mit ihren Fingern durch seine Haare und zog seinen Kopf noch näher zu sich heran. Als Jake sich von ihr löste, entfuhr ihr ein protestierender Laut.

Er lehnte seinen Kopf ein wenig zurück, um ihr in die Augen sehen zu können. In seinem Blick funkelte mindestens das gleiche Maß an Wut, das sie gerade empfunden hatte. Und die angesichts dieses Kusses bereits verpufft war. »Stelle mich nicht noch mal mit diesem Arschloch auf eine Stufe«, knurrte er. Seine Lippen glitten über ihre. »Nie wieder.« Der Kuss wurde sanfter, zärtlicher. »Ich möchte, dass du zumindest eine Nacht darüber schläfst, bevor du mir dieses wirklich großartige Angebot machst.«

»Okay«, flüsterte sie und verführte ihn zu einem weiteren langen Kuss.

*

283

Jake kehrte in sein Zimmer zurück und schloss die Balkontür hinter sich, obwohl die Nacht mild war. Solange sie offenstehen würde, wäre das Verlangen zu groß, hinauszugehen und nachzusehen, ob sie sich vielleicht noch auf ihren Liegestuhl gesetzt hatte und in die Nacht hinausblickte. Vielleicht würde er sogar so weit gehen, an ihre Tür zu klopfen. »Verdammt«, murmelte er und blieb mitten im Raum stehen. Er legte den Kopf in den Nacken und durchfurchte seine Haare mit den Händen. Was hatte er da nur ins Rollen gebracht? Der Tag war völlig aus dem Ruder gelaufen. Als er an diesem Morgen aufgewacht war, hätte er sich nicht im Traum vorstellen können, dass der Tag damit enden würde, dass er Eliza küsste – mehr als einmal – und dass er seine finanziellen Probleme los war. Seine Zukunft wurde zu einem rosigen Streifen am Horizont. Die Existenz der Brauerei war gerettet. Seine Angestellten mussten sich keine Gedanken um ihre nächsten Gehaltsschecks machen. Und doch machte sich keine Erleichterung in ihm breit. Denn das, was heute zwischen Eliza und ihm geschehen war, würde er nicht einfach zur Seite schieben können. Er hatte seit seiner Schulzeit drei ernsthafte Beziehungen geführt, die alle nicht bis vor den Altar geführt hatten. Hin und wieder hatte er eine kurze Affäre genossen. Aber noch nie hatte eine Frau es geschafft, mit einem einzigen Kuss seine ganze Welt in Flammen zu setzen.

Eliza hatte ihn eiskalt erwischt. Ausgerechnet Eliza. Sie war ihm vom ersten Moment an unter die Haut gegangen. Wahrscheinlich war es das Bedürfnis, den Helden zu spielen, das in nahezu jedem männlichen Wesen schlummerte – sah man mal von Arschlöchern wie Greg Ellerton ab –, das ihn zunächst zu ihr gezogen hatte. Doch inzwischen war es blankes Verlangen, das durch seine Venen tobte und ihm die Sinne vernebelte. Er begehrte Eliza. Aber er konnte sie nicht haben. So sehr sie es zu genießen schien, ihn zu küssen, würde sie mit Sicherheit nicht mit ihm schlafen. Nicht nachdem, was ihr Mann ihr angetan hatte. Abgesehen davon wäre sie wahrscheinlich sowieso nicht mehr lange genug auf Cape Cod, um es so weit kommen zu lassen. Sie war hier, um sich zu verstecken und von ihren Verletzungen zu erholen. Ihr Körper heilte, und mit ihrer Seele schien es auch aufwärts zu gehen. Sobald sie wusste, wie ihre Zukunft aussah, würde sie nach Boston zurückkehren und ihrem Leben eine neue Richtung geben. Sie war nicht der Typ, der sich auf eine Affäre einließ, und er war sich nicht sicher, ob er die Finger von ihr lassen könnte, wenn er mehr als ihre Lippen geküsst und berührt hätte.

Jake griff nach seiner Gitarre und setzte sich auf die Bettkante. Die Musik würde es schaffen, ihn abzulenken und seinen Kopf wieder freizubekommen. Er musste einen Plan machen, musste sich eine Strategie zurechtlegen, wie er Eliza in den Wochen, die sie noch in Sunset Cove blieb, aus dem Weg gehen konnte und der Versuchung nicht noch einmal nachgab.

*

Eliza brauchte einen Plan. Sie musste sich eine Strategie zurechtlegen. Jake behandelte sie wie ein rohes Ei. Ein rohes Ei, dem er nicht widerstehen konnte. Zumindest fiel es ihm schwer, die Küsse zu beenden, sobald ihre Lippen aufeinanderlagen. Sie hingegen konnte gar nicht genug von diesen Küssen bekommen. Sie genoss es, mit Jake zusammen zu sein. Ganz gleich, ob er sie unter dem Sternenhimmel auf der Ladefläche seines Trucks in den Armen hielt, mit ihr und einem Kaffee auf den Sonnenaufgang wartete oder in der Brauerei arbeitete. Sie hatte keine Angst vor ihm, obwohl sie ihn schon ein paarmal wütend erlebt hatte. Und heute war neben dem Kuss noch etwas ganz Außergewöhnliches passiert. Jake hatte sie bevormundet, hatte ihr unterstellt, sie habe ihm das Firmeninvestment nur angeboten, weil die Küsse sie emotional gemacht hatten. Er hatte sie nicht mit Absicht verletzen wollen, das war ihr klar. Es war nicht sein Ziel, sie klein zu halten, und doch hatte er es getan. Und sie hatte sich behauptet. Ohne auch nur eine Sekunde darüber nachzudenken, war sie wütend geworden und hatte ihm die Stirn geboten. In ihr war nicht ein Funken Furcht gewesen. Sie hatte nicht gezögert. Dafür war sie Jake unendlich dankbar. Er würde wahrscheinlich nie verstehen können, was ihr das bedeutete.

Endlich war sie in der Lage, sich zu behaupten. Sie musste nach Boston zurückkehren und diese neue Seite an sich nutzen, um ihr Leben neu zu gestalten. Sie musste sich überlegen, wie ihre Zukunft aussah. Sie musste Lösungen finden. Eine Entscheidung bezüglich Greg treffen. Aber bis es so weit war, wollte sie jeden Moment auf Cape Cod genießen. Sie wollte mit Jake zusammen sein, wollte ihr neu gewonnenes Selbstbewusstsein weiter wachsen lassen. Und sie hatte schon eine Idee, wie sie das schaffen würde.

18

Am nächsten Morgen überraschte Eliza Jake damit, dass sie bereits fertig angezogen auf der Treppe zum Strand saß, als er in die Küche kam. Er schenkte sich eine Tasse Kaffee ein und setzte sich neben sie. »Hey«, sagte er. »Du bist früh auf den Beinen.«

»Ich habe eine Idee«, verkündete sie und lächelte ihn an.

Jake konnte es sich nicht verkneifen, skeptisch die Augenbrauen hochzuziehen. Die Ideen, die sie in letzter Zeit gehabt hatte, hatten an seinen Nerven – und seiner Selbstbeherrschung – gezehrt.

Eliza knetete ihren kleinen Finger, dann schien sie sich der Geste jedoch bewusst zu werden und schob ihre Hände unter ihre Oberschenkel. »Ich wollte dich bitten, dein Büro in der Brauerei nutzen zu dürfen.«

»Wofür?«, fragte er.

»Als Arbeitsplatz.« Sie zuckte leicht mit den Schultern. »Ich kann meinen Job nicht ewig vernachlässigen. Also muss ich irgendwo Jacksons Laptop aufstellen und meinen Pflichten nachkommen, so wie jeder andere Berufstätige.«

Jake versuchte etwas Zeit zu gewinnen, indem er an seinem Kaffee nippte. Die Gedanken überschlugen sich in seinem Kopf, und er war sich nicht sicher, ob er jubeln oder aus

Verzweiflung aufstöhnen sollte. »Du könntest doch von hier aus arbeiten«, schlug er vor. »In der Bibliothek zum Beispiel. Der Raum ist wunderschön«, versuchte er ihr die Alternative schmackhaft zu machen. Und sich selbst eine Möglichkeit zu geben, ihr wenigstens ein bisschen aus dem Weg zu gehen.

»Hier bekomme ich einen Lagerkoller.« Sie schüttelte den Kopf und hob beschwichtigend die Hand. »Das klingt undankbar, nach allem, was ihr für mich getan habt. Und so war es auch nicht gemeint«, ergänzte sie. »Ich würde mich einfach über ein wenig Gesellschaft freuen. Außerdem lassen sich offene Fragen viel schneller klären, jetzt, wo ich die Verträge für die Finanzierung aufsetze.«

*

»Eliza …«, protestierte Jake.

»Was?« Sie drehte sich zu ihm um und warf ihm einen herausfordernden Blick zu. »Du hast gesagt, ich soll eine Nacht darüber schlafen. Das habe ich getan. Und meine Meinung hat sich nicht geändert: Ich investiere in die Brauerei. Also, darf ich dich begleiten?«

Jake schwieg einen Moment. Sein Blick blieb an ihren Lippen hängen, und er schluckte. »Selbstverständlich«, sagte er dann leise.

Eliza senkte den Blick auf ihre Kaffeetasse, um ihr Grinsen zu verbergen. Jake hatte gezögert. Weil er glaubte, ihr vielleicht nicht widerstehen zu können. Trotzdem half er ihr ein paar Minuten später, ganz Gentleman, auf. Trotzdem ließ er sie auf den Beifahrersitz seines Pick-ups klettern und kutschierte sie in die Brauerei. Trotzdem sorgte er dafür, dass ein zweiter Schreibtisch in sein Büro gestellt wurde, an dem sie ihren Arbeitsplatz einrichten konnte.

*

Sie hatte ihn überrumpelt – und um den Finger gewickelt. Jake bemühte sich, für Eliza eine angenehme Arbeitsatmosphäre zu schaffen. Er schleppte gemeinsam mit Pete einen Schreibtisch in sein Büro, den er in einem Abstellraum aufgetrieben hatte. Einen passenden Stuhl fand er im Labor. Sein Büro war schließlich nicht der wichtigste Teil der Brauerei und über die Jahre sicher immer ein wenig vernachlässigt worden. Der Raum war in erster Linie funktional. Praktisch. Schnörkellos. Eliza war sicher etwas Besseres gewöhnt, deshalb irritierte es ihn so, dass sie die Idee nicht aufgegriffen hatte, sich in der Bibliothek in Sunset Cove einzurichten. In der Brauerei konnte er ihr kein eigenes Büro anbieten. Hier blieb ihr keine Wahl, als seinen Arbeitsplatz zu teilen.

Jake hoffte, er störte sie nicht zu sehr, weil er ständig kam und ging. Sein Blick flog zumindest automatisch in ihre Richtung, wenn er den Raum betrat. Und blieb noch einmal an ihr hängen, wenn er ihn wieder verließ. Er war fast dankbar, dass er sein Büro endlich verlassen konnte, um sich um sein neues Bier zu kümmern.

Pete hatte bereits Wasser in den Maischbottich gelassen und das Rührwerk eingeschaltet, als Jake zu ihm stieß. Er überprüfte den Einmaischer und achtete darauf, dass der Schrot nicht klumpte. Geduldig warteten sie, bis der Getreidebrei auf achtundsiebzig Grad erhitzt war und Jake die Jodprobe machen konnte. Er entnahm etwas Maische und gab sie auf eine Keramikschale, damit sie schneller auskühlte, ehe er Jodjodid daraufträufelte. Zufrieden, dass der Schrotsud seine gelbe Farbe behielt, gab er Scott das Zeichen, dass er mit dem Abmaischen beginnen und den Brei in den Läuterbottich pumpen konnte. Der Brauprozess half ihm wenigstens für ein paar Stunden, seine Gedanken von Eliza abzulenken. Er konzentrierte sich darauf, den Extraktgehalt der letzten Würze zu messen und nickte Scott und Pete zu, die sich abklatschten. Sie hatten gut und sauber gearbeitet. Er konnte die nächsten Brauschritte kaum erwarten – genau wie er sich danach sehnte, endlich eine Flasche seines ersten in der eigenen Brauerei gebrauten Biers in der Hand zu halten. Unglücklicherweise schlichen sich auch die Erinnerungen an Elizas Anwesenheit in seinem Büro und dieser unglaubliche Kuss wieder in seine Gedanken. Sie noch einmal in den Armen zu halten und seine Lippen auf ihre zu pressen wollte er fast genauso heftig wie seinen Durchbruch mit dem neuen Bier.

19

Elizas Anwesenheit in der Brauerei vereinnahmte Jake. Nach seiner Skepsis zu Beginn ließ er das inzwischen bereitwillig zu. Solange er sich mit Eliza beschäftigte, konnte er die plötzliche Verwandtschaft zu den Hunters und vor allem Theodors Erwartungen auf eine Nierenspende ausblenden. Seinen Arbeitsplatz mit Eliza zu teilen bedeutete, sie kennenzulernen. Die ruhige, kühle Art, mit der sie die Dinge anging, faszinierte ihn. Manchmal bekam er Fetzen ihrer Telefonate und Videokonferenzen mit. Und fand das verdammt sexy. Die geschäftsmäßige Fassade, hinter der dieser weiche, verletzliche Kern steckte, zog ihn an wie das Licht die Motten. Er hatte eine schwer verletzte, am Boden zerstörte Frau nach Cape Cod gebracht, die inzwischen wieder in die Hülle der durchsetzungsstarken Geschäftsfrau geschlüpft war. Nur dass jetzt auch ein abenteuerlustiges Funkeln in ihren Augen blitzte. Eine Woche war vergangen, seit sie ihn überredet hatte, sie von seinem Büro aus arbeiten zu lassen. Und sie hatte sich voll in ihren Job gestürzt, was Jake vermuten ließ, dass sie ihre Arbeit wirklich vermisst hatte. Heute war sie sogar so weit gegangen, eine Videokonferenz abzuhalten, bei der ihr Dreckskerl von Ehemann anwesend war. Eliza hatte es ihm gegenüber nicht erwähnt, aber es war ihm aufgefallen, weil sie alle Werbeplakate der Brauerei, die hinter ihrem Schreibtisch die Wand zierten, vor der Besprechung abgehängt hatte, um keine Anhaltspunkte zu liefern, die ihren Aufenthaltsort verrieten. Er behielt sie während der gesamten Konferenz im Auge und atmete erst erleichtert aus, als sie den Laptop mit einem leichten Lächeln im Gesicht schloss.

Jake versuchte mit aller Macht, ihrer Anziehungskraft zu widerstehen, aber als sie vorschlug, den Abend an seinem geheimen Platz im Naturschutzgebiet zu verbringen, konnte er nicht ablehnen. Sie hielten bei Ben & Jerry's und besorgten Eis mit Kuchenteigstücken und Browniesbrocken für Eliza und Salted Caramel für ihn, ehe er den Wagen über Waldwege auf *seine* Lichtung lenkte. Sie machten es sich auf der Pritsche des Pick-ups bequem, und Eliza verdrehte mit einem verzückten Summen die Augen, als sie den ersten Löffel Eis auf der Zunge zergehen ließ. Jakes Brustkorb wurde eng, als er sie bei ihrem Genuss betrachtete.

Er löffelte etwas von der süß-salzigen Kälte aus dem Becher, um sich zumindest innerlich etwas abzukühlen. »Bei deiner Konferenz heute war Greg anwesend, nicht wahr? Wie geht es dir damit?«

»Mir geht es gut. Genau genommen war es ziemlich merkwürdig«, sagte Eliza. Sie legte den Kopf in den Nacken und blickte zu den Sternen hinauf. »Als Jeff mir sagte, Greg hätte einen Privatdetektiv auf mich angesetzt, bin ich ein bisschen durchgedreht. Ich glaube, ich hatte einen astreinen Nervenzusammenbruch. Aber heute habe ich mich völlig sicher gefühlt.« Sie nahm noch einen Löffel Eis. »Im ersten Moment, als ich ihn gesehen habe, war mir furchtbar schlecht. Ich musste mich wirklich zusammenreißen, um kühl und professionell zu bleiben. Mein Herz jagte nur so dahin. Und dann sah ich ihn da sitzen. Ich habe die Intensität gespürt, mit der er versuchte, mich mit seinem Blick zu fixieren. Einzuschüchtern. Aber ...« Sie schien nach den richtigen Worten zu suchen, während sie ein Stück gefrorenen Brownie aus ihrem Becher pulte und zwischen ihre Lippen schob. »Es war ein bisschen, als hätte er seine Macht über mich verloren. Wenn ich ihm persönlich gegenübertrete, und das werde ich irgendwann wohl oder übel müssen, wird das sicher noch einmal anders sein. Dann werde ich wahrscheinlich vor Angst keine Luft mehr bekommen.« Mit einem kämpferischen Funkeln in den Augen reckte sie ihr Kinn. »Aber ich will nicht, dass er mich zittern sieht. Ich will nie wieder vor ihm in die Knie gehen.«

Jake griff nach der Hand, mit der sie den Plastiklöffel hielt, drückte sie kurz und ließ sie dann – viel zu schnell – wieder los. »Du bist die stärkste Frau, die ich kenne. Wenn ich dich verhandeln höre, schlackern mir die Ohren. Du bist ein toller Boss und«, er sah ihr fest in die Augen, damit sie begriff, wie ernst er seine Worte meinte, »du wirst dich nie wieder von ihm einwickeln oder überrumpeln lassen.«

Eliza sah ihn einen Moment reglos an. Dann stellte sie ihren Eisbecher zur Seite. Sie suchte seinen Blick, versuchte in seinen Augen zu erkennen, ob es in seinem Magen genauso kribbelte wie in ihrem. Sie war schließlich nicht dumm. Sie hatte sehr wohl gemerkt, dass er in den vergangenen Tagen versucht hatte, ihr aus dem Weg zu gehen. Aber Jake war sich sicher, sein Blick war genauso intensiv und besitzergreifend, wie er es bei ihren beiden Küssen gewesen war. Trotzdem würde er den ersten Schritt nicht machen. Eliza zu küssen war gefährliches Terrain.

Das schien auch sie zu verstehen. Er würde den ersten Schritt nicht machen, also überwand sie einfach die Distanz und presste ihre Lippen auf seine. »Danke, dass du so an mich glaubst«, flüsterte sie.

»Ich spreche nur die Wahrheit aus«, erwiderte er. »Aber wenn du mich brauchst – weil du ihm nicht allein gegenübertreten willst, oder ihn jemand an den Eiern aufhängen soll – dann lass es mich wissen.«

»Das klingt sehr verlockend.« Elizas Fingerspitzen glitten über seine Wangen, und ihm wurde bewusst, dass er an diesem Morgen einmal mehr vergessen hatte, sich zu rasieren. »Aber vorerst habe ich beschlossen, mich auf eine Scheidung zu konzentrieren.«

Alles in Jake wurde für einen Augenblick völlig still. Dann begann sein Herz wild zu schlagen. Sie trennte sich endgültig von dem Arschloch? »Du lässt dich scheiden?«, sprach er seine Gedanken aus. Er führte seine Reaktion darauf zurück, dass er sich für sie freute. Dass er glücklich darüber war, dass sie sich endgültig aus Ellertons Fängen befreite. Er wagte nicht, weiter zu denken. Er versuchte nicht, zu hinterfragen, was das für ihn selbst bedeutete. Für sie beide. Denn spätestens wenn Eliza ihren Mann losgeworden war, würde sie nach Boston und in ihr altes Leben zurückkehren. Sein Puls ließ sich trotz allem nicht beruhigen. Also ließ er seine Lippen über ihre gleiten. »Die beste Idee, die du in den vergangenen vier Jahren hattest«, murmelte er und vertiefte den Kuss.

*

Vier Jahre war Eliza in der Spirale gefangen gewesen, in die ihre Ehe sie gesogen hatte. Vier Jahre ihres Lebens, die sie sich untergeordnet hatte, von Greg misshandelt worden war. Und es hatte nicht einmal zwei Wochen gedauert, um aus diesem Kreislauf auszubrechen. Zu begreifen, dass sie nicht nur ihr Leben, sondern auch sich selbst zerstörte, wenn sie so weitermachte. Sie verbot sich, darüber nachzudenken, dass sie diesen Schritt bereits vor zwei oder drei Jahren hätte gehen können. Oder sofort. Sie hatte es nicht getan. Punkt. Aber jetzt war sie bereit, sich der Zukunft zu stellen. Es gab Momente, in denen sie glaubte, nie über Greg hinwegzukommen. Manchmal genügte ein lautes Geräusch oder ein Schrei, um sie zusammenzucken und in Schutzhaltung gehen zu lassen. Ihr war klar geworden, dass sie ihr Leben wieder in die eigenen Hände nehmen musste. Sie musste einen Schlussstrich unter diese Beziehung ziehen. Und sie musste dafür sorgen, dass Greg die Firma verließ. Denn natürlich würde sie ihm nicht jeden Tag über den Weg laufen können, weil sie ihre Furcht so nie verlieren würde. Er war manipulativ genug, sie wieder um den Finger zu wickeln. Oder er würde sie einfach wieder einschüchtern, um sie da hin zu bringen, wo er sie haben wollte.

Jake hingegen gab ihr das Gefühl, stark, mutig und etwas Besonderes zu sein. Seine Geduld und seine Hartnäckigkeit hatten ihr geholfen, zu sich selbst zurückzufinden.

»Du bist eine der wundervollsten Frauen, die ich kenne«, sagte er. Das brachte sie zum Lächeln, denn sie hatte so oft das Gegenteil gehört. »Warum lachst du?«, wollte er wissen.

»Du bist der Erste, der mir das sagt«, gestand Eliza ihm.

Sie setzte sich auf und griff nach ihrem halb geschmolzenen Eis, fischte einen kleinen Teigklumpen heraus und schob ihn in den Mund.

Jake erhob sich neben ihr ebenfalls. »Möchtest du darüber reden?«

»Was?« Sie drehte sich zu ihm um. Seine Haare waren von ihren Fingern ganz durcheinander und seine Lippen geschwollen von ihren Küssen.

»Na ja.« Er rieb sich mit einem nachdenklichen Gesichtsausdruck über die Oberschenkel, so als wäre er sich nicht sicher, ob sein Vorstoß eine gute Idee war. »Du hast nie etwas über deine Ehe erzählt, und ich frage mich, ob du all diesen Ballast einfach loswerden möchtest. Ob du ihn dir einfach von der Seele reden willst.«

Eliza blickte in ihren Eisbecher und rührte in der Pampe, in die sich das Eis zusehends verwandelte. »Es ist eine lange Geschichte. Und keine besonders schöne. Du wirst sie vielleicht nicht mögen«, murmelte sie.

Jakes Hand glitt zu ihrem Rücken und begann, sie in gleichmäßigen, ruhigen Kreisen zu streicheln. »Das spielt keine Rolle«, sagte er. »Ich will ihn auch jetzt schon umbringen für das, was er dir angetan hat.«

Sie seufzte. »Ich glaube, das Problem begann schon viel früher. Meine Eltern waren vom Moment meiner Geburt an unzufrieden mit mir. Und falls man auf dem Ultraschall das Geschlecht hatte ausmachen können, bereits davor. Mein Vater wünschte sich einen Stammhalter. Einen echten Mann, dem er irgendwann sein Lebenswerk vermachen konnte. Meine Mutter, na ja, sie gehörte zu einer Generation von Frauen …«

Jake nickte. »Ich kann es mir vorstellen. Der Typ Georgina Hunter.«

»Ich möchte sie nicht verurteilen«, sagte Eliza leise. »Im Gegenteil. Ich kann sie sogar recht gut verstehen. Sie ist zu einer Zeit und in einer Generation aufgewachsen, in der sich alles darum gedreht hat, den Ehemann glücklich zu machen, keine Skandale heraufzubeschwören und der Öffentlichkeit eine heile Welt vorzugaukeln. Ich habe im Endeffekt nichts anderes gemacht. Wenn ich mich gegen meine Eltern aufgelehnt hätte, wäre das mit Greg vielleicht gar nicht passiert. Stattdessen habe ich immer um die Anerkennung meines Vaters und die Liebe meiner Mutter gekämpft. Beides habe ich nicht bekommen, egal, was ich auch versucht habe. Ich konnte ihren Ansprüchen nicht genügen.« Ihr wurde bewusst, dass sie ihren kleinen Finger knetete, ihr persönliches Zeichen dafür, dass sie sich unwohl fühlte. Entschieden schob sie ihre Hände unter die Oberschenkel. »Ich blieb das einzige Kind meiner Eltern und wurde in Internate in Europa abgeschoben. Auch von dort aus habe ich mich immer bemüht, die perfekte Tochter zu sein, die besten Noten zu haben und so weiter.« Sie stieß ein leises, bitteres Lachen aus. »Ich erinnere mich noch, wie ich einmal Zweitbeste meines Jahrgangs wurde. Ich war so stolz auf meine Urkunde. Mein Vater fragte lediglich: ›Wieso warst du nicht die Beste?‹« Sie ahmte seine tiefe Stimme nach. »So lief das bei uns.«

»Natürlich war klar, dass ich in die Firma einsteigen würde. Natürlich habe ich mein Wirtschaftsstudium als eine der besten abgeschlossen. Und ich liebte es, für die Holding zu arbeiten. Aber ich war nicht der Nachfolger, den mein Vater sich vorstellte. Ihm war klar, egal wie lange er die Firma selbst führte, irgendwann würde er sie übergeben müssen. Was seiner ganz persönlichen Vorstellung von der Hölle entsprach. Er war sich sicher, eine Frau würde die Woodward Holding ruinieren und damit sein Lebenswerk und das seiner Vorfahren zerstören. Greg hat nicht nur mich um den Finger gewickelt, als er auf der Bildfläche erschien. Mein Vater sah in ihm die perfekte Besetzung. Und endlich, endlich, hatte ich in seinen Augen etwas richtig gemacht. Allein das war ein Grund, an meiner Beziehung festzuhalten. Da waren keine lauten Alarmglocken, die mich vor Greg gewarnt haben. Und selbst wenn sie da gewesen wären, ich hätte sie einfach überhört. Der Wunsch, meinem Vater zu gefallen, war viel zu übermächtig.«

»Was deine Eltern getan haben, ist auch eine Art von Misshandlung«, warf Jake ein.

»Ja. Heute weiß ich das. Grausamkeiten bestehen nicht nur aus Schlägen. Die seelischen Schmerzen sind oft viel schlimmer. Für Teenager, wie ich einer war, gibt es zwei Möglichkeiten. Rebellion – oder das Nachleben der Muster, die einem vorgegeben wurden. Ich habe mich gegen den Kampf entschieden.« Eliza war erstaunt, wie emotionslos sie ihr Leben analysieren konnte. »Greg hatte offenbar sofort erkannt, womit ich zu kämpfen hatte. Er gab mir anfangs genau das, wonach ich mich so sehr gesehnt habe: Zuneigung.«

Jake schnaubte. »Er wollte dich einwickeln, weil er sehr wohl wusste, wie wenig er sich selbst unter Kontrolle hat und dass er irgendwann ausrasten würde.« Er griff nach ihrer Hand und drückte sie.

Von seinem Mitgefühl ermuntert fuhr sie fort. Erst jetzt, als sie es laut aussprach, begriff sie, was für eine Hölle ihre

Ehe tatsächlich gewesen war. Gregs Kontrollzwang. Seine Misshandlungen. »Er verstand es, die Leute für sich zu gewinnen. Sie redeten hinter meinem Rücken, bemitleideten den armen Greg, der so herzlich und so nett war, und es mit mir, dieser furchtbaren, gefühllosen Eisprinzessin, aushalten musste. Niemand hatte eine Vorstellung davon, wie es in meinem Inneren aussah. Die Maske aus Kälte und Unnahbarkeit war der einzige Schutz, der mich in der Öffentlichkeit aufrecht hielt. Ich hatte vorher schon nicht besonders viele Freunde. Seit ich mit ihm zusammen war, verlor ich auch die wenigen. Ich ließ Verabredungen platzen, wenn Greg eifersüchtig war oder mich geschlagen hatte. Ich veränderte mich meinen Mitarbeitern gegenüber. Ich war immer fair und korrekt zu ihnen, aber die Herzlichkeit ging verloren. Greg war derjenige mit dem freundlichen Lächeln, der mit den Sekretärinnen scherzte, mit den Praktikanten plauderte. Ich musste mich von Tag zu Tag mehr bemühen, überhaupt durchzuhalten. Am Ende blieben nur Jeffrey und Maggie, meine Haushälterin. Aber ich habe mich viel zu sehr geschämt, um mich ihnen anzuvertrauen. Meine Eltern waren hellauf begeistert von Greg. Meine Mutter genoss es, den tollen Schwiegersohn in spe bei meinen grässlichen Tanten und Cousinen vorzuführen, die er natürlich alle um den Finger wickelte. Und mein Vater wild entschlossen, ihn zu seinem Nachfolger zu machen.« Sie zuckte mit den Schultern. Eine Geste, die so hilflos war, wie sie sich gefühlt hatte. »Er war nicht mal im Ansatz so qualifiziert wie ich. Und doch sollte die Woodward Holding in seine Hände fallen. Einfach nur, weil er ein Mann war. Ich glaube, wenn ich meinem Vater von den Übergriffen erzählt hätte, hätte er gesagt, ich solle mich nicht so anstellen. Ein ungestümer Partner ist schließlich eine Bereicherung für die Ehe, oder irgend so was in der Art.«

»Solange man nicht mit dem Temperament konfrontiert wird«, knurrte Jake. »Sollen wir ein paar Meter gehen?«

»Eine gute Idee«, stimmte Eliza ihm zu. Im Laufen ließ sich manchmal besser reden. Sie rutschte an Jakes Seite von der Pritsche. »Gregs Temperament explodierte ohne Vorwarnung«, erzählte sie weiter, während sie in Richtung der Klippe gingen. »Das Schlimme daran war, dass ich seine Ausbrüche nicht vorhersehen konnte. Ich wusste nie, ob er vielleicht in fünf Minuten ausflippen oder sich die nächsten zwei Wochen im Griff haben würde. Manchmal war monatelang alles gut. Dann gab es wieder Phasen, in denen er mich nicht verletzt hat. Aber er hat Dinge zerstört, die mir sehr viel bedeutet haben. Eine Schneekugel, die mir eine Schulfreundin zur Erinnerung an meine Zeit in der Schweiz geschenkt hatte. Kristallgläser, die ich geliebt habe und die seit Generationen in unserer Familie weitergegeben wurden. Eine alte Vase. Meine Lieblings-CD. Solche Dinge. Ohne es zu merken, geriet ich in eine Situation, aus der ich mich nicht mehr befreien konnte. Ich war allein. Einsam. Meine Freunde hatten sich längst von mir abgewandt, meine Kollegen hielten Abstand. Mein Leben drehte sich um Greg. Ausschließlich. Weil er es so wollte und es mit Leichtigkeit geschafft hatte, mich zu manipulieren, bis ich nach seiner Pfeife tanzte.«

Jake griff nach ihrer Hand und verschränkte seine Finger mit ihren. Eine stumme Unterstützung, während sie Stück für Stück die hässliche Geschichte ihrer Ehe offenbarte. Mit jedem Wort verschwand ein Stück Ballast von ihren Schultern, wurde durch eine Leichtigkeit ersetzt, die sie fast schwindlig werden ließ. Das Einzige, was ihr ein Rätsel blieb, war Jake. Er trat mit ihr an den Rand der Klippe, die in der Dunkelheit über dem Atlantik thronte und von der aus man nur hin und wieder eine der weißen Schaumkronen weit unter ihnen im Mondlicht aufblitzen sah. Er zog sie in eine Umarmung, als wolle er sie auch jetzt noch vor all dem schützen. Dabei müsste ihre Geschichte ihn abstoßen. Sie war sich sicher, kein Mann war bereit, freiwillig einen Blick auf diese widerliche Seite ihres Lebens zu werfen. »Ich habe angefangen, ihm zu schmeicheln«, erzählte sie. »Ich habe ihm erzählt, was für einen tollen Job er macht. Wie sehr die Kollegen ihn schätzten. Und dass mein Vater ihn geliebt hat wie einen Sohn – was ja noch nicht einmal gelogen war.« Sie lehnte ihren Kopf an Jakes Schulter. »Es tut so gut, es nicht mehr allen recht machen zu müssen.«

»Das glaube ich. Du bist eine verdammt mutige Frau, und ich hoffe, dass du dir diesen Mut erhalten kannst.«

»Hmm.« Eliza atmete seinen warmen, sauberen Duft ein und spürte das stete Klopfen seines Herzens unter ihrer Wange. »Die Scheidung wird sicher schwer, aber ich habe mir geschworen, nie wieder einzuknicken.«

»Hat er eigentlich etwas zu sagen in der Firma oder bekommst du ihn da raus?«, fragte Jake und strich ihr die Haarsträhnen hinters Ohr, die der Wind um ihr Gesicht wehte.

»Er hatte sein Ziel fast erreicht, als meine Eltern ums Leben kamen. Sie standen damals kurz vor der Unterzeichnung der Verträge. Du kannst dir vorstellen, dass er vor Zorn außer sich war, um diese Chance gebracht worden zu sein.« Jakes Arme schlossen sich fester um sie. Tröstlicher. Und gaben ihr die Kraft fortzufahren. »Von diesem Moment an hat er jede Kontrolle über sich verloren. Er hat alles versucht, um mich dazu zu bringen, ihm die Firma zu überschreiben. Drohungen. Gewalt. Aus irgendeinem Grund habe ich an meinem Erbe festgehalten. Das war der letzte Funken Stärke, den ich noch in mir hatte. Den ich nicht aufgeben wollte.« Sie schauderte. Denn so, wie Greg sich ihr gegenüber verhalten hatte, hätte er sich wahrscheinlich nicht mehr ewig in Geduld geübt. Sie war sich sicher, früher oder später wäre sie einem tragischen Unfall zum Opfer gefallen oder auf andere Art, die sich nie hätte aufklären lassen, ums Leben gekommen. Es war wirklich verrückt, dass ihr all das erst jetzt klar wurde.

»Er hat also nichts zu sagen? Dann hoffe ich, du kickst ihn in hohem Bogen aus der Firma«, holte Jake sie aus ihrer Horrorvorstellung.

»Einfach werden wird es nicht«, gab sie zu bedenken. »Wir werden ihm eine hohe Abfindung zahlen müssen. Aber wenigstens haben wir einen Ehevertrag, sodass die Scheidung ohne Schwierigkeiten über die Bühne gehen dürfte.«

»Dieser Typ gehört in den Knast, Eliza.« Er küsste sie aufs Haar. »Du solltest ihn anzeigen, statt ihm einen dicken Scheck zu überreichen. Er sollte dafür, dass er so ein mieses Schwein ist, nicht auch noch belohnt werden.«

»Ich weiß.« Eliza seufzte. »Aber ich habe bis auf den letzten Übergriff keine Beweise. Ich bin nie im Krankenhaus gewesen, und der letzte Funken Stolz hat es mir verboten, die Verletzungen zu dokumentieren. O Gott, für einen Außenstehenden muss das so unsagbar dumm klingen. Aber wenn ich einen Arzt gebraucht habe, habe ich eben behauptet, ich sei gegen eine Tür gelaufen.«

»Oder die Kellertreppe hinuntergefallen?«, mutmaßte Jake. »Wieso akzeptieren Ärzte solche Ausreden? Vielleicht hätte dir schon viel früher jemand helfen können. Wenn nicht jeder die Augen verschließen würde vor dem, was unübersehbar direkt vor seiner Nase passiert.«

»Wenn man genug Geld hat, kann man das Schweigen kaufen«, sprach Eliza die schlichte Wahrheit aus. »Auch ich habe gelernt, zu manipulieren und zu lügen. Ich darf nicht einfach jemand anderem die Schuld geben. Jedenfalls«, griff sie ihren Gedanken von zuvor wieder auf, »ich will auf keinen Fall vor Gericht ziehen, unsere Dreckwäsche ausbreiten und dann vielleicht dabei zusehen müssen, wie Greg am Ende freigesprochen wird.« Eliza spürte, dass Jake ihr widersprechen wollte. Ehe er etwas sagen konnte, stoppte sie ihn auf eine Art, die inzwischen schon ein paarmal funktioniert hatte. Sie hob ihren Kopf und ließ ihre Lippen in der Ahnung eines Kusses über seine Lippen gleiten. Mehr war nicht nötig, um Jake abzulenken und zu einem langen, sinnlichen Kuss herauszufordern, der die hässlichen Erinnerungen zur Seite schob.

20

Drei Wochen waren vergangen, seit Eliza Jake ihre Geschichte erzählt hatte. Drei Wochen, die die Veränderungen in ihrem Leben manifestierten. Sie kehrte mehr und mehr in ihre Arbeitsroutine zurück und betrachtete Jakes Büro in der Brauerei längst als ihr Refugium. Sie genoss es, ihm gegenüberzusitzen, wenn er nicht gerade im Sudhaus, dem Lager oder sonst wo unterwegs war. Wenn er auf den Monitor seines PCs starrte, runzelte er immer leicht die Stirn. Und manchmal fuhr er sich mit einem genervten Laut durch die Haare, ohne es selbst zu merken. Überhaupt. Seine Haare. Er hatte es wahrscheinlich schon seit ein paar Wochen versäumt, einen Friseurtermin zu vereinbaren. Die dunklen Wellen fielen ihm immer wieder in die Stirn und strichen bereits über den Kragen seiner T-Shirts. Sie beobachtete ihn gern von ihrem Platz aus, hörte zu, wenn mit seiner tiefen, leisen Stimme Telefonate führte. Aber oft genug vergaß sie seine Anwesenheit auch ganz. Dann war sie erstaunt, ihn an seinem Schreibtisch sitzen und sie anstarren zu sehen, wenn sie sich aus einer Telefon- oder Videokonferenz ausklinkte oder den Blick von den Unterlagen vor sich hob.

Erleichtert hatte sie festgestellt, dass sie die Besprechungen, bei denen Greg zugegen war, von Mal zu Mal besser im Griff hatte. Er versuchte noch immer, sie mit seinen Blicken zu hypnotisieren, als wolle er sie dazu bringen, zu ihm zurückzukehren. Oder zumindest die Nachrichten ernst zu nehmen, die er ihr nach wie vor auf der Mailbox hinterließ. Sie hatte sie tatsächlich abgehört, und auch hier merkte sie, dass seine Stimme ihr bei Weitem nicht mehr vor Angst die Luft zum Atmen nahm. Nach seinen wütenden Drohungen in den ersten Nachrichten hatte er sich inzwischen wieder aufs Bitten und Betteln verlegt. Er versuchte sie daran zu erinnern, wie schön sie es gemeinsam gehabt hatten. Er flehte sie an, nicht zu vergessen, dass er sie über alles liebte und ohne sie nicht leben könne. Doch sie ließ sich von seinen Manipulationsversuchen nicht mehr unter Druck setzen.

Jake war das genaue Gegenteil ihres Mannes. Er küsste sie, er zog sie in tröstliche – aber unschuldige – Umarmungen. Und löste damit ständig neue Hitzewellen in ihrem Inneren aus, die sie vermutlich gar nicht empfinden sollte. Das Kribbeln in ihrem Magen hörte gar nicht mehr auf, sobald er in ihrer Nähe war. Aber er hielt sie auf Abstand, und mit jedem Tag sehnte sie sich mehr nach ihm.

An diesem Morgen hatte Jake sie an der Praxis abgesetzt, wo Doc Hennings sie ein letztes Mal untersuchte. Begleitet von einem herzlichen Lächeln hatte er ihr bestätigt, dass ihre Rippenfrakturen verheilt waren und sie sich wieder als gesund betrachten konnte. Er hatte ihr außerdem eine Mappe mit den Röntgenaufnahmen, den Fotografien der Verletzungen bei ihrer Ankunft auf Cape Cod und einer Kopie ihrer Anamnese überreicht – denn sie hatte direkt im Anschluss einen Termin mit Niclas. Seine Kanzlei war in einem alten Backsteingebäude, ähnlich der Brauerei, untergebracht. Doch anders als der rustikale Charme dort war hier alles modern, gläsern und minimalistisch. Sein Büro wurde von einem großen Schreibtisch beherrscht, auf dem neben einem Monitor und einer PC-Tastatur nur ein Bild von Marie stand, auf dem sie lachend den Kopf in den Nacken warf und der Wind an ihren Haaren riss. An den in neutralem Grau gestrichenen Wänden hingen geschmackvolle, große Schwarz-Weiß-Fotografien. Die einzigen Farbkleckse, die sich finden ließen, waren die bunten Jachten, die im Hafen vor den Fenstern im Wasser dümpelten. Die Kanzlei passte zu Niclas' nüchterner Art, mit der er sie von seinem Klubsessel aus über den Rand seiner Kaffeetasse hinweg musterte. Ein paarmal war sie in den letzten Wochen hier gewesen, um mit ihm und Jeffreys Unterstützung ihre Trennung vorzubereiten. Als sie sich erst einmal entschieden hatte, die Scheidung einzureichen, hatte sie keine Zeit mehr damit vergeudet, auf den richtigen Moment zu warten. Der Zeitpunkt war perfekt für den nächsten Schritt in die Freiheit.

Sie saß Niclas in der Sitzecke gegenüber, in der er seine Mandanten empfing, und drehte ihre Kaffeetasse in den Händen. Ihr Herz klopfte viel zu schnell, trotz des Mutes, den sie sich in den letzten Tagen selbst zugesprochen hatte. Koffein würde ihre Nervosität nur noch steigern.

Niclas war in den letzten Wochen genau wie sein Bruder, Holly und Marie, zu einem engen Freund geworden. Erstaunlich, dass sie sich auf so vielen Empfängen und Bällen über den Weg gelaufen waren, ohne jemals mehr als ein wenig Small Talk und ein höfliches Lächeln auszutauschen. Niclas und Andrew waren sich in vieler Hinsicht sehr ähnlich. Voller Beschützerinstinkt, wenn es um ihre Liebsten ging.

Nur wenn es um ihre Eltern ging, schienen zwei Menschen keine unterschiedlicheren Meinungen haben zu können. Niclas hielt seine Mutter für einen schwachen Menschen, der sein Leben nicht im Griff hatte. Wohingegen Andrew seinen Vater für Georginas ausweglose Lage verantwortlich machte. In Laufe der Zeit hatte Eliza begriffen, warum Jake mit den Neuigkeiten, dass Theodor auch sein Vater war, noch immer hinter dem Berg hielt. Auch sie vermochte nicht zu sagen, wie die Brüder reagieren würden.

»Du siehst gut aus«, sagte Niclas. »Ich freue mich, dass alle Verletzungen verheilt sind. Und noch mehr freue ich mich, dass wir die Scheidung endlich auf den Weg bringen konnten. Ich habe alle Dokumente bei Gericht eingereicht und Jeffrey Penn Mehrfertigungen zukommen lassen.« Er stellte seine Kaffeetasse auf den Tisch zwischen ihnen und beugte sich vor, um zu unterstreichen, wie ernst er seine nächsten Worte meinte. »Du hast zwar gesagt, du willst Ellerton persönlich von der Scheidung in Kenntnis setzen, aber das kann Penn für dich übernehmen. Er kann ihm die Unterlagen aushändigen, ohne dass du dich mit ihm auseinandersetzen musst.«

Eliza schluckte. Ihre Nervosität wuchs. »Nein.« Sie räusperte sich, weil ihre Stimme so rau klang. »Das muss ich selbst tun.« Sie brauchte das für den Abschluss dieses Kapitels ihres Lebens, für ihren Seelenfrieden.

»Er wird alles andere als begeistert sein«, gab Niclas eindringlich zu bedenken. »Ich gehe sogar davon aus, dass es wirklich hässlich wird.« Er lehnte sich wieder ein wenig zurück. »Ich werde das gesamte Gespräch aufzeichnen. Nur zur Sicherheit. Ich bin ja nach wie vor der Meinung, du solltest ihn anzeigen.« Genau wie Jake, dachte sie. »Er gehört hinter Gitter.«

»Ich weiß«, sagte sie und straffte die Schultern. »Aber wenn er nicht verurteilt wird ...«

»Was wir haben, reicht, um ihn in den Knast zu bringen«, widersprach Niclas.

»Er hat schon so viele Leute um den Finger gewickelt, hat immer wieder seinen Charme spielen lassen. Warum sollte ihm das nicht auch bei einem Richter oder einer Jury gelingen? Ich will das Risiko, seinen Freispruch miterleben zu müssen, wirklich nicht eingehen.« Ihr Blick glitt zum Fenster, zu der sonnigen, heilen Welt dahinter. Eine Familie – Vater, Mutter, zwei Kinder und ein Hund – waren gerade dabei, ihre Jacht seeklar zu machen. Der Wind zerzauste ihre Haare, und auch wenn Eliza ihre Augen hinter den Sonnenbrillen nicht sehen konnte, ihre Gesichter strahlten vor Glück. Ihr Magen zog sich zusammen. Wie sehr hatte sie sich genau das gewünscht? Entschlossen wandte sie den Blick ab und konzentrierte sich wieder auf Niclas. »Eine Anzeige ist zumindest ein gutes Druckmittel. Er weiß schließlich nicht, dass ich es nicht bis zum Ende durchziehen würde.«

»Sollen wir loslegen?«, fragte Niclas.

»Ja.« Eliza stellte die Kaffeetasse ab und rieb ihre feuchten Handflächen an den Jeans ab.

Niclas erhob sich und ging zu seinem Schreibtisch hinüber. Eliza folgte ihm und nahm auf dem Besucherstuhl davor Platz. »Also noch mal«, erinnerte er sie. »Du musst dir keine Sorgen machen. Ich schneide alles mit, und die Nummer wird unterdrückt. Er kann also nicht herausfinden, wo du dich gerade aufhältst. Auch wenn er dir drohen sollte, kann er dir nichts tun. Du bist und bleibst in Sicherheit.«

Eliza atmete tief durch und nickte ihm zu. »Okay.« Mit zitternden Fingern wählte sie die Nummer ihres Noch-Ehemanns. Es klingelte neunmal, ehe ein in den Apparat geblafftes »Ellerton« sie zusammenzucken ließ. Sie räusperte sich, um nicht noch einmal so nervös und ängstlich zu klingen. »Ich bin es«, sagte sie und schloss erleichtert für einen Moment die Augen, weil ihre Stimme den kühlen und geschäftsmäßigen Ton angenommen hatte, den sie sich für dieses Gespräch wünschte.

»Eliza?« Sprachloses Schweigen schlug ihr entgegen. Ihr Blick kehrte wieder zu den Booten im Hafen zurück. Eine Jolle hob sich träge mit den Wellen, sank wieder hinab und hob sich noch einmal, bis Gregs Stimme abermals an ihr Ohr drang. »Oh mein Gott, Eliza! Gott sei Dank meldest du dich. Ich bin wahnsinnig geworden vor Sorge um dich.« Und genau so klang seine Stimme auch. »Geht es dir gut? Wo steckst du? Wann kann ich dich sehen?«, feuerte er eine Frage nach der anderen ab.

»Mir geht es fantastisch. Wo ich mich aufhalte, werde ich dir nicht sagen. Und nein, du kannst mich nicht sehen.«

»Was?« Eliza konnte den gereizten Unterton in seiner Stimme hören. Menschen, die Greg nicht so gut kannten wie sie, nahmen diese Nuancen wahrscheinlich gar nicht wahr. Aber ihre Antennen waren sensibel und registrierten auch die kleinste Stimmungsschwankung. »Eliza, was redest du da? Du bist die Liebe meines Lebens. Du *musst* zu mir zurückkommen.«

Magensäure stieg in ihrem Hals nach oben, doch sie

schluckte das Bittere herunter. »Du liebst mich nicht, Greg«, sagte sie.

»Aber das habe ich«, widersprach er. »Zumindest am Anfang. Mag sein, dass es bessere Ehemänner als mich gibt, aber du warst verdammt noch mal auch nicht gerade eine Vorzeigeehefrau.« Eliza nahm aus den Augenwinkeln wahr, wie Niclas auf der Schreibtischplatte die Hände zu Fäusten ballte, bis die Knöchel weiß hervortraten.

»Es ist egal, wie gut ich deine Vorstellung einer Frau erfüllt habe, nichts hat dir das Recht gegeben, mir die Rippen zu brechen. Oder mir ein blaues Auge zu verpassen.«

»Ich habe keine Ahnung, wovon du sprichst«, brachte er gepresst heraus. »Wenn du dir was gebrochen hast, dann tut mir das leid, aber das wird wohl deinen Koordinationsproblemen geschuldet sein. Jeder weiß, wie tollpatschig du dich manchmal anstellst. Schieb es also nicht mir in die Schuhe.« Die Schärfe kehrte in seine Stimme zurück. Seine oberflächliche Beherrschung bröckelte bereits beachtlich.

Es wurde Zeit, es hinter sich zu bringen. »Ich rufe dich an, um dir mitzuteilen, dass dir in Kürze die Scheidungspapiere zugestellt werden.« Ehe Greg etwas erwidern konnte, fuhr sie fort. »Die Woodward Holding wird sich ebenfalls von dir trennen. Jeffrey ist bereits informiert. Du wirst deine Projekte an ihn übergeben und die Firma noch im Verlauf dieser Woche verlassen. Das ist genau die gleiche Frist, die du hast, um die Villa zu räumen. Du solltest nichts mitgehen lassen, was dir nicht gehört. Es ist alles katalogisiert. Sowohl in meinem Haus als auch in deinem Büro. Ich bitte dich, dem nachzukommen, ohne Aufsehen zu erregen. Andernfalls sehe ich mich gezwungen, die Polizei einzuschalten. Dein letzter

Übergriff auf mich ist detailliert dokumentiert worden. Es ist ein Leichtes, dich wegen Körperverletzung anzuzeigen. Betrachte das als Warnung. Hast du mich verstanden?«

In der Leitung herrschte Schweigen. Wenn sie Gregs leises Atmen nicht gehört hätte, wäre sie sich nicht sicher gewesen, ob die Verbindung aus Versehen – oder mit Absicht – getrennt worden war. Schließlich wurde die Stille von einem keuchenden Geräusch abgelöst, und Eliza begriff, dass Greg lachte. Er versuchte, sein Lachen zu unterdrücken, aber nach ein paar Sekunden prustete er regelrecht los. »Hast du mir gerade gedroht, Eliza? Im Ernst?« Es dauerte einen Moment, bis er sich wieder genug im Griff hatte, um weitersprechen zu können. »Du miese, kleine Schlampe. Du glaubst, du kannst dich von mir trennen? Einfach so? Das wird nicht passieren. Denn ich werde dich fertigmachen. Du bist so nutzlos wie du unfähig bist. Dein Vater wollte, dass ich die Firma bekomme, und ich nehme mir, was mir gehört. Immer. Ich werden dich zer …« Eliza hörte den Rest der Tirade nicht mehr, denn Niclas nahm ihr sanft den Hörer aus der verkrampften Hand und legte auf.

»Tief Luft holen«, sagte er leise, und Eliza wurde bewusst, dass sie das Atmen vergessen hatte.

Sie sog Sauerstoff in ihre Lungen und lehnte sich auf dem Stuhl zurück. »Ich habe es geschafft«, sagte sie mehr zu sich selbst als zu Niclas. »Ich habe mich von Greg getrennt.«

»Du warst fantastisch.« Niclas legte seine Hand über ihre und drückte sie. »Aber jetzt bringe ich dich nach Sunset Cove, damit du ein bisschen runterkommen kannst. Gönn dir einen langen Spaziergang am Strand, mach es dir auf einer Sonnenliege bequem und lies ein gutes Buch«, schlug er vor.

»Oder willst du lieber Gesellschaft? Ich könnte dich auch bei Holly im Fairway absetzen, wenn dir das lieber ist.«

»Nein.« Eliza schüttelte den Kopf. »Das Strandhaus ist eine gute Idee.« Niclas hatte recht. Sie brauchte unbedingt ein paar Stunden für sich. Ein bisschen fühlte sie sich gerade, als hätte ihr Geist nach dem Telefonat auf Autopilot geschaltet, um sich zu erholen. Sie folgte Niclas aus der Kanzlei und wartete, bis er die Tür hinter sich abgeschlossen hatte. Dann ließ sie sich auf den Beifahrersitz seines SUV fallen. Als Niclas sie wenig später in Sunset Cove absetzte, umarmte sie ihn, dankbar für alles, was er in den vergangenen Wochen für sie getan hatte.

Sie trat in ihr Zimmer und setzte sich für einen Moment auf ihr Bett. Erschöpft ließ sie sich nach hinten fallen und schloss die Augen. Bereits im nächsten Moment schlief sie tief und fest.

Blinzelnd kam Eliza zwei Stunden später wieder zu sich. Sie hatte tief und traumlos geschlafen, während sich der Horizont verdunkelt hatte. Langsam richtete sie sich auf und wischte sich die Haare aus dem Gesicht. Tief hängende, anthrazitfarbene Wolken schoben sich über einen gespenstisch lila schimmernden Himmel, und ein fernes Donnergrollen mischte sich in das Rauschen der Wellen. Seit sie in Sunset Cove war, war das das erste Mal, dass die Sonne nicht mit dem blauen Himmel um die Wette strahlte. Sie trat auf den Balkon und atmete die drückende, schwüle Luft ein. Ein Gewitter passte zu ihrem Telefonat mit Greg an diesem Mittag. Es hatte eine genauso reinigende Wirkung.

Im Haus war es still. Ihre Mitbewohner waren noch bei

der Arbeit. Allerdings konnte sie sehen, dass Jakes Balkontür offenstand. Sie sollte sie schließen, bevor es zu regnen begann. Der auffrischende Wind würde die Nässe sonst sicher
in sein Zimmer fegen. Ein einsamer Blitz erhellte den Horizont, als sie die Tür erreichte. Sie legte die Hand auf den
Griff und zögerte dann einen Moment. Statt die Tür zuzu-
ziehen, schob sie sie ganz auf und trat über die Schwelle in
den Raum. Sie wusste nicht, warum sie von dieser plötzlichen
Neugier getrieben wurde. Vielleicht lag es daran, dass sie Jake
fast ihre ganze Lebensgeschichte erzählt hatte, während sie
über ihn fast nichts wusste, sah man einmal davon ab, dass er
das Bierbrauen liebte und der Halbbruder von Andrew und
Niclas war. Sie sah sich in dem Raum um, der der Zwilling
ihres Zimmers sein könnte. Jake hatte sein Bett gemacht, alles sah ordentlich und aufgeräumt aus, nur über einem Sessel
hingen ein T-Shirt und eine Jeans. Sie strich mit den Fingerspitzen über die Saiten der Gitarre, die an der Wand lehnte.
Jake hatte das Instrument nie dabeigehabt, wenn sie auf der
Terrasse zusammengesessen oder am Strand ein Lagerfeuer
entzündet hatten. Aber sie hatte ihn hin und wieder gehört.
Spätabends waren die leisen, oft melancholischen Melodien
in die Nacht hinausgeweht und hatten sie in den Schlaf begleitet. Es wäre wundervoll, ihn einmal spielen zu sehen. Auf
dem Nachttisch lag ein kleiner Stapel Bücher. Obenauf lag
der neueste Stephen King, aufgeschlagen und verkehrt herum
abgelegt, so als habe er noch ein paar Seiten gelesen, ehe er
eingeschlafen war. Sie hob den Roman an und blätterte darin
herum. Dann fiel ihr Blick auf den Titel des Buches darunter,
und sie hielt inne. Langsam legte sie den King zur Seite und
nahm den Stapel in die Hand. Vier Sachbücher. Alle zum

gleichen Thema. »Was zur Hölle …«, murmelte sie und ließ sich auf die Bettkante sinken.

*

Jake hatte gefühlte tausendmal sein Handy aus der Tasche gezogen und nachgesehen, ob Eliza oder Niclas sich gemeldet hatten, bis sein Freund ihn endlich wissen ließ, dass alles glattgegangen war. Erleichtert atmete er aus. Sein Blick wanderte zu Elizas leerem Schreibtisch, der seinem gegenüberstand. Er hatte sich in den letzten Wochen daran gewöhnt, sie dort sitzen zu sehen, wenn er sein Büro betrat. Auf ihren aufgeräumten Arbeitsplatz zu starren war ihm nicht gerade behilflich dabei, sich auf seinen eigenen Job zu konzentrieren. Sie hatte sich nicht gemeldet nach ihrem Termin bei Niclas. Und das war schon verdammte – er sah auf die Uhr – zwei Stunden her. »Mist«, murmelte er und schob seinen Stuhl zurück. Er konnte seinen Job nicht anständig machen, solange seine Gedanken um sie kreisten. Also würde er kurz nach Sunset Cove fahren, nachsehen wie es ihr ging und dann in die Brauerei zurückkehren.

Zehn Minuten später stellte er den Pick-up neben den Garagen ab und betrat das Haus. Stille empfing ihn. Dass Eliza nicht auf der Terrasse saß, konnte er von hier sehen. War wahrscheinlich auch besser so. Der Himmel zog sich zu einem heftigen Sommergewitter zu. Er nahm zwei Stufen auf einmal die Treppe hinauf und klopfte an ihre Tür. Als sie nicht öffnete, ging er den Gang wieder hinunter und zu seinem Zimmer. Vielleicht saß sie auf dem Balkon und hatte ihn deshalb nicht klopfen gehört. Oder sie war tatsächlich am

Strand unten. Dann würde er … »Eliza!« Überrascht blieb er stehen, nachdem er seine Tür aufgeschoben hatte. Sie saß auf seinem Bett, um sich die Sachbücher ausgebreitet, die auf seinem Nachttisch gelegen hatten.

Sie hatte die Nachttischlampe eingeschaltet, die sie in einen gelben Kegel hüllte, der gegen die Dunkelheit der Gewitterwolken ankämpfte. Mit ernstem Gesicht sah sie zu ihm auf. »Wieso besitzt du Bücher über Missbrauch und häusliche Gewalt?«, fragte sie leise. Sie wirkte so, als wisse sie nicht, was das zu bedeuten hatte, und das machte ihr Angst, begriff er. Bisher hatte sie ihm vertraut, und jetzt war sie sich offenbar nicht mehr sicher, ob das eine gute Idee gewesen war.

Mit einem Seufzen schloss er die Tür hinter sich. Er schob zwei der Bücher zur Seite und setzte sich so aufs Bett, dass er ihr gegenübersaß und genug Abstand zu ihr hielt, damit sie sich nicht bedroht fühlte. »Dass ich diese Bücher habe, wirkt ein wenig schräg, vermute ich.« Unbehaglich rieb er sich über den Nacken. Hinter ihm erhellte ein Blitz die Dunkelheit. Zwei Sekunden später hörte er das tiefe Grollen des dazugehörigen Donners. Eliza sagte nichts. Sie sah ihn einfach nur abwartend an. »Als ich zu dir nach Hause gekommen bin und dich im Garten gefunden habe, habe ich mich einfach auf meinen Instinkt verlassen. Ich wollte dich ins Krankenhaus bringen, und, als du dich geweigert hast, wenigstens an einen sicheren Ort. Ich habe Tiefkühlerbsen gekauft, weil man Prellungen kühlt. Aber an dieser Stelle hat mein Latein aufgehört.« Er hob hilflos die Hände. »Du warst an diesem Abend ziemlich hinüber, aber ich habe Andrew ausgequetscht, bis er mir deine Verletzungen geschildert hat.«

Elizas Wangen färbten sich rot, und sie senkte die Lider. »Das hätte er nicht tun sollen!«, sagte sie leise.

»Doch«, widersprach Jake. Er legte die Finger unter ihr Kinn und hob es an, bis sich ihre Blicke wieder kreuzten. »Schäm dich nicht für das, was damals passiert ist. Du warst nicht verantwortlich dafür. Das war allein das Werk dieses verdammten Arschlochs. Ich wäre am liebsten noch in jener Nacht losgezogen und hätte ihm die Seele aus dem Leib geprügelt. Stattdessen habe ich zugehört, was Andrew zu sagen hatte. Und das hat mich …« Er stockte, bis ihm die richtigen Worte einfielen. »Es hat mich schlicht fassungslos gemacht.« Er griff nach Elizas Hand und verschränkte seine Finger mit ihren. Erleichtert, dass sie die Berührung zuließ. »Er hat mir von Missbrauchsopfern erzählt. Davon, dass sie zu ihren Ehemännern zurückkehrten. Dass sie Jahre brauchten, um sich aus dieser Spirale von Gewalt und Demütigung zu befreien. Und mir wurde klar, dass meine Art die Dinge anzugehen, in dieser Situation nicht funktionieren würde.«

»Deine Art, die Dinge anzugehen?«, fragte sie und blickte auf ihre verbundenen Finger.

»Direkt. Ohne Umwege auf mein Ziel zu. So wie ich die Dinge in meinem Leben immer angegangen bin«, erklärte er und entlockte ihr damit sogar ein kleines Lächeln.

»Du kämpfst um die Dinge. Wie um die Brauerei.«

»Ja, genau.« Er zuckte mit den Achseln. »Jedenfalls habe ich in dieser Nacht verstanden, dass ich nicht losstürmen und dich davon überzeugen kann, diesem verdammten Wichser in die Eier zu treten. Denn genau das ist es, was er verdient hat.« Eine Windböe fegte durch die offenstehende Balkontür ins Zimmer, bauschte die Vorhänge und trug den Geruch des Ozeans herein. Er müsste aufstehen und die Tür schließen, aber nicht, bevor er fertig war mit seiner Erklärung. »Ich hätte dir Angst gemacht. Und das war das letzte, was ich wollte. Ich wollte für dich da sein, wollte dich unterstützen. Und, ja verdammt, ich wollte verhindern, dass du dich jemals wieder einer solchen Gefahr aussetzt.«

»Dann hast du die Bücher für mich gelesen?« Ein weiterer Blitz zuckte hinter Jake über den Himmel und spiegelte sich in Elizas Augen, die ihn erwartungsvoll ansahen.

»Ich wollte die Situation verstehen. Ich wollte dich nicht unter Druck setzen. Und schließlich hat es mir geholfen zu begreifen, dass die Entscheidung, dieses Leben hinter sich zu lassen, nur von dir selbst kommen konnte.« Er strich mit seiner freien Hand über ihre Wange. »Ich bin so verdammt froh, wie stark und selbstbewusst du bist«, flüsterte er und küsste sie sanft auf die Stirn. Das Bedürfnis, sie an sich zu reißen und so leidenschaftlich zu küssen, dass ihr Hören und Sehen verging, war so übermächtig, dass er sich zurücklehnte, um der Versuchung zu widerstehen.

»Nur damit du es weißt: Ich habe ihm heute in die Eier getreten. Auf meine Art.« Ihr Lächeln wurde breiter. Aber Jake kam nicht umhin zu bemerken, dass es ihre Augen nicht erreichte. Sie stand auf, trat für einen Moment an die Balkontür und starrte hinaus. Der Wind spielte mit ihren Haaren. Dann wandte sie sich um und strich mit den Fingern über seine Gitarre. »Spielst du etwas für mich?«

»Oh … ähm.« Er fuhr sich durch die Haare. Plötzlich machte es ihn nervös, hier mit ihr allein zu sein. Viel zu oft waren seine Fantasien um Dinge gekreist, die er ihr gegenüber niemals aussprechen würde. Denn dann würde sie wirklich Angst vor ihm bekommen. Oder, nachdem sie ihr Selbstbewusstsein wiedergefunden hatte, würde sie ihn vielleicht auch mächtig in den Arsch treten. »Na ja, ich spiel eigentlich nur für mich«, erklärte er ihr. »Allein.«

Sie nahm die Gitarre und kehrte mit ihr zum Bett zurück. Setzte sich. Schlug die Beine unter und hielt sie ihm hin. »Ich bin heute über meinen Schatten gesprungen. Du kannst es auch.«

Er nahm das Instrument und strich über die Saiten, ohne Eliza aus den Augen zu lassen. »Was soll ich spielen?«, fragte er sie.

»Überrasch mich.« Sie lehnte sich an die Kissen am Kopfteil seines Bettes.

Zwischen ihnen summte eine Energie, die er schon einige Male gespürt hatte. Und die ihm den Atem raubte, wenn er es zuließ. »Okay.« Jake wusste, welcher Song perfekt zu ihr passte. Er beugte sich über die Gitarre und schlug den ersten Ton an.

*

Die ersten Akkorde klangen sanft und leise durch das Zimmer. Die klare Schönheit der Töne ließ Elizas Brustkorb eng werden. Jake hatte den Kopf konzentriert über die Gitarre gebeugt. Die widerspenstige Haarsträhne, die sie so mochte, fiel ihm in die Stirn. Die Melodie kam ihr irgendwie bekannt vor, ohne dass sie sie hätte einordnen können. Bis Jake mit tiefer, rauer Stimme zu singen begann. »This ain't a song for the broken-hearted ...« Er hob den Blick und sah ihr direkt in die Augen, während er die nächste Zeile sang. Einer der größten, rockigen Hits von Bon Jovi, in einer sanften Akustik-Version, die sie noch nie zuvor gehört hatte. Und die die Schmetterlinge in ihrem Magen wie verrückt flattern ließ. »It's your life«, änderte er den Refrain ab, ohne seinen Blick von ihr zu lösen. *Ja, es war ihr Leben*, dachte sie. Sie zog die Beine an, schlang ihre Arme darum und legte ihr Kinn auf die Knie. Eine Träne löste sich aus ihrem Augenwinkel. Aber sie wischte sie nicht weg. Die Blitze und der Donner, die immer näher zu kommen schienen, gaben ihr das Gefühl, sich mit Jake – und diesem Lied – in einer eigenen, ganz privaten Welt zu verstecken.

Als die letzten Töne verklangen, blieb er still sitzen, die Gitarre wie einen Schutzschild zwischen ihnen. »Das war wundervoll«, flüsterte Eliza. Ihr Herz klopfte wie verrückt. Ihr war schwindlig von all den Gefühlen, die durch ihren Körper pulsierten. Jake hatte gesagt, sie sei selbstbewusst. Mutig. Vielleicht, wenn sie jetzt all ihren Mut zusammennahm …

»Jake?« Sie nahm ihm die Gitarre ab und lehnte sie neben dem Bett gegen die Wand. Er hob den Blick, als sie nach seinen Händen griff. Seine Augen schimmerten so dunkel und geheimnisvoll. »Du hast mich gerettet. Du hast mich nach Sunset Cove gebracht«, wisperte sie. »Du hast mir geholfen, zu mir selbst zurückzufinden, wieder ich zu sein.« Die ersten Regentropfen trafen mit lautem Ploppen auf das Holz des Balkons, und frische, feuchte Luft wehte ins Zimmer und strich über Elizas erhitzte Haut. »Wenn du mich küsst, habe ich das Gefühl zu schweben. Ich wünsche mir so, dass du derjenige bist.«

Sein Blick ließ ihren nicht los. »Wer soll ich sein?«

Eliza war sich nicht sicher, ob er wirklich so irritiert war, wie er sie ansah. Zumindest zwang er sie, es auszusprechen. Ihre Wangen brannten, und sie schluckte trocken. Noch könnte sie den einfachen Ausweg wählen und behaupten: der mir das Gitarrespielen beibringt. Oder das Brauen. »Der mir zeigt, wie Normalität funktioniert«, sagte sie stattdessen. »Durch den ich mich wieder wie eine Frau fühlen kann.«

21

Ein Blitz erhellte die Dunkelheit über dem Atlantik, und im nächsten Moment erschütterte ein mächtiger Donner das Haus. Ansonsten herrschte Stille zwischen ihnen. Sekunde um Sekunde tickte das Schweigen zwischen ihnen, bis Eliza langsam den Blick senkte. Jake wollte sie aufhalten, wollte die Enttäuschung in ihrem Gesicht nicht sehen. Aber er konnte nicht. Er wollte sie viel zu sehr. Was, wenn er nicht der Gentleman sein könnte, den sie so brauchte für diesen besonderen Moment? Abgesehen davon würde ihm eine Nacht wahrscheinlich nicht reichen. Er würde nicht genug von ihr bekommen. Und sie? Sie war mit Sicherheit noch lange nicht bereit, auch nur so etwas Ähnliches wie eine Beziehung einzugehen. In den vergangenen Wochen war sie nur mit ihm zusammen gewesen, weil er eine verlässliche Stütze war. Was er ihr nicht verübelte. »Eliza, ich ...«, setzte er an, doch sie löste ihre Hand aus seiner und hob sie abwehrend zwischen sie.

»Ich weiß«, flüsterte sie. »Und ich verstehe das. Du musst es nicht aussprechen. Ich bin dir auch so dankbar für alles, was du für mich getan hast.«

»Was muss ich nicht aussprechen?«, fragte er vorsichtig. Er war sich alles andere als sicher, dass sie ihn verstand.

»Dass ich ...« Sie schluckte und hob dann den Blick wieder, um ihm fest in die Augen zu sehen. Das dunkle Blau schimmerte feucht, aber ihre Stimme klang wieder fest, »kaputt bin. Beschädigt. Ich habe vor ein paar Wochen gehört, wie Andrew und du darüber gesprochen habt, dass du mich gegen eine Wand ...« Sie sprach es nicht aus, aber Jake hätte am liebsten seinen Kopf gegen ebendiese Wand geschlagen, um die sich seine Fantasie drehte. Das hatte sie mit angehört? Verdammt. »Na ja, das war bevor du meine abstoßende Lebensgeschichte gehört hast. Ich verstehe also, dass du jetzt nicht mehr ... mit mir zusammen sein willst. Aber das ist wirklich nicht schlimm. Ehrlich. Ich ...«

»Kannst du bitte für einen Moment ruhig sein?«, bat er sie leise. Sein Puls raste. Er steckte in Schwierigkeiten. Seine Finger zitterten, als er sie an ihre Wange legte und sanft die Linie ihres Jochbeins nachzog. »Eliza.« Seine Stimme klang so rau, wie sich sein Herz anfühlte. »Das Problem ist nicht, dass ich nicht mit dir zusammen sein möchte, sondern, dass ich dich viel zu sehr will. Es hat sich nichts geändert. Ich will genau das tun, was ich gesagt habe. Dich gegen die nächste Wand pressen. Das kannst du mir glauben.« Er benutzte diese Worte mit Absicht. Eliza sollte ihn nicht so wollen. Sein Begehren müsste sie einschüchtern, stattdessen veränderte sich das Leuchten in ihren Augen in reines Glück. Sie verstand es nicht. »Genau deshalb bin ich nicht der Richtige für dich. Du brauchst jemand sanften, zärtlichen«, versuchte er ihr zu erklären, doch sie ignorierte alles, was er sagte.

Sie schlang ihre Arme um seinen Hals. »Du bist all das, Jake. Sanft und zärtlich. Rücksichtsvoll. Und du willst mich ... trotz allem.«

»Eliza.« Er umfasste ihr Gesicht mit beiden Händen. »Was dir in der Vergangenheit geschehen ist, macht Greg zu einem Arschloch, aber es ändert nichts daran, dass du eine atemberaubende Frau bist.«

Sie überwand den winzigen Abstand, der sie trennte, und küsste ihn. »Zeig mir wie atemberaubend«, wisperte sie.

*

Hitze staute sich unter Elizas Kleidern. Hitze, die Jakes Worten geschuldet waren. Er begehrte sie. Er begehrte sie so sehr, dass er fürchtete, die Kontrolle über seine Gefühle zu verlieren. Die Nervosität in ihrem Hinterkopf ließ sich nicht abschalten, aber sie wurde von dem Glück, das durch ihre Adern strömte wie flüssiges Gold, zur Seite gedrängt.

Jake beendete ihren Kuss und lehnte seine Stirn gegen ihre. Eine mittlerweile vertraute Geste voller Zärtlichkeit. »Wie hast du auch nur einen Moment glauben können, dass ich dich nicht will?«, murmelte er und ließ seine Finger an ihrem Hals hinuntergleiten. Er ließ sie dort liegen, wo der Puls unter ihrer Haut raste.

»Du bist mir nie nähergekommen.« Sie strich die störrische dunkle Strähne aus seiner Stirn, die sofort wieder zurückfiel. »Du hast mich geküsst, mich aber auf Abstand gehalten.«

»Das musste ich.« Ein Lächeln umspielte seine Lippen. »Ich hatte Angst, dich sonst in die Flucht zu schlagen.«

Eliza erwiderte sein Lächeln und legte ihre Hand auf sein schnell schlagendes Herz. »Jetzt weißt du, dass du mich nicht so leicht in die Flucht schlagen kannst.«

»Das stimmt.« Er strich an ihren Armen hinauf, bis er seine Hände auf ihre Schultern legen konnte. Ernsthaftigkeit mischte sich in sein Lächeln. »Trotzdem musst du es mir sofort sagen, wenn du dich nicht wohlfühlst. Versprich mir das. Ich will dir nicht wehtun. Ich will dir keine Angst machen.«

»Versprochen.« Sie mochte es, wenn sich Jake um sie sorgte, aber für diesen Abend hatte er einfach schon viel zu viel gesprochen. Sie hob die Hände und löste den ersten Knopf ihrer Bluse. Was gar nicht so einfach war, weil ihre Finger zitterten.

»Und ich will nicht«, Jake schob ihre Hände zur Seite, »dass du meinen Job machst.« Er löste den zweiten Knopf und presste seine Lippen auf die Haut, die er freilegte. Viel zu lange brauchte er, bis er ihr die Bluse endlich von den Schultern schob.

Eliza gab einen frustrierten Laut von sich und spürte, wie sich Jakes Lippen an ihrer Haut zu einem Lächeln verzogen. Sie griff hinter sich und wollte den Verschluss ihres BHs lösen, doch er fing ihre Finger ein. »Nicht«, flüsterte er. »Ich will dich ansehen.« Mit einer trägen Bewegung fuhr sein Zeigefinger an der Kante der mitternachtsblauen Spitze entlang. »Hübsch«, murmelte er.

»Das hat Holly für mich geshoppt«, gestand sie.

»Richte ihr meinen Dank aus«, sagte er und senkte seinen Kopf, um die Stelle zwischen ihren Brüsten zu küssen. Seine Hände glitten federleicht über ihre Brustspitzen, die sich gegen den zarten Stoff pressten. Glühend heiße Erwartung schoss in ihren Bauch, und als er ihr den BH endlich auszog und ihre Brüste mit den Lippen liebkoste, fiel ihr

Kopf wie von selbst in den Nacken, und ein sehnsüchtiger Seufzer entschlüpfte ihr.

Jakes Lippen kehrten zu ihrem Mund zurück, eroberten sie in einem langsamen, sinnlichen Kuss, während er seine Hände hinter ihren Rücken schob und sie nach hinten beugte, bis sie auf den weichen Zierkissen seines Bettes zum Liegen kam. Eliza schob ihre Hände unter den Saum seines T-Shirts und ließ die Finger über Jakes Rückenmuskeln gleiten, die sich unter ihren Berührungen zusammenzogen. Er schien das als Aufforderung zu betrachten, denn im nächsten Moment löste er sich von ihr, richtete sich auf und zog sich das Shirt über den Kopf, ehe er es hinter sich warf. Sein Blick glühte auf ihrem Körper. Mit den Fingerspitzen fuhr er eine Linie von ihrer Kehle, zwischen ihren Brüsten und vorbei an ihrem Bauchnabel bis zum Bund ihrer Jeans nach. Dann beugte er sich herunter und folgte diesem Pfad mit den Lippen. Er öffnete ihren Hosenknopf und schälte sie aus dem engen Stoff. Nun schlug die Nervosität doch zu, mischte sich mit der Erwartung und der Leidenschaft, die Jake in ihr geweckt hatte. Als sie nur noch in ihrem Höschen vor ihm lag, hätte sie ihren Körper am liebsten mit den Händen bedeckt, oder, noch effektiver, die Decke über sich gezogen. Sie fühlte sich plötzlich bloß und ausgeliefert.

»Sch …« Jake beugte sich wieder über sie. »Versuch deinen Kopf abzuschalten«, flüsterte er an ihren Lippen, während seine Hände an ihren Rippen hinunterstrichen, über ihre Hüfte und an ihrem Oberschenkel entlang bis zum Knie. Als er wieder nach oben fuhr, tat er das an der Innenseite ihres Schenkels. Sie widerstand dem Reflex, die Beine zusammenzupressen, nur mit Mühe. Jake blieb geduldig. Er strich an den Beinausschnitten ihres Höschens entlang. Von links nach rechts und zurück. Wieder und wieder. Mit federleichten Bewegungen. Bis das Bedürfnis, sich von ihm an ihrer intimsten Stelle berühren zu lassen, stärker war als alles andere. Sie spreizte ihre Schenkel ein wenig, und Jake fasste es als die Einladung auf, die es war. Sein Finger glitt unter den Saum des Höschens. Er begann sie zu streicheln, zu reizen. Ehe Eliza ganz begriff, was gerade geschah, ballte sich das Verlangen in ihrem Körper zusammen, um im nächsten Moment in einer explosionsartigen Druckwelle aus ihr hervorzubrechen. Atemlos spannte sich ihr Oberkörper an, hob sich ihr Rücken vom Bett. *Jake*, war alles, was sie denken konnte. Vielleicht hatte sie seinen Namen stumm geschrien, vielleicht hatte sie ihn laut ausgesprochen. Sie wusste es nicht. Und es war egal. Er beugte sich über sie, um mit einem Kuss die letzten Erschütterungen abzumildern, die ihren Körper durchliefen. »Bist du okay?«, fragte er leise und musterte sie eindringlich, als Eliza die Augen aufschlug.

»Mehr als das«, brachte sie mit einem atemlosen Lachen heraus und zog ihn zu einem weiteren Kuss zu sich herunter.

»Perfekt«, murmelte er an ihren Lippen. »Und jetzt machen wir das gleich noch mal.«

Der Stoff seiner Jeans rieb über die nackte Haut ihrer Oberschenkel. »Du bist noch angezogen.«

»Glaub mir, das ist im Moment besser so.« Er ließ seine Lippen über ihre Wange gleiten, und begann, sich an ihrem Hals hinunter zu küssen.

»Aber ... willst du nicht ... wir sollten ...« Seine Liebkosungen lenkten sie ab.

»Erst du«, wiederholte er seine Pläne und bewegte sich an

ihrem Körper nach unten. Sie spürte, wie er ihren Slip nach unten schob und erwartete, abermals seine Finger an ihrer Mitte zu spüren. Stattdessen blies er seinen heißen Atem über ihre Haut. Und dann küsste er sie – genau dort. Ihr Körper bäumte sich auf, sie kam ihm entgegen und ließ zu, dass er mit ihr spielte, sie reizte, bis sie abermals über die Klippe des Höhepunkts katapultiert wurde.

Als Jake dieses Mal an ihrem Körper nach oben glitt, zog er sie in seine Arme und hielt sie fest, bis sich ihr Herzschlag wieder ein wenig beruhigte und die letzten Beben ihres Körpers abgeklungen waren. Das Gewitter schien vorübergezogen zu sein und hatte ihnen nur die Dunkelheit und den strömenden Regen zurückgelassen, der den Rest der Welt wie ein Vorhang von Jakes Zimmer trennte. »Danke«, flüsterte sie.

»Es war mir ein Vergnügen.« Er küsste sie auf die Stirn und ließ seine Finger in trägen Bewegungen über ihren Rücken kreisen. Ihr Körper fühlte sich weich und nachgiebig an. Das brennende Glühen, das sie vorhin noch gespürt hatte, war zu einer angenehmen Wärme geschrumpft, aber sie war sich sicher, Jake würde nicht lange brauchen, um das Feuer erneut zu entfachen.

*

»Wir können an dieser Stelle aufhören«, murmelte Jake. So sehr er es genoss, Elizas nackten Körper an seinen zu pressen, so berauschend es war, jeden ihrer Atemzüge an seinem Brustkorb zu spüren – seine Beherrschung hing nur noch am seidenen Faden. Er fühlte Eliza. Er konnte sie auf seiner Zunge schmecken.

»Ich möchte alles«, war ihre leise, aber entschiedene Antwort. Trotzdem konnte er die Nervosität zwischen ihren Worten hören. Der Schauder, der über ihren Rücken lief, hatte nichts mehr mit dem Höhepunkt zu tun, den sie gerade erlebt hatte.

Jake hob ihr Kinn ein wenig an und küsste sie sanft. »Was empfindest du im Moment?«, fragte er.

»Du redest ganz schön viel«, erwiderte sie statt einer Antwort.

»Normalerweise nicht. Meist ist mein Mund beim Sex zu beschäftigt, um zu reden.« Er schenkte ihr ein freches Grinsen, von dem er hoffte, dass es sie ein wenig entspannte. »Also noch mal: Was empfindest du?«

Einen Moment schwieg sie. Als sie zu sprechen begann, sah sie an ihm vorbei und fixierte die dunkle Zimmerecke. »Ich habe Angst, dass ich eine Panikattacke bekomme. Mir ist ein bisschen schlecht. Und auch wenn ich weiß, dass das Blödsinn ist, schmerzen plötzlich meine Rippen, wo Greg mich erwischt hat. Ich spüre die Hämatome in meinem Gesicht.« Ihr Blick kehrte zu ihm zurück. »Ich habe Angst, dass ich unter dir liege und deinen Körper plötzlich nicht mehr ertragen kann.«

»Egal was wir tun, Eliza. Wenn du Angst bekommst und aufhören willst, musst du es nur sagen, und es ist sofort Schluss.« Es würde ihn umbringen, aber er würde aufhören. »Abgesehen davon«, er rollte sich auf den Rücken und zog sie mit sich, »muss ich nicht auf dir liegen, wenn dich das ängstigt. Hier geht es nur um dich und mich. Um Vergnügen, das wir uns gegenseitig bereiten. Wir müssen es beide genießen können. Von der Vorfreude und der Spannung bis hin zur

Erlösung. Keine bösen Erinnerungen und dunklen Schatten. Ich lasse nicht zu, dass sich der Dreckskerl zu uns ins Bett legt. Du kannst mir vertrauen. Das hast du jetzt schon oft getan. Und du kannst es auch heute.«

Eliza nickte und schluckte. »Ich vertraue dir.« Sie erhob sich auf die Knie und öffnete den Knopf seiner Hose. Ihre Finger zitterten, also schob Jake ihre Hände zur Seite und hob seine Hüfte so weit an, dass er seinen Geldbeutel aus der Gesäßtasche ziehen konnte. »Hier.« Er hielt ihn ihr hin. »Such das Kondom heraus. Ich ziehe mich solange aus.« Während sie die Brieftasche aufklappte, trat er sich die Turnschuhe von den Füßen, öffnete den Reißverschluss und schob die Jeans samt Boxershorts und Socken nach unten. Sobald er sich wieder aufrichtete, hielt Eliza ihm das Kondom hin, vermied es aber, ihm dabei zuzusehen, wie er es überstreifte. Er strich ihr die Haare hinter die Ohren und hauchte kleine Küsse auf ihre Wangen. »Komm auf meinen Schoß«, flüsterte er, und sie folgte seiner Aufforderung.

Ihre Mitte berührte seine Männlichkeit, und sie versteifte sich unwillkürlich. »Ich will das«, brachte sie zwischen zusammengepressten Lippen hervor und kniff die Augen zusammen.

»Wir wollen das«, flüsterte er. Seine Finger strichen über ihren Körper, beruhigten sie. Streichelten ihre sensibelste Stelle und ließen sie vergessen, wovor sie sich gerade noch gefürchtet hatte. »Was du spürst, ist nur der Beweis dafür, wie sehr ich dich begehre.« Er legte die Hände an ihre Hüften, und Eliza ließ sich von ihm leiten, sank unendlich langsam auf ihn herab, bis sie ihn ganz umschloss.

»O Gott, Jake«, brachte sie heraus und ließ ihre Hände

über seinen Brustkorb gleiten, ehe sie sich zu einem sinnlichen Kuss herunterbeugte. In einem Rhythmus, der ihn um den Verstand brachte, begann sie sich zu bewegen. Er biss die Zähne zusammen und hielt sich zurück, während er Eliza dabei zusah, wie sie mit roten Wangen und ihrem dunklen Blick die schlichte Schönheit des Sex für sich wiederentdeckte. Er strich über ihre Brustspitzen, ließ die Finger abermals zwischen ihre Schenkel gleiten und brachte sie ein drittes Mal zum Erschaudern. Das reichte, um auch ihn in einen atemberaubenden Höhepunkt zu reißen. Welle um Welle schoss die Erlösung durch seinen Körper, ließ ihn nach Luft ringen. Er zog Elizas Oberkörper zu sich herunter und rollte sich mit letzter Kraft auf die Seite. Dann hielt er Eliza fest in seinen Armen und vergrub sein Gesicht in ihren Haaren, bis sich sein Herzschlag wieder normalisierte.

Eliza hatte ihre Stirn gegen seine Brust gelehnt. Ihr sanfter Atem strich über die Stelle, hinter der sein Herz versteckt war. Sie kuschelte sich in seine Umarmung. Im nächsten Moment war sie eingeschlafen, vertrauensvoll an seinen nackten Körper geschmiegt.

22

Greg fühlte sich wie ein Vulkan, der kurz davorstand, dem Druck in seinem Inneren nachzugeben und zu explodieren, als er die Woodward Holding an diesem Abend verließ. Nach Elizas Anruf hatte er die Tür seines Büros geschlossen und war für niemanden zu sprechen gewesen. Ganz besonders nicht für Jeffrey Penn, diesem verdammten Arschloch, das nur ein Ziel hatte: sich die Firma unter den Nagel zu reißen. Penn verstand es vorzüglich, Eliza zu manipulieren, damit sie nach seiner Pfeife tanzte. Wenn der alte Woodward nicht abgekratzt wäre, hätte Greg ihn früher oder später überzeugt, den Firmenanwalt mit einem Tritt in den Allerwertesten vor die Tür zu befördern. Seine Lippen verzogen sich zu einer Grimasse, die sich in der Glasfront des Bürogebäudes spiegelte. Jetzt war er derjenige, der seine Sachen packen sollte. Eliza. Dieses dämliche Miststück. Greg hatte seine Optionen überdacht. Er hatte sich überlegt, ob es sinnvoll war, ihr damit zu drohen, die Firma zu verklagen. Ihr auszumalen, wie es wäre, wenn er einen Riesenskandal heraufbeschwor. Das wollte sie mit Sicherheit um jeden Preis vermeiden. Schließlich hatte er beschlossen, dass sich mit dieser Idee erst einmal sein Anwalt auseinandersetzen sollte. Greg hatte ihm die Scheidungspapiere in dem Moment weitergereicht, in dem sie auf seinem Schreibtisch gelandet waren. Fisher würde schon einen Weg finden, wie er das meiste aus der Geschichte herausholen konnte. Anders als dieser völlig unfähige Privatermittler, den er vor ein paar Wochen engagiert hatte, um Eliza aufzuspüren.

Was ihn viel mehr wurmte, war die Tatsache, dass diese dumme Kuh sich doch tatsächlich einen Plan zurechtgelegt hatte, um ihn ins Aus zu befördern. Das hatte er ihr nicht zugetraut – und sie damit eindeutig unterschätzt. Was er bei keinem geschäftlichen Gegner jemals tat. Bei seiner Frau war es ihm passiert.

Die automatischen Schiebetüren im Foyer des Woodward Buildings glitten lautlos auseinander und schlossen sich ebenso still hinter ihm. Er musste Druck abbauen, sonst würde er wirklich explodieren. Am liebsten wäre ihm jetzt ein persönliches Gespräch mit seiner Noch-Ehefrau. Er ballte die Hände an seinen Seiten zu Fäusten und öffnete die rechte wieder, um sein Handy aus der Hosentasche zu ziehen, das einen Signalton von sich gab. Kerry schickte ihm eine Absage. Er hatte sie vorhin gefragt, ob sie sich heute Abend mit ihm treffen wollte, aber sie hatte einen Modeljob an der Westküste und war die nächsten drei Tage nicht in der Stadt. Genervt legte er den Kopf in den Nacken und stieß den Atem aus. Ein richtig harter Fick wäre genau das, was ihm helfen würde. Mit einer Frau, die zu schätzen wusste, was er zu bieten hatte. Nicht der Typ frigide, verklemmte Trockenpflaume wie seine Frau. Greg wog das Telefon nachdenklich in seiner Handfläche. Er überlegte, eines der beiden Callgirls anzurufen, die er in seinem Adressbuch hatte. Doch dann machte sich ein ungutes Gefühl in ihm breit. Er traute Eliza zu, dass sie ihn bespitzeln ließ, um irgendwelche Verfehlungen zu dokumentieren, damit sie ihn bei der Scheidung noch weiter über den Tisch ziehen konnte. Misstrauisch blickte er über die Schulter zurück zum Gebäude. Auf den ersten Blick schien sich niemand für ihn zu interessieren. Anzugträger hasteten hinein und heraus. Sie liefen im Stechschritt um ihn herum, um in den Feierabend zu gelangen oder zum nächsten Termin. Ein Leben, wie es sein eigenes bis heute Mittag noch gewesen war. Geschäftsessen in angesagten Restaurants. Drinks in Klubs, zu denen nicht jeder dahergelaufene Möchtegernwichtigtuer Zugang hatte. All das wollte Eliza ihm jetzt wegnehmen. Kampflos würde er nicht aufgeben. Also gut, eine der Damen vom Escortservice kam nicht infrage. Aber wenigstens einen starken Drink würde er sich gönnen. Er winkte ein Taxi heran und ließ sich in seine Lieblingsbar fahren.

Das Black Lights war eine Mischung aus Dunkelheit, Glas und Chrom. Das grell beleuchtete Flaschenregal hinter dem Tresen reflektierte das strategisch eingesetzte Licht. Die Oberfläche der Bar selbst bestand aus dickem Glas und wechselte zwischen schimmerndem Blau und sattem, kräftigem Rot. Die Wände waren schwarz, was gut zu Gregs Laune passte. Stroboskopisches Licht pulsierte im Takt der Deep-House-Bässe, die aus den Boxen dröhnten. Das Publikum war im Schnitt zehn Jahre jünger als er, doch er fühlte sich nicht viel älter als die Yuppies um ihn herum. Und solange die Kreditkarte lockersaß, hatte man hier auch keine Probleme, nette Gesellschaft zu finden, falls man es drauf anlegte. Heute wollte er allerdings nur eins: einen Drink. Er setzte sich an die Bar, bestellte sich einen doppelten Whiskey und kippte ihn hinunter. Mit einem Fingerzeig signalisierte er dem Barkeeper nachzuschenken.

»Noch einen doppelten?«, rief er über den Gläsernen Tresen hinweg.

Greg nickte und rieb sich über den verspannten Nacken. Eliza hatte ihm die Sorge um sie nicht abgekauft, die er in seine Stimme gelegt hatte. *Du liebst mich nicht*, hatte sie ihm vorgehalten. Natürlich tat er das nicht. Im Spiegel hinter der Bar sah er seiner Reflektion dabei zu, wie sie abfällig den Mund verzog. Hatte sie ernsthaft geglaubt, er hätte sie geheiratet, weil sie so eine unglaublich tolle Frau war? Eliza war langweilig, viel zu zugeknöpft für seinen Geschmack. Und vor allem naiv. Aber sie war ein guter Weg gewesen, um seinen Fuß in die Tür zur Chefetage der Woodward Holding zu bekommen. Er musste sie nur unter Kontrolle halten, bis er sie so weit hatte, ihren Posten an ihn abzutreten. Bis vor ein paar Wochen hatte diese Strategie fantastisch funktioniert, doch dann waren ihm plötzlich die Zügel entglitten. Er trank auch den zweiten Whiskey auf ex und wedelte mit dem Glas, um den Barkeeper auf sich aufmerksam zu machen. Die bernsteinfarbene Flüssigkeit legte sich wie eine brennende Decke über seine Wut. Aber sie löschte sie nicht. Vielmehr verhielt sie sich wie Zunder, der die Flammen erst so richtig anfachte und in die Höhe züngeln ließ.

Mit dem dritten Drink in der Hand lehnte er sich auf seinem Barstuhl zurück. Eliza war nicht eingeknickt. Nicht einmal, als er richtig sauer geworden war. Ein bisschen fühlte es sich an, als hätten die Wochen, die sie verschwunden gewesen war, eine völlig neue Frau aus ihr gemacht. Ob sie noch so taff wäre, wenn sie sich gegenüberstehen würden? Von Angesicht zu Angesicht. Das war eher unwahrscheinlich. Er schwenkte den Whiskey im Glas. Ihn interessierte brennend, wo sie sich in den vergangenen Wochen versteckt hatte. Sie musste irgendwo untergekrochen sein, wo sie ohne Handy, Geld und Klamotten hatte überleben können. Ganz egal, was er versucht hatte, er war nicht auf ihre Spur gekommen. Nicht einmal der Privatdetektiv, den er auf sie angesetzt hatte, war dazu in der Lage gewesen. Und das gab ihm zu denken. Wer war in der Lage, sie so gut zu verstecken? Und vor allem, wo?

Der monotone House-Beat ging ihm langsam aber sicher auf die Nerven. Genau wie die völlig überschminkte Blondine mit den aufgespritzten Lippen neben ihm, die ihn mit ihrer schweren Parfümwolke fast erstickte und ständig gegen seinen Arm stieß, während sie mit ihrem schrillen Lachen und ihrem prallen Körper in einem deutlich zu engen und zu kurzen Kleid versuchte, den Mann neben sich dazu zu bringen, sie mit nach Hause zu nehmen. Oder zumindest bis in das nächste Hotelzimmer.

Greg versuchte sich trotz des Lärms auf das Wesentliche zu konzentrieren: Er hatte Eliza gedroht, dass er sie vernichten würde. Was gab ihr die Gewissheit, dass sie jemals ihre Ruhe vor ihm haben würde, wenn sie sich von ihm trennte und ihn aus der Firma warf? Bestenfalls brachte er sie zur Vernunft, bevor sie die Scheidung durchzog. Schlimmstenfalls – für sie – würde er ihr das Leben zur Hölle machen.

Er orderte noch einen Whiskey und verschüttete einen Schluck, weil ihn die blonde Schlampe schon wieder anstieß, als sie sich vor Lachen nach hinten bog. Und das obwohl der Idiot, der sie anbaggerte, nicht so aussah, als könne er auch nur irgendetwas Witziges von sich geben. Noch einmal rammte ihr Ellenbogen seine Seite. Greg leerte seinen Drink, stellte das Glas ab und verpasste ihr einen ordentlichen Stoß, der ihre großen, falschen Brüste gegen den schmächtigen Oberkörper ihres Opfers prallen ließ. Ja, verdammt, das fühlte sich gut an. Ihr bunter Schirmchendrink ergoss sich über das Hemd des Typen, sodass man seine drei Brusthaare durch den nun durchsichtigen Stoff erkennen konnte.

»Hey, Arschloch! Pass doch auf«, keifte das Weib, als es sich empört zu ihm umdrehte.

»Dann behalte deine Körperteile bei dir, Schlampe«, zischte Greg. Die Wut in ihm brannte inzwischen lichterloh. Der Moment, sie zu löschen, war längst vorbei. Die zornigen Flammen würden alles verschlingen. Und das war ihm mehr als recht. Natürlich war ihm klar, dass diese Frau nicht schuld an seinem Zorn war, sondern Eliza. Dieses blonde Miststück ging ihm aber mindestens genauso auf die Nerven.

»Entschuldigen Sie sich bei der Dame«, sagte ihr Opfer, laut genug, dass Greg es auch über das Wummern der Musik hinweg hören konnte. Laut genug, dass sich die ersten Gäste nach ihnen umdrehten. Der Barkeeper ließ seinen Blick zwischen Greg und dem nassen Hemd hin und her pendeln. »Ich glaube, Sie verschwinden jetzt besser«, sagte er zu Greg. »Für heute hatten Sie genug.«

Greg ignorierte ihn und widmete seine Aufmerksamkeit dem Typen, der sich als Beschützer dieser Nutte aufspielte. Als ob sie sich nicht auch so ficken lassen würde. Es war mit Sicherheit völlig ausreichend, ihre Cocktails zu zahlen. Er erhob sich von seinem Platz. »Ich sehe hier keine Damen. Und bei billigen Schlampen entschuldige ich mich nicht«, informierte er den Typen.

»Sie unverschämter ...« Die Empörung war dem Idioten deutlich ins Gesicht geschrieben, als er die Tussi vorsorglich hinter sich schob.

Greg musste lachen. Was für ein Depp. Er hatte in der Highschool vermutlich eher im Schulorchester gespielt, als sich die Zeit auf dem Footballfeld zu vertreiben. Er bohrte ihm den Zeigefinger in den Brustkorb, bis sich der Oberkörper seines Gegenübers nach hinten bog. »Willst du mich beleidigen, Blödmann?«

Der Typ tat das, was Greg erwartet hatte. Er schlug seinen Zeigefinger mit der flachen Hand zur Seite. Greg reichte das als Grund zuzuschlagen. Er dachte nicht nach. Er holte einfach aus – und traf das Jochbein seines Gegenübers. Was sich für den Bruchteil einer Sekunde verdammt befriedigend anfühlte. Überraschenderweise ging der Schlampenbeschützer nicht sofort in die Knie, sondern schlug tatsächlich zurück. Greg taumelte, weil er den Gegenangriff nicht hatte kommen sehen. Doch dann fing er sich, stürzte sich mit einem Schrei auf den Mann und begann, ihm die Seele aus dem Leib zu prügeln. Er konnte nicht aufhören, konnte sich nicht stoppen. Und er wollte es auch nicht. Wieder und wieder tauchte Elizas Gesicht vor seinem inneren Auge auf, und seine Fäuste fanden ihr Ziel. Treffsicher. Ganz mechanisch. Schlag für Schlag. Er hörte nicht auf. Auch nicht, als irgendjemand ihn von dem Mann wegzog. Er sah ihn durch einen roten Schleier vor seinen Augen auf dem Boden liegen und trat mit den Füßen weiter nach ihm, weil seine Hände festgehalten wurden. Greg hörte nicht auf, bis er selbst auf dem Boden lag und nach Luft rang. Jemand bohrte ihm das Knie in den Rücken. Er hatte keine Ahnung, wie lange die

Schlägerei gedauert hatte. Wahrscheinlich nur Sekunden. Auch wenn es sich für ihn wie Stunden angefühlt hatte. Eine gefühlte Ewigkeit lag er auf dem Boden, das Gesicht gegen die kalten Fliesen gedrückt. Er roch verschütteten Alkohol. Und irgendetwas klebte an seinem Wangenknochen. Irgendjemand würde für diese Demütigung büßen müssen. Schließlich schnappten die Handschellen der hinzugerufenen Cops um seine Handgelenke, ihm wurden seine Rechte verlesen und er in den Fond eines Streifenwagens verfrachtet. Er weigerte sich, mit den Officern zu sprechen und nahm stattdessen sein Recht, ein Telefonat zu führen, wahr. Sein Anwalt setzte Himmel und Hölle in Bewegung, schaffte es aber trotzdem nicht, Greg eine Nacht in der Ausnüchterungszelle zu ersparen. Er sollte ihn in den Wind schießen, sobald er morgen früh wieder in die Freiheit trat.

*

Jake wachte mit einem warmen Gefühl am Brustkorb auf. Noch bevor er die Augen aufschlug, wurde ihm bewusst, dass der leise Atem an seiner Seite zu Eliza gehörte. Sie hatte in der Nacht ein paarmal versucht, ihm die Decke zu stehlen, also hatte er sie irgendwann im Halbschlaf einfach an sich gezogen. So, wie sie sich dann an seine Schulter gekuschelt hatte, lag sie auch jetzt noch da. Jake genoss den stillen Moment. Als er sie vor ein paar Wochen seelisch und körperlich misshandelt in ihrem Garten gefunden hatte, wäre ihm nicht im Traum in den Sinn gekommen, dass sie eine gemeinsame Nacht wie die letzte erleben würden. Eine Nacht, die ihn und seine Emotionen völlig aus der Bahn geworfen hatte. Wenn er still liegen blieb, könnte er einfach warten, bis sie aufwachte, und die kostbaren Augenblicke bis dahin auskosten, aber er schaffte es nicht, sie nicht zu berühren. Mit den Fingerspitzen glitt er über ihren Hals, die Schulter und an ihrem Arm hinunter. Spürte die warme, glatte Haut, und auch wenn die Augen sich noch immer nicht öffneten, fühlte er, wie sie an seiner Seite erwachte.

Sie regte sich, und ihre Hand fuhr über seinen Brustkorb, sie drehte den Kopf ein wenig, sodass sie mit den Lippen über sein Schlüsselbein fahren konnte. »Guten Morgen«, murmelte sie.

»Guten Morgen.« Jake genoss ihr leises Seufzen.

»Ich habe das nicht geträumt, oder?« Sie streckte sich so weit, dass sie einen Kuss auf sein Kinn drücken konnte.

Endlich öffnete Jake die Augen und betrachtete ihre zerzausten Haare und die roten Stellen auf ihrem Dekolleté und Hals, die seine Bartstoppeln hinterlassen hatten. Sein Herz schien sich in seinem Brustkorb zu überschlagen. Er konnte sich nicht erinnern, jemals neben einer Frau aufgewacht zu sein, die sich so perfekt angefühlt hatte. Und er konnte sich verdammt gut vorstellen, wieder so aufzuwachen. Er beugte sich zu einem trägen, nicht enden wollenden Kuss zu ihr herunter. »Kein Traum«, flüsterte er an ihrem Ohr.

»Habe ich dir wieder die Decke geklaut?«, wollte sie wissen.

»Du hast es versucht. Aber ich lerne, mich den Herausforderungen anzupassen.« Damit brachte Jake sie zum Lachen.

Doch ehe er Eliza noch fester an sich ziehen und weiter küssen konnte, löste sie sich zu seinem Bedauern aus seiner Umarmung. »Bleib hier«, bat sie ihn, als er ihr folgen wollte.

Sie hauchte einen winzigen Kuss auf seine Wange und hob sein T-Shirt auf, das er am vergangenen Abend einfach hinter sich geworfen hatte. Ihr wunderschöner, nackter Körper verschwand unter dem blauen Stoff. Sie zog ihre Haare aus dem Halsausschnitt und warf ihm einen Blick über die Schulter zu. »Ich bin gleich zurück.« Barfuß huschte sie aus seinem Zimmer.

Jake setzte sich auf und fuhr sich durch die Haare. Seine Gitarre lehnte an der Wand neben dem Bett, Elizas und seine Kleider lagen auf dem Boden verstreut, und die Balkontür stand offen. Das Gewitter der vergangenen Nacht war vorbeigezogen, der Himmel aufgeklart. Er angelte seine Boxershorts vom Boden und zog sie gerade über seine Schenkel, als Eliza zwei Keramikbecher ins Zimmer balancierte. »Kaffee ans Bett«, kommentierte sie mit einem breiten Lächeln und reichte Jake eine Portion heißes Koffein.

»Danke.« Er sog das kräftige Aroma ein und nippte an seiner Tasse, ehe er sie für einen weiteren Kuss an sich zog. »Sollen wir ihn draußen trinken?«

»Gern.« Eliza ging ihm voraus auf den Balkon.

Er setzte sich auf den Liegestuhl vor seinem Zimmer und zog Elizas Rücken an seinen Oberkörper, als sie sich vor ihn setzte. Sie liebten es beide, den Sonnenaufgang zu sehen. Aber heute war ein Tag, an dem es besser war, nicht auf den Stufen der Strandtreppe zu sitzen. Der Moment, den sie an diesem Morgen miteinander teilten, war zu intim, um irgendjemand anderen daran teilhaben zu lassen.

Eliza hatte sich ihren Ängsten gestellt, begriff Jake plötzlich, als er eineinhalb Stunden später in die Brauerei fuhr. Die

Frau, mit der er eine der atemberaubendsten Nächte seines Lebens verbracht hatte, lächelnd neben ihm. Er hatte seine Finger mit ihren verschlungen und auf seinem Oberschenkel abgelegt. Elizas Mut, sich ihm zu öffnen, erschütterte ihn geradezu. Und es hielt ihm eines ganz deutlich vor Augen: Seine Probleme waren nichts, verglichen mit der Hölle, durch die sie gegangen war. Er war nur der uneheliche Sohn des Vaters seiner besten Freunde. Immer wieder glitten seine Gedanken zu diesem Geheimnis, das er schon viel zu lange mit sich herumschleppte und das schwer auf seinem Gewissen lastete.

Obwohl er sich darauf und auf den aktuellen Brauprozess konzentrieren sollte, schaffte Eliza es immer wieder, ihn abzulenken. Mal war es ein intensiver, verträumter Blick, den sie ihm zuwarf, und der ihm ganz klar zeigte, woran sie gerade dachte. Mal war es eine zarte Berührung, wenn sie an ihm vorbeilief, um etwas aus dem Drucker zu nehmen. Sie ging sich einen Kaffee holen, brachte ihm eine Tasse mit und setzte sich damit auf die Kante seines Schreibtisches, was damit endete, dass sie auf seinem Schoß saß, ihre Arme um seinen Nacken geschlungen, und sie in tiefe, sinnliche Küsse versanken. Der Kaffee wurde kalt, und erst das penetrante, nicht enden wollende Klingeln seines Telefons schaffte es schließlich, sie zu trennen.

Am Nachmittag traf sich Eliza noch einmal mit Niclas. Bevor sie ging, zog Jake sie an sich. »Ich habe mich entschieden«, murmelte er, leise, als könne er es selbst noch nicht glauben. »Ich werde mich testen lassen und Theodor die Niere spenden, falls ich infrage komme.«

»Was?« Sie sah zu ihm auf. »Das ist unglaublich großzügig von dir. Und was willst du Nic und Drew sagen?«

»Ich werde sie heute Abend herbitten und ihnen alles erzählen.« Plötzlich wusste er genau, was er tun musste und war erstaunt, dass er nicht schon viel früher so klar gesehen hatte.

»Dann wird es heute Abend sicher spät werden.« Sie küsste ihn. »Ich werde aber trotzdem auf dich warten. Und bis dahin denke ich an dich und drück dir die Daumen für das Gespräch.«

»Danke.« Jake wartete, bis sie ihre Aktentasche geschnappt und ihn ein weiteres Mal geküsst hatte. Als die Tür hinter ihr ins Schloss fiel, lehnte er sich in seinem Schreibtischstuhl zurück, fuhr sich durch die Haare und atmete tief aus. Ganz so gelassen, wie er es gerade vorgegeben hatte, war er nicht. Aber er würde es jetzt hinter sich bringen. Ein für alle Mal. Entschlossen griff er nach dem Telefon und wählte die Nummer der Hunter Boston Bank. Theodors Assistentin stellte seinen Anruf sofort zu ihrem Boss durch, so als habe er bereits darauf gewartet, von ihm zu hören.

»Jake«, dröhnte seine sonore Stimme durch den Hörer. »Wie geht es dir?«

Eine rhetorische Frage, nahm Jake an. Er sparte sich eine Antwort. »Ich habe mich entschieden«, sagte er stattdessen. Theodor schwieg. Die hoffnungsvolle Stille schwang zwischen ihnen. »Ich lasse mich testen und spende Ihnen eine Niere, falls es passt.« Er konnte Theodors erleichtertes Ausatmen hören.

»Danke«, sagte Theodor leise. Wieder breitete sich Schweigen zwischen ihnen aus. Jake konnte sich gut vorstellen, dass in einem solchen Moment sogar jemandem wie Theodor Hunter die Worte wegblieben.

Jake schluckte. Wenn er auf die Details zu sprechen kam,

würde auch Theodor wieder in seine übliche Rolle zurückfallen. »Das Ganze ist an eine Bedingung geknüpft.«

»Natürlich.« Theodor räusperte sich. »Ich habe dir angeboten, die Brauerei für dich zu kaufen. Aber wenn du mehr willst, können wir auch über mehr Geld reden.«

»Nein. Das ist es nicht, was ich will. Ich habe inzwischen eine Investorin gefunden.« Sein Blick glitt zu Elizas improvisiertem Arbeitsplatz. »Ich brauche Ihr Geld nicht. Ich will nur reinen Tisch machen. Niclas und Andrew müssen erfahren, dass ich ihr Halbbruder bin.«

»Nein.« Ein Wort. Theodor ging mit Sicherheit davon aus, dass Jake vor ihm kuschte. So wie es die Leute im Allgemeinen taten, wenn er eine Entscheidung traf.

Da hatte er sich bei Jake geschnitten. Er würde sich nicht einschüchtern lassen. Schließlich war er derjenige, der am längeren Hebel saß. »Andrew und Niclas müssen wissen, wieso Sie mich als Spender wollen.«

»Nicht notwendig«, beschied Theodor knapp. »Du lässt dich aus reiner Nächstenliebe testen. Fertig. Das reicht völlig und ist absolut plausibel.«

»Aber es ist nicht die Art, wie ich die Dinge angehe.« Jake drehte die Telefonschnur um seinen Zeigefinger und blickte auf den Hafen hinaus. »Ich werde meine Freunde nicht belügen. Sie wollen meine Niere, also werden Sie sich damit abfinden müssen. Und ich werde es den beiden selbst sagen. Noch heute Abend. Sie können mir die Unterlagen und einen Kontakt zu Ihrem Nephrologen schicken. Alles Weitere klären wir, wenn ich mit Ihren Söhnen gesprochen habe.«

Als Jake das Gespräch mit Theodor beendet hatte, schickte er seinen Freunden eine Nachricht und bat sie für den Abend in die Brauerei. Sobald Shelby Feierabend gemacht hatte, waren sie für sich und konnten in Ruhe reden. Irgendwie erschien es Jake richtiger, sich hier zu treffen statt in Sunset Cove. Hier waren sie in seinem Territorium. In seinem Reich. Trotzdem war er den Rest des Tages angespannt und schaffte es nicht, sich zu konzentrieren. Als Niclas und Andrew endlich in der Brauerei eintrafen, war Jake ein nervliches Wrack. Er stand hinter dem Tresen im Probierraum und schob seinen Freunden je ein Bier zu, als sie sich setzten.

»Was ist los?«, fragte Niclas geradeheraus. »Irgendwelche Probleme mit Eliza? Als sie vorhin bei mir war, hat sie regelrecht gestrahlt. Wie sie gestern mit ihrem Ex telefoniert hat – Holy Moly!« Er wedelte mit der Hand, als hätte er sich verbrannt. »Ich bin wirklich stolz auf sie.«

»Hmm. Ja.« Jake pulte am Etikett seiner Flasche. Seine Hand zitterte vor Nervosität, also ließ er sie unter den Tresen sinken, sodass seine Freunde es nicht bemerkten.

Andrews scharfem Blick schien es trotzdem nicht zu entgehen. »Elizas Umgang mit ihrem Exmann ist nicht der Grund, aus dem du uns hergebeten hast«, stellte er fest. »Geht es darum, dass du mit ihr geschlafen hast?«

»Drew!« Jake zuckte zusammen. Wie machte sein Freund das nur immer?

»Du hast mit ihr geschlafen?« Niclas sah ihn überrascht an. »Ging das denn? Ich meine …« Er machte eine unbestimmte Handbewegung.

»Ich weiß, was du meinst.« Vor Jakes Auge tauchten Erinnerungsfetzen der vergangenen Nacht auf. Er würde seine Freunde nicht belügen. Auch nicht, was Eliza und ihn betraf. »Sie ist unglaublich mutig. Und sie war bereit, mir zu vertrauen.« Er lachte ungläubig. »Was an sich schon fast an ein Wunder grenzt.«

»Na ja, ein Wunder würde ich es nicht gerade nennen. Du hast so viel für sie getan. Da war das vermutlich die logische Folge«, überlegte Niclas.

»Vielleicht«, gab Jake unbehaglich zu. Sie entfernten sich immer mehr von dem Thema, das er eigentlich mit den beiden besprechen wollte. »Dieses Treffen hat mit Eliza zu tun, aber ehrlich gesagt eher indirekt. Ihr Mut und ihre Bereitschaft, sich den Dingen zu stellen, auch wenn sie schwierig werden, hat mich dazu gebracht, euch herzubitten. Weil ich … weil ich euch etwas Wichtiges sagen muss.«

Niclas stellte das Bier ab, von dem er eben trinken wollte und sah ihn ernst an. »Bist du krank oder so was? Du machst mir gerade echt ein bisschen Angst.«

»Nein, ich bin nicht krank.« Jake rieb sich nervös über den Nacken. Andrew saß still da und sah ihn abwartend an. »Was ich euch jetzt erzähle, ist ziemlich krass. Also versprecht mir, nicht gleich auszuflippen, okay?« Jake wartete die Zustimmung der Brüder nicht erst ab. »Im ersten Moment konnte ich selbst nicht glauben, was ich da erfahren habe. Inzwischen weiß ich allerdings, dass es stimmt.« Er atmete tief ein und stieß die Luft langsam wieder aus. »Theodor hat mich vor ein paar Wochen kontaktiert und gefragt, ob ich bereit wäre, ihm eine Niere zu spenden. Im Gegenzug hätte er sich an der Finanzierung der Brauerei beteiligt.«

»Das klingt ganz nach ihm.« Niclas nickte.

»Dazu müsste er erst einmal wissen, ob du als Spender überhaupt geeignet bist«, betonte Andrew im gleichen Atemzug.

Jake trank einen großen Schluck Bier. Jetzt kam es. Sein Herz klopfte unverhältnismäßig schnell. »Er setzt große Hoffnungen darauf, dass ich kompatibel bin. Er …«

»Wie kommt er ausgerechnet auf dich?«, fragte Andrew. »Er wird ja wohl kaum jeden, den er kennt, bitten, sich testen zu lassen. Und dich mag er noch nicht einmal besonders«, ergänzte er nachdenklich.

»Ja.« Jake nickte. »Das war das Spannende an dieser Geschichte. Damit, mich zu mögen, hat das nicht viel zu tun. Eher damit, dass ich sein Sohn bin.« Für einen Moment zog sich die Stille, die sich über den Probierraum legte, wie Gummi. Länger und länger. Nur um dann mit rasender Geschwindigkeit zurückzuschnellen.

»Du bist *was?*«, fragte Andrew. Er starrte Jake an. Seine Züge eine unbewegte Maske. Nicht lesbar. Sein Gesicht wirkte völlig farbleer.

Jake begann zu schwitzen und wischte seine Handflächen an den Oberschenkeln ab. »Ich bin euer Halbbruder.«

»Du bist *nicht* unser Bruder«, sagte Andrew mit leiser monotoner Stimme.

Niclas stützte die Ellenbogen auf den Tresen und den Kopf in die Hände. Er sah Jake an. »Ist das wahr?«

Jake nickte.

»Nein, ist es nicht.« Andrews Stimme wurde lauter. Zornige Röte kroch an seinem Hals nach oben. »Denn das würde bedeuten, dass deine Mutter genauso ein mieses Flittchen ist wie die anderen Frauen, mit denen unser Vater unsere Mutter betrügt.«

»Hey.« Jake sah Andrew an. »Du bist sauer. Das kann ich verstehen. Die Situation ist für niemanden von uns besonders angenehm. Aber rede nicht so über meine Mutter. Sie war damals jung und ...«

»Das sind Theodors Schlampen immer«, unterbrach Andrew ihn. Seine Stimme war ätzend wie Säure. Jake wusste, wie sehr er diese Frauen hasste. Aber seine Mutter war keine von ihnen, auch wenn das vielleicht im ersten Augenblick für Andrew so wirkte.

Jake hob beschwichtigend die Hände. »Keine Frage. Meine Mom hat einen Fehler gemacht. Vor über fünfunddreißig Jahren. Aber sie ist weder opportunistisch noch gierig gewesen.«

»Ach ja?« Andrew stand auf und trat einen Schritt nach hinten, brachte Abstand zwischen sie. »Sind wir nicht auf die gleichen Privatschulen gegangen? Warst du nicht an einer Elite-Uni? Jetzt wissen wir, wer dafür gezahlt hat.«

Jake konnte ihm kaum widersprechen.

Niclas zuckte mit den Schultern. »Wenn man ein Kind zeugt, ist es ja wohl das Mindeste, dass man dafür aufkommt. Jetzt beruhigen wir uns alle drei ein bisschen. Vor allem du, Drew.« Er stieß seinem Bruder mit dem Zeigefinger vor die Brust. »Und du, Jake, erzählst uns jetzt bitte die ganze Geschichte in Ruhe.«

»Ich will davon nichts hören.« Andrew trat noch einen Schritt zurück. Kalte Wut strahlte aus jeder seiner Poren. »Ich will nichts davon hören.«

Jake schluckte trocken. Er hatte befürchtet, dass Andrew es nicht gut aufnehmen würde.

»Drew!«, fuhr Niclas ihn an.

»Vergiss es«, spie Andrew aus. Er drehte sich um und verließ den Probierraum.

Abermals legte sich eine giftige Stille über sie wie eine schwere Decke. Jake lehnte sich gegen den Kühlschrank und legte den Kopf in den Nacken.

»Das war der Schock«, sagte Niclas leise. »Er kriegt sich wieder ein.«

»Vielleicht.« Vielleicht auch nicht. »Ich kann ihn irgendwie sogar verstehen. Er verachtet Theodor für seine Weibergeschichten. Und meine Mutter hat er immer gemocht, weshalb ihm das wie ein furchtbarer Betrug vorkommen muss.«

»Wie lange weißt du schon davon?«, fragte Niclas und trank einen Schluck Bier. Er wirkte ruhig und gelassen. Aber Jake kannte ihn gut genug, um das Brodeln unter der Oberfläche wahrzunehmen. Er empfand den Verrat ebenso stark wie sein Bruder, nur richtete sich sein Zorn nicht direkt gegen Jake.

»Ich habe es an dem Tag erfahren, an dem ich Eliza gefunden habe.« Er erzählte Niclas, wie Theodor ihn angesprochen hatte, nachdem Eliza ihn zum dritten Mal versetzt hatte.

»Das ist eine ziemlich lange Zeit, um nichts zu sagen.«

Jake umrundete den Tresen und setzte sich neben Niclas. »Das stimmt. Am Anfang konnte ich es selbst kaum glauben. Ich dachte, das ist wieder eines der Spielchen deines Vaters. Obwohl, im Nachhinein betrachtet treibt nicht einmal Theodor mit so etwas Spielchen. Dann tauchte deine Mutter in der Brauerei auf und bekniete mich regelrecht. Ich sollte endlich über meinen Schatten springen und mich endlich testen lassen, um dann hoffentlich die Niere zu spenden. Und zum anderen sollte ich meine Verbindung zu eurem Vater für mich behalten. Ich hatte keine Ahnung, wie sie sich das vorstellte. Ich bin als Erstes nach Boston gefahren und habe mir von meiner Mutter die ganze Wahrheit erzählen lassen. Und dann habe ich gezögert.« Er nickte in Richtung Tür. »Weil ich mit genau so einer Reaktion gerechnet habe.«

»Was hat dich umgestimmt?« Niclas sah ihn aufmerksam an. Ihm entging keine von Jakes Gefühlsregungen.

»Eliza«, sagte er schlicht. »Wie ich vorhin schon sagte, sie hat sich ihrer Vergangenheit gestellt. Ihren Dämonen. Es war an der Zeit, dass ich das ebenfalls tue.«

»Du spendest die Niere also.«

»Ja, falls ich kompatibel bin«, sagte Jake. »Aber ich nehme kein Geld dafür.« Nur für den Fall, dass Niclas auf die Idee kommen sollte, er wolle sich bereichern. »Meine einzige Bedingung war, euch die Wahrheit zu sagen.«

»Selbst wenn du dich von dem alten Mistkerl dafür bezahlen lassen würdest, hätte ich Verständnis dafür.« Niclas stand auf und schlug ihm kameradschaftlich auf die Schulter. »Ich muss das Ganze aber auch erst einmal sacken lassen. Kann ich dich allein lassen?«

»Sicher.« Jake starrte auf die verschnörkelte Schrift eines alten Emaille-Schildes, während die Schritte seines Freundes unnatürlich laut durch den Raum hallten. Dann fiel die Tür ins Schloss, und er war allein. Mit der Stille und seinen Gedanken.

*

Eliza machte sich Sorgen, als Andrew wütend aus seinem Wagen sprang. Statt ins Haus zu kommen, umrundete er Sunset Cove und lief die Treppe zum Strand hinunter. Eliza konnte an seinen schnellen, abgehackten Bewegungen erkennen, dass er zornig war. Jake hatte es ihm also gesagt, dachte sie. Und wie er befürchtet hatte, hatte Andrew es nicht gut aufgenommen. Sie wartete, an die Terrassenbrüstung gelehnt, aber Jake kam nicht. Je mehr Zeit verstrich, desto größer wurde ihre Sorge. Warum kam Jake nicht nach Hause? Warum rief er sie nicht an? Sie versuchte zweimal, ihn zu erreichen, landete aber jedes Mal auf seiner Mailbox. Andrews reglose Gestalt trug nicht dazu bei, das ungute Gefühl abzustellen, das in ihr nagte. Wie eine Statue stand er im nassen Sand. Die Hände in die Hosentaschen geschoben, den Blick auf den Horizont gerichtet. Sie hörte Hollys Schritte hinter sich.

Im nächsten Moment lehnte sie sich neben Eliza an das Geländer und blickte zu ihrem Freund hinunter. »Was ist passiert?«, fragte sie.

Eliza zuckte mit den Schultern. Sie mochte es nicht, Holly anzulügen oder ihr etwas zu verheimlichen. Sie hatte so viel getan, um ihr zu helfen. Eliza hatte ihr immer vertrauen können. Aber das hier war etwas anderes. Hier ging es nicht um sie und um ihr Schicksal.

»Du weißt es doch, oder?«, bohrte Holly noch einmal nach. Eliza sah sie von der Seite an, sagte aber nichts. Ihre Freundin schaffte es problemlos, den Leuten Informationen zu entlocken, sobald sie erst einmal den Mund aufgemacht hatten. »Andrew war mit Jake verabredet. Soviel weiß ich«, fuhr Holly fort. »Ich kann mich nicht erinnern, dass er jemals so sauer von einem Treffen mit seinem Freund zurückgekehrt wäre.«

»Es tut mir leid, Holly.« Eliza sah wieder zu der einsamen Gestalt am Strand hinunter. »Ich kann dir nicht sagen, worum es geht. Das müssen Andrew oder Jake selbst tun.«

»Bist du der Grund für ihren Streit?«, wollte Holly wissen.

»Was? Nein! Nein«, wiederholte Eliza etwas ruhiger, als ihr bewusst wurde, wie laut sie klang. »Es tut mir wirklich leid, dass ich dir nichts sagen kann.« Sie legte Holly die Hand auf die Schulter.

Holly schenkte ihr ein halbes Lächeln. »Keine Sorge. Ich bekomme in null Komma nichts aus ihm heraus, was los ist.«

»Daran zweifle ich nicht eine Sekunde. Wenn Andrew so drauf ist, geht es Jake wahrscheinlich nicht viel besser. Und er ist bis jetzt noch nicht nach Hause gekommen«, sagte Eliza. »Ich würde gern nach ihm sehen, nur um sicher zu sein, dass alles in Ordnung ist. Kann ich mir deinen Wagen leihen?«

»Klar. Die Schlüssel liegen auf dem Sideboard neben der Tür.« Holly ging zur Strandtreppe. Sie würde wirklich nicht lange brauchen, um herauszubekommen, was Jake Andrew und Niclas offenbart hatte. Dessen war sich Eliza sicher.

Sie warf noch einen Blick auf ihr Handy. Jake hatte noch immer nichts von sich hören lassen. Ihr blieb nichts anderes übrig, als in Hollys Transporter zu klettern und sich auf den Weg zu ihm zu machen. Vorsichtig manövrierte sie das Ungetüm auf vier Rädern aus der Einfahrt und tuckerte langsam die Schotterstraße entlang. Sie hatte noch nie ein so großes Auto selbst gefahren, aber sie schaffte es ohne Probleme bis zur Brauerei. Für knifflige Situationen wie das Einparken nahm sie sich keine Zeit. Sie ließ den Lieferwagen einfach mitten auf dem Hof stehen. Es würde niemanden stören. Das einzige Fahrzeug, das noch hier stand, war Jakes Pick-up. Sie überquerte das Kopfsteinpflaster, schob die Tür zum Probierraum auf und erblickte Jake im Halbdunkeln. Er saß mit dem Rücken zu ihr am Tresen und drehte ein Whiskeyglas in den Händen. Die Flasche neben ihm war halb leer. Eliza hatte keine Ahnung, ob Jake dafür verantwortlich war, oder ob schon etwas gefehlt hatte, bevor er beschlossen hatte, sich zu betrinken.

Einen Moment zögerte sie. Dann wurde ihr auf einmal bewusst, dass sie bereits wieder in alte Gewohnheiten zurückfiel und nervös ihren kleinen Finger knetete. Entschlossen straffte sie die Schultern. Das hier war Jake. Nicht ihr Exmann. Jake würde ihr nichts tun, selbst wenn er so betrunken war wie zehn Iren. Also durchquerte sie den Raum und ging um den Tresen herum. Sie nahm ihm den Whiskey aus der Hand, den er ohne großen Widerstand losließ. Dann füllte sie ein Glas mit Wasser und stellte es vor ihn. »Es ist also nicht so gelaufen, wie du gehofft hast.« Es war eher eine Feststellung als eine Frage.

»Ich wusste, dass es schiefgehen würde«, sagte Jake düster. »Andrew hasst die Sorte Frau, die meine Mutter auf einmal für ihn verkörpert.«

Eliza legte ihre Hand tröstend über seine. »Andrew ist verletzt. Aber er kriegt sich ein, wenn er wieder klar sieht. Gib ihm ein bisschen Zeit. Nach allem, was du mir erzählt hast, liebt er deine Mutter.«

Jake griff nach dem Wasser und trank es in einem Zug halb leer. »Das wird wohl eher nicht passieren«, sagte er leise, den Kopf starr auf den Tresen vor sich gerichtet.

Elizas Herz zog sich zusammen. »Du weißt, dass er überreagiert. Er ist wie ein verletzter Bär: Er schlägt und beißt wütend um sich. Er leidet. Und er will nicht der Einzige sein, dem es so dreckig geht.« Mit einer zarten, tröstenden Bewegung strich sie über seine Hand. »Wir gehen jetzt erst einmal nach Hause, und dann erzählst du mir von eurem Gespräch und deinem Telefonat mit Theodor«, schlug sie vor.

»Es ist nicht mein Zuhause, sondern Andrews«, widersprach er.

»Jetzt komm schon. Heute Nacht treffen wir keine überstürzten Entscheidungen mehr. Wenn du nicht mehr in Sunset Cove wohnen willst, bis das ausgestanden ist, suchen wir morgen in Ruhe nach etwas Neuem oder siedeln in ein Hotel um.«

»Wir?« Endlich brachten Elizas Worte Jake dazu, den Kopf zu heben und sie anzusehen.

»Natürlich wir.« Sie ging um den Tresen herum, legte ihm den Arm um die Schulter und küsste ihn auf die Wange. »Ich bin genauso für dich da, wie du es für mich warst. Mach dir nicht zu viele Sorgen. Ihr findet wieder zueinander.«

23

Gregs Laune sank im Laufe des Morgens ins Unermessliche. Nachdem er aus dem Polizeigewahrsam entlassen worden war, hatte er geduscht, sich rasiert und war in einen frischen Anzug geschlüpft. Den, in dem er die Nacht verbracht hatte, sollte er am besten verbrennen. Den Gestank, der in den teuren Fasern hing, würde keine Reinigung der Welt je wieder herausbekommen. Seine Augenringe ließen sich nicht verbergen, fielen aber hinter einer Sonnenbrille, die man bei diesem Wetter sowieso tragen musste, nicht weiter auf. Trotzdem hatte er das Gefühl, im Büro von jedem neugierig angestarrt zu werden. Hatten sie schon Wind davon bekommen, dass er die Nacht im Knast verbracht hatte? Oder hatte Penn, der Stiefellecker seiner Noch-Ehefrau, bereits begonnen, gegen ihn zu hetzen, um ihn aus der Firma zu mobben?

Sein Anwalt, Bruce Fisher, bat Greg um einen Termin. Da er nicht wollte, dass Penn oder sonst jemand etwas von dem Treffen mitbekam, verlegte er es kurzerhand in die Lunchpause – und in eine kleine Bar, zwei Blocks vom Woodward Tower entfernt. Als er den Laden betrat, saß Fisher bereits an einem der schmalen Tische und stocherte in einem Salat herum, der seine besten Zeiten schon eine Weile hinter sich zu haben schien. Sein Anwalt musste noch viel lernen. Zum

Beispiel, dass man sich in einer Bar nichts zu essen bestellte. Greg ließ sich auf den freien Platz ihm gegenüber fallen und orderte einen doppelten Whiskey. Fishers vorwurfsvoll hochgezogene Augenbrauen ignorierte er. Anders als am vergangenen Abend stürzte er den Drink nicht hinunter, sondern nippte genüsslich daran. Er war schließlich kein Alkoholiker.

Sein Anwalt schien allerdings genau das zu denken, so besorgt wie er ihn beobachtete. Er legte seine Gabel zur Seite und tupfte sich den Mund mit einer Serviette ab, ehe er auch diese zur Seite legte. »Ich habe Sie hergebeten, Greg, weil wir dringend an Ihrer Reputation arbeiten müssen.«

»Mein Ruf kann Ihnen eigentlich …«, begann Greg.

Doch der Anwalt schüttelte den Kopf, um ihn zu unterbrechen. »Da irren Sie sich, Greg. Mir kann Ihr Image tatsächlich egal sein. Ich vertrete Sie so oder so. Aber Sie haben mich engagiert, weil ich der Beste bin.«

Da war sich Greg nach einer Nacht in der Ausnüchterungszelle zwar nicht mehr so sicher, aber er ließ ihn weiterreden.

»Ihre Situation ist prekär, um es einmal vorsichtig auszudrücken.« Fisher trank einen Schluck Wasser. »Wir haben beschlossen, bei Ihren Scheidungsverhandlungen für Sie zu kämpfen. Schließlich hat Ihre Frau nicht das Recht, Sie dermaßen über den Tisch zu ziehen. Wir werden dafür sorgen, dass Sie angemessen entschädigt werden oder Unterhalt bekommen. Nachdem ich die Unterlagen gesichtet habe, traue ich Mrs. Woodward allerdings zu, dass sie die Opferkarte ausspielt und Ihnen Gewalt in der Ehe unterstellen wird.«

»Wie Sie schon sagen: Sie *unterstellt* es mir«, betonte Greg. Fisher sollte gar nicht erst auf dumme Gedanken kommen.

»Ereignisse wie der kleine Zwischenfall vergangene Nacht sind in so einer Situation wenig hilfreich. Sie sollen unschuldig aussehen. Die Richter sollen Sie als das Opfer einer intriganten, herzlosen Frau wahrnehmen. Einer Frau, die nicht bereit ist, ihren Mann angemessen zu entschädigen, nachdem sie ihn völlig unerwartet vor die Tür setzt und ihm damit beruflich und privat den Boden unter den Füßen wegzieht.« Fisher lehnte sich auf seinem Stuhl zurück. Er war offenbar zufrieden mit seinem kleinen Vortrag. »Wir sollten auf jeden Fall etwas für Ihre Außenwirkung tun.« Wie ein Geheimagent schob er einen braunen Umschlag über den Tisch, den Greg noch gar nicht bemerkt hatte. »Das ist Ihr neues soziales Projekt. So etwas macht sich vor Gericht immer gut und dient damit sowohl Ihrer Scheidung als auch der bevorstehenden Verhandlung wegen Körperverletzung.«

»Was zum Henker soll das?« Greg hatte den Umschlag aufgerissen und starrte auf das Foto eines jungen Schwarzen. Er hob den Blick und sah Fisher an.

»Das ist Matt Lewis, auch genannt: The Tree – der Baum. Was wahrscheinlich daran liegt, dass er deutlich größer als zwei Meter ist. Er ist siebzehn und ein großes Basketballtalent. Der Sport wird sein Ticket aus dem Ghetto sein. Und zwar mit Ihnen als Pate an seiner Seite. Sie werden zu seinen Spielen gehen, werden ihn anfeuern und Bilder von ihm auf Twitter, Instagram oder wo auch immer posten. Sie werden seine Familie besuchen, ein paar Extra-Stunden bei einem guten Trainer bezahlen und so weiter. Was auch immer nötig ist.« Fisher sah Greg durchdringend an. »Sie werden wie ein großer Bruder sein. Haben Sie das verstanden?«

Greg trommelte mit seinen Fingern auf dem Tisch. Er

hatte weder Zeit noch Nerven, für einen dämlichen High-school-Jungen den Cheerleader zu spielen, der sich für den nächsten LeBron James hielt. »Hören Sie, Bruce. Das ist eine tolle Idee, aber ich habe wirklich keine Zeit dafür.«

»Sie werden Zeit haben. Wenn wir Ihre Frau bei der Schei-dung ausnehmen wollen wie eine goldene Gans, brauchen Sie eine strahlend weiße Weste. Und davon sind Sie weit ent-fernt. Also«, er tippte mit dem Zeigefinger auf die Stirn des *Baums*, »arbeiten Sie daran. So einfach ist das. Sie nehmen an diesem tollen Patenprogramm teil. Matt wird Ihr neuer bester Freund.« Fisher schob noch ein Blatt über den Tisch. »Das ist der Stunden- und Trainingsplan des Jungen. In ein paar Tagen steht eine Schulter-OP an. Besuchen Sie ihn im Krankenhaus, halten Sie ihm das Händchen, und erzählen Sie ihm, dass er trotz der Operation eine fantastische Sport-karriere hinlegen wird. Egal, was Sie tun: Sorgen Sie dafür, dass er es im Internet streut. Wenn Sie von jemandem ge-googelt werden, sollte klar erkennbar sein, was für ein groß-herziger Typ Sie sind.«

Na wunderbar. Greg bestellte sich einen zweiten Whiskey, während Fisher sich verabschiedete. Typisch Anwalt ließ er ihn auf der Rechnung für den zur Hälfte gegessenen Salat und ein Wasser sitzen, das fast so teuer war wie sein Drink. So sehr ihm die Idee auch zuwider war, Fisher hatte recht – und er keine Wahl.

*

Jake erwachte wie meist im Morgengrauen, Eliza wieder in seine Arme geschmiegt. Sie waren beide angezogen und befanden sich in ihrem Zimmer. In ihrem Bett. Ihm schoss die Frage durch den Kopf, wieso er es nicht geschafft hatte, sie dazu zu überreden, sich auszuziehen. Doch dann kehrten die Erinnerungen an den vergangenen Abend mit voller Wucht zurück und raubten ihm für einen Moment den Atem.

Elizas Hand, die seine Mitte umschlungen hielt, schob sich an seiner Wirbelsäule nach oben und strich in beruhigenden Kreisen über seinen Rücken. »Guten Morgen«, wisperte sie, und ihr warmer Atem kitzelte Jake am Hals.

»Morgen.« Seine Stimmte war rau, als hätte sie ihn nicht davon abgehalten, in der Brauerei die Whiskeyflasche zu leeren und sich in seinem Selbstmitleid zu suhlen.

»Ich hole uns Kaffee«, schlug sie vor und löste sich von Jake, ehe er protestieren konnte. Sie schlüpfte aus dem Zimmer und ließ ihn mit seinen trüben Gedanken zurück. Um sich abzulenken, griff er nach seinem Handy und scrollte durch die Nachrichten. Als Eliza mit zwei Tassen Kaffee zurückkehrte, war er in eine Mail von Theodors Arzt, Dr. Leeberman, vertieft. »Danke«, sagte er und konzentrierte sich weiter auf die Anweisungen und den Fragenkatalog des Nephrologen, der kein Ende zu nehmen schien.

Eliza setzte sich ihm gegenüber im Schneidersitz auf das Bett. Als Jake von seinem Handy aufsah, beobachtete sie ihn über den Rand ihrer Tasse, ehe sie an ihrem Kaffee nippte. »Wie geht's dir?«, fragte sie leise.

Einen Moment überlegte er schweigend. »Ich weiß es nicht«, gab er dann ehrlich zu. Er hatte wirklich keine Ahnung, wie er mit all den Geschehnissen des vergangenen Tages umgehen sollte. Was auch immer mit seiner Freundschaft zu

Andrew und Niclas geschah, er hatte Theodor sein Wort gegeben, eine Niere zu spenden, wenn alles passen sollte. Und das würde er tun. Er hielt das Handy hoch und trank einen Schluck Kaffee. »Theodors Arzt hat mir eine ziemlich ausführliche Mail geschrieben. Es gibt offenbar eine ganze Menge zu beachten. Was alles auf mich zukommt, habe ich gar nicht bedacht. Wenn meine Spendereigenschaften passen, gibt es sogar ein Gespräch mit einem Psychologen. Damit sichergestellt werden kann, dass ich nicht unter Druck gesetzt wurde, um die Niere zu spenden.« Er lachte freudlos. »Es hat nur mein ganzes Leben auf den Kopf gestellt. Aber das zählt wahrscheinlich nicht als Spenderausschlusskriterium.«

»Zeig mal.« Eliza nahm das Handy entgegen, das Jake ihr reichte, und scrollte durch die Mail. »Du sollst so schnell wie möglich nach Boston kommen.« Sie sah auf. »Und das ist wahrscheinlich genau das, was du willst.«

»Ja. Ich muss hier auf jeden Fall raus. Sunset Cove ist Andrews Zuhause. Er hat es nicht verdient, dass ich hier herumhänge und ihm jeden Tag aufs Neue vorführe, dass sein Vater seine Mutter nicht nur betrogen hat, sondern dass zumindest aus einer dieser Beziehungen ein weiteres Kind entstanden ist.« Er trank noch einen Schluck Kaffee und stellte seine Tasse dann auf den Nachttisch. »Ich brauche den Abstand mindestens genauso. Außerdem kommt jetzt wirklich einiges auf mich zu, deshalb ist es besser, ich bleibe in Boston, bis diese ganze Spendengeschichte vorüber ist.«

»Wo wirst du wohnen, wenn du in Boston bist?«, fragte Eliza.

Jake zuckte die Schultern. »Ich suche mir ein Hotel in der Nähe der Klinik.« Sein Zimmer im Haus seiner Mutter war voll – dort hatte er den Hausstand aus seiner letzten Wohnung eingelagert. Abgesehen davon wäre sie wahrscheinlich nicht besonders begeistert, dass er sich für eine Nierenspende entschieden hatte. Er würde sie darüber informieren, aber dann würde er vorsichtshalber erst einmal den Kopf einziehen.

»Ich habe eine Idee«, holte Eliza Jake aus seinen Gedanken. »Ich würde dich gern begleiten«, sagte sie.

»Das musst du nicht«, lehnte er die Idee sofort ab. »Du bist hier viel sicherer.«

»Das mag sein. Aber früher oder später muss ich mein Leben wieder aufnehmen. Ich brauche meinen Laptop, mein Handy, Unterlagen aus der Firma. Ganz zu schweigen von meinen eigenen Kleidern und Kosmetikartikeln.«

»Du willst in dein Haus zurückziehen?« Als Jake die Frage stellte, sah er sofort die Gänsehaut, die ihre nackten Arme überzog.

Unbehaglich strich sie darüber. »Nein, ich will nie wieder in diesem Haus leben. Da geht es mir sicher ähnlich wie Holly mit ihrem Apartment über dem Fairway. Ich möchte nur hin und mein Zeug holen. Meine Handtasche. Meinen Wagen«, erklärte sie. »Ich kann Greg nicht für alle Zeiten aus dem Weg gehen. Natürlich bin ich nicht unbedingt scharf drauf, ihm über den Weg zu laufen. Aber er kann mir nichts mehr tun. Die Anwälte sind eingeschaltet. Die Scheidung eingereicht. Er kann mir keine Angst mehr machen.«

Jake sah das anders, verkniff sich einen Kommentar aber. In den Büchern, die er zu diesem Thema gelesen hatte, wurde immer wieder darauf hingewiesen, dass gewalttätige Männer nicht bereit waren, eine Trennung zu akzeptieren. Wenn sie einmal beschlossen hatten, dass ihnen eine Frau ›gehörte‹, waren sie in der Regel nicht kampflos bereit, ihren Kontrollverlust zu akzeptieren.

Eliza sprach weiter, ohne sein nachdenkliches Schweigen zu registrieren. »Ich muss mich ohnehin mit Jeffrey treffen, der mir ein paar Unterlagen übergeben will, und mit dem ich einiges zu besprechen habe. Wir könnten zwei Fliegen mit einer Klappe schlagen und gemeinsam nach Boston fahren. Du nimmst deine Arzttermine wahr, und ich halte meine Besprechungen ab. Wohnen können wir in einer der Firmenwohnungen statt in einem Hotel. Was hältst du davon?«

Jake zog Eliza an sich und küsste sie. »Das ist die zweitbeste Idee des heutigen Morgens. Sie kommt gleich nach dem Kaffee.« Er würde auf jeden Fall verhindern, dass Eliza allein in ihr altes Haus ging und dort vielleicht diesem Irren über den Weg lief. Solange er seine Untersuchungen über sich ergehen lassen musste, würde er dafür sorgen lassen, dass sie in Sicherheit war. Und wenn er Zeit hatte, würde er selbst ein Auge auf sie haben. Wenn sie unbedingt nach Boston wollte, dann nur in seiner Begleitung.

Viel gab es nicht zu tun, ehe sie nach Boston aufbrechen konnten. Sie packten ihre Sachen und stellten alles neben die Haustür. Andrew und Holly saßen in der Küche beim Frühstück. Als sie die beiden bemerkten, stand Andrew auf und verschwand mit seiner Kaffeetasse – und ohne einen Gruß – in Richtung Terrasse.

Holly hingegen kam auf sie zu und umarmte Jake fest. »Danke, dass du Theodor hilfst«, sagte sie. »Und danke, dass du Andrew vergibst, dass er so ein Idiot ist.«

Jake erwiderte die Geste und drückte Holly für einen Moment fest an sich. Ihre Unterstützung tat ihm gut. Insbesondere da er wusste, dass sie kein Fan von Andrews Eltern war. Holly war einfach nur einer der großherzigsten Menschen, die er kannte. »Ich habe nicht gesagt, dass ich ihm das verzeihe«, versuchte er sich an einem kläglichen Scherz.

Immerhin lächelten sowohl Eliza als auch Holly leicht. Dann fiel Hollys Blick auf ihr Gepäck, und ihr Gesichtsausdruck wurde wieder ernst. »Was habt ihr vor? Ihr macht euch doch nicht aus dem Staub, oder? Ich habe mit Andrew gesprochen. Er ist stur wie ein alter Esel, aber ich bekomme ihn wieder in die Spur. Du kannst nichts dafür, Jake. Theodor ist erwachsen. Genau wie deine Mom und Georgina. Ihr müsst nicht ausziehen, nur weil der Herr des Hauses sich aufführt wie ein dreijähriges Kind auf dem Höhepunkt seiner Trotzphase.«

»Im Moment ist es besser so«, widersprach Jake. »Ich muss jetzt sowieso jede Menge Tests und Untersuchungen über mich ergehen lassen.«

»Und ich habe ein paar Termine in Boston«, ergänzte Eliza und verschränkte ihre Finger mit seinen. »Wir schlagen zwei Fliegen mit einer Klappe und fahren zusammen.«

»Sagt ihr mir, wo ihr unterkommt?« In Hollys Blick schwang die gleiche Sorge mit, die Jake bei dem Gedanken empfand, Eliza könnte allein durch die Stadt laufen und auf Greg treffen. »Ihr haltet mich doch auf dem Laufenden? Und gebt Bescheid, wenn ihr angekommen seid?«

»Natürlich machen wir das.« Eliza umarmte Holly mit ihrer freien Hand. »Außerdem müssen wir dich um einen Gefallen bitten. Könntest du uns zur Brauerei fahren? Jakes Wagen steht noch dort.«

»Sicher.« Holly griff nach ihren Autoschlüsseln. »Erst fahre ich euch nach Harbour Beach, und dann lese ich dem störrischen Esel die Leviten.«

»Das klingt nach einem guten Plan«, sagte Jake. »Danke, Holly.«

*

Eliza räumte die Unterlagen zusammen, die sie noch im Büro der Harbour Beach Brewerie liegen hatte. Mit halbem Ohr hörte sie Jake dabei zu, wie er Pete in die Arbeit in der Brauerei für die nächsten Tage einwies. Ihre Gedanken waren allerdings längst in Boston. Sie würde Jake in einem der schwierigsten Momente seines Lebens nicht allein lassen, genauso wenig wie er sie alleine gelassen hatte. Zudem stimmte es, dass es langsam wirklich Zeit für ihre eigenen Kleider war. Für ihre Kosmetika und ihre Kreditkarten, ohne die sie immer auf die Hilfe und Großzügigkeit ihrer Freunde angewiesen war. Wenn sie ihren Wagen mitnahm, war sie auch endlich wieder mobil. All das änderte aber nichts an der Angst, die durch ihre Eingeweide kroch. Jake gegenüber wollte sie mutig sein. Genau wie sie sich vor Holly nichts anmerken lassen wollte. Trotzdem hoffte sie aus tiefstem Herzen, Greg nicht über den Weg zu laufen. Denn sie war sich nicht sicher, ob er sie angreifen würde, falls sie allein auf ihn treffen sollte. Er würde sich eine Chance nicht entgehen lassen, sie einzuschüchtern und wieder unter Kontrolle zu bringen. Sie wusste, wozu er fähig war.

Viel zu schnell hatten Jake und Pete alles geklärt, und sie waren auf dem Weg nach Boston. Eine Fahrt, die sie nahezu schweigend hinter sich brachten, weil sie beide in ihre Gedanken versunken waren.

»Möchtest du irgendwo zum Lunch halten?«, fragte Jake, als sich bereits die Ausläufer der Stadt vor ihnen ausbreiteten.

Eliza presste die Hand auf ihren aufgewühlten Magen. »Nein. Lass uns die Sachen aus dem Haus holen, damit ich es hinter mir habe.«

»Kein Problem.« Jake lenkte den Wagen in Richtung ihrer Villa, und zehn Minuten später – viel zu schnell für ihren Geschmack, hielt er am Straßenrand.

Ihr Blick glitt an den Metallstreben des schmiedeeisernen Zauns entlang. Dahinter lag ihr früheres Zuhause. Der Familiensitz, in dem bereits ihre Eltern und Großeltern gelebt hatten. Was andere stolz und majestätisch genannt hätten, erschien ihr nur als düster und erdrückend. Ein Gefängnis, in dem sie viel zu lange eingesperrt gewesen war. Sie hatte bereits darüber nachgedacht, aber jetzt, wo sie vor den altehrwürdigen Mauern stand, war es ihr völlig klar. Sie würde nie wieder in dieses Haus zurückkehren, um hier zu leben. Die Hand auf ihr schnell schlagendes Herz gepresst warf sie Jake ein wackliges Lächeln zu. »Ich öffne das Tor, dann kannst du vor das Haus fahren.«

Eliza gab den Code für das Tor ein, und Jake parkte um. Dann griff er nach ihrer Hand und betrat mit ihr gemeinsam das Haus. Sie war dankbar für seine Unterstützung, doch noch größer war die Erleichterung, Greg nicht anzutreffen. Sie fand keinen Hinweis darauf, wann er zum letzten Mal hier gewesen war. Wer wusste schon, wo er die Nächte verbracht hatte, seit sie verschwunden war. Maggie hatte inzwischen gewissenhaft alle Spuren seines letzten Übergriffes beseitigt. So wie aller Auseinandersetzungen zuvor. Trotzdem krochen die Erinnerungen über Elizas Haus wie ein Monster mit kalten, klammen Fingern. Da war der leere Platz, wo einst eine Vase aus Morano-Glas gestanden hatte, die sich seit Generationen im Besitz ihrer Familie befand. Greg hatte sie vor etwa einem Jahr gegen die Wand geworfen, ein hartes Lächeln im Gesicht. Einfach, um sie zu bestrafen. Oder die Einkerbung in der hölzernen Arbeitsfläche auf dem Küchentresen, in die Greg einmal wütend ein Fleischmesser gerammt hatte. Direkt neben ihrer Hand.

Jakes Anwesenheit half ihr, die Geister der Vergangenheit in Schach zu halten. Und doch kam sie nicht umhin, mit einem Ohr darauf zu lauschen, ob Greg nach Hause kam. Jake schien das zu spüren, denn er wich nicht von ihrer Seite. Er half ihr, Koffer aus einem Abstellraum zu holen und ihre Sachen zusammenzupacken. Sie hätte ihre Kleider am liebsten hineingeworfen, um so schnell wie möglich fertig zu werden. Aber er faltete alles mit großer Sorgfalt und platzierte es so, dass er möglichst viel in jeden Koffer bekam. Also zwang sie ihre zitternden Hände, es ihm gleichzutun. Weil ihr das nicht richtig gelingen wollte, suchte sie ein paar Hosenanzüge aus, die sie in Kleiderhüllen schob. Und im Bad, wo sie allein war, wischte sie einfach sämtliche Kosmetika aus ihrem Schrank in ein Beautycase. Dann begann sie, die Unterlagen in ihrem Büro zu sichten und einzupacken, während Jake ihre Koffer auf der Ladefläche seines Pick-ups verstaute. Zu guter Letzt öffnete sie den Tresor und holte ihren Schmuck heraus. Ein Collier und zwei Paar Ohrringe fehlten. Sie überlegte, ob es die Mühe wert war, Anzeige gegen Greg zu erstatten oder es den Anwälten mitzuteilen. Die Dinge, die er genommen hatte, waren Stücke gewesen, die er ihr einst geschenkt hatte. Eliza hätte sie also sowieso verkauft und den Erlös gespendet. Getragen hätte sie sie nie wieder. Und da er sich nicht an ihren Erbstücken vergriffen hatte, entschied sie, ihn zumindest damit davonkommen zu lassen. Keine zwei Stunden, nachdem sie das Haus betreten hatten, verließen sie es wieder. Eliza fuhr ihren Jaguar aus der Garage und parkte ihn hinter Jakes Truck. Sie stieg aus und ging auf ihn zu. Er stand wie ein Fels in der Brandung an seiner Fahrertür und sah ihr entgegen.

»Danke«, sagte sie, schmiegte sich an ihn und küsste ihn. Es tat gut, wenigstens ein paar der dunklen Schatten um sie herum verblassen zu lassen. Jakes Küsse konnten das. Genau wie die Wärme, die von seinem Körper und seinem Herzen ausging, und der saubere Geruch nach Baumwolle, Meer und einem Hauch Hopfen.

»Lass uns verschwinden«, murmelte er. »Fahr voraus. Ich folge dir.« Da war er wieder, der Mann, den sie zuverlässig hinter sich wusste.

*

Greg kehrte nur noch selten in die Villa zurück, seit Eliza verschwunden war und ihm bewusst geworden war, dass sie so schnell nicht zurückkommen würde. Er hatte sich bereits vor ein paar Monaten ein Apartment in der Stadt angemietet, in dem er seine Ruhe hatte, wenn Eliza ihm zu sehr auf die Nerven ging und ihn das Bedürfnis überkam, seine Hände um ihren Hals zu legen und zuzudrücken, bis sie ihre naivblauen Augen verdrehte und dann für immer schloss. Diese Fantasie hatte ihm schon immer gefallen, doch jetzt ärgerte er sich darüber, sie nie in die Tat umgesetzt zu haben. Er hätte schon einen Weg gefunden, sie loszuwerden. Ihre Leiche verschwinden zu lassen. Und er hätte es geschafft, den verzweifelten, liebenden Ehemann zu spielen. Er wäre damit durchgekommen. Hundertprozentig. Jetzt war es dafür zu spät. Eliza war ihm einen Schritt voraus – und damit für ihn unantastbar geworden. Aber zumindest konnte er noch ein paar Sachen aus dem Haus schaffen, ehe sie ihre gierigen Finger nach allem ausstreckte. Er hatte sie lange genug ertragen, also hatte er auch einen Anspruch auf einen Teil der Wertgegenstände. Das Tor des Anwesens glitt gemeinsam mit dem der Garage auf, als er die Fernbedienung in seiner Mittelkonsole drückte. Doch statt Gas zu geben und die Auffahrt hinaufzufahren, hing sein Blick an dem Platz fest, an dem Elizas Jaguar stehen müsste. Er war leer. Was bedeutete, sie war hier gewesen. Vor ihm. Verdammte Scheiße. Greg hieb mit der flachen Hand auf das Lenkrad, dann fuhr er vor das Haus und sprang aus dem Wagen. Er ging auf direktem Wege in den Raum, der die Sicherheitsanlage der Villa beherbergte. Dort gab er das Passwort in den PC ein und rief die Aufnahmen der Überwachungskameras auf. Da war sie. Greg ließ sich auf den Bürostuhl fallen, der vor dem winzigen Schreibtisch stand, und zoomte das Bild groß, das seine Frau zeigte. Auf den ersten Blick hätte er sie fast nicht erkannt. Die Haare zu einem wippenden Pferdeschwanz zusammengefasst, kein Make-up. Und was hatte sie an? Ein hellgrünes Trägertop, Jeans und Flip-Flops? Er war sich sicher, Eliza noch nie in einem solch – billigen – Outfit gesehen zu haben.

Verantwortlich für diesen Look war vermutlich der Typ,

mit dem sie während der Aufnahmen vor dem Haus herumknutschte, sodass es jeder Nachbar sehen konnte. Auch er trug Jeans, ein Poloshirt, dessen Marke Greg nicht erkennen konnte, und ausgetretene Sneaker. Er kam ihm irgendwie bekannt vor, aber Greg konnte sich nicht erinnern, woher. Egal. Es würde ihm früher oder später wieder einfallen. Bis dahin … Er druckte ein paar Standbilder der beiden aus. Die wären in dem schmutzigen Scheidungskrieg, der ihnen bevorstand, sicherlich Gold wert. Apropos Gold. Greg erhob sich und ging zum Tresor in Elizas Arbeitszimmer. Nachdem er den Zahlencode eingetippt hatte, sah er, was er bereits befürchtet hatte, als ihm klar geworden war, dass Eliza hier gewesen war. Gähnende Leere. Dieses verdammte Miststück! Ein Punkt mehr auf seiner Liste, wofür er sie büßen lassen würde.

24

Nach den Wochen, die Eliza zurückgezogen in Sunset Cove verbracht hatte, fühlte es sich merkwürdig an, wieder in einen Hosenanzug zu schlüpfen und sich unter Leute zu mischen. Jeffrey hatte für ihre Besprechung einen Klub gewählt, in dem sie beide Mitglied waren. Als sie den Empfang betrat, lächelte ihr der Rezeptionist entgegen und versicherte ihr, wie sehr man sich freue, sie als Gast begrüßen zu dürfen.

Erleichtert stellte sie fest, dass Jeffrey ein Separee gebucht hatte, in dem sie sich in Ruhe besprechen konnten. Sie legte die Handtasche ab und zog ihr Jackett aus, nachdem der Rezeptionist, der sie hergebracht hatte, die Tür hinter sich zuzog und sie allein ließ. Es dauerte keine zwei Minuten, und die Tür wurde abermals aufgestoßen. Eliza fuhr herum und sah sich ihrem alten Mentor gegenüber. Er hatte seine Laptop-Tasche über die Schulter gehängt und die Arme voller Akten. Mit einem dumpfen Knall ließ er sie auf den Tisch fallen und zog Eliza in seine Arme. »Gott sei Dank! Ich bin so froh, dich zu sehen«, sagte er.

Eliza konnte das leichte Zittern in seiner Stimme hören. Sie erwiderte die Umarmung. Ihr Hals war wie zugeschnürt, und die Tränen, die in ihren Augen brannten, ließen sich kaum noch zurückhalten. »Jeff, ich …« Sie wusste nicht, wo sie anfangen sollte. In der Vergangenheit hatte sie viel zu viel vor ihm verheimlicht. Es wurde höchste Zeit, ihm von der dunklen Seite ihres Lebens zu erzählen.

Jeffrey löste sich so weit von ihr, um ihr ins Gesicht sehen zu können. Mit dem Daumen wischte er eine Träne weg, die sich einen Weg über ihre Wange suchte. »Gott sei Dank geht es dir gut. Du kannst dir gar nicht vorstellen, wie sehr es mich beruhigt, dass du die Scheidung eingereicht hast.«

Eliza schluckte. »Hast du es gewusst?«, fragte sie ihn. Sie musste nicht erklären, was sie meinte.

Ihr alter Mentor zog sie abermals in seine Arme. »Ich habe es immer vermutet«, murmelte er in ihr Haar. »Und ich habe die ganze Zeit so gehofft, dass du mir endlich erzählst, was dieses Schwein dir antut.«

»Es tut mir so leid …«, begann sie. »Ich konnte nicht …« Ein Schluchzer entrang sich ihrer Kehle. »Ich konnte einfach nicht …«

Jeffrey strich ihr beruhigend über den Rücken. »Ich bin für dich da. Immer. Versprich mir, dass du das nie vergisst. Wenn du über alles reden willst, ich werde dir zuhören.«

Eliza nickte stumm. Die Tränen ließen sich nicht mehr aufhalten. Sie strömten unaufhaltsam über ihre Wangen. Erleichterung durchflutete sie. Jeffrey war ihre Familie. Ihr engster Vertrauter. Mit Jakes Hilfe hatte sie es geschafft. Sie war bereit, sich ihrer Vergangenheit zu stellen. Und Jeffrey würde immer hinter ihr stehen und sie auffangen. Sie musste es nur zulassen. Entschlossen wischte sie die Tränen weg und versuchte sich an einem Lächeln. »Lass uns loslegen«, sagte sie und blickte auf den Stapel Akten, die Jeffrey auf den Tisch hatte fallen lassen.

*

Jake hatte Theodors Nephrologen, Dr. Leeberman, mitgeteilt, dass er nach Boston fahren würde, und der Arzt hatte noch für denselben Nachmittag einen Beratungstermin angesetzt. Jake hatte Eliza geholfen, das Gepäck für die nächsten Tage in das Apartment ihrer Firma zu bringen und sie dann bei ihrem Treffen mit dem Anwalt der Woodward Holding, Jeffrey Penn, abgesetzt. Die beiden trafen sich in einem Klub, in dem Ellerton kein Mitglied war. Die Wahrscheinlichkeit, ihm dort über den Weg zu laufen, ging daher gegen null. Das beruhigte Jake genug, um sich kopfmäßig auf das Gespräch mit dem Nierenspezialisten einzulassen.

Dr. Leebermans Praxis war überraschend nüchtern und bei Weitem nicht so luxuriös, wie Jake das erwartet hatte. Als ihn eine Schwester als Erstes in ein kleines Untersuchungszimmer führte und ihm mit ruhigen, routinierten Händen Blut abnahm, wurde ihm klar, was hinter diesem Spezialisten stecken musste. Er war nicht Theodors Arzt, weil er der teuerste und exklusivste war. Sondern, weil er der Beste war. Der in diesem Fall auch ganz normale Menschen behandelte. Wie die ältere Dame mit den abgewetzten Schuhen und dem abgetragenen Sommerkleid oder den hochgeschossenen Teenager, dessen Klamotten nach Mittelschicht aussahen. Beide blickten auf, als er sich zu ihnen ins Wartezimmer gesellte und nach dem GEO-Magazin griff, das sogar aktuell war. Selbst in Andrews und Paul Hennings' Praxis in Eastham fand sich unter all den

Flyern für Aktivitäten auf Cape Cod hin und wieder ein People-Magazin, das schon drei Jahre alt war.

Er musste nur ein paar Minuten warten, bis er ins Sprechzimmer gebeten wurde. Auch hier dominierten geschmackvolle, aber schlichte Möbel. An einer Wand waren in einem Regal medizinische Fachbücher ordentlich aneinandergereiht. Die andere war mit den gerahmten Diplomen des Arztes übersät. Dr. Leeberman saß hinter einem Schreibtisch, auf dem neben seinem PC nur ein gerahmtes Foto stand. Im Spiegelbild des Fensters konnte Jake erkennen, dass es sich um ein Familienbild handelte. Auch wenn ihm die Details verborgen blieben, schien es den Doktor mit seiner Frau, ihren Kindern und ein paar Enkeln zu zeigen.

Der Arzt erhob sich und kam um seinen Schreibtisch herum. Er war groß und hager, und sein Anzug schien eine Nummer zu groß zu sein. »Mr. Foster.« Er reichte Jake die Hand und schob sich mit der anderen in einer abwesenden Geste seine drahtgerahmte Brille hoch. »Ich freue mich, Sie kennenzulernen.«

»Dr. Leeberman«, erwiderte Jake den Gruß und schüttelte die dargebotene Hand.

»Lassen Sie uns Platz nehmen.« Leeberman führte Jake in eine kleine Sitzecke. Auf dem Tisch standen eine Wasserkaraffe, Gläser und eine ziemlich dick aussehende medizinische Akte. »Möchten Sie etwas trinken?«, erkundigte sich der Arzt.

»Nein, danke.«

Leeberman schenkte trotzdem zwei Gläser Wasser ein und schob eines auf Jakes Seite des Tisches. Dabei musterte er Jake aufmerksam. Jake ging davon aus, dass er über seine etwas außergewöhnliche Familiensituation auf dem Laufenden war. »Ich nehme an, Sie haben viele Fragen. Fühlen Sie sich frei, sie alle zu stellen.«

»Ehrlich gesagt«, Jake lehnte sich in seinem Sessel zurück, »habe ich mich erst gestern dazu entschlossen, mich testen zu lassen. Ich hatte bisher wenig Zeit, mich über Organtransplantationen zu informieren. Ich hatte gehofft, Sie erklären mir einfach, was mich erwartet.«

Leeberman nickte. »Gern. Zunächst sollten Sie wissen, dass Sie bei uns in den besten Händen sind, falls Sie als Spender in Betracht kommen. Wir verpflanzen pro Jahr so viele Nieren wie kaum ein anderes Institut in den USA. Wir würden uns sehr darüber freuen, eine Lebendspende für Mr. Hunter zu finden. Das bedeutet, wir könnten den Eingriff in zwei nebeneinanderliegenden OP-Sälen vornehmen, und so die Zeit zwischen Entnahme und Verpflanzung des Organs extrem kurz halten. Auf diese Weise erreichen wir deutlich bessere Langzeitergebnisse als mit postmortalen Spenden.

Allem voran geht die Analyse des Blutes, das Ihnen Marilyn vorhin abgenommen hat.« Sein Blick fiel auf das kleine Pflaster, das in Jakes Armbeuge klebte. »Wir testen Sie, und wenn Sie kompatibel sind, wird es einen zweiten Test geben. Vor der OP wird Ihr Blut sogar ein drittes Mal getestet. Wenn wir sichergehen können, dass Mr. Hunter und Sie die gleiche Blutgruppe haben und die HLA-Merkmale übereinstimmen, setzen wir einen OP-Termin an.«

»Die HLA-Merkmale bedeuten, dass ich als Spender infrage komme?«, hakte Jake nach.

Leeberman lachte leise. »Entschuldigen Sie. Manchmal rutsche ich ins Fachchinesisch ab, ohne es zu merken.«

»Kein Problem. Ich habe einen Freund, dem das auch ständig passiert.« Falls Andrew und er noch Freunde waren.

»Wir testen Spender und Empfänger auf Gewebeübereinstimmung, um die Abstoßungswahrscheinlichkeit des Organs so gering wie möglich zu halten. Nur dann ist die Transplantabilität überhaupt gegeben. Die OP wird für Sie auf dem Niveau einer klassischen Bauchoperation liegen.«

Jake nickte. Er hatte noch nie eine klassische Bauchoperation erlebt, geschweige denn jemand, den er kannte. Im vergangenen Herbst hatte Niclas eine Not-OP durchstehen müssen, nachdem Bralvers, ein irrer Serienmörder, Marie entführt und ihn angegriffen hatte. Das war schlussendlich auch der Grund, aus dem Jake jetzt hier saß. Niclas war der einzige mögliche Spender in Theodors Familie gewesen. Aber er hatte damals eine Niere verloren und war dem Tod nur knapp von der Schippe gesprungen. Was auch immer Leeberman ihm gerade von klassischen Bauchoperationen erzählte, er schien das für einen Routineeingriff zu halten und sich keine Gedanken um Komplikationen zu machen.

»Wir entnehmen die Niere durch einen Schnitt im Bereich des Oberbauchs«, fuhr der Arzt fort und zeigte mit dem Finger auf die Stelle. »Anschließend bleiben Sie sieben bis zehn Tage in der Klinik und müssen sich je nach Heilungsprozess ein bis drei Monate schonen. Schwere Arbeiten sind zunächst verboten.«

»Und das Ganze ist tatsächlich unschädlich für mich?« Jake hatte Probleme, sich den Eingriff vorzustellen. Aus Dr. Leebermans Warte klang das alles so leicht und unproblematisch. Ein bisschen wie die Entfernung eines Blinddarms. Was es, zumindest seiner Meinung nach, definitiv nicht war.

»Nun ja, abgesehen von den üblichen OP-Risiken wie zum Beispiel der Narkose ist es unser größtes Anliegen, Sie vor einer Nierenerkrankung zu schützen, um zu vermeiden, dass Sie irgendwann selbst Transplantationspatient werden könnten. Sie werden als Spender lebenslang und regelmäßig untersucht. Dazu zählen die Prüfung Ihrer Nierenfunktion und Ihres Blutdrucks. Der Urin wird auf Eiweißausscheidungen untersucht. Das kann Ihr Hausarzt machen. Er muss die Daten lediglich an unser Nierenzentrum übermitteln.« Leeberman zählte noch jede Menge anderer Details auf, die Jakes Kopf schwirren ließen. Theodor und er mussten noch einen gemeinsamen Termin hinter sich bringen. Außerdem stand ein psychologisches Gespräch an, um sicherzugehen, dass die Spende freiwillig erfolgte und Theodor ihn nicht unter Druck gesetzt hatte. Ob eine Organverpflanzung von den Ärzten abgelehnt wurde, wenn dadurch Freundschaften aufs Spiel gesetzt wurden? Wahrscheinlich nicht.

»Wenn Ihre Marker zu denen von Mr. Hunter passen, gibt es keinen Grund, mit der OP zu warten«, erklärte Dr. Leeberman weiter. »Solange Sie sich keine Infektion einfangen und Mr. Hunter ebenfalls gesund ist, können wir bereits in zwei Tagen operieren.«

»Schon?« Jake schluckte. »Das geht schnell.«

Der Arzt zuckte mit den Schultern. »Wenn Spender und Empfänger fit sind, neigen wir dazu, den Eingriff nicht hinauszuzögern.«

Zum Ende seines Informationsgespräches mit Jake reichte Dr. Leebermans Sprechstundenhilfe einen Zettel herein. Der Arzt faltete das Blatt auseinander und betrachtete es einen

Moment, bevor er den Blick hob und Jake ansah. »Ihre Marker stimmen mit Mr. Hunters überein«, sagte er. »Die Nierentransplantation kann stattfinden.«

»Wow.« Jake fuhr sich durch die Haare. Die Chance hatte fünfzig zu fünfzig gestanden. Aber zu hören, dass er wirklich als Organspender für Theodor infrage kam, war irgendwie – unwirklich. Er fühlte sich ein bisschen benommen und musste sich konzentrieren, um nichts von dem zu verpassen, was Dr. Leeberman ihm jetzt noch erklärte.

Jake verließ die Praxis schließlich mit einem riesigen Stapel Informationsbroschüren und der Frage im Kopf, auf was er sich da eigentlich eingelassen hatte. Er rief Eliza an und fragte, ob er etwas zu Essen besorgen sollte, doch das hatte sie bereits erledigt. Zehn Minuten später parkte er seinen Pick-up in der Tiefgarage des modernen Gebäudekomplexes, in dem sich das Apartment der Woodward Holding befand, und nahm den Aufzug zur Penthouse-Etage. Eliza hatte ihm den Türcode gegeben, aber es fühlte sich nicht richtig an, die Wohnung einfach zu betreten. Er klopfte an.

Eliza öffnete ihm. In einem Hemd, das er als sein eigenes wiedererkannte. Ihr blondes Haar fiel offen über ihre Schultern, und ihre Füße steckten in Riemchen-High-Heels, die sich nur als ›verdammt heiß‹ bezeichnen ließen. Jake schluckte. Alles, worum sich seine Gedanken gerade noch gedreht hatten, verschwand. Er hatte nur noch Augen für die schöne Frau mit den dunkelblauen Augen, in denen Abenteuerlust funkelte. Er legte den Kopf schief und betrachtete sie einen Moment ausführlich. »Ich glaube, das ist mein Hemd«, sagte er dann. »War bei den Klamotten, die wir aus deinem Haus geholt haben, nichts dabei, das sich tragen lässt?«

»Vermutlich schon. Aber ich wollte dein Hemd anziehen, weil ich dich vermisst habe. Ich wollte dich riechen.« Sie schlang ihre Arme um den Oberkörper. »Es ist ein bisschen wie eine Umarmung. Die Zeit bis zu deiner Rückkehr ließ sich so besser überbrücken.«

»Aha.« Jakes Blick glitt zu ihren Füßen. »Die Schuhe passen gut dazu«, zog er sie weiter auf.

»Ja, nicht wahr?« Sie hob einen Fuß an und ließ ihren Knöchel kreisen. Was Jake nicht nur dazu brachte, eine plötzliche Schwäche für Fußgelenke zu entwickeln, sondern auch den Saum seines Hemdes an ihrem Oberschenkel nach oben rutschen ließ. »Ich hatte sie so lange nicht an. Nachdem wir sie heute eingepackt haben, wollte ich sie unbedingt mal wieder tragen.«

Jake wurde bewusst, dass er noch immer im Flur stand. Er trat über die Schwelle und schob die Tür mit dem Fuß zu.

»Möchtest du etwas essen?«, fragte Eliza und warf ihm unter halb gesenkten Lidern einen einladenden Blick zu. Einen, der nichts mit Essen zu tun hatte, und den er vor allem von ihr nicht erwartet hatte.

»Nein. Im Moment steht mir der Sinn nicht nach Essen.« Er hakte den Finger in den Halsausschnitt des Hemdes, zog sie mit einer langsamen Bewegung an sich und presste seine Lippen auf ihre.

*

Eliza schmiegte sich in Jakes Arme und erwiderte seinen Kuss. Einmal mehr war sie mutig gewesen. Wieder hatte sie etwas getan, was sie noch nie zuvor im Leben gemacht hatte:

Sie hatte sich nach ihrem Treffen mit Jeff darauf vorbereitet, Jake zu verführen. Es war nicht leicht gewesen, in ihr früheres Zuhause zurückzukehren. Genau wie es für Jake nicht einfach war, sich auf die Operation einzulassen. Besonders mit dem Wissen um Andrews Ablehnung. Sie hatten es beide verdient, für ein paar Stunden die Welt um sie herum zu vergessen. Also hatte sie sich eines seiner Hemden geklaut und ein Paar High Heels angezogen, denen sicher kein Mann widerstehen konnte. Mit klopfendem Herz hatte sie ihm in diesem Aufzug die Tür geöffnet. Jake gefiel ganz offensichtlich, was er sah. Zumindest begannen seine Augen zu leuchten, und sein Kuss spiegelte die Sehnsucht, die seit ihrer gemeinsamen Nacht durch ihren Körper rauschte.

»Ich will mein Hemd zurück«, murmelte Jake an ihren Lippen. Er strich ihr die Haare hinter die Schultern und küsste sich an ihrem Hals entlang. Knopf für Knopf öffneten seine Finger das Hemd, legten Zentimeter für Zentimeter Haut frei. Schließlich schob er ihr den Stoff über die Schultern und ließ ihn nach unten gleiten. Er bildete einen weißen See zu ihren Füßen. Jake schluckte. Sein Blick liebkoste ihren nackten Körper. Auf eine Art, die ihr das Gefühl gab, wunderschön und begehrenswert zu sein. Jakes Hände glitten über ihre Schultern, die Arme und legten sich dann auf ihre Hüften. Mit einer sanften Bewegung schob er sie einen Schritt nach hinten, und Eliza spürte das Holz der Tür in ihrem Rücken. Doch es fühlte sich nicht an, als sei sie in eine Falle geraten. Der Kontrast zwischen Jakes warmem Körper vor sich und der kalten, glatten Oberfläche hinter sich bildete einen erotischen Kontrast, der sie erwartungsvoll erschaudern ließ. Jakes Fingerspitzen tanzten wieder an ihrem Oberkörper hinauf, dann rahmte er ihr

Gesicht mit seinen Händen ein und eroberte ihren Mund. Eliza öffnete sich ihm, ergab sich seinem Kuss. Er behielt die Kontrolle, überließ sie ihr nicht, wie bei ihrem letzten Zusammensein. Und er ließ sich nicht drängen. Auch nicht von Elizas atemlosen Seufzern und ihren Händen, die sich um seinen Nacken schlossen und ihn noch enger an sich heranzogen. Unerbittlich, aber quälend langsam schürte er die Leidenschaft in ihr. Seine Finger strichen über ihren Körper. Streichelten sie. Erregten sie. Seine Hände fanden ihre sensibelste Stelle, reizten sie, bis das Verlangen nach ihm wie Lava durch ihre Adern schoss. Sie konnte nur das Rauschen in ihren Ohren hören, das sich mit seinem rauen Atem mischte. Viel zu schnell riss die Welle der Leidenschaft sie davon. Ihre Knie gaben unter ihr nach, und Jake hielt sie fest. Bis sich ihr Herzschlag wieder ein wenig beruhigte.

Und dann verlor sie plötzlich doch den Boden unter den Füßen. Jake hatte die Hände unter ihre Kniekehlen und an ihren Rücken gelegt und hob sie hoch. Wie von selbst schlossen sich ihre Hände um seinen Nacken. Er durchquerte das Wohnzimmer und legte sie mit einer sanften Bewegung auf der Couch ab. Mit schnellen Bewegungen zog er sich aus, und dann waren seine Hände und seine Lippen wieder auf ihrem Körper. Ließen sie ein ums andere Mal erschaudern. Schürten das Feuer von Neuem. Er küsste ihre Handinnenflächen, und Eliza hatte bis zu diesem Zeitpunkt keine Ahnung gehabt, dass sie eine erogene Zone waren. Er strich über ihre Brustspitzen, reizte sie mit den Lippen. Ihr Körper bog sich ihm entgegen, bettelte um seine Liebkosungen.

*

Mit einer sanften Bewegung schob Jake Elizas Schenkel auseinander. Er eroberte sie mit einer langsamen Bewegung. Die Hände mit ihren verschränkt begann er, sich in einem trägen Rhythmus zu bewegen. Das Bedürfnis, das Tempo seinem dahinjagenden Herz anzupassen, war überwältigend. Aber er wollte Eliza spüren, unter sich, um sich herum. Als sie die Beine um seine Mitte schlang und seinem Rhythmus entgegenkam, als hätten sie sich schon Hunderte, Tausende Male so geliebt, brach seine Beherrschung. Er löste seine rechte Hand aus ihrer und ließ sie zwischen ihren Körpern nach unten gleiten, um sie noch einmal über die Klippe zu treiben. »Sieh mich an, Eliza«, brachte er mit rauer Stimme hervor.

Flatternd hoben sich ihre Lider, und er versank im dunklen Blau ihrer Augen. Ein kleiner Seufzer entrang sich ihr, als sie begriff, dass sie abermals auf einen Höhepunkt zusteuerte. Ihr Körper spannte sich an seinem an, sie zog sich um ihn zusammen, und Jake ließ los. Sein Blick mit Elizas verschlungen trieb er davon.

*

Langsam beruhigte sich Elizas Herzschlag. Jake hatte sich auf die Seite gerollt, ohne sie loszulassen. Eng in seine Umarmung geschmiegt genoss sie die kleinen Schauer, die noch immer durch ihren Körper und über ihre Haut jagten. »Du gehst verdammt weit, nur um dein Hemd zurückzubekommen«, flüsterte sie und spürte Jakes leises, tiefes Lachen, das an ihrem Hals vibrierte.

»Ich liebe meine Hemden mindestens so sehr wie du deine Schuhe«, erwiderte er.

»Meine ...« Eliza bewegte die Füße und merkte, dass sie noch immer ihre High Heels trug. »O Gott. Habe ich dir wehgetan?«

»Mit diesen Stilettos?« Jake drehte sich so, dass er ihr Kinn küssen konnte. »Ich fand es höllisch sexy, als du mir die Absätze in die Rückseite gebohrt hast.«

Damit brachte er Eliza zum Lachen. Doch sie wurde schnell wieder ernst. »Danke. Das war unglaublich schön.« Sie strich seine widerspenstige dunkle Locke aus der Stirn, die zurückfiel, sobald sie sie losließ. »Und genau das Richtige für das Ende dieses Tages.«

Jake zog sie an sich und küsste sie auf die Schläfe. »Das kann ich nur zurückgeben. Das war eine wirklich tolle Begrüßung.«

Sie blieben noch eine Zeit lang eng umschlungen liegen, strichen träge über den Körper des anderen und genossen die Stille und ihre Zweisamkeit. Erst als sie Jakes Magen knurren hörte, hob Eliza den Blick. »Essen?«, fragte sie.

»Hmm«, murmelte er. »Ich möchte dich nicht loslassen.«

»Wenn du mich jetzt aufwärmen lässt, was ich besorgt habe, darfst du mich dafür den Rest der Nacht festhalten«, versprach sie ihm. Sie hatte Spaß daran, mit ihm zu flirten, ihn zu necken.

»Dann hoffe ich, du hältst deine Versprechen.« Er richtete sich auf und küsste sie noch einmal.

Eliza griff abermals nach Jakes Hemd, das neben der Tür auf dem Boden lag, und zog es über.

»Du weißt schon, dass ich dir das bei der nächsten Gelegenheit, die sich bietet, wieder ausziehe?«, fragte er hinter ihr.

Sie warf ihm einen Blick über die Schulter zu. Er zog seine

Boxershorts über, ohne sie aus den Augen zu lassen. »Dann hoffe ich, dass du deine Versprechen ebenfalls hältst«, erwiderte sie.

*

Das Apartment war auf die Bedürfnisse von Geschäftskunden abgestimmt. Vielleicht übernachteten hier auch manchmal Angestellte, die mit einem kniffligen Projekt beschäftigt waren und sich nur kurz für ein paar Stunden aufs Ohr hauten, bevor sie weiterarbeiteten. Jedes Möbelstück war hochwertig und luxuriös, aber alles in allem seelenlos. Der offene Wohnraum unterteilte sich in einen Couchbereich und eine kleine Küchennische, die sehr schmal gehalten war, weil hier mit Sicherheit nichts außer Kaffee gekocht wurde. Das Schlafzimmer wurde von einem großen Bett beherrscht, und das Bad war eine kleine Wellnessoase. Am beeindruckendsten war die Dachterrasse, die mit ihren Liegestühlen, der Sitzecke und den großen Topfpflanzen tatsächlich so etwas wie Gemütlichkeit ausstrahlte. Eliza balancierte die Pappboxen mit dem chinesischen Essen, das sie aufgewärmt hatte, auf einem Tablett nach draußen. Jake folgte ihr mit einer gekühlten Flasche Weißwein und zwei Gläsern. Sie machten es sich in der Sitzecke bequem und öffneten die Essenscontainer. Während sie sich die Boxen hin- und herreichten, probierten und an ihrem Wein nippten, berichtete Jake von dem, was Dr. Leeberman ihm erzählt hatte.

Eliza ließ die Gabel sinken und stellte die Box zurück, aus der sie gerade ein Stückchen Huhn gefischt hatte. »Sie haben die Testergebnisse schon? Wow, das ging schnell.«

»Ja. Und vor allem komme ich tatsächlich als Spender infrage.«

»Dann musst du schon übermorgen in die Klinik?«, fragte Eliza.

»Wenn das psychologische Gespräch das gewünschte Ergebnis bringt und Theodor und ich fit sind, dann muss ich sogar schon morgen hin, damit sie am nächsten Tag gleich morgens beginnen können.«

*

»Ich bin eine Frau«, sagte Holly. »Ich kann machen, dass er denkt, er hätte das gewollt.« Sie lachte, und Marie stimmte ein. Viel zu schnell wurden sie beide wieder ernst.

»Er wird nicht begeistert sein«, sprach Marie ihre Bedenken aus, die sie bereits am Telefon geäußert hatte.

Sie hatten beschlossen, Andrews Laune nicht länger hinzunehmen. Keine Frage, Jakes Geständnis war ein Schock gewesen. Aber es war an der Zeit, dass er sich damit auseinandersetzte – und das Ganze hinter sich ließ. Holly hatte versucht, mit Andrew zu reden. Aussichtslos. Um endlich Nägel mit Köpfen zu machen, hatte sie Marie und Niclas zum Essen eingeladen. Auch Andrews Bruder hatte es schon versucht, aber auch er war nicht zu ihm durchgedrungen. Zu dritt würden sie es vielleicht schaffen, ihn aus seinem Schmollwinkel zu ziehen. Als Andrew Feierabend machte, waren Niclas und Marie schon da und halfen Holly, das geplante Barbecue vorzubereiten.

»Was ist hier los?«, fragte Andrew, als er in die Küche trat und Holly und Marie werkeln sah. An seiner Stimmung hatte sich offenbar noch nichts geändert, so finster wie er drein-blickte.

»Eine Verschwörung gegen dich.« Holly küsste ihn auf die Wange und drückte ihm ein kaltes Bier in die Hand. »Geh zu deinem Bruder auf die Terrasse. Wir sind gleich so weit.«

Andrew seufzte resigniert. »Hallo, Marie«, grüßte er Niclas' Verlobte.

Sie zwinkerte ihm zu und widmete sich dann wieder dem Salat, den sie gerade putzte.

Andrew rieb sich über den Nacken. »Holly, ich hatte dich gebeten, dich nicht einzumischen. War das so schwer zu verstehen?«, sagte er genervt.

»Hab ich verstanden«, gab sie fröhlich zurück und nippte an ihrem Bier. »Aber allein bekommst du das offenbar nicht hin.«

»Weißt du was?« Er stellte das Bier fester als nötig auf dem Küchentisch ab. »Ich brauch jetzt erst einmal meine Ruhe. Ich geh duschen.« Er drehte sich auf dem Absatz um und ließ sie stehen.

»Das ist nicht so gut gelaufen«, flüsterte Marie.

»Ach was, er kriegt sich wieder ein.«

Eine halbe Stunde später war Andrew noch immer nicht zurückgekehrt. Zeit, die Strategie zu ändern und Niclas nach oben zu schicken.

*

Andrew hatte das Gefühl, in der Falle zu sitzen, als sein Bruder ohne anzuklopfen in sein Zimmer trat. »Was soll das?«, fragte er Niclas.

Niclas klopfte Andrew auf die Schulter. »Das war nicht meine Idee«, räumte er ein. »Aber ich bin froh, dass Holly uns eingeladen hat. Ich wäre auch so heute noch vorbeigekommen.« Er sah sich in dem Raum um, in dem überall Klamotten von Holly herumlagen. »Jake hat sich gemeldet. Und Dad auch. So wie es aussieht, werden morgen die letzten Untersuchungen gemacht. Sie gehen in die Klinik, und übermorgen werden sie bereits operiert.«

Andrew ließ seinen Bruder stehen und ging auf den Balkon. Er verschränkte die Arme hinter dem Kopf und blickte auf das Meer hinaus. »Ich weiß«, sagte er leise. »Mom hat mich angerufen.«

»Gut. Dann weißt du ja Bescheid.«

»Wie geht es jetzt weiter?« Andrew drehte sich noch immer nicht zu Niclas um.

»Wie soll es weitergehen, Drew? Jake ist einer deiner besten Freunde«, erinnerte Niclas ihn.

Andrew fuhr zu ihm herum. »Offenbar ist er ja nicht nur das, sondern auch mein Bruder.«

Eine Aussage, die Niclas dazu verleitete, die Augen zu verdrehen. »Du benimmst dich wie ein Dreijähriger, dem sein Spielzeug weggenommen wurde.«

»Ach ja?« Andrew machte einen Schritt auf seinen Bruder zu.

»Ja, verdammt.« Niclas wurde selten sauer, umso überraschter war Andrew über den wütenden Unterton, der in seiner Stimme mitschwang. »Du liebst Jake wie einen Bruder. Was ändert sich, nur weil er wirklich unser Bruder ist?«

Einmal mehr machte sich Fassungslosigkeit auf Andrews

Gesicht breit. »Du kannst das einfach so wegstecken?«, fragte er.

Niclas schob die Hände in die Hosentaschen und lehnte sich mit der Schulter in die Balkontür. »Ehrlich gesagt kann ich das tatsächlich. Weder du noch ich noch Jake können was dafür, was unsere Eltern vor über drei Jahrzehnten getrieben haben. Verdammte Scheiße, Drew! Dein Leben lang war Jake wie ein Bruder für dich. Und jetzt ist er es tatsächlich – na und? Spring über deinen Schatten! Wenn du sauer auf Dad bist deswegen, ist das okay. Tu es nicht für ihn. Tu es verdammt noch mal für Jake.«

»Aber seine Mutter ...« Andrew rieb sich über das Gesicht. Er fühlte sich völlig erledigt. »Carolyn hat uns die ganze Zeit belogen.«

»Das stimmt«, sagte Niclas. »Aber sie hat auch Jake belogen. Stell dir mal vor, wie das für ihn sein muss.«

Andrew kehrte zum Balkongeländer zurück. Er stemmte die Hände gegen die Brüstung und ließ den Kopf hängen. »Was machen wir jetzt?«

Niclas schob die Hände in die Taschen seiner Boardshorts und lehnte sich neben seinem Bruder gegen das Geländer. »Wir rufen Jake an und sagen ihm, dass wir morgen nach Boston kommen und für ihn da sind. Genau wie für Dad und Mom. Und Jakes Mutter.«

»Ich habe mich wie ein Arschloch aufgeführt«, brachte Andrew mit rauer Stimme hervor.

»Oh ja, du hast dich wirklich ziemlich danebenbenommen.« Niclas legte ihm die Hand auf die Schulter. »Es ist nicht so, dass wir das nicht verstehen können. Ich bin mir sicher, sogar Jake hat Verständnis für dich. Nach deinem Auftritt weiß er aber wahrscheinlich nicht mehr, ob er in dir noch einen Freund hat.«

»Der Schock war ja auch nicht gerade klein, oder?« Andrew richtete sich auf. »Ich meine, er steht in seiner Brauerei, gibt uns ein Bier aus und sagt: ›Übrigens, ich bin euer Bruder.‹«

»Jake hat sich sicher lange damit herumgeplagt, weil er nicht wusste, wie er uns das erklären soll. Rede mit ihm, okay?«

»Das werde ich«, versprach er.

Andrew kehrte mit Niclas ins Erdgeschoss zurück. Statt sich jedoch zu Marie und Holly an den gedeckten Tisch auf der Terrasse zu setzen, zog er sein Handy aus der Hosentasche und streifte seine Schuhe ab. »Ich muss noch was erledigen«, sagte er und lief barfuß die Treppe zum Strand hinunter. Potter und Sam, die mit wedelndem Schwanz durch den warmen Sand tobten, stürmten mit Stöckchen im Maul auf ihn zu. Er warf die Holzstücke, bis ihm bewusst wurde, dass er nur Zeit schindete. Für einen Moment wog er das Handy in der Hand, dann wählte er, auch wenn er keine Ahnung hatte, was er eigentlich sagen wollte.

»Andrew, hey«, meldete sich Jake.

Andrew setzte zu sprechen an, schwieg dann aber. Er wusste nicht, wie er seine Gefühle ausdrücken sollte. »Jake, ich …«, versuchte er es und verstummte wieder.

»Schon gut, Drew. Ich freue mich, von dir zu hören.« Jake warf ihm sein dämliches Verhalten nicht vor. Andrew kniff die Augen zusammen. »Ich habe mich heute mit Dr. Leeberman getroffen«, fuhr Jake fort. »Er hat mir noch mehr Medizinerlatein um die Ohren gehauen als du. Ich brauch dich hier.«

»Ich weiß.« Andrew rieb sich über seine brennenden Augen. Der Wind, der ihm vom Ozean entgegenwehte, war für diese Reizung verantwortlich, nichts anderes. »Nic und ich werden spätestens morgen Abend nach Boston kommen. Wir sind da, wenn ihr operiert werdet. Und wenn ihr aufwacht. Jake, es tut mir wirklich leid. Ich …«

»Nein, Andrew. Keine Entschuldigungen, okay? Ich bin froh, dass du dich gemeldet hast. Wir sehen uns morgen.«

»Ja. Wir sehen uns morgen.« Andrew legte auf und ließ sich auf den alten Baumstamm fallen, den die Flut schon vor Jahren angespült hatte. Er warf weiter Stöckchen für die Hunde, die noch immer gut gelaunt um ihn herumtänzelten. Die anderen konnten ruhig mit dem Essen anfangen. Er brauchte einen Moment für sich.

25

Elizas Bewusstsein driftete irgendwo zwischen Traum und Wachsein. Sie hörte das gemurmelte »Guten Morgen«, das Jake ihr ins Ohr flüsterte und erwiderte seine Küsse, ohne die Augen zu öffnen. Ziellos strichen seine Finger über ihren Körper und sorgten dafür, dass sie vollständig erwachte. Sie hielt die Augen weiterhin geschlossen, genoss die zarten, langsamen Berührungen. Wo ihre Haut auf seine traf, breitete sich Wärme aus. Es war nicht die glühende Hitze, die sie am vergangenen Abend in seiner Nähe erfasst hatte. Aber es löste dieses vertraute, angenehme Kribbeln in ihrem Magen aus und erfüllte sie mit Energie. Ohne zu sprechen, liebten sie sich. Langsam und träge. Gemeinsam erreichten sie einen Höhepunkt, der ebenfalls nichts mit den Explosionen zu tun hatte, die sich sonst zwischen ihnen entluden. Wie ein warmes Kaminfeuer, das Funken sprühte, wenn man ein neues Holzscheit hineinwarf, flammte er zwischen ihnen auf. Mit Jake zusammen zu sein war wie ein Nachhausekommen.

Eng umschlungen blieben sie eine Weile liegen, ehe sie sich aus dem Bett quälten und in den Tag starteten. Sie duschten gemeinsam, was für Eliza ebenfalls eine völlig neue Erfahrung war. Sie genoss es, ihn einzuseifen und seine Hände auf ihrem Körper zu spüren. Nur Jakes Vernunft war es geschuldet, dass sie es schließlich schafften, sich mit einem Kaffee auf die Dachterrasse zu setzen.

*

So wundervoll, wie der vergangene Abend geendet hatte, so sinnlich hatte der neue Morgen begonnen. Jake war ein Stein vom Herzen gefallen, als sein Handy geklingelt hatte. Eliza und er hatten noch mit ihrem Glas Wein auf der Dachterrasse gesessen. Andrews Anruf hatte pure Erleichterung in ihm ausgelöst. Sie waren wieder im Reinen. Jakes Geständnis stand nicht mehr zwischen ihnen. Übermütig hatte er Eliza nach dem Gespräch auf seine Arme genommen und ins Schlafzimmer getragen, um sie zu lieben. Mit ihr in seinen Armen war er eingeschlafen. Und aufgewacht. Sie hatten den Morgen sehr sinnlich begonnen. Allein in ihrer Seifenblase, die sie sich in dem Apartment geschaffen hatten.

Ewig ließ sich die Realität aber nicht aus ihrem Leben fernhalten. Bevor Jake sich auf den Weg in die Klinik machte, hatte er sich mit seiner Mutter verabredet, um sie von seiner Organspende in Kenntnis zu setzen. So sozial Carolyn normalerweise eingestellt war, von seiner Idee, Theodor zu helfen, war sie nicht gerade begeistert.

»Was ist, wenn du irgendwann eine Niere brauchst?«, fragte sie. Sie hatten es sich auf ihrer kleinen Veranda gemütlich gemacht, und Carolyn schob ihren Schaukelstuhl mit ihren nackten Fußspitzen an.

Jake trank einen Schluck Eistee. Ohne es zu wissen, hatte sie eine seiner größten Sorgen ausgesprochen. Denn genau das war es, womit er sich herumquälte. Was wäre wenn? Die

Chancen auf eine Nierenerkrankung standen gering, wenn er weiterhin ein anständiges, gesundes Leben führte. Jake hatte seiner Mutter das Gleiche geantwortet wie dem Psychologen, mit dem er sich treffen musste, und der von ihm wissen wollte, ob er die Niere spendete, weil er in Theodor seinen lang vermissten und nun endlich gefundenen Vater sah. Er tat es aber, weil ein Mensch aus seinem Umfeld Hilfe brauchte und nur er diese Hilfe geben konnte. Jake war ehrlich genug, zuzugeben, dass er sich nicht sicher war, ob er das auch für einen völlig fremden Menschen tun würde. Theodor war in erster Linie der Vater seiner beiden besten Freunde. Dass er auch sein ›Erzeuger‹ war, spielte keine wesentliche Rolle, das war ihm bewusst geworden. Er brauchte keinen Vater. Seine Mutter und er waren ein Leben lang gut allein klargekommen. Wenn er Theodor die Niere spendete, tat er das in erster Linie für die Menschen, die wirklich seine Familie waren. Er wollte ihnen die Sorge um ihren Vater nehmen. Allein das war all das wert. Die Antwort ließ seine Mutter die Augenbrauen skeptisch nach oben ziehen. Der Psychologe war offenbar zufrieden mit dem, was er hörte, und gab für den Eingriff grünes Licht.

Bis zu diesem Zeitpunkt hatte Jake noch nicht viel Zeit in Krankenhäusern zugebracht. Das Privatzimmer, in dem er die nächsten Tage verbringen sollte, lag auf jeden Fall ein paar Klassen oberhalb dessen, was er bis jetzt kennengelernt hatte. Es war modern und hatte den Charakter einer kleinen Suite. Jake war nicht bereit, Geld von Theodor zu nehmen, diesen kleinen Luxus würde er jedoch genießen, wenn er schon gezwungen war, hier herumzuliegen. Neben dem typischen Krankenhausbett befand sich eine gemütliche Sitz-ecke im Raum, von der aus man den großen Flachbildfern-seher genauso im Blick hatte wie vom Bett aus. Das Mul-timediasystem ließ keine Wünsche offen. Zwischen seinen Untersuchungen fläzte sich Jake auf die Couch und schaute Sportsendungen. Solange er nicht gezwungen war zu liegen, ging er dem Bett aus dem Weg.

Er war froh, dass Eliza den Tag mit Jeffrey Penn ver-brachte, um weitere Firmenangelegenheiten zu besprechen und ihre Unterschrift auf Dokumente zu setzen, die in den Wochen ihres Verschwindens liegen geblieben waren. Offen-bar lief in der Woodward Holding alles zu ihrer Zufrieden-heit, sie musste dennoch einiges regeln, was vermutlich mit Greg Ellertons Rauswurf zu tun hatte. Im Anschluss hatte Penns Frau sie zum Dinner eingeladen, und danach wollte sie in der Klinik vorbeikommen. Auf diese Weise war sie den ganzen Tag beschäftigt und musste nicht untätig in sei-nem Krankenzimmer herumsitzen, während er, genau wie Theodor, eine Unzahl von Untersuchungen über sich erge-hen lassen musste. Thorax-Röntgen. EKG. Eine Sonografie des Abdomens. Und schon wieder ein großes Blutbild mit Überprüfung seiner Blutgerinnungswerte. Laut Dr. Leeber-man, der ihn am späten Nachmittag besuchte, sah alles ganz wunderbar aus. Ergeben ließ Jake auch noch die OP-Aufklä-rung und das Narkosegespräch über sich ergehen und unter-schrieb den gesammelten Papierkram, den man ihm vorlegte.

Als es ruhiger wurde und das Baseballspiel im Fernse-hen nicht gerade zu den spannenderen zählte, fielen Jake für einen Moment die Augen zu. Als er Stimmen hörte, zuckte er zusammen.

»Sieh mal einer an: Dornröschen«, sagte Niclas, der durch die angelehnte Tür trat.

»Noch keine Narkose und schläft trotzdem schon wie ein Baby«, pflichtete Andrew ihm bei und grinste breit. »Wir würden ja gern ein Bier mit dir trinken gehen, aber wir haben gehört, du hältst dich zurzeit an ungesüßte Tees.«

»Sehr witzig.« Jake sprang auf und umarmte seine Freunde nacheinander. Andrew hielt ihn länger fest, als sie es normalerweise taten, und mit einem Mal war alles wie immer. Es fühlte sich an, als wäre nie etwas vorgefallen. Sie waren wieder die Brüder im Herzen, die sie sowieso schon immer gewesen waren.

Ein Klopfen an der Zimmertür unterbrach sie. Eine attraktive, dunkelhaarige Frau in ihrem Alter steckte den Kopf ins Zimmer. Sie trug türkisfarbene Krankenhauskluft und lächelte. »Guten Abend. Entschuldigen Sie, dass ich Sie noch einmal stören muss. Ich bin Schwester Kathleen Fox. Sie müssen Mr. Foster sein.« Sie kam in den Raum und schüttelte Jake die Hand.

»Meine Freunde Niclas und Andrew Hunter«, sagte Jake. »Gleichzeitig auch die Söhne des Transplantationspatienten nebenan.«

Kathleen schüttelte ihnen die Hand. »Es ist mir eine Freude, Sie kennenzulernen. Mr. Foster, ich werde in den nächsten Tagen für Sie da sein. Wenn Sie Wünsche haben oder etwas brauchen, lassen Sie es mich einfach wissen.«

Die Vorzüge einer Privatstation. »Danke«, murmelte Jake.

»Sind Sie auch für unseren alten Herren zuständig?«, wollte Niclas wissen.

»Ich bedaure.« Ein amüsiertes Schmunzeln kräuselte ihre

Mundwinkel. »Er wird von Schwester Marge Tigerton betreut. Sie ist eine sehr erfahrene Pflegekraft.« Mit anderen Worten, sie war bereits etwas älter und würde sich von Theodor nicht schikanieren lassen. »Mr. Foster, ein paar Kleinigkeiten müssen wir noch klären.« Sie griff nach dem Klemmbrett, das am Fußende seines Bettes hing. Dann beugte sie sich über das Kopfende und erklärte die Rufanlage, über die Jake jederzeit einen Wunsch äußern oder um Hilfe bitten konnte.

»Stört es Sie, wenn wir Jake noch ein wenig Gesellschaft leisten?«, wollte Niclas wissen.

»Aber nein. Ich erfasse nur noch schnell ein paar ergänzende Patientendaten und messe die Vitalparameter. Gemessen und gewogen wurden Sie schon?«, wandte sie sich an Jake.

»Ja, vorhin. Nach dem Röntgen.«

»Gut.« Kathleen hakte den Punkt auf ihrer Liste ab. »Den Shunt legen wir Ihnen morgen früh.« Sie kritzelte noch ein paar Notizen in ihre Unterlagen. »Leiden Sie an Angina Pectoris?«

»Herzbeschwerden«, soufflierte Andrew.

»Nein.«

»Gut.« Sie notierte es. »Leiden Sie an einem Magengeschwür oder Allergien?«

»Nicht, dass ich wüsste«, antwortete Jake.

»Gibt es Medikamente, auf die Sie dauerhaft angewiesen sind?« Kathleen blickte von seinem Klemmbrett auf, und Jake schüttelte den Kopf. »Bluttransfusionen in den letzten Monaten?«

»Hatte ich auch nicht.«

»Wunderbar. Da Sie hier sind, nehme ich an, dass Sie aktuell auch nicht unter einem Infekt leiden.« Sie legte den Kopf schräg und bedachte Niclas und Andrew mit einem ihrer effizienten Blicke. »Und Sie, meine Herren? Beabsichtigen Sie, Mr. Foster nach dem Eingriff zu besuchen?«

»Selbstverständlich«, erwiderte Andrew. »Wir sind seine besten Freunde.«

Kathleen nickte. »Dann gilt auch für Sie: Keine Besuche, falls Sie sich einen Infekt einfangen sollten.« Noch einmal wandte sie sich an Jake. »Morgen früh überprüfen wir ein letztes Mal Ihre Blutgruppe und machen einen Crossmatch-Test, um noch einmal sicherzugehen, dass Sie und Mr. Hunter wirklich kompatibel sind. Und dann geht's los. Ich wünsche Ihnen einen schönen Abend und hoffe, Sie schlafen gut.«

»Das mit dem Schlafen kann ich ja notfalls während der OP nachholen«, sagte Jake.

»Du bist ja so witzig.« Niclas boxte ihn gegen die Schulter. »Kann dieser Fernseher was?«

Sie machten es sich in der Sitzecke bequem und zappten durch die Sportsender. Niclas und Andrew schafften es tatsächlich für eine Weile, ihn von dem bevorstehenden Eingriff abzulenken. Seine Gedanken kehrten erst wieder zur OP zurück, als Eliza an seine Zimmertür klopfte.

Niclas erhob sich und öffnete ihr. »Komm rein«, sagte er. »Drew und ich waren sowieso gerade auf dem Sprung. Wir müssen noch bei unserem Vater vorbeischauen. Bis morgen, Alter.« Sie umarmten Jake und schlugen ihm kameradschaftlich auf den Rücken, ehe sie Jake und Eliza allein ließen.

Sie kuschelten sich auf das Sofa, und Jake fragte sich, wann das eigentlich zur Normalität geworden war, dass er seinen Abend mit Eliza in den Armen verbrachte. Er wusste nicht, wie sie sich die Zukunft vorstellte. Ihre Leben passten nicht zueinander. Abgesehen davon war er der Mann, der sie gerettet hatte. Er hatte sie aus den Fängen ihres wahnsinnigen Ehemanns befreit, auch wenn er rein zufällig in die Situation gestolpert war. Er hatte Eliza nach Sunset Cove gebracht und ihr gezeigt, was leidenschaftlicher, sinnlicher Sex bedeutete. Vielleicht war er der Richtige gewesen, ihr die Augen zu öffnen und ihr einen Schubs in die Richtung zu geben, die ihr Leben von nun an nehmen sollte. Aber er war nicht derjenige, der eine Beziehung mit ihr eingehen sollte. Er könnte sich bei ihr nie sicher sein, ob sie nur aus Dankbarkeit mit ihm zusammen war – denn das würde ihm irgendwann nicht mehr ausreichen. Ganz unbemerkt war ihr Leben in den letzten Tagen zu einer Art Gratwanderung geworden. Er mochte Eliza jetzt schon viel zu sehr. Wenn er sein Herz an sie verlor, würde sie es ihm früher oder später brechen. Auch wenn das nicht ihre Absicht war. Damit würde sie sie beide unglücklich machen. Aber das waren Dinge, mit denen er sich auseinandersetzen würde, nachdem er die OP hinter sich gebracht hatte.

Eliza schien die gemeinsamen Momente genauso zu genießen wie er. Erst als sie ein Gähnen nicht mehr unterdrücken konnte, verabschiedete sie sich mit einem langen, zärtlichen Kuss von Jake. Sie war bereits an der Tür, als sie sich noch einmal umdrehte, um ihn ein zweites Mal zu küssen. »Ich bin hier, wenn du aufwachst«, flüsterte sie.

Jake sah ihr nach, bis sich die Tür hinter ihr schloss. Als bereits im nächsten Moment angeklopft wurde, musste er grinsen. Sie kam heute Abend wirklich nicht von ihm los. »Komm rein«, rief er. Doch es war nicht Eliza, die die Tür öffnete, sondern sein Zimmernachbar. »Theodor.«

»Guten Abend, Jake.« Theodor wartete nicht, bis Jake ihn hereinbat. Er trat einfach ins Zimmer. »War das Eliza Woodward, die gerade gegangen ist?«

»Ja.« Was wollte Theodor von ihm?

Offenbar richtete Theodor sich auf ein Plauderstündchen ein, denn er nahm in einem der Sessel der Sitzecke Platz. »Ich nehme an, sie ist doch noch Teilhaberin deiner Brauerei geworden. Sonst hättest du mein Geld vermutlich nicht abgelehnt.«

Jake setzte sich Theodor gegenüber. »Ich hätte niemals Geld von Ihnen genommen. Das ist nicht die Art von Geschäften, die ich mache.«

Der Ältere zog den rechten Mundwinkel zu einem leichten Lächeln hinauf. »Ganz der Sohn deiner Mutter. Genau so etwas hätte sie mir vermutlich auch an den Kopf geworfen. Sie ist sicher sehr stolz auf dich.«

Darum ging es hier also. Seine Mutter. Unbehaglich verschränkte Jake die Arme vor der Brust und lehnte sich zurück. »Ich denke, das ist sie«, antwortete er.

»Wir hatten bis jetzt nicht wirklich eine Möglichkeit, darüber zu reden, was damals passiert ist. Ich weiß nicht, wie Carolyn das Ganze geschildert hat, aber ich würde dir gern meine Version erzählen.«

»Das ist wirklich nicht nötig, Theodor.« Das Letzte, was Jake wollte, war, Details des Techtelmechtels seiner Mutter zu erfahren.

»Ich habe sie wirklich geliebt. Das musst du mir glauben«, ignorierte Theodor Jakes Einwurf. »Aber ich bin ein verdammter Feigling gewesen. Ich hätte es niemals gewagt, mich gegen die Wünsche meines Vaters zu stellen. Für meine Familie war völlig klar, dass ich Georgina heirate. Für Georginas Familie war es genauso klar. Und vor den Altar zu treten bedeutete, auch verheiratet zu bleiben. Carolyn hat mir das nie verziehen. Sie ist ihren Träumen gefolgt. Ihrem Herzen.« Er rieb sich über das Gesicht. »Sie konnte nicht verstehen, wie man sich gegen die Liebe entscheiden kann. Und damit hat sie recht gehabt. Ich sehe das bei Niclas und Andrew. Sie haben sich für ein Leben und für eine Liebe entschieden, die zu ihnen passt. Es macht mich stolz, dass sie diese Entscheidungen getroffen haben und nicht so feige sind, wie ich es damals war.«

»Ähm, ja.« Das Gespräch wurde von Minute zu Minute unangenehmer. Seinem Erbgut nach war Theodor sein Vater. Aber emotional waren sie sich so fremd wie es zwei Menschen nur sein konnten.

»Wie steht es bei dir mit der Liebe?«, wollte Theodor wissen.

»Was?« Jake musste sich beherrschen, um nicht zusammenzuzucken. Diese Dinge diskutierte er noch nicht einmal mit seiner Mutter, wenn er sich irgendwie davor drücken konnte.

»Na ja.« Theodor zuckte mit den Schultern. »Eliza Woodward besucht dich im Krankenhaus. Sie ist eine gute Geschäftsfrau, aber sie besucht ihre Geschäftspartner nicht in der Klinik, um ihren Deal zu besprechen.«

»Hören Sie, Theodor …«, begann Jake.

»Ich weiß, ich weiß.« Er hob entschuldigend die Hände.

»Das geht mich alles gar nichts an. Ich bin neugierig. Und langweile mich wahrscheinlich viel zu sehr. Aber als ich ihren Namen erwähnt habe, hat dein Blick Bände gesprochen.«

»Ach ja? Was hat er denn gesagt?« Jake wollte es eigentlich nicht wissen, doch die Frage kam ihm über die Lippen, ehe er sich bremsen konnte.

»Du zweifelst«, sagte Theodor frei heraus. »Du denkst, ihr habt keine Zukunft, weil ihr aus unterschiedlichen Welten kommt. Du bist fünfunddreißig Jahre lang der Sohn deiner Mutter gewesen. Fang nicht ausgerechnet jetzt an, nach mir zu kommen.« Er lachte über seinen eigenen Scherz. Dann wurde er wieder ernst. »Ich bin dir sehr dankbar für das, was du für mich tust. Ich betrachte es nicht als Selbstverständlichkeit. Egal, was ich dir anbiete, ich werde diese Schuld nicht begleichen können.«

»Es gibt keine Schuld, Theodor. Ich spende die Niere aus freien Stücken«, betonte Jake noch einmal.

»Danke«, sagte Theodor schlicht und erhob sich. Er drückte Jakes Schulter kurz und ging zur Tür. »Ich hoffe, du schläfst gut. Wir sehen uns morgen früh im OP.«

Jakes Gedanken kreisten um das, was Theodor gesagt hatte. So hatte er noch nie mit Jake gesprochen. Er hatte ihm genug zu denken gegeben, um ihn noch eine Weile wach zu halten.

*

Greg wollte nichts so sehr wie einen Drink. Außer, er könnte die Zeit um vier, fünf Wochen zurückdrehen. Das würde er definitiv vorziehen. Hätte er sich nicht so von Elizas Lügen und Intrigen provozieren lassen, hätte er nicht das Bedürfnis gehabt, ihr klarzumachen, wo in ihrer Beziehung ihr Platz war, und wäre damit jetzt nicht in dieser beschissenen Situation. Er durchquerte den Krankenhausflur, der von der Orthopädischen Abteilung ins Freie führte. Weg von den antiseptischen Gerüchen, den quietschenden Geräuschen des Linoleums unter seinen Füßen. Matt Lewis wurde ›the Tree‹genannt. Lächerlich. Dieser Typ hatte das Rückgrat eines Bonsais. Die Schulter-OP war laut den Ärzten super verlaufen, und trotzdem jammerte er in einem fort, dass seine Basketballkarriere garantiert für immer vorbei war. Und seine Mutter – eine verdammte, hysterische Zicke – war noch schlimmer.

Greg folgte dem dunkelroten Strich an der Wand in Richtung Hauptausgang und bog um die Ecke in den nächsten Flur ab. Er hatte getan, was Fisher von ihm verlangt hatte. Er hatte ›den Baum‹ zu Hause besucht. Er hatte ihn im Krankenhaus besucht. Übermorgen würde er noch einmal herkommen, und dann wurde offenbar von ihm erwartet, dass er den Idioten zu seinen Physiotherapie-Terminen fuhr, weil seine Mutter kein Auto besaß. Dieser Trottel hatte doch allen Ernstes gefragt, ob er mal seinen Porsche fahren dürfe. Das »nur über meine Leiche«, das ihm auf der Zunge lag, ließ sich nur mit größter Mühe zurückhalten. Der Gang öffnete sich, und er trat in die große Eingangshalle der Klinik. Er war auf Höhe des Empfangstresens, als sich links von ihm die Türen des Aufzugs öffneten, der zur Privatstation führte, und die Hunter-Brüder heraustraten. Gregs Schritte verlangsamten sich. Lag jemand aus der Hunter-Familie im Krankenhaus? Greg durchforstete sein Gehirn, ob er irgendwelchen Tratsch in diese Richtung gehört hatte. Er warf einen sehnsüchtigen Blick in Richtung der Aufzüge. Warum konnte er niemanden auf der Privatstation besuchen? Wo es anständiges Catering gab und sich die Patienten keine Vierbettzimmer teilen mussten, wie Matt ›the Tree‹ mit seiner mickrigen Krankenversicherung.

Zurzeit war das Glück wirklich nicht auf seiner Seite. Aber wenigstens einen anständigen Whiskey konnte er sich gönnen.

26

Jake tauchte langsam aus der Bewusstlosigkeit auf. Er hatte wirre Träume gehabt. Von bunten Farbwirbeln, einem Ozean aus Bier und Elizas Gesicht, das immer wieder über seinem geschwebt hatte. So high das Zeug ihn gemacht hatte, das sie ihm gegeben hatten, so erbarmungslos schlug jetzt der Schmerz zu. Gerade fühlte er sich, als hätten sich ein paar Elefanten zu einem Kaffeekränzchen auf seinem Oberkörper niedergelassen. Er hörte ein raues Stöhnen und wurde sich mit leichter Verzögerung bewusst, dass es aus seinem Mund gekommen war.

»Hey, da bist du ja wieder.« Elizas Stimme. Wahrscheinlich flüsterte sie, aber es fühlte sich an, als brüllte sie ihm ins Ohr.

Langsam drehte er die Augen in ihre Richtung. Er wollte seinen Kopf nicht bewegen, weil das vermutlich eine neue Welle aus Schmerz über ihn hinwegspülen würde. Sie schien ihn aber zu verstehen und rückte ihr Gesicht in sein Blickfeld. Eliza war da, begriff Jake. Sie hatte gesagt, sie wäre hier, wenn er aufwachte. Und jetzt schwebte ihr schönes Gesicht über seinem. Er hätte so gern die Hand gehoben und ihr die Haarsträhne hinter das Ohr geschoben, die auf ihrer Wange lag. Er liebte diese seidigen Haare. Er liebte es, die Finger hindurchgleiten zu lassen. Genau wie diese Augen. Dieses

Blau! Er liebte es, wenn sie ihn voller Vertrauen anblickte. Eigentlich liebte er alles an ihr, dachte er und versuchte, ihr Bild schärfer zu stellen. »Ich liebe dich«, murmelte er und sank zurück in die bunten Farbstrudel. Elizas Gesicht verschwamm und machte den dunklen Sternen Platz, die die Farbe um ihn herum ablösten.

*

Eliza hatte sich einen der bequemen Sessel aus der Sitzecke neben Jakes Klinikbett geschoben und wartete mit klopfendem Herzen darauf, dass er aufwachte. Nach der Operation hatten ihn die Ärzte für einen halben Tag auf die Intensivstation verlegt, um die Aufwachphase im Blick zu haben. Er war schon einmal kurz zu sich gekommen. Umgeben von Schläuchen, Monitoren und einem penetranten Piepen. Er hatte sie angesehen, kurz geblinzelt und gesagt, dass er sie liebe. Dann hatte er die Augen verdreht und war wieder in die Bewusstlosigkeit abgetaucht.

Inzwischen hatten sie Jakes Bett in sein Zimmer zurückgeschoben. Er hatte das Gröbste überstanden und konnte jetzt in Ruhe zu sich kommen. Eliza war von dem Moment an bei ihm gewesen, in dem er aus dem OP-Saal geschoben worden war. Ihr Herz schlug schnell, seit Jake die drei Worte gesagt hatte. Ihr war bewusst, dass er nicht wirklich bei Sinnen gewesen war und sich wahrscheinlich überhaupt nicht daran erinnern würde, wenn er das nächste Mal aufwachte. Aber wenn sein Unterbewusstsein für diese Worte verantwortlich war, bedeutete das dann nicht, dass sie wahr waren? Doch sie würde sie nicht erwidern. Sie würde Jake nicht in eine unangenehme Situation bringen, solange er sich von der Organentnahme erholte. Über all diese Dinge konnten sie auch später noch sprechen. Denn das wollte sie. Sie hatte es nicht geplant. Und vor allem hatte sie das nicht erwartet. Sie kam aus einer von Gewalt geprägten Beziehung. Sie hatte sich auf einen Mann eingelassen, ohne seine dunkle Seite zu kennen. Wenn jemand für lange Zeit die Finger von Männern lassen sollte, dann sie. Und doch war es passiert. Sie hatte sich verliebt. In Jake. Ihren Retter. In den Mann, der zu ihrem besten Freund geworden war. Der ihr ihre Selbstachtung zurückgegeben hatte. Bis Jake wieder auf den Beinen war, hatte sie genug Zeit, sich an diese neue Situation zu gewöhnen.

Sie strich über seine Hand, die auf der Bettdecke lag. Seine Finger bewegten sich plötzlich, und Eliza sah auf. Sie blickte in Jakes Augen. Er sah sich orientierungslos um, dann fokussierte sich sein Blick auf sie und wurde scharf. Der Hauch eines Lächelns hob seinen linken Mundwinkel.

»Hallo, Schlafmütze.« Eliza drückte seine Hand sanft.

»Ist ... alles ... gut?«, fragte er rau.

»Ja. Es hat alles geklappt. Niclas und Andrew waren vorhin hier. Sie kommen nachher noch mal. Andrew kann dir das sicher alles genauer erklären. Ich weiß nur, dass es Theodor den Umständen entsprechend gut geht und die OP zur Zufriedenheit der Ärzte verlaufen ist. Jetzt müssen wir abwarten.«

»Okay. Ich bin ganz schön platt«, murmelte er.

»Das glaub ich dir. Schlaf noch ein bisschen. Ich bin hier, wenn du aufwachst.«

*

Schwester Kathleen war nicht annähernd so nett, wie Jake bei ihrem Kennenlernen gedacht hatte. Sie war vielmehr eine Sadistin, die es zu genießen schien, ihn zu quälen. Zumindest hörte sie nicht auf zu lächeln, als sie ihn zwang aufzustehen. Er war gerade erst operiert worden, oder? Das konnte doch höchstens ein paar Stunden her sein. Er wollte schlafen. Er wollte seine Ruhe. Vermutlich sagte er das der Schwester, was sie aber nicht davon abhielt, ihn weiter zu tyrannisieren.

»Ich habe Ihnen ein Schmerzmittel gegeben, Mr. Foster. So schlimm kann es nicht sein«, sagte sie zum wiederholten Mal, das Lächeln unverändert im Gesicht festgetackert.

»Sie haben ja keine Ahnung«, ächzte Jake und richtete sich auf. »Warum muss das noch mal sein?« Um ihn herum drehte sich alles, und er stützte sich mit den Händen auf der Matratze ab, bis sich der Schwindel legte.

»Wir wollen doch nicht, dass Sie sich mit einer Thrombose oder einer Lungenentzündung herumärgern müssen. Hoch mit Ihnen! Ein bisschen Bewegung wird Ihnen guttun.«

Jake war froh, keine Zeugen für seine erbärmlich schwache Aufführung zu haben. Andrew und Niclas hatten vorbeigeschaut und versprochen, später noch einmal wiederzukommen. Eliza war den ganzen Tag bei ihm geblieben und erst vor etwa zehn Minuten in ihr Apartment gefahren, um noch etwas Schreibkram zu erledigen. Mit Kathleens Hilfe überwand er die wenigen Schritte bis zum Badezimmer und dann den Rückweg.

»Sie werden sehen, morgen wird es schon viel leichter gehen«, sagte die Schwester gut gelaunt.

Hoffentlich behielt sie recht.

Am nächsten Tag ging es Jake tatsächlich besser. Die Schmerzen waren noch da, aber wesentlich erträglicher. Dr. Leeberman war sich sicher, ihn in vier oder fünf Tagen entlassen zu können. Er betrachtete den Eingriff als vollen Erfolg. Eliza war am Vormittag mit ihrem Laptop bei ihm aufgetaucht und hatte ihn davon in Kenntnis gesetzt, von seiner Krankensuite aus zu arbeiten. Jake versuchte die behagliche Wärme zu ignorieren, die sich in ihm ausbreitete, wenn er sie beobachtete, wie sie sich konzentriert und mit gerunzelter Stirn über ihre Geschäftsunterlagen beugte. Sie hatten in den vergangenen Wochen so viel Zeit gemeinsam verbracht, dass es völlig normal schien, sie in der kleinen Sitzecke zu sehen. Theodors Worte fielen ihm wieder ein. Vielleicht musste man seine Gefühle wirklich zulassen und ihnen eine Chance geben. Vielleicht hatten Eliza und er eine Zukunft, auch wenn sie aus verschiedenen Welten kamen. Bei Niclas und Andrew und deren Freundinnen funktionierte das zumindest ziemlich gut.

Heute Abend würde Jakes Mutter ihn besuchen kommen. Er dachte darüber nach, ob er Eliza und sie einander vorstellen sollte. Wenn er das tat, würde seine Mutter auf jeden Fall auf dumme Gedanken kommen. Vielleicht könnte er … Das Klingeln seines Handys holte ihn aus seinen Gedanken. Er angelte es vom Nachtschränkchen und warf einen Blick auf das Display. Petes Name blinkte ihm entgegen. Scheiße, wenn sein Braumeister anrief, obwohl er wusste, dass Jake erst am Tag zuvor operiert worden war, dann gab es Probleme. »Pete«, sagte er, nachdem er abgenommen hatte. »Was ist los?« Sein Tonfall ließ Eliza aufblicken.

Pete seufzte. »Ich sage es ungern, Boss, aber es gibt ein paar

Komplikationen. Ich will das Ganze erst mit dir besprechen, bevor ich eine Entscheidung treffe.«

»Ich höre.« Es gab tausend Möglichkeiten, was alles schiefgelaufen sein konnte. Wenn sein neu angesetztes Bier Probleme machte, würde das ein extremes Loch in sein Budget reißen. Eliza stand auf und kam zu ihm herüber. Sie setzte sich auf den Sessel, den sie gestern neben sein Bett geschoben hatte, und sah ihn fragend an.

»Shelby ist gestern Abend gestürzt. Sie hat 'ne echt fiese Schürfwunde im Gesicht. Viel schlimmer ist allerdings der Bänderriss. Fuß hochlegen. Krücken. Doc Hennings ist da strikt. Er sagt, sie fällt für mindestens sechs Wochen aus. Sie glaubt zwar, trotzdem in ein paar Tagen wieder auf den Beinen zu sein, aber ganz so schnell geht es mit Sicherheit nicht.«

»Und wir haben jede Menge Buchungen für Brauereibesichtigungen und Bierproben.« Scheiße. Geplatzte Touristenprogramme waren nicht so schlimm wie ein schiefgegangener Brauvorgang. Aber die Einkünfte waren trotzdem fester Bestandteil ihres Umsatzes. Die Leute liebten die Führungen und Proben. Sie erzählten anderen davon, die dann ebenfalls kamen. Und, was sie nicht unterschätzen durften, fast jeder kaufte bei ihnen ein, und viele griffen auch in der Folge zu ihrem Bier.

»Du sagst es.« Pete seufzte noch einmal tief. »Ich habe Owens schon angerufen. Hätte ja sein können, dass er gerade in der Gegend ist und einspringen kann. Aber er hängt in Florida fest und sieht sich mit seiner Frau Häuser an.«

»Etwas anderes wäre mir auch nicht eingefallen«, stimmte Jake ihm zu. »Du willst den Probierraum dichtmachen, nehme ich an.«

»Nur bis Shelby wieder auf den Beinen ist.«

»Ich könnte einspringen«, sagte Eliza leise von ihrem Platz neben seinem Bett aus. Jake blickte zu ihr hinüber. Offenbar hatte sie zumindest einen Teil seines Gesprächs mitbekommen – und richtig interpretiert.

»Warte kurz, Pete.« Jake ließ das Handy sinken. »Danke für das Angebot, aber …«, sagte er zu Eliza.

»Ich weiß.« Sie hob die Hand, bevor Jake weitersprechen konnte. »Ich kann selbstverständlich keine Brauereiführungen übernehmen oder Bierverkostungen. Aber wenn ich Pete und Scott unter die Arme greife, dann könnte sich einer von ihnen um die gebuchten Führungen kümmern.« Sie schenkte ihm ihr gewinnendes Lächeln. »Ich gebe einen verdammt guten Hilfsarbeiter ab.«

»Nein, das ist wirklich nicht das Richtige für dich.« Jake fühlte sich nicht wohl bei dem Gedanken, dass Eliza in der Brauerei schuftete.

»Pete hat es doch gesagt: Alternativen gibt es nicht. Und«, brachte sie ihr Totschlagargument an, »ein Teil der Firma gehört mir.«

»Das war unter der Gürtellinie«, sagte Jake.

»Stimmt.« Elizas Lächeln wurde breiter. »Ich verhandele knallhart. Frag Pete, ob es okay ist, wenn ich ihn unterstütze.«

Jake schaltete das Handy auf Lautsprecher. »Hast du gehört, was Eliza vorgeschlagen hat?«, fragte er.

Pete gluckste vergnügt. Ihm schien Elizas plötzliche Störrigkeit zu gefallen. »Hab ich«, tönte seine tiefe Stimme durch das Krankenzimmer. »Die Frage ist, wann das Mädchen seinen Hintern hierher schwingt.«

»Jetzt sofort.« Eliza sah auf ihre Uhr. »Ich brauche etwa

drei Stunden. Es wird also spät. Morgen früh kann ich pünktlich zu Arbeitsbeginn in der Brauerei sein.«

»Das klingt nach einem Plan«, brummte Pete zufrieden. »Du machst dir zu viele Gedanken, Jake. Wir rufen dich morgen Abend an und erzählen dir, wie der erste Tag gelaufen ist.«

»Danke.« Sie verabschiedeten sich, und Jake legte auf. »Du musst das wirklich nicht machen«, versuchte er es noch einmal, doch Elizas Entscheidung stand fest.

»Du wirst mich nicht davon abbringen können. Ich möchte das machen«, erklärte sie ihm.

»Der Job ist wirklich hart. Zumindest manchmal«, warnte Jake sie und legte das Handy auf das Nachtschränkchen zurück.

»Ich bekomme das hin.« Sie erhob sich aus dem Sessel und beugte sich über Jake. »Jetzt muss ich los, damit ich morgen pünktlich meinen neuen Job antreten kann. Ich wette, Holly und Marie wollen alles über die OP wissen und erwarten mich mit einem Pitcher Margaritas, sobald sie erfahren, dass ich auf dem Weg nach Cape Cod bin.« Sie strich mit den Fingerspitzen über seine Wangenknochen und küsste ihn sanft.

Jake rahmte ihr Gesicht mit den Händen ein und vertiefte den Kuss, zögerte ihren Abschied hinaus. Als Eliza sich endlich von ihm löste, glänzten ihre Augen. Sie presste ihre Lippen ein letztes Mal auf seine Wange und richtete sich auf. »Ich ruf dich morgen an und erzähle dir, wie der erste Tag gelaufen ist«, versprach sie ihm und klappte ihren Laptop zu.

»Nein.« Jake fuhr das Kopfteil seines Bettes ein Stück weiter nach oben. Der Wundschmerz ließ ihn für einen Moment scharf einatmen, dann ebbte er wieder ab. »Ruf mich an, wenn du in Sunset Cove gelandet bist, damit ich weiß, dass du gut angekommen bist.«

Eliza winkte ihm zu. Im nächsten Moment fiel die Tür hinter ihr ins Schloss. Was blieb, war ein Hauch ihres Parfüms, das Jake mit geschlossenen Augen einatmete.

*

Das Foyer der Klinik war übersät mit geschäftig hin und her eilenden Menschen. Klinikpersonal, das von A nach B hetzte. Menschen, die mit besorgten Gesichtern und Blumen in den Händen auf dem Weg zu ihren Angehörigen waren. Niemand achtete auf Greg, der den Flachmann aus der Innentasche seines Jacketts zog und einen Schluck nahm. Er hatte bereits auf dem Weg hierher in einer Bar gehalten und sich ein paar Drinks gegönnt. Anders war ein weiterer Besuch bei Matt ›the Tree‹ nicht zu überstehen. Weder sein Gejammer noch das seiner Mutter würde Greg nüchtern ertragen können.

Er schob den Flachmann in seine Brusttasche zurück. Als er aufsah, erblickte er Eliza, die aus dem Fahrstuhl der Privatstation stieg. Er blinzelte, kniff für einen Moment die Augen zusammen. Als er sie wieder öffnete, war seine Frau noch immer da. Er bildete sie sich nicht ein. Geschäftig steuerte sie auf den Ausgang zu, wie immer in einen ihrer langweiligen Hosenanzüge gekleidet, ihre Laptoptasche über die Schulter gehängt, die Handtasche über den Arm. Ihr Haar war in einem strengen Knoten zusammengefasst. Nichts erinnerte mehr an ihren Aufzug, als sie vor ein paar Tagen im Haus gewesen war und ihre Sachen gepackt hatte.

Völlig automatisch wurde seine Überraschung von Wut abgelöst. Sie war daran schuld, dass er sich mit Idioten wie ›the Tree‹ abgeben musste. Die plötzliche beschissene Idee, sich scheiden zu lassen und ihn aus der Firma zu werfen. Und das wochenlange Untertauchen, das ihn Bekannten und Kollegen gegenüber in Erklärungsnöte gebracht hatte. Wie von selbst setzten sich Gregs Füße in Bewegung. Er machte einen ersten Schritt in ihre Richtung. Einen zweiten. Dann hielt er inne, und sein Blick glitt zu den Aufzügen. Was hatte sie auf der Privatstation der Klinik verloren? Gestern die Hunter-Brüder, heute sie. Der Alkohol in seinem Blut verlangsamte das Denken ein wenig. Aber er hatte nicht genug intus, um keine Entscheidungen mehr fällen zu können. Er wollte herausbekommen, wo sie sich vor ihm verkroch, aber mindestens so dringend wollte er wissen, was sie im Krankenhaus verloren hatte. Vielleicht fand er sogar heraus, wo sie sich herumtrieb. Und mit wem. Greg hatte den Typ noch nicht vergessen, der in seinem Haus herumstolziert war, als gehöre es ihm. Er hatte noch nicht herausgefunden, um wen es sich handelte.

Die Schiebetüren des Ausgangs glitten auseinander, und Eliza trat in die Nachmittagssonne hinaus. Ohne ihre Schritte zu verlangsamen, fischte sie ihre Sonnenbrille aus der Handtasche und ging in Richtung Parkhaus davon. Greg blickte ihr nach, bis er sie unter den Fußgängern nicht mehr ausmachen konnte. Dann wandte er sich den Aufzügen zu, drückte den Knopf für die Privatstation und schob sich ein Pfefferminz in den Mund. Es war unnötig, dass jemand den Whiskey in seinem Atem roch und ihm misstrauische Blicke zuwarf.

Er war allein im Fahrstuhl, der eine direkte Verbindung zwischen dem Foyer und dem sechsten Stock herstellte. Als sich die Türen mit einem leisen Pling öffneten, betrat er eine Welt, die sich vom Erdgeschoss, das einem Ameisenhaufen glich, unterschied wie Tag und Nacht. Ruhe umgab ihn. Die Wände waren in neutralen Aquatönen gestrichen, und von einem halbrunden Empfangstresen sah ihm eine hübsche, junge Frau entgegen. Würde er nicht auch hier antiseptische Luft einatmen, die man aus einem Krankenhaus nun mal nicht herausbekam, hätte er sich in der Vorstandsetage jedes erfolgreichen Unternehmens an der Ostküste befinden können.

»Kann ich Ihnen helfen, Sir?«, fragte die Frau am Empfang.

»Ich hoffe es, Linda«, las er ihren Namen vom Schild ab, das vor ihr auf dem blank polierten Holz stand. Er schenkte ihr das Lächeln, das bei Frauen immer funktionierte. »Ich bin auf der Suche nach meiner Frau. Mrs. Woodward-Ellerton. Sie wollte einen Freund der Familie besuchen.«

Es geschah selten, aber es kam vor, dass sein Charme nicht ausreichte. In diesen Fällen hieß es vor allem: cool bleiben. Das Lächeln der Empfangsdame veränderte sich nicht, aber ihr Blick machte unmissverständlich klar, dass er sich an ihr nicht würde vorbeimogeln können. »Können Sie sich ausweisen, Mr. …?«

»Ellerton«, half er ihr. »Selbstverständlich.« Er zog seinen Führerschein aus der Geldbörse, und Linda musterte ihn einen Moment, ehe sie ihn mit den Namen in ihrem Gästebuch verglich.

»Es tut mir leid, Mr. Ellerton. Sie haben Ihre Frau gerade

verpasst.« Mit dem richtigen Maß an Bedauern reichte sie ihm den Führerschein zurück.

»Diese verdammte Besprechung. Ich wusste, es würde knapp werden.« Theatralisch verdrehte er die Augen. »Kann ich unseren Freund trotzdem kurz besuchen?«, fragte er.

»Sicher.« Sie schob das Gästebuch über den Tresen. »Wenn Sie sich bitte hier eintragen würden. Ich melde Sie gerne an.«

»Das müssen Sie nicht.« Greg schenkte ihr einmal mehr sein Sunnyboy-Grinsen. »Ich überrasche ihn einfach. Wenn Sie mir sagen könnten, wo …«

»Mr. Foster liegt in Zimmer 612«, half ihm die Empfangsdame, ohne es zu wissen. Ihr war gar nicht aufgefallen, dass er den Namen des angeblichen Freundes kein einziges Mal erwähnt hatte.

»Vielen Dank, Linda.«

Er trat in den Gang, der zu den Zimmern führte. Foster, überlegte er. Der Name sagte ihm etwas. Natürlich. Seine Schritte stockten. Jake Foster, der Typ, der im letzten Herbst versucht hatte, Eliza und ihn zu einem Investment in seine Brauerei zu überreden. Er hatte das zum Glück abgelehnt. Eliza hatte das wie er gesehen. Oder hatte sie das nur behauptet? Plötzlich fiel es ihm wie Schuppen von den Augen. Jake Foster war der Typ, der Eliza begleitet hatte, als sie das Haus ausgeräumt hatte. Bei ihm war sie also untergekrochen. Greg blickte zum Empfangstresen zurück. Linda telefonierte und hatte den Blick von ihm abgewandt. Ein guter Zeitpunkt, den Rest seines Flachmanns zu leeren.

Vor Zimmer 612 blieb er stehen. Es war an der Zeit, Mr. Foster einen Besuch abzustatten und ihn davon zu überzeugen, die Finger von den Frauen anderer Männer zu lassen.

27

Jake rappelte sich auf. Schwester Kathleen hatte recht. Er musste seinen Hintern hochkriegen, wenn er wieder auf die Beine kommen wollte. Und das wollte er. Dringend. Er musste so schnell wie möglich zurück in die Brauerei, um Pete, Scott und Eliza zu unterstützen. Er musste fit werden. Und er wollte fit werden.

Die Tür seines Zimmers wurde aufgestoßen, ohne dass vorher jemand angeklopft hatte. Im ersten Moment begriff Jake nicht, wer da in sein Zimmer trat. Er hielt sich am Fußteil seines Bettes fest, als der Mann die Tür hinter sich zufallen ließ und sich von innen dagegen lehnte. Die Arme fest vor der Brust verschränkt fixierte er Jake aus zusammengekniffenen Augen. Greg Ellerton, begriff Jake plötzlich. Was hatte der Mistkerl hier verloren? »Was wollen Sie?«, fragte er geradeheraus. Er würde nicht ewig stehen bleiben können, und er wollte, dass das Arschloch verschwunden war, bevor ihn die Kraft verließ.

»Was mich interessiert«, stellte sein Besucher die Gegenfrage, »ist, was Sie von meiner Frau wollen.«

Trotz des Schmerzmittels, auf das Schwester Kathleen bestanden hatte, begannen die Schmerzen an Jakes Narbe zu beißen. Er wollte sich wieder hinlegen. Stattdessen machte er einen Schritt auf Ellerton zu. »Exfrau trifft es wahrscheinlich eher«, knurrte er. »Soweit ich weiß, will Eliza nichts mehr mit Ihnen zu tun haben. Nicht, dass mich das irgendwie wundern würde. Wer steht schon auf Typen, die Frauen zusammenschlagen?« Er richtete sich so weit auf, wie es die Narbe an seinem Oberbauch zuließ. »Verpissen Sie sich aus meinem Zimmer, Sie mieser kleiner Schläger.«

»Ach? Hat sie dich auch um den Finger gewickelt?« Greg stieß ein hässliches Lachen aus. »Durftest du sie ficken? Eliza ist eine Schlampe. Solange sie die Männer nur ranlässt, sind sie bereit, ihr alles zu glauben. Oh.« Er verzog sein Gesicht zu einer gespielt betroffenen Miene und schob seine Hände in die Hosentaschen, als stelle er sich auf ein gemütliches Plauderstündchen ein. »Dachtest du etwa, du bist der Erste, von dem sie sich außerhalb ihrer Ehe flachlegen lässt?« Er zuckte mit den Schultern. »Sie hat ständig herumgevögelt. Und ich habe es toleriert. Was soll man anderes tun, wenn man einen Menschen liebt? Man erträgt es und leidet still.« Greg senkte den Kopf zu einem traurigen Lächeln. Dieser widerliche Mistkerl. Jake wollte kein weiteres Wort aus dem Mund dieses Drecksacks hören. Doch Ellerton war offenbar noch nicht fertig. Er hob die Lider wieder und sah Jake mit einem Blick an, der ihn an blanken Wahnsinn erinnerte. »Jetzt habe ich entschieden, um meine Frau zu kämpfen. Ich verlange, dass du deine schmierigen Finger von ihr lässt.«

»Sonst?« Jake war nie der Typ gewesen, der sich provozieren ließ. Aber jetzt konnte er nicht anders. Ellerton reizte ihn bis aufs Blut. Elizas zusammengeschlagener Körper tauchte vor seinem inneren Auge auf. Wie er sie gefunden und nach Cape Cod gebracht hatte. Wie sie langsam geheilt war. Wieder gelernt hatte zu vertrauen. »Versuchen Sie es doch zur Abwechslung mal mit einem Mann als Gegner, statt wehrlose Frauen zu verprügeln. Oder können Sie sich nur an Schwächeren vergreifen?«

Greg stieß sich von der Tür ab und trat auf Jake zu. Er reichte ihm nur bis zur Nasenspitze, aber er vibrierte vor Wut. Sein Gesicht überzog sich mit einer tiefen Röte, und Jake konnte den Whiskey in seinem Atem riechen. Ihm schoss der Gedanke durch den Kopf, dass es unklug war, Ellerton noch weiter auf die Palme zu bringen. Vor allem in seinem jetzigen Zustand. Aber der Gedanke, wie Eliza unter diesem Arschloch gelitten hatte und wie er sich jetzt selbst als das Opfer darstellte, ließ in ihm mindestens so viel Wut hochkochen wie in seinem Gegenüber.

Ellerton schlug zu. Völlig unvermittelt. Aber genau so, wie Eliza es in den vergangenen Jahren immer wieder zu spüren bekommen hatte. Die Faust traf Jakes Jochbein und ließ ihn zurücktaumeln. Schmerz explodierte in seinem Gesicht und in seinem Bauch, der die überraschende Bewegung abfangen musste.

Jake antwortete mit einem rechten Haken, der Ellerton am Kinn traf und ebenfalls zwei Schritte rückwärts durch das Zimmer schickte. Der Schlag ließ für einen Moment Sterne in der Schwärze aufblitzen, die sich vor seine Augen legte. Er krümmte seinen Oberkörper zusammen und holte zischend Luft. Greg hob die Hand und tastete über sein Kinn. Er betrachtete Jake. Die glühende Wut in seinen Augen wurde von eisiger Kälte abgelöst, und ein kleines Lächeln hob seine Mundwinkel. Vermutlich hatte das Arschloch nicht gewusst, warum Jake überhaupt im Krankenhaus war. Aber mit seiner

Haltung verriet Jake seine Schwachstelle. Der nächste Schlag traf ihn in den Bauch.

Jake schnappte nach Luft. Er versuchte, sich irgendwo festzuhalten, als ihm die Knie wegsackten. Dabei rang er nach Luft und atmete gegen den Schmerz an, der von der Stelle, an der sich bis gestern noch seine Niere befunden hatte, auf direktem Weg ins Gehirn schoss. Wie ein glühendes Schwert bohrte er sich in seine Nerven. Das Bett war zu weit entfernt. Er konnte sich nicht abstützen, also legte er die Hände auf das kalte Linoleum und versuchte sich hochzustemmen. Ellerton machte sich nicht die Mühe, sich zu ihm herunterzubeugen, er ersetzte seine Hände einfach durch die Füße und trat zu. Noch einmal. Jake spürte warme Flüssigkeit über seinen Bauch laufen. Der metallische Geruch von Blut erfüllte den Raum und mischte sich mit dem Gestank von Whiskey und Wahnsinn.

Er musste aufstehen. Jake versuchte sich aufzurichten, wenigstens auf Augenhöhe mit Ellerton zu bleiben. Doch ein weiterer Faustschlag traf sein Gesicht, noch bevor er auf die Knie gekommen war. »Kannst du es spüren?«, zischte Ellerton. »Genau darum hat Eliza gebettelt. Sie hat jeden einzelnen Schlag verdient. Genau wie du.«

Jake holte zum Gegenschlag aus, verpasste Greg aber. Selbst für einen vollgesoffenen Irren war er in seiner jetzigen Verfassung nicht schnell genug.

Der Wahnsinn verzog das Gesicht seines Gegenübers zu einer Fratze. Ellerton hatte gewonnen, aber das reichte dem Mistkerl nicht. Er würde so lange zuschlagen, bis Jake vernichtet war. Genau wie er es bei Eliza getan hatte, bevor Jake sie aus dieser Hölle geholt hatte. Jake versuchte, die Tritte und Schläge abzuwehren, die auf ihn einprasselten. Er hatte die Kontrolle über die Situation längst verloren. Nicht nur für sich, sondern auch für Eliza.

»Wo ist sie?«, fragte Ellerton. Wieder und wieder. Ein Stakkato, nur unterbrochen von weiteren Tritten und Schlägen. »Wo hast du sie versteckt?«

Jake drehte sich auf die Seite und versuchte, an die Notrufklingel zu gelangen. Sie war genauso außer Reichweite wie sein Bett, an dem er sich hätte hochziehen können.

Ellerton trat ihm in den Rücken, und eine neue, noch größere Welle aus Schmerz überrollte Jake. Dann beugte sich Ellerton über ihn, so nah, dass sein schlechter Atem über Jakes Gesicht wehte. »Wo ist sie?«, flüsterte er noch einmal mit eiskalter Stimme.

»Fick dich, Arschloch«, brachte Jake hervor.

Ellerton lachte. »Ich werde meine Frau ficken. Und zwar so richtig. Sobald ich sie gefunden habe. Mit oder ohne deine Hilfe.«

Nein, dachte er. Er durfte Eliza nicht finden. Das war der letzte Gedanke, der ihm durch den Kopf schoss, ehe ein Tritt an der Schläfe alles um ihn herum schwarz werden ließ.

*

Greg richtete sich auf. Schwer atmend lehnte er sich gegen die Tür und wartete darauf, dass sich sein Puls wieder beruhigte. Er betrachtete Foster, der neben seinem Bett zusammengekrümmt auf dem Boden lag. Auf Höhe seines Oberbauchs war das Flügelhemdchen, das er trug, blutdurchtränkt. Scheiße, schoss es ihm durch den Kopf. Das hatte er nicht geplant. Er hatte Foster zur Rede stellen wollen, aber dieser Idiot hatte ihn provoziert – genau wie es Eliza immer tat. Bis er keine andere Möglichkeit mehr gehabt hatte, als zuzuschlagen. Foster atmete noch. Zumindest hob und senkte sich sein Brustkorb.

Greg betrat das Bad, das zur Suite gehörte, und wusch sich die Hände. Dann fuhr er sich glättend durch die Haare und steckte sein Hemd zurück in die Hose. Sein Gehirn arbeitete unter Hochdruck. Er hatte sich am Empfang eintragen müssen. Dass er hier gewesen war, ließ sich nicht leugnen. Und Foster würde mit Sicherheit mit dem ausgestreckten Finger auf ihn zeigen. Falls er es schaffte, hier herauszukommen, ohne dass jemand bemerkte, was er diesem Weichei angetan hatte, konnte er später immer noch behaupten, Foster würde ihm das Ganze nur aus Eifersucht anhängen. Das müsste funktionieren. Ehe er ging, musste er aber herausfinden, wo Eliza war. Er zog die Schublade des Nachtschränkchens auf und fand Jakes Geldbörse. In fieberhafter Eile durchsuchte er die Fächer. Kein Hinweis auf Eliza, aber eine Visitenkarte der Brauerei auf Cape Cod. Er schob sie in seine Hosentasche und legte den Geldbeutel zurück. Dann setzte er ein Lächeln auf und verließ das Zimmer. Am Empfang trug er sich im Gästebuch aus. »Ich wünsche Ihnen einen schönen Tag, Linda«, sagte er.

»Danke. Den wünsche ich Ihnen auch, Mr. Ellerton.«

Die Aufzugtüren schlossen sich hinter ihm, und Greg lehnte sich gegen die Wand. Er zog den Flachmann aus seinem Jackett und stellte fest, dass er leer war. Scheiße! Als Erstes brauchte er einen anständigen Drink – und dann würde er sich um Eliza kümmern.

*

Eliza erreichte Sunset Cove gemeinsam mit der untergehenden Sonne. Sie hatte bereits beim Überqueren der Sagamore Bridge die Klimaanlage abgestellt und das Fenster heruntergelassen. Irgendwann in den letzten Wochen hatte sie sich in die Halbinsel verliebt, ohne es zu merken. So wie sich die Liebe für Jake in ihr Leben geschlichen hatte. Sie mochte den Geruch nach Meer, das Kreischen der dreisten Möwen, die sich tollkühn auf alles Essbare stürzten, und das Lachen der Kinder am Strand. Ihr Leben befand sich an einem Wendepunkt. Nichts und niemand konnte Einfluss auf die Entscheidungen nehmen, die sie als Nächstes traf. Ihre Eltern lebten nicht mehr, und Greg war ebenfalls so gut wie Geschichte. Warum nicht hier leben? Warum nicht einen Teil ihrer Firma nach Cape Cod verlegen? All das war möglich, und es brannte ihr unter den Nägeln, Pläne zu schmieden. Trotzdem würde sie vernünftig sein und abwarten. Abwarten, bis sie wirklich von Greg geschieden war. Abwarten, bis Jake wieder auf den Beinen war und sie über ihre Zukunft sprechen konnten.

Sie stellte ihren Wagen vor dem Sommerhaus ab, atmete einmal tief durch und ging zur Tür. Ein Teil ihrer persönlichen Sachen befand sich auf der Ladefläche von Jakes Pick-up. Was sie in den nächsten Wochen brauchen würde, hatten sie in ihren Wagen gestapelt. Eliza entschied sich, das Auspacken auf den nächsten Morgen zu vertagen. Dieser Abend gehörte Marie und Holly, die bereits mit einem Drink auf sie warteten. Sie tippte den Code ein und betrat das Haus. Das Foyer lag kühl und still vor ihr. Sie sog den Geruch ein. Wenn sie es jemandem erzählen würde, würde man sie vermutlich für verrückt erklären, aber sie fand, dass

Sunset Cove einen ganz eigenen, heimeligen Duft hatte. Der ihr sofort das Gefühl gab, zu Hause zu sein. Sam und Potter kamen ihr entgegen, schnüffelten an ihren Taschen, ob sie vielleicht irgendwo ein Leckerli für sie versteckt hatte, und verzogen sich wieder, nachdem sie sich ein paar Streicheleinheiten abgeholt hatten.

Eliza durchquerte das Erdgeschoss und trat auf die Terrasse, wo es sich ihre Freundinnen bereits auf Deck Chairs gemütlich gemacht hatten und den Sonnenuntergang betrachteten. Sie sprangen auf, als sie Eliza bemerkten, und umarmten sie stürmisch. Holly holte einen Pitcher Margarita aus dem Kühlschrank und goss den Drink in Gläser, die bereits auf dem Terrassentisch standen.

»Erzähl uns alles«, forderte Holly sie auf, nachdem sie auf ihre Rückkehr angestoßen und es sich wieder auf den Deck-Chairs gemütlich gemacht hatten. Und genau das tat Eliza. Sie berichtete, wie es sich angefühlt hatte, ihr altes Haus zum ersten Mal nach Gregs Übergriff zu betreten. Wie froh sie gewesen war, Jake an ihrer Seite zu wissen. Wie gut ihr seine Unterstützung getan hatte. Sie erzählte von Jakes und Theodors Operationen, obwohl die Frauen die Details sicher längst von Niclas und Andrew geschildert bekommen hatten. Marie und Holly hingen trotzdem an ihren Lippen. Zu guter Letzt brachte sie Petes und ihren Plan für die Brauerei in den nächsten Wochen zur Sprache.

»Ich habe davon gehört, dass Shelby umgeknickt ist«, sagte Holly und nippte an ihrem Drink. Kein Wunder. Da sie die meiste Zeit hinter dem Tresen des Fairway stand, gab es kaum einen Tratsch in Eastham und Umgebung, der ihr entging. »Wenn ihr Hilfe braucht, meldet euch jederzeit. Ich bin keine Expertin, aber ich kann zumindest im Probierraum aushelfen. Oder ich schicke euch jemandem aus dem Fairway rüber.«

»Danke.« Eliza drückte Hollys Hand. »Ich weiß noch nicht, wie wir das hinbekommen, aber ich bin mir nicht zu schade, Hilfe anzunehmen, wenn es gut für die Brauerei ist.«

Marie hatte noch nicht viel gesagt, seit sie es sich auf der Terrasse gemütlich gemacht hatten. Sie hatte Eliza mit einem kleinen Lächeln in den Mundwinkeln beobachtet, so als wisse sie etwas, das Holly entging. »Das war aber noch nicht alles, was passiert ist«, sagte sie nun, als Eliza ihren Bericht beendet hatte.

»Wie meinst du das?« Holly richtete sich halb auf und sah zu ihrer Freundin hinüber.

»Ich meine, dass es da noch ein Detail gibt, das Eliza uns vorenthält. Zumindest sagen das ihre glänzenden Augen.« Das Lächeln in Maries Gesicht wurde breiter. »Stimmts?«

»Ja.« Elizas Herz klopfte. Sie hatte noch mit niemandem darüber gesprochen. Natürlich nicht. Sie war sich ja gerade selbst erst darüber klar geworden, was sie für Jake empfand. Und sie war der Meinung, er sollte der Erste sein, der von ihren Gefühlen erfuhr. Aber jetzt – sie wusste nicht, ob es an dem Bedürfnis lag, darüber zu reden, oder an dem Alkohol, der die Worte mit einem kribbelnden Blubbern an die Oberfläche spülte – ließen sie sich nicht mehr zurückhalten. »Ich habe mich in Jake verliebt«, platzte sie heraus.

»Das ist … wow!« Holly sprang auf, ließ sich auf Elizas Stuhl fallen und umarmte sie fest. »Das sind ja die besten Neuigkeiten überhaupt.«

Marie drückte Elizas Hand. »Ich freu mich auch für dich.«

»Na ja.« Ein wenig unbehaglich zuckte Eliza mit den Schultern. »Das sind nur meine Gefühle. Ich habe es Jake noch nicht gesagt. Und ich weiß nicht, wie er reagieren wird.«

»Aber darum geht es doch gar nicht.« Marie sah sie strahlend an. »Es geht um dich. Du hast dich verliebt.«

»Abgesehen davon, dass ich mir sicher bin, dass Jake deine Gefühle erwidert«, warf Holly dazwischen.

»Abgesehen davon«, fuhr Marie fort. »Hättest du noch vor ein paar Wochen gedacht, dass du dein Herz jemals wieder öffnen könntest? Hättest du dir zugetraut, noch einmal so zu empfinden? Du bist so stark und mutig, wie du es noch nie in deinem Leben gewesen bist. Und das ist einfach wundervoll.«

Eliza lachte auf. Fröhlich. Glücklich. »Ihr habt recht. Das ist wundervoll.« Die Hand auf ihr rasch klopfendes Herz gepresst nippte sie an ihrem Drink. Zum ersten Mal in ihrem Leben fühlte sie sich frei. Völlig schwerelos. Sie wünschte sich, für immer in diesem Seelenzustand zu bleiben. Mit Jake an ihrer Seite.

*

Die Sonne sank gerade über dem Atlantik, als Greg Cape Cod erreichte. Er ließ seinen Wagen vor der Harbour Beach Brewerie ausrollen und nahm einen Schluck aus seiner Wasserflasche. Inzwischen war er von Whiskey auf Wodka umgestiegen. Der war geruchlos. Und in einer Wasserflasche auch bei jeder Verkehrskontrolle sicher. Er wollte sich nicht aufhalten lassen. Er musste Eliza finden. Sie würde ihre Ehe nicht so einfach wegwerfen. Greg hatte beschlossen, das zu verhindern. Sie würde mit ihm nach Boston zurückkehren und zumindest so lange bei ihm bleiben, bis sie ihm den Anteil der Firma überschrieb, der ihm zustand. Dafür würde er sorgen.

Die Brauerei sah geschlossen aus, nur hinter einem Imbissstand im Hof konnte er noch eine Frau ausmachen, die offenbar putzte. Lebte Jake Foster hier irgendwo? War das das Versteck seiner Frau? Er trank noch einen Schluck Wodka und stellte die Flasche in den Getränkehalter in der Mittelkonsole. Dann klebte er sich ein Lächeln ins Gesicht, stieg aus und ging auf den Imbiss zu.

Die Frau blickte auf, als sie ihn bemerkte und lächelte entschuldigend. »Tut mir leid«, sagte sie. »Die Brauerei ist geschlossen, und ich mache auch gerade zu.«

»Ah, wie schade.« Greg blicke zu Boden und rieb sich über den Nacken. »Ich wollte Jake besuchen. Wir haben zusammen studiert«, erzählte er der Frau gespielt vertraulich. »Ich bin so weit gefahren, und jetzt habe ich ihn verpasst.«

»Jake wohnt in Sunset Cove. Ich weiß natürlich nicht, ob er zu Hause ist. Aber vielleicht erwischen Sie ihn ja da.« Bereitwillig erklärte ihm diese Ahnungslose den Weg zum Strandhaus der Hunters. Den Weg zu Eliza.

*

Carolyn Foster betrat das Krankenzimmer ihres Sohnes. Sie hatte angeklopft, aber nicht auf sein Herein gewartet. Gestern, so kurz nach der Operation, hatte er nicht gut ausgesehen. Deshalb war sie nur kurz bei ihm geblieben. Außerdem war diese hübsche junge Frau bei ihm gewesen und hatte ihn keinen Moment aus den Augen gelassen. Eliza.

Carolyn hatte sofort gespürt, dass sie perfekt zu ihrem Sohn passte. Hoffentlich entwickelte sich zwischen den beiden etwas Ernsthaftes. Ihr Sohn hatte dieses Glück verdient. Sie würde ihm allerdings noch ein wenig auf den Zahn fühlen müssen, denn er hatte die junge Frau ihr gegenüber bislang nicht erwähnt. Aber vielleicht bekam sie heute etwas aus ihm heraus. Jake hatte ihr eine Nachricht geschrieben, dass es ihm bereits besser ging. Gut. Sie war kein Befürworter dieser Organspende, aber sie akzeptierte Jakes Entscheidung, Theodor zu helfen.

Ihr Blick fiel auf Jakes Bett, das leer war. Offenbar war er schon wieder fit genug, um herumzulaufen. Er hatte ihr im Vorfeld erklärt, wie wichtig das war, um eine Thrombose oder Lungenentzündung zu vermeiden. Carolyn schob die Tür ganz auf und erstarrte, als sie bemerkte, was ihr im ersten Moment verborgen geblieben war. »Jake«, flüsterte sie. Dann schrie sie seinen Namen. »Jake!« Mit einem Satz sprang sie in den Flur zurück. »Hilfe!«, schrie sie. »Ich brauche Hilfe!«

Im nächsten Moment kniete sie neben ihrem bewusstlosen Sohn auf dem Boden. Auf dem Krankenhausnachthemd, das er trug, prangte ein großer Blutfleck. Sein Gesicht sah furchtbar aus, und er atmete flach. »Jake, Baby, mach die Augen auf«, flehte sie. »Hilfe«, brüllte sie noch einmal über die Schulter, obwohl sie bereits schnelle Schritte auf dem Linoleum des Krankenhausflurs hören konnte. »Jake, Schätzchen.« Sie strich über die graue Haut ihres Sohnes. Über die geschwollene, verfärbte Haut an seinem Jochbein. »Was ist nur mit dir passiert?«, flüsterte sie. Sie konnte die Tränen nicht zurückhalten.

Im nächsten Moment griffen große Hände unter ihre Arme und zogen sie sanft von ihrem Jungen weg.

»Schh«, sagte eine tiefe, beruhigende Stimme. »Hilfe ist da. Die Ärzte kümmern sich um ihn. Es wird alles wieder gut.«

Carolyn war sich da nicht so sicher. Sie hatte ihren großen, starken Sohn noch nie so gesehen. So hilflos.

*

Niclas und Andrew statteten ihrem Vater den obligatorischen Pflichtbesuch ab. Sie wollten im Anschluss noch bei Jake vorbeischauen, was wesentlich angenehmer werden würde. Niclas betrachtete seinen Vater. Er trug einen Mundschutz, solange sie ihn hier besuchten. Den setzte er auch auf, wenn er das Krankenzimmer verließ. So kurz nach der Transplantation war es das Wichtigste, sein Immunsystem zu schützen. Inzwischen hatte sich Niclas an den Anblick gewöhnt. Zumindest ging es mit Theodor bergauf. Er hatte die Organspende gut vertragen, und Jakes Niere hatte in seinem Körper bereits ihre Arbeit aufgenommen.

Theodor beschwerte sich gerade darüber, dass das Essen auf der Privatstation keinen Deut besser war als der Krankenhausfraß, mit dem sich der Rest der Menschheit zufriedengeben musste, als auf dem Flur ein Tumult ausbrach. Er hörte eine Frau um Hilfe schreien. Hastige Schritte. Die Frau schrie wieder. Sie klang wie …

»Carolyn«, erkannte Andrew die Stimme. Er sah Niclas an, und im nächsten Moment stürmten sie beide durch die Tür und in das benachbarte Zimmer, das Zimmer ihres Freundes – ihres Bruder, korrigierte Niclas seinen Gedanken.

Jake lag auf dem Boden. Niclas konnte nicht viel erkennen, weil Carolyn über ihm kniete. Aber er sah das Blut. Verdammte Scheiße! Was war hier schiefgelaufen?

»Zieh sie weg«, befahl Andrew ihm leise. »Sorge dafür, dass sie uns in Ruhe arbeiten lässt.«

Niclas nickte. Er griff Carolyn unter die Arme und zog sie hoch. Er machte ein paar Schritte zur Seite, um Andrew und dem herbeigeeilten Personal Platz zum Arbeiten zu verschaffen. Er bettete ihren bebenden Kopf an seiner Brust. »Schh«, beruhigte er Carolyn – und sich selbst. »Hilfe ist da. Die Ärzte kümmern sich um ihn. Es wird alles wieder gut.« Das hoffte er. Etwas anderes würde er nicht akzeptieren.

*

Sunset Cove zu finden war mithilfe der Wegbeschreibung, die Greg vorhin bekommen hatte, ein Kinderspiel. Er bog auf die Schotterstraße ab, die zum Sommerhaus der Hunters führte. Auf halber Strecke stellte er den Porsche in einem halb zugewachsenen Waldweg ab. Dann schnappte er sich die Wasserflasche mit dem Wodka und legte den Rest des Weges zu Fuß zurück. Er folgte der Straße um eine lang gezogene Kurve, bis es vor ihm lag. Groß und protzig, wie er es von den Hunters erwartet hatte. Die Fenster waren hell erleuchtet, nur der Turm auf der linken Seite des Hauses war dunkel. Greg brummte zufrieden, als er Elizas Wagen vor dem Haus erkannte. Er trank einen Schluck aus seiner Wasserflasche und schlug sich in die Büsche. Vorsichtig umrundete er das Gebäude, in der Dämmerung darauf bedacht, nicht über einen Busch oder eine Wurzel zu stürzen.

Er lief bis zu dem Leuchtturm, der über der Klippe thronte. Von hier aus hatte er einen perfekten Blick auf den Ozean und – was ihn viel mehr interessierte – die Terrasse des Hauses. Sein Herzschlag legte an Geschwindigkeit zu. Da war sie. Gemeinsam mit zwei anderen Frauen. Lachend. In Shorts und einem Trägertop. Die Haare zu einem unordentlichen Knoten am Hinterkopf zusammengefasst. Wieder sah sie aus wie ein gewöhnliches Strandmädchen, anstatt das zu repräsentieren, was sie war: die Chefin eines millionenschweren Unternehmens. Und seine Ehefrau. Wut spülte über ihn hinweg. Er schraubte die Flasche auf und trank einen großen Schluck, was das zornige Brennen in seinem Inneren noch höher auflodern ließ.

28

Andrew drehte Jakes leblosen Körper vorsichtig auf die Seite. Was er sah, als er das Flügelhemd zur Seite schob, ließ ihm das Blut in den Adern gefrieren. Er schluckte. Für einen Moment fühlte er sich in den alten Bootsschuppen zurückversetzt, in dem Niclas vor noch nicht einmal einem halben Jahr um sein Leben gekämpft hatte. Mit den Nieren hatten sie in ihrer Familie offenbar wenig Glück. »Wir brauchen einen Ultraschall und eine Bauchsonografie. Und zwar sofort«, ordnete er an.

»Danke für Ihre Hilfe, Dr. Hunter. Ab jetzt übernehme ich.«

Jake drehte sich um. Dr. Leeberman beugte sich über ihn.

Vorsichtig ließ Andrew den Körper seines Freundes auf den Boden zurücksinken. Hinter dem anderen Arzt wurde eine Trage ins Zimmer gerollt. »Auf keinen Fall. Egal, was Sie tun, ich werde danebenstehen. Jake hat sich in Ihrer Obhut befunden.« Er erhob sich. Wut pulsierte in seinen Adern. »Das hier ist kein Unfall. Jake ist nicht aus dem Bett gefallen oder gestolpert. Jemand hat ihn zusammengeschlagen. Und zwar so, dass ich ein stumpfes Bauchtrauma vermute. *Und* eine Nierenkontusion. Wie konnte so etwas passieren?«

Leeberman schluckte. »Ich habe keine Ahnung, was hier

vorgefallen ist«, sagte er leise. »Aber ich stimme Ihnen zu. Wir brauchen sofort einen Ultraschall und eine Bauchsonografie. Lassen Sie uns keine Zeit verlieren.« Mithilfe der beiden Pfleger und Schwester Kathleen betteten sie Jake vorsichtig auf die Trage.

»Drew?« Jakes Augenlider flatterten. Seine Lippen bewegten sich kaum, aber Andrew hatte ihn trotzdem gehört.

»Ich bin hier, Jake. Keine Sorge, das kommt wieder in Ordnung.« Sein Freund griff nach Andrews T-Shirt und hielt ihn fest, als sie ihn aus dem Zimmer rollen wollten. »Warten Sie«, hielt Andrew die Pfleger auf und beugte sich über Jake. »Was ist?«

»Ellerton«, brachte Jake heraus. Endlich öffnete er seine Augen. »Ihr müsst ihn aufhalten. Eliza ist in Sunset Cove. Er sucht sie.« Jake schluckte und verzog vor Schmerzen das Gesicht. »Ihr müsst sie beschützen. Versprich mir das!«

»Versprochen. Dr. Leeberman und ich kümmern uns um dich. Nic wird sich um Eliza kümmern.« Andrew warf seinem Bruder einen Blick zu. Er antwortete mit einem stummen Nicken über Carolyns Kopf hinweg. Niclas tröstete gerade Jakes Mutter, aber er hatte begriffen, was hier vorgefallen war. Er würde alles in seiner Macht Stehende tun, um sich um Elizas Sicherheit zu kümmern.

*

Niclas kochte vor Wut. Gerade eben hatte die Sorge um Jake ihn noch aufgefressen. Doch dann hatte er den blitzenden Zorn im Blick seines Bruders gesehen. Und er fühlte genau dasselbe. Wie konnte Ellerton einfach hier auftauchen und Jake zusammenschlagen? Gingen Jakes Verletzungen überhaupt auf das Konto von Elizas Exmann? Und wieso war sie in Sunset Cove? Gestern war sie doch noch in der Klinik gewesen und Jake nicht von der Seite gewichen. Vielleicht befand sich Jake also in einem Delirium und hatte einfach nur seine Ängste ausgesprochen, dass Greg Ellerton Eliza in Sunset Cove finden könnte. Niclas würde der Sache auf den Grund gehen, um wirklich das Richtige zu tun.

Auf dem Flur vor Jakes Zimmer war jede Menge Personal zusammengelaufen. Er übergab Carolyn an eine Schwester und bat sie, gemeinsam mit ihr auf Neuigkeiten zu Jakes Verletzungen zu warten. Dann wandte er sich dem Empfangstresen am Ende des Ganges zu.

»Niclas?« Sein Vater stand in den Türrahmen seines Zimmers gelehnt. Hinter der Schutzmaske sah sein Gesicht grau aus. »Was ist passiert?«

»Ich erkläre es dir später, Dad. Kannst du solange wieder in dein Zimmer gehen? Hier draußen laufen jede Menge Leute rum, und die Ärzte haben gesagt, wie wichtig es ist, dass du nicht mit irgendwelchen Viren oder Bakterien in Berührung kommst.«

»Was ist mit Jake?« Theodor ignorierte Niclas' Bitte. »Gibt es Komplikationen wegen der OP?«

»Nein. Mit der Operation direkt hat es nichts zu tun. Ich erkläre es dir später, okay?« Er entschied sich, nicht abzuwarten, bis sein Vater die nächste Frage abfeuerte, sondern er hielt mit langen Schritten auf den Empfang zu. »Hallo, Linda«, grüßte er die junge Frau, die auch in den letzten Tagen hier gesessen hatte.

»Mr. Hunter. Was kann ich für Sie tun?« Sie blickte an ihm vorbei den Gang hinunter zu der Menschentraube, die noch immer vor Jakes Zimmer versammelt stand.

»Hatte Mr. Foster heute Besuch?«, fragte Niclas.

»Sie wissen, dass ich Ihnen das nicht sagen darf. Tut mir leid.« Sie schenkte ihm ein freundliches Lächeln.

»Dafür habe ich im Moment keine Zeit.« Er griff über den Tresen und schnappte sich das Gästebuch, in dem sich auch Andrew und er eintragen mussten, wenn sie Theodor oder Jake besuchten. Er hatte vorher nicht auf die Namen geachtet, die über seiner Unterschrift gestanden hatten. Linda versuchte, ihm das Buch zu entreißen, aber er hielt es außerhalb ihrer Reichweite und blätterte es hastig durch. Da stand ganz unten Carolyns Name, dann waren über Andrew und ihm vier Personen aufgeführt, die Patienten besuchten, die er nicht kannte. Und darüber stand er. Niclas' Magen zog sich zusammen. Scheiße! »Greg Ellerton war hier?« Er sah Linda direkt an.

Die Rezeptionistin schien ihren Widerstand aufgegeben zu haben. Resigniert seufzte sie. »Ja, Sir.« Abermals blickte sie nervös zwischen Niclas und Jakes Zimmer hin und her. »Er hatte seine Frau knapp verpasst. Mrs. Woodward-Ellerton«, ergänzte sie, falls Niclas nicht wusste, von wem sie sprach. »Sie war fast den ganzen Tag hier. Aber kurz bevor er kam, ging sie. Also hat er Mr. Foster nur einen kurzen Besuch abgestattet und ging dann ebenfalls wieder.«

»Wie lange war er bei Jake?«

Sie schluckte. »Vielleicht fünf Minuten. Länger war es wahrscheinlich nicht.«

Das hatte gereicht, dachte Niclas. Jake hatte diesem verdammten Arschloch nichts entgegensetzen können, so kurz nach dem Eingriff. »Wie lange ist das her?«

Linda blickte auf die Uhr am unteren Rand ihres Monitors. »Etwa drei Stunden.«

»Danach hat ihn niemand mehr besucht? Niemand war in seinem Zimmer?«

Sie schüttelte den Kopf. »Ob jemand vom medizinischen Personal bei ihm war, kann ich nicht sagen. Die Nächste, die kam, war Mr. Fosters Mutter.«

Und hatte Alarm geschlagen. Jake hatte also mindestens drei Stunden in seinem Zimmer auf dem Boden gelegen. Sein Freund hatte nicht halluziniert. Wenn er die Wahrheit über Ellerton gesagt hatte, dann stimmte auch, dass Eliza in Sunset Cove war. Warum auch immer. Wenn ihr Exmann auf der Suche nach ihr war, konnte er jetzt schon auf Cape Cod sein. Niclas warf das Buch zurück auf den Tresen und zog sein Handy aus der Hosentasche. Eliza ging nicht ran. Nach dem zwanzigsten Klingeln gab er auf und wählte Maries Nummer. Vielleicht hatten die Frauen sich verabredet. Erleichtert atmete er aus, als sie den Anruf annahm.

»Hey.« Sie kicherte. »Hast du Sehnsucht nach mir?« Sie klang, als hätte Holly mal wieder ihre berühmten Margaritas gemixt. Keine guten Voraussetzungen, wenn ein Irrer auf dem Weg zu ihnen war.

Niclas rieb mit der Hand über sein Gesicht. »Marie, hör mir zu. Ist Eliza bei dir?«

»Ähm ja.« Irritation schlich sich in ihre Stimme. »Wir sind in Sunset Cove. Holly ist auch hier. Was ist denn los? Du klingst so …«

»Es ist etwas echt Beschissenes passiert. Elizas Exmann hat rausgefunden, dass sie auf Cape Cod ist. Er ist auf dem Weg auf die Halbinsel.«

»Was?« Marie klang plötzlich stocknüchtern.

»Möglicherweise ist er sogar schon da. Ich will, dass ihr alle drei die Beine in die Hand nehmt und euch versteckt. Kein Zögern. Keine Konfrontation. Haut ab und ruft den Sheriff.«

»Wie hast du das herausgefunden?«, wollte sie wissen.

»Das erzähle ich dir später. Versteckt euch jetzt, okay?«

»Machen wir. Ich liebe dich.«

»Ich dich auch. Ruf mich an, wenn ihr in Sicherheit seid.« Niclas legte auf und kehrte zu Jakes Zimmer zurück. Er musste mit dem Sicherheitsdienst sprechen. Das Krankenhaus musste ebenfalls die Polizei informieren. Er wollte, dass Jagd auf Ellerton gemacht wurde. Dieser Kerl sollte hinter Gittern verschwinden. Am besten für immer.

Niclas hatte das Zimmer seines Vaters noch gar nicht erreicht, als er bereits die aufgebrachte Frauenstimme hörte. Carolyn. Das hatte ihm gerade noch gefehlt! Er beschleunigte seine Schritte und erwischte Jakes Mutter gerade noch rechtzeitig, ehe sie seinen Vater bei den Schultern packen und schütteln konnte.

»Lass mich los«, zischte Carolyn.

Das würde mit Sicherheit nicht passieren. Er hielt Jakes Mutter mit dem Arm um die Hüfte fest. Sie strampelte, um sich zu befreien. Aber Niclas würde nicht zulassen, dass es hier heute noch einen Verletzten gab.

»Du bist an allem schuld, Theodor«, fauchte sie seinen Vater an. »Du und dein verdammter Egoismus! Wegen dir liegt mein Junge jetzt auf der Intensivstation. Mit einem akuten

Nierenversagen. Obwohl er nur noch eine Niere hat. Bist du jetzt zufrieden?«, spie sie die Worte aus.

Akutes Nierenversagen? Eine eiskalte Gänsehaut kroch über Niclas' Nacken. Wie schlimm konnte dieser Tag noch werden? Über Carolyns wilde Locken hinweg sah er Theodor in die Augen. Er hatte noch nie so viel seelischen Schmerz im Blick seines Vaters gesehen.

*

Eliza spürte sofort, dass etwas nicht stimmte. Im einen Moment hatte Marie noch gescherzt, dass Niclas es offenbar ohne sie nicht aushielt und ihre Stimme hören wollte, im nächsten nahm ihr Gesicht einen todernsten Ausdruck an.

»Ist etwas mit Jake?«, fragte Eliza, sobald die Freundin aufgelegt hatte.

Marie schüttelte den Kopf. »Nein. Ich weiß nicht. Niclas sagt, Greg weiß, wo du bist und ist auf dem Weg hierher.«

»Was?« Holly ließ ihr Glas sinken.

»Wir sollen uns verstecken und den Sheriff rufen«, ergänzte Marie.

»Dann lass uns das tun. Auf der Stelle.« Holly sprang auf.

Eliza hingegen fühlte sich wie paralysiert. Woher wusste Greg, wo sie war? Und was bedeutete es, dass er auf dem Weg hierher war? Vielleicht wollte er einfach nur mit ihr reden.

»Eliza, beweg dich.« Holly zog sie hoch und befreite sie damit aus ihrer Erstarrung. Niclas hatte recht. Wenn Greg sich die Mühe machte, nach Cape Cod zu fahren, wollte er nicht nur reden. »Ins Haus«, schlug Holly vor. »Wir verriegeln alle Türen und rufen die Cops.«

»Vergiss das Haus.« Marie verschwand in der Küche und tauchte im nächsten Moment mit einem großen, eisernen Schlüsselring wieder auf. Sie zog die Tür zu, damit die Hunde, die im Wohnzimmer dösten, drin blieben. »Wenn Greg hier reinwill, muss er nur ein Fenster oder eine Tür einschlagen. Ich vermute, er wird sich nicht aufhalten lassen, bis er dich in die Finger bekommt.«

Holly erkannte die Bedeutung des Schlüsselbundes offenbar, während Eliza einfach nur das Herz bis zum Hals schlug und sich die Gedanken in ihrem Kopf drehten. »Der Leuchtturm.« Holly nickte. »Gute Idee.« Sie griff Elizas Hand und rannte los.

*

Greg warf die leere Flasche hinter sich. Er hatte eine Weile am Leuchtturm gestanden und sich überlegt, wie er Eliza allein erwischen konnte. Natürlich hatte er keine Lust, sich mit den anderen Weibern auseinanderzusetzen. Eine zickige Frau war mehr als ausreichend. Doch dann hatte er begriffen, dass sie sich vermutlich heute Nacht nicht mehr trennen würden. Er war gerade im Begriff, sich auf den schmalen Pfad zu begeben, der über die Klippe zum Sommerhaus führte, als die Frauen plötzlich in Aufregung gerieten. Sie sprangen auf und rannten herum wie ein Haufen aufgeschreckter Hühner. Greg vermutete, dass man inzwischen Foster gefunden hatte und davon ausging, dass er hier war, um Eliza zurückzuholen.

Er befürchtete, dass Eliza abhauen würde und er ihr hinterherjagen müsste. Oder dass die Frauen sich im Haus verschanzten und er sich gewaltsam Zutritt verschaffen musste.

Doch dann begriff er, was die kopflosen Hühner taten. Sie wollten sich im Leuchtturm verstecken. Und rannten dadurch direkt auf ihn zu. Greg musste auf die Innenseite seiner Wange beißen, um nicht lauthals loszulachen. Das war so typisch für Eliza. An Dummheit war seine Frau noch nie zu überbieten gewesen.

*

Eliza hetzte an Hollys Seite über den schmalen Pfad, der über die steile Klippe führte. In der Dunkelheit konnte sie kaum etwas erkennen, und als sie stolperte, blieb ihr vor Angst fast das Herz stehen. Sie sah sich bereits die steile Felswand hinunterstürzen und Holly mit sich reißen. Reiß dich zusammen, schalt sie sich innerlich. Mit einer Panikattacke war niemandem geholfen. Vor allem nicht den beiden Frauen, die gerade ihre Sicherheit aufs Spiel setzten, um ihr zu helfen. Sie blickte zum Strandhaus zurück und stellte erleichtert fest, dass ihnen niemand folgte.

Marie lief vor ihnen, den eisernen Schlüsselring fest in der Hand. Sie schob ihn ins Schloss, als sie am Leuchtturm ankam, und zog mit beiden Händen an der schweren Tür. Als Holly und Eliza sie erreichten, hatte sie sie erst eine Handbreit geöffnet. Holly fasste ebenfalls nach dem großen Eisenring, der als Türknauf diente.

Auch Eliza streckte die Hand aus. Doch ehe sie das schwere alte Eichenholz unter ihren Fingerspitzen spürte, wurde sie auf einmal zurückgerissen. Von einer Hand, die ihren Hals umklammerte und einer, die sich um ihre Taille schlang. Greg. Ihr Rücken wurde an seine Brust gepresst, und sein heißer Atem traf sie im Nacken, und ihr Körper wurde von einem eiskalten Schauer erschüttert. Ein gurgelnder Laut drang aus ihrer Kehle. Sie bekam keine Luft mehr, und schwarze Punkte begannen vor ihren Augen zu tanzen. Trotzdem nahm sie wahr, dass Holly und Marie zu ihr herumfuhren. Mit funkelnden Augen und bereit zu kämpfen. Sie würde ebenfalls kämpfen. Sobald Greg den Arm um ihren Hals so weit lockerte, dass sie wieder Luft bekam.

»Pfeif deine Hunde zurück, Eliza-Schätzchen«, gurrte er ihr ins Ohr.

»Lassen Sie sie los«, fuhr Holly ihn im selben Moment an.

Marie legte beruhigend die Hand auf ihren Arm. »Ich muss meiner Freundin recht geben, Mr. Ellerton«, sagte sie ruhig. »Lassen Sie Eliza in Ruhe und wir vergessen, dass Sie überhaupt hier gewesen sind.« Sie hob beschwichtigend die Hände. »Sie haben mein Wort.«

Greg lachte rau. »Ich scheiße auf dein Wort.« Er spuckte Marie vor die Füße. »Sie wird machen, was ich will. Nicht wahr, Schätzchen?« Er küsste sie auf den Hals und lockerte dabei seinen Würgegriff ein wenig. Angeekelt kniff Eliza die Augen zusammen, holte aber tief Luft. Wahrscheinlich bekam sie nur diese eine Chance. Sie trat nach hinten und traf sein Schienbein. Greg knurrte vor Schmerz, hielt sie aber mit eisernem Griff umfangen, als sie versuchte, sich unter seinen Armen hervorzuwinden. Ihre Bewegung schien für ihre Freundinnen wie eine Art Startschuss zu sein. Sie stürzten sich gleichzeitig auf Greg. Marie schlug mit dem schweren Schlüsselring auf ihn ein, und Holly erwischte ihn mit einem Schlag im Gesicht. Greg brüllte vor Schmerz. Er klang wie ein wildes Tier – oder wie jemand, der völlig irre war. Aber er ließ für den Bruchteil einer Sekunde locker. Eliza wand sich aus seinem Griff und stürzte auf den schmalen Pfad. Neben ihr in der Tiefe knallte der Ozean gegen die Klippen. Ein falscher Schritt …

»Komm schon.« Marie zerrte an ihr, half ihr auf die Beine. Gemeinsam überwanden sie die wenigen Schritte bis zur rettenden Leuchtturmtür und zwängten sich durch den schmalen Spalt, den sie offenstand.

Eliza blickte über die Schulter zurück. Einen Augenblick taumelte Greg, dann fing er sich wieder und stürzte hinter ihnen her.

»Schließt die Tür«, keuchte Holly. Zu dritt versuchten sie das schwere Eichenholz ins Schloss zu ziehen. Greg hielt von außen dagegen. Er stemmte sein Bein gegen die Mauer und zog mit beiden Händen an dem rostigen Eisenring.

»Ich habe eine Idee«, flüsterte Eliza atemlos. »Auf drei stoßen wir die Tür auf. Wenn er das Gleichgewicht verliert, bleibt uns vielleicht genug Zeit, um abzuhauen.«

»Okay«, brachte Marie zwischen zusammengebissenen Zähnen hervor.

»Auf drei«, pflichtete Holly ihr bei.

»Eins, zwei …«, zählte Eliza.

»Drei!«, schrien sie zusammen, als wäre es ein Schlachtruf. Sie stießen die Tür auf, die Greg mit voller Wucht entgegenflog. Er hielt sich an dem Eisenring fest, taumelte aber nach hinten und schaffte es nicht, das schwere, jahrhundertealte Holz zu bremsen. Im nächsten Moment taumelte er über die Klippe. Einen bangen Augenblick hing er über dem Ozean, dann fiel er.

»O Gott!« Blanker Horror erfasste Eliza. »Wir haben ihn

umgebracht!« Panisch wollte sie auf die Klippe zustürzen, doch Marie hielt sie zurück.

»Wir können uns nicht sicher sein, dass das wirklich so ist«, japste Holly, völlig außer Atem. »Meist überlebt das Böse länger, als man glaubt. Nach oben«, befahl sie und drehte sich zum Leuchtturm um. Sie tastete die Wand neben der Tür ab und tauchte den Raum vor ihnen in das funzelige Licht einer einzelnen Glühbirne.

Eliza begriff, dass sie sich noch gar nicht im Turm selbst befanden. Das hier schien früher ein kleines Apartment gewesen zu sein, in dem vermutlich der Leuchtturmwärter gewohnt hatte. Sie durchquerten den Raum und traten auf der anderen Seite durch eine weitere Tür, hinter der sich nur eine steile, knarzende Treppe befand.

*

Greg spürte den Wind, der durch seine Haare fuhr. Er konnte den Ozean riechen, der unter ihm gegen die Felsen schlug. Die Wucht des Stoßes war zu stark gewesen. Er war von dem Eisenring abgerutscht und hing nur noch an den Fingerspitzen über der bodenlosen Dunkelheit. Krampfhaft versuchte er, sich hochzuziehen, doch seine Finger rutschten. Es fühlte sich an, als bliebe die Zeit stehen. Einen letzten Moment widersetzte er sich der Schwerkraft, dann gaben seine Muskeln auf. Er fiel. Doch bevor sich sein Mund zu einem Schrei öffnen konnte, knallte sein Körper gegen einen Felsvorsprung. Die Luft wurde aus seinen Lungen gepresst, und er rang keuchend um Atem. Und dann begriff er zwei Dinge. Zum einen war er nicht tot. Und zum anderen war er höchstens zwei oder zweieinhalb Meter tief gefallen. Er blickte nach oben. Der Leuchtturm ragte majestätisch über ihm auf. Eliza und ihre beiden Freundinnen hatten versucht, ihn umzubringen. Fast hätten sie es geschafft. Aber nur fast. Entschlossen tastete er nach einem Halt, an dem er sich nach oben ziehen konnte. Seine Fingerspitzen protestierten. Seine Muskeln zitterten. Es war ihm egal. Mit reiner Willenskraft kletterte er nach oben und folgte den Frauen in den Leuchtturm. Dafür würden sie büßen.

*

Sie stürmten die Stufen hinauf, Holly als Erste, in der Mitte Eliza und hinter ihr Marie. Plötzlich endete die Treppe und wurde von einer kurzen Leiter abgelöst, die zu einer Bodenluke führte. Da ihre eigenen Schritte nicht mehr auf den Stufen hallten und nur noch ihr keuchender Atem in der Luft hing, konnten sie die schweren Schritte hören, die hinter ihnen erklangen und schnell näher kamen.

»Er ist noch hier«, wisperte Marie. »Schnell.«

Elizas wusste nicht, welche Alternative schlimmer war. Dass sie für Gregs Tod hätte verantwortlich sein können, oder dass er den Sturz überlebt hatte. Ihr Körper überzog sich mit einer Gänsehaut, und bitterer Magensaft stieg in ihrer Speiseröhre nach oben. Sie schluckte ihn entschlossen hinunter.

Holly kletterte die Leiter als Erste nach oben und stieß die Tür auf. Eliza folgte ihr. Sie stemmte sich über den Rand der Luke und kroch in die Leuchtturmkanzel. Greg schien schon so nah. Sie blickte nach unten zu Marie. Ihre Hände lagen bereits auf der vorletzten Leiterstufe, als Eliza Gregs Kopf auf der Treppe auftauchen sah. Sein Gesicht war dreck-verschmiert, und seine Haare standen in alle Richtungen ab. Mit der wutverzerrten Grimasse sah er aus wie der personifi-zierte Wahnsinn. Ihr ganz persönlicher Dämon. »Beeil dich, Marie«, rief sie.

Die Freundin legte die Hände auf den Rand der Luke und stemmte sich hoch. Holly und Eliza griffen unter ihre Arme, um sie in den Raum zu ziehen. Marie wand sich und fluchte mit zusammengebissenen Zähnen. Eliza spähte an ihr vorbei und entdeckte Greg, der mit beiden Händen an Maries Fuß hing und versuchte, sie zurückzuziehen.

»Hab ich dich, Miststück«, knurrte er. Mit gebleckten Zähnen zerrte er an Marie. »Du wirst die Erste sein, der ich zeige, was passiert, wenn man sich mit mir anlegt.«

Maries Arme zitterten. Wie lange konnte sich ihr Körper Gregs Kraft noch widersetzen? Noch einmal spähte sie an ihrer Freundin vorbei. Sie hatten nur eine Chance. »Halt sie gut fest, Holly«, sagte sie und quetschte sich neben Marie.

»Was hast du vor?« Holly starrte sie mit aufgerissenen Augen an, während Marie weiter darum kämpfte, ihren Ober-körper oberhalb der Luke zu halten.

Eliza antwortete nicht. Das Herz schlug ihr vor lauter Angst bis zum Hals. Solange Greg mit beiden Armen an Marie hing, hatte er keine Hand frei, um ihr etwas zu tun. Sie ließ sich neben Marie gleiten, zielte – und trat zu. Der erste Tritt traf Greg mitten im Gesicht. Dort, wo Holly zu-vor schon einen Schlag platziert hatte. Greg schrie auf. Eliza hörte Wut und Schmerz. Mit zusammengebissenen Zähnen trat sie noch einmal zu. Und noch einmal. Plötzlich schnellte

Maries Körper durch die Luke, und Holly griff automatisch nach Elizas Hand, um sie hochzuziehen. Sie blickte hinter sich und sah Greg mit rudernden Armen in Richtung der steilen Treppenstufen stürzen. Dann spürte sie den Luftzug der Luke und den Knall, mit der sie hinter ihr zuschlug. Gerettet. Eliza rollte sich auf dem Boden zusammen. Ihre Zähne klapperten unkontrolliert, ihr ganzer Körper zitterte wie Espenlaub.

»Wir haben es geschafft.« Holly robbte hinter sie und legte Eliza die Arme um den Körper. Marie griff nach ihrer Hand und hielt sie so fest, als wolle sie sie nie wieder loslassen.

29

Eliza hatte keine Ahnung, wie lange sie auf dem Boden der Leuchtturmkanzel lagen. Irgendwann rappelte sich Holly so weit auf, dass sie ihr Handy aus der Tasche ziehen konnte. Sie wählte die 911 und schilderte dem Sheriff in knappen Worten, was vorgefallen war. Dann lauschten sie an der Bodenluke, doch aus dem Treppenaufgang war kein Laut zu hören. Um sicherzugehen, dass Greg nicht doch noch versuchte, zu ihnen zu gelangen, setzten sie sich alle drei auf die Bodentür und warteten auf die Polizei.

»Ich danke euch. Allein wäre ich ... ich glaube ...« Eliza wollte es nicht aussprechen.

Marie rieb ihr in einer beruhigenden Geste über die Schulter. »Wir sind Freunde«, sagte sie schlicht.

Eliza legte ihre Hand auf Maries und drückte sie kurz. »Trotzdem danke. Kann ich vielleicht eines eurer Handys leihen? Ich würde gern Jake anrufen.«

»Klar.« Holly reichte ihr das Telefon.

Eliza scrollte zu Jakes Nummer und wählte. Es klingelte und klingelte, bis endlich abgehoben wurde. »Honey? Ist alles okay bei euch?«

Eliza nahm das Handy vom Ohr und überprüfte, ob sie eine falsche Nummer gewählt hatte. Da stand es schwarz auf weiß. Jake. »Andrew?«, fragte sie trotzdem, weil sie die Stimme erkannte.

»Eliza?«, fragte er zurück. »Seid ihr in Sicherheit? Was ist mit Holly? Wieso benutzt du ihr Handy?«

Sie legte den Kopf auf die Knie und atmete tief durch. »Ich habe mir das Handy ausgeliehen, weil meins im Haus liegt und ich unbedingt Jake anrufen wollte. Und ja, wir sind sicher«, ergänzte sie. »Wir haben uns im Leuchtturm verschanzt. Aber, Andrew, es war verdammt knapp.«

»Habt ihr die Polizei gerufen?«, wollte Andrew wissen.

»Ja, sie ist unterwegs.«

»Niclas ist auch auf dem Weg zu euch. Er ist losgefahren, sobald uns klar war, dass Ellerton auf der Suche nach dir ist. Er wird noch eine Weile brauchen.«

»Niclas ist auf dem Weg«, flüsterte Eliza ihren Freundinnen zu. »Verrätst du mir jetzt, warum Jake den Anruf nicht selbst annimmt? Und woher ihr wusstet, dass Greg nach mir sucht?«

Andrew seufzte. »Das ist eine lange Geschichte.« Versuchte er, sie abzuwimmeln?

»Wie praktisch. Wir sitzen hier fest und haben jede Menge Zeit«, erwiderte sie. »Ich schalte dich auf laut, dann kannst du uns allen dreien erzählen, was passiert ist.« Sie drückte das kleine Lautsprechersymbol auf dem Display, und Andrews Stimme erfüllte die Leuchtturmkanzel.

»Hey Marie«, sagte er. »Holly? Bist du okay?«

»Ja«, flüsterte ihre Freundin. Jetzt, mit der Stimme ihres Liebsten in den Ohren, zitterte zum ersten Mal ihre Unterlippe.

»Erzähl uns, was passiert ist«, forderte Eliza ihn noch einmal auf. Mit Jake stimmte irgendetwas nicht, sonst wäre Andrew nicht so zögerlich.

Sie sollte recht behalten. Andrew berichtete von Gregs Überfall, nachdem sie gegangen war. Wie Jakes Mutter ihn Stunden später entdeckt hatte und wie Niclas herausgefunden hatte, dass es tatsächlich ihr Mann gewesen war. Sie hätte einfach ein wenig länger bei Jake bleiben sollen, dann hätte er Greg nicht allein gegenübertreten müssen. Dann hätte sie Holly und Marie nicht in Gefahr gebracht. »Wie schwer ist Jake verletzt?«, fragte sie leise.

»Im Moment liegt er auf der Intensivstation«, bestätigte Andrew ihre Befürchtungen. »Lebensgefahr besteht allerdings nicht. Er hat ein stumpfes Bauchtrauma erlitten und in Verbindung damit eine Nierenkontusion. Eine Nierengewebequetschung«, übersetzte er, ehe sie fragen konnten, was das bedeutete. »Jake wurde mehrfach in den Bauch und den Rücken getreten. Mehrere Hämatome im Gesicht weisen auf Faustschläge und mindestens einen Tritt hin.« Eliza gefror innerlich. Ja, genau so ging Greg vor. Holly rieb ihr beruhigend über den Rücken, aber das änderte nichts daran, dass Jake schwer verletzt auf der Intensivstation lag und sie daran schuld war. Andrew war mit seinen Aufzählungen längst noch nicht fertig. »Die OP-Narbe an seinem Bauch ist aufgeplatzt, aber die ließ sich schnell wieder schließen. Was uns wirklich Sorgen macht, ist Jakes verbliebene Niere. Im Moment haben wir es mit einem akuten Nierenversagen zu tun. In den nächsten zwei bis drei Tagen bekommt er eine Dialyse. Wenn wir Glück haben, erholt sich die Niere und nimmt ihre Arbeit wieder auf. Aber ich kann es nicht versprechen. Wir müssen abwarten und hoffen.«

Stille erfüllte den Raum. O Gott, war alles, was Eliza denken konnte. Sie schlug die Hand vor den Mund, damit ihr der furchtbare, klagende Laut, der in ihrer Kehle festsaß, nicht über die Lippen kam. Als sie sich wieder etwas besser im Griff hatte, räusperte sie sich. »Die Ärzte haben zu Jake gesagt, dass er mit einer Niere steinalt werden könnte, ohne Einschränkungen. Und jetzt, zwei Tage nach der Spende, soll das Ganze schon vorbei sein und Jake selbst zum Dialysepatienten werden, der auf eine Transplantation angewiesen ist?«

»Lass uns den Teufel nicht an die Wand malen, Eliza. Ein akutes Nierenversagen bekommt man in vielen Fällen wieder in den Griff. Gib Jake ein paar Tage, dann sehen wir weiter.«

Sie wollte widersprechen, doch ein Klopfen an der Bodenluke ließ sie genau wie Holly und Marie zusammenfahren. »Hier ist Sheriff Morgan. Wir haben Mr. Ellerton in Gewahrsam. Sie können die Tür öffnen.«

»Hast du das gehört?«, fragte Holly in Richtung des Handys. »Der Sheriff ist da. Wir müssen Schluss machen. Ich rufe dich später noch einmal an. Ich liebe dich.«

»Nicht so sehr wie ich dich«, antwortete Andrew. »Bis dann.« Holly beendete das Gespräch und schob das Handy in die Hosentasche. Dann rutschten sie von der Tür, und Marie schob sie auf. »Ich kann Ihnen gar nicht sagen, wie froh wir sind, Sie zu sehen«, begrüßte Holly den Sheriff.

»Guten Abend, meine Damen.« Der Cop nickte in die Runde. An Eliza blieb sein Blick hängen. Sie war die Einzige, die er nicht kannte. »Mrs. Woodward-Ellerton, nehme ich an.«

»Ja.« Eliza schluckte. »Sagen Sie, ist er ... ist Greg ...«

»Er hat ein paar Verletzungen«, sagte der Sheriff, der sich vermutlich gut auskannte mit den unausgesprochenen Fragen verängstigter Frauen. »Die rühren hauptsächlich von dem Sturz die Leuchtturmtreppe hinunter. Wir haben ihn unten gefunden. Ein paar Knochenbrüche, Abschürfungen und Hämatome. Nichts was Doc Hennings nicht hinbekommt. Er wird diese Nacht auf jeden Fall in unserer Zelle verbringen.«

»Diese Nacht?« Holly kniff die Augen zusammen. »Dieser Typ gehört hinter Gitter, und zwar für den Rest seines Lebens.«

Sheriff Morgan legte den Kopf schief. »Ich schlage vor, das lassen wir einen Richter entscheiden. Mr. Ellerton wurde bereits abtransportiert. Sie können mich nach unten begleiten. Dann setzen wir uns in Ruhe im Strandhaus an den Tisch, und Sie erzählen, was passiert ist. Ihre Hunde laufen schon ganz aufgeregt an der Tür auf und ab. Sie sollten sie wissen lassen, dass alles okay ist.«

Im Gänsemarsch folgten sie dem Sheriff die Treppe hinunter. Die Blutflecken am Fuß der Stiege waren nicht groß, aber unübersehbar. Eliza schauderte, ehe sie einen großen Schritt über sie hinweg machte. Hintereinander gingen sie über den schmalen Pfad, der sie zur Terrasse zurückbrachte. Der Wind wehte sanft vom Meer herüber, als wollte er sie beruhigen. Doch ihr aufgewühltes Inneres war weit davon entfernt, Frieden zu finden. Das Bild ihres Vaters tauchte vor ihrem inneren Auge auf. Der missbilligende Blick, mit dem er sie immer bedacht hatte, wenn sie ihre Aufgaben nicht zu seiner Zufriedenheit erfüllt hatte. Eliza hatte sich nicht an das gehalten, was er ihr ein Leben lang gepredigt hatte. Sie hatte versucht, aus ihrem Dasein auszubrechen, die Regeln umzuschreiben. Und was war geschehen? Sie hatte zwei Frauen in Gefahr gebracht, die ihr geholfen hatten und für sie da gewesen waren. Während der Mann, den sie liebte, auf der Intensivstation lag.

»Denk nicht mal daran«, zischte Holly in ihrem Nacken.

»Was?« Erschrocken drehte sich Eliza zu ihr um.

»Du gibst dir die Schuld an dem, was passiert ist. Ich kann es sehen«, ergänzte sie, als Eliza widersprechen wollte, »an der Art, wie du die Schultern hebst und den Kopf einziehst.«

Eliza antwortete nichts darauf. Was hätte sie auch sagen sollen? Dass Holly recht hatte, dass sie es aber trotzdem nicht schaffte, die Konditionierung ihres alten Lebens einfach abzustreifen? Sie folgte Marie und dem Sheriff, bis sie auf die hell erleuchtete Terrasse traten. Einer der Officer, die sich hier versammelt hatten, schob die Küchentür auf, und Sam und Potter stürzten mit wildem Bellen heraus und auf ihre Frauchen zu. Holly und Marie gingen ganz automatisch auf die Knie und vergruben ihre Hände im Fell ihrer Hunde. Eliza fühlte sich verloren. Sie konnte sich vorstellen, wie tröstlich es war, den warmen Körper und den beruhigenden Herzschlag eines Hundes zu spüren. Das sehnsüchtige Ziehen in ihrem Herzen ignorierend sammelte sie die Cocktailgläser und den Martini-Pitcher ein und brachte alles in die Küche. Sheriff Morgan folgte ihr und lehnte sich gegen die Kücheninsel.

Eliza nahm zwei Wasserflaschen aus dem Kühlschrank und bot ihm eine an. Dann trank sie ihre mit gierigen Zügen zur Hälfte leer.

»Danke.« Der Sheriff schraubte sie auf und trank einen Schluck, ohne Eliza aus den Augen zu lassen.

»Wie geht es jetzt weiter?«, fragte sie.

Morgan setzte die Flasche ab und schraubte sie mit bedächtigen Bewegungen zu. »Wir werden Ihre Verletzungen dokumentieren und Sie dann alle drei, getrennt voneinander, befragen. Ich gehe davon aus, dass Sie das meiste zu erzählen haben. Es war schließlich Ihr Ehemann, den wir am Fuß des Leuchtturms aufgesammelt haben.«

»Ja.« Eliza schluckte. Offenbar hatte Niclas recht gehabt. Hätten die schrecklichen Ereignisse vermieden werden können, wenn sie Greg angezeigt hätte und er festgenommen worden wäre?

Marie trat hinter sie, Sam an ihrer Seite. Sie legte ihre Hand in einer Geste zwischen Elizas Schulterblätter, die ebenso beruhigend wie beschützend wirkte. »Nic hat gesagt, wir sollen mit unseren Aussagen warten, bis er hier ist. Er will dabei sein«, informierte sie den Sheriff über Elizas Schulter hinweg.

Morgan zuckte die Achseln. »Das ist mir egal. Wir haben hier noch genug zu tun und können die Zeit bis zu Mr. Hunters Eintreffen problemlos überbrücken. Am besten beginnen wir damit, Ihre Verletzungen zu dokumentieren.«

Die Nacht schien kein Ende zu nehmen. Doc Hennings kam, um ihre Körper nach Verletzungen und Hinweisen auf Gregs Angriff abzusuchen, diese zu fotografieren und schriftlich festzuhalten. Holly war zum Glück unversehrt. Ihre Kleidung hatte einiges abbekommen, sowie auch Maries T-Shirt und Elizas ehemals hellblauer Hosenanzug. Marie hatte zudem mehrere Hämatome an ihrem Bein, dort wo Greg versucht hatte, sie von der Leuchtturmleiter zu zerren. Eliza selbst trug die Male von Gregs Würgegriff an ihrem Hals, was sie bis zu Doc Hennings Untersuchung noch gar nicht gemerkt hatte. Sobald der alte Arzt fertig war, duschten sie alle drei lang und heiß, zogen frische Kleider an und packten ihre getragenen Sachen in die großen Asservatenbeutel, die ein Officer ihnen mitgegeben hatte.

Bis Niclas in Sunset Cove ankam, verging eine Ewigkeit, die sie mit viel zu viel Kaffee überbrückten. Eliza rief in der Klinik an und erfuhr, dass Jakes Zustand unverändert kritisch war und er noch immer auf der Intensivstation lag. Mit Niclas als rechtlichem Beistand wurden zunächst Marie und Holly vernommen. Als Eliza schließlich an der Reihe war, begann sie zu erzählen. Ganz am Anfang. Und hörte erst mit dem Tritt in Gregs Gesicht, ein paar Stunden zuvor, auf. Erschöpft lehnte sie sich in ihrem Stuhl zurück und schloss für einen Moment die Augen.

Morgan schaltete sein Tonbandgerät aus. »Es tut mir leid, was Ihnen widerfahren ist«, sagte er, und Eliza konnte sein ehrliches Mitgefühl zwischen den Worten hören. »Ich werde alles in meiner Macht Stehende tun, um dafür zu sorgen, dass er für lange Zeit hinter Schloss und Riegel bleibt.«

»Danke, Sheriff Morgan.« Sie erhoben sich, und der Polizist reichte ihr und Niclas die Hand. Als er sich auf den Weg zur Haustür machte, hob Holly ihren vom Schlaf verwuschelten Kopf von der Couch. Sie hatte sich dort in eine der Cashmeredecken eingewickelt, die über der Lehne hingen, und war eingeschlafen.

Eliza griff nach ihrer Handtasche, die sie achtlos hatte fallen lassen, als sie Sunset Cove betreten hatte.

»Was hast du vor?«, fragte Holly und gähnte.

»Ich fahre nach Boston. Ich will zu Jake.«

»Auf keinen Fall.« Niclas, der den Sheriff zur Tür begleitet hatte, kehrte zu ihr zurück und nahm ihr die Tasche aus der Hand. »Du gehst im Moment nirgendwohin.«

»Ich muss einfach zu Jake. Verstehst du das nicht?«

»Oh, doch. Das versteht niemand besser als ich. Glaub mir. Aber du bist viel zu müde, erschöpft und emotional aufgewühlt. In diesem Zustand solltest du dich nicht hinters Steuer setzen.« Er legte seine Hände in einer beruhigenden Geste auf Elizas Schultern und drückte sanft. »Schlaf ein paar Stunden, okay? Und fahr dann ganz in Ruhe nach Boston. Im Moment kannst du sowieso nichts für Jake tun.«

Eliza nickte. Es brachte nichts, es Niclas zu erklären. Er verstand es nicht. Jake brauchte sie. Und sie brauchte Jake. Schlafen würde sie jetzt sowieso nicht eine Sekunde können. Aber sie brachte nicht die Energie auf, mit Niclas zu diskutieren. Oder mit Holly, in deren Augen die gleichen Worte standen, die er gerade ausgesprochen hatte. Sie schleppte sich in Jakes Zimmer und ließ sich auf sein Bett fallen. Mit Jakes Duft in der Nase schloss sie die Augen und fiel Sekunden später in einen tiefen, traumlosen Schlaf.

Als sie im Morgengrauen erwachte, entschied sie sich, keine Sekunde länger zu warten. Sie putzte die Zähne und klatschte sich ein paar Handvoll Wasser ins Gesicht. Auf Zehenspitzen schlich sie ins Erdgeschoss und schnappte sich ihre Tasche. Für ihr Leben gern hätte sie einen Kaffee getrunken, aber Holly lag noch immer auf der Couch, eingekuschelt in die Decke, Potter zu ihren Füßen. Sie schaffte es aus dem Haus, ohne die Freundin zu wecken. Einen Kaffee konnte sie sich auch unterwegs besorgen. Wichtig war nur, endlich bei Jake zu sein.

*

Dieses Mal erwachte Jake mit einem Ruck. Er öffnete die Augen und starrte im dämmrigen Licht an die Decke. Er war im Krankenhaus. Daran erinnerte er sich noch. Aber es war irgendetwas passiert. Etwas, das ihm beim besten Willen nicht einfiel. Vorsichtig wandte er den Kopf zum Fenster. Durch die geschlossenen Lamellen erkannte er gleißendes Sonnenlicht. Es war also offenbar mitten am Tag, und die halbdunkle Atmosphäre war geschaffen worden, um ihn schlafen zu lassen.

Sein Blick glitt durch den Raum. Es war noch immer das Zimmer, in dem er untergebracht worden war, als er Theodor eine Niere gespendet hatte. Etwas war passiert. Irgendetwas ... Er schaffte es nicht, sich zu konzentrieren. Dafür zog eine leichte Bewegung seine Aufmerksamkeit auf sich. Er blickte an seinem Körper hinunter. Eliza saß in einem Sessel neben ihm, den Kopf hatte sie auf die Matratze gebettet, und ihre Hand lag besitzergreifend auf seinem Oberschenkel. Sie schlief, aber an der steilen Falte zwischen ihren Brauen erkannte Jake, dass es kein ruhiger, entspannter Schlaf war. Er konnte nicht widerstehen. Sanft strich er mit der Fingerspitze über die gerunzelte Stirn.

Eliza zuckte zusammen und öffnete die Augen. Blinzelnd sah sie ihn an. Dann verschwand der Schlaf aus ihrem Gesicht und wurde von blanker Erleichterung ersetzt. »Jake«, flüsterte sie. »Du bist wach.« Sie griff nach seiner Hand und hauchte einen Kuss auf seinen Fingerknöchel. »Gott sei Dank!«

Er konnte die Tränen in ihrer Stimme hören. Und als sie den Blick wieder hob, sah er sie in ihren Augen glänzen. »Was ist denn los? Die OP ist doch gut gelaufen.«

»Ja, das ist sie. Aber ...« Dann brach sie ab, nicht sicher, was sie sagen sollte. Sie schluckte. »Greg war hier«, brachte sie dann mit brüchiger Stimme heraus.

»Greg ...?« Im ersten Moment verstand Jake nicht, was sie meinte, dann kamen die Erinnerungen zurück, brandeten über ihn hinweg wie eine Flutwelle. Sein Blick scannte Elizas Körper. Er strich ihr die Haare hinter das Ohr. »Bist du okay? Hat er dich gefunden?«

Eliza hielt Jakes Hand fest in ihrer. »Ja«, sagte sie leise. »Aber er hat mir nichts getan. Nichts Schlimmes zumindest. Er sitzt jetzt im Gefängnis. Es ist vorbei, Jake.« Eine Träne löste sich aus ihrem Augenwinkel. Für einen Moment schien sie sich an Elizas Wimpern zu klammern, dann prallte sie auf ihre Haut und lief an ihrer Wange hinunter. »Es ist vorbei«, wiederholte sie.

»Komm her.« Jake zog an Elizas Hand. Er rückte ein Stück zur Seite, was ihn unter einer Welle aus Schmerz begrub. Es war ihm egal – er wollte Eliza an seiner Seite spüren. Sie streifte ihre Schuhe ab und kroch zu ihm ins Bett. »Wenn du meine Decke klaust ...«, warnte er sie und entlockte ihr damit eine Mischung aus Schluchzen und Lachen.

»Ich fasse die Decke nicht an, versprochen.« Sie schmiegte sich in seine Armbeuge und hüllte Jake in ihren warmen, weiblichen Duft.

»Erzähl mir, was ich verpasst habe, während ich hier vor

mich hingeträumt habe«, bat Jake sie. Und Eliza erzählte. Seine Nackenhaare stellten sich auf, als er begriff, in was für eine Gefahr sie geraten war. Gnadenlose Wut schoss durch seine Adern. Er war froh, dass Ellerton bereits hinter Gittern saß und Eliza ihm einen Tritt ins Gesicht verpasst hatte. Gerade hatte er wieder das Bedürfnis, den verdammten Mistkerl zu Brei zu schlagen. »Ich bin so froh, dass du gut getroffen hast«, murmelte er in Elizas Haare.

Sie hob den Kopf und lächelte ihn an. »Der Sheriff hat mir erzählt, dass ich ihm einen Zahn ausgeschlagen habe. Greg hat immer großen Wert auf seine perfekten Zähne gelegt.«

»Im Knast wird es ihm einen verwegenen Touch geben«, konnte sich Jake nicht verkneifen.

»Als ich erfahren habe, was mit dir passiert ist …« Eliza sprach nicht weiter. Sie schmiegte sich nur noch enger an seine Seite. »Ich hatte Angst, keine Chance mehr zu bekommen, dir zu sagen, was du unbedingt wissen musst.«

Ihr ungeduldiger Ton brachte ihn zum Lächeln. »Was muss ich denn so dringend wissen?«, fragte er.

Eliza richtete sich auf, um ihm in die Augen sehen zu können. »Wie sehr ich dich liebe«, flüsterte sie.

Jakes Herz setzte für einen Schlag aus. Er schluckte. »Du … liebst mich?«

»Von ganzem Herzen.« Eliza richtete sich auf und küsste ihn. »Ich liebe dich.«

»Eliza.« Er legte seine Hand an ihre Wange. Ihre Worte waren zu schön, um wahr zu sein. Aber Jake wusste, dass sie nur der Situation geschuldet waren. »Nach allem, was passiert ist, hast du das Gefühl, ich hätte dich gerettet. Und das hat zur Folge …«

»Stopp!« Eliza legte ihren Zeigefinger auf seine Lippen. »Du hast mich gerettet. Dafür bin ich dir unendlich dankbar. Für den Rest meines Lebens. Du warst immer für mich da. Du hast mir geholfen, zu mir selbst zurückzufinden. Aber beleidige mich nicht. Beleidige nicht meine Gefühle, meine Intelligenz.« Sie richtete sich langsam auf, löste sich von ihm.

An der Stelle, an der sie gerade noch gelegen hatte, traf Kälte auf seinen Körper. Gemeinsam mit der Panik, dass sie dabei war, sich von ihm zurückzuziehen, ihn zu verlassen. »Eliza.« Er musste sich beherrschen, sie nicht festzuhalten.

Im nächsten Moment stand sie neben seinem Bett und blickte auf ihn herunter. »Ich erwarte nicht, dass du meine Gefühle erwiderst. Aber du solltest Respekt vor ihnen haben.« Ihre Augen begannen abermals zu glänzen. »Ich schenke niemandem leichtfertig meine Liebe.«

»Das weiß ich. Und ich bin dir dankbar dafür.« Jake erwischte ihre Hand, ehe sie sich vollständig von ihm zurückziehen konnte. »Warte.« Was sollte er ihr sagen? »Ich …« Sein Herz schlug bis zum Hals. Er hatte wahrscheinlich Glück, dass er nicht mehr an Überwachungsmonitore angeschlossen war, weil sie garantiert Alarm geschlagen hätten. Und dann sprach er sie einfach aus. Die simple Wahrheit. Ganz gleich, was für Konsequenzen das nach sich ziehen würde. Ganz gleich, wie ihre Zukunft aussah – oder ob sie überhaupt eine gemeinsame Zukunft hatten. »Eliza, ich liebe dich.«

Stille pulsierte zwischen ihnen. Sie sah ihn an. Und im nächsten Moment liefen ihr Tränen über die Wangen. »Jake.«

Er hielt noch immer ihre Hand und zog sie langsam zu sich zurück. »Ich liebe dich«, wiederholte er. Er liebte sie. Sein Herz war erfüllt von ihr. »Ich liebe dich«, wiederholte er. Ihr Gesicht schwebte über seinem. Sie presste ihre Lippen auf seine, und sie versanken in einem Kuss. Im nächsten Moment lag sie wieder an seine Seite geschmiegt im Bett. Sie schafften es nicht, aufzuhören sich zu küssen, bis ein tiefes Räuspern sie auseinanderfahren ließ.

»So schlecht, wie alle behaupten, scheint es dir nicht zu gehen«, sagte Niclas.

»Nic, Drew. Schön, euch zu sehen.« Jake ließ Eliza nicht los, fuhr aber das Kopfteil seines Bettes ein Stück hoch.

»Wir sind froh, dich zu sehen.« Andrew griff nach dem Klemmbrett am Fußende seines Bettes und überflog die Daten. »Wenn du dich das nächste Mal prügeln willst, such dir einen ebenbürtigen Gegner«, witzelte er.

»Sehr komisch.« Jake verzog den Mund zu einem halben Grinsen. Es war wirklich nicht besonders schlau gewesen, sich ausgerechnet mit Ellerton anzulegen. Dabei hatte es am Ende noch nicht einmal dabei geholfen, Eliza zu retten. Das hatte sie selbst in die Hand nehmen müssen. »Eliza hat mir erzählt, dass ich ziemlich übel zugerichtet wurde von diesem Mistkerl. Wie geht es jetzt weiter? Was passiert mit mir?«

Niclas zog sich einen Stuhl heran, Andrew hingegen setzte sich einfach ans Fußende des Bettes. »Du hast unbeschreibliches Glück gehabt. Ellerton hat dich schwer erwischt. Das kleinste Problem ist dein hübsches Gesicht, das im Moment ein bisschen mitgenommen aussieht. Die OP-Narbe ist aufgeplatzt, aber das ließ sich ebenfalls recht einfach beheben. Mehr Sorge hat uns deine verbliebene Niere gemacht. Ein Tritt oder Schlag hat sie gequetscht, was zu einem akuten Nierenversagen geführt hat.«

Jake schluckte. Das ungute Gefühl in seinem Inneren verwandelte sich in Angst. Dr. Leeberman hatte vor der OP zu ihm gesagt, er würde mit einer Niere problemlos alt werden können. »Ich bin am Arsch, oder?« Er sah Andrew direkt an. Sein Freund würde ihn nicht anlügen.

Andrew grinste. »Du *warst* am Arsch. Aber so richtig«, sagte er. »Im ersten Moment wusste wirklich niemand, ob sich das Organ wieder erholt. Dann hätte dir das gleiche Schicksal gedroht wie unserem Vater. Sie haben dich eine Zeit lang auf die Intensivstation gelegt, bis sich dein Zustand wieder gebessert hat. Du wurdest vorübergehend an die Dialyse angeschlossen. Aber ...«, er machte eine Kunstpause, und sein Grinsen wurde noch breiter. »Die Niere hat wieder angefangen, selbst zu arbeiten. Das war verdammt knapp.«

»Ich komme wieder in Ordnung?«, fragte Jake. Sein rasendes Herz beruhigte sich ein wenig.

»Du wirst wieder ganz der Alte sein«, bestätigte Niclas seinen vorsichtigen Optimismus.

»Sie werden dich noch ungefähr zwei Wochen hierbehalten«, ergänzte Eliza und kuschelte sich noch tiefer in seine Umarmung. »Die werden schneller vergehen, als du dir vorstellen kannst.«

»Wenn du dich nicht wieder prügelst, liegst du in vierzehn Tagen auf der Terrasse von Sunset Cove, genießt den Sonnenuntergang und lässt dir ein kaltes Bier schmecken.«

»Das hört sich gut an«, sagte Jake. Er sah seine beiden besten Freunde an – seine Brüder – und ließ den Blick dann weitergleiten zu der Frau, die er liebte. Ein kaltes Bier beim Sonnenuntergang auf der Terrasse von Sunset Cove war definitiv ein Ziel, worauf es sich hinzuarbeiten lohnte.

Epilog

4. Juli

Eliza stand auf der Terrasse des Strandhauses und betrachtete den Sonnenuntergang. Ihr Blick glitt zum Leuchtturm hinüber, der vor den fliederfarbenen Schlieren am Himmel still und majestätisch auf der Klippe thronte. Vier Wochen waren vergangen, seit sie dort mit Greg gekämpft hatte. Ein Monat, seit ihr Leben eine Wendung genommen hatte, von der sie nicht einmal zu träumen gewagt hatte.

Jake trat hinter sie und legte seine Arme um ihre Mitte. Sie neigte den Kopf zur Seite, und er presste seine Lippen auf ihren Hals. Vor zwei Wochen war er aus dem Krankenhaus entlassen worden. Er musste sich schonen, war aber auf dem Weg, wieder völlig gesund zu werden. Solange er im Krankenhaus gelegen hatte, hatte er viel Zeit mit Theodor verbracht, mit dem es ebenfalls langsam bergauf ging. Eliza war sich sicher, dass die beiden nie eine klassische Vater-Sohn-Beziehung führen würden, aber sie waren sich zumindest etwas nähergekommen. Sogar Jakes Mutter ertrug die Anwesenheit von Theodor zwischenzeitlich, auch wenn Georgina und sie wahrscheinlich nie am gleichen Tisch würden sitzen können. So vieles hatte sich verändert. Nur Greg saß noch immer im

Gefängnis und würde dort noch eine ganze Weile bleiben. Die Scheidung war fast durch, und Eliza endlich völlig frei.

»Das Barbecue war fantastisch«, sagte sie, drehte sich in Jakes Armen um und küsste ihn. Sie hatten gemeinsam mit ihren Freunden den Unabhängigkeitstag gefeiert. Nach einem Segeltörn bei wundervollem Sonnenschein hatten die Männer den Grill angeworfen und die Fische auf den Rost geworfen, die sie geangelt hatten.

Niclas und Marie kamen aus dem Haus. »Kommt ihr mit rüber zum Leuchtturm? Von dort kann man das Feuerwerk am besten sehen.«

Holly folgte ihnen und schwenkte eine Flasche Champagner. »Da hat Marie recht. Auf geht's. Die Raketen, die sie in Eastham abfeuern, sind die schönsten.« Sie verschränkte ihre Finger mit Andrews und zog ihn in Richtung des Pfades.

»Nein.« Jake legte Eliza den Arm um die Schultern, und sie lehnte sich wie selbstverständlich an ihn. »Wir haben schon was vor.«

»Ach.« Holly grinste. »Ich vermute, dass ihr nicht zu den wilden Teenagern an den Strand wollt.« Sie warf einen Blick über das Geländer. Ihr Bruder war von seinem Segeltörn zurück und hatte mit seinen Freunden einen riesigen Haufen Treibholz im Sand aufgeschichtet, der ein wundervolles Lagerfeuer abgeben würde, sobald die Dunkelheit über das Meer hereingebrochen war.

»Keine Teenager-Strandparty«, sagte Eliza lachend. Sie sah zu Jake auf. »Nur ein bisschen Zeit zu zweit.«

»Viel Spaß.« Niclas schlug Jake auf die Schulter und folgte den anderen zum Leuchtturm.

»Sollen wir?«, fragte Jake leise.

»Ja.«

Hand in Hand gingen sie um das Sommerhaus herum und stiegen in Jakes Pick-up. Er fuhr in das Naturschutzgebiet und parkte auf ihrer Lichtung, wie Eliza den kleinen, versteckten Platz inzwischen nannte.

Sie kletterten auf die Ladefläche und genossen einen Moment einfach nur die Stille um sie herum.

»Ich habe was für dich«, sagte Jake schließlich leise und küsste sie. Er griff hinter sie und zog eine kleine Kühlbox aus der Werkzeugkiste an der Rückseite der Fahrerkabine. »Mach auf.«

Eliza wusste nicht, was er vorhatte. Hatte er bei Ben & Jerry's Eis besorgt? Neugierig hob sie den Deckel und zog einen Karton Bier heraus.

»Der erste Sixpack des neuen Ales«, erklärte er. »Ich dachte, wir stoßen an.«

Eliza betrachtete die Pappverpackung. Ihr Herzschlag beschleunigte sich. Vorsichtig zog sie eine Flasche heraus und starrte das Etikett an. Es war im Retro-Stil gehalten und zeigte die Silhouette einer Frau. Sie stand am Strand, ihre langen Haare wehten im Wind, und sie schaute auf die wilden Wellen des Ozeans hinaus. »Eliza's Wave«, las sie den Namen des Biers vor und fuhr die Buchstaben mit den Fingern nach. Langsam hob sie den Kopf und sah Jake an, der sie gespannt beobachtete. »Du hast das Bier nach mir benannt?«

»Ich finde dieses Ale unglaublich gut. Und ich wollte ihm einen besonderen Namen geben. Ohne dich hätte ich es nicht geschafft, Eliza. Dafür möchte ich dir danken.«

»Eliza's Wave«, wiederholte sie den Namen. Es ging nicht nur darum, dass er dem Bier ihren Namen gegeben hatte.

Das zweite Wort war mindestens ebenso wichtig. Wave. Es stand symbolisch für die Welle, die Jake in ihr Leben gespült hatte. Für die Welle der Freiheit, auf die sie sich geschwungen hatte. »Ich glaube nicht, dass ich schon einmal ein so wundervolles Geschenk bekommen habe. Ich liebe dich, Jake.«

»Und ich dich, Eliza.« Er zog sie an sich und küsste sie, als wollte er sie nie wieder loslassen.

Als sie sich wieder voneinander lösten, zog Eliza eine zweite Flasche aus dem Sixpack und öffnete beide. »Komm. Ich will es probieren.« Sie rutschte vom Truckbett und lief zum Rand der Klippe. Jake folgte ihr und stieß mit ihr an. Unter ihnen donnerte der Ozean gegen die Felsen. In der Ferne konnte Eliza das Knallen des Feuerwerks hören. Die bunt glitzernden Rosetten tauchten über den Klippen auf, während sie den ersten Schluck des Biers trank, das ihren Namen trug. Sie schmeckte die außergewöhnliche Würze des Hopfens, das dunkle Malz und die leicht bittere Note. Das Ale war etwas Besonderes. So, wie ihr Leben zu etwas Besonderem geworden war.

Ella Thompson

Aufwühlende Ereignisse und große Gefühle

Die Stonebridge-Island-Reihe

978-3-453-58075-6

978-3-453-58076-3

978-3-453-58077-0

Leseproben unter **www.heyne.de**

Ella Thompson

24 Türchen bis zur großen Liebe

978-3-453-42641-2

Leseprobe unter **www.heyne.de**

HEYNE‹